Krieg im Paradies

STEPHEN LAWHEAD

Das Lied von Albion

Krieg im Paradies

Fantasy-Roman

- Band 1 -

Aus dem Englischen
von Christian Rendel

Weltbild

Die englische Originalausgabe erschien 1991 unter dem Titel
The Paradise War bei Lion Publishing, Oxford, England.

Genehmigte Lizenzausgabe für Verlagsgruppe Weltbild GmbH,
Steinerne Furt, 86167 Augsburg

Übersetzung: Christian Rendel
Umschlaggestaltung: Studio Höpfner-Thoma, München
Umschlagmotive: Jan P. Krasny/Agentur Schlück, Garbsen
Gesamtherstellung: Oldenbourg Taschenbuch GmbH,
Hürderstraße 4, 85551 Kirchheim
ISBN 3-8289-7657-3

2007 2006 2005 2004
Die letzte Jahreszahl gibt die aktuelle Lizenzausgabe an.

Inhalt

1. Ein Ur im Getriebe 9
2. Katastrophen in Kräuterbutter 17
3. Der Grüne Mann 34
4. Am Tor zum Westen 41
5. Das Cairn 54
6. Der große Witz 63
7. Der verrückte Nettles 75
8. Kreise im Sonnensinn 97
9. Der endlose Knoten 112
10. Der Serbe 125
11. Über die Schwelle 138
12. Paradies 154
13. Bluttaufe 169
14. Caer Modornn 180
15. Sycharth 195
16. Llys Meldryn 210
17. Die Straße nach Ynys Sci 231
18. Scathas Schule 242
19. Sollen 259
20. Das Gorsedd der Barden 275
21. Cythrawl 291
22. Llew 305
23. Der Tag des Ringens 324
24. Twrch 334
25. Krieg im Paradies 346
26. Das Leuchtfeuer 362
27. Flucht nach Findargad 379
28. Die Jagd 394
29. Nächtliches Töten 410

30. Die Schlacht von Dun na Porth 429
31. Der Königsrat 448
32. Der Kessel 459
33. Herz des Herzens 465
34. Domhain Dorcha 477
35. Die singenden Steine 489
36. Das Lied 504
37. Des Königs Meisterkämpfer 510
38. Der Weg nach Hause 522
39. Die Rückkehr 536

Da die ganze Welt nur eine Geschichte ist, tätest du gut daran, die dauerhaftere Geschichte zu erwerben statt der weniger dauerhaften.

Das Urteil des St. Colum Cille
(Hl. Columba von Schottland)

1

Ein Ur im Getriebe

Alles begann mit dem Ur.

Wir frühstückten gerade in unseren Räumen im College. Simon saß der Tafel vor und gab seine gewohnte Kritik der Welt kund, wie sie sich in der Morgenzeitung präsentierte. »Na prächtig«, schnaubte er. »Offenbar werden wir von einer Herde schnorrender ausländischer Fotografen überrannt, die ganz wild darauf sind, ihre Filme – und wer weiß, was sonst noch – den Freuden unseres lieben alten England auszusetzen. Schließ deine Töchter ein, Bognor Regis! Die europäischen Paparazzi sind los!«

Er schimpfte eine Weile vor sich hin und rief dann: »Warte mal! Schau dir das an!« Er schlug die Zeitung auf den Tisch und setzte sich kerzengerade auf – eine ungewohnte Haltung für Simon.

»Was soll ich mir anschauen?« fragte ich träge. Diese Angewohnheit von ihm – die Zeitung laut vorzulesen und dazu einen laufenden Kommentar voller Verachtung, Spott und Sarkasmus zu liefern, die er mit seinem einzigartigen Zynismus gut mischte und pfefferte – amüsierte mich schon lange nicht mehr. Ich hatte gelernt, nur zustimmend dazu zu grunzen, während ich mein Ei und meinen Toast verspeiste. Das ersparte es mir, seinen Tiraden Aufmerksamkeit schenken zu müssen, wenn sie auch oft äußerst eloquent waren.

»So ein verrückter Schotte hat auf seinem Land einen Ur gefunden.«

»Was du nicht sagst.« Ich steckte die Ecke meiner dreieckigen Toasthälfte in das cremige Zentrum meines weichgekochten Eis und las einen Artikel über einen verärgerten Londoner U-Bahn-Fahrer, der sich geweigert hatte, anzuhalten und seine Passagiere aussteigen zu lassen, und somit einen Zug voller hysterischer Pendler zwang, fünf Stunden lang auf der Circle Line im Kreis zu fahren. »Interessant.«

»Scheint, als ob das Tier aus einem Wald in der Nähe gekommen und mitten auf einem Kornfeld etwa zwanzig Meilen östlich von Inverness zusammengebrochen ist.« Simon ließ die Zeitung sinken und warf mir über den Rand hinweg einen Blick zu. »Hast du gehört, was ich gerade gesagt habe?«

»Jedes Wort. Es kam aus dem Wald und brach in der Nähe von Inverness zusammen – vermutlich aus Langeweile«, antwortete ich. »Kann ich nachfühlen.«

Simon starrte mich an. »Ist dir nicht klar, was das bedeutet?«

»Es bedeutet, daß bei der Ortsgruppe der Königlichen Gesellschaft zum Schutz bedrohter Tiere das Telefon klingelt. Na und?« Ich nahm einen Schluck Kaffee und wandte mich wieder der Sportseite zu. »Nicht gerade das, was ich mir unter einer Nachricht vorstelle.«

»Du weißt gar nicht, was ein Ur ist, stimmt's?« sagte er vorwurfsvoll. »Du hast nicht die geringste Ahnung.«

»Irgend so ein Tier – hast du doch selbst gerade gesagt«, protestierte ich. »Also wirklich, Simon, diese Zeitungen, die du liest –« Ich schnippte verächtlich mit dem Finger gegen sein erhobenes Blatt. »Schau dir diese sogenannten Schlagzeilen an: ›Prinzessin an außerirdischer Sex-Verschwörung beteiligt!‹ und ›Bischof erlebt schockierendes Horrorwochenende mit türkischer Masseuse!‹ Gib's zu, du liest diese Fetzen nur, um deinen Pessimismus zu nähren.«

Er schaute mich ungerührt an. »Du hast nicht die leiseste Vorstellung, was ein Ur ist. Komm schon, Lewis, gib es zu.«

Ich gab einen Schuß ins Blaue ab. »Es ist eine besondere Schweinezüchtung.«

»Gar nicht schlecht!« Simon warf seinen Kopf zurück und lachte. Er hatte so ein widerliches Fuchsgebell an sich, das er immer von sich gab, wenn er sich über die Unwissenheit anderer lustig machte. Simon war äußerst geschickt darin, sich über andere lustig zu machen; ein Meister der Verachtung, der Nachäffung und des Spotts im allgemeinen. Ich ließ mich nicht provozieren, sondern wandte mich wieder meiner Zeitung zu und steckte mir den Toast in den Mund.

»Ein Schwein? Hast du das tatsächlich gesagt?«

»Okay, okay. Was, bitte, ist ein Ur, Professor Rawnson?«

Simon faltete die Zeitung zweimal zusammen. Er strich sie glatt und hielt sie mir vor die Nase. »Ein Ur ist eine Art Rind.«

»Nein, man stelle sich das vor«, keuchte ich in gespieltem Erstaunen. »Ein Rind, sagst du? Und es brach zusammen? Also wirklich, was *werden* die sich wohl noch alles einfallen lassen?« Ich gähnte. »Verschon mich.«

»So ausgedrückt, klingt es nicht nach viel«, räumte Simon ein. Dann setzte er hinzu: »Nur ist die Sache die, daß es sich bei diesem speziellen Rind um ein Geschöpf der Eiszeit handelt, das während der letzten zweitausend Jahre ausgestorben war.«

»Ausgestorben.« Ich schüttelte langsam den Kopf. »Wo nehmen die bloß diesen Quatsch her? Wenn du mich fragst, ist das einzige, was hier ausgestorben ist, dein angeborener Skeptizismus.«

»Wie es scheint, starben die letzten Ure in Britannien kurz vor der Ankunft der Römer aus – auf dem Kontinent allerdings haben möglicherweise einige bis etwa ins sechste Jahrhundert überlebt.«

»Faszinierend«, antwortete ich.

Simon hielt mir die zusammengefaltete Zeitung unter die Nase. Ich sah ein grobkörniges, schlecht gedrucktes Foto eines riesigen schwarzen Haufens, der vielleicht die Form eines Säugetieres hatte, vielleicht auch nicht. Neben dieser undeutlichen Masse stand ein grimmig dreinblickender Mann mittleren Alters, der ein sehr langes, geschwungenes Objekt in den Händen hielt, das entfernt die Größe und Form einer altmodischen Sense hatte. Der Gegenstand schien irgendwie mit dem schwarzen Haufen hinter ihm verbunden zu sein.

»Wie bukolisch! Ein Mann steht mit einem Erntegerät in der Hand neben einem Misthaufen. Wie ungemein anheimelnd«, spöttelte ich mit einer gelungenen Imitation von Simons eigenem Tonfall.

»Dieser Misthaufen, wie du es nennst, ist der Ur, und das Gerät in der Hand des Bauern ist eines der Hörner des Tieres.«

Ich schaute mir das Foto noch einmal an und konnte beinahe den Kopf des Tieres unterhalb der gewaltigen Wölbung seiner Schultern erkennen. Nach der Größe des Horns zu schließen, mußte das Tier riesig sein – gut und gern drei- bis viermal so groß wie eine gewöhnliche Kuh.

»Eine Trickaufnahme«, erklärte ich.

Simon schnalzte mit der Zunge. »Du enttäuschst mich, Lewis. So jung und schon so zynisch.«

»Du glaubst doch nicht wirklich an diesen«, – ich stieß mit dem Finger gegen die Zeitung – »diesen faulen Zauber, oder? So etwas fabrizieren die doch am Fließband – lastwagenweise!«

»Na ja«, lenkte Simon ein, griff nach seiner Teetasse und starrte hinein, »wahrscheinlich hast du recht.«

»Und ob ich recht habe«, krähte ich. Voreilig, wie sich herausstellte. Ich hätte es besser wissen müssen.

»Trotzdem könnte es nicht schaden, der Sache nachzugehen.« Er hob die Tasse, schwenkte den Tee herum und trank ihn aus. Dann legte er beide Hände flach auf den Tisch und erhob sich wie jemand, der eine Entscheidung getroffen hat.

Ich sah den verschlagenen Blick in seinen Augen. Es war ein Blick, den ich gut kannte und fürchtete. »Das kann nicht dein Ernst sein.«

»Es ist mein voller Ernst.«

»Vergiß es.«

»Komm schon. Es wird ein Abenteuer!«

»Ich habe heute nachmittag ein Treffen mit meinem Doktorvater. Das ist mehr als abenteuerlich genug für mich.«

»Ich will, daß du mitkommst«, beharrte Simon.

»Was ist mit Susannah?« entgegnete ich. »Ich dachte, du wärst mit ihr zum Mittagessen verabredet.«

»Susannah wird das schon verstehen.« Er drehte sich abrupt um. »Wir nehmen meinen Wagen.«

»Nein. Wirklich. Hör mal, Simon, wir können doch nicht einfach diesem komischen Rindvieh hinterherjagen. Das ist doch lächerlich. Es steckt nichts dahinter. Das ist genauso ein Unfug wie diese magischen Kreise in den Kornfeldern, über die sich letztes Jahr alle die Köpfe heißgeredet haben. Es ist Betrug. Außerdem kann ich nicht weg – ich habe zu arbeiten, und du übrigens auch.«

»Eine Fahrt über Land kann dir nur guttun. Frische Luft. Feg die Spinnweben ab. Nähre deinen inneren Menschen.« Er ging forsch ins angrenzende Zimmer. Ich hörte, wie er eine Telefonnummer wählte und einen Moment später sagte: »Hör mal, Susannah, wegen heute mittag … es tut mir furchtbar leid, Liebes, mir ist etwas dazwischengekommen … Ja, sobald ich wieder zurück bin … Später … Ja, Sonntag, ich vergesse es nicht … großes Indianerehrenwort. Mach's gut!« Er legte auf und wählte noch einmal. »Hier Rawnson. Ich werde heute morgen den

Wagen brauchen ... in fünfzehn Minuten. Gut. Vielen Dank.«

»Simon!« rief ich. »Ich weigere mich!«

So kam es, daß ich an einem regnerischen Freitagmorgen in der dritten Woche des Michaelmas-Trimesters an der St. Aldate's Street stand und darauf wartete, daß Simons Wagen vorfuhr, während mir der Nieselregen von der Nase tropfte und ich mich fragte, wie er mich herumgekriegt hatte.

Wir waren beide Doktoranden, Simon und ich. Wir bewohnten sogar gemeinsame Räume. Doch während Simon nur zu pfeifen brauchte, damit sein Auto dorthin gebracht wurde, wo er es brauchte, konnte ich nicht einmal den Pförtner überreden, mich mein armes, verbeultes Fahrrad ans Tor lehnen zu lassen, während ich nach meiner Post sah. Rang hat wohl tatsächlich seine Privilegien.

Damit war die Kluft zwischen uns keineswegs durchmessen. Während ich nur wenig über mittelgroß war und einen Körperbau hatte, der sich vor dem Spiegel nur als schmächtig beschreiben ließ, war Simon groß und von königlicher Gestalt, muskulös und doch schlank – der Körperbau eines olympischen Fechters. Das Gesicht, das ich der Welt zuwandte, hatte gewöhnliche, bisweilen grobe Züge und war von einer glanzlosen Matte von der Farbe alter Walnußschalen gekrönt. Simons Züge waren scharf, gut geschnitten und sauber; dazu hatte er jenes dichte, dunkle, gelockte Haar, das von Frauen so sehr bewundert und unverblümt beneidet wird. Meine Augen waren mausgrau; seine waren haselnußfarben. Mein Kinn hing; seines sprang vor.

Wenn wir zusammen in der Öffentlichkeit erschienen, wirkten wir vermutlich so ähnlich wie eine Vorher-Nachher-Werbung für *Naturwunder Vitamin- und Schönheitstoni-*

kum. Er sah unverschämt gut aus und verfügte über jene kantige und rauhe Männlichkeit, die von beiden Geschlechtern als anziehend empfunden wird. Mein Äußeres war von der Art, die oft mit dem Alter angenehmer wird, wenn es auch zweifelhaft war, ob ich lange genug leben würde.

Ein Mann von schwächerem Charakter wäre eifersüchtig darauf gewesen, daß das Schicksal Simon so überreichlich begünstigt hatte. Ich dagegen akzeptierte mein Los und war zufrieden. Also schön, ich war auch eifersüchtig – aber es war eine sehr zufriedene Eifersucht.

Wie auch immer, da standen wir also draußen im Regen, wir zwei, während der Verkehr an uns vorbeirauschte, die Busse ihre durchnäßten Fahrgäste auf den belebten Bürgersteig entleerten und ich mich immer noch murmelnd in lahmen Protesten erging. »Blöd. Idiotisch. Kindisch und verantwortungslos, das ist es. Verrückt.«

»Du hast natürlich recht«, stimmte er liebenswürdig zu. Der Regen perlte von seiner Fahrermütze ab und rann an seiner imprägnierten Jägerjacke herab.

»Wir können nicht einfach alles stehen und liegen lassen und nur zum Spaß in der Gegend herumrasen.« Ich verschränkte die Arme unter meinem Plastikponcho. »Ich weiß nicht, warum ich mich von dir zu solchen Sachen überreden lasse.«

»Das ist nur mein völlig unwiderstehlicher Charme, alter Junge.« Er grinste entwaffnend. »Wir Rawnsons haben jede Menge davon.«

»Ja, sicher.«

»Wo bleibt dein Abenteuergeist?« Er warf mir immer meinen Mangel an Abenteuergeist vor, wenn er wollte, daß ich ihn auf einer seiner verrückten Unternehmungen begleitete. Ich zog es vor, mich als durch und durch stabilen, umsichtigen, bodenständigen und pragmatischen Realisten zu sehen.

»Das ist es nicht«, wich ich aus. »Ich habe bloß keine Lust, für nichts und wieder nichts vier Arbeitstage zu verlieren.«

»Es ist Freitag«, erinnerte er mich. »Es ist Wochenende. Wir werden am Montag reichlich rechtzeitig für deine kostbare Arbeit wieder hier sein.«

»Wir haben nicht einmal Zahnbürsten oder Unterwäsche zum Wechseln dabei«, klagte ich.

»Also schön«, seufzte er, als ob ich ihn endlich geschlagen hätte, »ich verstehe schon. Wenn du nicht mitwillst, werde ich dich nicht zwingen.«

»Gut.«

»Ich fahre allein.« Er trat auf die Straße, gerade als der graue Jaguar Sovereign vor ihm herangeschnurrt kam. Ein Mann mit schwarzer Melone kletterte vom Fahrersitz und hielt ihm die Tür auf.

»Danke, Bates«, sagte Simon. Der Mann legte einen Finger an die Hutkrempe und eilte auf die Pförtnerloge zu. Simon warf mir über das mit Wasserperlen bedeckte Dach des schnittigen Wagens einen Blick zu und lächelte. »Wie sieht's aus? Überläßt du mir den ganzen Spaß alleine?«

»Zum Kuckuck mit dir, Simon!« rief ich, riß die Beifahrertür auf und duckte mich hinein. »Das hat mir gerade noch gefehlt!«

Lachend glitt Simon in den Wagen und zog die Tür zu. Er legte den Gang ein und trat das Gaspedal durch. Die Reifen quietschten auf dem nassen Asphalt, als der Wagen einen Satz nach vorn machte. Simon riß am Lenkrad und vollführte eine höchst illegale Kehrtwendung in der Mitte der Straße, begleitet vom Hupen der Busse und den Flüchen der Radfahrer.

Der Himmel helfe uns, wir waren unterwegs.

2

Katastrophen in Kräuterbutter

Es gibt Schlimmeres, als in einem Jaguar Sovereign die M6 gen Norden zu gleiten und die angerauhten äußeren Nervenenden in Händels Wassermusik zu baden. Der Wagen schafft neunzig Meilen, ohne auch nur seine Stimme zu erheben. Ohne einen Laut und mühelos gleitet die Landschaft vorbei. Das kühle Leder schmiegt sich zärtlich an. Getönte Scheiben schützen die müden Augen. Die Innenpolsterungen federn die Stöße und Schrecken der Straße ab. Es ist eine fabelhafte Maschine. Ich hätte ein Rhinozeros erwürgt, um eine zu besitzen.

Simons Vater, ein Bankier mit guten Aussichten, eines Tages in den Adelsstand erhoben zu werden, hatte seinem Sohn den Wagen gekauft. Auf ganz ähnliche Weise kaufte er Simon auch eine erstklassige Oxford-Ausbildung. Nur vom Feinsten für den lieben Simey.

Die Rawnsons hatten Geld. O ja, das hatten sie. Haufenweise. Manches davon war alt, das meiste neu. Außerdem genossen sie jenes einzigartige Attribut, das die Engländer höher schätzen als alle anderen: Familie. Simons Urgroßmutter war eine Herzogin gewesen. Seine Großmutter hatte einen Lord geheiratet, der Rennpferde züchtete und einmal der Königin Victoria einen Derby-Sieger verkaufte, wodurch er sich für alle Zeiten Ruhm und Vermögen sicherte. Simons Familie war einer jener stillen und respektablen Stämme, die geschickt heiraten und am Ende Cornwall, den Lake District und halb Buckinghamshire besitzen, bevor irgend jemand etwas davon gemerkt hat. All dies machte Simon natürlich zu einem verwöhnten Snob.

In einer anderen Zeit wäre Simon vielleicht vollkommen glücklich gewesen, in einem sandsteinernen Landhaus in den Midlands ein beschauliches Dasein zu führen, Pferde und Hunde auszubilden und den Landedelmann zu spielen. Doch nun wußte er zuviel, um mit einem Leben in Tweed und Reithosen zufrieden zu sein. Ach, die Bildung hatte ihm dieses anheimelnde Szenario verschlossen.

Wenn je ein Mann zur falschen Zeit geboren wurde, dann Simon Rawnson. Bei alledem konnte er diesen aristokratischen Zug nicht unterdrücken; er war zu sehr in der Wolle gefärbt. Ich konnte mir den Jungen als Herrn über riesige Ländereien vorstellen, als einen Herzog mit herumhuschenden Bediensteten und einem stattlichen Anwesen in Sussex. Aber nicht als Akademiker. Nein, für Simon waren die efeubewachsenen Hallen und die verträumten Turmspitzen nichts. Ihm fehlten die alles verschlingende Leidenschaft eines großen Gelehrten und der nötige Ehrgeiz, um in dem harten Konkurrenzkampf der akademischen Welt zu bestehen. Kurz gesagt, er hatte wirklich Talent für die wissenschaftliche Arbeit, aber er hatte es im Grunde nicht nötig, darin erfolgreich zu sein. Infolgedessen nahm er seine Arbeit nicht ernst genug.

Er war kein Faulpelz. Es war auch nicht einfach so, daß er sich mit Papas dickem Scheckbuch einen schönen Lenz machte. Simon hatte sich seine heutige Stellung durch besonders brillante Leistungen als Student zu Recht erworben. Doch jetzt, als Doktorand im dritten Jahr, wurde ihm die Arbeit zuviel. Wozu brauchte er überhaupt einen Doktortitel in Geschichte? Er hatte nicht die Absicht, selbst zu forschen, und nichts lag ihm ferner, als zu lehren. Er hatte überhaupt keinen höheren akademischen Ehrgeiz. Nach zwei Jahren hatte sich Simon seiner Arbeit nur mehr als einer Pflichtübung entledigt. In letzter Zeit tat er nicht einmal mehr das.

Ich hatte es mit angesehen – hatte gesehen, wie die glänzende Trophäe ihm entglitt, als er anfing, sich vor seinen Studien zu drücken. Es war ein Musterbeispiel für den Burnout eines Doktoranden. So etwas kommt in Oxford oft genug vor, und man kennt allmählich die Symptome. Andererseits versuchte Simon vielleicht nur, sein Leben an der Universität so lange wie möglich auszudehnen, da er nichts weiter vorhatte. Es stimmt, daß es sich im College ganz angenehm leben läßt, vorausgesetzt, man hat Geld. Selbst ohne Geld ist es besser als so manches andere.

Ich machte Simon keinen Vorwurf; er tat mir leid. Ich weiß nicht, was ich an seiner Stelle getan hätte. Doch ich mußte, wie so viele amerikanische Studenten in Oxford, ständig mein Dortsein rechtfertigen. Ich brauchte dringend meinen Abschluß und konnte mir ein Versagen nicht leisten. Nicht auszudenken, wenn ich mit eingekniffenem Schwanz über den Teich zurückgeschickt würde. Daher hatte ich einen eingebauten Leistungs- und Erfolgsdrang, den Simon nie besitzen oder auch nur richtig verstehen würde.

Das, denke ich, war einer der prinzipiellen Unterschiede zwischen uns: Ich mußte nach jedem kleinen Krümel graben, der mir zuteil wurde, während Simon die Bedeutung des Wortes ›streben‹ nicht kannte. Alles, was er hatte – alles, was er *war* –, war ihm in die Wiege gelegt worden. Alles, was er je wollte, bekam er reichlich, ohne Verdienst. Die Leute machten Ausnahmen für Simon Rawnson, einfach weil er Simon Rawnson war. Niemand machte eine Ausnahme für Lewis Gillies. Niemals. Das wenige, was ich hatte – und das war wirklich spärlich –, gehörte zumindest mir, weil ich es verdient hatte. Verdienst war ein Gedanke, der in Simons Welt nicht vorkam. In meiner war er das zentrale Faktum.

Doch trotz all unserer Gegensätze waren wir Freunde. Gleich von Anfang an, als wir in jenem ersten Jahr benachbarte Zimmer auf demselben Flur bezogen hatten, wußten wir, daß wir uns verstehen würden. Simon hatte keine Geschwister, also adoptierte er mich als Bruder. Unsere Studienzeit verbrachten wir damit, den goldenen Nektar aus den Fässern in ›The Turf‹ zu kosten, auf dem Fluß zu rudern, die Mädchen zu ärgern und uns ganz allgemein genau so zu benehmen, wie es jedermann von zwei unerfahrenen Oxfordianern erwarten würde.

Ich will nicht den Eindruck erwecken, als seien wir Tagediebe und Wüstlinge gewesen. Wir studierten, wenn wir mußten, und legten die Prüfungen, die wir machen mußten, mit den Noten ab, die wir brauchten. Wir waren schlicht und einfach weder gewissenhafter noch weniger gewissenhaft als zwei beliebige typische Studenten.

Nach dem Examen bewarb ich mich um eine Stelle beim Institut für keltische Studien und wurde angenommen. Da ich der einzige Schüler der High-School meiner Heimatstadt war, der je in Oxford studiert, geschweige denn einen Abschluß gemacht hatte, erregte ich einiges Aufsehen. Es stand sogar in unserer Lokalzeitung, sehr zur Freude meiner Sponsoren, der ›Amerikanischen 43er-Legion‹, die mir in einem schwindeligen Rausch der Selbstbeglückwünschung ein stattliches Stipendium für meine Bücher und Ausgaben gewährten. Ich fragte überall herum und kratzte einen kleinen Zuschuß zusammen, um den Rest abzudecken, und schon war ich im Geschäft.

Simon fand, daß ein höherer akademischer Grad eine vorzügliche Idee sei, und bewarb sich für Geschichte – obwohl es mir schleierhaft ist, warum er ausgerechnet darauf verfiel und nicht auf Astrophysik oder Tierpflege oder was auch immer. Aber wie ich schon sagte, er hatte einen durchaus funktionstüchtigen Kopf unter seinen braunen Locken, und seine Tutoren schienen der Meinung zu sein, daß er seine Sache gut machen werde. Man bot ihm sogar an, im College zu wohnen – ein begehrtes Privileg. Räume für Studenten sind knapp genug, doch Räume für Doktoranden kommen nur für besonders hoch geschätzte Leute in Frage.

Wieder einmal ein Privileg, nehme ich an. Zweifellos hatte Simons Vater, Geoffrey Rawnson von Blackledge, Rawnson und Symes Ltd., etwas damit zu tun. Aber wer war ich, daß ich mich darüber beschweren sollte? Auf dem obersten Flur und ausgestattet mit einem reichlichen Anteil der kostbaren Antiquitäten des Colleges – nicht weniger als drei Meisterwerke der Renaissance, geschnitzte Eichenpaneele, Tiffany-Tische, ein kristallener Kronleuchter, zwei Chippendale-Sekretäre und ein Davenport-Sofa aus rotem Leder. Und das war noch nicht alles an königlichen Vergünstigungen: Wir hatten einen äußerst tüchtigen College-Diener, gutes Essen im Speisesaal, verstärkt mit reichlichen Dosen passablen Fusels aus den legendären Grüften des College-Kellermeisters, konnten in gewissem Umfang die Dienste studentischer Hilfskräfte in Anspruch nehmen, hatten Bibliotheksprivilegien, für die Studenten töten würden – und zu alledem auch noch eine großartige Aussicht über den Innenhof zum Turm der Kathedrale. Wo hätte ich aus eigener Kraft eine solche Unterkunft aufgetrieben?

Simon wollte, daß wir wie bisher zusammenblieben, und arrangierte, daß ich bei ihm einziehen konnte. Ich glaube, er sah es als eine Verlängerung der Junggesellenseligkeit um drei oder vier Jahre. Er hatte es leicht. Geld spielte für ihn keine Rolle. Er konnte es sich leisten, bis zum Jüngsten Gericht so vor sich hin zu leben, aber ich hatte alle Hände voll zu tun, um auch nur die Gebühren aufzubringen. Es war unumgänglich, daß ich fertig wurde, meinen Abschluß machte und so schnell wie möglich eine Dozentenstelle fand. Ich liebte Oxford sehr, aber ich mußte meine Studiendarlehen zurückzahlen und hatte eine Familie daheim in den Staaten, die sich in letzter Zeit immer lauter und häufiger fragte, ob sie mich je wiedersehen werde.

Außerdem näherte ich mich rasch einem Alter, in dem die Ehe – oder zumindest ein Konkubinat – zu einem verlockenden Gedanken wurde. Ich war mein ausgedehntes Zölibatärsdasein leid, war es leid, allein meinen müden Weg durch die kalten Korridore des Lebens zu wandeln. Ich sehnte mich nach dem zivilisierenden Einfluß einer Frau in meiner rohen Existenz und ebenso nach einer anmutigen weiblichen Gestalt in meinem Bett.

Darum ärgerte es mich, daß ich mit Simon diesen absurden Ausflug unternahm. Ich steckte bis zum Hals in meiner Doktorarbeit: *Der Einfluß der goidelischen Kosmographie in der mittelalterlichen Reiseliteratur.* In letzter Zeit hatte ich angefangen, einen frischen Windhauch im Gesicht zu spüren und einen schwachen Lichtschimmer voraus zu erahnen. Meine Zuversicht blühte zaghaft auf. Ich näherte mich endlich dem Ende. Vielleicht.

Es ist durchaus wahrscheinlich, daß Simon das spürte und mich, vielleicht unbewußt, zu sabotieren versuchte. Er wollte einfach nicht, daß unsere schöne gemeinsame Zeit zu Ende ging. Wenn ich meinen Abschluß vor ihm machte, würde er sich allein der grausamen Welt stellen müssen – eine Aussicht, die er sich so lange wie irgend möglich vom Leib halten wollte. Also ließ er sich alle möglichen raffinierten Manöver einfallen, um mich abzulenken.

Diese blödsinnige Sache mit dem Ur war nur wieder so eine Verzögerungstaktik. Warum ließ ich mich darauf ein? Warum ließ ich ihn so etwas mit mir machen?

Die Wahrheit? Vielleicht wollte ich in Wirklichkeit selbst auch nicht fertig werden. Tief in meinem Innern fürchtete ich mich – vor dem Versagen, vor der großen unbekannten Welt jenseits der akademischen Elfenbeintürme. Schließlich konnte ich nicht versagen, wenn ich meine Arbeit nicht beendete; wenn ich nicht fertig wurde, konnte ich einfach für immer in meinem gemütlichen kleinen Schoß weiterleben. Das ist morbide, ich weiß. Aber es ist die Wahrheit, und diese Krankheit ist unter Akademikern viel häufiger, als die meisten Leute ahnen. Das ganze System der Universitäten beruht schließlich darauf.

»Beweg deinen blöden Hintern da weg!« murmelte Simon dem Fahrer eines gefährlich überladenen Mini zu. »Runter von der Überholspur, du Schlafmütze!« Seit ungefähr fünfzig Meilen meckerte er so vor sich hin. Ein Sechs-Meilen-Stau bei Manchester hatte uns in unserem Zeitplan gründlich zurückgeworfen, und der Autobahnverkehr begann ihm auf die Nerven zu gehen. Ich schaute auf die Uhr im Armaturenbrett: fünfzehn Uhr siebenundvierzig. Digitaluhren sind ein Symptom unserer ambivalenten Zeit; sie geben die Zeit auf die Nanosekunde genau an, aber keinen größeren Zusammenhang: eine unendliche Folge von ›Sie-befinden-sich-hier‹-Pfeilen, aber keine Landkarte.

»Es ist fast vier Uhr«, sagte ich. »Warum machen wir nicht eine Pause und machen eine Teevesper? Demnächst kommt eine Raststätte.«

Er nickte. »Ja, sicher. Ich müßte auch mal pinkeln.«

Ein paar Minuten später arbeitete sich Simon zur Ausfahrtspur hinüber, und wir liefen in eine der Oasen an der M6 ein. Der Parkplatz war überfüllt; alles rollte jetzt zum Tee an. Viele nahmen ihn in ihren Autos ein; eine Gewohnheit, die mich schon immer in Erstaunen versetzt hatte. Warum blieben Leute, die seit Stunden unterwegs waren und nun eine Raststätte angesteuert hatten, mit hochgekurbelten Seitenfenstern in ihren Autos eingepfercht sitzen, um Sandwiches aus einem Schuhkarton zu essen und lauwarmen Tee aus einer Thermoskanne zu trinken?

Nicht gerade meine Vorstellung von einer erholsamen Pause.

Wir parkten, schlossen den Wagen ab und gingen in den flachen Ziegelsteinbunker hinüber. Aus einem schmutzig grauen Himmel nieselte der Regen auf uns herab, und ein kräftiger, nach Diesel riechender Wind fuhr durch unsere Kleider. »O nein, bitte nicht«, stöhnte Simon.

»Was stimmt nicht?«

Er machte eine abwinkende Handbewegung zu den arg mitgenommenen blauen Plastiklettern hin, die an der grauen Betonwand vor uns befestigt waren. Die Geste drückte pure Verachtung aus. »Es ist ein Motorman Inn – das sind die schlimmsten.«

Wir schoben uns in die Herrentoilette. Sie war feucht und schmierig. Offenbar hatte irgendein fehlgeleiteter Landmann eine Herde an Durchfall leidender Rinder durch die Räumlichkeiten getrieben, und die Geschäftsleitung hatte die Krise noch nicht im Griff. Wir schlossen unser Geschäft eilends ab, zogen uns auf den Gang zurück und drängten uns an einer Horde Banditen in schwarzem Leder vorbei, die vor einer Batterie kreischender Töte-oder-stirb-Videospiele herumlungerten. Die fröhlichen Schläger versuchten uns um etwas Kleingeld anzuschnorren, doch Simon ignorierte sie hoch erhobenen Hauptes, und wir traten durch eine Glastür in die Cafeteria.

Natürlich mußten wir uns anstellen, und der Kuchen sah altbacken und die Kekse schon ziemlich zerkrümelt aus. Ich entschied mich schließlich für einen Twix-Riegel und einen großen Becher Tee. Simon dagegen hatte einigen Appetit und bestellte sich Hähnchen mit Chips, Apfelauflauf mit Sahne und Kaffee.

Ich suchte uns einen Tisch, und nachdem er bezahlt hatte, zwängte sich Simon mir gegenüber auf die Bank. Das Klappern der Bestecke und der Gestank des Zigarettenrauches erfüllten den Raum. Der Boden unter unseren

Füßen war glitschig vor Erbsenpüree. »Gott, das ist grotesk«, stöhnte Simon, nicht ohne eine gewisse grimmige Befriedigung. »Ein richtiger Schweinestall. Die Motormanen schlagen wieder zu.«

Ich schlürfte meinen Tee. Beim Mischungsverhältnis von Milch und Gebräu hatte man sich ernsthaft verschätzt, aber sei's drum; zumindest war das Zeug heiß. »Soll ich mal eine Weile fahren? Ich löse dich gern ab.«

Simon spritzte braunen Essig aus einer Plastikflasche über seine Chips. Er spießte ein langes Stück Kartoffel auf; das durchtränkte Stäbchen baumelte schlaff von seiner Gabel herab. Angeekelt starrte er es an, bevor er es sich in den Mund steckte; dann wandte er seinen ehernen Blick langsam der Speisentheke und der Küche dahinter zu. »Diese analphabetischen Drohnen haben keine höhere Herausforderung für ihre rudimentären geistigen Fähigkeiten, als überverarbeitete Kartoffeln in heißes Öl zu stecken«, sagte er eisig. »Man sollte annehmen, daß sie wenigstens das irgendwann mal richtig machen – wenn schon aus keinem anderen Grund, dann wenigstens aufgrund der statistischen Wahrscheinlichkeit.«

Da ich darauf nicht eingehen wollte, packte ich mein Twix aus und brach ein Stück ab. »Wie weit ist es noch bis Inverness, was meinst du?«

Simon, der die Chips als Totalverlust abgeschrieben hatte, wandte sich dem Hähnchen zu und riß einen Streifen holzigen Fleisches von dem Kadaver. »Völlig vergammelt«, kam sein Urteil. »Daß es lauwarm ist, macht mir nichts aus, aber ich hasse es, wenn ein Hähnchen steinhart ist. Das hätte schon vor Stunden in die Mülltonne gehört.« Er schob den Teller heftig beiseite, wobei er den Tisch mit fettigen Chips übersäte.

»Das Apfel-Dingsda sieht gut aus«, bemerkte ich, mehr aus Mitleid als aus Überzeugung.

Simon zog sich die Schüssel heran und probierte den

Inhalt mit einem Löffel. Er verzog das Gesicht und spie den Bissen zurück in die Schüssel. »Ekelerregend«, erklärte er. »England produziert die besten Äpfel auf diesem Planeten, und diese verbrecherischen Kretins verwenden infektiösen Abfall aus Dosen aus irgendeinem fliegenübersäten Polizeistaat. Außerdem stehen wir inmitten eines Milchlandes, das von der ganzen freien Welt beneidet wird, aber was kriegen wir? Mit Spülwasser angerührtes, gefriergetrocknetes Sojamilchkonzentrat. Es ist kriminell.«

»Es ist Raststättenessen, Simon. Vergiß es.«

»Es ist dumme Niedertracht«, antwortete er, nahm die Schüssel und hob sie hoch. Ich fürchtete schon, er würde sie quer durch den Raum befördern. Statt dessen stülpte er sie feierlich über das anstößige Hähnchen und die fettigen Chips. Er zog sich seinen Kaffee heran, und ich bot ihm die Hälfte meines Schokoriegels an, in der Hoffnung, ihn zu besänftigen.

»Es tut mir nicht leid um das Geld«, sagte er leise. »Mir macht es nichts aus, Geld wegzuwerfen – ich tue das ständig. Was mich stört, ist dieser Zynismus.«

»Zynismus?« fragte ich. »Straßenraub vielleicht, aber ich würde es nicht Zynismus nennen.«

»Mein Lieber, genau das ist es aber. Siehst du, diese Gauner wissen genau, daß sie dich in der Hand haben – du bist hier auf der Autobahn gefangen. Du kannst nicht einfach eine Tür weiter zur Konkurrenz gehen. Du bist müde, mußt dich von der Straße erholen. Und sie stellen diese Fassade hier auf und tun so, als wollten sie dir Erfrischung und Speise bieten. Aber es ist eine Lüge. Sie bieten Schweinefraß und Innereien, und wir müssen es nehmen. Sie wissen, daß wir uns nicht beschweren werden. Wir sind Engländer! Wir machen nicht gerne Aufsehen. Wir nehmen, was immer uns gegeben wird, weil wir es im Grunde nicht besser verdienen. Diese schmierigen Straßenräuber wissen das, und sie schwingen dieses Wissen wie einen Knüppel. Das nenne ich zynisch, bei Gott.«

»Reg dich ab«, flüsterte ich. »Die Leute starren uns schon an.«

»Laß sie!« rief Simon. »Diese widerlichen Müllverkäufer haben mein Geld gestohlen, aber daß ich diese Tatsache seelenruhig hinnehme, das bekommen sie nicht. Sie bekommen nicht meine demütige Unterwerfung.«

»Schon gut, schon gut. Beruhige dich, Simon«, sagte ich. »Laß uns einfach gehen, okay?«

Er ließ die Kaffeetasse auf den Tisch fallen, stand auf und marschierte hinaus. Ich nahm einen letzten Schluck Tee und eilte ihm nach. Auf dem Parkplatz hielt ich kurz inne, um voller Neid auf die Reisenden zu schauen, die ihren Tee in der Bequemlichkeit und Privatsphäre ihrer Automobile einnahmen. Plötzlich erschien es mir als Gipfel der Umsicht und des guten Geschmacks.

Simon hatte den Wagen bereits gestartet, als ich ihn einholte. »Du wußtest genau, wie es sein würde, als du hineingingst«, warf ich ihm vor, als ich einstieg. »Ehrlich, manchmal glaube ich, du machst das mit Absicht, nur damit du hinterher darüber jammern kannst.«

»Bin ich schuld an der kriminellen Unfähigkeit dieser Leute?« brüllte er. »Bin ich dafür verantwortlich?«

»Du weißt genau, was ich meine«, beharrte ich. »Du weidest dich an diesem Elend, Simon. Das ist dein Laster.«

Er legte den Gang ein, und wir schossen über den Parkplatz und hinaus auf die Autobahn. Es dauerte ein paar Minuten, bevor Simon wieder etwas sagte. Das Schweigen war nur die Ruhe vor dem Sturm; er sammelte sich zu einer seiner Tiraden. Ich kannte die Anzeichen nur zu gut, und nach der Intensität zu urteilen, mit der er sich ans Steuerrad klammerte, würde dieser Sturm ein wahrer Orkan sein. Die Luft zitterte förmlich vor aufgestauter Wut.

Simon holte tief Luft, und ich rüstete mich für den Windstoß.

»Wir sind natürlich verloren«, sagte er langsam, jedes Wort sorgfältig wählend, als wäre es ein Stein für eine Schleuder. »Verloren wie Ratten in einem Regenfaß.«

»Verschon mich.«

»Wußtest du«, sagte er, wobei er von meiner Unwissenheit ausging, »daß Konstantin der Große, nachdem er im Jahre 312 die Schlacht an der Milvischen Brücke gewonnen hatte, beschloß, einen Triumphbogen zu errichten, um an seinen großen Sieg zu erinnern?«

»Hör mal, müssen wir das jetzt diskutieren?«

»Nun, so war es. Das einzige Problem war, daß er keine Künstler fand, die dieses Vorhabens würdig waren. Er ließ im ganzen römischen Reich herumfragen, aber er fand nicht einen einzigen Bildhauer, der auch nur einen halbwegs akzeptablen Schlachtenfries oder eine anständige Siegesstatue zustande brachte. Doch als jemand, der sich nicht leicht abschrecken ließ, befahl Konstantin seinen Maurern einfach, Statuen von anderen Triumphbögen zu entfernen und sie an seinem anzubringen. Die Künstler seiner Zeit waren der Aufgabe einfach nicht gewachsen, weißt du.«

»Wird schon so sein«, brummte ich.

»Es ist wahr«, beharrte er. »Gibbon betrachtet dies als den Wendepunkt der römischen Geschichte, den Beginn ihres Niedergangs. Und seither ist es mit der westlichen Zivilisation nur bergab gegangen. Schau dich doch um! Wir haben den Tiefpunkt erreicht. Das Ende der Fahnenstange. Finito! Kaputt! Wir sind verloren.«

»Bitte laß uns jetzt nicht anfangen –« Mein Flehen war ungefähr so wirkungsvoll wie ein Papierschirmchen gegen einen Taifun.

»Verloren«, wiederholte er mit Nachdruck, indem er das Wort herausrollen ließ wie eine Kanonenkugel. »Ohne Zweifel waren wir von der Wiege an mit einem Fluch belegt. Du bist Amerikaner, du mußt es bemerkt haben – unser ganzes Verhalten beweist es. Wir Briten sind eine verlorene Rasse.«

»Für mich sieht es aus, als ob ihr ganz gut zurechtkommt«, sagte ich säuerlich. »Ihr überlebt.«

»Ach? Findest du, daß wir wie eine überlebende Zivilisation aussehen? Schau dir doch nur unser Äußeres an: Unser Haar ist schlaff und fettig, unsere Haut ist fleckig, unser Fleisch fahl und schuppig, unsere Nasen mißgestaltet. Wir haben fliehende Kinne und Stirnen, unsere Wangen hängen über die Kiefer und unsere Bäuche über die Gürtel; hängende Schultern, gebeugte Rücken, O-Beine; wir sind zerknittert, borstig und ungekämmt. Unsere Augen sind schwach, unsere Zähne schief, unser Atem riecht. Wir sind trübsinnig, deprimiert, anämisch und blaß.«

»Du hast gut reden«, warf ich ein, da Simon absolut keinen der körperlichen Defekte aufwies, die er da schilderte. Seine eigene Erscheinung war frei von allem Makel; seine Worte waren Schall und Rauch ohne Feuer, nur Hut, kein Kaninchen. Erwartungsgemäß ignorierte er mich.

»Überleben? Ha! Schon die Luft ist vergiftet. Und das Wasser – das ist auch giftig. Und das Essen – also, das ist *wirklich* giftig! Reden wir über das Essen, ja? Alles wird von Schurken in Salmonellenfabriken massenproduziert, zu dem alleinigen Zweck, so viele Verbraucher wie möglich zu infizieren und ihnen für dieses Privileg auch noch Geld abzuknöpfen, bevor sie der staatlichen Gesundheitsfürsorge überantwortet werden, die ihnen den Rest gibt und ihnen ein hastiges, anonymes Begräbnis verschafft.

Und falls wir durch ein Wunder irgendwie unsere magere Mittagsmahlzeit überleben sollten, dann rafft uns unweigerlich die unerbittliche Trostlosigkeit unseres ganzen Daseins hin. Schau dich um! Wir schlurfen abgestumpft und verstört durch öde, verpestete Städte, atmen schädliche Gase aus stillgelegten Fabriken, umklammern armselige Plastiktüten voll vergifteten Fleisches und krebserregenden Gemüses. Die Stinkreichen häufen auf steuerfreien Anlagekonten auf dem Kontinent ein Vermögen an, während die anderen sich durch die knietiefen Hundeexkremente der Straßen kämpfen und in seelenerstickenden Ausbeuterbetrieben ihre Karten in die Stechuhren schieben, um sich die überbesteuerten, unterbewerteten Pfund Sterling für einen Kanten ranzigen Käse und eine Dose Bohnen zu verdienen.

Schau dir irgendeine Straße in irgendeiner Stadt an! Du siehst uns mißmutig von einer häßlichen Schickimicki-Boutique in die andere schleichen und unsere Mittel für widerwärtige Designerklamotten verschleudern, die nicht einmal passen, und graue Pappschuhe kaufen, die durch Sklavenarbeit in den Gulags erzeugt wurden, und uns routinemäßig von schlampigen, hirntoten Verkäuferinnen mit blauem Lidschatten und kalkweißen Beinen beschimpfen lassen. Überwältigt von Marktkräften, die wir weder verstehen noch kontrollieren können, streifen wir vergeblich durch die Hallen der Konsumgier und kaufen mit holographieglänzendem Plastikgeld hochkomplizierte koreanische Geräte, die wir weder wollen noch brauchen, von selbstgefälligen, pickelgesichtigen Junior-Verkaufsleitern mit gelben Krawatten und zu engen Hosen, die es nicht erwarten können, ins nächste Pub zu laufen und sich Pintgläser gepanschten Bieres in den Hals zu kippen und gelangweilte Sekretärinnen in schwarzen Leder-Miniröcken und durchsichtigen Blusen anzustarren.«

Simon hatte sich in Fahrt geredet. Ich lehnte mich im Sitz zurück, während er seine Horrorvisionen weiter an mir vorbeiprozessieren ließ. Es ging um den Kanaltunnel und eine vom Abfall kontinentaler Touristen übersäte Landschaft, um die Opfer des französischen Modeterrors, um sauren Regen und finstergesichtige Belgier, um iranische Sprachstudenten und biertrinkende Rüpel mit Heineken-Dosen in der Hand, um Fußballrowdies und Löcher in der Ozonschicht, um italienische Playboys und südamerikanische Drogenfürsten, um Schweizer Banken und AmEx-Goldkarten und den Treibhauseffekt und das Zeitalter der Inkonsequenz und so weiter und so fort.

Simon klammerte sich mit beiden Händen ans Steuerrad und stemmte den Fuß aufs Gaspedal, wie um seinen Worten Nachdruck zu verleihen, nickte zum Rhythmus seiner Worte mit dem Kopf und warf mir hin und wieder einen Seitenblick zu, um sich zu vergewissern, daß ich noch zuhörte. Inzwischen wartete ich auf meine Gelegenheit, einen Schraubenschlüssel in sein hochdrehendes Getriebe zu werfen.

»Wir werden bald keinen eigenen Platz in der Welt mehr haben, aber immerhin haben wir ja kaltes Guinness in Dosen und unzerstörbare Braun-Kaffeemaschinen und schicke Benetton-Sweatshirts und raffinierte Nike-Cross-Country-Schuhe und vergoldete Mont-Blanc-Kolbenfüller und Canon-Faxgeräte und Renaults und Porsches und Mercedes und Saabs und Fiats und Yugos und Ladas und Hyundais und Givenchy und Chanel pour Homme und Aeroflot-Reisen und Ferienwohnungen an der Costa del Sol, und Piat d'Or und Viva España, und Sony und Yamaha und Suzuki und Nissan und Minolta und Panasonic und Blitzumishi!

Und regen wir uns darüber auf?« fragte er rhetorisch. »Nein, zur Hölle! Wir zucken mit keiner Wimper. Wir geben keinen Laut von uns. Wir rühren keinen kleinen Finger. Wir sitzen nur gebannt vor der allmächtigen Röhre und lassen uns von einer unglaublichen Mischung aus tödlichen Banalitäten und Geschwätz einlullen, während verheerende Kathodenstrahlen unsere gesunden grauen Zellen in Kalbfleisch in Aspik verwandeln!«

Was endlose Monologe anbetraf, war dies eine der herausragenderen Leistungen Simons. Doch seine jammervollen Litaneien konnten ad infinitum weitergehen, und ich hatte allmählich genug. Er machte eine Pause, um Atem zu schöpfen, und ich ergriff meine Chance. »Wenn du so unglücklich bist«, sagte ich, indem ich mich in den versiegenden Strom seiner Schimpfkanonade warf, »warum bleibst du dann hier?«

Eigenartigerweise legte ihn das lahm. Er wandte mir sein Gesicht zu. »Was hast du gesagt?«

»Du hast es gehört. Wenn du so elend dran bist, wie du vorgibst, und wenn alles so schlecht ist, wie du sagst – warum haust du dann nicht ab? Du könntest überall hingehen.«

Simon lächelte sein dünnes, überlegenes Lächeln. »Zeig mir einen Ort, wo es besser ist«, sagte er, »und ich bin schon unterwegs.«

Aus dem Stegreif fiel mir kein Ort ein, der für Simon gut genug sein könnte. Ich hätte die Vereinigten Staaten vorschlagen können, aber dort gingen dieselben Dämonen um, die auch England zu schaffen machten. Als ich das letzte Mal zu Hause gewesen war, hatte ich es gar nicht wiedererkannt – es war alles ganz anders, als ich es in Erinnerung hatte. Selbst in meiner kleinen Heimatstadt im Mittelwesten war das Gefühl der Gemeinschaft fast verschwunden, verschlungen von unersättlichen Firmen und der blinden Sucht der Einwohner nach endlosem Konsum und einer Wirtschaft, in der sich alles um den schnellen Dollar drehte. »Wir haben zwar keine Parade zum 4. Juli mehr auf der Main Street und kein Weihnachtsliedersingen mehr im Park«, hatte mein Vater gesagt, »aber dafür haben wir ja jetzt McDonald's und Pizza Hut und Kentucky Fried Chicken und einen Sieben-Tage-Vierundzwanzig-Stunden-Supermarkt!«

So stand es um die Welt: gierig, grimmig und grausig.

So war es überall, und ich war es leid, ständig daran erinnert zu werden, wohin ich mich auch drehte. Also wandte ich mich zu Simon, schaute ihm in die Augen und gab ihm seine Herausforderung postwendend zurück. »Willst du damit sagen, wenn du einen Ort fändest, der dir besser gefiele, würdest du weggehen?«

»Wie der Blitz!«

»Ha!« höhnte ich. »Das würdest du nie tun. Ich kenne dich, Simon – du bist ein klassischer Nörgler. Du bist nicht glücklich, wenn du nicht unglücklich sein kannst.«

»Ach, tatsächlich?«

»Es ist wahr, Simon«, erklärte ich. »Wenn alles vollkommen wäre, bekämst du Depressionen. Das ist die Wahrheit. Dir gefällt die Welt in Wirklichkeit so, wie sie ist.«

»Danke vielmals, Dr. Freud«, knurrte Simon. »Ich weiß Ihre scharfsinnige Analyse sehr zu schätzen.« Er trat das Gaspedal bis zum Bodenblech durch.

Ich ließ nicht locker. »Du kannst es ruhig zugeben, Simon – du bist ein Schwarzseher, und zwar aus Leidenschaft. Du bist ein Connoisseur in Sachen Elend: Ein Dutzend Katastrophen in Kräuterbutter, und ein Gläschen Bordeaux dazu! Je schlimmer die Dinge werden, desto besser gefallen sie dir. Dekadenz stört dich nicht – du ziehst sie sogar vor. Du hast Freude am Niedergang; du ergötzt dich am Verfall.«

»Paß auf«, antwortete er leise – so leise, daß ich ihn beinahe nicht hören konnte, »vielleicht überrasche ich dich eines Tages noch, mein Freund.«

3

Der Grüne Mann

Ich hatte gehofft, Loch Ness zu sehen. Doch alles, was ich zu sehen bekam, war mein eigenes trübäugiges Spiegelbild im Wagenfenster, angestrahlt von der Kartenleuchte im Armaturenbrett. Es war dunkel. Und spät. Ich war hungrig, gelangweilt und müde, sehnte mich danach auszusteigen und verfluchte mich im stillen dafür, daß ich diesen idiotischen Ausflug überhaupt mitmachte.

Was ich über Simon gesagt hatte, stimmte im wesentlichen. Er entstammte einer langen Linie von Manisch-Depressiven, Größenwahnsinnigen und depressiven Größenwahnsinnigen. Doch im Grunde hatte ich nur gehofft, ihn von seiner Jammerorgie abzubringen. Statt dessen hatte meine improvisierte Psychoanalyse nur ein gespanntes und lastendes Schweigen zwischen uns hervorgebracht. Simon zog sich schmollend in sich zurück und gab während der nächsten sieben Stunden nur einsilbige Grunzlaute von sich. Dennoch nahm ich meine Navigationspflichten wahr, ohne auf sein finsteres Gesicht zu achten.

Der Karte auf meinem Schoß nach zu urteilen, befanden wir uns unmittelbar südlich von Inverness. Ich wandte mich vom Fenster ab und schaute auf den Atlas unter meinem Daumen. Wir näherten uns auf der A82 einem Dorf namens Lochend. Die langgezogene Oberfläche des berühmten, von Monstern bewohnten Sees selbst lag hundert Meter rechts von uns unsichtbar in der Dunkelheit.

»Wir müßten bald Lichter sehen«, sagte ich. »Noch drei oder vier Meilen.«

Ich saß immer noch über die Karte gebeugt, als Simon aufschrie. »Verdammt noch mal!«

Er stieg auf die Bremse und geriet ins Schleudern. Ich wurde gegen die Tür geworfen. Mein Kopf schlug gegen das Fenster.

Der Wagen kam mit blockierenden Reifen zum Stehen. »Hast du das gesehen?« schrie Simon. »Hast du das gesehen?«

»Aua!« Ich rieb mir den Kopf. »Was denn? Ich habe gar nichts gesehen.«

Simons Augen schimmerten wild in dem trüben Licht. Er legte den Rückwärtsgang ein, und der Wagen begann zurückzurollen. »Es war eines von diesen Monstern!«

»Monster? Was für Monster?«

»Du weißt schon«, sagte er, während er sich umdrehte, um durch das Heckfenster zu sehen, »eines von diesen Fabelwesen.« Seine Stimme klang unsicher, und seine Hände zitterten.

»Ein Fabelwesen – nun, das schränkt die Auswahl schon beträchtlich ein.« Ich verdrehte mir den Hals, um ebenfalls durch die Heckscheibe zu sehen, konnte aber nichts erkennen. »Was denn genau für ein Fabelwesen?«

»O zum Kuckuck, Lewis!« rief er mit hysterisch erhobener Stimme. »Hast du es gesehen oder nicht?«

»Schon gut, beruhige dich. Ich glaube dir ja.« Offensichtlich saß er schon viel zu lange am Steuer. »Was immer es war, jetzt ist es weg.«

Ich wollte mich schon abwenden, als ich im weiß-roten Glühen der Hecklichter flüchtig den zerlumpten Oberkörper eines Mannes sah. Oder genauer, ich sah die Oberschenkel, den Bauch und den Teil eines Arms, der durch den Lichtschein schwang und wieder verschwand. Den Proportionen nach zu urteilen, mußte der Körper gigantisch sein. Ich sah ihn nur für einen winzigen Augenblick, doch mein stärkster Eindruck, das, was mir fest im Gedächtnis blieb, war der Anblick von *Baumlaub*.

»Da!« bellte Simon triumphierend und trat auf die Bremse. »Da ist es wieder!« Er riß die Tür auf, sprang aus dem Wagen und rannte ein paar Meter weit die Straße hinauf.

»Simon! Komm zurück!« rief ich und wartete. Das Geräusch seiner Schritte verklang. »Simon?«

Ich hing über der Sitzlehne und spähte durch die Heckscheibe. Nicht das geringste war zu sehen, außer der paar Meter Asphalt, die von den Heckleuchten bestrahlt wurden. Der Motor surrte leise, und durch die offene Fahrertür hörte ich das Rauschen des Windes in den Kiefern wie das Zischen riesiger Schlangen.

Ich starrte gebannt in den Lichtkreis und nahm plötzlich die schnellen Bewegungen einer sich nähernden Gestalt wahr. Einen Augenblick später erkannte ich Simon. Er glitt in den Wagen, schlug die Tür zu und drückte den Verschlußknopf. Dann legte er seine Hände aufs Steuerrad, machte jedoch keine weitere Bewegung.

»Nun? Hast du etwas gesehen?«

»Du hast es auch gesehen, Lewis, ich weiß es genau.« Er wandte sich mir zu. Seine Augen leuchteten, und seine Lippen spannten sich über den Zähnen. Ich hatte ihn nie in solcher Erregung erlebt.

»Hör mal, es ging alles so schnell. Ich weiß nicht, was ich gesehen habe. Laß uns einfach hier verschwinden, okay?«

»Beschreibe es.« Seine Stimme barst beinahe unter seinem Bemühen, nicht zu schreien.

»Es war ein Mann, glaube ich. Es sah aus wie ein Mann. Ich habe nur ein Bein und einen Arm gesehen, aber ich glaube, es war ein Mann.«

»Welche Farbe hatte er?«

»Woher soll ich wissen, welche Farbe er hatte?« fragte

ich schrill. »Ich weiß es nicht. Es ist dunkel. Ich habe es nicht so genau –«

»Sag mir, welche Farbe er hatte!« Simons Ton war kalt und schneidend.

»Grün, glaube ich. Der Kerl trug etwas Grünes – Lumpen oder so etwas.«

Simon nickte langsam und blies die Luft aus. »Ja, grün. Stimmt. Du hast es auch gesehen.«

»Wovon reden wir hier eigentlich?« fragte ich. Mein Magen verkrampfte sich zu einem festen Knoten.

»Von einem riesigen Mann«, antwortete er leise. »Mindestens acht Fuß groß.«

»Richtig. Und er hatte einen zerlumpten grünen Mantel an.«

»Nein.« Simon schüttelte entschieden den Kopf. »Kein Mantel. Keine Lumpen.«

»Was denn dann?« Die Spannung ließ meine Stimme schärfer werden.

»Laub.«

Ja. Er hatte es auch gesehen.

An einer durchgehend geöffneten Tankstelle kurz vor Inverness hielten wir zum Tanken. Die Uhr im Armaturenbrett sagte zwei Uhr siebenundvierzig. Abgesehen von einem kurzen Halt in Carlisle, wo wir getankt und ein paar Sandwiches gekauft hatten, waren es elf Stunden seit unserer letzten richtigen Pause. Simon hatte darauf bestanden, durchzufahren, um bei Tagesanbruch ›in situ‹ zu sein, wie er es ausdrückte.

Simon kümmerte sich um das Benzin, während ich die Insekten von der Windschutzscheibe schrubbte. Er zahlte und kehrte mit zwei Styroporbechern voll Nescafé zum Wagen zurück. »Trink aus«, sagte er, als er mir einen davon in die Hand drückte.

Wir standen im grellen Licht der Neonröhren über uns, schlürften unseren Kaffee und starrten einander an. »Also?« fragte ich, nachdem ein paar Minuten auf diese Weise vergangen waren. »Sprichst du es aus oder ich?«

»Was spreche ich aus?« Simon schenkte mir einen seiner kühlen, nichtssagenden Blicke – auch so einer von seinen vielen kleinen Tricks.

»Meine Güte, Simon, du weißt ganz genau, was ich meine!« Die Worte kamen lauter, als ich beabsichtigt hatte. Ich schätze, ich war immer noch ziemlich aufgeregt. Simon hingegen schien das Erlebnis schon verarbeitet zu haben. »Was wir da draußen *gesehen* haben.« Ich winkte mit der Hand zu der Straße hinter uns hinüber.

»Steig ein«, antwortete er.

»Nein! Ich steige nicht in den Wagen, bevor –«

»Halt den Mund, Lewis!« zischte er. »Nicht hier. Steig in den Wagen, und wir reden.«

Ich warf einen Blick zur Tür der Tankstelle. Der Tankwart war herausgekommen und beobachtete uns. Ich weiß nicht, wieviel er gehört hatte. Ich setzte mich hinein und schlug die Tür zu. Simon schaltete die Zündung ein, und wir rollten hinaus auf die Straße.

»Okay, wir sitzen im Wagen«, sagte ich. »Also rede.«

»Was willst du, daß ich sagen soll?«

»Ich will, daß du mir sagst, was wir deiner Meinung nach gesehen haben.«

»Aber das ist doch offensichtlich, meinst du nicht?«

»Ich will hören, wie du es sagst«, beharrte ich. »Nur fürs Protokoll.«

Simon ließ sich mit königlicher Nachsicht zu mir herab. »Also schön, dann nur fürs Protokoll: Ich glaube, daß wir das gesehen haben, was man früher einmal einen Grünen Mann nannte.« Er nippte an seinem Kaffee. »Zufrieden?«

»Ist das alles?«

»Was soll es sonst noch zu sagen geben, Lewis? Wir

haben diese große, grüne Männergestalt gesehen. Du und ich – wir beide haben sie gesehen. Ich weiß wirklich nicht, was ich sonst noch dazu sagen soll.«

»Du könntest zum Beispiel hinzufügen, daß das schlicht unmöglich ist. Stimmt's? Du könntest sagen, daß Männer aus Eichenblättern nicht existieren, nicht existieren können und niemals existieren könnten. Du könntest sagen, daß es so etwas wie einen Grünen Mann nicht gibt – daß er eine Figur aus dem Bereich des Aberglaubens und uralter Legenden ist und keinerlei Bezug zur Realität hat. Du könntest sagen, daß wir von der Fahrt erschöpft waren und Dinge gesehen haben, die gar nicht dagewesen sein können.«

»Ich werde sagen, was immer du willst, wenn es dich glücklich macht«, meinte er. »Aber ich habe gesehen, was ich gesehen habe. Erkläre es dir, wie du willst.«

»Aber ich *kann* es nicht erklären.«

»Ist es das, was dir so zu schaffen macht?«

»Ja – unter anderem.«

»Warum ist dir eigentlich eine Erklärung so wichtig?«

»Entschuldige mal, ich denke nun einmal zufällig, daß es für jeden geistig gesunden und vernünftigen Menschen wichtig ist, wo immer möglich, zumindest mit einem Bein in der Wirklichkeit zu stehen.«

Er lachte und durchbrach damit ein wenig die Spannung. »Wenn man also etwas sieht, das man nicht erklären kann, ist man deiner Einschätzung nach geistig nicht gesund – richtig?«

»So habe ich das nicht gesagt.« Er hatte die unangenehme Angewohnheit, mir meine Worte im Mund herumzudrehen.

»Tja, mein Junge, du wirst wohl einfach damit leben müssen.«

»Damit leben? Ist das alles? Mehr hast du nicht dazu zu sagen?«

»Solange uns nichts Besseres einfällt, nein.«

Wir waren zu einer kleinen Dreierkreuzung gekommen. »Das ist unsere Abzweigung«, sagte ich ihm. »Hier biegen wir in Richtung Nairn ab.«

Simon schlug die Straße nach Osten ein, fuhr weiter, bis wir die Stadt hinter uns hatten, und fuhr dann links an die Böschung. Er ließ den Wagen langsam ausrollen, schaltete den Motor ab und öffnete seinen Sicherheitsgurt.

»Was tust du?«

»Ich mache ein Schläfchen. Ich bin müde. Wir können hier eine Mütze voll Schlaf nehmen und schaffen es immer noch vor Sonnenaufgang bis zur Farm.« Er zog einen Hebel, um seine Sitzlehne in Liegestellung zu bringen, und schloß die Augen. Im Nu war er fest eingeschlafen.

Ich beobachtete ihn ein paar Augenblicke lang, während ich dachte: Simon Rawnson, in was hast du uns hier hineingeritten?

4

Am Tor zum Westen

Ich hörte das tiefe, kehlige Brummen eines Riesenlasters und erwachte, um Simon leise schnarchend neben mir zu finden. Die Sonne erhob sich über die Hügel im Osten, und der morgendliche Verkehr begann neben uns über die Straße zu summen. Die Uhr auf dem Armaturenbrett zeigte sechs Uhr zweiundvierzig. Ich stieß Simon an. »He, wach auf. Wir haben verschlafen.«

»Huh?« Er kam sofort hoch. »O verdammt!«

»Es ist kalt hier drin. Mach die Heizung an.«

Er setzte sich auf und drehte den Zündschlüssel. »Warum hast du mich nicht geweckt?«

»Habe ich ja gerade eben.«

»Wir werden zu spät kommen.« Er rieb sich die Augen mit den Handballen, blickte prüfend in den Rückspiegel und steuerte dann schnell auf die Straße.

»Wie meinst du das? Die Sonne ist noch nicht einmal aufgegangen. Es sind nur noch ein paar Meilen. Wir werden reichlich früh genug dort sein.«

»Ich wollte *vor* Sonnenaufgang dort sein«, sagte Simon knapp. »Nicht danach.«

»Was macht das für einen Unterschied?«

Simon warf mir einen verächtlichen Blick zu. »Das fragst du als Keltenforscher.«

Sein Ton schien anzudeuten, daß ich eigentlich in der Lage sein müßte, seine Gedanken zu lesen.

»Die Zeit zwischen den Zeiten – ist es das, worauf du

hinauswillst?« Ich hatte nicht geahnt, daß Simon etwas von alter keltischer Mythologie verstand. »Ist das der Grund, warum wir uns derartig ins Zeug gelegt haben, um so schnell hierherzukommen?«

Er antwortete nicht. Ich nahm sein Schweigen als Bestätigung und fuhr fort: »Schau mal, wenn das der Grund ist, warum du uns durch das ganze Land hierher geschleppt hast, dann vergiß es. Die Zeit zwischen den Zeiten – das ist nur ein Volksaberglaube, mehr ein poetisches Mittel als irgend etwas anderes. Es gibt sie nicht.«

»So, wie es auch keine Ure gibt?«

»Es gibt keine Ure!« Und auch keine Grünen Männer, hätte ich hinzufügen können, aber ich sparte mir die Luft. Es war nicht nötig, das so früh am Morgen zur Sprache zu bringen. »Das ist nur Schmierenjournalismus.«

»Dazu sind wir ja hergekommen, um das herauszufinden, nicht wahr?« Simon lächelte verschlagen und wandte seine Aufmerksamkeit der Straße zu. Wir hatten bereits wieder offenes Land erreicht und entfernten uns auf der A96 in östlicher Richtung von Inverness. Das letzte Zeichen, das ich gesehen hatte, besagte, daß es nur noch zwölf Meilen bis Nairn waren. Ich suchte auf dem Boden des Wagens nach dem Atlas, fand ihn, wo ich ihn in der vergangenen Nacht hatte fallen lassen, und schlug die richtige Seite auf. Die Farm, nach der wir suchten, war nicht auf der Karte, doch das nächste Dorf war eingezeichnet – ein winziger Fliegendreck von einem Kaff namens Craigiemore, gelegen an einer verschnörkelten, dünnen gelben Straße, die durch den euphemistisch so benannten Darnaway Forest verlief. So ziemlich alles, was von diesem angeblichen Wald übrig war, waren ein oder zwei Hügel voller faulender Stümpfe und ein Picknickplatz am Straßenrand.

»Ich sehe hier keine Carnwood-Farm«, sagte ich, nachdem ich die Karte gründlich studiert hatte. Simon drückte seine Wertschätzung für diese Information durch ein

Grunzen aus. Solchermaßen ermutigt, fuhr ich fort: »Jedenfalls sind es von Nairn bis zur B9007 sieben Meilen. Und von dort bis zur Farm sind es wahrscheinlich mindestens noch einmal zwei oder drei Meilen.«

Simon dankte mir für meinen Beitrag zur Orientierung durch ein weiteres vielsagendes Grunzen und trat das Gaspedal weiter durch. Die dunstverhangene Hügellandschaft flog verschwommen an uns vorbei. Die Sicht war ohnehin schon ziemlich verschwommen. Ein weißlicher Nebel klebte am Boden, der jenseits der nächsten tausend Meter alle Einzelheiten verhüllte und die aufgehende Sonne in eine geisterhafte, blutrote Scheibe verwandelte.

Schottland ist eine merkwürdige Gegend. Mir blieb die Anziehungskraft verborgen, die dieser öde, windzerzauste Landstrich aus Erde und Felsen auf so viele sonst ganz vernünftige Leute ausübte. Wo kein Moor war, war ein Loch, eines so feucht wie das andere. Und kalt. Die Costa del Sol dürfen Sie mir jederzeit anbieten. Noch besser, geben Sie mir die französische Riviera und behalten Sie alles andere. Meiner Meinung nach konnte man jede Gegend vergessen, in der es nicht möglich war, in Rufweite vom Strand einen anständigen Wein anzubauen.

Simon störte mich in meiner Betrachtung durch eine Stegreifrezitation, die so überraschend wie spontan kam. Ohne seine Augen von der Straße abzuwenden, sagte er:

Ich bin der Sänger in der Dämmerung der Zeit,
und ich stehe am Tor zum Westen.

Ich ruhe auf dreimal fünfzig Kriegern,
deren Namen gerühmt sind in den Hallen der Häuptlinge;

Königliches Blut fließt in meinen Adern,
mein Geschlecht ist nicht niedrig;
doch mein Teil wird verachtet.

Wahrheit ist an der Wurzel meiner Zunge,
Weisheit ist der Odem meiner Rede;
doch meine Worte finden keine Ehre unter den Menschen.

Ich bin der Sänger in der Dämmerung der Zeit,
und ich stehe am Tor zum Westen.

Ich war wie vor den Kopf geschlagen. Da lebt man nun jahrelang mit einem Menschen zusammen und bildet sich ein, ihn einigermaßen zu kennen.

»Wo in aller Welt hast du das her?« fragte ich, als ich meinen Mund wieder zumachen konnte.

»Hat es dir gefallen?« Er grinste mich an wie ein ungezogener Schuljunge, der seinem Klassenlehrer ein dunkles Geheimnis offenbart.

»Es war nicht schlecht«, gab ich zu. »Wo hast du es her?«

»Keine Ahnung«, antwortete Simon. »Muß wohl irgendwo in meiner Lektüre darüber gestolpert sein. Du weißt ja, wie das ist.«

Und ob ich wußte, wie das ist. Der pflichtbewußte Gelehrte Simon hatte seit Monaten kein Buch mehr aus der Nähe gesehen. »Hast du eine Vorstellung, was es bedeutet?« fragte ich.

»Eigentlich hatte ich gehofft, daß du mir dazu etwas sagen könntest«, antwortete er zaghaft. »Es liegt nicht ganz auf meiner Linie, fürchte ich. Mehr auf deiner, denke ich.«

»Simon, was ist los? Erst die Geschichte mit den ausgestorbenen Rindern, dann spielt auf einmal die Zeit zwischen den Zeiten eine riesige Rolle für dich, und jetzt deklamierst du mir keltische Rätselverse vor. Was steckt dahinter?«

Er zuckte die Achseln. »Es fiel mir nur so ein. Die Hügel, der Sonnenaufgang, Schottland … es schien irgendwie zu passen.«

Da ich einer Auster mehr Informationen hätte entlocken können, wechselte ich das Thema. »Wie wäre es mit Frühstück?« Simon antwortete nicht. Er schien plötzlich ganz mit Fahren beschäftigt zu sein. »Was hältst du davon, in Nairn anzuhalten und einen Bissen zu essen?«

Wir hielten nicht in Nairn. Wir jagten so schnell durch diese Stadt, daß ich dachte, Simon könnte es auf einen Geschwindigkeitsrekord abgesehen haben. »Fahr langsamer!« schrie ich und stützte mich mit gestreckten Armen vom Armaturenbrett ab. Doch Simon schaltete nur herunter und fuhr weiter.

Als wir Nairn hinter uns gelassen hatten, nahm Simon die A939, und wir flogen beinahe buchstäblich über die Hügel. Glücklicherweise waren wir allein auf der Straße. Sie entrollte sich vor uns in einem nahtlosen, wenn auch kurvenreichen Streifen, auf dem wir mit beträchtlicher Eile entlangjagten. Kurz hinter dem Flüßchen Findhorn erreichten wir das Dorf Ferness an der Kreuzung der A939 und der B9007. »Das ist unser Abzweig«, sagte ich. »Rechts ab.«

Die B9007 erwies sich als schmaler Asphaltstreifen, der auf dem Grunde des Findhorntals verlief, und als wichtigster Weg zu den Überresten des Darnaway Forest, der zu meiner Überraschung alle Merkmale eines richtigen Waldes besaß. Es gab Hügel, die dicht mit hohen Kiefern bewachsen waren, Morgennebel, der zwischen den Bäumen waberte, und kleine Bäche, die dem Fluß im Tal entgegenplätscherten. Nach einer Meile erreichten wir ein winziges Dorf namens Mills of Airdrie.

Ich konnte genügend Gälisch, um zu wissen, daß das Wort ›Airdrie‹ eine Kontraktion des alten keltischen Ausdrucks ›Aird Righ‹ war, der ›Hochkönig‹ bedeutet. Es war zwar nichts Außergewöhnliches an einem König, der eine Mühle an einem Fluß besaß, doch ich fand es etwas merkwürdig, daß es ein Hochkönig gewesen sein sollte. In der alten Zeit war dieser Titel nur der obersten Elite unter den Königsgeschlechtern vorbehalten und dürfte in Schottland kaum vorgekommen sein.

Das Dorf selbst machte nicht viel her: eine verbreiterte Stelle der Straße mit einem Gasthaus und einer Kombination aus Lebensmittelgeschäft, Zeitungskiosk und Postamt. Wir fuhren noch eine Meile weiter und erreichten eine nicht gekennzeichnete Straße. An der Kreuzung stand ein verwittertes Schild; darauf stand in hellblauen Lettern ›Carnwood Farm‹ mit einem Pfeil in der entsprechenden Richtung. Wir bogen links ab und kamen kurz darauf an eine Steinbrücke. Noch einmal überquerten wir den Findhorn und drangen tiefer in das Herz von Darnaway vor.

Die Carnwood Farm lag auf einer ebenen Fläche zwischen zwei weitläufigen, bewaldeten Hügeln. Die Farm war klein, sauber und sparsam ausgestattet und wirkte sehr effizient. Doch gleichzeitig vermittelte sie ein Gefühl von … ich weiß nicht recht … Leere. So, als wäre sie seit langem stillgelegt. Nicht vernachlässigt, nicht verlassen. Nur unberührt. Oder, genauer gesagt, als widersetzte sich das Land irgendwie der menschlichen Besiedlung. Das war offensichtlich absurd. Die Gebäude, die Felder und die eingestürzte Ruine eines alten, moosbewachsenen Steinturmes verrieten, daß dieser Ort seit Generationen bewohnt gewesen war.

»Also«, sagte Simon, »da wären wir.« Er hatte den Wagen auf Schrittempo verlangsamt, als wir uns näherten, und hielt nun am Straßenrand an. Ein großes, graues Steinhaus und verschiedene Nebengebäude standen am Ende einer langen, von Bäumen eingerahmten Einfahrt, die von der Straße durch ein schwarz gestrichenes Holztor getrennt war. Auf einem blechernen Briefkasten war in weithin lesbaren weißen Lettern der Name Grant zu lesen.

»Und jetzt?« fragte ich. »Bleiben wir einfach hier draußen sitzen, oder gehen wir hinein?«

»Wir gehen hinein.«

Er schaltete den Motor aus und zog den Schlüssel ab. Wir stiegen aus und gingen zum Tor hinüber. »Kalt hier draußen«, sagte ich schaudernd. Mein Poncho war noch im Wagen. Simon versuchte sich an dem Tor; es war nicht verschlossen und schwang mühelos auf.

Ein großer langohriger Hund kam uns in der Einfahrt auf halbem Wege entgegen. Er bellte nicht, sondern rannte fröhlich schwanzwedelnd auf uns zu, um uns zu begrüßen, und leckte meine beiden Hände ab, bevor ich sie in die Taschen stecken konnte. Simon pfiff das freundliche Tier zu sich. »He, Hasso, ist dein Herrchen zu Hause?«

»Ist er«, sagte ich, »und da kommt er schon.«

Um die Ecke der Scheune näherte sich ein Mann mit einem unförmigen braunen Tweedhut, schwarzem Mantel und grünen Gummistiefeln. In der Hand trug er einen langen Stecken, und er sah so aus, als wüßte er, wie man damit umgeht.

»Guten Morgen, Sir«, rief Simon und bot seinen Rawnsonschen Charme auf. »Ein hübsches Plätzchen haben Sie hier.«

»Morgen.« Der Farmer lächelte nicht, aber er schlug auch nicht mit seinem Stecken nach uns. Ich faßte das als gutes Zeichen auf.

»Wir sind von Oxford hergekommen«, eröffnete ihm Simon, als ob damit alles erklärt sei.

»Den ganzen weiten Weg?« Der Farmer schüttelte leicht den Kopf. »Dann wollen Sie bestimmt das Tierchen sehen.«

Ich dachte, er meinte den Hund, und wollte schon sagen, daß wir bereits das Vergnügen gehabt hätten, als Simon antwortete: »Das stimmt. Natürlich nur, wenn es keine Umstände macht. Ich möchte Ihnen auf keinen Fall Mühe machen.«

Wenn es keine Umstände macht! Wir waren Tag und

Nacht gefahren, um hierherzukommen, zu keinem anderen Zweck, als diesen Ur zu sehen, und er wollte niemandem Mühe machen. Ich faßte es nicht!

»Oh, es macht mir keine Mühe«, antwortete der Farmer liebenswürdig. »Ich bringe Sie gleich hin.«

Er führte uns auf ein kleines Feld hinter der Scheune. Das rauhreifüberzogene Gras knirschte unter unseren Füßen wie Eierschalen. Ich spähte auf dem Feld nach irgendwelchen Anzeichen des unseligen Eiszeitreliktes aus, konnte aber nichts erkennen.

Schließlich blieben wir stehen, und der Farmer stieß mit dem Ende seines Steckens auf den Boden vor uns. »Hier ist er hingefallen«, sagte er. »Sie können noch sehen, wo er das Gras niedergedrückt hat.«

Ich sah nichts dergleichen. Eigentlich sah ich überhaupt nichts. »Wo ist er?« fragte ich. Meine Stimme klang scharf durch die Enttäuschung. Oder Verzweiflung.

Der Farmer sah mich gelassen an, mit einem Ausdruck, in dem sich Mitleid und Belustigung mischten – ungefähr so, nehme ich an, wie man einen Dorfdeppen ansehen würde. »Er ist doch nicht mehr hier.«

»Ich sehe, daß er nicht mehr hier ist. Aber wo ist er hin?« Es war nicht meine Absicht, den Mann anzufahren. Aber außer mir schien es niemandem etwas auszumachen, daß wir acht Millionen Meilen gefahren waren, nur um uns einen kahlen Fleck auf einem leeren Feld anzusehen.

»Gestern nachmittag sind sie gekommen und haben ihn abgeholt«, antwortete der Farmer.

Simon kauerte sich nieder und legte seine Hand auf das plattgedrückte Stroh. »Wer hat ihn abgeholt?« fragte er beiläufig. »Falls ich das fragen darf.«

»Oh, fragen Sie nur«, antwortete der Farmer. »Die Leute von der Universität?«

»Welcher Universität?« fragte ich. Mit jeder Sekunde, die verstrich, kam ich mir mehr wie ein Idiot vor.

»Edinburgh«, antwortete der Farmer in einem Ton, als sei dies die einzige vorstellbare Institution höherer Gelehrsamkeit auf dem ganzen Planeten und als sei es unbegreiflich, daß man überhaupt so eine Frage stellen konnte. »Archäologen waren es. Hatten einen kleinen Lieferwagen mit Anhänger dabei und alles.«

Simon brachte das Verhör wieder aufs Thema zurück. »Gestern nachmittag, sagen Sie? Um welche Uhrzeit etwa?«

»Viertel nach vier. Ich war gerade zum Tee hereingekommen, als sie kamen«, sagte der Farmer, kauerte sich neben ihm nieder und fuhr mit seinem Stecken über den nicht mehr vorhandenen Kadaver hin.

»Hier können Sie sehen, wie er gefallen ist. Schätze, er ist auf die Seite gerollt. Der Kopf lag dort.« Er tippte mit dem Stecken auf den Boden. »Sie haben Fotos gemacht und so. Meinten, es kämen noch andere Leute, die alles schriftlich aufnehmen würden.«

»Richtig«, bestätigte Simon, als wären wir diese Leute. »Wir sind gekommen, so schnell wir konnten.«

»Sie haben nicht zufällig hier irgendwo einen Misthaufen, oder?« fragte ich.

»Mist?« fragte der Farmer verwundert. »Wozu wollen Sie meinen Misthaufen sehen?«

Simon verdrehte die Augen in meine Richtung. Zu dem Farmer sagte er: »Wo haben die Leute von der Universität den Kadaver hingebracht?«

»Ins Labor«, sagte der Farmer. »Da bringen sie so etwas immer hin – ins Labor. Versuche und so. Was die da eben machen.« Er schüttelte den Kopf. Offensichtlich ging die Sache über seinen Horizont. »Möchten Sie vielleicht ein Frühstück?«

»Ja«, sagte ich.

»Nein«, sagte Simon und warf mir einen drohenden Blick zu. »Das können wir Ihnen auf keinen Fall zumuten.

Wenn es Ihnen nichts ausmacht, möchten wir Ihnen nur noch ein paar Fragen stellen, und dann machen wir uns wieder auf den Weg. Also, wann haben Sie das Tier auf Ihrem Feld zum ersten Mal bemerkt?«

Der Farmer warf einen Blick zum Himmel. Die Sonne hatte sich über die Hügel erhoben und vertrieb allmählich den Nebel. »Oh, es würde keine Mühe machen«, sagte er.

»Trotzdem, vielen Dank«, sagte Simon mit seinem warmen, gewinnenden Lächeln. »Aber es ist sehr freundlich von Ihnen.«

»Wenigstens ein Täßchen Kaffee?« Der Farmer schob die Hände in die Taschen.

Simon erhob sich langsam. »Nur, wenn es keine Umstände macht. Wir möchten nicht zuviel von Ihrer Zeit in Anspruch nehmen«, sagte er. »Ich weiß, wie lästig das alles sein kann.«

Der Farmer lächelte. »Meine Morag hat den Kaffee sicher schon eingegossen. Kommen Sie einfach mit.« Er streckte seine Hand aus. »Mein Name ist Grant – Robert Grant.«

»Ich bin Simon Rawnson«, sagte Simon und schüttelte ihm die Hand. »Und das ist mein Kollege Lewis Gillies.«

Ich gab dem Farmer die Hand, und nach dieser rituellen Begrüßung folgten wir unserem Gastgeber. Auf dem Weg zum Haus packte Simon mich am Arm. »Du kannst dich diesen Leuten nicht so aufdrängen«, flüsterte er eindringlich.

»Wieso aufdrängen? Er hat es angeboten. Ich habe Hunger.«

Simon runzelte die Stirn. »Natürlich hat er es angeboten – was erwartest du denn? Aber du mußt dich bitten lassen.«

»Wie du meinst. Das hier ist deine Show.«

»Vermassel nicht wieder alles«, zischte Simon. »Ich warne dich.«

»Da wären wir! Herein!«

Wir folgten dem Farmer ins Haus und warteten, während er seinen Mantel ablegte. Seine Frau Morag begrüßte uns in der Küche, wo sie, wie der Farmer es vorausgesagt hatte, gerade den Kaffee einschenkte, als wir eintraten. »Diese Jungs sind aus Oxford gekommen«, sagte er zu ihr. Wie er es sagte, klang es ungefähr so, als wären wir den ganzen Weg auf einem Fuß gehüpft.

»Oxford, tatsächlich?« sagte seine Frau sichtlich beeindruckt. »Dann setzen Sie sich doch. Das Porridge ist heiß. Wie möchten Sie Ihre Eier?«

Meine Lippen setzten schon zu dem Wort ›Gebraten‹ an, aber Simon war schneller. »Bitte«, sagte er liebenswürdig, »Kaffee reicht uns völlig. Aber vielen Dank.«

Der Farmer zog zwei weitere Stühle heran. »Nehmen Sie Platz«, sagte er. Wir setzten uns.

»Aber Sie können Leib und Seele nicht nur mit Kaffee zusammenhalten.«, sagte seine Frau. »Ich will mir nicht nachsagen lassen, Sie seien hungrig von meinem Tisch aufgestanden.« Sie stemmte die Hände in die Seite. »Ich hoffe, es stört Sie nicht, in der Küche zu essen.«

»Sie sind sehr freundlich«, erwiderte Simon. »Ihre Küche ist sehr gemütlich.« Er schenkte ihr sein schönstes seligmachendes Lächeln. Das gleiche gezierte Grinsen hatte ich ihn schon mit bemerkenswerter Effizienz bei Bibliothekarinnen und Kellnerinnen einsetzen sehen. Manche Leute fanden es unwiderstehlich.

Augenblicke später machten wir uns alle über dampfende Schüsseln mit dickem, zähem Porridge her. Eier, Toast mit hausgemachter Stachelbeerkonfitüre, dick geschnittenem Landschinken, Käse und Haferplätzchen folgten. Morag saß der Tafel voll rotgesichtigen, geschäftigen Stolzes vor. Offensichtlich machte ihr das Ganze ungemein viel Spaß.

Erst als der Tisch wieder abgeräumt war, kam das Gespräch auf den abwesenden Ur zurück. »Es war ziemlich komisch, wissen Sie«, sagte der Farmer, den Blick fest in den Kaffeebecher in seinen Händen gerichtet. »Ich war erst fünf Minuten vorher über das Feld gegangen. Da war von dem Tierchen noch nichts zu sehen.«

Simon nickte mitfühlend. »Muß ein ziemlicher Schock gewesen sein.«

Der Farmer nickte leicht. Seine Frau, die sich um den Tisch zu schaffen gemacht hatte, schaltete sich ein. »Ach, das ist noch lange nicht alles. Erzähl ihnen von dem Speer, Robert.«

»Speer?« Simon beugte sich vor. »Entschuldigen Sie, aber bisher hat niemand etwas von einem Speer gesagt. In dem – äh, Bericht stand nichts von einem Speer.«

Der Farmer gestattete sich ein langsames, verschlagenes, stolzes Lächeln. »Ganz richtig, ganz richtig. Ich habe es auch sonst niemandem erzählt.«

»Was denn genau?« fragte ich.

»Das Tierchen auf meinem Feld wurde mit einem Speer erlegt«, antwortete Farmer Robert ungerührt. »Sauber mitten durchs Herz.« Er wandte den Kopf zu seiner Frau und nickte. Morag trat zu einer kleinen Nische neben dem großen Herd. Sie griff hinein und zog einen schlanken Schaft aus Eschenholz von über einem Meter fünfzig Länge hervor. An der Spitze saß eine flache, blattförmige Eisenklinge, die mit einer Schnur aus ungegerbter Tierhaut an dem Schaft befestigt war. Die Klinge, die Schnur und der hölzerne Schaft waren stark verfärbt durch eine rötlich braune Substanz, bei der es sich offenbar um Blut handelte.

Sie brachte die antike Waffe an den Tisch. Ich stand auf und streckte die Hände aus. »Darf ich?«

Auf ein Nicken ihres Mannes hin gab sie mir den Speer, und ich hielt ihn quer über den Handflächen. Das Ding hatte ein beträchtliches Gewicht. Ich drehte die Waffe und untersuchte sie eingehend von der Klinge bis zum Schaftende. Das Holz des Schaftes war poliert und geglättet und gerade. Die Klinge war unter der Patina aus getrocknetem Blut dünn gehämmert und rasiermesserscharf geschliffen. Und sie war mit dem kompliziertesten Muster aus Schleifen verziert, das man sich vorstellen kann; die ganze Oberfläche der Klinge bis an die äußersten Ränder war mit diesen präzisen und doch verspielt verschlungenen Wirbeln bedeckt.

Eine eigentümliche Empfindung überkam mich, als ich dort stand und den Speer in den Händen hielt. Ich hatte das Gefühl, als kenne ich diese Waffe, als hätte ich sie schon einmal in Händen gehalten und als sei es irgendwie richtig und angemessen, daß ich sie jetzt hielt. Ich verspürte eine merkwürdige Vervollkommnung, eine Verbundenheit …

Albern von mir. Natürlich hatte ich eine solche Klinge schon zuvor gesehen, schon oft – auf zahllosen Fotos und auch etliche Male im Original –, und ich kannte sie gut genug, um sie zu identifizieren: keltisch, Eisenzeit, La-Tène-Kultur, siebentes bis fünftes Jahrhundert vor Christus. Das Britische Museum hat Hunderte, wenn nicht Tausende von den Dingern in seiner Sammlung von Artefakten aus der Eisenzeit. Ein paar davon hatte ich sogar in der Forschungsabteilung des Ashmolean Museum in Oxford in den Händen gehabt. Der einzige Unterschied, den ich zwischen diesem Exemplar und den rostverkrusteten Relikten aus den Museen erkennen konnte, war, daß die Waffe in meiner Hand beim besten Willen nicht älter aussah als ein paar Tage.

5

Das Cairn

»Es ist alles nur ein Streich. Ein Schwindel. Und du bist ein Idiot, daß du darauf hereinfällst. Ich wette, die lachen sich in diesem Augenblick kaputt über uns. Haben wir doch wieder ein paar Leute aus der Stadt mit dem alten Trick mit dem verschwundenen Ur hereingelegt. Wie clever wir doch sind! Was für ein Spaß! Ha! Ha! Ha!«

Simon legte den ersten Gang ein und lenkte den Jaguar auf die Straße. »Du glaubst Robert und Morag also nicht. Willst du das damit sagen?«

»Nun, ich habe jedenfalls keine ausgestorbenen Tierchen gesehen. Hast du irgendwelche ausgestorbenen Tierchen gesehen? Nein? Na, so eine Überraschung«, spottete ich.

»Und was ist mit dem Bild in der Zeitung?«

»Wahrscheinlich hat ihm das Käseblatt hundert Pfund dafür gezahlt, daß er für das Bild posiert, und noch einmal hundert, damit er seinen Mund hält«, höhnte ich. »Aber *wir* haben keinen Ur gesehen, weil nie ein Ur da war.«

»Immerhin haben wir ein verdammt gutes Exemplar eines Speers aus der Eisenzeit gesehen.«

»Den hat Grant selber gemacht, um eine gute Geschichte noch besser klingen zu lassen. Gib mir einen halben Tag in einer Werkstatt, und ich mache dir einen genauso schönen.«

»Meinst du wirklich?«

»Oh, um Himmels willen, Simon! Wach auf und riech

den Braten! Wir sind hereingelegt worden. Laß uns aufgeben und nach Hause fahren.«

Er wandte mir den Kopf zu und sah mich gelassen an. »*Du* warst es schließlich, der nach dem Cairn gefragt hat«, sagte er. »Ich wäre nie auf den Gedanken gekommen.«

Das *mußte* Simon ja zur Sprache bringen. »Na schön, ich habe mich in der Hitze des Augenblicks dazu hinreißen lassen. Na und?«

»Es war also deine Idee. Wir schauen uns das Cairn an.« Er schaltete herunter, und wir jagten dahin.

»Meinetwegen müssen wir das nicht tun«, flehte ich. »Ich habe meine Meinung geändert. Schau mal, es ist gerade neun Uhr. Wenn wir jetzt gleich aufbrechen, können wir heute abend wieder in Oxford sein.«

»Es ist nicht einmal eine Meile bis dahin«, erwiderte Simon. »Wir machen den Abstecher, werfen einen Blick darauf, und dann machen wir uns aus dem Staub. Was meinst du?«

»Versprochen?«

»Ja«, sagte er.

»Lügner! Du hast nicht die geringste Absicht, jetzt schon nach Hause zu fahren.«

Er lachte. »Was willst du, Lewis? Einen Blutschwur?«

»Ich will nach Hause!«

Simon nahm die rechte Hand vom Steuerrad und zeigte auf den Atlas. »Schau nach, ob du dieses Cairn auf der Karte findest.«

Ich griff nach dem Atlas und überflog die Seite flüchtig. »Ich sehe es nicht.«

Ich und mein großer Mund. Das fragliche Cairn war deshalb in die Debatte geraten, weil ich in Farmer Grants Küche, den Kopf voller eisenzeitlicher Speere und ausgestorbener Ure und dergleichen, plötzlich herausgeplatzt war: »Gibt es hier in der Nähe ein Cairn?«

»Klar«, sagte Farmer Bob. »Gar nicht weit von hier.

Gehörte sogar mal zu unserem Land, aber mein Großvater hat das Stück mit dem Cairn verkauft. Der Alte war ziemlich abergläubisch.«

Sodann hatte er uns beschrieben, wie wir das Cairn finden konnten, da Simon sofort darauf bestanden hatte, daß wir hinfuhren und es uns anschauten, wenn wir schon einmal da waren. Farmer Bob schien das für eine lohnende Nachforschung zu halten und wäre am liebsten mitgekommen. Davor warnte Simon ihn jedoch, indem er ihm sagte, es könnten jeden Moment noch mehr Leute von der Universität kommen, die vielleicht ein Wort mit ihm wechseln wollten. Dann hatten wir uns verabschiedet und versprochen, Kontakt zu halten und bald wieder auf einen Besuch hereinzuschauen.

Und nun folgten wir einer dieser abgesenkten, schmalen kurvenreichen Landstraßen, die offenbar bewußt auf Frontalzusammenstöße hin angelegt werden, um uns dieses Cairn anzusehen. Es kam uns jedoch niemand entgegen, und wir gelangten schließlich zu dem Tor, das Grant uns beschrieben hatte. Simon hielt, und wir stiegen aus. »Es ist jenseits dieses Feldes, im Tal.« Er deutete den Hang hinunter auf eine Reihe von Baumspitzen, die etwas über die abfallende Wölbung des Feldes hinausragten.

Einen Moment standen wir da und spähten über das Feld hinweg. Ich hörte das Bellen eines Hundes und drehte mich zu dem Geräusch um. Hinter uns näherte sich aus der Richtung, aus der wir gekommen waren, ein Mann, der drei oder vier ziemlich stattliche Hunde an der Leine führte. Sie waren noch zu weit weg, als daß wir sie richtig hätten sehen können, doch mir schien, daß die Hunde weiß waren. »Da kommt jemand.«

»Wird wohl einer von Roberts Nachbarn sein«, sagte Simon.

»Vielleicht sollten wir lieber verschwinden.«

»Er wird uns nicht belästigen. Komm.«

Ohne weiteres Aufheben kletterten wir über das Tor und überquerten im Laufschritt das Feld. Es war ein gutes Gefühl, die Beine zu bewegen und die frische Luft in meinen Lungen zu spüren. Am unteren Ende des Feldes gelangten wir zu einer Steinmauer, stiegen darüber und schlitterten über eine Erdböschung ins Tal hinab.

Es war kaum mehr als eine tiefe, schmale Spalte zwischen zwei Hügeln. Ein lebhafter Bach floß zwischen den Wurzeln der kahlen, verdrehten Bäume hindurch, die sich zu beiden Seiten des Tales erhoben. Zwischen den Bäumen hing noch Nebel, der von dem Bach aufstieg. Abseits von Sonne und Licht war es in dem schattigen Tal immer noch kühl und feucht.

Im Zentrum dieser verborgenen Landnische stand ein Erdhügel: gedrungen und rundlich, vielleicht drei Meter hoch und zehn Meter im Umfang. Von einem merkwürdigen, bienenstockförmigen Vorsprung an der Westseite abgesehen, war er beinahe vollkommen kegelförmig.

»Woher wußtest du, daß hier ein Cairn sein würde?« fragte Simon. Seine Stimme klang flach in der stillen Luft der Senke.

»Ich habe geraten. Bei einem Namen wie Carnwood Farm lag es nahe, anzunehmen, daß irgendwo hier in der Nähe ein Cairn in einem Wald sein mußte, oder nicht?« Ich betrachtete das merkwürdige Gebilde. »Und da ist es. Jetzt haben wir es gesehen. Gehen wir, bevor jemand kommt.« Ich rechnete jeden Augenblick mit dem Erscheinen des Mannes mit den Hunden.

Simon ignorierte mich und trat näher heran.

An der Nordseite des Cairns wuchs etwas Stechpalmengestrüpp, an der Südseite ein Dickicht aus irgendeiner anderen Pflanze. Die Oberfläche war mit kurzem Gras bedeckt. Die Luft im Tal roch nach vermoderndem Laub und feuchter Erde. Ich hörte in geringer Entfernung einen Hund bellen.

»Ich habe keine Lust, beim unbefugten Betreten erwischt zu werden«, sagte ich zu Simon. Er antwortete nicht, sondern setzte seine Inspektion fort.

»Was hat es mit diesen Cairns auf sich?« fragte er, nachdem er das eigenartige Gebilde langsam umkreist hatte.

»Nichts«, sagte ich. »Nicht das geringste.«

»Sei kein Spielverderber. Ich will es wirklich wissen.«

Ich holte tief Luft und setzte mich auf einen Felsen, während Simon das Cairn ein zweites Mal umrundete. »Tja«, fing ich an, »so genau weiß das niemand, aber anscheinend haben die Leute damals Steine oder dergleichen zu solchen Gebilden aufgehäuft, um etwas zu markieren.«

»Was denn zum Beispiel?«

»Alles mögliche – eine Wegkreuzung, einen Brunnen oder eine Quelle, vielleicht auch Orte, an denen etwas Wichtiges passiert war.«

»Zum Beispiel?«

Vom Hügel oberhalb des Tales her hörte ich einen Hund bellen; ich wandte mich dem Geräusch zu und sah etwas Weißes zwischen den Bäumen aufblitzen. »Wie meinst du das – zum Beispiel?«

»Was für wichtige Ereignisse wollten sie markieren?«

»Wer weiß? Vielleicht die Stelle, wo jemand Gold gefunden hatte oder wo jemand einen Riesen erschlagen hatte oder wo jemand die Frau eines anderen entführt hatte oder wo jemand zur Religion gefunden hatte – wer weiß? Es sind sowieso alles nur Vermutungen. Vielleicht wollten sie auch nur die Landschaft aufräumen und schichteten deshalb alle Steine auf einen Haufen.«

»Dann sind diese Cairns also nicht hohl«, folgerte Simon, während er weiter langsam um den mit Erde bedeckten Hügel herumging.

»Manche sind hohl«, gab ich zu. »Was macht das für einen Unterschied?« Irgendwo hinter mir hörte ich das

Knacken eines brechenden Zweiges. Ich wirbelte zu dem Geräusch herum und sah wieder das weiße Aufblitzen zwischen den dunklen Stämmen der dicht gewachsenen Bäume. »Ich glaube, es kommt jemand. Wir sollten lieber verschwinden.«

»Und die, die hohl sind«, sagte er, »was ist denn da drin?«

»Jedenfalls keine vergrabenen Schätze, falls du das denkst.« Ich beobachtete ihn einige Augenblicke lang. Er schien so versessen darauf zu sein, dieses uralte Monument zu verstehen, daß ich mir die Frage nicht verkneifen konnte: »Was ist in dich gefahren, Simon?«

Er hielt in seiner dritten Umrundung des Hügels inne. »Was meinst du?«

»Komm mir nicht so.«

»Wie soll ich dir nicht kommen, mein Lieber?« Er starrte mich ausdruckslos an.

»Nenn mich nicht ›mein Lieber‹. Woher kommt dein plötzliches Interesse für all diese keltischen Dinge? Was ist los?«

»*Du* warst es doch, der nach dem Cairn gefragt hat, nicht ich.«

»Ja, das hatten wir bereits festgehalten.«

»Du bist genauso fasziniert wie ich«, folgerte Simon. »Der Unterschied ist nur, daß ich es zugebe, du aber nicht, mein Freund.«

»Hör auf, Simon. Spiel nicht den Harmlosen vor mir. Was ist wirklich los? Was weißt du?«

Er verschwand hinter dem Hügel aus meinem Blickfeld. Ich wartete, aber er tauchte nicht wieder auf. »Simon?« Meine Stimme klang wie von schwerer Wolle erstickt.

Ich stand von meinem Felsen auf und ging zur anderen Seite des Cairns hinüber. Simon lag auf den Knien und kämpfte sich in das Dickicht an der Basis des Gebildes hinein. »Was hast du jetzt vor?«

»Ich glaube, dieses hier ist hohl.«

»Könnte sein.«

»Ich will hineinschauen.«

»Muß das denn sein? Warum sagen wir nicht einfach, wir haben es uns angesehen, und jetzt fahren wir nach Hause, wie du es versprochen hast.«

»Laß mich nur einen Blick hineinwerfen, dann fahren wir.«

Ich schüttelte resigniert den Kopf. »Na schön. Dann schau halt.«

Simon arbeitete sich weiter durch das Dickicht vor, indem er die Zweige mit den Händen brach und sich wie eine Schlange hindurchzwängte. Ich schaute zu und sah, was er gesehen hatte – eine kleine, dunkle Öffnung an der Basis des Cairns, beinahe unsichtbar hinter dem Dickicht. Simon gelang es, Kopf und Schulter in die Öffnung zu schieben, und zog sich dann wieder zurück.

»Zufrieden?« fragte ich. Dumme Frage.

»Ich brauche eine Taschenlampe«, sagte er. »Es ist eine im Kofferraum. Tu mir den Gefallen und hol sie mir, ja?« Er griff in die Jackentasche. »Hier, du brauchst die Schlüssel.«

Ich griff danach und stieg zurück hinauf zum Wagen, fand die Taschenlampe und schlug den Kofferraumdeckel zu. Gerade als ich mich von dem Wagen abwandte, erhaschte ich aus dem Augenwinkel etwas Weißes – als ob etwas hinter mir über die schmale Straße gehuscht und auf der anderen Seite im Unterholz verschwunden wäre. Ich spähte einen Augenblick lang hin, sah aber nichts mehr und machte mich auf den Rückweg hinunter zum Cairn.

Als ich ankam, hatte Simon bereits einiges von dem Dickicht entfernt und die Öffnung des Hügels etwas vergrößert. »Na los, Kumpel.« Ich gab ihm die Taschenlampe. »Hals- und Beinbruch.«

»Kommst du nicht mit hinein?«

»Nie im Leben«, antwortete ich.

Simon nahm seine Fahrermütze ab. »Nimm, ich will nicht, daß sie schmutzig wird.«

Ich nahm die Mütze und setzte sie auf. »Sei vorsichtig, ja? Es könnte ein Dachs drinnen sein.«

»Ich schreie, wenn ich auf irgend etwas stoße.« Er kroch in das Dickicht und schob sich in die Öffnung des Hügels, wo er sich ein paarmal hin und her wand. Dann, mit einem letzten Abstoßen seiner Beine, glitt er hinein.

Für einige Momente hörte ich nichts von ihm.

»Simon? Alles in Ordnung?«

»Alles klar«, hörte ich ihn sagen. »Es ist trocken hier drinnen. Ich, äh … ich glaube, ich kann aufstehen. Ja.«

»Was siehst du?« rief ich. Keine Antwort. »He – was siehst du?«

»Es ist eben – na ja, jedenfalls ziemlich eben«, antwortete er. Seine Stimme klang, als käme sie aus dem Innern eines Sofas. »Ein paar von den Steinen sehen aus, als hätten sie so eine Art Mar…«

»Markierungen?« rief ich. »Sagtest du Markierungen?«

»Ja …« kam seine Antwort. »Blaue Markierungen … Labyrinthe und Hände … und …«

Ich wartete. »Simon?«

Keine Antwort. Ich ließ mich auf Hände und Knie nieder und kroch bis zum Eingang des Cairns. »Simon? Was siehst du sonst noch?«

Ich hörte ein tiefes, kratzendes Geräusch aus dem Innern des Cairns – wie ein Stein, der langsam aus einer Mauer gezerrt wird.

»Simon?« rief ich. »Hörst du mich? Was tust du da?«

Das merkwürdige Geräusch war immer noch zu hören. Darüber hinweg hörte ich Simon rufen: »Guter Gott!«

»Simon!« schrie ich zurück. »Was ist los?«

Eine Sekunde später erschien Simons Kopf in der Öffnung. Sein Gesicht glühte vor Erregung. »Da tut sich etwas. Es ist unglaublich! Einfach phantastisch!« Er verschwand wieder.

»Warte! Moment mal – was geht da vor? Simon!«

Wieder erschien sein Gesicht. Er war außer Atem, und seine Augen waren geweitet. »Ich glaube es einfach nicht!« sagte er und schob seine Jacke durch das Loch zu mir herüber. »Es ist schlicht unglaublich, Lewis. Es ist das Paradies! Ich kann es dir nicht beschreiben. Du mußt es einfach sehen. Komm! Komm mit mir!«

»Nein! Warte!« schrie ich verzweifelt. »Was ist los? Was ist unglaublich? Simon, wohin gehst du?«

»Ich gehe hinein«, kam es gedämpft zurück. »Komm mit mir!«

Das waren Simons letzte Worte.

6

Der große Witz

Ich muß gut zehn Minuten gewartet haben – sie kamen mir wie Stunden vor –, bevor ich mich dazu durchrang, Simon zu folgen. Ich wartete und lauschte, und ungefähr alle dreißig Sekunden rief ich seinen Namen. Ich saß mit dem Kopf dicht vor dem Loch, aber ich hörte nicht das geringste.

Vorsichtig schob ich mich durch das Unterholz und steckte meinen Kopf in das Cairn. Stockdunkel, wie ich erwartet hatte. Ich sah nichts. Vielleicht würden sich meine Augen an die Dunkelheit gewöhnen, dachte ich, legte mich flach hin und schob mich mit schlangenartigen Bewegungen durch die Öffnung des Cairns, wie ich es bei Simon gesehen hatte.

Wie Simon gesagt hatte, war es drinnen trocken, und zu meiner Überraschung war es auch erheblich wärmer als die Luft draußen. Es roch muffig und schimmelig, wie in einer Höhle. Ich kauerte mich neben dem Eingang hin und wartete, bis sich meine Augen anpassen würden. Doch selbst als sie das taten, konnte ich meine Hand vor Augen nicht sehen.

Aber ich brauchte nichts zu sehen, um zu wissen, daß Simon nicht mehr da war.

»Simon?« rief ich. Meine Stimme erfüllte den steinernen Bienenstock des Cairns. »Sehr witzig, Simon! Du kannst jetzt herauskommen. Simon?«

Keine Antwort.

Ich rief lauter. »Ich weiß, daß du mich hören kannst, Simon. Komm heraus, wo immer du steckst, und laß uns gehen, okay? Nun komm schon. Ein Witz ist ein Witz, ja? Laß uns gehen.«

Ich hörte nichts als den hohlen Klang meiner eigenen Stimme, die von den steinernen Wänden widerhallte.

Mein erster Impuls war zu gehen. Doch da es immerhin möglich war, daß er gestolpert und mit dem Kopf auf einen Stein aufgeschlagen war, kroch ich im Innern des Cairns herum, um sicherzugehen, daß er nicht irgendwo bewußtlos auf dem Boden lag. Ich fing an der Eingangsöffnung an, durch die ein fahles Licht hereinschimmerte, und umrundete einmal das Innere, wobei ich ständig mit meiner rechten Hand die Wand berührte. Dann, um doppelt sicherzugehen, daß ich nichts übersehen hatte, kroch ich noch einmal den gleichen Weg in der anderen Richtung zurück und schließlich ein paarmal quer durch die Mitte des Cairns.

Bei meiner letzten Durchquerung fand ich etwas. Ich stieß mit meinem Knie daran und spürte, wie es an meine Hand schlitterte. Ich griff danach: Simons Taschenlampe. Ich schaltete sie ein und graste das Innere des Cairns mit dem kleinen Lichtkegel ab. Jeden Zentimeter.

Da war kein bewußtloser Simon, kein Spalt im Boden, durch den er hätte gefallen sein können, kein Durchgang, durch den er nach draußen hätte entkommen können. Er war schlicht und einfach nicht da.

Ich ließ mich gegen die rauhe, steinerne Wand des Cairns sinken. »Simon, du Bastard, mach so etwas nicht mit mir!« Ich verfluchte ihn und trommelte mit der rechten Hand ohnmächtig auf die trockene Erde. »Mach so etwas nicht mit mir. Wage es nicht, so etwas mit mir zu machen!«

Schneller, scharfer Zorn durchfuhr mich. »Ich gehe jetzt, Simon!« schrie ich. »Hast du gehört? Ich gehe! Von mir aus kannst du hier verrotten!«

Damit kämpfte ich mich durch den engen Durchgang zurück in die Außenwelt. Simons Jacke lag da, wo ich sie hingelegt hatte. Und seine Mütze. Ich hob beides auf und stampfte hinauf zum Wagen.

Ich schloß die Tür auf, warf die Jacke und die Mütze auf den Rücksitz und glitt hinter das Steuer. Völlig entschlossen loszufahren, rammte ich den Zündschlüssel ins Schloß. Doch dann zögerte ich.

Verdammt! Ich konnte ihn nicht einfach hier zurücklassen. Ich spähte hinaus über das Feld zu dem verborgenen Tal hin und erwartete beinahe, Simon im Laufschritt auf mich zukommen zu sehen, sich schüttelnd vor Lachen über den brillanten Streich, den er mir gespielt hatte. Ich konnte ihn beinahe hören: »Mann, hab' ich dich 'reingelegt, Lewis! Ha! Ha! Ha!«

Ich zog den Zündschlüssel ab, öffnete die Tür und drehte mich auf dem Fahrersitz zur Seite. Dann wartete ich.

Ich erwachte um halb drei. Es war Ende Oktober, und die Sonne befand sich bereits deutlich auf dem Abstieg hinunter zu den Hügeln. Der Wind hatte zugenommen und schüttelte die kahlen Äste der nahen Bäume. Simon war nicht aufgetaucht, während ich schlief, und meine Geduld war schon lange erschöpft. »Das ist doch verrückt«, murmelte ich vor mich hin. »Pech gehabt, Simon. Ich haue ab.«

Doch wie ein guter Pfadfinder beschloß ich, noch ein letztes Mal nachzuprüfen, ob ich irgendein Zeichen von Simon entdecken könnte. Ich zog seine Jacke an und machte mich auf den Weg hinunter ins Tal. Auf halbem Weg über das Feld sah ich ihn: Den Mann mit den Hunden.

Wo er hergekommen war, wußte ich nicht; er schien regelrecht aus dem Boden emporzuwachsen. Ganz plötzlich war er da mit seinen drei hageren weißen Hunden, die an ihren Leinen zerrten. Die Hunde sahen mich im gleichen Augenblick wie ich sie und fingen wie wild an zu bellen. Mein erster Impuls war, zurück zum Wagen zu rennen und wegzufahren. Aber ich widerstand und blieb.

Der Mann blieb ein paar Meter von mir entfernt stehen. Er trug einen dunklen Mantel und hielt einen langen Stecken in der Hand. In der anderen Hand hielt er die Leinen der Hunde. Und was für Hunde! Es waren zweifellos die eigenartigsten Hunde, die ich je gesehen hatte: von Kopf bis Schwanz weiß, aber mit leuchtend roten Ohren. Es waren riesige, grobknochige Tiere mit mächtigem Brustkorb, aber langbeinig und mit schmaler Hinterpartie. Die Tiere schienen den Mann hinter sich herzuziehen und er sie zurückzuhalten, die Leinen straff gespannt in seiner Hand.

»Hallo«, rief ich ihm mit vorgetäuschter Freundlichkeit zu.

Er antwortete nicht. Ich ging ein paar Schritte näher heran. »Ich warte auf meinen Freund«, erklärte ich. Die Hunde gebärdeten sich wie rasend. Im schwindenden Tageslicht schienen sie zu glühen; ihre bleichen, weißen Felle und blutroten Ohren schimmerten im Zwielicht. In ihren langen Schnauzen blitzten weiße Zähne auf, während sie sich auf die Hinterbeine stellten und an den Leinen zerrten, um mich zu erreichen. Wieder war mir danach, mich zum Wagen zu retten, die Türen zu verschließen und mit Höchstgeschwindigkeit davonzujagen. Doch ich kämpfte diese Regung nieder.

Der Mann beobachtete mich teilnahmslos. Sein Gesicht war zerfurcht und faltig wie das eines Affen, und seine Augen glitzerten hart und hell. Er sagte nichts, aber bei dem Getöse, das die Hunde veranstalteten, hätte ich ihn sowieso nicht verstanden.

Wir hätten die ganze Nacht über dort stehenbleiben

können, wäre ich nicht zu dem Schluß gekommen, daß ich noch ein letztes Mal am Cairn nachschauen mußte, Hunde hin oder her. Ich hob vorsichtig beschwörend meine Hand und trat zögernd vor.

»Schauen Sie«, rief ich, »ich gehe nur zu dem Cairn da unten –« Ich deutete an ihm vorbei in Richtung des Tales und drehte mich dann zum Wagen um, »– und dann steige ich wieder in den Wagen und fahre ab –«

Als ich mich wieder zurückwandte, stampfte der Mann über das Feld davon. Ich wartete nicht auf eine Erklärung, sondern lief den Hang hinab. Im Tal war es jetzt beinahe so dunkel wie im Innern des Cairns, doch als ich unten war, hatte ich keine Schwierigkeiten, die Eingangsöffnung an der Seite zu finden. Ich steckte meinen Kopf hinein, rief ein paarmal und ließ die Taschenlampe innen umherwandern. Keine Antwort. Kein Laut. Nichts.

»Also schön, Simon, wie du willst«, rief ich mit einer Stimme, die wie tot vor meinen Füßen zu Boden zu fallen schien. »Diesmal bist du zu weit gegangen. Dafür kannst du niemandem die Schuld geben als nur dir selbst! Hörst du mich, Simon? Ich lasse dich hier zurück!«

Ich holte seine Brieftasche – prall gefüllt mit Bargeld, Kreditkarten und diversen Ausweispapieren – aus der Innentasche der Jacke und zog eine Barclaycard hervor. Ich schob das Plastikkärtchen in einen Spalt zwischen zwei Steinen am Eingang des Cairns, wo er sie mit Sicherheit finden mußte. »So«, rief ich laut hörbar in die Stille des Tals. »Du bist ja ein cleverer Bursche, Simon. Sieh zu, wie du nach Hause kommst!«

Ich wandte mich von dem Cairn ab, kletterte aus der Senke und kehrte sofort zum Wagen zurück. Auf halbem Wege über das Feld sah ich einen Mann in einem langen, gelben Mantel, der die Straße entlangeilte. Zuerst kam mir der Gedanke, ihm entgegenzurennen und ihm zu erzählen, was passiert war. Wenn er hier in der Gegend wohnte, wußte er vielleicht Näheres über das Cairn. Jedenfalls schien mir, daß ich jemandem davon erzählen sollte.

Und als ich näher kam, verlangsamte der Mann seinen Schritt, als wollte er mich am Wagen treffen, um mit mir zu reden. Als ich in Rufweite war, hob ich sogar eine Hand und rief nach ihm. Doch beim Klang meiner Stimme beschleunigte der Mann seinen Schritt und eilte weiter. Als ich den Wagen erreichte, war er gerade im Begriff, ein paar Dutzend Schritte weiter hinter einer Straßenbiegung zu verschwinden.

Ich rief noch einmal. Ich wußte, daß der Mann mich hörte, denn er drehte sich um. Selbst im Zwielicht konnte ich sein Gesicht erkennen – falls es ein Gesicht war. Seine Züge waren breit, übertrieben gezeichnet, maskenähnlich, mit einer langen Hakennase, einem breiten Mund und absolut gigantischen Ohren, die unter einem ungekämmten Dickicht wilden, schwarzen Haares hervorragten. Seine Augen lagen groß und vorstehend unter einer buschigen Braue, die sich in einem durchgehenden Bogen darüber hinwegschwang.

Ich erblickte dieses einzigartige Gesicht, und mein Wunsch, mit dem Mann zu reden, verschwand völlig. Mein Hals schnürte sich zu, und der Ruf gefror auf meiner Zunge.

Er blickte sich einmal über die Schulter um und wandte sich dann wieder ab. Als er die Biegung erreichte, verschwand der Mann. Damit meine ich nicht, daß die Straßenbiegung ihn vor meinem Blick verbarg. So merkwürdig es klingt, er schien sich regelrecht in Luft aufzulösen.

Ich sage das, weil die Kleidung des Mannes aufleuchtete, als er unsichtbar wurde. Möglicherweise war es ein verblüffender Effekt des schwindenden Tageslichts. Aber ich schwöre, daß sein Mantel deutlich sichtbar aufleuchtete, als er verschwand. Mehr noch als das unheimliche Gesicht des Mannes ließ mich das wie angewurzelt stehenbleiben. Ich starrte ihm mit offenem Mund nach, und das Geräusch des zunehmenden Windes in den Bäumen jagte mir einen solchen Schauder über den Rücken, daß ich in den Wagen sprang und davonfuhr.

Auf der Fahrt zurück nach Oxford hatte ich reichlich Zeit, über alles nachzudenken und mich auf ein Dutzend verschiedene Arten davon zu überzeugen, daß Simon es durch seinen idiotischen Streich verdient hatte, zurückgelassen zu werden. Ich wußte nicht, wie er es angestellt hatte, aber ich kannte Simon. Wenn irgend jemand einen solchen Trick inszenieren konnte, dann er. Wer sonst hätte genügend Talent und Geschick, um es an einen solchen Quatsch zu verschwenden? Wahrscheinlich hatte er Monate zugebracht, um das Ganze hinter meinem Rücken fein säuberlich vorzubereiten. Und es mußte ihn eine schöne Stange Geld gekostet haben.

Tja, sehr witzig, Simon. Aber ich habe deinen Wagen und deine Brieftasche, und du frierst dir irgendwo in der Abenddämmerung den Riechkolben ab. Wer lacht zuletzt?

Am nächsten Morgen um sechs Uhr kam ich rotäugig, erschöpft und zitternd vor Angst, daß jemand mich mit Simons Wagen erwischen und Alarm schlagen könnte, in Oxford an. Doch niemand bemerkte mich. Die Tiefgarage, in der er den Jaguar immer abstellte, war verwaist; außer mir war niemand zu sehen. Dennoch behielt ich seine Jacke an und zog mir seine Mütze tief ins Gesicht, als ich den Wagen parkte und die Türen zuschlug. Dann eilte ich durch das Tor und über den Innenhof des Colleges zu unserem Treppenaufgang.

Der Anblick Simon Rawnsons, wie er sich in den Morgenstunden ins College schlich, war eine so vertraute Pantomime, dachte ich mir, daß es kaum Anlaß zu irgendwelchen Nachfragen geben würde, selbst wenn mich jemand sah – und überhaupt war es mir egal.

Erschöpft ließ ich mich aufs Bett fallen, ohne mich erst

groß auszuziehen. Ich schloß die Augen, schlief sofort ein und hätte vermutlich den ganzen Tag geschlafen, wenn nicht das Telefon geklingelt hätte.

Beim ersten Mal ignorierte ich es. Doch nach ein paar Minuten klingelte es wieder, und ich wußte, wer immer am anderen Ende war, würde es immer wieder versuchen, bis jemand sich meldete. Trübäugig und übellaunig hievte ich mich hoch, schlurfte ins Wohnzimmer und nahm den Hörer ab.

»Hallo?«

»Hier ist Susannah«, zirpte die Stimme durch die Leitung. »Ist da Lewis?«

»Oh, hallo, Susannah. Wie geht's?«

»Gut, danke. Ich würde gern mit Simon sprechen.«

»Simon? Äh, der ist im Augenblick nicht da.«

»Wo ist er?«

»Nun, er ist in Schottland.«

»Wirklich?«

»Ja, die Sache ist die – wir sind zusammen hinaufgefahren, und er hat sozusagen beschlossen, noch etwas zu bleiben.«

Ich hörte förmlich, wie sich in ihrem Kopf die Zahnräder drehten. »Er hat beschlossen, in Schottland zu bleiben«, wiederholte sie ungläubig.

»Richtig«, beharrte ich. »Wir sind am Freitag morgen hinaufgefahren, weißt du –«

»Ich weiß, daß er eine Verabredung zum Mittagessen mit mir abgesagt hat«, sagte sie bissig.

»Nun, das war wegen der Reise, verstehst du? Wir sind hingefahren und, na ja, er hat eben beschlossen, noch ein paar Tage zu bleiben.« Ich versuchte, es wie eine spontane Inspiration auf seiten Simons klingen zu lassen.

Natürlich glaubte mir Susannah kein Wort. »Hol mir sofort Simon an den Apparat«, befahl sie. »Weck den Faulpelz auf und hol ihn mir, ich muß mit ihm reden.«

»Würde ich ja gern, Susannah, aber ich kann nicht. Er ist wirklich nicht hier.«

»Was ist los, Lewis?« Ihr Ton war eisig.

»Wie bitte?«

»Du hast mich verstanden. Was ist bei euch los? Was für ein heimliches Spielchen habt ihr beide ausgeheckt?«

»Hier ist gar nichts los, Susannah. Ich würde es dir von Simon selbst sagen lassen, aber er ist einfach nicht hier.«

»Laß mich noch mal rekapitulieren«, sagte sie. »Simon und du, ihr seid am Freitag den ganzen Weg nach Schottland gefahren, und er hat beschlossen, noch zu bleiben –«

»Na ja, siehst du –«

»Obwohl er genau wußte, daß er mir versprochen hatte, heute mit mir in den Frühgottesdienst zu gehen und dann nach Milton Keynes zu fahren, um bei meinen Eltern zu essen?«

»Hör mal, ich kann mir vorstellen, wie das klingt, aber es ist die Wahrheit, Susannah. Wirklich, ich –«

Klick! Die Leitung war tot.

Ich legte den Hörer auf und schaute auf die Uhr. Es war sieben Uhr dreißig morgens. Ich war geschlagen. Ich zog das Kabel aus der Dose und taumelte zurück ins Bett.

Diesmal brauchte ich länger, um einzuschlafen. Doch gerade, als ich friedlich schlummerte, wurde ich durch ein lautes Hämmern an die Tür geweckt. »Womit habe ich das verdient?« jammerte ich und schleppte mich aus meinem warmen Nest. An der Tür hämmerte es wieder, während ich darauf zuschlurfte. »Ja, ja, ich komme. Immer mit der Ruhe.« Ich drehte den Schlüssel herum und öffnete die Tür. »Oh, Susannah, du bist es. Was für eine Überraschung.«

Sie schoß ins Zimmer wie von einem Katapult abgefeuert. »Gib dir keine Mühe, mir etwas vorzumachen«, wütete sie. Ich folgte ihr zu Simons Zimmertür. Sie inspizierte das Zimmer kurz und wirbelte dann zu mir herum. »Also schön, wo ist er?«

»Ich habe es dir doch schon gesagt. Er ist nicht hier.«

Susannah war Dynamit. Eine hochgewachsene Schönheit mit leuchtend kupferrotem Haar, das durchaus den Verkehr zum Stillstand bringen konnte, was auch immer wieder vorkam. Sie war ungemein intelligent und scharfsinnig und zwei oder drei Nummern zu gut für Simon. Oder für irgend jemanden sonst, um es genau zu sagen. Ich habe keine Ahnung, warum sie sich mit einem unverbesserlichen Lumpen wie Simon eingelassen hatte oder was sie an ihm finden konnte. Ihre Beziehung wirkte auf mich wie eine einzige ausgedehnte Feuerprobe – ein Unternehmen, das mehr mit einer militärischen Übung als mit zwei Herzen im Gleichklang gemein hatte.

»Du wirst Simon fragen müssen, wenn er wieder hier ist«, sagte ich ihr. »Ich kann dir wirklich nichts sagen.«

»Kannst du nicht, oder willst du nicht?« Sie starrte mich an, und in ihren dunklen Augen blitzte der Zorn. Entweder beschloß sie gerade, mich an Ort und Stelle zu vierteilen, oder sie rechnete sich aus, wieviel mein bekleideter Kadaver auf dem freien Markt bringen würde. »Soll das vielleicht so eine Art verdrehter Witz sein?«

»Möglich«, sagte ich. Und dann machte ich den bedauerlichen Fehler, ihr von dem Ur in der Zeitung zu erzählen, von unserem überhasteten Ausflug nach Schottland, von dem Cairn und Simons plötzlichem Verschwinden. Ich versuchte es sachlich klingen zu lassen, aber ich erreichte nur, daß sie mit jedem Wort wütender und mißtrauischer wurde. »Aber ich würde mir keine Sorgen machen«, schloß ich ohne große Überzeugungskraft. »Ich denke, er wird bald wieder da sein.«

»Wann?« fragte Susannah scharf. Ihre sonst so exquisiten Züge waren nun zu einer häßlichen Maske des Zorns verzerrt. Ich spürte, daß sie dicht davor stand, mir die Ohren abzureißen.

»Oh, er wird in einem oder zwei Tagen wieder auftauchen.«

»In einem oder zwei Tagen.« Die schiere Fassungslosigkeit ließ ihre Stimme flach und heiser klingen.

»Na ja, vielleicht auch erst in einer Woche oder so – höchstens. Aber–«

»Was du eigentlich meinst, ist, daß du überhaupt keine Ahnung hast, wann er wieder auftauchen wird.«

»Eigentlich nicht«, bekannte ich. »Aber sobald er merkt, daß ich bei seinem Streich nicht mehr mitmache, muß er doch hier angekrochen kommen.«

»Ein Streich? Und du erwartest von mir, daß ich das glaube?« Sie warf mir einen verletzten und gleichzeitig unvergleichlich trotzigen Blick zu. »Nun, ich habe Neuigkeiten für Sie, Mister«, sagte sie scharf. »Ich bin schon früher einmal sitzengelassen worden. Aber auf diese Tour noch nie. Wenn Simon Rawnson mich nicht wiedersehen möchte, na schön. Aber warum hat er es nicht einfach gesagt – anstatt seinen dressierten Affen vorzuschieben, damit er mir eine lächerliche Geschichte erzählt von einer Reise nach Schottland, um Kerne zu suchen?«

»Ein Cairn«, verbesserte ich sie.

»Was auch immer!« Sie drehte sich auf dem Absatz um und ging zur Tür.

»Warte, Susannah! Du verstehst nicht.«

»Ich verstehe vollkommen«, gab sie zurück. »Du kannst Simon sagen, daß wir fertig miteinander sind. Ich erwarte nicht, ihn wiederzusehen. Und ich behalte die Halskette!« Sie schlug die Tür so heftig zu, daß die Wände zitterten.

Ich lief ihr ins Treppenhaus hinterher. Susannah drehte sich zu mir um. Sie hatte beide Läufe wieder geladen und gab Feuer. »Und noch etwas! Wenn ich Simon Rawnson in der Öffentlichkeit je wieder zu Gesicht bekomme, werde ich ihm den größten, stinkenden Skandal machen, den er je erlebt hat. Dieser Mann wird sich wünschen, nie geboren zu sein. Sag ihm das, dem Mistkerl!«

»Hör zu, Susannah«, sagte ich und streckte meine Hand nach ihrem Arm aus. Es war eine ungeschickte Maßnahme. Sie hätte mich beinahe meine Finger gekostet.

»Wage es nicht, mich anzurühren!« Sie schlug meine Hand weg. »Ich gehe nach Hause, und wehe, einer von euch versucht mich anzurufen!«

Ich sah ihr nach, wie sie mit wehendem Seidenrock davonsegelte, und fühlte mich ungefähr so niedrig wie eine Gartenschnecke. Der Zorn hatte ihre ohnehin beträchtliche Schönheit in etwas Grandioses und Wildes verwandelt – eine Naturgewalt wie ein Hurrikan oder ein Gewitter. Entsetzlich, aber wunderbar anzusehen.

Ich sah zu, wie Susannah die Treppen hinabstürmte, und lauschte dem schnellen Klicken ihrer Absätze, als sie den Innenhof überquerte und verschwand. Dann drehte ich mich um und schlurfte zurück in mein Zimmer. Ich haßte mich dafür, daß ich sie getäuscht hatte. Aber nein, ich hatte sie ja nicht getäuscht, ich hatte ihr die Wahrheit gesagt. Sie hatte nur aus ihren eigenen Gründen angenommen, daß ich sie belog, und was konnte ich dagegen schon tun? Jedenfalls war es nicht mein Fehler. Es war alles Simons Schuld – ich hatte nichts damit zu tun.

Dressierter Affe, also wirklich!

7

Der verrückte Nettles

Mein Plan, soweit ich einen hatte, bestand einfach darin, weiterzumachen, als wäre nichts geschehen. Zurück zur Tagesordnung. Falls jemand anrief und nach Simon fragte, würde ich ihm sagen, er sei mit einer Drogerieverkäuferin nach Wolverhampton durchgebrannt. Geschah ihm nur recht, dem alten Lurch.

Ich stellte mir vor, daß er wahrscheinlich nur darauf wartete, daß ich in Panik geraten und zur Polizei rennen würde oder dergleichen. Er wollte seinen Namen in den Schlagzeilen sehen, und mich, wie ich mich zum Narren machte und Reportern erzählte, wie er in ein Cairn gekrochen und dann verschwunden sei. Nun, darauf konnte er warten, bis er schwarz wurde. Ich hatte nicht vor, ihm diesen Triumph zu verschaffen.

Während der nächsten Tage lebte ich mein Leben wie gewohnt weiter. Ich verhielt mich genauso wie zuvor. Ich nahm meine Mahlzeiten ein, stöberte an den Bücherständen, lungerte in der Bibliothek herum und konferierte mit meinem Doktorvater, schwatzte mit Bekannten, blätterte meine Post durch ... kurz, ich stürzte mich kühn in das allgemeine Getümmel des akademischen Lebens, das ich so sehr kennen- und liebengelernt hatte.

Arbeiten jedoch war unmöglich. Wie hätte ich arbeiten können? Ich konnte in Wirklichkeit Simons Verschwinden genausowenig ignorieren, wie ich die Nase in meinem Gesicht ignorieren konnte – sosehr ich mich auch bemühte. Die Tage vergingen, und Simon kam nicht zurück. Das Telefon klingelte nicht. Allmählich beschlichen mich Zweifel.

Immer häufiger kam mir der Gedanke: Und wenn es nun doch kein Witz war? Wenn ihm nun etwas passiert war? Was ist, wenn er *tatsächlich* weg ist?

Jeder Tag, der verging, brachte eine neue Sorge mit sich. Ich schwankte wie ein schlagseitiges Pendel zwischen Zorn und Angst hin und her. Zorn über seinen absurden Streich, und Angst um seine Sicherheit. Tag und Nacht nagten erbarmungslos die Fragen an mir: Wo war Simon? Was tat er jetzt? Wohin war er verschwunden? Warum machte ich mir darüber Sorgen? Warum ausgerechnet ich?

»Wenn Simon wiederkommt«, schwor ich mir, »bringe ich ihn um. Ich drehe ihm genußvoll die Arme ab und verprügele ihn mit den blutigen Enden. Nein, das werde ich nicht. Das wäre nicht zivilisiert. Statt dessen werde ich ihn auf einen Stuhl setzen und ihm in aller Ruhe und Vernunft auseinandersetzen, was für ein fürchterliches, geschmackloses Verhalten er an den Tag gelegt hat. Und dann jage ich ihm eine Kugel in sein kleines, schwarzes Herz.«

Als die Tage zu Wochen wurden, wurde ich immer lustloser, schlampiger, übellauniger und streitsüchtiger; ich schnauzte den College-Diener an, wann immer er seine Nase hereinsteckte, bis er schließlich genug hatte und nicht mehr vorbeikam. Ich streifte ziellos durch die Straßen und murmelte und fluchte dabei vor mich hin. Meine Socken paßten nicht zusammen. Ich wusch mich nicht mehr.

Falls jemandem mein zunehmend verwahrloster Zustand auffiel, ließ er es sich nicht anmerken. Ich hätte nicht weniger Aufsehen erregen können, wenn ich eine Staubfluse unter dem Bett gewesen wäre. Am liebsten hätte ich mir einen Buckel wachsen lassen und am Glockenseil des Tom Tower geschaukelt.

Mein rapider Abstieg in den Sumpf der Verzweiflung war von einem ebenso steilen Niedergang meiner geistigen Fähigkeiten begleitet. Ich schlief nicht gut. Merkwürdige Träume beunruhigten mich – Visionen von blättrigen Grünen Männern und ausgestorbenen Rindern, die in meinem Schlafzimmer umgingen; davon, daß ich mich in einem dunklen Wald verirrte und der Boden sich unter mir öffnete und mich bei lebendigem Leib verschlang; davon, daß ich gejagt und meine Brust von antiken Speeren durchbohrt wurde; von Wölfen, die im Dunkel eines Waldes heulten, und einer unheimlichen Erscheinung mit einem Totenschädelgrinsen, die mich erbarmungslos über ein kaltes und ödes Land jagte – beunruhigende Bilder, die beim Erwachen zerschmolzen und mich erschöpft und alles andere als durch die Nachtruhe erfrischt zurückließen.

Ich kannte die Ursache meines Abgleitens in die Bewußtlosigkeit: Mein Gewissen machte jede Menge Überstunden, um meine Aufmerksamkeit zu erlangen. Seit dem Augenblick, als ich in das Cairn gekrochen war und erkannt hatte, daß Simon verschwunden war, befand sich mein Unterbewußtsein im Nahkampf mit meiner Vernunft. Das Streitobjekt: mich dazu zu bringen, mir selbst einzugestehen, daß das, was hätte passiert sein *können*, tatsächlich passiert war, und daß ich absolut nichts deswegen unternommen hatte.

Doch es war nicht so sehr Simons Verschwinden, was meinen Verfall beschleunigte. So beunruhigend es auch war, der Gegenstand meines inneren Konfliktes aber war nicht Simons Verschwinden, sondern sein Zielort. *Wohin* war Simon denn verschwunden? Das war die Vierundsechzig-Billionen-Dollar-Frage. Und ich kannte die Antwort.

Aber ich wollte sie nicht aussprechen.

Nein, ich zog es vor, langsam im eigenen Saft zu schmoren, als das einzugestehen, was ich wußte. Allerdings hat die Natur eine subtile Methode, mit diesen amüsanten Verdrängungsspielchen umzugehen, die wir so sehr genießen. Man nennt sie Nervenzusammenbruch.

Ich fing an, Dinge zu sehen.

Zum ersten Mal passierte es mir sehr früh an einem Morgen. Ich hatte wieder einmal eine schlaflose Nacht hinter mir und beschloß, einen Spaziergang am Fluß zu machen. Ich schlich über den Innenhof und schlug die kleine Gasse in Richtung Wiese und Uferweg ein. So früh am Morgen hatte ich den Weg ganz für mich allein, und gerade als ich an dem Feld vorbeikam, auf dem das Vieh des Colleges gehalten wird, sah ich einen großen grauen Hund in riesigen Sätzen quer über die Weide auf mich zukommen.

Erst dachte ich mir nicht viel dabei. Schließlich laufen unzählige Hunde herum. Aber als er näher kam, wurde mir bewußt, wie groß das Tier war – es war enorm groß, fast so groß wie ein Pony. Es hatte ein kurzes, gelocktes Fell und extrem lange Beine, die es mit verblüffender Geschwindigkeit vorwärtsbrachten. Und es kam direkt auf mich zu. Ich blieb stehen und starrte hin, als es über den Viehzaun sprang, ohne seinen Laufrhythmus zu unterbrechen. Der Hund landete wenige Meter von mir entfernt auf dem Weg. Erst dann sah er mich, denn er wandte sich mir zu, als wäre er erschrocken, legte die Ohren flach und bleckte knurrend seine unglaublich langen Zähne.

Mit wild klopfendem Herzen stand ich stocksteif da. Der Hund, falls es einer war, gab ein drohendes Knurren aus der Tiefe seines Halses von sich und stellte seine Nackenhaare auf. Aber ich zuckte mit keinem Muskel – ich hatte zuviel Angst, um mich zu bewegen. Immer noch knurrend, wandte sich das riesige Tier um und jagte den Weg entlang davon. Es verschwand im Morgennebel, der aus dem Fluß aufstieg. Doch in dem Augenblick, als es sich umdrehte, sah ich, daß es ein merkwürdiges Halsband aus einer Eisenkette trug – eines von der antiken Art, aus eigentümlichen, handgeschmiedeten, eckigen Gliedern.

Obwohl ich in meinem ganzen Leben noch keinen so riesigen Hund gesehen hatte, redete ich mir ein, daß da wohl ein Hund seinem Herrchen aus dem Zwinger entlaufen sei. Nur das, nicht mehr.

Dann, als ich ein paar Tage später an einem regnerischen Nachmittag am Fenster saß und meinen Tee schlürfte, schaute ich hinaus in den Innenhof und sah etwas Braunes, Haariges, das sich über den Rasen bewegte. Unter dem trüben, verhangenen Himmel konnte ich nicht ganz sicher sein, was ich da sah. In dem Moment hätte ich geschworen, daß es ein Schwein war – aber eine andere Art Schwein, als ich sie kannte. Langbeinig und mager, mit einem dichten, borstigen, rötlich-braunen Fell und zwei geschwungenen Stoßzähnen, die seitlich aus seinem schmalen Gesicht hervorragten, und einem Schwanz, der sich senkrecht wie eine Fahnenstange über dem nach hinten abfallenden Rücken erhob.

Ich preßte mein Gesicht so dicht gegen die Scheibe, daß das Fenster bald beschlagen war. Als ich es wieder abgewischt hatte, war die Kreatur verschwunden. Und mit ihr alle Gewißheit, daß ich überhaupt etwas gesehen hatte.

Am nächsten Tag sah ich einen Wolf in der Turl Street.

Ich hatte den ganzen Tag in der Stube gehockt, bis ich die Nase voll davon hatte, und war spät hinausgegangen, als es schon dunkel wurde. Die Straßenlaternen waren an, und einige Geschäfte hatten bereits geschlossen. Ich war in den überdachten Markt gegangen, um mir einen Laib Brot zu holen, und auf dem Rückweg in die Turl Street eingebogen, die in einer Biegung verläuft, so daß man von der Mitte aus keines ihrer Enden sehen kann. Ich hatte die schmale Straße gerade betreten, als es unter meiner Kopfhaut zu prickeln begann – als ob jemand mich mit einer bösen Absicht beobachtete. Ich ging ein paar Meter, und das prickelnde Gefühl breitete sich über meinen Nacken und meine Schulterblätter aus. Ich spürte böse Augen, die sich in meinen Rücken bohrten. Sofort überfiel mich Angst, und ich bildete mir ein, hinter mir ein schwaches, kratzendes Klicken auf dem Pflaster zu hören. Ich ging ein paar Schritte weiter und lauschte auf das merkwürdige Geräusch, worauf ich mich schließlich in der festen Überzeugung, daß mir jemand folgte, abrupt umdrehte.

Ich hatte noch nie zuvor einen echten, lebendigen Wolf gesehen und dachte im ersten Moment, es sei wieder ein riesiger Hund, doch dann sah ich sein buschiges Fell und seine großen, blaßgelben Augen. Er ging mit gesenktem Kopf, die lange Schnauze dicht über dem Boden, als ob er nach einer Spur witterte. Wenn ich stehenblieb, blieb auch er stehen, was mir das deutliche Gefühl gab, daß er sich an mich anpirschte. Keine vier Meter rechts von mir befand sich der Eingang eines Fotogeschäfts, und ich hoffte, mich durch diese Tür retten zu können. Ich machte einen vorsichtigen Schritt zur Seite. Der Wolf spannte sich. Ich hörte ein Geräusch wie das Rasseln von Kies in einem Kessel und erkannte, daß es aus der Kehle des Tieres kam. Wir standen einander in einer Entfernung von nicht mehr als sechs oder sieben Metern gegenüber und starrten uns an. Ich beschloß, zu der Tür hinüberzurennen, und war gerade dabei, mich dazu zu sammeln, als die Tür aufging und jemand den Laden verließ. Ich drehte mich halb um und winkte dem Fremden zu, um ihn aufzuhalten. »Warten Sie!« sagte ich. Der Bursche schnitt mir eine Grimasse – wahrscheinlich dachte er, ich wolle ihn um Kleingeld anbetteln – und schob sich an mir vorbei. Als ich wieder hinschaute, lief der Wolf die Turl Street in Richtung Broad Street hinab. Ich sah seine hageren Seiten silbrig im Licht der Straßenlaternen schimmern, und dann war er weg.

Ich redete mir ein, ich hätte ihn in Wirklichkeit gar nicht gesehen; ich sei nur überreizt durch die Geschichte mit dem Riesenhund. Doch am nächsten Morgen stand in der *Daily Mail* eine Geschichte über einen frei herumlaufenden Wolf, der in den Straßen Oxfords gesichtet worden sei. Zahlreiche Leute hatten ihn gesehen. Die Polizei war gerufen worden und der Tierfänger, aber sie hatten das Tier nicht aufspüren können. Es wurde spekuliert, der Wolf sei aus irgendeiner illegalen Menagerie entkommen und nun aufs offene Land geflohen.

Die nächsten drei Tage hatte ich Angst, meine Räume zu verlassen – Angst vor dem, was ich vielleicht als nächstes sehen würde. Und als ich schließlich genügend Mut zusammengerafft hatte, um wieder hinauszugehen, rannte ich prompt in der High Street direkt vor einem Oxford-Experience-Bus auf die Straße. Ich wurde zu Boden gestoßen, aber nicht überfahren – diese Stadtrundfahrten-Busse fahren nicht sehr schnell, und die Fahrer haben großes Geschick darin, mit achtlosen Fußgängern zusammenzustoßen.

Es überkam mich … als ich da auf der Straße lag … in den Kreis rechtschaffen angewiderter Gesichter hinaufstarrte, die sich über mir sammelten … daß irgend etwas passieren mußte. Heute war es ein Bus, morgen vielleicht ein Zug. Oder würde es ein freier Fall von einer der verträumten Turmspitzen sein? Konkreter: War diese ganze Verleugnungstaktik es wirklich wert, dafür meine geistige Gesundheit und mein Leben aufs Spiel zu setzen?

Man bekommt einen einzigartigen Blickwinkel aufs Leben, wenn man aus der Gosse senkrecht nach oben schaut. Als der Polizist, der mir auf die Beine half, mich fragte: »Alles in Ordnung bei Ihnen, mein Junge?«, war ich gezwungen, die Frage mit all ihren weitläufigeren philosophischen Implikationen zu bedenken. Nein, befand ich, bei mir war eindeutig nicht alles in Ordnung. Ganz und gar nicht, auch wenn ich die Logik und Vorstellungskraft noch so dehnte.

Den Rest des Tages verbrachte ich damit, ziellos und mit schwerem Herzen durch die Straßen zu wandern. Ich verlor mich in dem üblichen Strom einkaufender Leute und ließ mich treiben. Ich schlurfte hierhin und dorthin; beobachtete Pflastermaler und Straßenmusiker, ohne auf das zu achten, was sie zeichneten oder spielten. Ich wußte, daß etwas vorging. Ich *wußte*, daß es etwas mit mir zu tun hatte. Ich wußte auch, daß ich mich nicht viel länger dagegen sperren konnte. Aber was sollte ich tun? Was wurde von mir erwartet?

Diese und andere Fragen, kaum ausformuliert, beschäftigten mich den ganzen Nachmittag. Und als ich schließlich aufgab und mich auf den Rückweg ins College machte, war es fast dunkel, und es hatte zu regnen begonnen. Die Straßen waren fast menschenleer. Bei Carfax blieb ich an der Ampel stehen, obwohl kein Verkehr auf der Straße war. Da ich mir albern dabei vorkam, hier im Regen zu stehen, flüchtete ich mich unter eine Markise in der Nähe.

Als ich dort stand und darauf wartete, daß die Ampel umsprang, überkam mich ein sehr eigenartiges Gefühl. Mir wurde plötzlich schwindelig, meine Knie wurden weich; mir drehte sich alles vor Augen, als würde ich jeden Augenblick ohnmächtig werden. Vielleicht hatte ich bei dem Zusammenstoß mit dem Bus mehr abbekommen, als ich ahnte, dachte ich. Vielleicht war ich am Ende ernsthaft verletzt. Ich umklammerte meinen Kopf mit beiden Händen und schnappte nach Luft; mein Hals schnürte sich zu. Ich konnte nicht atmen.

Das Pflaster unter meinen Füßen schien sich auf und ab zu bewegen. Ich schaute hinab, und mein Herz setzte einen Schlag aus. Denn ich stand in der Mitte eines kunstvollen keltischen Kreises, der mit Kreide auf die Bürgersteigplatten gezeichnet war. Die Pflastermaler – ich hatte ihnen während des Tages zugeschaut, ohne ihnen wirklich Aufmerksamkeit zu schenken – hatten ein primitives Labyrinthmuster gezeichnet, umgeben von einem Rahmen aus einem Schlingenmuster ineinander verschlungener farbiger Linien. Ich hatte schon oft Porträts und Landschaften von Pflastermalern gesehen. Aber so etwas noch nie. Warum hatten sie gerade dieses Muster gezeichnet? Warum ausgerechnet ein keltisches Labyrinth?

Ich stand da, umklammerte meinen Kopf und starrte auf die tausendfach verschlungenen Linien und das schwindelerregende Muster des Labyrinths. So stand ich eine lange Zeit, während die Ampel etliche Male von rot nach grün und zurück sprang und der Regen auf mich niederprasselte. Ich starrte, starrte, konnte mich nicht rühren, war gefangen in diesem verzauberten Kreis – auf unerklärliche Weise gebunden von diesen in- und auseinanderlaufenden Linien aus bunter Kreide. Vielleicht stünde ich jetzt immer noch da, wäre da nicht die Tatsache gewesen, daß mein Zustand nicht ganz unbemerkt geblieben war.

Denn ich spürte die leichte Berührung einer Hand an meinem Ellbogen, und eine freundliche Stimme drang an mein Ohr. »Lassen Sie mich Ihnen helfen«, sagte die Stimme.

Ich drehte mein Gesicht dem Laut zu und sah mich einem weißhaarigen alten Herrn gegenüber, der genauso gekleidet war, wie man sich in einer Filmbesetzungsagentur einen älteren Gentleman vom Land vorstellt, komplett mit Porkpie-Hut und Wanderstock aus schwarzem Bruyèreholz.

»N-nein danke«, sagte ich. »Alles in Ordnung. Vielen Dank.«

Doch der Griff an meinem Ellbogen verstärkte sich. »Verzeihen Sie, aber ich glaube, Sie können eine helfende

Hand gebrauchen«, beharrte er. Er hob seinen Wanderstock vor mein Gesicht und ließ ihn dann mit der Spitze auf die merkwürdige Zeichnung auf dem Pflaster sinken. Dann schlug er mit der Stockspitze dreimal leicht auf die Kreidelinien. Diese schlichte Handlung, die er bedächtig und langsam vollzog, gab mir zu verstehen, daß unsere Begegnung kein reiner Zufall und er kein gewöhnlicher Passant war. Er wußte etwas.

»Ich glaube, ich bringe Sie besser nach Hause«, sagte er. »Kommen Sie.«

Ich blickte hilflos auf meine Füße herab, denn ich konnte sie immer noch nicht bewegen. »Es gibt nichts zu fürchten«, sagte der alte Mann. »Kommen Sie.«

Auf sein Wort hin bekam ich die Füße frei und trat ohne Schwierigkeiten aus dem Kreis heraus. Wir überquerten die Straße, und bis wir drüben angekommen waren, war ich ganz und gar von der Peinlichkeit der Situation erfüllt. »Danke«, sagte ich, als ich auf den Bürgersteig trat. »Wirklich, vielen Dank. Aber jetzt ist alles in Ordnung. Mir war nur ein wenig schwindelig, wissen Sie. Ich hatte mir vorher eine Beule am Kopf geholt, aber jetzt geht es mir wieder gut.« Die Worte sprudelten nur so heraus. »Ich komme schon zurecht. Vielen Dank für Ihre Hilfe …«

Doch der alte Herr lockerte seinen Griff um meinen Arm nicht. In der Meinung, er höre vielleicht nicht gut, erhob ich meine Stimme. Plötzlich blieb er stehen und wandte sich zu mir. »Sie sollten diese Beule untersuchen lassen.«

»Ja, das werde ich tun. Danke.« Ich versuchte, meinen Arm aus seiner Hand zu ziehen, aber er ließ nicht los. »Sie waren mir eine große Hilfe. Ich will Ihnen nicht länger zur Last fallen.«

»Oh, Sie fallen mir nicht zur Last, das versichere ich Ihnen«, sagte er leichthin. »Ich fürchte, ich muß darauf bestehen.«

»Sind Sie Arzt?« fragte ich. Ich weiß nicht, warum – irgend etwas an seiner hilfsbereiten Art brachte mich auf den Gedanken.

»Einen besseren Arzt als mich brauchen Sie nicht«, kam seine Antwort, und ehe ich mich versah, stapften wir Arm in Arm die fast verlassene Straße entlang. Er schien entschlossen zu sein, sich meine Beule anzusehen, und mir schien keine Wahl zu bleiben. Nach dem Trauma der letzten paar Tage war meine Willenskraft am Versiegen; also wählte ich den Weg des geringsten Widerstandes und ging mit ihm.

Nach etlichen Abzweigungen durch alle möglichen Straßen erreichten wir schließlich eine niedrige Tür in der Brewer's Lane. Ein Blechschild zeigte die Residenz von ›D. M. Campbell, Tutor‹ an. Er steckte einen Schlüssel ins Schloß, ruckelte ein wenig, bis sie sich öffnete, und schob mich hinein.

»Kommen Sie bitte herein«, sagte der alte Mann. »Treten Sie ein aus der Kälte, mein Freund. Fühlen Sie sich wie zu Hause. Wie wäre es mit etwas Heißem? Hängen Sie Ihren Mantel dorthin.«

Er spähte mich aus seinen kurzsichtigen Augen an und klopfte sich geistesabwesend auf die Jackentaschen. Ich trat in seine düstere Wohnung.

»Nett von Ihnen, mich einzuladen. Aber es ist wirklich nicht nötig. Mir geht es gut.«

Er lächelte, ging weiter hinein und knöpfte im Gehen seinen Mantel auf. Seine Stimme drang zu mir zurück. »Ist mir ein Vergnügen. Ich habe in diesem Trimester nicht viele Studenten. Ein bißchen mehr Besuch kommt mir gerade recht. Kommen Sie, setzen Sie sich. Es dauert nur eine Sekunde.«

Ich fand einen uralten, dick gepolsterten Sessel und ließ mich hineinfallen, wobei ich mich fragte, was ich hier eigentlich sollte. Na ja, dachte ich, ich will seine Gefühle nicht verletzen. Nur eine schnelle Tasse Tee, und ich mache mich wieder auf den Weg.

Der alte Herr seinerseits machte sich in der Wohnung zu schaffen und schaltete hier und dort Lampen ein, ohne daß dies eine große Wirkung gehabt hätte. Im Zimmer blieb es ebenso düster wie zuvor. Einmal blieb er vor mir stehen und starrte auf mich herab, als hätte er mich beim Truthahnschießen gewonnen.

»Vorstellung«, sagte er abrupt. »Professor Nettleton. Merton College. Angenehm.«

»Nicht Campbell?« fragte ich.

»Ein früherer Bewohner«, erklärte er. »Ich schätze meine Privatsphäre.«

»Oh.«

»Und Sie sind?«

»Oh, Entschuldigung. Mein Name ist Gillies – Lewis Gillies.«

»Nett, Sie kennenzulernen, Mr. Gillies«, fing er an. In diesem Augenblick fing in einem anderen Zimmer ein Kessel an zu pfeifen, und er eilte hin, um sich darum zu kümmern. Einen Moment später kehrte er zurück. »Muß noch ein Weilchen ziehen«, sagte er liebenswürdig und machte sich daran, einen mit hohen Aktenstapeln bedeckten Tisch freizuräumen. Das gab mir Gelegenheit, ihn zu mustern.

Nettleton war der Archetyp eines Oxforder ›Dons‹. Untersetzt, kahl, in den Sechzigern, leicht gebeugt und kurzsichtig vom Entziffern der verblaßten Texte zu vieler unleserlicher Manuskripte. Das Haar, das ihm noch verblieben war, war strähnig und weiß wie Zuckerwatte; es floß über seinen Kopf, anstatt davon herabzuhängen. Seine Kleidung war ein gedämpftes Chaos aus nicht zueinander passenden Tweedstoffen – alle von uneindeutigem Farbton. Er trug eine Balliol-Krawatte, eine hellblaue Wollweste und solide, braune irische Treter an den Füßen.

Der Kessel ertönte wieder, und während mein Gastgeber sich in der Küche zu schaffen machte – ich hörte ihn im Hintergrund mit Geschirr herumklappern – ergriff ich die Gelegenheit, einen Blick auf meine Umgebung zu werfen. Das Zimmer des Professors war eine jener immensen viktorianischen Höhlen, die in Oxford so häufig sind, und es wirkte nicht weniger exzentrisch als sein Bewohner: eine drei Meter hohe Decke; ein ganzer Wald von uralten dunklen Eichenpaneelen; riesige geschnitzte Büfetts, Vitrinen, Bücherregale und Tische aus Mahagoni; ein Schreibtisch, der durchaus auch als Brücke eines Kriegsschiffs hätte dienen können; große, weiche Sessel, in denen man sich verirren konnte. Der dunkle Eichenfußboden war mit ungefähr einem Morgen verblaßten, abgelaufenen Teppichs bedeckt; die Beleuchtung stammte offensichtlich aus dem finsteren Mittelalter; und das Heizungssystem war älter als Mose.

Ich ließ meinen Blick über die verschiedenen Regale wandern, die voller Nippes und Kleinigkeiten standen. Die Neugier trieb mich aus meinem Sessel hoch, und ich schaute mir die Regale näher an. Sie beherbergten eine Hamsterhöhle von einem Museum voll merkwürdiger Artefakte: eigenartig geformte Steine; auffällige Knorren polierten Holzes; tablettgroße Schieferplatten mit fremdartigen Inschriften; glänzende Klumpen, die sich als unregelmäßig geformte Münzen erwiesen; eine Sammlung aus Horn geschnitzter Kämme und Knöpfe aus Tierzähnen. Aus einer Nische starrte mich eine ausgestopfte gelbe Katze von der Größe eines Cockerspaniels an, und daneben ein feister, schwarzgefederter Kadaver, den ich für einen präparierten Raben hielt.

Ich war so sehr in meine Inventur vertieft, daß ich nicht hörte, wie Nettleton sich von hinten an mich heranschlich. Ein prickelndes Gefühl in meinem Nacken veranlaßte mich, herumzufahren. Er hielt zwei volle, dampfende

Becher in der Hand und schaute mich gelassen an. Ich sage Becher – die Gefäße waren groß und hatten keine Henkel, und sie schienen aus einer Art grob bearbeiteten Steinguts gemacht zu sein. Ich hatte ähnliche Gefäße schon zuvor gesehen – im Ashmolean Museum, gleich neben einem Schild mit der Aufschrift »Trinkbecher, Neolithikum, ca. 2500 v. Chr.«.

Mein Gastgeber reichte mir einen der Becher, hob den anderen an seine Lippen und sagte: »*Slàinte!*«

»Cheers!« antwortete ich. Ich nahm einen großen Schluck, den ich beinahe wieder ausgespuckt hätte. Irgendwie würgte ich ihn herunter – aber die beißende Flüssigkeit zerkratzte meinen Hals wie eine Holzraspel und hinterließ ein Nachbrennen wie von einem Düsentriebwerk.

Nettleton lächelte gutmütig über mein Unbehagen. »Tut mir leid, ich hätte Sie warnen sollen. Es ist Whisky drin. Ich finde, ein kleiner Schuß an einem Tag wie heute hilft, die Kälte aus den Knochen zu treiben.«

Ja, und den Lebenswillen gleich mit. »Tut gut«, keuchte ich. Ich spürte, wie meine Zunge rasch auf die Größe einer Ofenkartoffel anschwoll. »Wa-was ist das?«

Der Professor fegte die Frage mit einer Handbewegung beiseite. »Ach, Wurzeln, Rinde, Beeren – eine Art hausgemachtes Gebräu. Ich sammle die Zutaten selbst. Wenn Sie es mögen, kann ich Ihnen das Rezept geben.«

Ich war sprachlos.

Er wandte sich ab und führte mich durchs Zimmer zu einem Paar roter Ledersessel zu beiden Seiten des einzigen Fensters. Der Himmel war dunkel, und die Fensterscheiben wirkten wie undurchsichtig. Ein kleiner Tisch, der aussah, als sei er aus Treibholzstücken zusammengezimmert worden, stand zwischen den Sesseln. Der Professor setzte sich in einen der Sessel, stellte seinen Becher auf dem Tisch ab und deutete auf den anderen Sessel. Ich setzte mich ihm gegenüber und starrte in mein Getränk. Waren das Rosinen, die darin herumschwammen?

»So!« eröffnete er plötzlich. »Gut, Sie zu sehen!« Er sprach übertrieben deutlich, als sei ich ein Eingeborener, der vielleicht nicht seine Sprache beherrschte. »Ich habe auf diese Gelegenheit gewartet.«

Sein Bekenntnis ließ mich zusammenfahren. Ich konnte ihn nur anstarren und schlucken.

»Tatsächlich?«

»Ja.« Er hob schnell eine Hand. »O bitte, verstehen Sie mich nicht falsch – ich will Ihnen nichts Böses. Ich habe vor, Ihnen zu helfen, wie ich schon sagte. Und, wenn ich das sagen darf, Sie sehen im Augenblick so aus, als ob Sie ziemlich dringend Hilfe brauchen.«

»Hm, Professor Nettleton – äh, ich bin hier in einer etwas peinlichen Situation.«

»Nettles«, antwortete er.

»Sir?«

»Warum nennen Sie mich nicht Nettles? Das tun alle.«

»Schön«, stimmte ich zu. »Aber wie ich schon sagte, ich glau–«

»Um es nicht zu kraß auszudrücken, Sie haben sich ziemlich gehenlassen, Mr. Gillies.«

»Also, ich –«

»Keine Entschuldigungen, Mr. Gillies. Ich verstehe. Also« – er faltete die Hände über der Brust und lehnte sich so weit in seinem Sessel zurück, daß ich sein Gesicht im Schatten nicht mehr erkennen konnte –, »wie kann ich Ihnen behilflich sein?«

Mir fiel nichts ein. Einen Augenblick lang versuchte ich die Schatten zu durchdringen; dann sagte ich, er habe mir bereits sehr geholfen, es sei schon spät, und ich sei sicher, daß er noch anderes zu tun habe, und ich wolle ihm keine weitere Mühe machen und –

»Papperlapapp!« antwortete er seelenruhig. »Es gibt

keinen Anlaß, in Verlegenheit zu geraten. Nun kommen Sie, ich versichere Ihnen, daß Ihr Geheimnis bei mir sicher ist.«

Mein Geheimnis? Welches Geheimnis? Woher wußte er von meinem Geheimnis? »Ich weiß nicht recht, was Sie meinen«, sagte ich.

Nettles beugte sich wieder vor. Seine Augen tanzten. »Sie sind ein Gläubiger«, flüsterte er. »Das sehe ich Ihnen an.«

»Ein Gläubiger«, wiederholte ich verständnislos.

Er grinste. »Oh, machen Sie sich keine Sorgen. Ich bin auch ein Gläubiger.«

Ich muß dreingeblickt haben wie ein Fragezeichen, denn er erläuterte: »Der Elfenglaube, nicht wahr? Natürlich hält mich jeder für verrückt. Na und?« Er machte eine verschwörerische Miene. »Ich habe sie *gesehen*.«

»Elfen?«

Er nickte enthusiastisch. »O ja! Allerdings ziehe ich es vor, sie ›das Schöne Volk‹ zu nennen. Wie ich höre, hat das Wort ›Elfen‹ in den letzten Jahren einige unglückliche Nebenbedeutungen angenommen. Und selbst wenn das nicht so wäre, hat ›Elfe‹ immer den Beiklang der Verniedlichung. Und ich kann Ihnen sagen«, setzte er feierlich hinzu, »daß sie alles andere als niedlich sind.«

Das Gespräch schien mir eine etwas zu merkwürdige Wendung zu nehmen, und ich versuchte, es wieder zurückzulenken. »Hm, ich habe in der Turl Street einen Wolf gesehen. Vielleicht haben Sie in der Zeitung darüber gelesen.«

Nettles zwinkerte mir zu. »*Blaidd an Alba*, was?«

»Wie bitte?«

»Wölfe in Albion«, antwortete er. »Lassen Sie sich nicht stören. Was wollten Sie sagen?«

»Nur das. Sonst eigentlich nichts«, log ich.

»Ist das alles?«

»Nun, ja«, bekannte ich, leicht pikiert über seine Unterstellung, da könnte noch mehr sein. »Was soll sonst noch sein?«

Der Professor schmunzelte trocken. »Na, Erscheinungen, Dinge, die verschwinden, merkwürdige Ereignisse – alles mögliche! Leute, die in keltischen Kreisen gefangen werden, zum Beispiel.«

»Sie meinen doch nicht ...« Redete er etwa von *mir*?

»Aber genau das meine ich.«

Ich starrte ihn begriffsstutzig an. Verrückt? Der Mann war absolut durchgebrannt. »Aber das ist unmöglich«, murmelte ich.

»Ist es das?« Sein Lächeln erstarb nicht, aber sein Blick wurde hart und äußerst ernst. »Kommen Sie, Sir! Ich habe Ihnen eine Frage gestellt. Ich warte auf eine Antwort.«

»Nun ja«, räumte ich vorsichtig ein, »ich nehme an, es ist nicht völlig unmöglich.«

»Ha! Sie *wissen*, daß es nicht völlig unmöglich ist. Kommen Sie, Mr. Gillies, drücken wir uns doch präzise aus.« Die Wildheit dieser letzten Worte schmolz dahin, sobald sie heraus waren. Gleich darauf war er wieder gut gelaunt wie eh und je. »Ich sage Ihnen doch, es hat keinen Sinn, mich täuschen zu wollen. Ich kann einen Gläubigen eine Meile gegen den Wind riechen.«

Er beugte sich vor, griff nach seinem Getränk und erstarrte mitten in der Bewegung. »Ah, aber da liegt die Schwierigkeit, nicht wahr?«

»Bitte?«

»Ich habe Sie falsch eingeschätzt.« Er saß immer noch reglos mit ausgestreckter Hand da. »Es tut mir leid, Mr. Gillies. Mein Fehler.«

»Ich glaube, ich kann Ihnen nicht ganz folgen.«

»Vielleicht sind Sie am Ende doch kein Gläubiger.« Er ließ sich zurück in den Sessel sinken. »Aber was sind Sie dann, Mr. Lewis Gillies? Hmm? Ich bin so sehr daran gewöhnt, mit Ungläubigen umzugehen, daß ich oft vergesse, daß es noch eine dritte Kategorie gibt.«

Um mein wachsendes Unbehagen am Gang dieser Unterredung zu verbergen, ergriff ich mein Getränk und zwang etwas davon herunter. Diesmal fand ich den Geschmack sogar angenehm.

»Gläubige und Ungläubige«, sagte der Professor. »Die meisten Leute fallen in eine dieser beiden Kategorien. Doch es gibt noch eine dritte: Diejenigen, die verzweifelt glauben *wollen*, aber ihre Vernunft läßt es nicht zu.«

Er nahm seinen Becher und nahm einen kräftigen Schluck. Ich folgte seinem Beispiel und stellte fest, daß ich mehr trank, als ich vorgehabt hatte. »Man gewöhnt sich daran, nicht wahr?« sagte er mit einem lauten Schmatzen. »Heißes Heidebier.«

Heidebier? Ich starrte in meinen Becher. Der Folklore zufolge war das Rezept für dieses Getränk der Antike im Jahre 1411 verloren gegangen, als die Engländer den letzten keltischen Häuptling töteten, weil er sich beharrlich weigerte, das Geheimnis dieses legendären Elixiers preiszugeben. Die belagerten Kelten sprangen lieber von einer Klippe am Meer, als daß sie den verhaßten Ausländern das Gebräu der Könige zu kosten geben wollten. Wie aber war der Professor zu dem Rezept gekommen – falls er es tatsächlich kannte?

Mein ungewöhnlicher Gastgeber erhob sich und begab sich zu einem Büfett, das ein paar Schritte entfernt stand. Er kehrte mit einem Keramikkrug zurück und füllte unsere Becher erneut mit der dampfenden Flüssigkeit. »Wie ich schon sagte –« Er stellte den Krug wieder auf die Heizplatte und kehrte zu seinem Sessel zurück. »Sie gehören wohl eher in die dritte Kategorie: Sie sind jemand, der glauben möchte, dem es aber an der Überzeugung fehlt. Ein Sympathisant, sagen wir, aber ein skeptischer.« Er nickte wohlwollend. »Sie sind hinaus in den keltischen

Dunstkreis gewandert und haben sich das Virus geholt. Habe ich recht?«

Bingo! »Ich glaube, so könnte man es ausdrücken«, gab ich vorsichtig zu.

»Na also, und was hat Sie in diese Sackgasse geführt? In diese Krise zwischen Glauben und Vernunft? Was hat Sie dazu veranlaßt, ungekämmt und unrasiert durch die Stadt zu wanken, Dinge zu sehen und sich so leicht von Kreidezeichnungen auf dem Pflaster gefangennehmen zu lassen?«

Meine Lippen wollten schon eine ausweichende Antwort bilden, aber die Frage war gar nicht für mich bestimmt. Der verrückte alte Gentleman fuhr fort: »Ja, was? Wenn ich eine Vermutung wagen darf, würde ich sagen, daß Sie etwas beobachtet haben, das Sie sich nicht erklären können und wofür Sie eine rationale Auflösung suchen. Eine dieser Erscheinungen, von denen Sie sprechen? Oder vielleicht war es keine Erscheinung, sondern ein *Verschwinden*? Ja! Ich dachte es mir.« Er strahlte vor harmlosem Vergnügen. »Ich habe Sie gewarnt – ich rieche so etwas.«

»Aber woher wußten Sie das?«

Er ignorierte meine Frage und stellte selbst eine. »Wer ist es? Jemand, den Sie kennen? Natürlich. Wie dumm von mir. Jetzt müssen Sie mir alles darüber erzählen. Wenn ich Ihnen helfen soll, muß ich alles wissen.« Er hob einen knochigen Finger in die Höhe. »*Alles* – verstehen Sie?«

Ich sackte im Sessel zusammen und spürte, wie das weiche Leder mich umfing. »Ich verstehe«, murmelte ich, während ich den warmen Becher zu mir zog. Wie war ich nur in diese Situation geraten? Ich wollte einfach nur so tief in dem Sessel versinken, daß niemand mich je mehr finden konnte. Statt dessen nahm ich einen langen Zug von dem heißen Bier, schloß die Augen und begann mit meiner trostlosen Erzählung.

Professor Nettleton unterbrach mich nicht. Zweimal öffnete ich die Augen und sah ihn auf der äußersten Kante seines Sessels hocken, als wollte er mich anspringen, sobald ich innehielt. Ich redete weiter, bis ich die ganze chaotische Episode vor ihm ausgebreitet hatte, genau so, wie sie sich ereignet hatte. Ich erzählte ihm alles – mir fehlte die Willenskraft, zu widerstehen oder mit den Fakten Verstecken zu spielen. Ich war zu müde, um die Verstellung aufrechtzuerhalten, zu erschöpft davon, das Gewicht meines Wissens ganz allein zu tragen. Ich öffnete einfach den Mund, und die Worte sprudelten heraus. Ich ließ meiner Zunge freien Lauf.

Ich erzählte ihm von Simons wilder Jagd nach dem Ur, von der Begegnung mit dem Grünen Mann, von Farmer Grant, von dem Cairn und Simons plötzlich erwachtem Interesse an keltischen Dingen, von meinen beunruhigenden Träumen, von den Erscheinungen, die ich gesehen hatte, von … von allem, was sich vor und nach Simons Verschwinden ereignet hatte. Und es war eine herrliche Erleichterung, die Last endlich abzuwerfen. Um so mehr, als mir jemand gegenübersaß, der mir vollkommenen Glauben schenkte. Ich hatte keine Angst, daß er mich verraten oder für wahnsinnig halten würde. Schließlich hielt bereits jedermann *ihn* für verrückt. Er hatte es mir selbst gesagt. Mein Geheimnis war bei ihm in Sicherheit; das wußte ich, und ich nutzte es weidlich aus.

Als ich schließlich am Ende war, öffnete ich meine Augen und blickte auf den Grund meines leeren Bechers. Hatte ich alles ausgetrunken? Ich mußte während meiner Erzählung immer wieder daran genippt haben. Jetzt tat es mir leid, daß nichts mehr übrig war. Ich stellte das leere Gefäß auf den Tisch.

Durch die regennassen Scheiben schimmerte der Himmel in einem kränklichen Graugrün von den Lichtern der Stadt, die sich in der niedrigen Wolkendecke spiegelten.

Ich schaute in die düstere Ecke hinüber, in der Professor Nettleton mir gegenübersaß, einen schwachen Schimmer vom Fenster her in den weißen Haaren. Seine Augen funkelten in der Dunkelheit.

»Natürlich«, sagte er schließlich. »Ja, jetzt begreife ich.«

»Glauben Sie mir, es war nicht meine Absicht, mit alledem Ihre Zeit zu verschwenden.«

Er schüttelte leicht den Kopf. »Im Gegenteil, genau deswegen sind Sie ja zu mir gekommen.«

Fehlgeleiteter Stolz stieg mir in die Wangen. »Schauen Sie, ich wüßte nicht, daß all das Ihre Angelegenheit wäre. Ich bin nur mit Ihnen gekommen, weil ...«

»Ja?«

»Nun, weil ich Ihre Gefühle nicht verletzen wollte.«

»Papperlapapp, Mr. Gillies. Lassen Sie uns gleich klare Verhältnisse schaffen. Wenn wir zusammenarbeiten wollen, können wir diese falsche Bescheidenheit und diese Hintenherum-Touren nicht gebrauchen. Wir wissen beide sehr gut, worüber wir reden. Es ist die Freiheit der Gläubigen, laut herauszurufen, was die Zweifler nicht zu bekennen wagen.«

»Bitte?«

»Sie wissen, was ich meine.« Die Art, wie er das sagte, ließ keinen Widerspruch zu; ich versuchte auch keinen. »Nun gut, dann lassen Sie uns alle Hemmnisse beiseite räumen und offen sprechen.« Er streckte seine Hand aus und klopfte mir aufs Knie. »Ich werde aus Ihnen schon noch einen wahren Menschen machen.«

»Ich habe Ihnen die ganze Geschichte von Simon erzählt«, sagte ich ein wenig abwehrend. »Aber Sie haben mir noch nicht gesagt, wie Sie zu der Annahme kamen, ich sei –« Mir fehlte das richtige Wort. Was war ich?

»Gestört?« warf Nettles ein. »Seit diese Sache anfing, habe ich sehr genau beobachtet.«

»Was beobachtet?«

»Nun, alles. Ganz buchstäblich alles. Die Anzeichen sind für jedermann sichtbar, der Augen im Kopf hat.«

»Ich verstehe nicht«, beschwerte ich mich.

»Nein.« Er erhob sich und stellte sich vor mich hin. »Aber wir haben für einen Tag genug getan, glaube ich. Gute Nacht, Mr. Gillies. Gehen Sie nach Hause und ruhen Sie sich aus.«

»O ja, gute Nacht.« Ich kam langsam auf die Füße. »Vielen Dank.« Ich empfand eine Art unspezifische Dankbarkeit. Vielleicht war ich einfach froh, daß er nicht die Männer mit den Zwangsjacken angerufen hatte.

Er schob mich rasch zur Tür. »Kommen Sie morgen früh zu mir. Dann werde ich Ihnen alles erklären.«

Ehe ich mich versah, stand ich mit meinem Mantel in den Händen im trüben Dämmerlicht der Brewer's Lane. Ich zog meinen Mantel an und eilte fröstelnd durch den Regen davon. Der Wind hatte zugenommen und trieb die feinen Tropfen vor sich her. Die Erleichterung, die ich in Professor Nettletons Gesellschaft verspürt hatte, löste sich in der kalten Wirklichkeit des Windes und des Regens schnell auf. »Absolut durchgebrannt«, dachte ich trübsinnig. »Der alte Nettles ist noch verrückter als ich.«

Ich erreichte die Tür zu meinen Räumen gerade rechtzeitig, um das Klingeln des Telefons zu hören. Ich schob den Schlüssel ins Schloß, jagte zum Telefon, um abzunehmen, und erkannte sofort, daß ich einen großen Fehler begangen hatte.

8

Kreise im Sonnensinn

Die Uhr zeigte zehn Minuten nach elf. Wer konnte so spät noch anrufen?

»Hallo, ist dort Mr. Gillies?« Die Stimme klang, als käme sie aus großer Entfernung – vom Mars vielleicht oder dort aus der Nähe.

Trotzdem war es eine jener Stimmen, die man einmal hört und nie mehr vergißt, und ich erkannte sie sofort. Mein Herz rutschte in die Hose.

»Am Apparat«, sagte ich. »Guten Abend, Sir.«

»Geoffrey Rawnson hier.«

»Schön, Sie zu hören, Sir. Wie geht es Ihnen?«

»Oh, ich arbeite zuviel, wie üblich. Habe keine Minute für mich selbst. Aber ich darf mich nicht beschweren, nehme ich an«, antwortete er liebenswürdig. »Eigentlich wollte ich gerne Simon sprechen. Wären Sie so freundlich, ihn an den Apparat zu holen, bitte?«

»Es tut mir leid, Mr. Rawnson, aber Simon ist im Augenblick nicht da.«

»Nicht da? Ja, wo ist er denn?« Sein Tonfall schien anzudeuten, daß er es für unwahrscheinlich hielt, daß sein Sohn sich irgendwo anders aufhalten könnte als neben dem Telefon, um seinen Anruf zu erwarten.

»Er ist heute abend ausgegangen, glaube ich«, log ich und fügte als Gegenmittel noch etwas Wahres hinzu: »Ich bin selbst auch gerade erst nach Hause gekommen.«

»Verstehe«, antwortete er. »Nun, ich will Sie nicht aufhalten. Würden Sie Simon nur ausrichten, daß ich angerufen habe?«

»Das werde ich tun, Sir – sobald ich ihn sehe.«

»Schön«, sagte Rawnson der Ältere. »Nur noch eine Sache.«

»Ja?«

»Sagen Sie Simon, falls ich nicht bis morgen um zehn Uhr von ihm höre, komme ich wie verabredet, um ihn abzuholen. Haben Sie das?«

»Sie kommen wie verabredet, um ihn abzuholen – ja, das habe ich. Äh, um welche Zeit wäre das, Sir – damit ich es Simon sagen kann?«

»Er kennt die Einzelheiten, denke ich«, sagte Rawnson, und ich hörte einen pikierten Unterton heraus. Er machte eine Pause und setzte dann erklärend hinzu: »Ich kann Ihnen ruhig sagen, daß ich im Moment etwas ungehalten über Simon bin. Er hätte eigentlich am Wochenende zur Geburtstagsfeier seiner Großmutter kommen sollen. Hat noch nie gefehlt. Dieses Jahr keine Karte, kein Anruf, nichts. Er sollte sich lieber eine gute Ausrede überlegen. Und die will ich hören, wenn ich ihn morgen sehe. Das können Sie ihm von mir ausrichten.«

»Jawohl, Sir«, stimmte ich zu.

»Nun ja, es ist spät, ich will Sie nicht aufhalten. Gute Nacht, Mr. Gillies. Ihnen alles Gute.« Es klickte, und die Leitung war tot.

Sturm und Drang! Morgen würde ich von Angesicht zu Angesicht Simons Vater gegenüberstehen, und was würde ich ihm sagen? Tut mir schrecklich leid, Eure Hoheit, aber unser Sonnyboy ist nach La-la-Land entschwunden. Ts-ts. So ein Pech aber auch, was?

Ich ging voller Trübsinn zu Bett und schlief ein, während ich mir eine passende Todesart für Simon ausdachte.

Mag sein, daß Professor Nettleton in seinen Kleidern zu schlafen pflegte. Andererseits schlief er vielleicht aber auch überhaupt nicht. Als ich früh am nächsten Morgen bei ihm eintraf, sah er noch genauso aus, wie ich ihn am Abend zuvor verlassen hatte, und war vollauf mit Recherchen beschäftigt – der ganze Fußboden war mit Papierstapeln, Pamphleten, Zeitschriften und Haufen von Büchern bedeckt. »Herein! Herein!« rief er, als ich klopfte, und blickte bei meinem Eintreten kaum auf.

»Ich habe es!« rief er und wedelte mit einem Buch über seinem Kopf. »Setzen Sie sich, Lewis, und hören Sie sich das an.«

Der verrückte Nettles fing an, mir aus dem Buch vorzulesen, wobei er zwischen den Haufen von Literatur hin- und hermarschierte und sich mit der Hand durch sein strähniges Haar fuhr. Ich hörte ihm einen Moment lang zu, bevor ich merkte, daß ich nicht ein Wort von dem verstand, was er sagte. Ich meine, die Worte verstand ich schon, nur ergaben sie keinen Sinn: Nexus hier und Plexus dort, und dann noch etwas über serielle Zeit und die unendliche Formbarkeit der Zukunft oder so etwas.

Ich räumte einen Stapel Papiere auf den Fußboden und setzte mich auf den Ledersessel. Die Lampe neben dem Sessel war die einzige Beleuchtung im Zimmer. Er beendete seine Vorlesung und sah mich mit vor Begeisterung leuchtenden Augen eindringlich an.

»Entschuldigen Sie, Nettles«, sagte ich, »ich weiß nicht, ob ich das alles verstanden habe. Ich habe letzte Nacht nicht sehr gut geschlafen.« Dann erzählte ich ihm von meinem Telefonat mit Simons Vater.

Der alte Professor schnalzte mitfühlend mit der Zunge. »Das war nur zu erwarten«, sagte er. »Leute können nicht einfach verschwinden, ohne vermißt zu werden. Aber ich hatte auf etwas mehr Zeit gehofft. Aber das macht nichts.«

»Das macht nichts? Aber er kommt heute hierher, um Simon zu treffen – und Simon wird nicht hier sein.«

»Darüber können wir uns später Gedanken machen«, sagte der Professor. »Möchten Sie Tee?« Er stelzte zu seiner Heizplatte auf dem Büfett hinüber und sagte: »Der Ur und der Speer – das sind sichere Hinweise. Ebenso der Grüne Mann, der Wolf, der Eber und der Hund. Ich nehme an, es gibt noch Dutzende andere – vielleicht Hunderte –, aber vielleicht sind die Ihnen nicht notwendigerweise aufgefallen.« Ich hörte ihn mit Geschirr klappern und einen Kessel füllen. Seine Stimme drang zurück zu mir wie aus der äußeren Dunkelheit der Unterwelt.

»Hinweise«, wiederholte ich ohne Begeisterung. Ich gähnte und rieb mir die Augen.

»Also, es gibt zwei Dinge an Ihrer Geschichte, die mich verwirren. Ich muß Sie bitten, sich ganz genau zu erinnern. Ich fürchte, davon hängt eine ganze Menge ab.« Nettleton kehrte zurück und stellte sich vor mich. »Denken Sie zurück an das Cairn. Haben Sie in der Nähe irgend jemanden bemerkt, als Sie dort waren?« fragte er und schaute mich eindringlich an. »Hat sich Ihnen irgend jemand genähert?«

»Nein, niemand«, sagte ich achselzuckend. »Warum?«

»Ein Tier vielleicht? Ein Hirsch? Oder irgendein Vogel? Ein Hund?«

Ich setzte mich kerzengerade auf. »Warten Sie! Da *war* jemand! Ich erinnere mich jetzt, daß ich so einen Kerl gesehen habe, der Hunde bei sich hatte – drei Stück, ganz komisch. Ich meine, der Mann sah komisch aus, nicht die Hunde. Na ja, die Hunde waren auch recht merkwürdig, wenn ich jetzt darüber nachdenke. Weiß, mit roten Ohren, groß und dünn – sie sahen aus wie übergroße Windhunde oder so etwas. Sie versperrten mir sogar den Weg zum Cairn, aber ich ließ mich nicht aufhalten, und da zogen sie ab.«

»Wann haben Sie den Mann gesehen? Bevor oder nachdem Simon in das Cairn hineinging?«

»Danach«, sagte ich. »Nein, warten Sie ...« Ich überlegte. »Vorher auch. Ja, ich habe ihn auch schon vorher gesehen – wir haben ihn beide gesehen, Simon und ich. Simon meinte, es sei wahrscheinlich nur der Farmer, und wir gingen weiter zum Cairn. Dann sah ich ihn wieder, als ich nach Simons Verschwinden zum Cairn zurückkehrte.«

Nettles klatschte in die Hände und jauchzte vor Vergnügen. Auf dem Büfett pfiff der Kessel, und der Professor eilte hin. Ich folgte ihm. »Milch?« fragte er.

»Bitte.« Ich sah zu, wie er kochendes Wasser in eine große Kanne voller Teeflecken goß. Dann goß er Wasser in zwei ungespülte Becher. Eine Flasche mit frischer Milch stand auf dem Büfett; er nahm sie und drückte die Verschlußfolie mit dem Daumen ein. »Habe ich etwas Wichtiges gesagt?« fragte ich.

Er schwenkte das Wasser in den Bechern und goß es dann zurück in den Kessel. »Ja«, antwortete er, während er in jeden Becher einen Schuß Milch gab. »Unbedingt.«

»Gut. Ich meine ... das ist doch gut, nicht wahr?«

»Oh, es ist sehr gut. Ich fing schon an, mich zu fragen, ob Sie mir wirklich die Wahrheit gesagt haben.« Auf meinen erschrockenen Blick hin sagte er: »Oh, jetzt zweifle ich nicht mehr daran. Nicht im geringsten. Die Gegenwart des Hüters bestätigt alles.«

»Des Hüters?« fragte ich. »Sie haben nichts von einem Hüter erwähnt.«

»Lassen wir den Tee einen Moment ziehen. Bringen Sie die Becher mit.« Er stülpte einen gestrickten Teewärmer über die Kanne und trug sie hinüber zu dem Treibholztisch; dann zog er seinen Sessel näher zu meinem heran. »Der Hüter der Schwelle«, sagte der Professor schlicht. »Es hätte auch ein Hirsch, ein Falke oder ein wilder Hund sein können – der Hüter kann in vielen Formen erscheinen. Seine Abwesenheit hatte mich irritiert. Und noch etwas irritiert mich: Warum durfte Simon die Schwelle überqueren, Sie aber nicht?«

»Das hat mich auch irritiert. Ohne Ende.«

»War Simon vielleicht empfindsamer als Sie?«

»Als empfindsam kann man Simon nicht bezeichnen«, sagte ich. »Nicht im mindesten. Keineswegs.«

Nettles schüttelte den Kopf und runzelte die Stirn. »Dann wird die Sache ziemlich schwierig.« Er wandte sich wieder der Teekanne zu, füllte die Becher und schob mir einen herüber. Einen Moment lang tranken wir schweigend. Dann fragte er: »Hat er vor dieser Geschichte mit dem Cairn je Interesse für die Anderwelt gezeigt?«

»Nein«, sagte ich. »Die Kelten sind *mein* Gebiet, nicht seines.«

»Aber es war sein Vorschlag, hinzufahren und sich den Ur anzuschauen, nicht wahr?«

»Ja, aber – ich meine, er war nur auf ein Abenteuer aus.«

Der Professor musterte mich über den Rand seines Bechers hinweg. »Tatsächlich?«

»Sie wissen schon. Simon war so jemand, der keine Gelegenheit zu einer Party ausließ.«

»Natürlich. Aber würden Sie sagen, daß er ein Abenteurertyp war?«

»Sicher. Er erlebte gern aufregende Sachen.« Ich nahm einen Schluck Tee, dann fiel mir noch etwas ein. »Aber wissen Sie, an dem Morgen ist schon etwas Komisches passiert. Simon hat mir ein Gedicht vordeklamiert.«

»Ja? Weiter«, drängte Nettles.

»Nun, ich erinnere mich nicht genau, aber es hatte mit – ich weiß nicht.«

»Bitte versuchen Sie sich zu erinnern. Es könnte wichtig sein.«

»Wir waren unterwegs zu der Farm – das war noch, bevor wir den Ur überhaupt zu Gesicht bekamen – das heißt, wir bekamen ihn ja nicht zu Gesicht, weil er nicht da war – und plötzlich gab Simon dieses Gedicht von sich. Ein keltisches Gedicht. Irgend etwas von einem Mann, der am Tor zum Westen steht«, sagte ich, während ich angestrengt versuchte, mich an die genauen Einzelheiten zu erinnern.

»Es war einer dieser keltischen Rätselverse, in denen der Sprecher alle möglichen verschlüsselten Hinweise gibt, und man soll dann raten, wer er ist.«

»Am Tor zum Westen«, wiederholte der Professor. »Ja, weiter. Noch etwas?«

Plötzlich durchfuhr mich eine weitere Erinnerung wie ein Schlag von einem elektrischen Viehzaun. »Und davor«, sagte ich mit vor Erregung eingeschnürter Kehle, »als wir gerade aufwachten. Wir hatten am Straßenrand geschlafen, wie ich schon sagte, und ich wachte kurz vor Sonnenaufgang auf. Simon wollte früh los, aber wir verschliefen – nicht viel, es war immer noch reichlich früh. Aber Simon war ganz aus der Fassung, weil er *vor* Sonnenaufgang bei der Farm sein wollte – nicht danach. Als ich ihn fragte, warum, sagte er nur höhnisch: ›Das fragst du als Keltenforscher.‹ Es war die Zeit zwischen den Zeiten – Simon wußte über die Zeit zwischen den Zeiten Bescheid, verstehen Sie. Darum hatte er es so eilig, zur Farm zu kommen. Ich fragte ihn danach, und er stritt es nicht ab. Simon *wußte* von der Zeit zwischen den Zeiten.«

Nettleton lächelte. »Verstehe. Weiter.«

»Das war alles. Ich hatte keine Ahnung, daß er über solche Dinge Bescheid wußte. Es war merkwürdig, aber so war Simon. Er stürzte sich in alles, was sein Interesse erregte.«

»Aber Sie schafften es nicht, vor Sonnenaufgang die Farm oder das Cairn zu erreichen?«

»Nein. Es war jedoch noch reichlich vor zehn Uhr, als wir bei dem Cairn ankamen«, sagte ich.

Der Professor erhob sich, um die Milchflasche zu holen. Er schenkte Milch in die Becher ein, füllte sie mit heißem Tee auf und stülpte den Teewärmer wieder über die Kanne. Dann legte er die Hände auf die warme Teekanne und sagte langsam: »Das ist äußerst interessant.«

»Großartig, aber was hat es mit Simons Verschwinden zu tun?«

Als ob er mich nicht gehört hätte, stand der Professor auf und begann, in dem Haufen von Büchern auf seinem Schreibtisch herumzuwühlen. Er fand den Band, den er suchte, und hielt ihn hoch. »Das habe ich letzte Nacht gefunden«, sagte er und begann mir daraus vorzulesen.

> An einem Tag im August des Jahres 1788 erreichte ich das Hauptdorf des Findhorn-Tales, eine Siedlung von anheimelndem Aussehen namens Hills of Aird Righ. Ich suchte zuerst den Schulmeister Mr. Desmond MacLagan auf, der sich freundlicherweise bereit fand, mich zum Cairn zu geleiten. MacLagan war in der Gegend aufgewachsen und hatte bereits von seiner Großmutter, Mrs. Mare Grant, mancherlei Geschichten über das Cairn gehört. Sie hatte oft erzählt, wie sie und anderes Jungvolk des Dorfes in mondhellen Nächten zum Cairn hinauszugehen gepflegt hatten. Selten mußten sie lange ausharren, bevor sie eine ungemein köstliche Musik zu hören begannen und einen mächtigen Turm dort in der Senke erblickten. Aus diesem strömten die winzigen Bewohnern des Elfenlandes hervor, um sich ihrem Spiel und Tanz zu ergeben. Am nächsten Morgen war von dem Turm nichts mehr zu finden, aber rund um das Cairn sammelten die Großmutter und ihre Freunde Elfengold. Dieses Treiben ging so weiter, bis einer der Jungen, nach dem Golde befragt, seinem Vater davon berichtete, welcher sodann alle weiteren

Unternehmungen dieser Art verbot und sagte, von Zeit zu Zeit sei bekannt geworden, daß Menschen in der Umgebung des Cairns verschwunden seien.

Als wir das Tal erreichten, stiegen mein Führer und ich von unseren Reittieren und stiegen zu Fuß zu dem Cairn in die Senke ab. Ich fand das uralte Gebilde nach Größe und Beschaffenheit völlig unauffällig und in etwas verfallenem Zustand. Das einzige ungewöhnliche Merkmal ist ein ofenförmiger Vorsprung, der nach Westen weist. Dennoch gilt den Farmern und ungebildeten Leuten des Tales das Cairn als ein Elfenhügel, und sie zeigen in all ihren Gesprächen über übernatürliche Dinge große Ehrfurcht davor …

Nettles blickte von dem Buch auf. »Dieses Dokument erweist das Carnwood-Cairn als Schauplatz anderweltlicher Aktivität«, verkündete er. »Obwohl der Verfasser den Eingang nicht gefunden hat – was etwas irritierend ist –, zweifle ich nicht daran, daß es sich bei dem beschriebenen Cairn um dasselbe handelt, das Sie gesehen haben. Der Hügel, die Senke, die gewölbte Ausstülpung an einer Seite des Gebildes – all das ermöglicht eine präzise Identifikation.«

Ich stimmte ihm zu. Aber bei der Schilderung handelte es sich um eine ganz übliche Folklore-Erzählung, und nicht einmal um eine besonders bemerkenswerte. Ich war bei meinen Studien Hunderte Male auf ähnliche Fetzen und Bruchstücke von Erzählungen gestoßen. Sie waren schließlich die normalen Überbleibsel der keltischen Folklore.

»Die Chronik fährt fort«, sagte Nettles, »von mehreren weiteren Sichtungen des Kleinen Volkes zu berichten, von in der Nähe der Stätte verlorenen und gefundenen Gegenständen und anderen harmlosen Zwischenfällen. Und dann kommt dies ...« Er begann wieder zu lesen.

MacLagan machte mich auch mit einem Farmer auf der nahegelegenen Grove Farm bekannt, Mr. E. M. Roberts, der den Ruf des Cairns als Elfenhügel bestätigte und versicherte, sein Vater habe einst einen Tagelöhner namens Gilim angestellt, der, als er eines Samstagabends auf dem Heimwege war, eine Elfenprozession aus der besagten Senke hervorströmen sah. Sogleich verbarg er sich und eilte, als sie fort waren, hinab zu dem Hügel, den er offen fand. Er betrat das Cairn und fand sich drinnen im hellem Tageslichte auf einer weiten, grünen Wiese, wo weiteres Elfenvolk damit beschäftigt war, ein Festmahl zu bereiten. Es ging ihm auf, daß die Schönen Leute nicht länger klein waren, sondern reichlich über Mannesgröße und von großer Schönheit. Die liebreizendsten Frauen, die er je gesehen hatte, nahten sich ihm und boten ihm an, von ihren Speisen zu essen, was er annahm und bemerkte, er habe nie in seinem Leben etwas so Köstliches auf seiner Zunge gespürt. Den ganzen Tag über blieb er bei den Elfenfrauen, bis bei Sonnenuntergang die Elfenreiter von ihrem Geschäfte zurückkehrten und das Festmahl begann, worauf der Fürst der Schönen ihm einen silbernen Becher voll Weines und einen langen gelben Mantel reichte und ihn fragte, ob er bleiben wolle. Der gedankenlose Tagelöhner antwortete, er werde am Morgen daheim erwartet, worauf der Fürst erwiderte: ›Dann mußt du sogleich fliehen, mein Freund, damit dein Geheimnis nicht ans Licht kommt!‹ Im gleichen Augenblick verschwand die Schöne Gesellschaft in einem goldenen Nebel, und Gilim fand sich in einem Hagedornbusch an der Außenwand des

Cairns wieder, bekleidet mit dem gelben Mantel und in der Hand den silbernen Becher, der ihm gegeben worden war. Gilim zeigte diesen Mantel und diesen Becher oft vor als Beweis für seine Erzählung.

Der Professor schloß das Buch und hob seinen Becher wie jemand, der soeben den letzten Nagel in den Sarg des Zweifels geschlagen hat. »Was denken Sie?« fragte ich, und ich fürchtete mich vor der Antwort.

»Ich denke, Ihr Freund Simon ist aus unserer Welt in die Anderwelt hinübergegangen.«

Obwohl Nettles das mit schlichter Offenheit sagte, überspülte mich nun endlich die elende Furcht die ich seit einigen Tagen zu unterdrücken versucht hatte. Das Zimmer verschwamm vor meinen Augen. Der Mantel ... der gelbe Mantel ... ich hatte ihn gesehen – und den, der ihn trug.

»Die Anderwelt«, wiederholte ich leise und gab damit der Furcht, die mich seit Simons Verschwinden verfolgte, einen Namen. »Bitte erklären Sie.«

»Es ist ganz offensichtlich, daß Simon unmittelbar vor seinem Verschwinden ein deutliches, lebhaftes Interesse für die Anderwelt zeigte.«

»Ein lebhaftes Interesse – das ist alles, was nötig ist?«

»Nein«, sagte Nettles und nippte nachdenklich an seinem Tee. »Nicht alles. Es müßte auch noch irgendeine Form von Ritual durchgeführt werden.«

»Da ist kein Ritual durchgeführt worden«, sagte ich und klammerte mich an diese Tatsache mit der Hartnäckigkeit eines Ertrinkenden. »Ich habe ihn jede Sekunde beobachtet, von dem Moment an, als wir das Cairn erreichten, bis zu dem Augenblick, als er verschwand. Er tat nichts, was ich nicht auch getan hätte. Ich meine, ich setzte mich auf einen Felsen, und er ging einfach um das Ding herum und stellte Fragen. Er interessierte sich ganz plötzlich für Cairns und für das, was sich darin befinden mochte – das stimmt. Aber das ist alles. Er ging einfach ein- oder zweimal um das Cairn herum und schaute es sich an. Ich verlor ihn nur zweimal aus den Augen – immer, wenn er sich auf der anderen Seite des Cairns befand.«

Der Professor nickte nur geduldig. »Aber genau das ist es. Sehen Sie es denn immer noch nicht?«

»Nein, ich sehe es noch nicht. Er tat nichts, was ich nicht auch getan hätte«, sagte ich tonlos. Ich hatte mir soviel Mühe gegeben, zu verleugnen, was geschehen war, daß ich es wohl nötig fand, mich bis zum letzten Augenblick zu verteidigen.

»Er ging um das Cairn herum! Natürlich tat er das. Er umkreiste es. Aber Sie taten das nicht.«

»Das ist richtig. Und?«

Der Professor schnalzte mit der Zunge. »Irgend jemand hat Ihre Ausbildung auf das bedauerlichste vernachlässigt, mein Junge. Sie sollten das wissen.«

Die Erkenntnis brach wie klares Sonnenlicht durch meinen willkürlichen Nebel. Natürlich, das war doch das älteste Ritual von allen: Kreise im Sonnensinn. *Deosil* nannten es die Kelten. »Kreise im Sonnensinn«, sagte ich. »Sie meinen, einfach ein paarmal in der Richtung der Sonne um das Cairn herumgehen – das reichte aus, um … Sie wissen schon, um ihn verschwinden zu lassen?«

»Genau«, bestätigte Nettles über den Rand seines Bechers hinweg. »Die Bewegung der Sonne an einer Schwelle zur Anderwelt nachzuvollziehen – zur richtigen Zeit und unter den richtigen Bedingungen –, das ist ein sehr mächtiges Ritual.«

»Zur richtigen Zeit – also in der Zeit zwischen den Zeiten?«

»Genau.«

»Aber die haben wir verpaßt«, wandte ich ein. »Der

Sonnenaufgang war schon lange vorbei, als wir dort eintrafen.«

Nettles tippte sich mit einem Finger gegen die Zähne. »Dann vielleicht der Tag selbst ... natürlich! Ende Oktober, sagten Sie: Samhain!«

»Bitte?«

»Samhain – davon *müssen* Sie doch gehört haben.«

»Ja, ich habe davon gehört«, gab ich düster zu. Samhain – der Tag im alten keltischen Kalender, an dem sich die Tore zur Anderwelt weit öffneten. »Der Gedanke kam mir nur zu der Zeit nicht.«

»Ein Tag, der mit anderweltlicher Aktivität nur so überläuft. Er müßte in die dritte Woche des Michaelmas-Trimesters gefallen sein – genau auf den Tag, an dem Sie das Cairn besichtigten.«

Inzwischen fühlte ich mich durch und durch elend und angeekelt. Elend wegen der Behauptungen, die Nettles so aufstellte, als seien sie so naheliegend wie nur irgend etwas, und angeekelt von meiner eigenen Unwissenheit. Man sollte meinen, daß ich nach jahrelanger Auseinandersetzung mit dieser Materie wenigstens etwas gelernt hätte, aber nein! »Hören Sie, Sie sagten, Sie würden mir alles erklären. Bisher haben Sie mir noch überhaupt nichts erklärt.«

Professor Nettleton setzte seinen Tee ab. »Ja, ich glaube, ich habe jetzt alle Teile beisammen. Hören Sie gut zu, ich werde es jetzt erklären.«

»Gut.«

»Zuerst müssen Sie die Art und Weise verstehen, wie unsere beiden Welten zusammenhängen.«

»Unsere beiden Welten – meinen Sie die Anderwelt und die wirkliche Welt?«

»Die Anderwelt und die manifeste Welt«, korrigierte er mich sanft. »Beide sind gleichermaßen wirklich, doch jede drückt ihre Wirklichkeit auf eine andere Weise aus. Ich glaube, manche würden sagen, sie existieren in parallelen Dimensionen.«

»Wenn Sie es sagen.«

»Also schön. Die beiden Welten – oder Dimensionen, wenn Ihnen das lieber ist – sind im wesentlichen voneinander getrennt, aber es ist unvermeidlich, daß sie sich leicht überschneiden. Vielleicht hilft es, sich diese Überschneidungen als Inseln im Ozean vorzustellen. Wie Sie wissen, gibt es in der Landmasse unter dem Ozean Berge und Täler. Nun, und da, wo ein Berg über die Wasseroberfläche hinausragt, nennen wir das eine Insel.«

»Und die Stellen, wo die Anderwelt in unsere Welt hineinragt – das sind die Inseln. Richtig?«

»Im Rahmen unserer Analogie ja. Natürlich ist die Sache in Wirklichkeit viel komplizierter.«

»Natürlich.«

»Also«, fuhr der Professor fort, »diese Insel oder dieser Kontaktpunkt wird Nexus genannt – wie ich Ihnen ja schon vorgelesen habe, als Sie zum ersten Mal hier waren. Unter anderem stellt ein Nexus eine Art Tor dar – einen Durchgang, durch den man von einer Welt in die andere und wieder zurückgelangen kann. Die alten Kelten waren mit diesen Toren gut vertraut und markierten sie auf vielerlei Weise.«

»Cairns«, sagte ich. »Sie markierten sie durch Cairns.«

»Cairns, ja. Und Steinkreise, Steinsäulen, Hügel und andere dauerhafte Markierungen. Wann immer sie einen Nexus entdeckten, markierten sie ihn.«

»Damit sie zwischen den Welten hin und her reisen konnten«, sagte ich, stolz auf meinen Scharfsinn.

Doch Nettles zeigte sich nicht beeindruckt. »Keineswegs! O nein. Sogar ganz im Gegenteil. Sie markierten die Durchgänge, damit die Leute sich davon fernhalten konnten – etwa so, wie wir heute dünnes Eis oder Treibsand markieren. Gefahr! Abstand halten!« Der Professor schüttelte den Kopf. »Darum verwendeten sie so große Steine und konstruierten die Gebilde so, daß sie überdauerten – sie wollten nicht nur die Menschen ihrer eigenen Zeit warnen, sondern auch die noch ungeborenen Generationen.«

»Ich weiß nicht recht, ob ich Ihnen folgen kann.«

»Aber das ist doch ganz einfach«, beharrte Nettles. »Die alten Kelten wollten diese Stätten eindeutig kennzeichnen, weil ihnen klar war, daß es für den Ahnungslosen sehr gefährlich wäre, unvorbereitet in die Anderwelt zu stolpern. Nur wer wirklich vorbereitet ist, kann ungefährdet von einer Welt in die andere gehen. Es gibt zahllose Geschichten von arglosen Reisenden, die unversehens in die Anderwelt gerieten oder Wesen aus der Anderwelt begegneten. Diese Geschichten dienten als Warnung, sich nicht unvorbereitet ins Unbekannte zu wagen.«

»Aber Simon war unvorbereitet«, warf ich ein.

»Das war er«, bestätigte Nettles. »Aber da ist noch mehr. Ich fürchte sehr, daß eine noch größere Gefahr vorliegt. Eine Bedrohung, die uns alle betrifft.«

Klasse. Wirklich klasse. »Was für eine Bedrohung?«

»Falls ich mich nicht sehr irre, ist zu befürchten, daß der Plexus höchst instabil geworden ist. Vielleicht ist es schon zu spät.«

9

Der endlose Knoten

»Plexus? Wie in Solarplexus?«

Der verrückte alte Nettles schnalzte mißbilligend mit der Zunge. »Sie haben nicht aufgepaßt, nicht wahr? Sie haben kein Wort mitbekommen, als ich Ihnen das vorgelesen habe.«

»Entschuldigung. Ich war ein wenig geistesabwesend.«

»Ich erkläre es Ihnen noch einmal«, seufzte er. »Bitte versuchen Sie sich zu konzentrieren.«

»Ich werde mein Bestes tun.« Ich richtete meinen Blick fest auf Nettles' rundes Eulengesicht, um durch nichts abgelenkt zu werden – und ertappte mich dabei, daß ich darüber spekulierte, ob er sich jemals kämmte. Auch seine Brille hätte es nötig gehabt, einmal geputzt zu werden.

»Der Nexus ist, wie wir festgestellt haben, der Verbindungspunkt zwischen den beiden Welten. Ja?«

»Äh, ja.«

»Also, der Plexus ist das Geflecht ihrer Verbindung. Denn die beiden Welten hängen nicht einfach zusammen, sondern sie sind ineinander verwoben.« Er verschränkte die Finger seiner beiden Hände, um das zu veranschaulichen. Dann fuhr er herum und schnappte sich ein Stück Papier von einem der Stapel auf dem Boden. »Erkennen Sie das?« fragte er.

Ich betrachtete das Papier und sah die Zeichnung eines typisch keltischen, verschlungenen Geflechts: zwei getrennte Linien, die jedoch so geschickt ineinander verwoben waren, daß es unmöglich war, zu erkennen, wo die eine aufhörte und die andere anfing. »Sicher«, erwiderte ich. »Das ist der endlose Knoten. Wahrscheinlich aus dem *Book of Kells,* würde ich sagen.«

»Nicht aus dem *Kells,* aber nahe daran«, antwortete Nettles. »Er stammt von einem keltischen Kreuz auf der Insel Iona. Sie sind doch sicherlich schon einmal auf Iona gewesen, Mr. Gillies?«

Um nicht erkennen zu lassen, wie niederschmetternd dünn meine Kenntnisse waren, antwortete ich mit einer Gegenfrage. »Was hat der endlose Knoten mit diesem ganzen Nexus-Plexus-Zeug zu tun?«

»Ich würde sagen, er ist eine grafische Darstellung des Plexus. Die alten Kelten wurden es nie leid, ihn immer wieder darzustellen. Aus ihrer Sicht verkörperte dieses Gebilde die wesensmäßige Natur der irdischen Existenz. Zwei Bänder – diese Welt und die Anderwelt – verschlungen in einer dynamischen, beweglichen Harmonie, jedes Band von dem anderen abhängig, und jedes eine Ergänzung oder Vervollständigung des anderen.«

Ich starrte das vertraute Muster an und folgte mit meinen Augen den komplizierten Verläufen der Schleifen und Wirbel und Über- und Unterkreuzungen. »Das ist also ein Plexus, was?«

»Ja«, antwortete Nettles. »Das ist der Plexus. Wenn Sie sich an unsere Analogie von der Insel erinnern, dann ist der Plexus das Ufer dieser Insel. Das Ufer gehört weder vollkommen zum Land noch vollkommen zum Meer. Das Ufer ist jenes Territorium, das die Insel begrenzt und das Meer vom Land trennt, selbst aber einen Teil von beidem darstellt. Wenn Sie am Ufer zwischen den Wellen stehen, sind Sie tatsächlich an beiden Orten gleichzeitig – mit je einem Fuß in beiden Welten, könnte man sagen.«

»Die alten Kelten sahen im Meeresufer einen heiligen Ort.«

»Aha! Sie haben also doch nicht alle Ihre Vorlesungen verschlafen?« Nettles brach in Gelächter aus, während ich darüber nachdachte, wie schlecht ihm Sarkasmus zu Gesicht stand.

»Nicht alle, nein«, murmelte ich. »Wie ich es verstehe, spielten bei den Kelten alle möglichen plexusähnlichen Dinge eine Rolle: das Meeresufer, die Morgen- und Abenddämmerung, der Waldrand – alles, was weder ganz hier noch ganz dort war, sozusagen.«

Nettles nickte zustimmend. »Ganz richtig. Allerdings haben wir von der Anderwelt und der manifesten Welt wie von zwei völlig getrennten Orten gesprochen. Die alten Kelten dagegen kannten eine solche Scheidung nicht; ebensowenig, wie sie zwischen dem ›Realen‹ und dem ›Imaginären‹ unterschieden. Das Materielle und das Spirituelle waren keine getrennten oder in sich begrenzten Zustände: Beide waren zu jeder Zeit gleichermaßen manifest.

Zum Beispiel konnte ein Eichenwald ein Eichenwald sein oder auch das Heim eines Gottes – oder beides gleichzeitig. Das war ihre Art, das Universum zu betrachten. Und daraus bezogen sie eine große Wertschätzung und Ehrfurcht für alle geschaffenen Dinge. Eine Ehrfurcht, die aus einem tiefen und beständigen Glauben entsprang. Der Gedanke, daß ein Gegenstand oder Wesen *realer* sein könnte, nur weil es materiell gegenwärtig war, wäre ihnen gar nicht gekommen.

Interessanterweise sind es nur wir modernen Menschen, die solche groben Unterscheidungen treffen. Und nachdem wir sie getroffen haben, nennen wir das nichtmaterielle Universum ›unreal‹ und darum unwichtig und unserer Aufmerksamkeit nicht wert. Kinder dagegen trennen nicht auf diese Weise zwischen materiellen und nichtmateriellen Dingen. Sie kennen den Unterschied, gewiß, aber sie erachten es nicht für nötig, dem einen mehr Wert zuzumessen als dem anderen. Ganz wie die alten Kelten akzeptieren Kinder einfach die Existenz beider Welten – beider Seiten derselben Münze, verstehen Sie?«

»Okay, aber was bedeutet das für uns?« Ich verlor allmählich die Geduld über all diesem Philosophieren.

»Dazu komme ich gleich«, sagte Nettles in einem Ton, der deutlich machte, daß er sich nicht hetzen lassen wollte. »Also, während der Nexus als physisches Objekt existiert – wenn auch als ein unsichtbares, falls er nicht durch eine Steinsäule, ein Cairn oder was auch immer markiert ist –, besitzt der Plexus nicht die gleiche Art von Existenz. Er ist eher, sagen wir, die Harmonie, die durch das Gleichgewicht der beiden Welten entsteht. Können Sie mir folgen?«

»Mit Mühe«, gab ich zu. »Aber fahren Sie fort.«

»Hören Sie aufmerksam zu. Jetzt kommt das Entscheidende: Wenn das Gleichgewicht zwischen den beiden Welten sich verschiebt, dann wird die Harmonie – also der Plexus selbst – instabil. Sie löst sich auf wie ein Streifen aus gewebtem Stoff. Verstehen Sie?«

Ich gab einen Schuß ins Blaue ab. »Instabiler Plexus gleich kosmisches Chaos und Katastrophe – ist es das, worauf Sie hinauswollen?«

»Im wesentlichen ja.« Der Professor erhob sich und machte sich in einer Ecke des Zimmers zu schaffen. »In diesem Lichte wird es also zu einer Angelegenheit von höchster Wichtigkeit, erstens herauszufinden, wodurch das Gleichgewicht sich verschoben hat, und es sodann wieder ins Lot zu bringen. Andernfalls …« Seine Stimme verebbte, während er begann, in irgendwelchen Schachteln herumzuwühlen.

»Andernfalls was?« hakte ich nach.

Er starrte ein paar Augenblicke lang ins Leere und sagte dann: »Andernfalls fürchte ich sehr, daß die Anderwelt für uns unwiederbringlich verlorengehen wird.«

»Aber sagten Sie nicht, es wäre etwas Ernstes?«

»Das *ist* ernst«, behauptete Professor Nettleton. »Ich persönlich kann mir nichts Ernsteres vorstellen, das die Menschheit befallen könnte.« Er durchquerte das Zimmer, öffnete eine Schranktür und begann, Sachen in einen verblichenen Leinenrucksack zu stopfen.

»Wie wäre es mit dem nuklearen Holocaust? Oder mit AIDS? Was ist mit Krieg, Seuchen und Hunger?«

»All diese Dinge sind bedrohlich, sicher«, gab Nettles zu, während er nach einer Tube Zahnpasta griff. »Aber sie bedrohen die Menschheit nicht in ihrem innersten Kern.«

»Was mich betrifft, so finde ich die Aussicht, zu einem Fingerhut voller glühender Protonen zerblasen zu werden, durchaus verdammt bedrohlich für *meinen* innersten Kern. Und ich kenne den einen oder anderen, der mir darin zustimmen würde.«

Nettles fegte die Bemerkung beiseite, indem er seine Zahnbürste schwenkte. »Der Tod ist der Tod, Mr. Gillies. Es gibt ihn, seit es den Menschen gibt, und es wird ihn weiterhin geben bis ans Ende der Zeit. Letzten Endes ist er ein Teil des Lebens. Dasselbe gilt für Krankheiten, Seuchen, Hunger und Kriege. In dieser Hinsicht sind sie alle dasselbe – ein Teil des menschlichen Daseins.«

»Hier spricht ein wahrer Akademiker. Sie sitzen hier gemütlich in Ihrem Kokon; mit der wirklichen Welt kommen Sie nie in Berührung. Woher wissen Sie etwas über –«

»Lassen Sie mich ausreden!« schnappte er und schüttelte mir die Zahnbürste entgegen. »Sie reden von etwas, von dem Sie nichts wissen! Weniger als nichts!«

Ich hatte Kopfschmerzen, und meine Augen waren gleichzeitig trocken und wäßrig. Ich war müde und verwirrt und ganz und gar nicht in Stimmung, mich anschreien zu lassen. »Tut mir leid. Weiter, ich höre.«

Der Professor wandte sich wieder dem Schrank zu und brachte eine schwere Wolljacke zum Vorschein. »Manchmal frage ich mich, wozu ich mir überhaupt die Mühe mache!«

»Bitte«, lockte ich. »Ehrlich. Ich werde mich benehmen.«

Er schwieg einen Moment und starrte die Jacke an. Dann fragte er unvermittelt: »Was für eine Bedeutung hat eine japanische Vase?«

»Wie bitte?«

»Oder ein Gemälde von Rembrandt, Lewis? Oder ein Gedicht von Tennyson – was für eine Bedeutung haben sie für uns? Ich frage Sie, weil ich eine Antwort hören möchte.«

Durchgebrannt. Der Mann war völlig durchgebrannt. »Ich weiß nicht«, sagte ich achselzuckend. »Kunst, Schönheit – etwas in dieser Art. Ich kann es nicht genau sagen.«

Nettles blies spöttisch die Luft aus den Wangen, rollte das Kleidungsstück zusammen und stopfte es in den Rucksack. »Wenn Rembrandts Gemälde und Tennysons Gedichte zu existieren aufhörten, dann wäre die Welt sicherlich ärmer. Aber es gäbe ja noch andere Gemälde, noch andere Gedichte. Richtig?«

»Sicher.«

»Ahh! Aber was wäre, wenn die *Schönheit* selbst zu existieren aufhörte?« fragte er. »Was wäre, wenn die Schönheit – schon die Vorstellung der Schönheit – zu existieren aufhörte?« Er ließ die Luft ausströmen. »Nun, dann wären zehntausend Jahre menschlichen Denkens und Fortschritts mit einem Schlag dahin. Die menschliche Rasse hätte eine ihrer wichtigsten Gaben verloren – die Fähigkeit, Schönheit zu sehen, zu schätzen und zu erschaffen. Wir würden auf die Ebene von Tieren herabsinken.«

»Zugegeben«, stimmte ich zu.

»Sehr gut.« Er brachte ein Paar langer Wollsocken zum Vorschein und hielt sie hoch, um sie auf Löcher zu untersuchen. »Abgesehen von dem Vergnügen, das sie uns verschafft, schürt die Schönheit auch unsere Vorstellungskraft, unsere Hoffnung und unseren Mut. Wenn die Schönheit zu existieren aufhörte, dann würden auch wir in einem sehr realen Sinne zu existieren aufhören – denn wir wären nicht länger die, die wir sind.«

»Ich bin mit dieser Theorie vertraut«, warf ich abwehrend ein.

»Gut. Wir werden fortfahren.« Er faltete die Socken zusammen und schob sie in den Rucksack, holte ein weiteres Paar hervor, runzelte die Stirn und warf sie zurück in die Schublade. »Also, so wichtig die Vorstellung der Schönheit sein mag, die Anderwelt ist tausendmal wichtiger. Und ihr Verlust wäre im gleichen Maße verheerender.«

Hopsa! Scharfe Kurve. Er hatte mich wieder abgehängt. »Das ist der Teil, mit dem ich meine Schwierigkeiten habe«, unterbrach ich ihn.

»Weil Sie Ihren Kopf nicht gebrauchen, Mr. Gillies!« bellte der Professor. Er griff in den Schrank, zog einen dickbesohlten Wanderschuh hervor und deutete damit auf mich. »Denken Sie!«

»Ich *denke* ja! Es tut mir leid, aber ich verstehe es einfach nicht.«

»Dann hören Sie gut zu«, sagte Nettles mit ermüdeter Geduld. »Wenn Sie sich die Anderwelt als ein Repositorium – als einen Verwahrungsort, ein Lagerhaus oder eine Schatzkammer – für die archetypischen Bilder dieser Welt vorstellen …« Er mußte an meinem finsteren Gesicht gesehen haben, daß ich schon wieder nicht mitkam, denn er hielt inne.

»Ich tue mein Bestes, Professor. Aber diese Sache mit dem Lagerhaus für archetypische Bilder ist mir etwas unklar. Das klingt nach C. G. Jung.«

»Vergessen Sie Jung«, ermahnte mich Nettles, stellte den Schuh auf den Schreibtisch und wandte mir seine ganze Aufmerksamkeit zu. Ich setzte mich gerade hin und versuchte aufzupassen.

»Um das Jahr 865 nach Christus entwarf ein irischer Philosoph namens Johannes Scotus Erigena eine Lehre, in der die natürliche Welt als eine Manifestation Gottes in vier getrennten Aspekten oder Unterscheidungen betrachtet wurde – also als vier deutliche Unterteilungen, die dennoch in der Einzigartigkeit Gottes enthalten sind.« Er hob die Augenbrauen. »Jemand zu Hause?«

»Ich bin hier«, murmelte ich. »Gerade noch.«

»Erigenas Lehre erkannte Gott als den alleinigen Schöpfer, Erhalter und die wahre Quelle aller Dinge – das ist der erste der Aspekte Gottes. Zweitens erkannte Erigena eine Art Übernatur, eine separate unsichtbare *andere* Natur, in der alle ursprünglichen Vorstellungen, Kräfte und Archetypen angesiedelt sind – die Formen der Formen, wie er es nannte –, von denen alle irdischen oder natürlichen Formen abgeleitet sind.«

»Die Anderwelt«, murmelte ich.

»Präzise«, bestätigte der Professor erleichtert. »Der Kernpunkt ist«, fuhr er fort, »daß für uns Menschen die Anderwelt mehrere entscheidende Funktionen innehat. Man könnte sagen, daß sie unsere Welt in gewissen wichtigen Lektionen unterrichtet und unterweist, die hauptsächlich mit dem menschlichen Dasein zu tun haben.«

»Sie liefert uns den Sinn des Lebens«, wagte ich mich noch unsicher vor.

»Nein«, sagte Professor Nettleton. Er nahm seine Brille ab, spähte hindurch und setzte sie wieder auf. »Allerdings ist das ein verbreitetes Mißverständnis. Die Anderwelt liefert uns nicht den Sinn des Lebens. Sondern die Anderwelt beschreibt das *Lebendigsein*. Das Leben in seiner ganzen Herrlichkeit – mit Warzen und allem, sozusagen. Die Anderwelt bietet uns Sinn durch das Beispiel, durch die

Darstellung, durch die Veranschaulichung, wenn Sie so wollen. Begreifen Sie den Unterschied?

Durch die Anderwelt lernen wir, wie es ist, lebendig zu sein, menschlich zu sein: Gut und Böse, Leid und Ekstase, Sieg und Niederlage, alles. *All* das ist in der Schatzkammer enthalten, verstehen Sie. Die Anderwelt ist das Lagerhaus der archetypischen Bilder des Lebens – sie ist die Quelle all unserer Träume, könnte man sagen.«

»Aber sagten Sie nicht, daß die Anderwelt als ein realer Ort existiert?« fragte ich, um auf einen früheren Punkt zurückzukommen.

»Das tut sie auch«, antwortete er, während er den anderen Schuh aus dem Schrank hervorholte, »aber ihre Existenz als Realität ist ihrer Existenz als Konzept untergeordnet, als einer Metapher, wenn Sie so wollen, die unsere eigene Welt unterweist, bereichert und erleuchtet.« Er spähte in seinen Schuh, als suchte er darin nach Elfen.

»Ich bin wirklich nicht dumm«, versicherte ich ihm. »Aber damit habe ich Schwierigkeiten.«

»Wir sehen unsere eigene Welt«, erklärte Nettles geduldig, »zu einem großen Teil nur durch das Licht, das aus der Anderwelt auf sie fällt.« Er stellte den Schuh neben sein Gegenstück auf den Schreibtisch, drehte sich um und starrte in den Schrank, als wäre er der Eingang in die Anderwelt. »Ich frage Sie, Lewis«, fuhr er abrupt fort, »wo lernt man zum ersten Mal Loyalität kennen? Oder Ehre? Oder irgendeinen anderen höheren Wert?«

»In der Natur?« Ich gab die offensichtlichste Antwort, die ganz offensichtlich falsch war.

»Nicht im mindesten. Das läßt sich leicht durch die Tatsache beweisen, daß so viele unter uns überhaupt keine Ehrfurcht vor Wäldern haben – sie nehmen sie im Grunde überhaupt nicht wahr. Sie wissen, von was für Leuten ich spreche. Sie haben sie und ihre Werke in der Welt gesehen. Sie sind diejenigen, die das Land vergewaltigen, die die

Wälder niederwalzen und die Ozeane vergiften, die die Armen unterdrücken und die Hilflosen tyrannisieren, die ihr Leben leben, als gäbe es nichts jenseits des Horizontes ihrer eigenen, begrenzten, erdgebundenen Visionen.« Er hielt einen Moment inne und sammelte sich. »Aber ich schweife ab. Die Frage für uns ist die: Wo lernt man zum ersten Mal, einen Wald als etwas Schönes zu betrachten, ihn zu ehren, ihn um seiner selbst willen für kostbar zu halten, seinen wahren Wert als Wald zu erkennen und ihn nicht nur als eine Fundstelle für Holz zu sehen, die man ausbeuten kann, oder als ein Hindernis, das man niederschlagen muß, um Platz für eine Autobahn zu schaffen?«

Ich wußte, welche Antwort er hören wollte, und sprach sie aus, um ihm eine Freude zu machen. »Durch die Anderwelt?«

»Ja, durch die Anderwelt.«

Mein Gehirn schmerzte. »Wie«, fragte ich beinahe verzweifelt, »geht das zu?«

Der Professor holte einen breiten Ledergürtel hervor und begann ihn in die Schlaufen seiner Kordhosen einzufädeln. »Das ist so, weil die schiere Gegenwart der Anderwelt in uns den Funken eines höheren Bewußtseins oder der Vorstellungskraft entfacht. Es sind die Geschichten und Erzählungen und Visionen der Anderwelt – jenes magischen, verzauberten Landes unmittelbar jenseits der Grenzen der manifesten Welt –, die in uns Menschen die Gedanken der Schönheit, der Ehrfurcht, der Liebe und des Edelmuts und aller höheren Tugenden wecken und ausdehnen. Die Anderwelt ist die Form der Formen, das Lagerhaus, nicht wahr? Dort sind die Archetypen angesiedelt, verstehen Sie.

Ein Kollege fragte mich einmal: ›Wie kann man einen wirklichen Wald sehen, wenn man noch nie einen Elfenwald gesehen hat?‹ Nun? Ich stelle Ihnen dieselbe Frage.«

Bemerkenswerterweise ergab das einen Sinn für mich.

Oder vielleicht schwanden mir die Sinne nun völlig. »Weil die Anderwelt existiert, können wir unsere eigene Welt als das sehen, was sie ist«, sagte ich, beinahe keuchend vor Anstrengung.

»Und sogar als *mehr* als das, was sie ist«, fügte Nettles hinzu, während er den Gürtel zuschnallte. »Das ist sehr wichtig. Denn wir verdanken es in erster Linie der Existenz der Anderwelt, daß wir letztlich den Wert dieser Welt erkennen können – ein Wert, der weit über ihre buchstäblichen, materiellen Elemente hinausgeht.«

»Im gleichen Sinne, wie der Wert eines Waldes über den Wert der Balken hinausgeht, die er hervorbringt?« warf ich hoffnungsvoll ein.

»Sehr gut, Lewis.« Nettles schien erfreut zu sein. »Sie machen Fortschritte.«

»Ja, aber könnten wir das nicht auch selbst tun? Könnten wir nicht den Wert dieses Waldes oder von was auch immer erkennen, unabhängig davon, ob die Anderwelt nun existiert oder nicht? Ich meine, könnten wir das nicht einfach mit unserer Vorstellungskraft bewerkstelligen?«

»Gott allein könnte das vielleicht. Menschen haben nicht die Gabe, *ex nihilo* zu erschaffen, aus dem Nichts.« Ich beobachtete verständnislos, wie der Professor sein Hemd aufzuknöpfen begann. »Nein, menschliche Schöpfungen müssen in etwas Realem verwurzelt sein, wie ungreifbar und subtil es auch sein mag.« Er hob mahnend einen Finger. »Seien Sie versichert: Wir erlangen dieses Wissen – dieses Bewußtsein der höheren Dinge – nicht von Natur aus, Mr. Gillies. Wir müssen es beigebracht bekommen. Und die Anderwelt ist das wichtigste Instrument unserer Unterweisung.«

Er zog jetzt sein Hemd aus, holte ein neues aus dem Schrank und streifte es über. Sein Körperbau war kompakt, und er sah bemerkenswert fit aus.

»Schön«, sagte ich, »aber was hat das mit dieser – dieser kosmischen Katastrophe zu tun, von der Sie vorhin sprachen?«

»Ich würde meinen, daß das auf der Hand liegt.« Er stopfte sein Hemd in die Hose.

»Nein, für mich nicht.«

»Mein lieber Junge, alles, was die Anderwelt bedroht, bedroht auch diese Welt. So einfach ist das.« Er ergriff den Rucksack und stellte ihn neben die Tür. Dann nahm er seine Wanderschuhe vom Schreibtisch und brachte sie zu dem Sessel, der mir gegenüber stand. »Wenn die Form der Formen beschädigt wird, dann wird auch unsere Welt und alles, was darin ist, an der Wurzel beschädigt.«

Mein lieber Schwan, das war nicht leicht. Ich holte tief Luft, senkte den Kopf und kämpfte mich weiter voran. »Bei allem Respekt, Nettles, ich kapiere das immer noch nicht. Inwiefern – inwiefern ist die Anderwelt bedroht? Dieser Plexus – Sie sagten, er sei instabil geworden, oder er löse sich auf. Was bedeutet das? Worum geht es dabei überhaupt?«

»Stark vereinfacht ausgedrückt«, antwortete Nettles, während er seine Füße in die Schuhe steckte, »ist es so, daß die Anderwelt in diese Welt durchsickert.«

»Und diese Welt sickert durch in die Anderwelt. Und das ist schlecht, richtig?«

»Eine Katastrophe.« Nettles kniff die Lippen zusammen und schnürte seinen rechten Schuh zu. »Zwischen den Welten hat sich eine Bresche geöffnet, und alles mögliche könnte sich hindurchverirren.«

»Alles mögliche – zum Beispiel ein Ur? Oder ein Grüner Mann?« Endlich verstand ich. Ich spürte, wie sich mein Magen zusammenkrampfte. Es war alles *wahr*. Alles. Wahr.

»Der Ur, der Grüne Mann«, echote Nettles leise, »der Wolf in der Turl Street, und wer weiß, was sonst noch alles!«

»Simon? Hat er sich auch hindurch verirrt?«

»Ich halte das für wahrscheinlich, Sie nicht?«

Ich erwog alles, was er gesagt hatte, und bemühte mich verzweifelt, es zu begreifen. Aber es war zuviel; ich beugte mich vor Nettles überlegenem Verstand und beschloß, mich auf sein Urteil zu verlassen. »Also schön, und was geschieht jetzt?«

»Ich denke, wir sollten einen Blick auf Ihr Cairn werfen, Mr. Gillies.«

Noch ein Ausflug nach Schottland. Klasse. Alles in allem erschien mir jedoch die Reise hinauf zur Carnwood Farm erheblich verlockender als die Aussicht, einem wütenden Geoffrey Rawnson mit einer total überspannten Geschichte von prähistorischen Rindern und Elfenhügeln aufwarten zu müssen. »Klingt gut«, stimmte ich zu. »Wann fahren wir?«

»Sofort. Ich habe bereits gepackt.« Er deutete auf den Rucksack neben der Tür.

»Ich müßte noch einmal zurück ins College und ein paar Sachen holen«, sagte ich.

»Das wird nicht nötig sein«, sagte der Professor. »Was Sie haben, wird ausreichen.« Er ging an seinen Schrank und holte eine zusätzliche Zahnbürste und einen Waschlappen hervor, die er in seinen Rucksack stopfte. »So«, verkündete er, »wir sind abmarschbereit.«

10

Der Serbe

Der Zug von Oxford nach Edinburgh ging mit einer halbstündigen Verspätung ab und war zum Bersten gefüllt mit Fans der Fußballmannschaft von Oxford United. Ich habe nichts gegen die British Rail – nur daß sie immer ganz unmögliche Leute in ihren Zügen fahren lassen. Ich denke nicht, daß das die Schuld der BR ist, aber dadurch werden Reisen mit dem Zug zu einer so schäbigen Angelegenheit. Nach vier oder fünf Stunden hätte man wahrscheinlich große Schwierigkeiten, den Unterschied zwischen einem Wagen der zweiten Klasse und einem Viehtransportwagen zu erklären. Wer immer es für einen guten Gedanken erachtete, auf engstem Raum zusammengepferchten Fußball-Hooligans Alkohol zu servieren, sollte einmal gezwungen werden, sich sechs Stunden lang den sturztrunkenen Konsequenzen auszusetzen.

Als wir uns Birmingham näherten, hatte ich bereits so ziemlich die Nase voll von herumrollenden ›Sköl-Lager‹-Büchsen und anfeuernden Fußballiedern. ›Oxford vor! Oxford vor! Oxford vor!‹ kann einen nur für eine gewisse Zeit unterhalten, finde ich; danach beginnt die Leuchtkraft der Lyrik zu verblassen.

»Nur einmal«, murmelte ich sehnsüchtig, »möchte ich erster Klasse fahren. Ich glaube, ich bin allmählich reif dafür.«

In Birmingham jedoch stiegen die Fußballer aus, und wir hatten den ganzen Wagen für uns. Ich versuchte eine

Zeitung zu lesen, die jemand zurückgelassen hatte, doch die Worte tanzten vor meinen Augen herum, und ich konnte ihren Sinn nicht erfassen. Also gab ich es auf und schaute mir durchs Fenster die eintönige Landschaft an, die verschwommen draußen vorbeifegte. Es war, als wäre der Knopf zum Scharfstellen kaputt und das Bild ganz verdorben – farbverwaschene Bilder, die haltlos vorbeijagen. Eine Welt, die unaufhaltsam zur Seite davongleitet.

So fängt es an, dachte ich, und erinnerte mich an Simons leidenschaftliche Tirade im Wagen am Abend vor seinem Verschwinden. Vielleicht *war* er empfindsamer, als ich ihm zugetraut hatte. Er hatte es gefühlt – hatte den Kummer in seiner Seele gespürt. Ich hatte es nicht gefühlt, jedenfalls nicht damals. Aber jetzt fing ich an, etwas zu fühlen: Wenn nicht Kummer, dann Furcht.

Ich verschloß meine Augen vor diesen unangenehmen Gedanken und schlief ein.

Nach einer langen Fahrt erreichte der Zug Edinburgh. Wir holten unser Gepäck und traten hinaus auf den Bahnsteig. Es war kalt. Die Luft roch nach Dieselöl und in altem Fett gebratenen Hamburgern.

Wir stapften die Treppen zu dem Einkaufszentrum über dem Waverly-Bahnhof empor und bahnten uns unseren Weg durch die Trauben von lustlosen Passanten. Ich bemerkte das Funkeln und Glitzern der Weihnachtsdekorationen in den Geschäften und dachte daran, daß ich ein paar Karten verschicken sollte, bevor der große Andrang begann. Um diese Jahreszeit konnte es drei Wochen dauern, bis ein Festtagsgruß die Staaten erreichte.

Letztes Jahr hatte mich Simon zu Weihnachten zu sich nach Hause eingeladen, mußte dann aber im letzten Moment absagen, weil Tante Tootie Grippe hatte und seine Schwester und ihr Verlobter nach Ibiza geflogen waren und seine Mutter sich bereit erklärt hatte, das Krippenspiel zu produzieren, und die Bediensteten über die

Feiertage frei hatten und die ganze familiäre Festlichkeit so ziemlich dahin war. Also verbrachte ich ein verregnetes Weihnachtsfest allein in meinem Zimmer. Die Erinnerung machte mich traurig.

Nettles rief uns ein Taxi heran. Das Schloß von Edinburgh, kalt und abweisend auf seinem hohen Felsen, ragte über uns auf, gespenstisch beleuchtet vor dem dunklen Abendhimmel. Wir stiegen in das Taxi, und der Professor gab dem Fahrer die Adresse eines Gasthauses, das er kannte. »Billig, aber sauber. Und das Essen ist gut. Es wird Ihnen gefallen«, versprach er.

Mir hätte es auch nichts ausgemacht, wenn der Laden völlig verdreckt gewesen wäre, ein Vermögen gekostet hätte und das Essen von sechs Fuß großen Kakerlaken serviert worden wäre. Es war mir einfach egal. Ich war müde und niedergeschlagen von all den verwirrenden Gedanken, die Nettles in meinen Kopf gepflanzt hatte. Ich wollte nur noch in ein Bett kriechen und alles vergessen.

Das Taxi hielt vor einem schmalen Haus, das zu dem geschwungenen Bogen der Carlton Terrace gehörte. Ein Neonschriftzug über der Tür formte die Worte ›Caledon House‹. Ein Schild im Fenster informierte uns, daß es sich um ein ›Privates Hotel‹ handelte, ein Ausdruck, von dem ich immer gefunden hatte, daß er sich ein wenig selbst widersprach.

Der Professor und ich kletterten aus dem Wagen und schauten uns auf dem Bürgersteig vor dem Gasthaus um. »Ah ja. Genau so, wie ich es in Erinnerung hatte. Gehen wir hinein«, sagte er. »Missus Dalrymple wird uns schon erwarten.«

Ich zögerte. »Nettles?« fragte ich. »Was geschieht als nächstes?«

»Abendessen, hoffe ich. Ich bin ausgehungert«, antwortete er. »Ich könnte einen Ur verdrücken.«

Nett. Wenigstens hatte sich einer von uns seinen Sinn

für Humor bewahrt. »Ich meinte nicht das Abendessen«, sagte ich etwas gereizt.

»Wir beziehen erst einmal unser Zimmer«, sagte der Professor, wobei er sich voller Vorfreude die Hände rieb. »Und dann machen wir uns auf zum Serben.«

Zum Serben? Was für ein Restaurant sollte das sein?

»Was für ein Restaurant soll das sein?« fragte ich.

Wir standen vor einem kahlen Ziegelsteinbau im Lagerhausbezirk. Es gab kein Fenster, kein Schild, keine Michelin-Plakette und keinen Visa-Aufkleber an dem tristen Gebäude, die darauf hätten schließen lassen, geschweige denn der Welt verkündet hätten, daß man hier essen konnte. Eine einsame Glühbirne leuchtete unter einem verrosteten Blechschirm über einer verwitterten Holztür. Der Türknauf war aus Messing und von Alter und langem Gebrauch geschwärzt. Auf dem Türrahmen war in Weiß die Zahl siebenundsiebzig aufgemalt, eine Sieben über der andern.

»Sind Sie sicher, daß Sie die richtige Adresse haben?« fragte ich, während ich den durch die dunkle Straße entschwindenden Heckleuchten unseres Taxis einen Blick nachwarf.

»Ja, wir sind hier richtig«, antwortete Nettles – ein wenig unsicher, wie mir schien. Er klopfte mit den Knöcheln an die Tür, und wir warteten.

»Ich glaube nicht, daß hier jemand ist, Professor«, sagte ich. »Vielleicht sollten wir woanders hingehen.«

»So ungeduldig? Entspannen Sie sich«, sagte der Professor. »Es wird Ihnen gefallen, Lewis. Sie haben es nötig.«

Er hämmerte noch einmal gegen die Tür, dieses Mal mit der Handfläche. Irgendwo schrie eine Katze, als sie ihr langschwänziges Abendessen ansprang. Ich hörte das Singen der Reifen auf der nahen Umgehungsstraße, auf der die schweren Lastwagen der Forth-Brücke irgendwo in der Ferne entgegenrollten. Wir warteten. Es war kalt und wurde immer kälter. Wir würden bald etwas unternehmen müssen, sonst würde ich zumindest einschlafen und auf der Schwelle dieses Lagerhauses erfrieren. Ich wollte gerade ein weiteres Mal darauf drängen, daß wir unsere Stärkung anderswo suchten, als ich ein leises Kratzen auf der anderen Seite der Tür hörte.

Die Tür öffnete sich einen Spalt. Ein glänzendes, dunkles Auge musterte uns einen Augenblick lang, worauf die Tür unvermittelt aufgerissen wurde und ein bärtiger Riese zu uns herauskam und bellte: »Professor!«

Ich machte einen schnellen Schritt zurück und hielt die Hände schützend vor mich. Doch der arme Professor wurde von dem Hünen ergriffen und so heftig umarmt, daß ich um seine Wirbelsäule fürchtete. Er rief etwas, und der Riese rief etwas zurück. Dann begann er, Nettles auf beide Wangen zu küssen. Wo zum Kuckuck steckt die Polizei, wenn man sie braucht?

Der Bär von einem Mann ließ Nettles los, der zu meinem Erstaunen nicht wesentlich verletzt war. Er wandte sich zu mir, strich seinen Mantel glatt und grinste. »Kommen Sie her, Lewis, ich stelle Sie unserem Gastgeber vor!«

Ich kam vorsichtig näher. Der Riese schlug sich auf seine breite Brust und sagte: »Ich bin Deimos! Wie geht es Ihnen?« Eine gewaltige Hand schob sich mir entgegen.

»Erfreut, Sie kennenzulernen, Deimos«, sagte ich zögernd und sah zu, wie meine Hand in seiner Faust verschwand. Deimos war nicht weniger als zwei Meter zehn groß und gebaut wie ein Volvo-Traktor. Sein dichter schwarzer wild gelockter Bart verbarg den gesamten unteren Teil seines Gesichts und floß an seinem Hals herunter. Er trug altmodische Bauernlatzhosen und ein kariertes Flanellhemd – dessen zwei oberste Knöpfe niemals in Berührung mit ihren Knopflöchern kommen würden. Sein glänzendes schwarzes Haar bildete eine Mähne, die im Nacken zu einem störrischen Pferdeschwanz zusammengebunden war. Er hatte lebhafte Augen und lächelte breit und einladend.

Händeschütteln stellte ihn nicht zufrieden. Er ergriff mich und drückte mich an sich, als wäre ich sein einziger Sohn, der seit der Geburt verschollen gewesen wäre. Ich spürte, wie sich meine Schulterblätter unter seiner Umarmung zusammenpreßten. Wenigstens küßte er mich nicht, wie er es mit dem Professor getan hatte, so daß ich mich glücklich schätzte, mit kleineren Quetschungen davongekommen zu sein.

Nettles und der Riese begannen sich in etwas zu unterhalten, was deutliche Ähnlichkeit mit einer fremden Sprache hatte, und Deimos harkte uns mit einem seiner massiven Arme durch die Tür nach drinnen.

Das Innere des Gebäudes entsprach seinem riesenhaften Bewohner. Es war ein leeres Lagerhaus. Unbeleuchtet, praktisch unmöbliert und, soweit ich feststellen konnte, unbeheizt. Eigentlich war es von jeglichen Hilfsmitteln menschlicher Bequemlichkeit weitgehend unberührt. Deimos holte eine Kerze von einem Tisch neben der Tür und führte uns auf einem schmalen, mit einem Blumenmuster verzierten Teppichläufer entlang. Ich spähte in die Ferne und erblickte eine von Kerzenlicht beleuchtete, eigentümliche Ansammlung von Sperrmüll in der Mitte der leeren Fläche.

Als wir näher kamen, erwies sich der Abfallhaufen als ein langer Tisch mit Bänken auf beiden Seiten und zwei kleinere Tische mit Stühlen. Hinter den Tischen erhob sich ein persischer Teppich, der wie eine zusammengefallene Kulisse über einem schlagseitigen Rahmen hing. Der Teppich stellte eine Art Wand dar, und mehrere Holzplatten mit Löchern dienten als Raumteiler. Ein absolut gigantisches Ölgemälde von der jakobitischen Rebellion hing an

Drähten von der Decke. Einen der Raumteiler zierte ein ausgestopfter Elchkopf, einen anderen die Nachbildung eines mittelalterlichen Schildes aus Blech, das mit Sprühfarben bemalt war. In der Nähe stand ein gut erhaltenes Klavier, auf dem ein großes Porträt der Queen thronte.

Überall waren Blumen. Blumen in Körben, Blumen in Urnen, Blumen in Vasen und Krügen und Bechern, Fontänen von Blumen, Kaskaden von Blumen auf jeder verfügbaren Fläche. Zwischen den Blumen konnte ich sogar Leute ausmachen, die tatsächlich an einem langen Tisch saßen und aßen; es waren vier. Als Deimos uns hereinführte, warfen sie uns argwöhnische Blicke zu und sprachen in gedämpftem Ton.

Unser riesiger Gastgeber führte uns ans andere Ende des langen Tisches, gut zehn Meter von seinen anderen Gästen entfernt. »Die habe ich für Sie reserviert«, sagte er, als hätte er trotz stürmischen Andrangs die besten Plätze des Hauses eigens für uns freigehalten. »Bitte setzen Sie sich.« In der leeren Halle widerhallte seine Stimme wie die eines olympischen Gottes. Ich ließ mich auf einer Seite des Tisches auf einer Bank nieder, Nettles setzte sich mir gegenüber, und Deimos stellte zwischen uns eine Blumenvase auf den Tisch. Dann verschwand er laut summend.

»Ein faszinierender Ort«, sagte Nettles, während er die Vase zur Seite schob. »Völlig einzigartig.«

»Ja«, sagte ich und schaute mich um. »Jede Menge Atmosphäre. Wie sind Sie darauf gestoßen?«

»Ein Freund hat mich eingeführt. Man braucht hier eine Einführung – eine *Initiation,* könnte man sagen.« Er lächelte geheimnisvoll.

Deimos erschien aus der Dunkelheit mit einer Karaffe und zwei erblindeten Gläsern. Er setzte die Gläser vor uns ab und füllte sie mit einer roten Flüssigkeit. Wein? Ein forschendes Nippen bestätigte meinen Verdacht.

Professor Nettleton erhob sein Glas. »*Slàinte!*« sagte er schmunzelnd.

»Cheers!« antwortete ich.

Ich verstehe nicht viel von Wein, aber das Zeug in meinem Glas war süffig und fruchtig, mit einer winzigen Ahnung von Zimt in der Nase. Die tiefdunkle Flüssigkeit kitzelte auf meiner Zunge, und ihre Wärme breitete sich in mir aus. »Nicht schlecht«, gab ich zu. »Wo sind die Speisekarten?«

»Deimos wird uns das servieren, wovon er denkt, daß wir es genießen werden«, erklärte Nettles. »Es hängt weitgehend davon ab, was er heute auf den Märkten gefunden hat.«

Wie um auf die Bemerkung des Professors zu antworten, erschien der Hüne von einem Oberkellner mit zwei großen Messingschüsseln in den Händen. Eine der Schüsseln enthielt ein grünliches Mus, über das Öl und Paprika geträufelt waren; die andere etwas, das in ein Handtuch eingeschlagen war. »Bulakki!« verkündete er und ging wieder. Nettles entfernte das Handtuch und brachte einen Haufen warmen Fladenbrotes zum Vorschein. Er nahm einen Fladen, brach ein Stück davon ab und gab mir den Rest. Dann tauchte der Professor das Brot in das ölige Mus und schaufelte damit einen großen Bissen auf. Er steckte ihn in den Mund, schloß die Augen und kaute.

»Speise für die Götter«, erklärte er hingerissen. »Probieren Sie, Lewis.«

Ich tunkte eine Ecke meines Brotes ein wenig in das Zeug, berührte damit meine Zunge – und stellte fest, daß es tatsächlich sehr gut schmeckte. Zumindest würden wir nicht verhungern. Auch das Brot war gut – es schmeckte nach Hefe und Butter und hatte eine leicht elastische Konsistenz, die einen an mehlbestäubte Jungfrauen denken ließ, die Teig in Trögen kneteten und dabei deftige Backlieder sangen.

Wir teilten das Brot, tauchten Brot ein und aßen Brot und tranken unseren guten dunklen Wein, und ich zumindest war enttäuscht, als der Boden der Schüssel durch das Bulakki zu schimmern begann. Diese Entbehrung erwies sich jedoch als kurzlebig, denn genau im richtigen Moment erschien Deimos mit einer Salatplatte.

Ich glaube zumindest, daß es Salat war. Es hätte auch ein weiteres Blumengesteck sein können. »Wollen wir es essen oder bewundern?«

»Sowohl als auch«, antwortete Nettles und nahm sich eine Handvoll reifer Oliven. »Sie ahnen ja nicht, wie ich diesen Ort vermißt habe. Es ist Jahre her, daß ich hiergewesen bin. Ich mußte einfach wiederkommen.«

Der Professor machte sich entschlossen über den Salat her. »Oooooh!« machte er bei den Oliven und »Aaaaah!« bei den Artischockenherzen. Die Verzückung, in die er über die eingelegten Rote Bete und die Joghurtsauce geriet, war unbeschreiblich.

Nettles genoß so sehr, daß mich allein das Zuschauen zum Lachen brachte. Oder vielleicht lag es an dem Wein. Jedenfalls war es ein gutes Gefühl. Ich hatte schon lange nicht mehr so gelacht. *Sehr* lange.

Mitten in all dieser Heiterkeit erschien wiederum Deimos mit zwei schweren Messingplatten – einer auf jedem Arm. Mit sichtlichem Stolz setzte er sie uns vor.

»Essen Sie, meine Freunde!« befahl er. »Essen Sie, und werden Sie satt! Genießen Sie!«

Auf der Fleischplatte gab es Hühnchen, glaube ich. Und vielleicht nahezu eine ganze Ente. Sicherlich ein Stück Schwein – oder Ziege. Ich weiß nicht, wie gebratene Ziege aussieht, es könnte also durchaus Ziege gewesen sein. Oder Lamm. Und es gab Vögel! Ganze gebratene Vögel – komplett mit winzigen Vogelfüßen und Schnäbeln, die daraus hervorragten. Und noch ein paar fleischige Knochen von etwas anderem, was es war, weiß ich nicht. Zwischen den verschiedenen Fleischportionen standen Schalen mit Saucen und Gewürzen: sahnige, süß schmeckende Cremes und flüssige Flammenwerfer, die einem die Nasenhaare versengten; herbe Kräutertunken und besänftigende, aromatische Mischungen. Die Entdeckungsreise entwickelte sich zu einem kulinarischen Abenteuer.

Die Gemüseplatte war nicht weniger geheimnisvoll. Es gab Berge von Kartoffeln und Reis – die einzigen Dinge, die ich kannte, und selbst diese waren in Flüssigkeiten voller Gewürze gegart worden, die ihnen eine unaussprechliche Fremdartigkeit verliehen. In der Mitte thronten birnenförmige Knollen, die wohl in Nektar gekocht worden sein mußten, denn es waren mit die süßesten Bissen, die ich je in den Mund gesteckt habe. Es gab diverse Schalen mit Mischungen, die wie Currysaucen aussahen und schmeckten, alle stark gewürzt, doch jede auf ihre eigene charakteristische, besondere Weise. Und allesamt gleichermaßen köstlich.

Wir aßen und redeten und tranken und aßen und redeten und füllten die riesige, dunkle Zuflucht des Lagerhauses mit unserer übersprudelnden Freude und Gemeinschaft. Unser Mahl wurde um so herzlicher, übermütiger, fröhlicher und sorgloser durch das schlichte Fehlen von Tellern und Bestecken. Wir aßen mit den Händen direkt von den Platten und leckten uns die Finger wie ungezogene Schuljungen. Professor Nettleton zeigte mir, welche Hand ich gebrauchen durfte und wie ich meine Finger zu halten hatte, und ich wurde, wenn auch nur für einen Abend, zu einem exotischen Herrscher, einem Sultan.

Endlich – zu früh – erschien Deimos, um die Überreste zu beseitigen. Er brachte einen Teller mit flachen Mandelplätzchen und eine große Schüssel Orangen. Dazu eine Urne mit einer ölig-schwarzen, kochend heißen Flüssigkeit, die er als Kaffee bezeichnete. Wir schälten Orangen und nippten den Kaffee aus winzigen Porzellantassen, die kaum größer waren als Fingerhüte. Ach, ich spürte, wie das selige Glühen des Weines sich in dem kräftigenden Ansturm des starken Kaffees auflöste.

Ich warf einen Blick den Tisch entlang und stellte fest, daß die anderen Gäste gegangen waren. Ich erinnerte mich nicht, gesehen zu haben, wie sie uns verließen. Dennoch waren wir nun allein am Tisch. Als Deimos kam, um die Kaffeeurne aufzufüllen, lud ihn der Professor ein, sich zu uns zu setzen. Er brachte sich einen Stuhl mit, nahm eine Tasse – winzig zwischen dem enormen Daumen und dem Zeigefinger – und nippte vorsichtig.

»Deimos«, sagte Nettles, »Ihr Essen ist, wie immer, der Könige würdig – ja, der Götter selbst! Ich wüßte nicht, wann ich je ein Mahl mehr genossen hätte.«

»Es war fabelhaft«, fügte ich hinzu, während ich träge ein Stück Orange zum Mund führte. »Mag sein, daß ich nie wieder essen kann, aber es war grandios. Und diese Orangen sind köstlich!«

Inspiriert durch unser Lob hob Deimos seine winzige Tasse und sagte: »Auf meine Freunde! Das Leben gehört denen, die lieben, und wo die Liebe regiert, ist der Mensch wahrhaftig König!«

Ein eigenartiger Trinkspruch, aber ich stimmte von Herzen mit dem Gefühl überein. Dann ergingen er und der Professor sich in Erinnerungen an alte Zeiten; ihre Freundschaft reichte offenbar lange Zeit zurück. Als dieses Ritual vollzogen war, fragte unser Gastgeber: »Warum sind Sie heute abend zu mir gekommen?«

»Wir sind Wanderer auf einer Reise, Deimos. Wir brauchten Stärkung für unseren Leib und unsere Seele«, antwortete Nettles glücklich. »Sie haben beidem auf das herrlichste gedient.«

Deimos nickte ernst, als wüßte er alles über die Bedürfnisse von Wanderern und ihren Seelen. »Es ist meine Freude, Ihnen zu dienen«, sagte er mit feierlicher, leiser Stimme.

Und dann war unser merkwürdiger, wunderbarer Abend vorbei. Wir erhoben uns, wünschten unserem Gastgeber eine gute Nacht und wurden mit Kerzenlicht zum Ausgang geleitet. Deimos hielt uns die Tür auf, legte jedem von uns eine riesige, schwere Hand auf den Kopf und segnete uns, als wir an ihm vorbeigingen. »Möge Gott auf Eurer Reise bei Euch sein, meine wandernden Freunde. Tausend Engel mögen Euch vorausgehen; tausend Gebete für Eure Rückkehr. Friede mit Euch! Gute Nacht.«

Wir traten in die Nacht hinaus und blieben einen Moment dicht beieinander stehen, bevor wir uns auf den Weg machten, um ein Taxi zu finden. Als wir uns zum Gehen wandten, öffnete sich die verwitterte Tür noch einmal. Deimos duckte seinen Kopf unter dem Türsturz hindurch und hielt mir eine weiße Papiertüte entgegen. »Bitte«, sagte er zu mir. »Für Sie.«

Ich nahm die Tüte und öffnete sie. »Danke«, sagte ich schlicht. »Danke.«

Unser freundlicher Riese nickte mit dem Kopf und duckte sich schnell wieder hinein. »Orangen«, sagte ich zu Nettles, griff in die Tüte und holte eine der leuchtenden Kugeln hervor, damit er sie betrachten konnte. »Er hat mir Orangen geschenkt«, sagte ich, ein wenig verlegen über die eigentümliche Großherzigkeit des Mannes.

»Was für ein außergewöhnlicher Ort.« Ich klemmte die Tüte unter den Arm und setzte mich neben Nettles in Bewegung. »Sie haben sich etwas dabei gedacht, mich hierher zu bringen, nicht wahr?«

»Ich dachte, Sie könnten mal einen Abend außer Haus vertragen.«

»Das habe ich nicht gemeint«, sagte ich. »Was war Ihr Hintergedanke?«

»Stärkung, Lewis.«

»Nahrung für die Reise – ist es das?«

Der Professor lächelte nur und schlenderte summend

weiter. Ich folgte ihm, zu angefüllt mit Essen und zu müde, um etwas anderes zu tun, als meine Füße fallen zu lassen, wo sie wollten. Einmal, als wir durch eine stockfinstere Straße gingen, blickte ich hinauf zum Himmel und sah eine Gischt von Sternen, wild funkelnd in der klaren, kalten Luft. Der Anblick nahm mir beinahe den Atem. Wann hatte ich je einen so klaren, lebendigen Sternenhimmel gesehen?

11

Über die Schwelle

Der Weg zur Carnwood Farm erwies sich als mühselig, aber nicht schwierig. Es stellte sich heraus, daß es einen Zug von Edinburgh nach Inverness, einen von Inverness nach Nairn und einen Bus von Nairn nach Mills of Airdrie gab. Von dort aus konnten wir das Cairn zu Fuß erreichen. Es war schon nach vier Uhr nachmittags und bereits dunkel, als wir Nairn am Moray Firth erreichten.

Wir verbrachten die Nacht in einer Pension, von der aus wir die sandige Kurve der Bucht überblicken konnten. Nach einem kräftigen Frühstück aus Räucherheringen, Porridge, Rühreiern, Haferplätzchen und Kaffee, das uns unsere schwergewichtige und anspruchsvolle Wirtin zubereitete, machten wir uns auf den Weg zu der Bushaltestelle in der Stadtmitte. Um zehn nach elf vormittags fuhr ein dunkelroter Bus vor; wir stiegen ein und fuhren nach Mills of Airdrie. Der Fahrer ließ uns an der Straße zur Carnwood Farm aussteigen; wir standen unter dem verwitterten Schild, und der Bus ratterte weiter.

Wir wanderten durch das fruchtbare Farmland, das nun mit einer dünnen, weißen Schicht aus windzerzaustem Schnee überpudert war. Das Wetter war kalt und neblig, und es blies ein steifer Wind aus Norden. Ein Tag, den man am besten drinnen am Kamin verbrachte. Wir sprachen wenig. Der Professor schien in seinen Gedanken versunken zu sein, und ich wollte ihn nicht stören.

Die kalte Stille ging mir auf die Nerven. Es schien, als

würden wir Landfriedensbruch begehen, unbefugt auf privaten Grund eindringen. Der dichte schottische Nebel ließ alles brütend und unirdisch erscheinen, und jeder Schritt brachte uns tiefer in diese fremdartige Gegend hinein.

Plötzlich fiel die Straße ab, und wir gingen in das kleine Tal hinab, wo wir wieder an der Steinbrücke über dem Findhorn ankamen. Wir überquerten die Brücke und gingen weiter in Richtung Darnaway Forest. Die Wälder lagen still. Die Bäume schienen im Winterschlaf versunken zu sein.

Die Carnwood Farm sah genauso aus, wie ich sie in Erinnerung hatte. Die eng zusammenstehenden Gebäude, die Felder und der eingestürzte, moosüberwachsene Turm neben dem Farmhaus – alles genau wie zuvor. Diesmal jedoch schien die Atmosphäre der Leere und Verlassenheit, die mir schon beim ersten Mal aufgefallen war, noch schwerer über dem Ort zu liegen. In diesem stillen und abgeschiedenen Fleckchen Erde wirkte die Stille beinahe bedrückend – wie eine physische Macht, die das Land ergriff und jeden Laut erstickte. Schon aus der Ferne spürte ich, daß die Grants nicht zu Hause waren.

Nettles bestand dennoch darauf, daß wir klopften, für alle Fälle. Doch niemand öffnete; Robert und Morag waren woanders. Also setzten wir unseren Weg zum Cairn fort, indem wir dem tief eingeschnittenen Feldweg über die niedrigen Hügel folgten. Wie zuvor begegnete uns niemand – bis wir das Tor erreichten, das zu dem Feld und der Senke führte, in dem das Cairn stand. Und dort, genau an der Stelle, wo Simon seinen Wagen geparkt hatte, stand ein grauer Lieferwagen mit den Initialen G.M.A. und einem Emblem auf der Seite.

Als er den Lieferwagen erblickte, blieb der Professor wie angewurzelt stehen. »Was ist los? Was haben Sie?« fragte ich.

Nettles drehte sich um und spähte über das Feld zu dem Tal hinunter. »Ist das Cairn da unten?«

»Ja«, erwiderte ich. »Es ist gleich dort – wo Sie diese Baumspitzen sehen.« Ich zeigte auf die Reihe von Baumspitzen, die gerade über der weiten Flanke des Hanges sichtbar waren. »Wollen S–«

»Hören Sie!« schnappte Nettles.

»Was denn? Ich höre nichts.«

»Schnell! Man darf uns nicht sehen!«

»Ich höre nichts«, protestierte ich. »Sind Sie sicher?«

»Beeilung!« Nettles drehte sich um und rannte den Weg zurück bis zu einer kleinen Erhebung, auf der einige Bäume standen. Ich folgte ihm widerwillig. Als ich den Professor erreichte, lag er auf Händen und Knien hinter einer großen Esche und spähte zur Straße hinunter.

Ich kauerte mich neben ihn, lauschte einen Augenblick und kam zu dem Schluß, daß wir übertrieben nervös reagierten. Als ich gerade zu einer entsprechenden Bemerkung ansetzte, hörte ich das leise Brummen eines Automotors und das Geräusch von Reifen auf Kies. Ich erhob mich, um hinunter auf die Straße zu blicken. Der Professor packte mein Handgelenk und zog mich hinunter.

»Runter!« zischte er. »Man darf Sie nicht sehen!«

Ich ließ mich neben ihm zu Boden sinken. »Warum verstecken wir uns?«

Das Geräusch des Fahrzeugs wurde lauter, und kurz darauf konnte ich es unten auf der Straße sehen, nicht mehr als fünfzig Meter von uns entfernt – ein unauffälliger, grauer Lieferwagen mit demselben weißen Emblem auf der Seite: einer Darstellung der Erde mit Ringen, die davon ausstrahlten wie sich ausbreitende Wellen. Unter dem Emblem standen die Lettern G.M.A.

»Runter!« zischte der Professor wieder, als der zweite Lieferwagen hinter dem ersten zum Stehen kam.

Zwei Männer stiegen aus dem Wagen, schritten durch

das Tor und gingen über das Feld auf das Tal zu. Wir beobachteten sie, bis sie außer Sicht waren.

»Also, sie sind weg. Was jetzt?«

Nettles schüttelte den Kopf. »Das ist nicht gut.«

»Warum? Wer sind diese Leute?«

»Seit vielen Jahren sind verschiedene Gruppen den Geheimnissen der Cairns und Ringe und Steinkreise auf der Spur und versuchen, sich den Zugang zur Anderwelt zu erzwingen. Die Männer, die wir gerade gesehen haben, gehören zu einer solchen Gruppe, und zwar einer sehr gefährlichen: der Gesellschaft für metaphysische Archäologie.«

»Sie machen Witze.« Ich hätte gelacht, wäre Nettles nicht so ernst gewesen. »Metaphysische Archäologie, habe ich das richtig gehört?«

»Es sind Wissenschaftler, größtenteils – das heißt, es sind Leute, die mit wissenschaftlichen Prinzipien und Methoden vertraut sind. Ich bin ihnen von Zeit zu Zeit an verschiedenen Orten begegnet, an denen sie ihre ›Forschungen‹ betrieben. Nichts wäre ihnen lieber, als das zu wissen, was wir wissen, und ich habe Grund zu der Annahme, daß sie so ziemlich alles tun würden, um dieses Wissen zu erlangen.«

»Das kann nicht Ihr Ernst sein.«

»Es ist mein völliger Ernst«, rief der Professor. »Wir müssen genau überlegen. Wir können uns an diesem Punkt keinen Fehler erlauben. Möchten Sie ein Stück Schokolade?« Er griff in eine seiner tiefen Jackentaschen und brachte eine große Tafel Schokolade zum Vorschein, die er auspackte und mir entgegenhielt.

»Glauben Sie, daß sie über das Cairn Bescheid wissen?« Ich brach ein Stück Schokolade ab und steckte es in den Mund.

»Ich denke, davon müssen wir ausgehen.«

»Aber vielleicht wissen sie auch nichts. Vielleicht

schauen sie sich nur um. Ja, sie schauen sich nur um«, sagte ich in dem Versuch, mich selbst zu überzeugen. »Jedenfalls sollten wir dort hinuntergehen und herausfinden, ob sie irgendein Lebenszeichen von Simon entdeckt haben.«

»Sie haben natürlich recht.«

Ich stand auf und lief hinunter zur Straße. Wir näherten uns den geparkten Lieferwagen, gingen um sie herum zum Tor und wollten uns anschicken, das Feld zu überqueren – aber Nettles kam ein anderer Gedanke. »Nehmen wir lieber einen anderen Weg.«

»Was für einen anderen Weg?«

Er deutete die Straße hinauf, wo in geringer Entfernung das Tal eine Biegung vollzog, entsprechend dem Lauf des Baches, der sich zwischen den Hügeln hindurchschlängelte. »Wir könnten dem Bach folgen.«

»Wie Sie meinen. Gehen Sie voraus.«

Nach etwa einer Meile neigte sich die Straße und lief ins Tal hinab. Wir fanden einen Schäferpfad entlang dem Bachufer und machten uns auf den Weg zurück zum Cairn. Schon nach ein paar Metern führte der Weg in ein dichtes Wäldchen hinein. Es war dunkel und still, und bei jedem Schritt war ein Ächzen oder Knacken zu hören – mir kam es vor, als wären wir ebenso laut wie eine Büffelherde, die durchs Unterholz stürmte. Im Dämmerlicht unter den dicht gewachsenen Bäumen verschwand der Pfad, und wir hatten bald alle Hände voll zu tun, uns die niedrigen Äste aus dem Weg zu schaffen und zu verhindern, daß uns Zweige in die Augen stachen.

Wir bahnten uns unseren Weg und blieben alle paar Minuten stehen, um zu lauschen – wonach, weiß ich nicht. Was ich hörte, waren Krähen. Zuerst nur schwach. Doch jedesmal, wenn wir stehen blieben, waren die Krähen lauter zu hören, und es schienen mehr geworden zu sein. Dem Lärm nach zu urteilen versammelten sie sich in dem

Wäldchen, um die Nacht darin zu verbringen. Bald waren wir ganz von ihrem ohrenbetäubenden Krächzen und Schreien umgeben, obwohl ich nicht einen einzigen Vogel zu Gesicht bekam. Wir gingen weiter, während die Luft immer kälter und der Himmel dunkler wurden.

Das Carnwood-Cairn stand in der Mitte der Senke. Wie zuvor bot es einen unauffälligen Anblick: nicht mehr als ein klobiger Haufen aus Erde und moosbewachsenen Steinen, fast formlos in dem schwachen Licht. Ich warf nur einen flüchtigen Blick darauf, denn was meine unmittelbare Aufmerksamkeit mit Beschlag belegte, war nicht das Cairn, sondern die Krähe: Mit ausgebreiteten Flügeln saß sie groß, schwarz und drohend auf einem niedrigen Ast und beobachtete uns aus einer böse schimmernden Perle von einem Auge, den scharfen, schwarzen Schnabel geöffnet. Ich unterdrückte den Drang, mir einen Stock zu meinem Schutz zu suchen.

Da ich von der Krähe so abgelenkt war, sah ich zuerst nicht das Lager, das auf der gegenüberliegenden Seite der Senke aufgeschlagen worden war. Nettles stieß mich mit dem Ellbogen an, und ich schaute in die Richtung, in die er deutete. Ich erblickte ein großes Leinwandzelt, das von Ausrüstungsgegenständen umgeben war, die offenbar einer archäologischen Ausgrabung dienten: jede Menge Holzstäbe mit weißen Plastikfähnchen daran, die im Boden steckten; ein Gitter aus Schnüren über einer flachen Ausgrabung, wo der Schnee und die Erde entfernt worden waren; Schaufeln und Pickel, die in Haufen frisch ausgegrabener Erde steckten. An einem Mast vor dem Zelt hing eine blaue Flagge mit den Worten *Gesellschaft für Metaphysische Archäologie* und dem Emblem mit der Wellen ausstrahlenden Welt in Weiß.

Zwei Männer in Khaki-Overalls kauerten über ihrer Arbeit an dem Gitternetz. Der eine saß auf einem Klappstuhl und hielt ein großes Zeichenbrett, der andere lag auf den Knien und kratzte mit einer Kelle nach irgend etwas. Sie hatten uns den Rücken zugekehrt, und durch den unbeschreiblichen Lärm der Krähen hatten sie uns nicht kommen hören.

»Was jetzt?« fragte ich leise.

»Ich würde gern das Cairn untersuchen.«

Ich schaute die Männer an, und irgend etwas sagte mir, daß es kaum anzunehmen war, daß sie uns oder irgend jemanden in die Nähe des Cairns lassen würden. »Ich glaube, das wird nicht leicht sein«, murmelte ich.

»Nein«, stimmte Nettles zu und kniff die Augen zusammen, um die Dunkelheit zu durchdringen. »Trotzdem, dafür sind wir den ganzen Weg hierhergekommen.«

Das Zwielicht kommt in Schottland früh um diese Jahreszeit. Der Uhrzeit nach war es noch mitten am Nachmittag, doch die Sonne sank bereits im Westen herab. Bald würde die Zeit zwischen den Zeiten über uns kommen. Die Erkenntnis erfüllte mich mit einem dumpfen Schrecken. Mein Herz schlug wild und stolperte unbeholfen in meiner Brust. Mein Magen fühlte sich an wie ein dickes Knäuel Würmer.

Der Professor trat auf die Lichtung in der Senke hinaus. »Was haben Sie vor?« Meine Stimme war rauh wie der Lärm der Krähen, die in den Bäumen rund um uns her saßen.

»Hallo!« rief Nettles, während er kühn über die Lichtung schritt. »Hallo, da hinten!«

Ich sah zu, wie er auf die Männer zumarschierte, raffte meinen absackenden Mut zusammen und folgte ihm. »Hallo, hallo«, rief er und wedelte liebenswürdig mit den Händen wie das Urbild eines überschwenglichen Exzentrikers.

Die Köpfe der beiden Männer drehten sich gleichzeitig zu uns um, und ihre Augen schwangen automatisch zu der Quelle des störenden Geräusches herum. Trotz

Nettles' freundlicher Begrüßung lächelte keiner der beiden. Ihre Gesichter blieben ausdruckslos und abweisend.

Gemeinsam näherten Nettles und ich uns der Ausgrabungsfläche. Der Mann auf dem Klappstuhl legte sein Zeichenbrett zur Seite und stand auf. Er öffnete seinen Mund, um zu sprechen, doch Nettles überließ ihm nicht das erste Wort. »Oh, das ist ausgezeichnet«, plapperte er, »ich hatte gar nicht erwartet, hier jemanden zu finden. Es ist schon so spät im Jahr.«

Wieder holte der Mann Luft, um zu sprechen, doch der Professor ließ sich nicht bremsen. »Erlauben Sie, daß ich mich vorstelle«, sagte er. »Ich bin Dr. Nettleton, und das ist mein junger Kollege Mr. Gillies.« Er legte mir eine Hand auf die Schulter, als ich neben ihn trat.

»Wie geht es Ihnen?« fragte ich.

»Ich sagte gerade zu meinem Freund hier«, fuhr Nettles fort, »daß wir hoffentlich nicht zu spät kommen. Wie ich sehe, ist das nicht der Fall. Ja, ich glaube sogar, daß wir genau zur rechten Zeit gekommen sind. Sie werden sicherlich bald zusammenpacken, und wir –«

»Was wollen Sie?« fragte der Mann mit dem Zeichenbrett schroff. Die Krähen in den Baumwipfeln krächzten und rumorten in den oberen Zweigen wie Stoffetzen im Wind.

»Was wir wollen?« erwiderte der Professor, ohne von der Grobheit des Mannes Notiz zu nehmen. »Nun, wir sind natürlich gekommen, um uns die Stätte anzusehen.«

»Sie ist geschlossen«, erklärte der Mann. »Sie werden wieder gehen müssen.«

»Geschlossen? Ich glaube, ich verstehe nicht.« Nettles blinzelte mir in gespielter Verwirrung zu.

»Dies ist eine private Ausgrabung«, antwortete der Mann. »Die Öffentlichkeit hat keinen Zutritt.«

»Die Öffentlichkeit!« erwiderte Nettles mit leichtem

Tadel. »Ich versichere Ihnen, guter Mann, daß wir nicht die gewöhnliche Öffentlichkeit sind.«

»Wir haben ein besonderes Interesse an dieser Stätte«, fügte ich hinzu. Ich spürte, wie mir unter dem Mantel der Schweiß aus den Achselhöhlen rann.

»Vielleicht haben Sie nicht verstanden«, sagte der zweite Mann und deutete mit der Kelle auf uns. Er erhob sich langsam. »Die Ausgrabung ist geschlossen. Sie haben keine Erlaubnis, sich hier aufzuhalten. Sie müssen gehen.«

»Aber wir sind von sehr weit her gekommen«, protestierte der Professor.

»Tut mir leid«, sagte darauf der erste Mann. Es schien ihm ungefähr so leid zu tun wie einem Sack voller Schlangen. »Aber Sie müssen jetzt gehen.« Er warf seinem Partner einen Blick zu, worauf dieser seine Kelle beiseite warf und einen vielsagenden Schritt auf uns zu machte.

In diesem Moment steckte jemand den Kopf aus dem Zelteingang. »Hallo!« rief er, und wir alle vier drehten uns um, als ein hochgewachsener, distinguiert aussehender Mann mit sorgfältig getrimmtem grauem Bart zum Vorschein kam. Im Gegensatz zu den anderen trug er einen langen dunklen Mantel und Gummistiefel. »Andrew«, sagte er, während er schnell über die herumliegenden Werkzeuge und den Schutt hinweg schritt, »warum haben Sie mir nicht gesagt, daß wir Besucher haben?« Zu Nettles und mir gewandt, fuhr er fort: »Ich bin Nevil Weston, der Projektleiter. Wie geht es Ihnen?«

»Erfreut, Sie kennenzulernen, Mr. Weston, sehr erfreut sogar«, erwiderte der Professor, wobei es ihm gelang, eine leichte Verärgerung über unsere bisherige Behandlung durchblicken zu lassen. »Dr. Nettleton und mein Kollege, Mr. Gillies«, stellte er uns vor. »Wir möchten Sie keinesfalls stören, aber wie ich Ihrem Freund hier bereits sagte, sind wir von sehr weit her angereist, um diese Stätte zu besichtigen. Wir haben ein besonderes Interesse an der Geschichte dieser Örtlichkeit, wissen Sie.«

»Ich verstehe vollkommen«, antwortete Weston. Er nickte seinen Männern zu. »Danke, Andrew, Edward. Ich kümmere mich darum.« Er lächelte uns an, doch seinem Lächeln fehlte jegliche Wärme. »Leider handelt es sich hier um ein privat finanziertes Projekt, so daß wir bedauerlicherweise keine Besucher ohne vorherige Erlaubnis zulassen können. Das ist eine Anweisung des Kuratoriums, fürchte ich. Ich kann da nichts machen.«

Während er sprach, trat Weston zwischen uns, drehte uns herum und begann, uns behutsam vom Cairn weg zu eskortieren. Es war geschickt gemacht, aber Nettles ließ sich nicht einwickeln. Er blieb wie angewurzelt stehen. »Oh, ich weiß, wie das ist, glauben Sie mir. Wir würden nicht im Traum daran denken, uns hier einzumischen.« Er wandte sich wieder dem Cairn zu. »Aber wir sind den ganzen Weg von Oxford hierhergekommen, wissen Sie.«

»Ja«, meinte Weston mitfühlend. »Ich bin sicher, wir können einen Weg für Sie finden. Vielleicht möchten Sie morgen wiederkommen. Es wird schon spät, wir werden die Stätte schon bald für die Nacht schließen.«

Nettles bewegte sich auf das Cairn zu und streckte eine Hand danach aus, als wollte er es beschwören, ihm zu helfen. »Das kommt nicht in Frage, fürchte ich«, sagte er. »Wir konnten nicht wissen, daß es belegt sein würde, wissen Sie. Wir haben anderweitige Vorkehrungen getroffen.«

»Das tut mir leid«, sagte Weston fest, wobei er wieder sein leeres Lächeln aufblitzen ließ. Ich spürte, daß seine Geduld bald erschöpft sein würde.

»Er hat recht, Professor. Es wird tatsächlich schon spät«, mischte ich mich abrupt ein. »Vielleicht sollten wir wirklich gehen.«

Nettles seufzte schwer; seine Schultern sanken herab. »Ja, Sie haben wohl recht«, sagte er, rührte sich aber nicht.

Zu Weston gewandt, sagte ich: »Vielleicht würde es Ihnen nichts ausmachen, wenn wir nur einen schnellen Blick auf das Cairn werfen dürften, bevor wir gehen? Es würde nur eine Minute dauern.« Ich versuchte es so klingen zu lassen, als ob diese schlichte Bitte zu bescheiden wäre, als daß man sie ablehnen könnte. »Wir haben heute nacht noch eine sehr lange Fahrt vor uns. Es dauert nur eine Minute, und es würde uns beiden so viel bedeuten.«

Ich sah schon, wie sich auf Westons Lippen die Ablehnung formte. Was immer diese metaphysischen Archäologen im Schilde führten, sie waren jedenfalls eine ziemlich hartherzige Bande, geheimnistuerisch und feindselig. Insgesamt konnte kaum etwas Gutes dabei herauskommen. Bevor Weston antworten konnte, spielte ich meine Trumpfkarte aus. »Auf diese Weise«, sagte ich erklärend zu Nettles – natürlich für Westons Ohren – »müßten wir nicht Robert und Morag mit der Sache behelligen.«

Der gute Nettles war scharfsinnig genug, um das Spiel mitzuspielen. »Ja«, stimmte er schnell zu, »ich bin sicher, den Grants wäre es lieber, wenn sie sich nicht mit unseren Kleinigkeiten befassen müßten. Mr. Grant ist ein so vielbeschäftigter Mann. Es wäre mir unangenehm, ihn unnötig aufzuhalten.«

Ich konnte Weston ansehen, wie er die Risiken abwägte, die eine Ablehnung mit sich bringen würde. Er zögerte, und ich preschte vor, um den Handel abzuschließen. »Ein kurzer Rundgang, und wir sind wieder unterwegs. Was meinen Sie?«

»Also schön«, sagte er. »Ich dürfte es eigentlich nicht erlauben. Aber da wir als Gäste der Grants hier sind, möchte auch ich sie keinesfalls behelligen.«

»Oh, da kann ich Ihnen nur zustimmen«, erwiderte der Professor glücklich. »Kommen Sie, Lewis, schauen wir uns das Cairn kurz an, bevor wir gehen.« Bei diesen Worten entfernte er sich bereits von Weston.

Wir gingen schnell zum Cairn hinüber. Als wir uns näherten, hub in den Bäumen über uns ein ungeheures Getöse schlagender Flügel an. Ich blickte auf und sah Dutzende … Hunderte von Krähen, die sich in den oberen Zweigen der nahestehenden Bäume versammelten. Ihre schwarzen Silhouetten vor dem eisengrauen Himmel erfüllten mich mit einem unheimlichen Gefühl. Die Vögel machten einen unheiligen Lärm, als sie von Ast zu Ast hüpften und von Baum zu Baum flatterten, schimpften, schrien, drohten.

Als wir die Basis des Cairns erreichten, zog mich Nettles nahe an sich heran. »Ignorieren Sie sie«, sagte er; ob er die Krähen meinte oder die Männer, wurde mir nicht klar. Ich blieb an seiner Seite, während wir auf dem unebenen, dicht bewachsenen Boden das Cairn umrundeten.

Weston beobachtete uns mißtrauisch mit vor der Brust verschränkten Armen und mißmutigem Ausdruck auf dem Gesicht. Sobald wir außer Sicht waren, fragte Nettles: »Was war es noch, das Sie für Simon zurückgelassen hatten?«

»Eine Bankkarte«, antwortete ich. »Ich habe seine Barclaycard hiergelassen – in einem Spalt am Eingang.«

»Wir müssen versuchen, sie an uns zu nehmen«, sagte er. »Sie darf nicht von denen gefunden werden.«

Wir umrundeten das Cairn und kamen in Sicht des Zeltes und der Ausgrabung auf der anderen Seite. Die beiden Männer hatten sich nicht von der Stelle gerührt. Sie beobachteten uns, während wir unseren Rundgang fortsetzten. Weston stand da, wo wir ihn verlassen hatten, und wartete darauf, daß wir unsere Umkreisung des Cairns beendeten. Als wir in seine Nähe kamen, sagte Nettles laut: »Sehen Sie, Lewis, das ist ganz typisch für Cairns aus dieser Epoche. Die Steine sind unbehauen; vermutlich stammen sie hier aus dem Tal – man verwendete das Material, das gerade zur Hand war …«

Mit einem Nicken zu dem finster dreinblickenden Weston hinüber setzten wir unsere Inspektion inmitten des ohrenbetäubenden Schimpfens der Krähen fort. Ihr fürchterliches Geschrei füllte meine Ohren. Ich blickte hinauf in die Äste der umstehenden Bäume und wäre beinahe rückwärts zu Boden gefallen: Jeder einzelne Zweig oder Ast an jedem Baum der Senke war von der gezackten schwarzen Silhouette einer krächzenden Krähe besetzt. Massen von Vögeln! Ein einziges Flattern und Flügelschlagen zwischen den Ästen. Bäume voller Krähen. Und sie waren wütend!

»Was ist mit diesen Krähen los?« wunderte ich mich.

»Sie sind Hüter der Schwelle«, antwortete der Professor.

»Sagten Sie nicht, der Mann mit den Hunden sei der Hüter?«

»Oh, es gibt eine Vielzahl von Hütern. Ihr Daseinszweck ist es, die Unwürdigen abzuschrecken. Ignorieren Sie sie, und Sie werden unbeschadet an ihnen vorbeikommen; fürchten Sie sie, und sie werden Sie in Fetzen reißen.« Nettles musterte die Wand des Cairns neben uns. »Also, wo ist der Eingang? Ich habe ihn noch nicht entdeckt, Sie etwa?«

»Nein, aber wir hätten schon daran vorbeikommen müssen. Merkwürdig …«

Wir setzten unsere Umrundung fort und kamen wieder an dem Lager vorbei. Die beiden Männer hatten sich zu Weston gesellt, und die drei berieten sich miteinander und beobachteten uns. Nettles machte mich zum Schein auf irgend etwas aufmerksam und winkte leichthin.

»Schauen Sie nicht zu ihnen hinüber«, sagte er leise. »Ich habe den Eingang nicht gesehen, den Sie beschrieben haben.«

»Ich auch nicht. Aber da war einer. Ich schwöre es.«

»Wir werden noch einmal suchen.«

Noch einmal um das Cairn. Die Krähen schlugen die Flügel und schrien und veranstalteten ein grauenhaftes Getöse. Dutzende von ihnen umkreisten das Cairn und schwärzten den Himmel mit ihren flatternden Flügeln. Ich warf immer wieder angstvolle Blicke zum Himmel, während wir um die Basis des Cairns herumeilten. Infolgedessen fand ich den Eingang wieder nicht. Wie eigenartig. »Er muß doch hier sein«, beharrte ich. »Simon ist hineingegangen – *ich* bin hineingegangen!«

Wir erreichten wieder die Seite, an der die drei Männer standen und auf uns warteten. »Nun, das wär's wohl. Gut«, sagte Weston und machte einen Schritt vorwärts. Als wir unser Tempo nicht verlangsamten, rief er: »Hier! Ich denke, das reicht jetzt. Hören Sie! Schluß jetzt!«

»Suchen Sie weiter«, wies mich Nettles an. »Ich werde sie beschäftigen, so lange ich kann.« Er blieb noch ein paar Schritte neben mir. Ich spürte seine Hand auf meinem Arm. »Viel Glück, Lewis.« Dann blieb er stehen. Ich blickte mich schnell über die Schulter um und sah Weston auf ihn zu laufen. Nettles hob wie zum Abschied die Hand und wandte sich dann zu Weston um. Ich ging weiter, und die Cairnwand verbarg sie vor meinem Blick.

Ich eilte über den unebenen Boden und suchte an der Cairnwand nach dem Eingang, den wir irgendwie wieder übersehen hatten. Das Geschrei der Krähen dröhnte in meinen Ohren, als Scharen der schwarzen Gestalten sich aus den kahlen Ästen aufschwangen und zum Himmel aufflogen. Die Krähen! Natürlich, dachte ich, die Krähen lenkten mich ab und versuchten zu verhindern, daß ich die Öffnung fand.

Ich eilte weiter, rutschte über das lange, nasse Gras, das an der Basis des Cairns wuchs, und suchte auf der gewellten Oberfläche des Hügels neben mir nach dem dunklen Loch, durch das Simon verschwunden war. Fürchterliche Schreie erschütterten die Luft. Wenn ich auch nur einen

Fußbreit näher an das Cairn heranging, würden die Vögel angreifen. Sie würden sich auf mich stürzen und mir die Augen aushacken. Sie würden mich mit ihren scharfen Schnäbeln in blutige Fetzen reißen.

Wieder erreichte ich die dem Lager zugewandte Seite des Cairns. Ich sah, wie Weston und seine Häscher sich um Professor Nettleton scharten. Der Andrew Genannte hatte eine Hand auf Nettles' Arm gelegt und versuchte ihn fortzuziehen. Nettles wedelte wild mit den Händen, erhob abwehrend seine Stimme und tat sein Bestes, sie abzulenken. Ich senkte den Kopf und hastete weiter.

Als ich auf ihre Höhe kam, sah mich Weston. Aber ich entfernte mich schon wieder um die Biegung des Cairns.

»Halten Sie ihn auf!« schrie Weston mit einer Stimme, die wie ein Gewehrschuß durch die Stille hallte. Andrew ließ den Arm des Professors los, und er und sein Kollege sprangen mir hinterher.

Ich rannte weiter und dachte nur noch daran, das Cairn zwischen mich und meine Verfolger zu bringen. Doch als ich über die unebene Erde hastete, stolperte ich über einen Stein. Ich fiel der Länge nach auf die feuchte Erde. Sofort waren die Krähen über mir, fielen aus dem Himmel wie schwarze Kamikazeflieger. Mit schlagenden Flügeln, hin und her flatternd, die glänzend schwarzen Schnäbel wie Scheren auf- und zuschnappend flogen sie auf mich zu. Ich warf die Arme über den Kopf, um mein Gesicht zu schützen, wand mich durch das hohe Gras und bemühte mich, wieder auf die Füße zu kommen.

Ignorieren Sie sie, hatte Nettles gesagt. Ich nahm meinen ganzen Willen zusammen, ließ die Hände sinken und stemmte mich vom Boden hoch. Die großen wütenden Vögel schrien Zeter und Mordio, als sie auf mich herabstürzten und ihre wahnsinnigen Drohgebärden vollführten, aber ich wandte meine Augen von dem Himmel voller Krähen ab und blickte statt dessen auf die Cairnwand.

Ich hörte das Rascheln und Schlagen ihrer Flügel überall um mich her, aber ich wurde nicht von einer einzigen Feder gestreift.

Sagenhaft, Nettles, dachte ich. Es funktioniert!

Der Gedanke war mir kaum durch den Kopf gegangen, als ich ein leises, kratzendes Geräusch neben mir hörte – das Schaben von Stein auf Stein. Mir blieb keine Zeit, mich zu wundern, was das sein könnte, denn ich blickte auf den Teil des Cairns genau vor mir und entdeckte den Eingang. Ich weiß nicht, wie ich ihn vorher übersehen haben konnte, aber da war er – noch kleiner, als ich ihn in Erinnerung hatte, und halb verborgen von dem drahtigen kleinen Dickicht – ein niedriger Spalt an der Basis des Gebildes.

Ohne einen weiteren Gedanken oder einen Blick zurück stürzte ich mich auf das Loch, warf den Rucksack ab und riß mit meinen Händen an dem Dickicht herum. Da! Ich sah blaues Plastik schimmern – die Barclaycard! Genau da, wo ich sie deponiert hatte. Als ich danach griff, hörte ich eilige Schritte hinter mir – und laute Flüche, als die Krähen ihre Angriffslust auf meine Verfolger verlagerten. Der dunkle Eingang des Cairns gähnte vor mir. Ich roch die trockene, modrige Luft aus dem Innern. Mit einem harten Schlucken zwängte ich mich in den Eingang und stieß mir den Kopf, als ich in die tiefe Schwärze des Cairns hineinstolperte. Kleine funkelnde Sterne tanzten vor meinen Augen. Ich kniff vor Schmerz die Augen zusammen und ließ mich rückwärts gegen die Steinwand sinken, um das pochende Gänseei zu massieren, das sich bereits aus meiner Schläfe hervorwölbte.

Als ich meine Augen öffnete, war ich nicht mehr in der Welt, die ich kannte.

12

Paradies

Eine ganze Seite der Innenwand des Cairns schien eingestürzt zu sein; ich konnte durch sie hindurch die jenseits liegende Hügellandschaft sehen. Mein erster Gedanke war, die Beine in die Hand zu nehmen und hinauszurennen, bevor diese metaphysischen Wegelagerer mich einholten.

Ich stand auf, eine Hand an der Schläfe und schlurfte auf die eingestürzte Wand zu. Beim ersten Schritt vorwärts, den ich tat, hörte ich hinter mir ein Rauschen. Das mußten meine Verfolger sein. Ich blickte mich angstvoll über die Schulter um und sah, wie die Wand hinter mir auf unerklärliche Weise zurückwich – als ob ich mich mit schnellen Schritten durch einen langen, engen Korridor von ihr entfernte. Und ich spürte einen dunklen Luftstrom, einen kräftigen, rüttelnden Aufwind. Im gleichen Augenblick verblaßte die grüne Hügellandschaft vor mir und entschwand meinem Blick.

Ich blieb stehen. Es dauerte einen Moment, bis ich sicher stand. Mein Kopf war von einem schmerzhaften Pochen erfüllt, als ob mir jemand rhythmisch mit einem Ziegelstein darauf herumklopfte. Jede Erschütterung brachte helle Nadelspitzen aus Licht und wütende rote Flecke mit sich. Ich holte tief Luft und setzte sorgfältig, vorsichtig einen Fuß vor den anderen. Meine Kleider wehten und flatterten in der aufwärts strömenden Luft. Eine Welle der Furcht erfaßte mich, als ich erkannte, daß mein erster falscher Schritt mich irgendwie auf einen winzigen, schmalen Steg über einem gewaltigen, unsichtbaren Abgrund geführt hatte.

Die Brücke unter meinen Füßen war so dünn wie eine Schwertklinge. Ich spürte regelrecht, wie der scharfe Stahl in das Leder meiner Sohlen hineinschnitt. Ich geriet gefährlich ins Wanken und kämpfte um mein Gleichgewicht auf diesem lächerlich schmalen Steg. Ein winziger Fehltritt, und ich würde in die ungeahnte Tiefe unter mir hinabstürzen, aus der das rastlose Echo mächtiger, sich bewegender und zusammenstoßender Kräfte zu mir heraufdrang – wie leere Güterwaggons auf einem mitternächtlichen Rangierbahnhof. Doch während jeder Nerv und jede Sehne in mir *Du Narr!* schrie, zwang ich mich zu einem weiteren Schritt, obwohl ich in meiner Seele wußte, daß es mein letzter sein würde.

Ich schwankte unsicher, als ich mein Gewicht vorwärts verlagerte. Plötzlich riß der aufwärts wehende Luftstrom ab. Alles wurde still. Doch einen Augenblick später merkte ich, daß ich nicht atmen konnte.

Es gab keine Luft. Ich schluckte und keuchte, aber meine Lungen konnten sich nicht füllen. Mein Mund formte einen Überraschungsschrei, doch kein Laut drang in das Vakuum hinaus. Ich schwebte zitternd auf der Schwertbrücke, schwindelig vor Furcht. Ich wankte gefährlich, aber ich fiel nicht.

Ich zwang mich, den Fuß einen Zentimeter voranzuschieben, dann noch einen. Nur die solide Klinge unter meinen Füßen schien wirklich zu sein. Ich sah nicht mehr das geringste vor mir oder um mich her. Alles war Dunkelheit – durchdringende Dunkelheit und Grabesstille. Und dann erhob sich brüllend aus dem Nichts ein furchterregender Wind, der mich mit voller Kraft frontal traf. Es fühlte sich an, als würde meine Gesichtshaut langsam abgeschält, als würden meine Kleider in Fetzen gerissen und mein Fleisch bis auf die Knochen abgerieben.

Irgendwie fand ich die Geistesgegenwart, einen weiteren Schritt zu tun, und ich bereute es sofort. Mein Fuß verfehlte den Klingensteg völlig, und einen einzigen, herzschlaglosen Moment lang fühlte ich mich wie jemand, der zum Fliegen ansetzt – die Arme weit ausgestreckt, den Kopf erhoben, die Beine gebeugt und locker …

Ich fiel.

Doch anstatt mit dem Kopf voran in die unermeßliche Leere zu stürzen, schlug ich beinahe sofort mit dem Knie auf festen Boden auf und wälzte mich vorwärts, so daß ich flach ausgestreckt auf der weichen Erde außerhalb des Cairns liegenblieb, im vollen Tageslicht.

Ich konnte immer noch nicht atmen. Ich lag auf dem Bauch wie ein gestrandeter Wal, mit klaffendem Mund, keuchend, nach Luft ringend. Atmen! Atmen! Meine Lungen hoben und senkten sich in der Brust und verkrampften sich vor Anstrengung. Mir verschwamm alles vor den Augen, und ich dachte: »Es ist vorbei – ich sterbe.«

Ich stemmte mich auf einen Ellbogen hoch und ließ mich auf den Rücken rollen. Die Anstrengung löste irgend etwas in mir, und ich spürte kühle Luft in meine Lungen strömen. Die Luft war rauh und scharf; sie brannte in meinen Lungen wie Feuer, aber ich konnte nicht aufhören, sie in großen, gierigen Zügen zu inhalieren. Keuchend und schnaufend lag ich auf der Seite, mit zitternden Gliedern, tränenden Augen und prickelnden Fingern. Mein Herz schlug wie ein Trommelwirbel, und in meinem Kopf pochte es im Rhythmus dazu.

Mein erster Gedanke – ich schwöre es, selbst nach all dem, was mir in den letzten Augenblicken widerfahren war –, der erste Gedanke, der mir in den Sinn kam, war: Es hat nicht funktioniert. Der Schlag auf meinen Kopf, dachte ich, war für all diese merkwürdigen Empfindungen verantwortlich. Ich hatte lediglich in der Dunkelheit die Orientierung verloren und war zurück durch die Öffnung gestolpert, durch die ich in das Cairn hineingelangt war. Die Bäume, der Hang, der Abendhimmel – alles war genauso wie zuvor.

Ich war gescheitert. Und jetzt würden diese G.M.A.-Ganoven mich schnappen und abschleppen. Bei diesem Gedanken hob ich den Kopf und sah mich schnell nach rechts und links um. Ich sah niemanden. Vielleicht konnte ich mich immer noch davonmachen. Ich erhob mich unsicher, schwankte und streckte die Hand aus, um mich abzustützen.

In diesem Augenblick kam der größte Schock. Das Cairn war weg. An seiner Stelle stand ein riesiger, grasbewachsener Hügel mit einer einzelnen unbehauenen Steinsäule darauf. Der niedrige, mit Steinen eingefaßte Eingang zu dem Hügel gähnte dunkel und leer hinter mir. Es erschien mir unwahrscheinlich, daß ich dort hindurchgekrochen war, aber es schien keine andere Möglichkeit zu geben.

Ich drehte mich um, um mir die Landschaft um mich herum noch einmal anzuschauen, und entdeckte weitere Widersprüche. Der Schnee war weg. Und die Bäume waren trotz aller Ähnlichkeit *nicht* dieselben wie die in der Umgebung des Cairns; sie waren größer, voller, mit anmutigeren Ästen. Alles, worauf mein Auge fiel, hatte ein subtil verändertes Aussehen. Selbst der Himmel wirkte irgendwie heller, obwohl es immer noch Abenddämmerung war – oder war es Sonnenaufgang?

Wie ein Mann, der träumt und plötzlich begreift, *daß* er träumt, verstand ich in diesem Moment, daß ich die Schwelle überquert hatte.

Oh, lieber Gott, was jetzt?

Ich setzte mich auf den Boden, zog meine Knie an und preßte sie mit den Armen gegen meine Brust. Lange Zeit schaukelte ich vor und zurück, hielt die Augen geschlossen und hoffte, glaube ich, das Cairn würde wieder da sein und ich würde wieder dort sein, wo ich hergekommen war, wenn ich die Augen wieder öffnete.

Mein Kopf tat weh. Mein Hals brannte. Ich fühlte mich elend, verlassen und entsetzlich allein. Und als ich dort saß und mich meiner Verzweiflung hingab, bemerkte ich, daß es in der Hügellandschaft sehr still geworden war. Nein, es war nicht still geworden – es war immer so gewesen. Und nicht einfach nur still; das heißt, nicht nur lautlos – sondern still, sanft und friedlich. Ich hörte eine Welt, die in einer tiefen, natürlichen Stille ruhte. Als ich dort saß, die Arme um meine Knie geschlungen, verwandelte sich meine tiefe Verzweiflung in eine Ruhe, wie ich sie in der Welt, die ich hinter mir gelassen hatte, noch niemals auch nur annähernd erlebt hatte.

Es war die heitere Gelassenheit einer Welt, die noch nichts Mechanisches kannte; keine Flugzeuge, Züge oder Autos; keine Motoren, keine Maschinen; keine Fabriken, Mühlen, Büros oder Industrie; keine Telefone, Radios, Fernseher und keine Satelliten oder Raketen oder Raumfähren; keine Maschinen irgendwelcher Art.

Ich hatte nie einen so völligen und vollkommenen Frieden erlebt. In meinem ganzen Leben war keine einzige Minute von solch makelloser Ruhe gewesen. Bis zu jenem Augenblick war jede einzelne Sekunde jedes einzelnen Tages in meinem ganzen Dasein von irgendeinem von Menschen gemachten, massenproduzierten Lärm umgeben und eingeschlossen gewesen.

Selbst im Schlaf hatte ich stets Maschinen unbeirrbar vor sich hin arbeiten hören – das Ticken einer Uhr, das Quietschen von Reifen auf den Straßen, das Kreischen einer Sirene, das ferne Pfeifen eines Zuges oder das unterschwellige Summen eines Ventilators oder einer Heizung. Vor Jahren war ich im Süden Colorados in den Rocky Mountains gewandert, und selbst auf den Berghängen jener tiefen Wildnis hatte ich das Dröhnen von Düsenflugzeugen über mir gehört.

Doch hier, an diesem Ort, in dieser anderen Welt, existierte die unaufhörliche Geräuschkulisse der hektischen Umtriebe des Menschen einfach nicht. Es gab nur Stille und sanfte Ruhe.

Das kam mir wunderbarer, unglaublicher vor als alles andere, was mir bisher widerfahren war. Ich konnte einfach nicht glauben, wie unermeßlich friedvoll es war. Eine unbeschreibliche Gelassenheit, eine unbenennbare Ruhe. Es gab keine Worte für diese Stille.

Einen Moment lang kam mir der Gedanke, ich sei taub geworden – vielleicht infolge des Schlages auf den Schädel, den ich bekommen hatte. Ich legte meinen schmerzenden Kopf schief und lauschte … Nein, zum Glück war ich nicht taub. Ich hörte eine sanfte Brise durch die Zweige streichen und von irgendwo aus der Nähe das leichte Trillern einer Vogelstimme.

Ich erhob mich etwas unsicher auf die Beine und machte mich auf den Weg den Hang hinab. Die Luft war zwar kühl, aber nicht unangenehm. Ich ging zwischen hohen Bäumen hindurch über feines, junges Gras wie auf einem endlosen, nahtlosen Teppich. Tau glitzerte auf dem Boden mit einem Schimmer wie von Smaragden. Offenbar war hier Frühling, denn die Bäume waren noch ohne Blätter. Ich blieb stehen, um einige Äste näher zu betrachten, und sah, daß sie Knospen trugen; bald würden sich Blüten und Blätter zeigen.

Als ich den Fuß des Hügels erreicht hatte, war die Sonne ein wenig höher gestiegen. Und als ihr voller Schein auf die Landschaft fiel, gaben meine Knie nach: So gleißend war das Licht. Tränen strömten aus meinen Augen, und ich dachte, ich würde erblinden. Es dauerte einige Zeit, bis ich wieder richtig sehen konnte – doch auch dann noch mußte ich von Zeit zu Zeit meine Augen mit der

Hand beschatten oder einfach stehenbleiben und die Augen schließen, um den stechenden Schmerz des zu grellen Lichtes zu lindern.

Als ich im klaren Licht des Morgens meinen Blick über das Land wandern ließ, war ich starr vor Erstaunen: Das Gras glänzte geradezu, so grün war es. Grün! – das war ein viel zu seichtes und bedeutungsleeres Wort für das, was ich sah: jene schimmernde, citrusartige Pracht, deren Reinheit mir den Atem nahm.

Der Himmel war heller und, ich schwöre es, aus einem kräftigeren, klareren, leuchtenderen Blau, als ich es je zuvor gesehen hatte – einem Ton, der mehr mit Pfauenfedern und Lapislazuli gemein hatte als mit unserem Himmelblau. Ich verbrachte einige Momente nur damit, den strahlenden Himmel anzustarren und mich an seiner überwältigenden Farbe zu weiden.

Ja, alles, was ich sah, schien heller und schöner zu sein als alles, was ich in der anderen Welt gekannt hatte. Es wirkte *jünger* – oder vielleicht feiner gearbeitet, makellos in der Form und sauber gezeichnet.

Am Fuß des Hügels fand ich einen Bach. Ich kniete nieder, tauchte eine Hand in das eiskalte Wasser und schöpfte etwas davon an meine Lippen. Das Wasser schmeckte lebendig! – sauber und gut und lebenspendend. Ich formte beide Hände zu einem Becher und schöpfte und trank gierig von jenem köstlichen Elixier, bis meine Finger taub vor Kälte wurden.

Langsam stand ich auf, wischte mir das Kinn mit dem Ärmel ab und blickte mich um. Es zeigte sich, daß ich in einem Tal stand, das von sanften Hügeln umgeben war – von denen ›mein Hügel‹ mit seiner Steinsäule nur einer unter vielen war. Mich überkam die Lust, auf Erkundungsreise zu gehen, und der Gedanke begeisterte mich. Eine ganze Welt voller Wunder, die nur darauf wartete, von mir entdeckt zu werden! Ich konnte es nicht erwarten.

Ich setzte mich sofort am Bachufer entlang in Bewegung. Ich weiß nicht warum, aber es erschien mir vernünftig. Vielleicht würde ich auf diese Weise irgendwohin kommen – in ein Dorf vielleicht. Gab es überhaupt Dörfer in der Anderwelt? Ich wußte es nicht. Ich wußte gar nichts. Weniger als gar nichts.

Die Anderwelt! Alle paar Sekunden erinnerte ich mich daran, wo ich mich befand, und das Bewußtsein durchfuhr mich wie ein Blitzschlag in die Schädeldecke, als ob sich dort eine Wetterfahne befände. Wie war das möglich? Wie konnte das sein? Ich fragte es mich immer wieder. Wer konnte das glauben? Wer *wollte* das glauben? Da ich einfach nicht alles auf einmal erfassen konnte, überließ ich mich einer Art Staunen in Zeitlupe. Immer wieder explodierte die schiere Unmöglichkeit meiner Situation in meinem Gesicht; ich stolperte und taumelte von einem Erstaunen ins andere, sprachlos vor dem transzendenten Wunder, das sich mir offenbarte.

Wahrhaftig, dies war das Paradies! Eine jungfräuliche Schöpfung, frisch und unverdorben; eine Welt ohne Makel, ganz und sauber und unbeschädigt von dem unersättlichen Appetit der Menschheit nach Zerstörung. Das Paradies! Ich wollte es von den Berggipfeln herunterschreien. Nichts in meinem früheren Leben hatte mich auf dies hier vorbereitet … diese seelenerschütternde Harmonie voller Schönheit und Frieden, diese lodernde Pracht erschaffener Herrlichkeit. Das Wunder überwältigte mich wie eine Flutwelle, ließ mich versinken, wirbelte mich herum und ließ mich nach Luft schnappend zurück. Das Paradies!

Trotz meines etwas benommenen und verwirrten Zustandes kam ich auf meinem Weg entlang dem Bachufer durch das Tal recht gut voran. Beim Gehen begann ich mir eine geistige Liste von allem zu machen, was ich sah, einen Katalog der Wunder. Bald ging ich dazu über, diese

Liste mit all dem zu vergleichen, was ich im Lauf meiner Studien aus den alten Geschichten und Legenden über die Anderwelt erfahren hatte.

Ich arbeitete systematisch daran: Tiere, Pflanzen, Mineralien; Menschen, Orte, Dinge. Punkt für Punkt erarbeitete ich mir ein Bild der Anderwelt, wie sie in der keltischen Folklore beschrieben wird. Ich sage nicht, daß es ein zutreffendes oder gar vollständiges Bild war. Im Grund war es ja nur eine Annahme, daß es die keltische Anderwelt war, in die es mich verschlagen hatte; es kam mir gar nicht in den Sinn, an etwas anderes zu denken. Doch immerhin hatte ich auf diese Weise etwas zu tun. Dieses Bemühen muß mich eine ganze Weile beschäftigt haben, denn als ich das nächste Mal stehenblieb und die Augen hob, um mich umzuschauen, sah ich, daß sich der Bach etwas verbreitert hatte und felsig und flach geworden war, während das Tal zu einem breiten Wiesengrund zwischen zwei massiven, grasbewachsenen Hügeln ausgelaufen war.

Die Sonne stand nun direkt über mir. Der Bach floß weiter durch den Wiesengrund, um in einigen hundert Metern Entfernung um einen Berghang eine Biegung nach Westen zu machen. Die Hügel zu beiden Seiten waren gedrungen und rund; es gab keinerlei Bäume oder Büsche. Mir kam der Gedanke, auf den nächsten Hügel zu steigen und mich von dort aus umzuschauen. Vielleicht konnte ich von dort oben etwas entdecken, was mir vom Tal aus verborgen blieb. Taten das Forschungsreisende nicht oft?

Ich verließ den Bach und machte mich auf den Weg den langen, flachen Berghang hinauf. Als ich mich umwandte, bemerkte ich eine dünne, dunkle Wolke am Himmel. Ich blieb stehen. Das war keine Wolke – es war Rauch. Schwarzer Rauch von einem Feuer. Wo Feuer war, da mußten Menschen sein: eine Siedlung. Höchstwahrscheinlich würde ich sie vom Gipfel des Hügels aus sehen können.

Bevor ich diese Gedanken auch nur zu Ende denken konnte, fingen meine Beine zu rennen an. Ich war jedoch noch nicht weit gerannt, als ich ein merkwürdiges, beunruhigendes Geräusch hörte – ein rhythmisches Stampfen, ein Trommeln, gleichmäßig und beharrlich. Und es schien direkt aus der Erde unter meinen Füßen zu kommen. Es klang wie Donnergrollen oder wie Holzbalken, die eine Böschung hinunterrollen.

Ich blieb wieder stehen und lauschte. Das tiefe Stampfen wurde lauter, pulsierte im Boden, trommelte, trommelte. Ich überlegte, was die Ursache eines solchen Geräusches sein konnte. Pferde? Wenn es Pferde waren, mußte es eine Stampede sein, eine galoppierende Herde – aber eine merkwürdig geordnete, orchestrierte Stampede. Eine tanzende Herde!

Der schwarze Rauch schlängelte sich in den Himmel und schwebte über dem Hügel im Wind. Es war mehr geworden. Ich stand bewegungslos, lauschte verwundert auf das merkwürdige, aus der Erde dringende, rumpelnde Geräusch und beobachtete den Rauch.

Dann sah ich etwas, wovon ich bisher nur in alten Texten gelesen hatte: Plötzlich sproß aus der Erde ein Wald von Eschensetzlingen hervor. Die Bäume wuchsen in Sekunden aus dem Hügel empor!

Doch das Bild, so treffend es erschien, war nur ein poetischer Euphemismus. Ich wußte nur zu gut, was es in Wirklichkeit war.

Bevor ich einen Plan fassen konnte, erschienen die Krieger selbst. Das Pulsieren in der Erde und der Luft war das Dröhnen ihrer Kriegstrommeln und das Stampfen ihrer Füße gewesen. Die Rauchfahne am Himmel stammte von den brennenden Fackeln in ihren Händen.

Sie gingen auf der ganzen Oberfläche des Hügels in Stellung. Es müssen hundert oder mehr gewesen sein. Einige trugen riesige, längliche Schilde und Schwerter, einige brennende Fackeln und Speere, einige ritten auf Pferden, einige gingen zu Fuß, und andere fuhren in Wagen. Die meisten waren nackt oder fast nackt. Sie strömten auf den Hügel und blieben stehen.

Sie waren meinetwegen gekommen, dachte ich. Und sie würden mich auch erwischen. Hier stand ich, ein Fremder in einem fremden Land, verloren, wehrlos. Kein Gegner für eine so große Schar. Aber woher wußten sie, daß ich hier war?

Ich stand stocksteif und suchte vergeblich nach einem Ausweg aus dieser absurden Situation, als ein ungeheures Geschrei ertönte – als hätten tausend tollwütige Stiere gleichzeitig zu brüllen begonnen. Ein durchdringender, vollblütiger Fanfarenruf; ein Klang, der einem die Eingeweide zu Wasser werden ließ. BWLERWMMM! BWLERWMMM! BWLERWMMM!

Das unheimliche Getöse stach ins Ohr und klopfte einem das Gehirn weich; es zerrte die Nerven zu schlaffen Fäden, nutzlos wie durchnäßte Schnüre. Ich preßte die Hände auf die Ohren und suchte auf dem Hügel nach der Quelle dieses phänomenalen Lärms.

Ich sah zwanzig Männer, die riesige, geschwungene Hörner an ihre Lippen hielten; aus diesen mächtigen Instrumenten stammte der betäubende Klang. Da fiel mir ein, was das für Instrumente waren: die sagenumwobenen Kriegshörner der Banshee. Die *Bean Sidhe,* die Bewohner der Anderwelt, besaßen nach der Tradition Kriegshörner von so schrecklicher Gewalt, daß allein ihr Klang ihre Feinde in Stein verwandeln konnte. Jetzt verstand ich, daß das bei weitem nicht nur eine bildhafte Übertreibung war. Ich hatte selbst das Gefühl, in katatonischem Entsetzen in den Boden einzementiert zu sein. Meine Beine waren so schwer und gefühllos wie Betonpfosten.

Dieses unirdische Gedröhne dauerte ein paar Augenblicke an und wurde bald vom klirrenden Klang von Speeren und Schwertern auf Schilden begleitet, als alle Krieger mit ihren Waffen zu trommeln begannen. Und die ganze Zeit über schlugen die Trommeln einen stetigen Wirbel. Das Getöse erfüllte die Luft, das Tal. In jener eben noch so stillen Welt klang es, als ob die Hügel selbst ihre Erdlast abzuschütteln versuchten.

Der Lärm schwoll zu einer schädelspaltenden Kakophonie an und brach dann ab.

Der Widerhall blieb lange im Tal hängen; ich hörte ihn über die kahlen Hügel davonrollen wie das Ende der Welt. Die Krieger standen in Position am Rand des Hügels in der unnatürlichen Stille, die durch ihr abruptes Verstummen entstanden war. Dann hoben sie ihre Waffen und flogen mit einem mächtigen Aufschrei den Hang hinab auf mich zu.

Es geschah so schnell, daß ich sofort voller Angst rückwärts stolperte und den Hügel hinabglitt. Ich lag flach auf dem Gras und kroch rückwärts wie ein Krebs über die blanken, glatten Steine und in den kalten Bach.

Die Krieger rasten schreiend den Hügel hinab, mit blitzenden Schwertern und Speeren, lodernden Fackeln, dröhnenden Trommeln und Kriegshörnern. Noch waren sie zu weit entfernt, als daß ich ihre Gesichter hätte erkennen können, doch ich sah die leuchtend blauen Muster, die sie sich nach der Art alter keltischer Krieger auf die Leiber gemalt hatten.

Ein absurder Gedanke schoß mir durch den Kopf: Vielleicht konnte ich mich verstecken. Ich schaute mich wild nach rechts und links um. Die Hoffnung erstarb, bevor ich einen weiteren Atemzug tun konnte. Nicht ein Stein war groß genug, um mich zu verbergen. Ich mußte fliehen.

Ich sprang auf die Füße und machte einen Satz über den Bach, um den gegenüberliegenden Hang hinaufzulaufen. Meine einzige Rettung lag darin, die Verfolger abzuschütteln.

Erstaunlicherweise rannte ich schneller, als ich es mir je zugetraut hätte. Meine Beine schienen länger, mein Schritt schneller und sicherer als je zuvor. Ich segelte über den Boden, und meine Füße berührten kaum den Boden. Den Wind im Gesicht und mit flatterndem Haar flog ich dahin!

Und dann blieb ich stehen. Direkt vor mir flog eine zweite Front von Kriegern in vollem Lauf den Hang hinab auf mich zu – der ersten aufs Haar ebenbürtig. Wie diejenigen hinter mir näherten sie sich mit überwältigender Geschwindigkeit. Ich war gefangen zwischen zwei aufeinander stürzenden Armeen wie eine Fliege zwischen zwei zusammenschlagenden Becken. Ich machte kehrt und rannte zurück zu dem Bach, wo ich mich atemlos neben dem Wasser zu Boden warf. Es gab kein Entkommen.

Die ersten Krieger hatten mich fast erreicht. Jetzt konnte ich ihre ernsten, männlichen Gesichter sehen. Falls ich je eine Vorstellung von Adel, Mut, Tapferkeit, Würde und dergleichen gehabt hatte, so fand ich sie in diesen Gesichtern verkörpert. Klares Auge, entschlossenes Kinn, männlich, stark und stolz; sie waren lebendige Verkörperungen der Kindheitsphantasien jedes vollblütigen Jungen vom heldenhaften Mannestum.

Daß sie mich töten würden, schien angesichts dessen ganz nebensächlich. Lieber Herr, aber sie waren ein herrlicher Anblick!

Rasch stießen die Kampflinien aufeinander. Ich sah das Glühen in ihren kühnen Augen, den Schweiß auf ihren muskulösen Gliedern. Ich sah ihre weiß schimmernden Zähne, ihre frei schwingenden dunklen Zöpfe. Ich hörte ihre kehligen Schlachtrufe, als sie auf mich zustürmten, und ich kauerte mich tiefer, preßte mich an die Steine und wollte unter ihnen verschwinden.

Es funktionierte. Sie sahen mich nicht. Denn als der erste Kämpfer die Stelle erreichte, an der ich hockte, meinen Kopf umklammerte und betete, er möge so eng wie möglich mit meinen Schultern verbunden bleiben, schoß er über den Bach und sprang ohne auch nur einen Blick in meine Richtung beinahe über mich hinweg.

Ebenso ignorierte der Rest der Kämpfenden meine Gegenwart. Sie stürmten über den Bach und rannten auf die Kriegerschar auf dem gegenüberliegenden Hang zu. Erst da wurde mir klar, daß ich nicht das Ziel ihres Angriffs war.

Diese Einsicht erleichterte mich nicht so sehr, wie man annehmen könnte. Der Trost wurde allzu schnell von der Furcht verzehrt, daß ich in den Wirren dennoch umkommen würde. Vielleicht würde ich nur durch ein verrücktes Mißgeschick sterben, aber sterben würde ich dennoch.

Die beiden Kampflinien trafen aufeinander. Der Klang ihres Aufeinanderprallens ließ die Luft erzittern: Speer krachte auf Schild, Schwert auf Helm, Eisen auf Knochen, Kriegshörner dröhnten, Stimmen brüllten, Trommeln schlugen – ein schreckliches, ohrenbetäubendes Getöse. Ich dachte, meine Trommelfelle würden platzen.

Die Wucht der ersten Kollision warf die Kämpfer auseinander. Einige fielen sofort, um nie wieder aufzustehen. Die meisten jedoch stürzten sich in den Kampf, und die Schlacht begann in tödlichem Ernst. Blut und Speichel spritzten überall. Pferde bäumten sich und bockten, daß die Erdbrocken in den Himmel flogen. Männer kämpften und schlugen erbittert mit bösen, blutverschmierten Klingen aufeinander ein.

Ich konnte nicht hinsehen! Ich konnte nicht wegsehen! Ich kauerte am Bachufer und beobachtete mit geweiteten Augen und vor Entsetzen winselnd, wie dieser oder jener Krieger mit gespaltenem Schädel oder zerfetztem Hals tot zu Boden fiel. Ich stolperte hin und her im Bestreben, aus dem Weg zu bleiben. Als der Kampf andauerte und die geordneten Linien sich zu einem chaotischen Gewühl auflösten, wurde das immer schwieriger. Überall um mich her kämpften Männer. Es kostete mich meine ganze Aufmerksamkeit, nicht von einem Pferd getreten oder einem verirrten Speer durchbohrt, geschweige denn von einem fallenden Körper erschlagen zu werden.

Mir kam der Gedanke, mir einen Schild zu verschaffen, um mich dahinter zu verbergen, und ich schaute mich auf dem Boden in der Nähe um. Mehrere lagen im Gras neben den Leibern ihrer Besitzer, die sie nicht mehr brauchen würden. Ich lief zu dem nächsten hin und versuchte es freizubekommen. Der Arm des toten Mannes war noch darin eingeschnallt, und seine Hand umklammerte den Riemen fest.

Ich kniete über dem Leichnam und riß hektisch an der Bindung. Damit war ich noch beschäftigt, als ich eine schwere Hand auf meiner Schulter spürte.

Ich schrie auf und wurde rückwärts umgerissen. Über mir hing ein Speer in dem klaren, blauen Himmel. Ich warf die Hände empor, um mich vor dem Stoß zu schützen, und trat mit beiden Füßen gegen meinen Angreifer aus. Schreiend wälzte ich mich auf dem Boden. Dann rief zu meiner grenzenlosen Verblüffung eine Stimme: »Lewis! Hör auf!«

Ich schaute hin und sah, daß die Gestalt, die sich über mich beugte, ein vertrautes Gesicht hatte. »S-Simon?« stammelte ich unsicher. »Simon, bist du das?«

13

Bluttaufe

Es war Simon, nackt und in Kriegsbemalung wie alle anderen und mit einem langen, üppigen Schnurrbart im Gesicht. »Ja, ich bin's, Simon!« zischte er. »Hör auf zu treten! Ich versuche dir zu helfen!«

Ich hörte auf auszuschlagen und setzte mich auf. »Simon! Ich habe dich gefunden! Was machst du hier? Wie –«

Er packte mich am Arm und riß mich auf die Füße. »Steh auf!«

»Simon, laß uns hier verschwinden. Wir müssen –«

Er beugte sich über den Körper des toten Kriegers zwischen uns, zog das Schwert aus der Hand des Leichnams und drückte es in meine. »Hier, nimm das.«

»Ich habe keine Ahnung, wie man damit umgeht.« Ich hielt es ihm hin.

»Du wirst es lernen.« Er begann an meinen Kleidern zu reißen. »Zieh das Hemd aus.«

»He! Was –«

»Du solltest dich nicht so sehen lassen«, sagte er eindringlich.

Widerwillig begann ich das Hemd aufzuknöpfen. »Simon, ich bin wirklich froh, daß ich dich gefunden habe.«

»Beeil dich!« Simon spähte in dem Getümmel umher. Die Kriegerschar, zu der er gehörte, schien die Oberhand über ihre Gegner zu gewinnen, denn das Kampfgeschehen war rasch an uns vorbeigezogen. Die heftigsten Kämpfe wurden höher auf dem Hang ausgetragen.

Ich sah darin die perfekte Gelegenheit, uns unbemerkt davonzumachen. »Hör mal, wir müssen hier abhauen. Wir können –«

»Runter damit!« knurrte er und entriß mir das Hemd. »Und sieh zu, daß du das da loswirst.« Er ergriff meinen Arm und zog mir die Armbanduhr ab, drehte sich um und warf sie in den Bach.

»Moment mal! Du kannst doch nicht –« Die Uhr glitzerte in der Luft und verschwand dann zwischen den Felsen im Wasser.

»Folge mir!« rief er, hob seinen Speer auf und stürzte sich von neuem in den Kampf.

Widerstrebend ergriff ich das Schwert und versuchte noch einmal vergeblich, dem toten Krieger den Schild zu entwinden. »Los!« rief Simon. »Versuche in meiner Nähe zu bleiben!«

Ich folgte ihm ohne den Schild und fluchte bei jedem Schritt. »Das ist doch Wahnsinn!« schrie ich. Simon hörte mich nicht in dem Schlachtenlärm. »Verdammter Wahnsinn!«

Er bedeutete mir mit seinem Speer, ihm zu folgen, wandte sich um und stürzte sich kopfüber in die Schlacht. Fast im gleichen Augenblick trat ihm ein riesiger Krieger mit einem runden, weiß bemalten Schild entgegen. Der Schild war mit Blut bespritzt und inzwischen mehr rot als weiß, und das Schwert in seiner Hand war voller Kerben und Zacken.

Der Krieger rannte auf Simon zu und holte mit dem Schwert weit aus, wobei er einen grauenerregenden Kriegsruf ausstieß.

Ohne zu zögern, sprang Simon dem Angriff seines Gegners entgegen, riß das Ende seines Speers hoch und rammte es dem Mann hart in die Leiste. Ich zuckte zusammen. Der Krieger taumelte zurück, ließ seine Klinge niedersausen und hieb das Ende von Simons Speer ab.

»Lauf!« schrie ich.

Doch Simon dachte nicht an Flucht. Er setzte dem stolpernden Feind nach und schwang seinen Speer mit aller Macht gegen den blutverschmierten Schild. Ich konnte das Krachen trotz des Tumults der Schlacht hören. Der Schild schwang zur Seite. Im Fluß derselben Bewegung drehte Simon den Speer um und stieß seine schmale, blattförmige Klinge tief in die nackte Brust des Mannes. Blut schoß in hellrotem Strom aus der Wunde hervor. Der bemalte Krieger fiel mit einem stummen Schrei in seinem klaffenden Mund tot zu Boden.

Mir wurde plötzlich schwindelig, schwarze Punkte schwammen vor meinen Augen, und ich taumelte an Simons Seite. »Er hat versucht, dich zu töten«, murmelte ich, ohne richtig zu wissen, was ich redete. »Ist er tot?«

Statt einer Antwort wand Simon das Schwert aus der toten Hand seines Gegners. Er setzte dem Mann einen Fuß auf die Brust, ergriff das Schwert mit beiden Händen, schwang es hoch empor und ließ es dann schnell und zielsicher herniedersausen. Es gab ein fleischiges Krachen, und dann rollte der Kopf des toten Kriegers zur Seite.

Ich schrie auf und machte einen Satz rückwärts. »Simon!«

Er hob den abgetrennten Kopf auf und drehte sich um, die grausige Trophäe hoch erhoben. Ich starrte ihn ungläubig an. Simon warf den Kopf zurück und lachte. »Hier«, rief er mir zu, »mach dich nützlich.«

Damit warf er den Kopf in meine Richtung. Er schlug mit einem häßlichen Geräusch auf dem Boden auf und rollte den Hang hinab auf mich zu, während immer noch Blut aus dem Halsstumpf spritzte. Vor meinen Füßen blieb er liegen. Ich betrachtete ihn voller Grauen und würgte die bittere Galle herunter, die plötzlich meinen Mund füllte.

»Heb ihn auf!« rief Simon. »Gehen wir!«

Mit Mühe riß ich meine Augen von dem leeren Blick des toten Mannes los. »Was?«

»Komm schon«, schnappte Simon ungeduldig. »Heb ihn auf! Laß uns gehen!«

Ich blickte hinab auf den Kopf, dann wieder zu Simon. »Ich kann nicht … ich –«

»Heb das verdammte Ding auf!« schrie er wild. »Sofort!«

Ich bückte mich und packte eine Handvoll Haare. Der Kopf war warm, und das Haar war schweißnaß. Ich fühlte mich der Ohnmacht nahe. Meine Kehle schnürte sich zu. Jeden Augenblick glaubte ich mich übergeben zu müssen; mein Magen krampfte sich zusammen, und meine Knie wurden butterweich. Würgend stand ich da, die grausige Beute in meiner Hand, schwindelig und taumelnd vor Furcht und Abscheu.

Simon rannte davon, um sich wieder in den Kampf zu stürzen, doch die Schlacht war vorüber. Die Besiegten zogen sich über den Hügel zurück, und die Sieger – die Kriegerschar, der ich zuerst begegnet war – warfen den schnell fliehenden Feinden Speere und laute Beleidigungen hinterher. Die Toten beider Kriegsscharen lagen auf dem Hang verstreut wie sonnengebleichte Felsen. Zusammengesunken und verdreht, die Gliedmaßen verstümmelt, lagen sie in dem grünsten Gras, das ich je gesehen hatte, unter jenem unglaublich blauen Himmel.

Noch als ich benommen die blutige Hinterlassenschaft der Schlacht um mich her betrachtete, hörte ich einen krächzenden Schrei und blickte zum Himmel auf, wo sich die Aasvögel zu ihrem grausigen Mahl versammelten. Ein großer Rabe ging vor mir nieder und landete auf dem enthaupteten Leichnam des Mannes, den Simon getötet hatte. Mit einem lauten Krächzen stieß der riesige Vogel seinen schwarzen Schnabel in die blutende Brustwunde, biß tief hinein und riß einen Fetzen Fleisch heraus. Der Rabe schüttelte seinen seidigen schwarzen Kopf und verschlang den Bissen.

Ich mußte wegsehen. Ich stolperte hinter Simon her und hielt meine Augen von dem großen Schlachten im Gras abgewandt.

Simon hatte sich zu den anderen Kriegern gesellt, die die Hügel von ihren wilden Siegesschreien widerhallen ließen. Einige sprangen in die Luft und gestikulierten mit ihren Speeren, zur sichtlichen Erheiterung ihrer Gefährten, die vor Lachen bellten. Simon lachte mit ihnen.

Die Heiterkeit brach abrupt ab, als zwei junge Männer auf Pferden erschienen: Der eine sah aus wie ein Krieger, der andere wie eine Art Ratgeber. Doch dieser Krieger war in grelle, golden und grün karierte Hosen und ein weites rotes Hemd aus einem satinähnlichen Stoff gekleidet. Er trug einen großen Halsring oder Torc aus Silber und einen breiten Gürtel aus silbernen Scheiben. Der Griff eines goldenen Dolches ragte aus seinem Gürtel hervor, und er trug einen Speer mit silberner Klinge. Auch sein Gesicht zierte ein riesiger, buschiger Schnurrbart. Sein Haar – eine lange, volle Mähne brauner Locken – glänzte in der Sonne.

Der andere junge Mann war einfacher gekleidet: ein braunes Hemd und Hosen aus schlichtem Stoff, ein gewöhnlicher Ledergürtel. Er trug keinen Schmuck und keine Waffen. Seine einzige Zierde war ein feiner, hellroter Umhang, der auf einer Schulter mit einer riesigen Silberbrosche zusammengeheftet war. Sein dunkles Haar trug er straff zurückgebürstet.

Beide Männer waren groß, und die Leichtigkeit und Anmut der Jugend wirkten wie selbstverständlich. Und beide strahlten eine Macht und Autorität aus, wie ich sie mir nur bei den Kaisern des römischen Reiches vorgestellt hatte: gleichzeitig massiv und wohlwollend, inspirierend und einschüchternd. Sie hätten sich an jedem europäischen Königshof zu Hause gefühlt. Selbst ihre Pferde wirkten graziöser, stärker und schöner als jedes noch so kostbare Vollblut der manifesten Welt.

Beim Erscheinen dieser beiden verebbten die Hochrufe und Späße und machten einem allgemeinen Beifallslärm Platz – der Begrüßung des Häuptlings, schätzte ich. Ich schlich mich neben Simon. »Das ist der König, stimmt's?« flüsterte ich.

»Nein. Es ist der Prinz«, murmelte er. »Sei still.«

»Wie heißt er?«

»Prinz Meldron«, sagte Simon gereizt. »Meldron ap Meldryn Mawr. Sein Begleiter ist Ruadh – der Barde des Prinzen.«

»Oh.«

Der Prinz hielt inmitten seiner versammelten Krieger und stieg unter allgemeinem Jubel von seinem Pferd. Man hätte meinen können, er hätte die Schlacht eigenhändig gewonnen, obwohl er, soweit ich wußte, nicht einen Finger gerührt hatte. Meldron strahlte, während seine Männer den Sieg bejubelten; sie begannen zu rufen und sich zu umarmen und aufeinander zu springen und sich gegenseitig auf den Rücken zu trommeln. Es erinnerte mich an eine Feier im Umkleideraum nach einem Fußball-Meisterschaftsspiel. Es fehlte nur der Champagner, um sich damit gegenseitig zu bespritzen.

Der Jubel dauerte ein paar Augenblicke an, worauf er, ohne daß ich ein Zeichen oder Wort bemerkte, verstummte. Der Prinz sprach ein paar Worte, worauf die Männer über den Hang zu den Leibern der Gefallenen ausschwärmten. Sie trugen ihre toten Kameraden mit allem Pomp hinunter zum Bach und legten sie neben das Wasser. Schnell, aber mit großer Sorgfalt, wurde über den Leichnamen ein Hügel aus Steinen aufgerichtet.

Die Toten des Feindes wurden liegen gelassen, wo sie gefallen waren. Doch jeder Leichnam wurde enthauptet, und man schichtete die Köpfe säuberlich zu einer Pyramide auf wie reife Kohlköpfe. Dann wurden ihre Waffen gesammelt, ebenso wie jeglicher Schmuck, den sie trugen – Armringe, Torcs, Armbänder und dergleichen. Diese legte man auf einen eigenen Haufen neben den abgetrennten Köpfen.

Simon schloß sich den anderen bei diesen Aufgaben an, und ich blieb für eine Weile allein. Erst da wurde meine Gegenwart auf dem Schlachtfeld zum ersten Mal bemerkt und registriert. Denn als die Krieger den Hang nach Beute absuchten, sah einer von ihnen mich an der Seite stehen, immer noch mit dem Kopf des Mannes in der Hand, den Simon getötet hatte. Der kräftige Bursche kam auf mich zu und musterte mich eingehend.

Da ich nicht wußte, was ich sonst tun sollte, hielt ich ihm den Kopf entgegen. Der Krieger benahm sich, als hätte ich gegen die höfliche Etikette verstoßen. Seine Lippen zogen sich in einer Grimasse von den Zähnen zurück. Er rief über die Schulter dem Barden etwas zu, der sich daraufhin umdrehte und mich ebenfalls einer genauen Musterung unterzog.

Der Barde sprach mich mit einer Stimme an, die gleichzeitig geschmeidig und kehlig klang. Aus der Sprache wurde ich nicht schlau, doch ich erkannte, daß ich ihr schon zuvor begegnet war – zumindest in einer stark veränderten Form. Sie hatte in der Struktur und im Klang viel Ähnlichkeit mit dem modernen Walisisch.

Ich stand da und grinste wie ein Idiot, immer noch den Kopf in der Hand. Der Barde wandte sich abrupt ab und rief den Prinzen, der sofort den Hang herab gelaufen kam. Mit ihm kamen mehrere weitere Krieger, und kurz darauf fand ich mich der strengen Musterung des Prinzen ausgesetzt und eingekreist von den nackten, blau bemalten Körpern der mächtigen Kämpfer – von denen keiner besonders erfreut zu sein schien, mich zu sehen.

Wie zuvor sein Barde sprach mich Prinz Meldron in seiner frühgälischen Sprache an. Ich antwortete in meiner eigenen Sprache, was eine kleine Sensation auslöste – alles murmelte erregt durcheinander und zeigte auf meine Schuhe und Hosen. Einige streckten die Hände aus, um meine nackte Haut mit den Fingerspitzen zu berühren. Sie starrten mich und den Kopf in meiner Hand an, als wollten sie keine dieser Kuriositäten glauben.

Schließlich erschien Simon in dem Gedränge zu meiner Rettung. Er trat neben mich und legte mir seine Hand auf die Schulter; dann zeigte er auf mich und auf den tropfenden Kopf in meiner Hand – während er unaufhörlich in ihrer eigenartigen Sprache redete. Ich war verblüfft, wie flüssig er sie beherrschte. Dies war derselbe Simon, dessen linguistische Begabung mit der Weinliste auf einer französischen Speisekarte begann und endete. Noch erstaunlicher war der achtungsvolle Ton, in dem der Barde mit ihm sprach. Simon antwortete schnell und ohne zu zögern, wobei er ständig seine Hand auf meiner Schulter ließ.

Diese Verhandlung dauerte eine kurze Weile, und dann nickte der Barde langsam, wandte sich an den Prinzen und teilte ihm, wie ich vermutete, seine gelehrte Meinung mit. Der Prinz hörte einen Augenblick lang zu und hob dann die Hand. Der Barde verstummte. Meldron zupfte an seinem Schnurrbart und musterte mich scharf, als wolle er sich über mich klarwerden.

»Was ist los?« flüsterte ich verzweifelt.

»Schh!« warnte mich Simon und kniff mich in den Hals, um mich zum Schweigen zu bringen.

Meldron schien zu einem Schluß gekommen zu sein, denn er winkte Simon zur Seite und stellte sich vor mich. Er überragte mich um eine Kopflänge. Ich hatte keine Ahnung, was ich zu erwarten hatte: einen scharfen Dolchstoß in die Rippen? Einen Willkommenskuß? Einen Schlag ins Gesicht? Einen Finger ins Auge?

Er tat nichts von alledem. Statt dessen griff er nach meiner Hand, in der ich den Kopf des Feindes hielt, erfaßte mein Handgelenk, zog es nach oben und hielt es hoch. Der Kopf baumelte grotesk, und aus dem Halsstumpf tropfte Blut. Der Prinz sagte ein paar Worte zu den Umstehenden, zu denen sich mittlerweile die gesamte Kriegsschar gesellt hatte, und dann hielt er seine freie Hand mit der Handfläche nach oben unter den obszön tropfenden Kopf.

Blut sammelte sich in seiner Handfläche. Und als er genug gesammelt hatte, nahm er es und goß es über mich. Ekel und Abscheu bäumten sich in mir auf; ich wollte mich übergeben. Ich wollte sterben. Doch er hielt mein Handgelenk fest umklammert, so daß ich in stummer Agonie dastand, während er das Blut über meinen Kopf träufelte. Dann ließ er seine Hand sinken und schmierte den Rest auf meine Wangen.

Meine Haut kräuselte sich unter seiner Berührung.

Kaum war der Prinz fertig, als sein Barde Ruadh mich auf die gleiche Weise kennzeichnete – er sammelte Blut und schmierte es mir auf beide Seiten des Halses und in einem hellroten, warmen Streifen über mein Herz.

Damit war meine abscheuliche Taufe noch lange nicht vollendet. Denn dieselbe abstoßende Ehrerbietung erfuhr ich durch die Hände der gesamten Versammlung, indem ein Krieger nach dem anderen Blut nahm und mich damit markierte. Einige bemalten meine blasse Haut mit Mustern, die ihren eigenen ähnelten, andere hinterließen nur einen Abdruck ihrer Hand. Als sie damit fertig waren, war fast mein ganzer Oberkörper mit gerinnendem Blut bedeckt. Worte können nicht den Ekel und das Grauen beschreiben, das ich dabei erlitt.

Als der letzte der Krieger mich beschmiert hatte, ließ Meldron mein Handgelenk los, wandte sich zu dem Haufen von Waffen und Schmuck und wählte ein Stück aus – er verwarf zwei goldene und mehrere silberne Gegenstände, bevor er sich für einen großen bronzenen Armreif entschied, den er mir über die Hand und am Arm herauf über meinen Bizeps schob. Als das geschehen war, brach die Gemeinschaft in Beifallsrufe aus, und ich wurde ordentlich durchgeschüttelt, als die Krieger mich mit herzhaften Schlägen auf den Rücken bedachten. Alles in allem war es ein durch und durch unangenehmes Erlebnis. Wenn es mir möglich gewesen wäre, in einer Erdspalte zu versinken, so hätte ich es sicherlich getan.

Prinz Meldron begann die Beute unter seinen Männern zu verteilen. Jeder der Krieger erhielt etwas – ein Schmuckstück, eine Waffe, irgendeinen Gegenstand aus Gold oder Silber. Alles jubelte und lachte und freute sich darüber und benahm sich allgemein wie wilde Kinder am Weihnachtsabend.

Binnen kurzem war die gesamte Beute verteilt. Dann stieg der Prinz wieder auf sein Pferd, rief seiner Kriegsschar zu, ihm zu folgen, und alle setzten sich im Laufschritt in Bewegung. Simon trat grinsend an meine Seite. »Gut gemacht, Bruder«, sagte er und schlug mir auf den Rücken. »Du bist drin.«

»Gut gemacht, zur Hölle! Es war schrecklich. Ich dachte, ich müßte kotzen.« Schockiert registrierte ich, daß ich immer noch den Kopf des Kriegers in der Hand hielt. Ich ließ das grausige Andenken zu Boden fallen und wischte mir meine klebrige Hand an den Hosen ab. Ich zitterte vor Abscheu. »Ich stinke. Ich muß mich waschen.«

»Heb ihn auf«, befahl Simon.

»Ich schleppe doch nicht dieses eklige Ding mit mir herum.«

Simons Zorn flammte auf. »Idiot! Dieses eklige Ding hat dir gerade eben das Leben gerettet. Man erwartet, daß du es mitnimmst.«

»Was?« fragte ich schrill. »Du mußt den Verstand verloren haben!«

Er deutete auf den Kopf, der mit dem Gesicht nach oben im Gras lag. »Das ist der Meisterkämpfer des feindlichen Stammes, den du getötet hast –«

»Den *ich* getötet habe! Moment mal, Freundchen, ich habe noch nie jemanden getötet! Ich –«

»Und falls du es noch nicht erraten hast, du bist soeben als Krieger in Meldryn Mawrs Kriegsschar aufgenommen worden«, sagte er. »Also heb jetzt diesen Kopf auf und laß uns gehen, bevor wir den Anschluß verlieren.«

Er machte auf dem Absatz kehrt und trabte hinter den anderen her, in der Hand einen langen Speer, den ihm der Prinz gegeben hatte. Mit äußerstem Widerwillen ergriff ich den verhaßten Kopf und rannte los, um Simon einzuholen. »Wohin gehen wir?«

»Zurück zum Caer«, erklärte er. »Es ist nicht weit.«

»Zum Caer? Was für einem Caer? Wozu?«

»Ich erkläre dir alles später«, versprach er. »Glaub mir, wir sollten uns lieber nicht beim Hinterhertrödeln erwischen lassen.«

Er rannte weiter, und ich folgte ihm, so gut ich konnte, umklammerte meine lebensrettende Trophäe und verfluchte den Tag meiner Geburt.

14

Caer Modornn

Das Caer erwies sich als eine schlichte, aus Holz erbaute Festung auf einem abgeflachten Hügel. Der Hügel überragte einen träge dahinfließenden Fluß, der sich in einem breiten, langsamen Band glitzernden Wassers durch ein weitläufiges Tal wand. Wie Simon gesagt hatte, befand sich die Festung des Königs nicht weit vom Schlachtfeld entfernt. Dennoch war ich außer Atem und erschöpft, als wir den Fluß erreichten.

Die Kriegsschar hatte sich am Flußufer versammelt, um dem Prinzen zuzuschauen, der in den Fluß hineinritt und auf halbem Wege haltmachte. Er zog einen goldenen Armreif aus seinem Anteil an der Beute hervor, hielt ihn der Sonne entgegen, sagte etwas, das ich nicht verstehen konnte, und schleuderte dann das Schmuckstück so weit flußaufwärts, wie er konnte. Ich sah es in der Luft aufblitzen und, ohne eine Welle zu verursachen, im Wasser versinken.

Die Krieger brachen in Hochrufe aus, und alle stürzten sich gleichzeitig ins Wasser. Ich watete durch die seichte Furt, erklomm das gegenüberliegende Ufer und schleppte mich als letzter in der Truppe den steilen Bergpfad zum Caer hinauf.

Ich hatte etwas Grandioses, Imposantes erwartet, doch ich wurde enttäuscht. Als wir das schmale, hölzerne Tor durchschritten hatten, erwies sich das Caer als nicht mehr als ein eingezäuntes Lager. Innerhalb der Palisaden waren ungefähr ein Dutzend Zelte aus Tierhäuten über den Hügel verstreut. Zahlreiche Feuerstellen markierten die verschiedenen Stellen, an denen sich die Krieger versammelten, um zu essen und zu schlafen.

Es war roh und primitiv und hatte nichts von der Herrlichkeit, von der ich glaubte, daß sie in der Anderwelt existierte. Soweit ich sehen konnte, war dieser Meldryn Mawr, wer immer das sein mochte, der Monarch einer bescheidenen hölzernen Viehherde.

Als wir eintrafen, umringten uns diejenigen, die zurückgeblieben waren, um das Fort zu halten, um von ihren Kameraden die saftigen Einzelheiten der Heldentaten des Tages zu hören. Angesichts der übertriebenen Begeisterung aller Beteiligten – sowohl der Zuhörer als auch der Prahler – war offensichtlich, daß die Exkursion schon jetzt einen stattlichen Glanz der Herrlichkeit angenommen hatte.

Und dank Simons tollkühner Lüge wurde ich zum Gegenstand eines beträchtlichen Anteils dieser Begeisterung. Einen Meisterkämpfer zu töten, war offenbar keine Kleinigkeit. Nach all dem Schreien, Lachen und Herumspringen, das alle vollführten, hätte man meinen können, ich wäre David und hätte gerade mit meiner Steinschleuder Goliath abgeschossen und die Philister aufgerieben.

Ich wurde geknufft und gestoßen und bekam von einem Ende des Lagers zum anderen auf die Schultern geklopft. Meine Kleidung war Gegenstand neugieriger Betrachtungen, und der grauenhafte Kopf in meiner Hand wurde zu einer großen Attraktion. Als endlich ein riesiger, kräftiger Krieger, den ich für den Meisterkämpfer des Königs hielt, sich mit seinem Speer in der Hand näherte und mir durch Pantomimen anbot, den Kopf für mich aufzuspießen, war ich nur zu froh, meine zweifelhafte Beute aufzugeben.

Unter Prinz Meldrons Augen steckte der Krieger

geschickt den abgetrennten Kopf auf den Speer und rammte den Schaft zu meinen Füßen in den Boden. Dann umklammerte er meine Arme mit seinen Fäusten und küßte mich auf beide blutigen Wangen. Damit war meine Aufnahme in die Kriegerschar besiegelt. Alles jubelte und schrie, als ob unter ihnen eine große Befreiungstat vollbracht worden sei. Und ich wurde wieder einmal zum Ziel etlicher Schläge auf den Rücken und auf die Schultern.

»Du bist drin, mein Freund«, sagte Simon, als der Aufruhr sich ein wenig legte. Alle gingen ihren Beschäftigungen nach, und wir waren für einen Moment allein. »Jetzt können wir uns entspannen.«

»Gut.« Ich betrachtete mit Abscheu meinen blutverschmierten Oberkörper. »Kann ich mich waschen? Ist das erlaubt?«

»Lieber nicht. Morgen vielleicht«, sagte er. »Es ist das Zeichen deiner Initiation. Trage es mit Stolz. Die meisten dieser Männer sind seit ihrer Kindheit für den Kampf ausgebildet worden; du kommst also glimpflich davon. Du solltest dankbar sein.«

Ich betrachtete Simons blau bemalten Körper. »Aber schau dich an, Simon. Ich hätte dich nie wiedererkannt.«

»Das ist nur Kriegsfarbe«, erklärte er und streckte dann seine Arme aus. »Aber diese hier sind echt.« Ich sah, daß er an jeder Arminnenseite eine leuchtend blaue Tätowierung in einem charakteristisch keltischen Muster aus verschlungenen, verflochtenen Linien trug. »Dies hier ist ein Lachs«, sagte er stolz und deutete auf seinen linken Arm. »Und dies hier ist ein Hirsch.« Er hob seinen rechten Arm, damit ich ihn betrachten konnte. »Ich habe sie für die feindlichen Krieger bekommen, die ich getötet habe – je fünf.«

»Du hast zehn Männer getötet?« sagte ich erschrocken.

»Für den heute hätte ich vielleicht einen Torc bekommen«, sagte er ein wenig mißmutig. »Ein Meisterkämpfer – das war mein bester bisher.«

»Simon, was ist aus dir geworden?« Ich stand immer noch ganz unter dem erschütternden Eindruck der Schlacht; die Szene stand mir deutlich vor Augen.

»Aus mir geworden?« Er gab ein Knurren von sich und stieß seinen Daumen in Richtung des Speers, der nahebei im Boden steckte. »Wenn ich nicht getan hätte, was ich getan habe, dann würde jetzt *dein* Kopf auf dem Mast da oben stecken. Vergiß das nicht. Ich habe dir das Leben gerettet.«

»Und dafür bin ich dir dankbar, glaub mir«, versicherte ich ihm. »Es ist nur, daß –«

»Einfach so auf ein Schlachtfeld marschiert zu kommen –«, fuhr er wütend fort. »Wenn die Cruin dich nicht getötet hätten, hätten es die Llwyddi getan.« Simon bückte sich nach einem Stoffbündel zu seinen Füßen, öffnete es und schüttelte ein langes Hemd aus feinem gelben Stoff heraus.

»Wer?«

»Clan Cruin«, sagte er, während er seine Arme in die Ärmel des Hemdes steckte. »Das ist der feindliche Clan, gegen den wir heute gekämpft haben. Wir sind die Llwyddi.« Er entrollte ein Paar schwarz-gelb karierte Hosen und zog sie an.

»Worum ging es bei dem Kampf?«

»König Meldryn und einer der Cruin-Könige hatten eine Auseinandersetzung wegen einiger Jagdhunde.« Er setzte sich im Schneidersitz auf den Boden und begann, ein Paar weiche Lederstiefel anzuziehen.

»Hunde? Hast du Hunde gesagt?« Ich ließ mich neben ihn auf den Boden fallen.

»Der Cruin-König hat gesagt, daß Meldryns Jagdhunde stinken.«

»Was! Willst du damit sagen, daß dieses ganze – dieses ganze Gemetzel wegen einer Beleidigung gegen ein paar Hunde stattgefunden hat?«

»Sei kein Esel. Natürlich steckt mehr dahinter. Hier steht die Ehre auf dem Spiel.«

»Oh, gut. Ich bin froh, das zu hören. Dutzende von Männern haben heute ihr Leben verloren, weil jemand gesagt hat, König Meldryn habe stinkende Hunde! Ich glaube es einfach nicht!«

»Schrei nicht so! Du verstehst das nicht.« Er schnürte einen seiner Stiefel zu.

»Tut mir leid, Simon, aber ich wäre um ein Haar da draußen umgebracht worden, und ich –«

»Wärest du nicht«, sagte er schroff und bleckte die Zähne. Er starrte mich an, dann entspannte er sich. »Du hättest dein Gesicht sehen sollen«, sagte er mit einem Auflachen. »Ich habe noch nie jemanden so verängstigt gesehen! Es war köstlich.«

»Ja, vielen Dank.«

»Eigentlich«, fuhr er in einem Ton fort, der wieder mehr dem Simon ähnlich war, den ich kannte, »hattest du Glück, uns überhaupt zu finden. Wir gehen morgen nach Hause.« Er verschnürte den zweiten Stiefel.

»Was? Heißt das, das hier ist nicht die Festung des Königs?«

»Das hier?« Simon verwarf das mit einer ungeduldigen Handbewegung. »Das ist nur ein Übernachtungslager. Meldryn Mawr hat Hunderte davon im ganzen Reich verstreut. Dies hier ist nur eine kleine Schar, die sich aus einigen jüngeren Kriegern zusammensetzt. Wir befinden uns nur hier draußen, um die Verletzung der Ehre des Königs zu retten; danach kehren wir nach Sycharth zurück.«

»Wir?« Ich hörte den unverkennbaren Klang des Stolzes in Simons Stimme. Wieder fragte ich ihn: »Simon, was ist mit dir geschehen? Was ist hier los?«

»Nichts ist mit mir geschehen. Wie du siehst, bin ich gesund und glücklich. Ich habe mich noch nie in meinem

Leben wohler gefühlt.« Er gab die Frage an mich zurück. »Was machst du hier?«

»Ich weiß nicht. Ich bin gekommen, um dich zu suchen«, sagte ich und beschloß, mir eine längere Erklärung all dessen, was ich seit seinem Verschwinden erlebt hatte, zu ersparen. »Es gibt ein Problem, Simon. Wir gehören nicht hierher. Wir müssen einen Weg zurück finden – du weißt schon, zurück in die wirkliche Welt.«

Simon runzelte die Stirn. Ich spürte, daß ihm der Gedanke nicht gefiel. »Das wird nicht leicht sein, Kumpel.«

»Vielleicht nicht«, gab ich zu, »aber wir müssen es versuchen. Und je eher, desto besser.« Ich begann, ihm die Sache mit dem Nexus und dem Plexus und Professor Nettletons Theorien über die gegenseitig abhängige Wirklichkeit und all das auseinanderzusetzen. Ich schloß mit einer stark gekürzten Version von Nettletons Theorie, daß der Plexus sich in Auflösung befinde, und berichtete von der Gefahr, in der wir alle uns deshalb befanden.

Simon hörte zu und starrte die ganze Zeit über mit fernem, kaltem Blick auf den Boden. Er sagte nichts, sondern nickte nur und zog ein paar Grashalme aus der Erde, die er zwischen den Handflächen drehte. Nichts ließ erkennen, ob meine Ausführungen irgendeinen Eindruck auf ihn gemacht hatten.

»Hast du mir zugehört, Simon?« fragte ich, als ich fertig war.

»Jedes Wort.« Er blickte auf und schleuderte die Grashalme ungeduldig von sich.

»Was stimmt nicht?«

»Nichts«, antwortete er. »Ich sagte schon, es geht mir gut. Ging mir nie besser.«

»Warum dann das lange Gesicht? Ich dachte, du würdest dich freuen, mich zu sehen. Wirklich, es ist ein Wunder, daß ich dich überhaupt gefunden habe. Ich kann immer noch nicht glauben, daß ich hier bin.«

»Vermissen sie mich?« fragte er träge.

»Und ob sie das tun! Deine Eltern machen sich Sorgen. Sie lassen inzwischen wahrscheinlich sogar die Polizei nach dir suchen. Bald wirst du offiziell als vermißte Person gelten. Ich sage dir, je eher wir zurückkehren, desto besser ist es für alle.«

Simon schaute weg. Ich dachte, er würde mir etwas antworten. Statt dessen begann er mir zu erzählen, wie es ihm ergangen war, seit er die Schwelle überquert hatte.

»Zuerst war es hart«, sagte er, und wieder bemerkte ich diesen merkwürdigen, fernen Blick. »Aber es war Spätsommer, als ich herkam, so daß ich Früchte und Beeren zu essen fand. Als die Llwyddi mich fanden, war ich schon seit – ich weiß nicht wie lange, mindestens seit Wochen – durch die Hügel gewandert.

Eine Jagdpartie stieß auf mich, als ich am Fluß lagerte. An meiner Kleidung und all dem erkannten sie, daß ich ein Fremder war, also brachten sie mich zum König. Der Oberste Barde warf einen Blick auf mich und erklärte, ich sei ein Besucher aus der Anderwelt. Du kannst dir vorstellen, was für eine Aufregung das verursachte …«

Ich nickte, aber ich konnte mir im Grunde nichts von alledem vorstellen. Ich konnte ja selbst kaum glauben, was *mir* in den wenigen Stunden meines Aufenthalts in dieser fremden Welt passiert war. Simon fuhr fort. »Man wies mir einen Platz im Stamm zu – als eine Art Ehrenmitglied. Aber ich hatte keinen Status, keinen Namen.«

»Keinen Namen? Warum hast du ihnen deinen Namen nicht genannt?«

Er schüttelte leicht den Kopf. »Hier läuft das nicht so. Hier muß man sich seinen Namen verdienen. Ich bin auf dem besten Wege, mir einen großen Namen zu machen.«

Ich erinnerte mich an den alten keltischen Brauch, einer Person keinen Namen zu geben, bis sie irgendeine große Leistung oder eine besondere Tat vollbracht hatte, durch die ein Name offenbart und verliehen werden konnte. Zudem war der Name eines Menschen keine wohlfeile Währung, mit der man leichtfertig um sich warf. Viele legendäre Helden hielten ihren wahren Namen geheim und offenbarten ihn niemals, damit kein Feind ihn erfahren und zu ihrem Schaden nutzen konnte.

»Wie nennen sie dich denn hier?« fragte ich fasziniert.

»Sie nennen mich Sylfenu. Das bedeutet nichts als ›gefunden‹, weil sie mich am Fluß gefunden haben. Durch den Sieg über den Meisterkämpfer der Cruin hätte ich es heute schaffen können.« Er zuckte die Achseln und fügte hinzu: »Aber das macht nichts. Ich werde schon bald eine neue Chance bekommen.«

»Sie haben dich zu einem Krieger gemacht?«

»Das war meine Entscheidung«, sagte er. »Ich dachte mir, Krieger zu werden sei der beste Weg, um an die Spitze zu kommen. Ein Krieger hat einen höheren Status und die Freiheit, zu kommen und zu gehen,wie es ihm gefällt. Von Kriegern wird nichts erwartet, als daß sie jagen und kämpfen, und sie bekommen das ganze Gold und die Ehre.«

»Klingt großartig«, sagte ich. »Aber sie werden auch relativ schnell getötet.«

»Manchmal, wenn sie Pech haben«, gab er zu. »Aber ich habe noch nie Pech gehabt.« Er grinste boshaft. »*Du* bist jetzt auch ein Krieger, vergiß das nicht.«

»Danke, daß du mich daran erinnerst.« Ich schob den Gedanken beiseite. Ich hatte nicht vor, lange genug hierzubleiben, um noch eine weitere Schlacht zu sehen, geschweige denn an ihr teilzunehmen. Ich wechselte das Thema. »Warum hast du meine Uhr weggeworfen?«

Simon lachte nur. »Es hätte Probleme gegeben, wenn man dich damit gesehen hätte. Zeit hat hier keine Bedeutung.«

»Was heißt *hier*, Simon? Wo sind wir? Was ist das für ein Ort?«

»Dies hier ist Caer Modornn«, sagte er und erhob sich auf die Füße. Er nahm einen weiten, gewebten Stoffgürtel mit grünen und schwarzen Streifen und schlang ihn sich um die Hüfte, so daß sein Hemd sich vorne schloß. »Komm mit, ich zeige dir alles.«

Wir gingen über das Gelände, und mir wurde klar, welches fehlende Element ich vorher vermißt hatte: Es gab keine Frauen im Caer. Ich machte eine Bemerkung darüber zu Simon. »Natürlich nicht«, erwiderte er. »Wir sind nur ein kleiner Stoßtrupp. Bei Einsätzen dieser Art kommen keine Frauen mit.«

»Ach. Kommen sie denn bei anderen Gelegenheiten mit?«

Er zog die Augenbrauen hoch. »Du wirst schon sehen.«

Wir erreichten den Eingang des Caers und gingen den schmalen Pfad am Rande des steil abfallenden Grabens entlang, der sich um die Palisaden herumzog. Wir folgten dem Weg ein kurzes Stück und blieben dann stehen. Unter uns erstreckte sich das breite, schimmernde Band des Flusses, den wir zuvor überquert hatten.

»Dieser Fluß ist der Modornn«, sagte Simon. »Er bildet die östliche Grenze des Llwyddi-Territoriums. Auf der anderen Seite – wo wir heute gekämpft haben – ist das Land der Cruin.«

Er wandte sich ab und ging ein Stück weiter. Als wir stehenblieben, schaute ich in die Richtung, in die Simon deutete, und sah in der dunstigen, von Hügeln umrahmten Ferne den silbrigen Schimmer einer weiten Wasserfläche. »Jenseits dieser Hügel ist der Myr Llydan, ein großer Golf.«

Wir wanderten ein Stück weiter um die Umrandung des Caers herum. Ich bemerkte, daß sich die Landschaft veränderte und zu zerklüfteten Berghängen und Hochebenen anstieg. Jenseits davon türmten sich steile Berge auf – eine endlose Reihe von Gebirgszügen, die sich in zerklüfteten Rängen in die Ferne fortsetzten, bis sie sich in Wolken und blauem Nebel verloren. »Das ist Cethness«, erklärte Simon schlicht. »Im Herzen von Cethness unterhalten die Llwyddi eine Steinfestung, die überall ihresgleichen sucht. Sie heißt Findargad, und dort ist seit jeher der Sitz des Clans.«

Ich spähte zu den massiven Bergketten hinüber, die sich blau und dunstverhangen am Horizont entlangzogen, und dann gingen wir weiter.

Als wir wieder stehenblieben, sah ich erneut die sanften Hügel und das breite Flußbett, und dahinter die dunklen Linien der Wälder. »Im Süden«, sagte Simon und deutete den geschwungenen Flußlauf entlang, »liegt Sycharth, Meldryn Mawrs Palast und Festung. Von Findargad im Norden und Sycharth im Süden aus herrscht er über den größten Teil des Westens.«

»Des Westens von was?« fragte ich.

»Von Prydain«, antwortete er. »Eines der drei Reiche. Die anderen sind Caledon im Norden und Llogres im Süden.«

Ich kannte diese Namen aus uralten Legenden. »Wie heißt das Ganze – alle drei Reiche zusammen –, wie heißt es?«

Simon ließ seinen Blick über das weite Land vor uns schweifen. »Dies«, sagte er und deutete mit der Hand auf das grandiose Panorama, »dies ist Albion.«

»Albion«, wiederholte ich. Es kam mir äußerst merkwürdig vor, daß die Namen der Anderwelt auch in der manifesten Welt bekannt waren. »Aber das ist doch historisch«, sagte ich. »Warum sollte es einen Zusammenhang zwischen der Anderwelt und unserer Geschichte geben?«

»Wer sagt denn, daß das so ist?« entgegnete Simon.

»Nun, findest du es nicht merkwürdig, daß ein klassischer Name hier bekannt ist?«

»Du bist der Keltenforscher«, erwiderte er. »Finde du es

heraus. Ich sage dir nur, wie die Leute hier dieses Land nennen.«

Die alten Briten hatten ihre Insel Alba genannt – und für viele hieß sie immer noch Alba. Der alte Nettles hatte recht, und ich war im Irrtum – oder eher umgekehrt: Die Anderwelt hatte keinen historischen Ursprung, sondern die historische Welt hatte einen *anderweltlichen* Ursprung.

Ich erfaßte diese Wahrheit, strauchelte unter ihrem Gewicht, und dann entglitt sie mir wieder und entschwand außer Reichweite. Aber ich wußte, daß mir für einen unendlich kurzen Augenblick diese Offenbarung aufgegangen war: Albion, der Ursprung und Archetyp der keltischen Welt.

Die Vernetzung zwischen den Welten war weitläufig und vielfaserig. Wenn man Nettles glauben konnte – und bisher hatte er mich nicht sehr weit in die Irre geführt –, dann war dieser Ort, dieses *Albion*, die Form der Formen, das ursprüngliche Muster für alles, was aus dem einzigartigen und grandiosen Wunder des keltischen Geistes in die Schöpfung eingeflossen war. Es würde mich nun nicht mehr überraschen, noch weitere bemerkenswerte Ähnlichkeiten zu entdecken.

Als wir unseren Rundgang beendet hatten, kehrten Simon und ich ins Caer zurück. Einige der Krieger – für die der Tag noch nicht aufregend genug gewesen war – hatten mit einem Ringkampfturnier begonnen. Ein großer Kreis hatte sich um die Kämpfer gebildet, die im Innern des Rings standen: sieben Paare von Ringern, die miteinander kämpften. Dabei schien es hauptsächlich darum zu gehen, den Gegner mit allen nur erdenklichen Mitteln in die Luft zu heben und mit aller Kraft zur Erde zu schleudern. Nach einem bestimmten System, das ich nicht durchschaute, schieden die Verlierer allmählich aus, und die Gewinner mußten gegeneinander antreten. Als nur noch zwei Wettkämpfer auf den Beinen waren, begann das Wetten.

Die Verhandlungen liefen schnell und lebhaft ab, und jeder einzelne vom Prinzen abwärts wettete auf den einen oder den anderen seiner Kameraden. Es gab soviel Geschrei und Gedränge, daß ich dachte, das Wetten würde zu einer Schlägerei führen. Aber so schnell, wie es begonnen hatte, war es wieder vorbei, und der Entscheidungskampf begann.

Die beiden Männer im Ring kamen aus ihren Ecken. Sie umkreisten einander wachsam auf den Fußballen, die nackten Glieder glänzend. Ich glaube, sie hatten sich eingeölt, damit der Gegner sie schwerer fassen konnte; es ließ sie aussehen, als wären sie aus poliertem Marmor gemeißelt. Gewiß waren auch die feinsten griechischen Statuen nie so anmutig wie die Kämpfer in dem Ring. Fehlerlos, dachte ich; Vollkommenheit in Bewegung. Der eine war dunkelhaarig, der andere blond – doch einer so makellos geformt wie der andere.

Langsam umkreisten sie einander, in immer engeren Kreisen, näher und immer näher. Plötzlich sprang der Blonde seinem Gegner an die Knie, umklammerte sie mit den Armen und riß sie im gleichen Bewegungsablauf nach oben. Der dunkelhaarige Ringer verschränkte beide Hände und schwang sie mit einem Schlag, der, glaube ich, einen Ochsen betäubt hätte, zwischen die Schulterblätter seines Angreifers.

Tatsächlich ging der blonde Mann auf ein Knie nieder, doch er ließ in seinem Griff nicht nach. Sein dunkler Rivale hob die Hände über den Kopf und holte zu einem neuen Hieb aus. Der blonde Ringer stieß seine Schulter in den Bauch des Gegners, der daraufhin gewaltig stöhnte und sich krümmte. Der hellere Krieger stand auf und hob seinen dunklen Gegner vom Boden hoch – nur ein wenig, aber genug, um ihn aus dem Gleichgewicht zu bringen. Beide fielen. Doch der blonde Ringer landete voll auf dem dunkelhaarigen Krieger, ohne den Boden zu berühren. So schnell war der Kampf vorbei, und dem blonden Krieger wurde der Sieg zugesprochen.

Pfuirufe und Gejohle erfüllten die Luft, und aus dem allgemeinen Verhalten der wettenden Menge entnahm ich, daß der blonde Mann der Außenseiter gewesen war. Die Wetten wurden ausgezahlt: Ringe und Armbänder wechselten den Besitzer; Broschen, Messer und Speere gingen von Hand zu Hand. Die Gewinner waren freundlich, die Verlierer großzügig. Alle schienen mit dem Verlauf hochzufrieden zu sein.

Danach begann ein weiteres Turnier – wieder mit sieben Paaren, von denen alle bis auf die zwei besten Kämpfer ausschieden – und dann noch eines. Ich fürchtete schon, es würde die ganze Nacht so weitergehen, doch nach dem dritten Turnier zerstreute sich die Schar, und ich sah sofort den Grund: Die Kochfeuer waren angezündet, und überall im Lager wurde Fleisch an Spießen geröstet. Vor dem Essen jedoch kam das Trinken: große Mengen einer blaßgelben Flüssigkeit, die ich für Ale hielt, serviert in riesigen Krügen und Schüsseln und Hörnern und Bechern – in Gefäßen aller Art, wenn sie nur eine gewisse Menge Flüssigkeit aufnehmen konnten.

An verschiedenen strategischen Stellen im Caer waren große Fässer aufgestellt worden. Um diese scharten sich die Krieger mit ihren Krügen und füllten sie, indem sie sie in das schaumige Gebräu eintauchten.

Simon führte mich zu dem nächsten Faß, wo mir ein großer, stämmiger Bursche mit langen braunen Locken und einer gelben Lederschürze um die Hüften einen Kupferbecher in die Hand drückte. Der Mann sah mich eindringlich an und deutete mit der Hand Trinkbewegungen an.

»Er ist der Brauer. Er will, daß du kostest«, erklärte Simon. »Trink!«

»Cheers!« sagte ich und hob den Becher an die Lippen.

Die Flüssigkeit roch angenehm bierig, und der Geschmack war frisch, wenn auch ein wenig säuerlich. Sittsam nahm ich einen Schluck – der mir sofort in die Nase stieg. Ich nieste und verschluckte mich gleichzeitig, wobei ich das meiste von meinem Schluck auf den Braumeister prustete.

Der Brauer betrachtete das offenbar als eine hohe Anerkennung seiner schwierigen Kunst. Er lachte laut auf und schlug mir mit seiner schweren Hand auf den Rücken, was mich so erschütterte, daß sich der halbe Inhalt meines Bechers über mich ergoß. Diese Biertaufe vermischte sich mit dem getrockneten Blut auf meinem Oberkörper und rann in rötlichen Streifen an meinem Bauch herab. Das erheiterte den fröhlichen Braumeister nur noch mehr. Er warf den Kopf zurück und lachte schallend.

»Na prima«, frotzelte Simon. »Mit dir kann ich nirgendwo hingehen.«

»Du hättest mich auch warnen können«, murmelte ich, während ich die Flüssigkeit von meinen Händen und Armen abschüttelte. »Was ist das, Ingwer?«

»Fichtenholz, glaube ich«, antwortete Simon. »Man gewöhnt sich daran.«

»Wenn du es sagst.«

»Ich schlage vor, du gewöhnst dich so bald wie möglich daran. Das Zeug wird hier fässerweise getrunken. Falsche Zurückhaltung käme hier nicht sehr gut an.«

»Bewahre«, murmelte ich und starrte in meinen Becher. Der Brauer faßte das als Zeichen auf, daß ich Nachschlag brauchte. Er riß mir den Becher aus den Händen, füllte ihn bis zum Rand, reichte ihn mir zurück und machte wieder seine ›Hoch-die-Tassen‹-Geste. Ich hob den Becher und kippte das kühle Ale hinunter, worauf ich mir den Mund mit dem nackten Arm abwischte.

Der Braumeister füllte meinen Becher von neuem, und Simon und ich zogen uns von dem Faß zurück, um uns zu setzen, uns mit unseren Getränken zu beschäftigen und auf das Essen zu warten. »Geht es hier immer so zu?« fragte ich.

»Wie denn?«

»Na, du weißt schon – so verrückt.« Ich deutete auf die johlenden, krakeelenden Zecher um uns her, die ihre Krüge in langen Zügen leerten, wenn sie nicht gerade damit beschäftigt waren, zu raufen, sich gegenseitig mit Ale zu bespritzen oder sich unter schallendem Gelächter lautstark mit ihren Heldentaten zu brüsten.

Simon verzog den Mund über meine Zimperlichkeit. »Wenn du das schon verrückt findest, warte ab, bis du eine richtige Siegesfeier siehst.«

Wir tranken schweigend; ich nippte nur langsam, da ich bereits die Wirkung des Ales zu spüren begann – wohl aufgrund einer Kombination aus Schock, Erschöpfung, Adrenalinverbrauch und leerem Magen. Wir tranken und sahen zu, wie die rosige Dämmerung sich zu einem überwältigenden Abendrot verdichtete. Ich hatte noch nie einen so strahlenden Abend erlebt; mir war, als würde meine Seele sich ausdehnen, um die Sterne zu umarmen, die am tiefblauen Firmament erschienen. Ich begrüßte jeden einzeln: »Sei gegrüßt, Bruder! Und willkommen. Ich erkenne dich wieder.«

Als das Essen kam, war ich schon ziemlich blau. Mein Kopf sackte beinahe auf die Brust herab, während ich meine Kiefer zwang, das Fleisch einer herrlich gegrillten Keule zu kauen, die ich in meinem Schoß wiegte. Das Fleisch war würzig und gut, aber ich war zu müde, um viel davon zu essen. In der einen Hand den leeren Becher und in der anderen mein nicht aufgegessenes Abendessen, schlief ich ein. Das letzte, woran ich mich erinnerte, sind die Flammen, die hoch in die von Gesang und Gelächter widerhallende Nacht auflođerten.

15

Sycharth

Simons Fußtritt in meine Rippen weckte mich. »Wach auf«, sagte er und stieß mich mit seinem Zeh an. »Wir brechen auf.«

»Was?« Ich fuhr hoch – und mein Schädel implodierte in das Vakuum, das mein Gehirn hinterlassen hatte. »Oooh! Ich habe zuviel getrunken!«

Simon gab ein kurzes Lachen von sich, das wie das Bellen eines Fuchses klang. »Daran wirst du dich schon noch gewöhnen – falls du lange genug lebst.«

Ich öffnete die Augen und schaute mich benommen um. Mein Becher lag neben meinem Kopf, der auf der halb aufgegessenen Fleischkeule lag, die mein Abendessen gewesen war. Jemand hatte einen Umhang über meinen nackten Oberkörper geworfen, doch ansonsten lag ich noch genauso da, wie ich am Abend zuvor zusammengesunken war. Ich stank nach Ale und Blut – mein Körper war immer noch besudelt. Mein Gesicht war rauh; meine Augen fühlten sich an, als hätte ich winzige Kieselsteine unter den Lidern. Meine Zunge schien dreimal so groß zu sein wie sonst und lag mir pelzig und lederig im Mund. Meine Blase war ein bis zum Platzen gefüllter Wasserballon – jede Bewegung mußte zur unausweichlichen Katastrophe führen.

»Bring mich gleich jetzt um, dann haben wir es hinter uns«, stöhnte ich.

Simon packte mich am Arm und zog mich auf die Füße. Ich schwankte unsicher. »Ich fühle mich wie tot.«

»Komm, wir können uns im Fluß waschen.«

Die Sonne war gerade aufgegangen, und im Lager rührten sich die ersten Frühaufsteher, als wir durch das Tor hinausschritten und den steilen Pfad hinab zur Furt stiegen. Ein paar Krieger waren flußabwärts, wo das Wasser tiefer war, bereits damit beschäftigt, sich zu waschen. Sie standen bis zur Hüfte in dem eiskalten Strom und schrubbten wild an sich herum.

»Zieh deine Sachen aus«, sagte Simon, während er sich schnell auszog.

Ich faltete den Umhang zusammen und legte ihn auf einen Felsen; dann entledigte ich mich meiner Schuhe, meiner Socken und meiner blutverschmierten Hosen. Meine Unterhosen erregten das Interesse der anderen Krieger in der Nähe – vermutlich hatten sich Boxershorts auf dem Modemarkt noch nicht ganz durchgesetzt. Ich streifte sie ebenfalls ab und stolperte unbeholfen über die runden, brotlaibgroßen Steine in das eisige Wasser.

Simon war ein ganzes Stück hinausgewatet und tauchte und bespritzte sich mit sichtlichem Genuß. Einige der Krieger riefen ihm etwas zu, und an der Art, wie sie mit ihm sprachen, konnte ich erkennen, daß er sehr beliebt war.

Inzwischen kämpfte ich mich vorsichtig tiefer in den Fluß vor – das Wasser prickelte auf meiner Haut wie eisige Nadeln. Einer der Krieger kam zu mir herübergewatet und reichte mir grinsend und gestikulierend etwas, das ich zuerst für einen Stein hielt. Es erwies sich als ein Stück gelbbrauner Seife, die nach Talg und irgendwelchen Kräutern duftete, die ich nicht identifizieren konnte. Er nahm das Stück zurück und zeigte mir, wie man sich einseifte. Aus dem verblüfften Ausdruck auf meinem Gesicht schloß er offenbar, daß ich noch nie in meinem Leben Seife gesehen hätte.

Er wusch sich gründlich und mit einem Eifer, der an

Fanatismus grenzte. Als er fertig war, spülte er sich die Seife ab, reichte mir das Stück und zog sich ans Ufer zurück. Ich hatte gerade begonnen, mich einzuseifen, als der Krieger mit einer kleinen, geschwungenen Klinge zurückkehrte, die wie eine Muschel aussah. Es war eine Rasierklinge. Mit vielen Grimassen und Gesten zeigte er mir, wie man sich damit rasierte. Er rieb mit dem Handrücken über meinen schändlichen Stoppelbart und schnalzte mit der Zunge; dann drückte er mir die schmale Klinge in die Hand und watete spritzend davon.

Als ich mich erst einmal an das Wasser gewöhnt hatte, begann ich mich eifrig zu schrubben, dankbar für den Luxus, meine Haut mit Seife von ihren scheußlichen Markierungen zu befreien. Indem ich mein Spiegelbild im Wasser betrachtete, schaffte ich es, mich zu rasieren, ohne mir die Kehle durchzuschneiden. Als ich fertig war, gab ich Seife und Rasierklinge an einen Krieger weiter. Ich fühlte mich nach dieser gründlichen Reinigung erheblich frischer.

Das Entsetzen über die Schlacht des vergangenen Tages verschwand, als der rostige Überzug von meinen Gliedern strömte; alle Furcht und aller Abscheu lösten sich in dem herrlichen Bad auf und flossen davon. Binnen kurzem schien es, als hätte das Gemetzel des vorigen Tages nie stattgefunden, als wäre das Massaker nur ein böser Traum, der sich im hellen Licht des Morgens verflüchtigte. Ich wusch mich und fühlte mich wie neu geboren.

Ich kann mich tatsächlich nicht erinnern, je ein Bad mehr genossen zu haben: Die Luft war rauh und rein und der Tag so frisch wie der erste Tag der Schöpfung. Die Sonne schien warm, und aus Westen wehte eine sanfte, weiche Brise. Das klare Wasser funkelte, wo die Krieger darin herumplanschten und spritzten, und der Klang ihrer Stimmen, als sie einander begrüßten, erfüllte mich mit Zufriedenheit.

Ich legte mich ins Wasser und ließ mich eine Weile treiben. *Das bin ich in der Anderwelt*, dachte ich, *und ich nehme ein Bad. Ich schwimme. Ich bin glücklich.*

Simon kehrte von seinem Bad zurück und sagte: »Wir sollten hinaufgehen, wenn wir etwas zu essen wollen. Wir werden bald aufbrechen.«

Ich fand meine Kleider, zog mich an, obwohl es mir zuwider war, die besudelten Sachen wieder auf meine Haut zu lassen, und folgte Simon hinauf zum Caer. Das Frühstück bestand aus hartem, dunklem Brot und kaltem Fleisch vom Vorabend, wiederum heruntergespült mit Ale. Ich hielt mich mit dem Ale zurück, doch das Brot und das Fleisch schlang ich hinunter.

Dann blies jemand ein langes, scharfes Signal auf einem Horn, und wir verließen das Lager. Prinz Meldron und sein Barde zogen voraus, gefolgt von den anderen berittenen Kriegern. Wir anderen schlossen uns zu Fuß an. Drei Wagen mit Vorräten und Waffen bildeten den Schluß. Wir marschierten nicht in geordneten Reihen, sondern gruppierten uns, wie wir wollten – in Gruppen zu zweit, zu dritt oder zu mehreren wanderten wir leicht und zügig durch das flache, weite Tal am Fluß entlang.

Wir waren einige Zeit unterwegs, und einige der Krieger begannen zu singen. Obwohl ich die Worte nicht verstehen konnte, genoß ich ihre kräftigen Stimmen und die sichtliche Freude, die sie am Singen hatten. Die Sonne stieg höher und tat meiner nackten Haut wohl. Eine Zufriedenheit, wie ich sie nie gekannt hatte und nie für möglich gehalten hätte, überkam mich und schloß mich ein.

Was würde ich dafür geben, fragte ich mich, für immer bei diesen Leuten bleiben zu können?

Der Gedanke war natürlich lächerlich. Ich konnte nicht bleiben – *wollte* nicht einen Moment länger bleiben als nötig. Ich war gekommen, um Simon zu finden; ich hatte ihn gefunden, und nun mußte ich einen Weg zurück in die wirkliche Welt finden. Ich schloß zu Simon auf. »Wohin gehen wir?« fragte ich.

»Wir kehren nach Sycharth zurück.«

»An den Königshof«, sagte ich.

»Ja, an den Königshof.«

»Ist es weit?«

»Neun Tage«, sagte er nüchtern.

»Zu Fuß?«

»Zu Fuß«, bestätigte er.

»Oh.«

»Stimmt etwas nicht?« Er warf mir einen Seitenblick zu. »Hast du etwas anderes vor?«

»Das ist es nicht. Aber –«

»Zu Fuß gehen ist wohl unter deiner Würde.«

»Verschon mich! Ich bin neu hier, ja? Ich wollte nur wissen, was los ist.«

Simon blickte finster drein, sagte aber nichts.

»Was ist in dich gefahren, Simon? Ich dachte, du würdest dich freuen, mich zu sehen. Statt dessen tust du, als wäre ich deine kleine Schwester mit einem schweren Fall von Pocken oder so etwas.«

»Tut mir leid«, knurrte er, aber er meinte es nicht so.

»Das ist es, nicht wahr?« sagte ich. »Dir wäre es lieber, wenn ich nicht gekommen wäre. Aber jetzt bin ich hier, und du hast Angst, ich könnte dir deine herrliche Zeit hier verderben. Tja, zu dumm, aber ich bin nun einmal hier, und du wirst dich daran gewöhnen müssen.«

Er blieb stehen und riß mich zu sich herum. »Hör zu!« sagte er zähneknirschend. »Damit das klar ist: Ich habe dich nicht gebeten herzukommen. Ich habe niemanden gebeten, mich zu retten. Ich kann auf mich selbst aufpassen. Aber da du nun einmal hier bist, rate ich dir dringend, vorsichtig zu sein. Ich habe dir einmal den Hals gerettet; vielleicht kann ich es nicht ein zweites Mal tun. Drücke ich mich verständlich aus?«

»Klar und deutlich.«

»Gut.«

»Aber ich bleibe nicht hier, Simon. Und du auch nicht. Wir müssen zurückgehen – so bald wie möglich. Je länger wir bleiben, desto schlimmer wird es.« Ich erinnerte ihn an unser vorausgegangenes Gespräch über die Gefahren, die es mit sich brachte, sich in der Anderwelt zu schaffen zu machen. »Es ist gefährlich, Simon. Wir könnten einen irreparablen Schaden anrichten.«

»Ich verstehe«, erwiderte er und nickte langsam. »Du meinst, daß wir allein durch unsere Gegenwart hier Dinge verändern könnten. Und wenn wir hier Dinge verändern, verändern sich auch Dinge in der wirklichen Welt.«

»Richtig – und niemand kann wissen, was dann passieren könnte.« Ich war froh, daß Simon so bereitwillig verstand. »Wir müssen herausfinden, wo das nächste Tor ist und wann es sich öffnet.«

»Das wird vielleicht nicht einfach sein«, sagte er.

»Könnten wir nicht den Barden des Prinzen fragen – wie heißt er noch? Ruadh?«

Simon schüttelte leicht den Kopf. »Hör zu«, sagte er einlenkend, »überlaß das mir.«

»Aber –«

»Nur bis wir Sycharth erreichen. Bis dahin können wir sowieso nichts tun. Laß uns ein paar Tage Zeit, okay? Entspann dich in der Zwischenzeit. Schau dich um. Am Ende gefällt es dir vielleicht noch hier.«

»Also …« zögerte ich und ließ meinen Blick durch die herrliche Welt um mich her wandern, »also schön. Ich denke, es dürfte nichts schaden, ein paar Tage zu warten.«

»Gut«, sagte er und ließ sein berühmtes Lächeln aufblitzen. »Überlaß es mir.«

»Du wirst dich darum kümmern?«

»Ich kümmere mich darum«, versicherte er mir. Ich spürte, wie das Gewicht der Verantwortung von meinen

Schultern rollte. »Mach dir keine Sorgen. Hier ist es wirklich fabelhaft. Es ist das Paradies.«

So begannen wir unseren Marsch durch das leuchtend grüne Tal, während der silbrige Modornn in klaren, schimmernden Wellen neben uns her floß. Es war, wie Simon gesagt hatte, eine fabelhafte Welt – so frisch und unverdorben, makellos und lebendig vor Schönheit. Die Landschaft versetzte mich in Entzücken. Auf unserer Wanderung fiel mein Blick auf nebelverhangene Hügel, die blau in der Ferne schimmerten, oder ein Band aus funkelndem, silbernem Wasser, das sich träge um einen Hain geschmeidiger weißer Birken wand. Der Anblick einer braungefleckten Forelle, die im Wasser sprang, oder gelber Flechten, die dick auf einem blauschwarzen Stein wuchsen, oder der Klang einer Vogelstimme aus dem klaren Himmel über uns ... ließ mich staunend stehenbleiben.

Mehr als einmal stiegen mir Tränen in die Augen, ich schwöre es. Mir stockte der Atem, und mein Herz wurde immer wieder von Stichen der Sehnsucht durchbohrt – von einem Hunger nach Vollkommenheit, der etwas von Anbetung hatte. Denn allein dadurch, daß ich durch dieses vollkommene Tal wanderte, wurde ich an meine krasse geistliche Armut erinnert. Daß schlichte natürliche Schönheit mich derartig bewegen konnte, war mir zugleich Offenbarung und Beschämung. Gab es wirklich so wenig Staunenswertes in meinem Leben, daß schon der Anblick eines sonnenbeschienenen Berghanges so mächtige Gefühle in mir hervorrufen konnte?

In dieser strahlend paradiesischen Welt empfand ich zutiefst den Verlust der Jahre, in denen ich blind für die Schönheit um mich her durchs Leben getaumelt war. Und bereute es bitter. Ich war ein blinder Mann, der das Augenlicht erlangt hatte, und ich empfand zugleich, wie kostbar die Gabe und wie beklagenswert die Verschwendung und die Unwissenheit waren, die sie offenbarte. Ich wanderte wie trunken durch ein Land, das mir zugleich fremd und bis in die kleinste Einzelheit vertraut war.

Mehr als einmal ertappte ich mich dabei, wie ich laut vor mich hin murmelte: »Das ist es! So soll es sein!« Hätte mich freilich jemand gefragt, was ich damit meinte, so hätte ich keine Antwort geben können. Die Erfahrung war noch zu neu, zu phantastisch für mich, um mir einen vernünftigen Reim darauf zu machen. Ich konnte nur wandern und staunen.

Und bei jedem Schritt spürte ich, wie der unausweichliche Gezeitensog der Anderwelt mich davonzutragen begann. Sie übte einen unwiderstehlichen Zauber auf mich aus; und je mehr ich von ihrer Pracht zu sehen bekam, desto schwächer wurde mein Wille zu widerstehen. Ich wurde ein bereitwilliger Gefangener ihres Zaubers, und bald erschien mir schon der Gedanke, in die manifeste Welt zurückzukehren, als unerträglich. Das ging so weit, daß ich aufhörte, an die Rückkehr zu denken, und mich einfach der Herrlichkeit und dem Reichtum überließ, die ich überall um mich her erblickte.

Sieben Tage lang blieben wir in dem üppigen Modornn-Tal. Wir folgten dem Fluß in südlicher Richtung und kamen zügig voran, schlugen in der Dämmerung unser Lager am Flußufer auf und eilten bei Tagesanbruch weiter. Am Ende des siebten Tagesmarsches lief das Tal in ein weites, sumpfiges Grasland aus, das rings von bewaldeten, sanft rollenden Hügeln begrenzt war. Wir verließen den Fluß und marschierten quer über die Ebene weiter. In der Abenddämmerung des neunten Tages kamen wir in Sichtweite der südlichen Festung des Königs Meldryn Mawr: Sycharth.

Die Siedlung stand ein wenig über die Ebene erhaben

auf einem Steilufer am Meer. Die Stadt war enorm groß; sie war schon von weitem zu sehen: eine prächtige Krone auf der Steilküste, die im feurigen Licht der untergehenden Sonne rot glühte wie eine aus Edelsteinen geschnitzte Stadt. Selbst aus der Ferne wirkte sie wie der Sitz eines großen und mächtigen Königs: imposant, grandios, überwältigend. Und doch zugleich einladend – als könne man sich dem Mann, der über einen solchen Ort herrschte, in der Erwartung nähern, willkommen geheißen zu werden.

Die Hänge, die zum Caer hinauf führten, waren für den Ackerbau gerodet worden, und auf den Feldern waren Arbeiter damit beschäftigt, die Erde für die Frühjahrsaussaat vorzubereiten. Als die Kriegsschar sich näherte, ließen die Bauern ihre Werkzeuge sinken und liefen uns zur Begrüßung entgegen. Aus der Herzlichkeit des Empfangs erriet ich, daß nicht wenige der Bauern Verwandte unter den Kriegern hatten.

Wir setzten unseren Weg hinauf zum Caer fort und hatten den Eingang fast erreicht, als uns durch die weit geöffneten Tore eine Schar Frauen und Kinder zur Begrüßung entgegengelaufen kam. Die berittenen Krieger stiegen von ihren Pferden und wurden sofort umringt. Wir anderen schlossen auf und wurden ebenso begeistert begrüßt – es gab lachende Umarmungen, Kinder ergriffen unsere Hände, und Girlanden aus Frühlingsblumen wurden uns um den Hals gehängt. Es war die Art von Heimkehr, von der man immer träumt, die aber im wirklichen Leben nie vorkommt.

»Sind hier alle so jung?« fragte ich, da ich in dem Begrüßungskomitee niemanden sah, der ein robustes und jugendliches mittleres Alter überschritten hatte. Mit einer plötzlichen Inspiration wandte ich mich an Simon. »Wird hier denn niemand alt?«

Simon, der gerade einer hinreißenden jungen Frau mit langen, kastanienfarbenen Locken zublinzelte, bestätigte meinen Verdacht. »Nicht direkt. Sie scheinen ewig zu leben – zumindest altern sie nicht wie wir.«

Dann wurde er plötzlich ernst, drehte sich um und schaute mir voll ins Gesicht. »Du wirst auch nicht älter werden, solange du hier bist. Denk darüber nach.«

Niemals alt werden! Bevor ich über die Implikationen dieser umwerfenden Offenbarung nachdenken konnte, setzte sich die Menge in Bewegung. Wir wurden fast emporgehoben und ins Caer hineingetragen. Ich widersetzte mich dem Strom und blieb bis zuletzt zurück; und als andere an mir vorbeiströmten, wandte ich mich ab. Der Bogen eines weiten Meeresarms schimmerte dunkel im Süden, jetzt tief violett im Dämmerlicht. *Ja, denk darüber nach,* sagte ich mir. *Denk lange und gründlich nach, Lewis! Was würdest du dafür geben, für immer in diesem großartigen Land zu leben?* Ich stand wie erstarrt da beim Gedanken an diese Möglichkeit und mühte mich ab, sie zu begreifen. Simon trat neben mich.

»Das ist Muir Glain«, informierte er mich, da er meinen benommenen Blick der Ehrfurcht vor der Schönheit der Küstenlandschaft vor mir zuschrieb. »Es ist ein Meeresausläufer. Die Werft des Königs ist in der schmalen Bucht dort« – er deutete in Richtung auf den Fluß – »zwischen Sycharth und dem Modornn.«

Er wandte sich schnell ab und schloß eilig zu der feiernden Menge auf, die hinauf zum Caer strömte. Ich folgte widerstrebend, da ich plötzlich unsicher war, wie man mich empfangen würde. Simons Worte hatten mich daran erinnert, wie fremd ich hier eigentlich war. Ich versuchte, mein Unbehagen abzuschütteln, indem ich die Anlage studierte.

Zwei hohe Holzwände gingen von der sich hoch auftürmenden Palisade aus. Der Weg führte zwischen diesen Wänden hindurch, bevor er das Tor erreichte, und bildete so einen gefährlichen Flaschenhals für etwaige Angreifer.

Obwohl vom Alter geschwärzt, schienen die Balken stabil und in hervorragendem Zustand zu sein – eine sichere Zuflucht für einen mächtigen Monarchen.

Wir durchquerten das hohe Holztor und gelangten auf einen ebenen, grasbedeckten Platz, der groß genug war, um eine ganze Armee aufzunehmen. Rund um den Platz standen flache, runde Steinhäuser mit steilen, reetgedeckten Dächern. Manche dieser Häuser waren größer als die andern, aber die meisten waren klein, kaum mehr als Schlafunterkünfte, vermutete ich. Weiter sah ich zwischen den Häuser zwei große, längliche Gebäude, und aufgrund des Rauches, der aus den Rauchlöchern in der Mitte aufstieg, erriet ich, daß dies die Kochhäuser waren, in denen die Küchen und Öfen und Feuerstellen enthalten waren.

Jenseits dieses Platzes erhob sich das spitze, goldene Dach der Halle des Königs: ein massives Gebäude, das alle anderen weit überragte, erbaut aus Eichenbalken und Steinen. Die Fugen waren mit grünem und orangem Moos verstopft, was den Mauern ein eigentümlich samtiges Aussehen verlieh. Zwei Türen, die groß genug waren, daß zwei Reiter sie nebeneinander durchqueren konnten, standen offen; und vor den Türen standen zwei große Steinsäulen, auf deren Spitzen zwei Feuer in riesigen eisernen Schalen loderten. Die Oberfläche der Säulen war von oben bis unten mit den phantastischsten, verschlungensten Mustern graviert – Köpfe und Leiber von Vögeln und Tieren, die in unendlich kunstvollen Knoten und Schleifen ineinander liefen.

Wir versammelten uns auf dem Platz vor den beiden Feuersäulen, wo wir von einer fröhlichen Schar von Untertanen des Königs und vom König selbst begrüßt wurden, der uns in einem geschmückten Kampfwagen entgegenkam. Er erschien am anderen Ende des Platzes und fuhr auf die Menge zu, während die Speichen glitzerten und die einander zum Verwechseln ähnlichen schwarzen Pferde stolz ihre federgeschmückten Köpfe schüttelten. Von dem Augenblick an, als er von der Plattform des Wagens herabstieg, konnte ich meinen Blick nicht von ihm abwenden. Autorität und Herrschaft strömten von ihm aus; er bewegte sich mit unübertrefflicher Sicherheit und Souveränität – ein im Mittelpunkt der Erde verankerter Berg hätte nicht stärker in sich ruhen können. Schon seine körperliche Gegenwart war wie ein Befehl: Ehre mich, gehorche mir.

Meldryn Mawr – soweit ich es mit meinem rudimentären Keltisch enträtseln konnte, bedeutete sein Name ›Goldener Krieger‹, und der Zusatz ›Mawr‹ kennzeichnete ihn als ›groß‹ – ein großer, goldener Kriegerkönig, der von seinem Volk sehr geachtet und verehrt wurde. Und er war in der Tat golden: Der glänzende Torc um seinen Hals bestand aus drei dicken, geflochtenen Goldschnüren; sein Gürtel war eine schimmernde Kette goldener Scheiben, die zu einem kunstvollen Fischschuppenmuster zusammengefügt waren; breite Ringe aus rotem Gold in der Form verschlungener Schlangen mit glühenden Rubinaugen zierten seine muskulösen Arme; sein Umhang war gelb und mit weißen, golddurchwirkten Emblemen und Saumstickereien verziert; auch der Schwertgriff an seiner Seite war golden. Hinter dem König stand ein Jüngling, der einen runden weißen Schild mit einem Relief aus Weißgold und einen langen Speer mit einer Klinge aus poliertem Gold trug.

Diesen großen König zu sehen war, als blickte man direkt in die Sonne. Seine Ausstrahlung blendete, und seine Herrlichkeit brannte. Er war überwältigend und ehrfurchtgebietend in seiner Pracht: die hellen, langen Locken zu einem männlichen Zopf gebunden, der Schnurrbart voll und fließend, die dunklen Augen ruhig und ernst. Meldryn Mawrs Züge verrieten sein edles Blut: eine hohe, schöne Stirn, eine gerade Nase, Kiefer und Kinn fest und gut ausgebildet, gerade, dunkle Brauen und kühne Wangenknochen.

Und als er seinen Mund öffnete, um zu sprechen, erklang eine Stimme wie die eines Gottes – tief und weich, gefärbt mit Wärme und Humor und kühn in der Kraft ihrer Autorität. Ich zweifelte nicht daran, daß eine solche Stimme, wenn sie sich im Zorn erhob, selbst über die Elemente gebieten könnte. Allerdings hatte ich noch nicht seinen Obersten Barden Ollathir sprechen hören.

Des Königs Barde stand dicht zu seiner Rechten, jedoch einen halben Schritt zurück. Wie Ruadh trug der Oberste Barde ein schlichtes, dunkelbraunes Gewand, wiewohl sein Umhang in einem üppigen Purpur leuchtete und seine Brosche aus Gold war, und auch einen schmalen Torc aus Gold trug er. Er war ein hochgewachsener, hartnäckig wirkender Mann, der als einziger unter den Bewohnern des Caers ein spezifisches Alter zu haben schien: nicht alt, gewiß nicht gebrechlich, aber mit jener Ausstrahlung von tiefem Ernst und hoher Würde, die manchmal von Männern erhabenen Alters ausgeht. Stolz, feierlich und weise stand Ollathir gelassen neben dem König, jeder Zentimeter nicht weniger königlich und imposant als ein Monarch. Ich hatte keinen Zweifel, daß hier wahrhaftig ein Meister unter den Barden stand.

Der König hob seinen Arm und ließ ihn waagerecht über die Versammlung dahingleiten, die daraufhin verstummte. Er sprach kurz; hin und wieder klang ein Wort mir vertraut, und ich erriet, daß er ein Willkommen aussprach. Dann trat Prinz Meldron heran; die beiden ergriffen sich an den Armen und umarmten sich. Der Prinz sagte etwas, drehte sich um und deutete auf die Kriegsschar, worauf der Barde des Prinzen vor den König hintrat, seinen Kopf unter einer Falte seines Umhangs barg und in einem eigentümlichen, abgehackten Rhythmus zu singen begann.

Ich sah Simon in der Nähe stehen und trat so unauffällig wie möglich näher an ihn heran. »Was tut er?« flüsterte ich.

»Ruadh berichtet dem König von der Schlacht«, antwortete Simon.

»Was weiß er denn davon? Er war doch gar nicht dabei«, sagte ich. »Keiner von den beiden tauchte auf, bis alles vorbei war.«

»Natürlich waren sie dabei. Sie haben das Ganze vom Hügel aus beobachtet.«

»Was sagt er?«

»Er berichtet dem König und dem Volk, daß wir tapfer und unbesiegbar sind, daß Mut in unseren Adern fließt, daß wir in der Schlacht wie Bären sind – solche Sachen.« Er hielt inne und lauschte dem Barden. »Jetzt beschreibt er die Schlacht selbst – wie das Wetter war, das Tal, in dem sie stattfand, wie viele Feinde dort waren, all diese Einzelheiten.«

Ich nickte. »Verstehe.« Der Barde sang noch eine ganze Weile und verstummte dann. Der König ergriff wieder das Wort und hob die Hände, wie um etwas zu proklamieren. »Was geschieht jetzt?«

»Der König erklärt seine Ehre für wiederhergestellt, dank der bewundernswerten Taten seiner Krieger. Er befiehlt, daß zu unseren Ehren ein Festmahl gehalten wird.«

Das hörte ich gerne. Den ganzen Tag zu marschieren hatte mich hungrig gemacht. »Hervorragend!« flüsterte ich. »Führ mich hin.«

»Das Festmahl ist morgen«, informierte Simon mich säuerlich. »Heute abend ruhen wir aus.«

Und so krochen wir alle ins Bett, nachdem wir kaum mehr als einen Bissen Brot und einen Schluck warmes Bier zu uns genommen hatten. Die Krieger, die Frauen und Familien hatten, gingen in ihre Häuser; wir anderen fanden andere Schlafplätze. Simon und ich gingen zu einem von drei länglichen, flach gedeckten Gebäuden hinüber – den Häusern der Krieger, wie er sie nannte –, hüllten uns in wollene Decken und legten uns auf frisches Stroh.

In der sanften Dunkelheit, in der das Atmen der Krieger wie Wellen am Strand heranspülte und wieder abfloß, fühlte ich mich so behütet und sicher wie selten zuvor in meinem Leben; und ich fand eine tiefere und erholsamere Ruhe, als ich es für möglich gehalten hätte. Innerhalb der Festungsmauern des Großen Königs, unter Männern, die ohne Zögern Blut und Leben füreinander geben würden, schlief ich ein. Und ich erwachte vor der Dämmerung mit dem Gedanken: »Was würde ich dafür geben, immer zwischen solchen Männern erwachen zu können?«

16

Llys Meldryn

Beim ersten Tageslicht erwachte das Caer zum Leben. Die milde Nacht löste sich in einem feurigen Morgenrot auf, und die Einwohner Sycharths schüttelten ihre Schlaftrunkenheit ab und machten sich eilig daran, das Festmahl vorzubereiten, das ihr König angeordnet hatte. Simon war verschwunden, und ich hatte keine Lust, allein in dem Haus der Krieger sitzenzubleiben. Also hüllte ich mich in meinen geliehenen Umhang und wanderte hinaus, um mich mit meiner Umgebung vertraut zu machen.

Wohin ich blickte, sah ich Menschen – Männer, Frauen und Kinder – geschäftig irgendwelchen Arbeiten nachgehen. Nirgendwo war eine untätige Hand zu sehen, außer der meinen. Niemand gab mir etwas zu tun oder schien mich auch nur zu bemerken – obwohl ich einige der Kinder dabei erwischte, wie sie mich anstarrten, wenn sie dachten, ich sähe es nicht.

Sycharth war noch größer, als ich zuerst gedacht hatte; es beherbergte vielleicht tausend Menschen. Es gab drei verschiedene Sektionen: In einer befanden sich die Lagerhäuser und Getreidespeicher, in einem die Viehställe und im dritten die Werkstätten der Künstler und Handwerker. Dazwischen verteilt standen die Behausungen der Einwohner in willkürlichen Ansammlungen zusammen, meistens drei oder mehr rund um ein zentrales Kochhaus. Silberne Rauchfäden stiegen aus den Reetdächern der

Kochhäuser auf; die Düfte, die durch die Luft zogen, ließen meinen leeren Magen grummeln.

Jeder Winkel des Caers pulsierte vor Lärm und Aktivität: von den dumpfen Schlägen des Holzes, das gehackt wurde, bis hin zu dem schrillen Quieken der Schweine, die geschlachtet wurden, und dazwischen ständig und überall die singenden Stimmen der Arbeiter – die ganze Festung schien vor fröhlichem Tumult zu singen. Ich wanderte hierhin und dorthin, genoß den fröhlichen Lärm, und bei jedem Schritt wuchs meine Zuneigung zu der unbelasteten Schlichtheit des Lebens im Caer.

Es gab keine richtigen Straßen, sondern nur ein Gewirr von schmalen Gassen, die mehrere breitere Wege miteinander verbanden. Diese breiteren Wege wiesen allesamt eine dreifache Spur behauener Steine auf, was mich zuerst verwirrte, bis mir aufging, daß in Regenzeiten die Hufe der Pferde und die Räder der Wagen ohne diese einfache Pflasterung im Schlamm versinken würden.

Die verschiedenen Gebäude schienen in hervorragendem Zustand zu sein; die Ställe waren voller wohlgenährter Schweine, Schafe und Rinder; und in den Hütten der Künstler herrschte kein Mangel an Artikeln aller Art. All das ließ auf einen rührigen und wohlhabenden Stamm schließen. Schon nach einem oberflächlichen Rundgang fiel es mir nicht schwer, zu glauben, daß die Llwyddi der vorherrschende Clan im Land seien, wie Simon gesagt hatte.

Mit dieser unsystematischen Besichtigung des Caers war ich gut den halben Vormittag beschäftigt. Dann gewann mein knurrender Magen die Oberhand, und ich kehrte in das Haus der Krieger zurück, wo Simon auf mich wartete – etwas nervös. »Wo warst du?« fragte er.

»Nirgendwo«, sagte ich. »Ich habe mich nur umgesehen.«

Er drehte sich um und hob ein Bündel von einem Strohlager in der Nähe auf. Dies gab er mir und sagte: »Zieh diese Sachen an und beeil dich.«

Ich öffnete das Bündel und entfaltete ein hellblaues Hemd, ein Paar dunkelgrüner Hosen mit dünnen roten Streifen, einen braunen, gewebten Stoffgürtel und ein Paar der kurzen, weichen Lederstiefel, wie sie die Llwyddi trugen. Jedes der Kleidungsstücke war neu und von feiner Machart. Froh, meine eigenen verdreckten Hosen loszuwerden, streifte ich sie ab und schickte mich an, die neuen anzuziehen.

»Die Unterhosen auch«, intonierte Simon. »Runter damit.«

»Aber –« zögerte ich.

»Sie werden dich nur unglücklich machen. Und du brauchst sie sowieso nicht.«

Zweifelnd zog ich meine Boxershorts aus. Es stimmte, ich hatte meine Unterhosen seit Tagen nicht gewechselt, so daß es kein großer Verlust war; aber ich zweifelte an Simons Behauptung, daß ich sie nicht brauchen würde. Etwas leid tat es mir auch um meine guten Wanderschuhe. Die weichen Stiefel sahen recht bequem aus, aber ich wußte, daß ich einen festen Knöchelschutz und eine gute, harte Sohle vermissen würde. Da weder das Hemd noch die Hosen Knöpfe oder Schleifen irgendwelcher Art hatten, zeigte mir Simon, wie ich mir die langen Enden des Hemdes um den Bauch schlingen und die Hosen mit dem langen Gürtel befestigen mußte, den er mir zweimal um die Hüfte wand und vorne zusammenknotete. Das Hemd und die Hosen – *Siarc* und *Breecs*, wie Simon mir sagte – waren mir etwas weit, aber die Stiefel paßten, als wären sie eigens für mich gemacht worden.

Als ich fertig war, trat Simon einen Schritt zurück und musterte mich kritisch. Mein Aufzug sah passabel aus, meinte er, wenn auch nicht gerade wie der Gipfel der Schneiderkunst. »Schon besser. So wird es gehen.«

Dann griff er nach einem anderen Bündel und schüttelte einen leuchtend orangen Umhang daraus hervor, den er mir sodann um die Schultern legte. »Du faltest ihn so«, sagte er und zeigte mir, wie es gemacht wurde. »Dann steckst du ihn fest, damit er nicht verrutscht ... so.« Er steckte eine grobe Bronzenadel durch die Falten auf meiner linken Schulter. »Tut mir leid wegen der Brosche.«

»Schon in Ordnung. Stört mich nicht.«

»Die Sache ist die: Wenn du eine bessere haben willst, mußt du sie dir verdienen. Broschen sind hier ein Rangabzeichen – ebenso wie Torcs und die meisten anderen Klunker.«

»Gold für Könige, Silber für Prinzen, Kupfer für Häuptlinge, und so weiter«, rezitierte ich ein Stück keltischer Überlieferung.

»Genau«, sagte er mit einem zufriedenen Nicken, »aber es gibt viele feine Zwischenstufen, die mit der Größe, dem Muster, der Verarbeitung und so weiter zu tun haben. Es ist nicht schwierig; du wirst schon dahinterkommen.«

»Simon«, fragte ich ernst, »woher weißt du soviel?« Diese Frage schwelte in meinem Hinterkopf, seit ich Simon auf dem Schlachtfeld zu Gesicht bekommen hatte. Bis jetzt hatte ich keine Gelegenheit gehabt, sie in Worte zu fassen. »Wie hast du das in so kurzer Zeit geschafft?«

Er hob erstaunt eine Augenbraue. »Wovon redest du da eigentlich?«

»Na, schau dich doch an – du bist ein Krieger, du hast in Schlachten gekämpft, du weißt alles über das Leben hier, du sprichst die Sprache wie ein Eingeborener. Wie ist das möglich? Du bist doch erst seit zwei Monaten hier.«

»Ich gehöre seit vier Jahren zum Clan Llwydd«, antwortete Simon feierlich.

»Vier Jahre! Das ist doch völlig –« fing ich an und verstummte. Die Zeit der Anderwelt verlief anders als die in der wirklichen Welt. Jede der Welten erlebte die Zeit anders, und es gab überhaupt keinen Zusammenhang zwischen ihnen. Minuten konnten Jahre sein, Jahre konnten Stunden sein, konnten Jahrzehnte sein, konnten Sekunden sein, konnten Jahrhunderte sein. Wer konnte es wissen?

Diese Tatsache war in der Literatur der Folklore reichlich dokumentiert, aber ich hatte sie bis jetzt nicht völlig ernst genommen. Ein Stich der Furcht durchfuhr mich, als ich daran dachte, daß die Zeit auf der anderen Seite unabhängig ablief. Was würde uns erwarten, wenn wir zurückkehrten?

Simon schürzte gereizt die Lippen. »Was stimmt nicht?«

Ich schüttelte meine Besorgnis ab und grinste ihn an. »Nichts. Ich fühle mich jetzt wie ein richtiger Kelte«, sagte ich. »Großartiges Gefühl.«

»Freut mich, daß du so denkst.«

Ich hörte einen leicht giftigen Unterton heraus. »Warum? Was ist los?«

»Der König hält heute Hof, und er will dich sehen.«

»Das will er? Wirklich?«

»Du stehst ganz oben auf der Tagesordnung, Kumpel.«

»Ich wußte gar nicht, daß er überhaupt weiß, daß ich hier bin.«

»Oh, das weiß er«, versicherte mir Simon. »Wenn Meldron es ihm nicht gesagt hätte, hätte es Ruadh getan. Du hast den Meisterkämpfer der Cruin getötet – weißt du noch?«

»Ach, das.«

Simon fixierte mich mit einem strengen und ernsten Blick. »Hör mal, laß uns keine Mißverständnisse haben, ja? *Du* hast den Meisterkämpfer getötet. Daran mußt du dich halten, verstanden? Du bringst dich selbst und die anderen Krieger nur in Verlegenheit, wenn du es jetzt leugnest. Und du könntest in ernste Schwierigkeiten kommen.«

»Also gut, Simon. Wenn du es so willst. Aber was ist daran so wichtig?«

»Ich will mich mit dir nicht streiten. Du hast nicht die leiseste Ahnung, wie die Dinge hier laufen. Tu einfach, was ich dir sage. Es ist zu deinem eigenen Besten, glaub mir.«

»Schön. Wunderbar. Ich werde tun, was du sagst.«

Ich muß ängstlich ausgesehen haben, denn Simon grinste plötzlich und knuffte mich in den Arm. »Keine Sorge. Ich bin die ganze Zeit über gleich neben dir. Fertig?«

»Fix und fertig«, sagte ich; dann fügte ich hinzu: »Nur eine Sache noch.«

»Was denn jetzt?«

»Ich weiß, daß dies vermutlich nicht der richtige Zeitpunkt ist«, murmelte ich zögernd. »Aber wir müssen über unsere Rückkehr sprechen – unsere Rückkehr in die wirkliche Welt. Du sagtest, wir wollten warten, bis wir in Sycharth sind, und – na ja, jetzt sind wir hier. Vielleicht sollten wir mit dem König darüber reden.«

»Du hast recht«, antwortete Simon. Einen Augenblick lang dachte ich schon, er würde vernünftig sein. »Dies ist nicht der richtige Zeitpunkt. Wir werden nach dem Festmahl mit dem König reden. Komm schon, genieße deine Zeit ein wenig, Lewis. Entspann dich, ja? Wir werden das schon schaukeln.«

»Also schön«, fügte ich mich widerstrebend. »Nach dem Festmahl.«

»Dann laß uns gehen.« Simon drehte sich um und führte mich aus der Unterkunft. Wir gingen auf dem gleichen Weg, den wir am Abend zuvor gekommen waren, zurück zur Halle des Königs, und ich bemerkte, daß das Treiben immer geschäftiger wurde, je näher wir kamen. Auf dem Platz vor der Halle des Königs hatte man lange Tischplatten auf Böcke gelegt und Bänke zu beiden Seiten aufgestellt. Eine Gruppe von Männern und Jungen war damit beschäftigt, in der Mitte des Platzes eine kleine Pyramide aus Eichenfässern aufzurichten. Mehrere Dutzend Krieger hielten sich in der Nähe des Eingangs zur Halle auf. Und am anderen Ende der Rasenfläche waren zwanzig oder mehr Pferde angebunden.

Simon sah, wie ich die Pferde betrachtete, und sagte: »Einige von Meldryn Mawrs Häuptlingen sind zum Llys erschienen.«

›Llys‹ ist ein altes britisches Wort für Hof, das entweder den Ort einer Versammlung oder die Versammlung selbst bezeichnete. Ich wußte, daß ein solcher Llys oft ein großer Anlaß war. Juristische Dinge wurden geregelt, Handel und Geschäfte abgeschlossen und persönliche Auseinandersetzungen und Mißgeschicke in Ordnung gebracht. Jeder, der eine Not oder eine Beschwerde hatte, konnte sich dem Richterstuhl nähern und seine Sache dem König vortragen, der ihm sodann die erbetene Gerechtigkeit zuteil werden lassen würde. Das Wort des Königs war Gesetz im Reich, das einzige Gesetz, das sein Volk kannte. Ein Vermögen konnte gewonnen oder verloren und ein Leben für immer verändert werden, je nachdem, in welcher Stimmung sich der König befand.

Daß ich in diesem bedeutenden Schauspiel eine Rolle spielen sollte, erfüllte mich abwechselnd mit Wellen der Furcht und der Begeisterung: Was wollte der König von mir? Was würde er sagen? Was würde *ich* sagen? Es fiel mir schwer, mich an Simons Aufforderung zu halten und mich zu entspannen; meine Zeit gar genießen kam überhaupt nicht in Frage.

Wir hielten am Eingang zur Halle, und Simon warf einen schnellen Blick auf die Sonne. »Sie werden bald beginnen«, sagte er. »Wir sollten lieber hinein an unsere Plätze gehen.« Er überprüfte ein letztes Mal mein Äußeres. »Zu schade, daß wir keine Zeit mehr hatten, dich zu rasieren.«

»Danke, daß du mir das jetzt sagst«, murmelte ich und rieb mir das stoppelige Kinn, plötzlich verlegen und ärgerlich auf Simon, weil er sich nicht besser um mich gekümmert hatte.

Wir gingen zwischen den Steinsäulen hindurch und nickten den Kriegern zu, die am Eingang herumlungerten – einige riefen uns an, und Simon antwortete ihnen. Gelächter ringsum. Ich erriet, daß der Witz auf meine Kosten ging, aber ich lächelte nervös und nickte. Wir gingen weiter.

Im Eingang stand ein riesiger, wild aussehender Krieger, der allen Eintretenden einschärfte, sich angemessen ehrerbietig zu verhalten. Auf ein Wort von Simon trat der muskelbepackte Riese zur Seite und ließ uns durch. Der verächtliche Blick, den er mir zuwarf, als ich an ihm vorbeiging, war nicht zu übersehen; offensichtlich traute er mir nicht zu, einen Meisterkämpfer getötet zu haben. »Das ist Paladyr«, erklärte Simon. »Meldryns Meisterkämpfer. Großartiger Bursche.«

In der Halle war es kühl und dunkel. Als meine Augen sich an das trübe Licht gewöhnt hatten, das spärlich durch die schmalen Fenster fiel, sah ich etwas, das wie ein kleiner Baumstand aussah – es waren die großen Holzsäulen, auf denen die Dachbalken ruhten. Jede Säule war mit den unendlichen Schlingenmustern der Kelten beschnitzt. Eine gigantische Feuerstelle gähnte kalt und dunkel wie eine offene Grube und nahm ein Ende des riesigen Raumes ein. Gegenüber der Feuerstelle begrenzte eine hölzerne Trennwand das andere Ende der Halle; dahinter vermutete ich die Unterkunft des Königs.

Vor der Trennwand stand ein rundes Podest aus Stein, auf dem sieben eiserne Masten standen, an denen sieben Fackeln loderten. Und auf dem Podest stand ein riesiger Stuhl, der aus einem einzigen, massiven Stück schwarzen Holzes geschnitzt zu sein schien. Das Holz war mit unzähligen Goldscheiben verziert, die ein spiralförmiges Muster ergaben. Im flackernden Licht der Fackeln schienen sich die Scheiben langsam zu drehen. Die Illusion der Bewegung ließ den Stuhl wie etwas Lebendiges wirken – ein lebendes Wesen mit seiner eigenen Macht und seinem eigenen Willen.

In der Nähe des Podestes standen mindestens hundert Menschen in kleinen Gruppen zusammen und unterhielten sich leise. Einige hielten Gegenstände in der Hand – hier ein zusammengefaltetes Stück Stoff, dort eine reich verzierte Waffe, wiederum woanders ein schönes Gefäß – Geschenke für den König, vermutete ich. Ich wünschte mir, ich hätte auch etwas mitgebracht.

Mir blieb nicht viel Zeit, darüber nachzugrübeln, denn als wir unsere Plätze an einer Seite der Versammlung erreichten, ertönte ein lauter, flügelhornähnlicher Ton in der Halle. Von jenseits der Trennwand trat der Barde des Königs hervor, trat auf das Podest und blieb vor uns stehen. Er nahm eine Falte seines Umhangs, legte sie sich über den Kopf und hob dann seine Hände. Ich sah, daß er einen langen Stab oder eine Rute in der Hand hielt, deren Ende dunkel im Fackellicht schimmerte. Er hielt die Rute längs über seinen verhüllten Kopf und begann in festem, ein wenig drohendem Tonfall zu sprechen.

Ich warf Simon einen fragenden Blick zu, und er antwortete: »Der Oberste Barde erinnert uns daran, daß das Wort des Königs Gesetz ist und daß seine Urteile absolute Geltung haben.«

Als der Barde geendet hatte, nahm er seinen Platz rechts hinter dem Stuhl des Königs ein. Das Horn ertönte erneut, und Meldryn Mawr selbst erschien, ein wahrer Sonnenkönig: Seine Kleidung war makellos, und sein Gesicht leuchtete. Er war ganz in Hellrot gekleidet – Hemd, Hosen und Stiefel. Sein goldener Fischschuppengürtel glänzte mit jeder Facette; an den Ringen an seinen

Händen schimmerten Edelsteine. Zusätzlich zu seinem Torc trug der König eine Krone, die aus Eichenblättern und Zweigen zu bestehen schien, die in flüssiges Gold getaucht worden waren. Seine dunklen Augen musterten die Menge vor ihm mit einem selbstbewußten und weisen Blick. Der mächtige Eindruck seiner Gegenwart erfüllte die gesamte Halle und zog die Aufmerksamkeit aller auf ihn; ich konnte meinen Blick nicht abwenden.

Als der König sich gesetzt hatte, stieg Prinz Meldron auf das Podest und drapierte einen Umhang aus schwarzem Bärenfell um die Schultern seines Vaters. Dann beugte er sich herab, um den Fußrücken des Königs zu berühren, und zog sich zurück, um seinen Platz unter den anderen Häuptlingen einzunehmen. Ich sah Ruadh vortreten, um sich neben Prinz Meldron zu stellen.

Auf ein Nicken des Königs hin hob Ollathir seinen hölzernen Stab und schlug damit dreimal gegen den Stein. Dann zeigte er auf den ersten der Bittsteller, einen großen, schwer gebauten Mann von beeindruckendem Äußeren, der daraufhin an das Podest trat und seine Hände ausstreckte, um sein Geschenk darzubieten: einen schönen neuen Bogen und einen Köcher voller Pfeile mit silbernen Spitzen.

Der König empfing die Gabe mit einer Neigung seines Hauptes, und der Mann begann sein Anliegen vorzutragen. Nachdem er einen Moment lang zugehört hatte, flüsterte Simon: »Das ist Rhiogan von Caer Dyffryn, einer der Häuptlinge Meldryn Mawrs an der Ostgrenze. Er bittet den König um Erlaubnis, den Fluß zu überschreiten und die Vedeii zu überfallen – das ist ein Stamm der Cruin.« Simon hielt inne und hörte weiter zu. »Offenbar haben die Vedeii im letzten Herbst angegriffen und Vieh gestohlen. Er will sein Vieh zurück und noch einmal die gleiche Menge als Strafe.«

Der König hörte sich die Bitte an und verschränkte von

Zeit zu Zeit die Finger. Als Rhiogan geendet hatte, antwortete Meldryn, stellte ein paar Fragen, auf die sein Häuptling kurz und einfach antwortete. Dann wandte der König sich an Ollathir, flüsterte ihm etwas ins Ohr und lehnte sich wieder zurück.

Sodann gab Ollathir die Botschaft des Königs an den Häuptling weiter. »Was sagt er?« fragte ich fasziniert.

»Er verkündet das Urteil des Königs – die Erlaubnis für den Überfall wird erteilt, vorausgesetzt, der König erhält einen Anteil an der Beute.«

»Ist das fair?« überlegte ich laut.

»Es geht nicht um Fairneß«, erklärte Simon. »Wenn der König Anteil an der Beute hat, übernimmt er auch Verantwortung für den Überfall – die Schuld fällt auf ihn. Wenn dann die Vedeii Schwierigkeiten machen, haben sie es mit Meldryn Mawr zu tun, nicht nur mit Rhiogan.«

»Der König verleiht also die Vollmacht, in seinem Namen Rache zu nehmen.«

»Genau.«

Der Häuptling schien mit dieser Entscheidung zufrieden zu sein und stieg auf das Podest. Er trat vor den König, kniete nieder, beugte sich vor und legte seinen Kopf gegen die Brust des Königs – wie ein Kind, das Trost bei seiner Mutter sucht. Trotz der eigenartigen Pose war es eine sehr bewegende Geste.

Der nächste Bittsteller war keiner der Häuptlinge des Königs, sondern ein Barde aus einer Liegenschaft im Norden, der um die Erlaubnis bat, an einer Zusammenkunft von Barden in einem benachbarten Reich teilzunehmen. Die Bitte war, wie ich erfuhr, eine Formalität, die nicht so sehr aus Ehrfurcht vor dem König beachtet wurde, sondern aus Achtung vor Ollathir – der ohnehin an der Zusammenkunft teilnehmen würde.

Der dritte Bittsteller war ein Bauer von Meldryns eigenen Ländereien, der den König um Hilfe bei der Urbarmachung eines Talgrundes bat, die es notwendig machte, ein Stück Sumpf trockenzulegen. Das ging eindeutig über die Möglichkeiten des Bauern, und er würde viel Hilfe brauchen, um das Land bis zur kurz bevorstehenden Pflanzzeit bereit zu machen.

Der König erteilte dem Unternehmen durch seinen Barden seinen Segen – für eine bescheidene Gegenleistung – und bot die Arbeit von fünfzig Kriegern unter der Anleitung eines *Gwyddon* an, um die Aufgabe zu bewältigen.

»Was ist ein Gwyddon?« fragte ich Simon, nachdem er mir die Situation erklärt hatte.

»Eine Art Barde. Es gibt mehrere verschiedene Arten; eigentlich sind es Grade. Vom *Penderwydd* – das ist der Oberste Druide oder Barde – bis hinab zum *Mabinog*, einem Schüler oder Lehrling. Der Gwyddon ist ein Experte für alles, was mit Land oder Vieh zu tun hat; außerdem ist er hier das, was einem Arzt am nächsten kommt.«

Kreise innerhalb von Kreisen, dachte ich. Selbst einfache Gesellschaften hatten so etwas wie eine Bürokratie.

Als der nächste Bittsteller vortrat, legte sich eine spürbare Spannung über die Menge. Diejenigen, die in den vordersten Reihen standen, zogen sich von dem Mann zurück; die Art, wie sich die Leute verhielten, erweckte den Eindruck, als handele es sich um einen Kriminellen. »Das wird gut«, flüsterte Simon.

»Wer ist das?«

»Es ist Balorgain«, antwortete Simon mit gehässiger Freude. »Er ist ein Edelmann aus Meldryn Mawrs Linie. Er hat einen Verwandten von Meldryn im Kampf getötet und die letzten Jahre im Exil zugebracht.«

»Was tut er hier?«

»Warte es ab.« Simons Augen funkelten vor wachem, beinahe schadenfrohem Interesse.

Der König betrachtete den Edelmann mit sichtlicher

Verachtung, obwohl Balorgain seinerseits auf mich einen aufrichtig reuigen Eindruck machte. Er stand mit an die Seite angelegten Händen vor dem König. Der Oberste Barde stellte ihm eine Frage. Der Mann antwortete mit leiser Stimme. Ich sah, wie das Gesicht des Königs erstarrte; er kniff den Mund zusammen, und sein Blick wurde hart.

»Balorgain hat Mut, das muß ich ihm lassen«, sagte Simon. »Er hätte von dem ersten, der ihn sah, getötet werden können.«

»Was ist los?«

»Er beansprucht *Naud* vom König«, erklärte er. »Das ist –«

»Ich weiß, was es ist«, flüsterte ich zurück. Das Wort war mir bereits begegnet: ein juristischer Ausdruck für Asyl oder Zuflucht. Bei den alten Kelten hatte ein Edelmann das Recht, Naud oder Zuflucht zu beanspruchen, was ihm eine Bestrafung ersparen konnte. Interessanterweise war der König, wenn jemand Naud beanspruchte, moralisch verpflichtet, es ihm zu gewähren. Aufgrund irgendeiner obskuren Logik würde die Schuld an dem Verbrechen auf den König übergehen, wenn er ein erbetenes Naud verweigerte. Offenbar war Balorgain aus dem Exil zurückgekehrt und hatte sich unbemerkt an den Hof geschlichen, um Naud zu erbitten. Wenn es ihm gewährt wurde, war sein Verbrechen vergeben, und dem mutigen Balorgain würde es freistehen, zu seinen Angehörigen zurückzukehren. Natürlich war Meldryn Mawr, der das Exil ja selbst angeordnet hatte, darüber nicht glücklich. Doch als der große König, der er war, flüsterte er Ollathir einfach die Worte zu, der daraufhin verkündete, Balorgains Anspruch auf Naud sei gewährt. Und Balorgain verließ die Halle als freier Mann.

Die nächsten Fälle waren kleinere Auseinandersetzungen zwischen benachbarten Stämmen – von denen die interessanteste eine ehebrecherische Affäre zwischen einer verheirateten Frau aus einer Liegenschaft und einem unverheirateten Mann aus einer anderen betraf. Die Klage wurde entschieden, indem der unverheiratete Mann verpflichtet wurde, den gehörnten Ehemann mit drei Kühen oder zehn Schafen zu entschädigen, wie es dem Ehemann lieber war. Die treulose Frau ging jedoch nicht straflos aus. Denn der Ehemann erhielt die Erlaubnis, sich eine Konkubine zu nehmen, sollte er den Wunsch danach verspüren.

An diesem Punkt schien Meldryn Mawr ein wenig das Interesse an den Vorgängen zu verlieren und schaute sich im Raum nach einer Ablenkung um. Sein Blick fiel auf die Stelle, wo Simon und ich standen und warteten. Er neigte seinen Kopf in unsere Richtung, und Ollathir winkte uns nach vorn ans Podest.

»Wir sind gemeint«, hauchte Simon. »Gehen wir.«

Simon führte mich an das Podest. Wir hatten kein Geschenk, das wir hätten anbieten können, doch den König schien das nicht zu stören. Er betrachtete mich mit lebhafter Neugier, wie mir schien. Zumindest verschwand sein gelangweilter Ausdruck, als er mich von Kopf bis Fuß musterte. Wie es die anderen getan hatten, stellte uns Simon mit einer kurzen Schilderung der Ereignisse vor. Zumindest nehme ich an, daß er das tat. Der König antwortete und stellte Fragen. Simon antwortete kurz. Der König nickte, und ich dachte schon, daß die Sache damit beendet wäre, denn er wandte sich an seinen Obersten Barden und flüsterte ihm etwas zu. Ollathir hörte zu und ließ mich unterdessen nicht aus den Augen. Ich rechnete damit, daß als nächstes das Urteil des Königs verkündet würde.

Statt dessen wandte sich der Große König mir zu und winkte mich näher. Ich trat näher an das Podest heran, und Simon folgte hinter mir. Der König sprach mich an. Ich lächelte freundlich. »Was hat er gesagt?« flüsterte ich Simon aus meinem grinsenden Mundwinkel zu.

»Der König möchte wissen, wie du hierhergekommen

bist«, antwortete Simon ruhig. »Er weiß, daß du die Sprache nicht beherrschst, und hat mich beauftragt zu dolmetschen. Du brauchst nicht zu flüstern; antworte ihm nur, und ich werde übersetzen.«

»Okay, aber was sage ich ihm?«

»Sag ihm die Wahrheit«, drängte Simon. »Aber was immer du ihm sagst, zögere nicht. Schon eine Sekunde Zögern ist für sie gleichbedeutend mit einer Lüge.«

Ich schluckte hart. Der König musterte mich wohlwollend. »Großer König«, sagte ich, »ich bin ein Fremder hier. Ich bin aus einer anderen Welt in dein Reich gekommen – durch ein Cairn auf einem heiligen Hügel.«

»Gute Antwort«, sagte Simon und übersetzte dann für mich. Der König nickte, ohne sich überrascht zu zeigen, und stellte eine weitere Frage, die Simon an mich weitergab. »Er will wissen, wie es dazu kam, daß du den Meisterkämpfer der Cruin getötet hast.«

»Großer König«, sagte ich, »ich habe den Meisterkämpfer der Cruin durch … durch Zufall getötet. In der Hitze der Schlacht fand ich einen Speer und durchbohrte ihn, als er mich angriff.«

Ohne zu zögern, gab Simon meine Antwort weiter und übersetzte dann die Erwiderung des Königs. »Er will wissen, ob du in deiner Welt ein großer Krieger bist.«

»Großer König, ich bin kein Krieger. Ich bin der geringste unter den Kriegern.«

Als Simon diese Worte wiedergab, hob der König überrascht die Brauen. »Wenn du kein Krieger bist, was bist du dann? Ein Barde?« ließ er mich durch Simon fragen.

»Großer König, ich bin kein Barde.«

Der König hörte Simons Antwort an und fragte durch ihn zurück: »Bist du vielleicht ein Handwerker oder ein Bauer?«

»Großer König«, antwortete ich, »ich bin weder ein Handwerker noch ein Bauer.«

Meldryn Mawr schien meine Antwort äußerst rätselhaft zu finden. Er sagte etwas zu mir im Tonfall unverblümter Verwirrung. »Was sagt er?« fragte ich drängend.

Simon übersetzte: »Du kämpfst nicht, du singst nicht, du pflanzt oder erntest nicht. Was tust du denn dann, Fremder?«

»Was soll ich ihm sagen?« zischte ich Simon zu.

»Antworte!« zischte Simon zurück. »Schnell!«

»Großer König«, sagte ich, »ich lese und schreibe. Ich lerne.«

»Na wunderbar«, murmelte Simon, »das wär's dann ja wohl.« Doch er gab meine Antwort an den König weiter.

Meldryn warf mir einen finsteren Blick voll ernster Mißbilligung zu und wandte sich an Ollathir und dann an Meldron, der ihm etwas zuflüsterte. Um uns her erhob sich Gemurmel. »Was geschieht jetzt?« fragte ich.

Bevor Simon antworten konnte, ergriff der König das Wort. Simon übersetzte: »Der König sagt, daß er seiner nicht spotten läßt – nicht einmal von einem Gast, der die Sitten der Llwyddi nicht kennt. Du bist in der Maske eines Kriegers an seinen Hof gekommen, also wirst du auch ein Krieger werden.«

»Ich kann nicht!« flüsterte ich heiser. »Erklär es ihm. Wir bleiben nicht hier. Wir verlassen diese Welt so bald wie möglich – wir *verlassen* sie, Simon. Sobald wir eine Möglichkeit finden, in unsere eigene Welt zurückzukehren, sind wir weg.« Ich beschwor ihn verzweifelt. »Du mußt es ihm sagen, Simon. Mach es ihm begreiflich.«

Simon sagte etwas zum König, der ihm zuhörte und dann dem Obersten Barden etwas ins Ohr flüsterte. Ollathir verkündete das Urteil des Königs mit einer Stimme voller Autorität und Endgültigkeit.

Als er geendet hatte, schlug er dreimal mit der Rute auf den Stein, und das Llys war vorüber. Der König erhob sich von seinem Richterstuhl und zog sich zurück. Wir in der

Halle Versammelten defilierten langsam hinaus, wo die Vorbereitungen für das Festmahl immer noch im Gang waren.

»Nun?« fragte ich, sobald wir die Halle verlassen hatten. »Was hat er gesagt? Was ist da drinnen vorgegangen?«

Simon zögerte mit seiner Antwort. »Er hielt es nicht für angemessen, seine Meinung zu revidieren«, sagte er schließlich.

»Und das bedeutet?«

»Du wirst ein Krieger werden, mein Junge.«

»Das kann er nicht machen!«

»O doch, das kann er«, beharrte Simon. »Er ist der König.«

»Aber ich habe nicht die geringste Ahnung davon, ein Krieger zu sein. Ich werde getötet werden. Außerdem werde ich gar nicht so lange hierbleiben. Hast du ihm nicht gesagt, daß wir seine Welt unverzüglich verlassen werden? Wir müssen zurück, Simon. Das hast du ihm doch gesagt, oder?«

Simon zögerte. »Nicht direkt.«

»Was *hast* du ihm denn gesagt?« Meine Stimme hatte sich vor Verärgerung beinahe zu einem Schreien erhoben. Die Leute um uns her beobachteten mich amüsiert und fanden meine Hysterie offenbar sehr unterhaltsam.

»Sprich leiser«, warnte mich Simon. »Sonst denken die Leute noch, du stellst das Urteil des Königs in Frage.«

»Verdammt richtig! Ich *stelle* das Urteil des Königs in Frage! Genau das tue ich.«

»Tu es nicht«, warnte Simon. »Nicht hier – nicht direkt vor der Halle des Königs.«

»Ich schreie, wo ich will! Was zur Hölle ist hier überhaupt los?« fragte ich. Simon packte mich am Arm und zerrte mich von der Halle weg.

»Der König ist der Ansicht, daß jeder, der einen Meisterkämpfer durch Zufall töten kann, eine Chance verdient hat, sich selbst als Meisterkämpfer zu erweisen. Da du für dich in Anspruch nimmst, gut im Lernen zu sein, wirst du das Handwerk eines Kriegers erlernen. Im Grund erweist er dir eine Ehre. Eine recht hohe, wenn man's bedenkt.«

»Wenn man was bedenkt?«

»Wenn man bedenkt, daß du ihn durch deine leichtfertigen Antworten beinahe beleidigt hast.«

»Meine leichtfertigen Antworten! Wovon redest du?«

»Kein Krieger, kein Barde, kein Bauer – du hast ihn vor seinen Häuptlingen wie einen Narren dastehen lassen. Das war äußerst riskant.«

»Das war nicht meine Absicht«, protestierte ich. »Ich habe nur versucht, seine Fragen zu beantworten, wie du gesagt hast.«

»Das weiß er«, erklärte Simon, »und das ist der Grund, warum man dir nicht an Ort und Stelle die Zunge herausgerissen hat. Ich sagte schon, es ist im Grunde eine Ehre.«

»Nun, ich werde es nicht tun«, beharrte ich und verschränkte die Arme vor der Brust. »Du mußt einfach mit ihm reden. Erklär ihm alles. Setz ihm die Sache auseinander. Vielleicht kann sein Barde uns helfen.«

»Zu spät«, antwortete Simon. »Du hast deine Chance gehabt. Das Urteil ist verkündet. Du weißt doch, das Wort des Königs ist Gesetz.«

»Gesetz, Pustekuchen! Was zum Kuckuck soll ich jetzt machen?«

Simon deutete über den rasenbedeckten Platz zu der Stelle, wo die Pferde angebunden waren. Ich wandte mich um und sah Ollathir und einen jungen Mann miteinander reden. Der junge Mann ergriff den Saum des Gewandes des Obersten Barden, führte ihn an die Lippen und küßte ihn. Ohne einen Blick in unsere Richtung ging Ollathir davon. Der jüngere Mann ergriff die Zügel zweier Pferde und setzte sich in unsere Richtung in Bewegung.

»Er kommt auf uns zu«, sagte ich. »Simon, was hat er vor?« Spannung durchfuhr mich wie ein Ameisenschwarm. »Was ist los?«

Simon legte mir eine Hand auf die Schulter. »Beruhige dich, Lewis. Es ist am besten so.«

»Was ist am besten so? Simon! Was geht hier vor?« Meine Stimme stieg um einige Oktaven nach oben. »Du weißt Bescheid – also sag es mir, verdammt!«

»Hör gut zu, Lewis«, erwiderte Simon in einem Tonfall, als hätte er ein verwirrtes Kind vor sich. »Dir wird nichts Schlimmes geschehen. Du wirst auf eine Reise gehen.«

»Ich verstehe nicht. Wohin gehe ich?«

»Du gehst nach Ynys Sci« – er sprach es wie *Ennis Skai* aus – »das ist eine Insel – dort gibt es eine Schule für Krieger. Dort wirst du lernen, wie man kämpft, und wenn du es gelernt hast, wirst du hierher zurückkehren, um Meldryn zu dienen.«

»Eine Kriegerschule! Das ist ein Witz, nicht wahr?«

Simon schüttelte ernst den Kopf. »Es ist kein Witz. Auf diese Schule werden Jungen aus ganz Albion geschickt – allesamt Söhne von Königen und Meisterkämpfern. Ich sagte schon, es ist eine große Ehre.«

Ich war zu betäubt, um zu sprechen. In stummer Verzweiflung sah ich zu, wie der junge Mann näher kam und Simon grüßte. Sie tauschten ein paar kurze Worte aus, und dann wandte sich der junge Mann mir zu und berührte seine Stirn mit dem Handrücken.

»Das ist Tegid Tathal«, sagte Simon. »Er ist ein *Brehon* – das ist auch eine Art Barde. Er ist Ollathirs rechte Hand. Der Oberste Barde hat ihn beauftragt, dein Führer zu sein. Außerdem obliegt es ihm, dir die Sprache beizubringen.«

Tegid grinste mich an und übergab mir die Zügel eines der Pferde.

»Wir brechen auf – einfach so?«

»Ja. Einfach so.« Simon trat an die Seite des Pferdes. »Hier, ich helfe dir beim Aufsteigen.«

»Das ist Wahnsinn!« murmelte ich mordlustig. »Ich meine, das ist *völlig* verrückt! Ich gehöre nicht hierher.«

»Entspann dich«, beschwichtigte mich Simon. »Genieße es. Es wird ein Erlebnis sein, das du nie vergessen wirst. Du hast ein wunderbares Geschenk empfangen. Ich wünschte, ich könnte mit dir gehen – ehrlich.«

»Warum kannst du nicht?«

»Befehl des Königs«, sagte Simon achselzuckend. »Aber mach dir keine Sorgen. Ich werde dich erwarten, wenn du zurückkommst.«

»Ha! *Falls* ich zurückkomme, meinst du.«

»Oh, du wirst schon zurückkommen, keine Angst«, versicherte er mir. »Wie Tegid mir sagt, hat der König besondere Vorsicht angeordnet – du darfst während deiner Ausbildung nicht getötet werden. Siehst du? Kein Grund, sich Sorgen zu machen. Es ist für alles gesorgt.«

Simon formte seine Hände zu einem Steigbügel. Ich hob meinen Fuß, und er half mir in den Sattel. Ich sage ›Sattel‹ – in Wirklichkeit war es kaum mehr als ein Stück Leder über einem zusammengefalteten Umhang, befestigt mit einem Riemen. »Hör zu, Simon. Du mußt mit dem König reden. Du mußt ihn dazu bringen, seine Meinung zu ändern. Ich meine es ernst, Simon. Wir können nicht hierbleiben. Wir müssen zurückkehren. Wir gehören nicht hierher.«

»Ich werde sehen, was ich tun kann«, versprach er nichtssagend. »Inzwischen versuche es leicht zu nehmen. Es hat keinen Zweck, sich aufzuregen – entspann dich einfach und genieße es.«

Kaum saß ich oben, sprang Tegid in den Sattel, wendete sein Tier und begann über den Rasenplatz davonzutraben. Mein Pferd, ein riesiges graues Tier, folgte im Trab. »Ich kann nicht reiten!« schrie ich, während ich mich verzweifelt an die Mähne des Tieres klammerte.

»Natürlich kannst du das!« rief Simon mir nach. »Viel Glück, Lewis!«

Und damit machten wir uns auf den Weg. Die Leute hielten in ihrer Arbeit inne und riefen uns etwas zu, als wir vorbeikamen – sie wünschten uns Lebewohl, nehme ich an. Ich drehte mich um und blickte zurück, als wir das schmale Tor des Caers erreichten, und sah, wie sie uns nachwinkten. Bitter starrte ich zurück, und mir wurde klar, daß ich dank der wunderbaren Ehre, die mir Meldryn Mawr erwies, das Festmahl versäumen würde.

17

Die Straße nach Ynys Sci

Mein Trübsinn hielt in diesem strahlenden Land nicht lange vor. Tagelang reisten wir durch die schönste Landschaft, die man sich vorstellen kann: Jedes Panorama nahm mir den Atem, jede Aussicht verzauberte. Alle hundert Meter wollte ich stehenbleiben und die Aussicht bewundern. Hätte Tegid es zugelassen, wären wir heute noch auf der Straße nach Ynys Sci.

Wir reisten mit leichtem Gepäck. Ich hatte nichts bei mir außer den Kleidern auf meinem Leib, und Tegid hatte nur seinen Eichenholzstab und einen großen Lederbeutel hinter seinem Sattel, der ein paar Vorräte enthielt. Dennoch gab mein Führer ein langsames, wenn auch gleichmäßiges Tempo vor. Dafür war ich dankbar. Ich hatte auf keinem Pferd mehr gesessen, seit ich als kleiner Junge auf dem Jahrmarkt gewesen war, und das war ein Shetlandpony gewesen. Tegid ließ mir Zeit, mich an meine rudimentären Reitkenntnisse zu erinnern und ein paar neue zu meistern. Er zeigte mir, wie ich mein Pferd durch den sanften Druck meiner Knie führen konnte, so daß mir die Hände frei blieben, um einen Schild und ein Schwert oder einen Speer zu halten. Und jeden Tag trieb er mehrere Male die Pferde zu einem Galopp an, so daß ich schnell lernte, mich auf dem breiten, bebenden Rücken des Tieres unter mir aufrecht zu halten.

Die Tage waren mild und hell, die Nächte kühl und frisch; das Land erwärmte sich allmählich zum vollen

Frühling. Wir ritten in nordwestlicher Richtung über das weite Tiefland nördlich des Flusses Sychnant auf einem alten Pfad, den irgendein Llwyddi-König angelegt hatte, um seine weiter abgelegenen Liegenschaften zu verbinden: *Sarn Meldraen* nannte ihn Tegid. Wie er mir verständlich machte, erinnerte der Name an einen berühmten Vorfahren Meldryn Mawrs.

Tegid erzählte mir unzählige Dinge, von denen ich anfangs nur wenige verstand. Doch er war ein unermüdlicher Lehrer und redete von der ersten Morgendämmerung bis spätabends, wenn mir bereits die Augen zufielen, auf mich ein. Dank Tegids ständigen Wiederholungen und seinem unermüdlichen Eifer gewann ich eine erste Tuchfühlung mit der frühgälischen Sprache der Einwohner von Albion.

Natürlich erkannte ich viele einzelne Wörter wieder; Dutzende der älteren Wortformen waren mir bei meinen keltischen Studien begegnet, und sie hatten sich wenig verändert. Und warum auch nicht? Die Barden des alten Britanniens erhoben stets den Anspruch, daß ihre Sprache aus einer anderweltlichen Quelle stammte. Die meisten Akademiker schenken solchen Geschichten nicht den geringsten Glauben und halten sie für unsinnige Prahlereien eines heruntergekommenen Stammes, der sich selbst durch die behauptete Abstammung von einem illustren Vorfahren aufwerten wollte. Doch als ich die Sprache auf Tegids lebhafter Zunge hörte, warf ich derlei Zweifel beiseite. Die Muttersprache Albions war kräftig und subtil, unendlich ausdrucksstark und reich an Farben, Klängen und Bewegungen. In ihr waren die Wurzeln des modernen Gälisch unverkennbar.

Da Tegid und ich allein unterwegs waren, versuchte ich mein Bestes, um meinen Lehrer Silbe für zungenverknotende Silbe und Vokal für Vokal zu imitieren. Zu seiner Ehre muß ich sagen, daß er niemals über meine unsicheren, schwächlichen Bemühungen lachte. Geduldig korrigierte er jeden groben Fehler und lobte jeden kleinen Erfolg. Er erfand Wortspiele, die wir spielen konnten, und stellte sich taub, wann immer ich aus Erschöpfung oder Frustration ins Englische zurückfiel. Es schien ihm wirklich am Herzen zu liegen, daß ich die verwirrenden Feinheiten seiner Sprache meisterte und mir nicht nur ein paar Wörter und Ausdrücke aneignete. Kaum hatte ich auf einer niedrigen Sprosse probeweise Fuß gefaßt, war Tegid zur Stelle und stachelte mich zu höheren, komplizierteren und raffinierteren Leistungen an.

Unter solch intensiver und phantasievoller Anleitung erlangte ich eine liebevolle Vertrautheit mit dem, was die Barden *Moddion-o-Gair* nannten – die Wege der Worte. Und je mehr ich lernte, desto klarer sah ich die Welt um mich her. Ich weiß, das klingt merkwürdig, aber es ist trotzdem wahr. Denn je mehr Worte ich für die Dinge hatte, desto besser konnte ich meine Gedanken in einen Rahmen bringen, desto lebhafter wurden sie. Mein Bewußtsein vertiefte sich, und meine Wahrnehmung wurde schärfer.

Ich glaube, daß das mit der Sprache selbst zu tun hatte: Es gab keine toten Wörter. Keines ihrer Wörter war durch die ignorante Mühle der Medien gedreht worden oder hatte durch groben Mißbrauch seine Substanz verloren; es gab keine Wörter, die durch übermäßigen Gebrauch bedeutungslos geworden oder durch bürokratische Faseleien entleert worden waren. Infolgedessen war die Sprache Albions eine angesehene Währung, eine Sprache, die vor Bedeutung sprühte: poetisch, bildreich, sprudelnd vor Rhythmus und Klang. Wenn die Worte laut ausgesprochen wurden, besaßen sie die Kraft, nicht nur den Kopf, sondern auch das Herz zu berühren: Sie sprachen zur Seele. Aus dem Mund eines Barden wurde eine Geschichte zu einer staunenerregenden Offenbarung, ein Lied zu einem Wunder von beinahe lähmender Schönheit.

Tegid und ich verbrachten drei Wochen unterwegs – ich nenne es Wochen, obwohl die Barden die Tage nicht auf diese Weise zählten –, drei Wochen, in denen wir die Sprache Albions lebten und atmeten: abends am Feuer, wenn wir unser Lager aufschlugen; im Sattel, wenn wir ritten; an den kalten Bächen und im Schatten der Bäume auf den Hügeln, wo wir hielten, um zu essen oder uns auszuruhen. Als wir Ffim Ffaller erreichten, sprach ich wie ein Kelte – wenn auch wie ein recht wortkarger Kelte.

Ich lernte viel über die neue Welt um mich her. Albion war – wie ich schon selbst vermutet hatte – eine Insel, die in ihrer Welt etwa die gleiche Gestalt und Lage hatte wie die Insel Großbritannien in der wirklichen Welt.

Tegid zeichnete eine Karte in den Staub, um mir zu zeigen, wohin wir gingen. Obwohl die Ähnlichkeit groß und augenfällig war, gab es einen bedeutenden Unterschied, nämlich in der Größe: Albion war in jeder Hinsicht um ein Vielfaches größer als das hübsch kompakte Britannien, das ich hinter mir gelassen hatte. Nach den Entfernungen zu urteilen, die wir zurücklegten, mußte Albion riesig sein; sowohl das Land als auch die Welt, in der es lag, besaßen eine weit größere Ausdehnung, als ich es mir hätte träumen lassen.

Da Tegid sich als wahrer Springbrunnen der Information erwies, lernte ich auch einiges über die Wälder und die Tierwelt. Nichts entging seiner Aufmerksamkeit – weder oben am Himmel noch unten auf der Erde. Kein Detail war zu winzig, kein Ereignis zu trivial, um Gegenstand einer Lektion zu werden. Der Mann war unermüdlich.

Doch obwohl er ein so guter Lehrer war, zeigte Tegid kein Interesse daran, woher ich kam oder wie ich an Meldryn Mawrs Hof gelangt war. Keine einzige Frage über meine eigene Welt wurde mir gestellt. Zuerst fand ich diesen auffälligen Mangel an Neugier merkwürdig. Doch je länger die Reise dauerte, desto dankbarer wurde ich für Tegids Gleichgültigkeit. Es widerstrebte mir immer mehr, auch nur an die wirkliche Welt zu denken. Ja, ich vergaß sie ganze Tage lang völlig und empfand das als befreiend.

Ich überließ mich völlig der Unterweisung Tegids und lernte viel über Albion – mehr, als ich auf eigene Faust in Jahren hätte herausfinden können. Bei dieser Gelegenheit erfuhr ich auch viel über meinen Führer und Begleiter.

Tegid Tathal ap Talaryant war ein Barde und Sohn eines Barden. Mit seinem dunklen guten Aussehen, seinen Augen von der Farbe des Bergschiefers, seinem tief gespalteten Kinn und seinem breiten, ausdrucksvollen Mund sah er aus, wie sich ein Maler einen brütenden Poeten vorstellt. Tegid war von edlem Geblüt, was sich in jeder Linie seiner wohlgebauten Gestalt zeigte. Er stammte aus einem südlichen Stamm, aus dem seit zehn oder mehr Generationen Barden für die Könige von Llwydd hervorgegangen waren. In seiner Gesellschaft war ich mir meines eigenen gewöhnlichen Äußeren bewußt: Mit meinem groben Gesicht und meiner untersetzten Figur muß ich auf diese Leute sehr häßlich gewirkt haben.

Obwohl er, wenigstens nach den Maßstäben Albions, noch ein junger Mann war, war er bereits ein Brehon, nur drei Rangstufen unter dem Penderwydd oder Obersten Barden. Brehon war die Stufe in der Ausbildung eines Barden, in der er die Feinheiten des Stammeslebens meistern lernen sollte – alles von den Vorschriften über eine Königswahl und die Rangfolge am Hof bis zu den letzten Landstreitigkeiten unter Bauern und der Zahl der Kühe, die dafür bezahlt werden mußten, wenn jemand den Platz eines anderen Mannes in seinem Bett raubte. Sobald er zu einem Fachmann für all diese öffentlichen und privaten Rechtsdinge geworden war, wurde ein Barde zum Gwyddon und dann zum *Derwydd*.

Die Rangstufen des Bardentums waren kompliziert und streng strukturiert; ihre Rollen seit Äonen offenbar unveränderter Überlieferung genau definiert. Ein Kandidat ging vom Rang eines Mabinog aus – der sich in zwei verschiedene Unterstufen unterteilte, den *Cawganog* und den *Cupanog* – und stieg durch die Rangfolge auf: *Filidh*, Brehon, Gwyddon, Derwydd und schließlich Penderwydd, manchmal auch Haupt des Liedes genannt. Es gab auch einen Penderwydd über das Ganze, ein Haupt der Häupter sozusagen. Er wurde *Phantarch* genannt und durch die Zustimmung der anderen Penderwydds dazu bestimmt, über die Bardenschaft Albions zu herrschen.

Tegid zufolge stand die Insel der Mächtigen auf irgendeine obskure Weise unter dem Schutz des Phantarchen. So, wie er es beschrieb, klang es, als stünde der Phantarch buchstäblich unter dem Reich und stützte es auf seinen Schultern. Ein kurioses poetisches Bild, wie ich annahm.

Die ganze erste Woche hindurch war ich sattelwund und erschöpft von den Strapazen unserer Reise. Am Ende der zweiten Woche redete ich wieder mit meinem Pferd und beurteilte meine Chancen auf völlige Wiederherstellung optimistisch. Als die Zeit kam, die Pferde gegen eine Koje auf einem Schiff einzutauschen, tat es mir regelrecht leid, mich von ihnen zu trennen.

Eines Nachmittags gegen Ende der dritten Woche hielten wir auf dem höchsten Punkt eines felsigen Hochlandes an der Westküste an, und Tegid wies auf eine Siedlung weit unten im dunstverhangenen Tal. Der Meeresarm bildete den Talboden zwischen zwei sich auftürmenden Bergketten und bildete so eine tief eingezogene Tasche, in der die Bucht gut geschützt lag. Die kleine Siedlung verfügte über einen Hafen. »Das ist Ffim Ffaller«, sagte er. »Dort werden wir das Schiff finden, das uns nach Ynys Sci bringen wird.«

»Werden wir lange warten müssen?«

»Nicht lange. Einen oder zwei Tage, vielleicht etwas länger. Aber ich glaube nicht.« Er drehte sich im Sattel zu mir um und legte mir eine Hand auf die Schulter. »Du bist gut vorwärtsgekommen, Bruder. Der König wird erfreut sein.«

»Und du bist ein guter Lehrer gewesen, Tegid. Ich bin dankbar für alles, was du getan hast. Du hast mir Augen zum Sehen, Ohren zum Hören und eine Zunge zum Sprechen gegeben. Dafür danke ich dir.«

Er zuckte die Achseln und sagte: »All das hättest du früher oder später von selbst gelernt. Wenn ich dir geholfen habe, bin ich froh.«

Damit machten wir uns an den Abstieg auf dem steilen Bergpfad hinab zu der Siedlung und sprachen nicht mehr. Der Hafen von Ffim Ffaller war wenig mehr als ein hölzerner Landungssteg und eine kleine Bootswerft am kiesbedeckten Strand. Der Steg war groß genug für drei oder vier Schiffe, und die Bucht selbst bot nur einem weiteren halben Dutzend Platz. Kurz, der Ort sah nach nicht mehr aus, als er war: einem Zwischenhafen für Schiffe, die weiter nach Norden oder nach Süden unterwegs waren.

Die Siedlung bestand aus einer Ansammlung runder, reisiggedeckter Häuser, einem Viehstall und einigen Nebengebäuden. Dazu kamen vier braune Hütten am Strand, die die Werft bildeten, und das war schon das ganze Ffim Ffaller, ein Zuhause für vielleicht dreißig Menschen.

Wir wurden herzlich empfangen, als wir im Schritt in die Siedlung einritten, da wir die ersten Besucher der Saison waren. Das Oberhaupt der kleinen Gemeinde bestätigte uns, daß das Schiff am nächsten oder übernächsten Tag erwartet würde, stellte uns das Gästehaus zur Verfügung und beauftragte eine Frau, für uns zu kochen. Tegid gab ihm ein Stück Gold, das er von einem der dünnen Stäbchen brach, die er in einem Lederbeutel unter seinem

Gürtel trug. Der Vorsteher akzeptierte diese Bezahlung unter Einwänden, das sei doch nicht notwendig: Man sei nur zu froh, Neues aus dem Reich zu erfahren.

Ich begriff, wie einsam ein so abgelegener Ort für ein geselliges Volk sein konnte. Neuigkeiten aus der Außenwelt waren ein kostbares Gut, und Reisende waren darum sehr geachtet. In der Tat bezahlten wir unsere Unterkunft viele Male, bevor wir wieder aufbrachen, indem wir immer aufs neue die Neuigkeiten berichteten, die wir mitgebracht hatten.

Daß Tegid ein Barde war, steigerte unsere Popularität noch. Unter den Bewohnern der Siedlung gab es nicht einmal einen Filidh oder Liedmeister. Den ganzen langen, kalten Winter über hatte es keine Lieder oder Geschichten gegeben – außer denen, die die Leute selbst gesungen oder erzählt hatten. Das klingt vielleicht nicht wie eine schwere Entbehrung, aber die Winternächte sind lang und die Wintertage dunkel. Und die Lieder eines Barden können das Leben am Herdfeuer in einen funkelnden Zauber verwandeln.

In Ffim Ffaller war es, daß ich zum ersten Mal das wahre Genie eines Barden erlebte. Tegid sang für die Siedler, und dieses Wunder werde ich für immer in meinem Herzen bewahren.

Wir hatten uns alle im Haus des Vorstehers um die Feuerstelle in der Mitte versammelt. Die Abendmahlzeit war vorüber, und alle waren gekommen, um Tegid singen zu hören. Zu meiner Überraschung hatte er zuvor eine Harfe aus seinem Lederbeutel hervorgeholt und sie mit hinunter zum Landungssteg genommen, um ihre Saiten zu stimmen. In dem Augenblick, als er die Hütte betrat, breitete sich unter den Leuten spürbare Erregung aus.

Er bahnte sich seinen Weg hinüber auf die andere Seite der Feuerstelle, wo er seinen Platz einnahm und sich gerade und hoch vor uns aufstellte. Sein Umhang floß in anmutigen Falten von seinen Schultern herab; er trug die Harfe vor der Brust, und das flackernde Licht des Feuers fiel auf seine Züge. Er beugte seinen dunklen Kopf, zog seine Finger über die Saiten und ließ eine glitzernde Klangkaskade wie einen Schauer silberner Münzen auf die Umsitzenden herabregnen.

Dann begann er nach einem tiefen Atemzug zu singen – schlicht, ausdrucksstark. Ich folgte seinem Lied, so gut ich konnte, doch in dem dichten Geflecht seiner Worte entging mir vieles. Was machte es schon? Was ich bekam, war viel mehr als das, was mir entging. Es war Magie.

Tegid sang seine Geschichte – sie handelte von einem einsamen Fischer, der um eine Meerjungfrau wirbt, sie aber an das Meer verliert – mit einer so beredten und zwingenden Stimme und in einer so bewegenden Melodie, daß bei ihrem Klang Tränen in meine Augen traten. Ich verstand nur einen Bruchteil von dem, was er sang, und die Feinheiten überhaupt nicht, doch die Intensität des Liedes traf mich trotz alledem mit unverminderter Kraft. Ich konnte die Melodie nicht mehr abschütteln, und sie erfüllte mein Herz mit Sehnsucht.

Als er endete, saßen die Leute in verzücktem Schweigen. Und nach einigen Momenten Stille begann Tegid ein weiteres Lied. Doch wie ein armer Mann, der sich mit einem für seinen bescheidenen Appetit viel zu reichen Festmahl den Bauch vollgeschlagen hat, war ich überfüllt. Mehr davon hätte mich umbringen können. Also schlich ich mich still davon und ging allein am Ufer entlang.

Dort, in der tiefen Dunkelheit der Nacht, schlenderte ich an dem Kiesstrand entlang, starrte hinauf zu den funkelnden Sternen und lauschte dem Spiel der Wellen am Ufer. Ich war verwirrt. Nie zuvor in meinem Leben war ich so bewegt gewesen – und das von einem schlichten Lied über eine Meerjungfrau. Ich konnte weder glauben noch verstehen, was mit mir geschehen war. Denn es schien mir, daß etwas in mir erwacht war, daß ein lange im Schlaf versunkener Teil von mir zum Leben erweckt worden war. Und nun konnte ich nicht mehr der sein, der ich vorher gewesen war. Aber wenn ich nicht mehr der war, der ich war, wer sollte ich dann sein?

Oh, dies war ein furchterregendes Paradies – voll von unvorstellbarem Entzücken und Schrecken. Entsetzen und Schönheit, in voller Kraft, unverwässert, Seite an Seite – und ich so wehrlos gegen das eine wie gegen die andere. Wie konnte ich je in die Welt zurückkehren, aus der ich gekommen war? Um die Wahrheit zu sagen, betrachtete ich eine Rückkehr nicht mehr als Möglichkeit. Hier war ich durch irgendein Wunder, und hier würde ich bleiben.

Lange Zeit ging ich am Strand entlang, und in dieser Nacht schlief ich nicht. Der Teil in mir, der zum Leben erweckt worden war, ließ mich nicht zur Ruhe kommen. Wie hätte ich schlafen sollen, wenn doch mein Geist brannte? Ich hüllte mich in meinen Umhang und wanderte weiter am Ufer entlang, so rastlos wie der Gezeitenfluß in der Bucht, mit loderndem und tanzendem Verstand und einem Herzen, das mir vor Freude und Furcht wild in der Brust pochte.

Als der Tag anbrach, saß ich zusammengekauert auf dem Landungssteg und sah zu, wie der silberne Nebel die steilen Berghänge herabfloß und sich über das kalte, blauschwarze Wasser der Bucht ausbreitete. Der Morgenhimmel war trüb und hart wie Schiefer, doch in den über der Küste dahinziehenden Wolken schimmerte rosa die Dämmerung. Draußen in der Bucht sprang ein Fisch. Und die Stelle, wo er eintauchte, wurde zu einem Wellenring.

Der Anblick dieses silbernen Ringes, der sich über das friedliche Wasser ausbreitete, durchdrang mich bis ins Mark. Denn er erschien mir wie ein Omen, ein bedeutungsschweres Zeichen, ein Symbol meines Lebens: eine eben noch stille Oberfläche, die jetzt zu einem schimmernden, sich ausbreitenden Kreis aufgerührt worden war. Der Kreis würde sich ausdehnen, bis er von der riesigen Bucht verschluckt wurde – und dann würde nichts mehr übrig sein; nichts mehr würde erkennen lassen, daß er je existiert hatte.

18

Scathas Schule

Der Speer in der Hand meines Gegners hatte statt einer metallenen Spitze einen glatten, abgerundeten hölzernen Kopf. Dennoch tat es gemein weh, wenn er mich damit erwischte. Ich hatte blaue und purpurne Flecken am ganzen Körper und war es allmählich gründlich leid, bei jeder Wendung einen Stoß abzubekommen. Der selbstgefällige kleine Lümmel am anderen Ende der Lanze betrachtete sich als mir in jeder Hinsicht überlegen, außer im Alter.

Cynan Machae hatte vielleicht fünfzehn Sommer gesehen, war groß für sein Alter und bereits ein gewaltiger Kämpfer. Er war das Urbild eines verwöhnten Königssohnes: Haare wie ein brennendes Reisigdach, kleine tiefliegende Augen von der Farbe der Kornblumen, eine weiße, leicht mit Sommersprossen übersäte Haut. Er trug seine Arroganz wie den dicken silbernen Torc, auf den er so unerträglich stolz war. Und er hatte mit mir gemacht, was er wollte, seit unser Übungsleiter Boru uns zusammengestellt hatte – ein großes gertenschlankes Genie im Umgang mit einem Speer. Boru, der selbst noch Schüler unter Scathas Aufsicht war, konnte einen Speer weiter schleudern, als die meisten Leute sehen konnten, und damit noch einen Apfel vom Baum herunterholen. Die meisten Schüler hörten Boru gut zu, wann immer er sich dazu herabließ, seinen Unterricht anzubieten.

Mein Problem an jenem Tag war, meinen angeschlagenen Stolz zu retten – irgendwie eine weitere schändliche

Abreibung durch die Hand meines aufgeblasenen jungen Gegners zu vermeiden. Es war dasselbe Problem wie an jedem anderen Tag. Aber heute meinte ich es ernst. Die Dinge liefen jedoch nicht so, wie ich es wollte, und meine Zeit lief ab. Bald würden die Speerübungen vorüber sein, und ich hatte meine Selbstachtung noch nicht gerettet.

Zehn Schritte weit entfernt stand Cynan mit seinem gewohnten hochnäsigen Grinsen auf dem sommersprossigen Gesicht. Mit beiden Händen hielt er seine Lanze quer vor den Körper. Wer immer den letzten Angriff einleitete, wir wußten, daß er ebenso enden würde wie immer: Ich würde auf dem Rücken liegen mit einem scharfen Schmerz in den Rippen oder in der Brust oder an den Schienbeinen oder an den Schultern – oder wo immer der kleine Angeber mich diesmal anstechen wollte.

Ich starrte ihn an – überlegen, kühl, aufgeblasen, wie er dastand –, und mein Blut kochte. Ich würde ihm ein für allemal sein unverschämtes Grinsen vom Gesicht wischen, das schwor ich mir. Als ich meinen Übungsspeer packte, schoß mir eine Idee in den verbeulten Schädel.

Ich trat einen Schritt vor. Cynan wich aus.

Ich machte einen weiteren Schritt und noch einen. Cynan kam mir entgegen – grinsend jetzt. »Willst du noch einmal fallen? Hast du noch nicht genug für einen Tag?«

»Einmal noch«, sagte ich mit flacher Stimme. Ja, nur noch einmal, du elende Ratte.

Höhnisch grinsend, kam er näher. Er war eingebildet und grausam; es machte ihm Spaß, mich herumzustoßen. Nun, er hatte mich einmal zu oft flachgelegt, und jetzt hatte ich nichts mehr zu verlieren. Wenn ich wieder zu Boden ging, würde das nur ein Glied mehr in einer langen erbärmlichen Kette von Niederlagen sein. Aber wenn mein Plan funktionierte …

Ich senkte meinen stumpfen Speer. Cynan senkte seinen. Ich trat einen Schritt näher. Er trat näher.

Boru, der in der Mitte des Feldes stand, hob sein silbernes Horn an die Lippen und blies das lange, helle Signal, das die Übungszeit beendete. Doch ich ignorierte es. Ein überraschter Ausdruck trat auf Cynans rötliches Gesicht. Normalerweise war ich der erste, der das Handtuch warf. »Du gibst nicht auf?«

»Heute nicht, Cynan. Na los, greif an.«

Er arbeitete sich vor und vollführte schnelle, kurze Stöße mit dem Speer, in der Hoffnung, mich aus der Reserve zu locken. Statt dessen stand ich bewegungslos da und ließ ihn näher kommen. »Du bist halsstarrig heute, Collri«, lachte er. »Ich muß dir bessere Manieren beibringen.«

Collri war der Name, mit dem sie mich riefen – ein Wortspiel mit einem Wort, das ›Verlierer‹ bedeutet, und genau das war ich in den Augen meiner viel jüngeren Kriegerkameraden. »Dann bring sie mir bei, Cynan«, sagte ich. »Ich warte.«

Rundum versammelten sich andere, die die Spannung zwischen uns spürten. Es gab ein paar Spötteleien und höhnische Zurufe, aber die meisten interessierten sich nur dafür, wer gewinnen würde. Sie gaben schwachsinnige Ratschläge und kicherten.

Cynan sah eine Gelegenheit, allen zu zeigen, was für ein toller Bursche er war, und er wollte sie ganz und gar auskosten. Er senkte den Kopf und stürmte vor. Ich senkte meine Lanze und lenkte seinen Stoß nach unten ab, wie man es uns beigebracht hatte. Doch Cynan hatte das vorausgesehen. Als die Spitze seines Speeres nach unten sackte, wirbelte er das Ende nach oben und auf meinen Kopf zu. Eine gute Taktik. Sehr gut.

Aber er hatte sie schon oft angewendet. Und dieses Mal war ich vorbereitet. Ich schob die Hände auseinander und hob meine Lanze quer über den Kopf, um seinen schädelspaltenden Schlag abzuwehren. Dabei blieb freilich mein Bauch ungedeckt. Und Cynan sah das. Er drehte sich um und trat mit dem Fuß nach meiner verwundbaren Mitte. Als sein Fuß hochkam, schob ich meine Hände an der Lanze schnell zusammen.

Sein Speer traf auf meinen erhobenen Schaft. Ich nutzte die Wucht des Aufpralls und ließ den Speer mit aller Kraft herabwirbeln. Er traf mit voller Wucht auf das Schienbein seines ausgestreckten Beines. Er jaulte auf – ich bin sicher, mehr aus Überraschung als vor Schmerz. Die Umstehenden lachten laut auf.

Cynan stieß mir seine Lanzenspitze ins Gesicht, um mich zurückzutreiben. Doch ich wich zur Seite aus und schlug ihm aus der Bewegung heraus auf die Knöchel. Ich dachte, das würde ihn lange genug davon abhalten, sein Gleichgewicht wiederzufinden, daß ich ihn zu Boden schlagen konnte. Statt dessen rammte er mir seinen Ellbogen in die Rippen, und ich war es, der ins Stolpern kam. Cynan erkannte seinen Vorteil, schob einen Fuß vor, hakte ihn hinter meine Ferse und warf mich um. Ich fiel rückwärts auf die nackte Erde des Übungsfeldes, und Cynan versetzte mir einen Schlag auf die Schädeldecke.

Der unverschämte Lümmel lachte, und die Umstehenden lachten mit ihm. Und da lag ich wieder einmal und wälzte mich auf dem Rücken im Dreck. Ich sah sein feixendes Gesicht, sah, wie er den Kopf drehte, um irgendeine prahlerische Bemerkung zu Boru zu machen, der mit den anderen zuschaute. Er hatte mich wieder einmal aufs Kreuz gelegt.

Ich hörte das Gelächter, und Wut kochte in mir auf wie Lava. Alles wurde rot. Das Rauschen einer Brandung pulsierte in meinen Ohren. Ohne nachzudenken, wirbelte ich den hölzernen Speer gegen Cynans Knie und versetzte ihm einen krachenden Schlag über beide Kniescheiben. Er ließ seinen Speer fallen und taumelte vorwärts, während sein wieherndes Gelächter ihm als ersticktes Japsen im Hals steckenblieb.

Er fiel neben mir auf seine Hände. Ich rollte mich auf die Knie und ließ den Schaft meines Speers auf seinen Rücken herabsausen. Er küßte den Dreck. Ich sprang auf die Füße und stieß das Ende des Speers hart zwischen seine Schulterblätter. Cynan schrie vor Schmerz und wurde ohnmächtig.

Ich hob meinen Speer und trat zurück. Im Kreis der johlenden Zuschauer war es totenstill geworden. Niemand kicherte mehr; niemand lachte. Sie starrten einander mit geweiteten Augen an.

Boru schob sich durch die Menge und beugte sich über den reglosen Cynan. Er rollte ihn herum, überzeugte sich, daß ich den Jungen nicht getötet hatte, und winkte einer Gruppe von Cynans Freunden, ihn zu unserer Unterkunft zurückzutragen. Vier junge Männer traten vor, hoben ihren gefallenen Freund hoch und schleppten ihn vom Feld.

Als sie gegangen waren, wandte sich Boru an mich. »Gut gemacht, Col.« Boru nannte mich stets Col, um kurz vor der offenen Beleidigung haltzumachen – er zog eine nur angedeutete Stichelei vor.

»Es tut mir leid«, murmelte ich.

»Nein, laß es dir nicht leid tun«, beharrte er laut genug, daß alle Umstehenden es hören konnten. »Du hast es gut gemacht.« Er spendete mir das seltene Lob eines Schlages auf den Rücken. »Es ist nicht leicht, einen Gegner zu Fall zu bringen, wenn man mit dem Rücken am Boden liegt. Du hast dich nicht der Niederlage ergeben – das ist es, was auf dem Schlachtfeld die Lebenden von den Toten unterscheidet.«

Boru wandte sich an die sprachlosen Zuschauer und schickte sie fort. Murmelnd zerstreuten sie sich. Der Vorfall würde beim Abendessen für reichlich Gesprächsstoff sorgen. Ich fragte mich, was Scatha sagen würde, wenn sie davon erfuhr.

Ich mußte nicht lange warten, denn kaum waren Boru und die anderen gegangen, als ich das leichte Klingeln von Pferdezaumzeug hörte. Ich drehte mich um und sah Scatha herankommen. Sie führte am Halfter ein schwarzes Pferd, dessen Nüstern und Flanken von einem strammen Ritt schaumig waren.

Scatha war unsere Kriegsherrin: Eine schönere Frau hätte man kaum finden können, und auch keine gefährlichere. Das Haar unter ihrem bronzenen Schlachtenhelm war zu winzigen, perligen Zöpfen geflochten, die schimmerten wie Gold in der Sonne; ihre hellblauen Augen leuchteten kühl unter den langen Wimpern und den glatten, geraden Brauen; ihre Lippen waren voll, aber fest. Ihre Züge ähnelten denen, mit denen die antiken Skulpturen der Athene oder der Venus geziert waren. Wenn es so etwas gibt wie die Poesie der Schlacht, dann war sie es: anmutig und gewaltig, blendende Grazie und schreckliche Geschicklichkeit.

Scatha genoß den Ruf der besten Kriegerin in ganz Albion. Und in Scathas Schule auf der Insel Sci mühte ich mich ab, das Kriegshandwerk zu erlernen. Und es machte mir allerhand Mühe! Jeden Morgen beim ersten Tageslicht heraus, um am Strand zu laufen und im kalten Meer zu schwimmen und dann mit dunklem Brot und Wasser zu frühstücken, bevor die Aktivitäten des Tages begannen: Übungen mit Schwert und Speer und Dolch und Schild, strategische Lektionen, Unterricht in verschiedenen Kampfarten, weitere körperliche Ertüchtigung, Sport und Ringkämpfe und so weiter und so fort. Wenn wir nicht gerade rannten oder kletterten oder rangen, saßen wir im Sattel. Wir ritten unaufhörlich: rasten um die Wette durch die Brandung, jagten auf den bewaldeten Hügeln und in den Tälern der Insel, trafen in gespielten Schlachten aufeinander.

Ich hatte mich an die Routine gewöhnt und hatte sogar

größtenteils Spaß daran. Leider hatte ich freilich als Krieger noch nicht viel dazugelernt. Offenbar fehlte mir immer noch irgendeine mysteriöse Zutat, die all die verschiedenen Fähigkeiten zu einem harmonischen, wirksamen Ganzen zusammenfügen würde. Ich war der Geringste und Letzte unter meinen Kameraden, und sie waren alle jünger als ich. Jungen von kaum acht Sommern besaßen Fähigkeiten, von denen ich nur träumen konnte, und sie zeigten mir ihre Überlegenheit gnadenlos bei jeder Gelegenheit.

Ich schwöre bei meiner Zunge, daß man nicht weiß, was Demut ist, bis man von Kindern aufs Kreuz gelegt worden ist!

Ich wandte mich zu Scatha und erkannte an dem scharf mißbilligenden Ausdruck auf ihrem Gesicht, daß sie gesehen hatte, was vorgefallen war. »Du hast also Cynan endlich besiegt. Du hast ihn eine wertvolle Lektion gelehrt«, sagte sie und fügte scharf hinzu: »Allerdings würde ich nicht auf seine Dankbarkeit zählen.«

»Ich wollte ihn nicht verletzen.« Ich machte eine vage Handbewegung zu den Jungen hin, die den reglosen Körper meines Gegners über das Übungsfeld schleppten. Cynans Füße hinterließen zwei lange Spuren im Boden.

»Natürlich wolltest du das«, erwiderte Scatha. »Hätte dein Speer eine Spitze aus Metall statt aus Birkenholz, so hättest du ihn getötet.«

»Nein, ich –«

Sie hob eine schlanke Hand und brachte mich zum Schweigen. »Du hast dich heute zwei Gegnern gestellt, und einer hat dich besiegt.«

Ich verstand sie nicht. »Welche zwei, Pen-y-Cat?« Ich gebrauchte ihren bevorzugten Titel: Haupt der Schlacht. Das war sie, und noch mehr: eine umsichtige und listige Gegnerin von endlosem Einfallsreichtum, so verschlagen und schlau, wie man sich einen Gegner nur vorstellen kann.

Sie antwortete mit leiser Stimme. »Du warst zornig, Col. Dein Zorn hat dich heute besiegt.«

Es stimmte. »Es tut mir leid.«

»Beim nächsten Mal wird es dir vielleicht nicht mehr leid tun. Dann wirst du vielleicht tot sein.« Sie wandte sich mit ihrem Pferd den Ställen zu. Auf ihren Wink hin ging ich neben ihr her. »Wenn du immer, wenn du aufs Schlachtfeld ziehst, zwei Feinde besiegen mußt, wirst du bald unterliegen. Und von den zwei Feinden ist der Zorn immer der stärkere.«

Ich öffnete den Mund, um etwas zu erwidern, aber sie ließ mich nicht unterbrechen. »Gib deine Furcht auf«, sagte sie unverblümt. »Sonst wird sie dich töten.«

Ich senkte meinen Kopf. Sie hatte natürlich recht. Ich fürchtete mich vor Spott, Demütigung, Versagen – aber mehr als davor fürchtete ich mich, verletzt zu werden, getötet zu werden.

»Was dir heute gegen Cynan gelungen ist, gehört dir, Col. Du besitzt die Fähigkeiten, aber du mußt lernen, sie aus eigenem Willen auf den Plan zu rufen. Um das zu tun, mußt du deine Furcht aufgeben.«

»Ich verstehe. Ich werde mir mehr Mühe geben«, versprach ich ihr fest.

Scatha blieb stehen und wandte sich zu mir. »Ist das Leben dort, wo du herkommst, so erbärmlich, daß du dich so daran klammern mußt?«

Erbärmlich? Bestimmt meinte sie es umgekehrt. Aber manchmal führte mich die fremde Sprache immer noch aufs Glatteis. »Ich verstehe nicht«, sagte ich.

»Es ist der Arme, der sich so eng an das Gold klammert, das ihm gegeben wurde – weil er Angst hat, es zu verlieren. Der Reiche gibt sein Gold reichlich weg, um seinen Willen in der Welt zu verwirklichen. Genauso ist es mit dem Leben.«

Plötzlich beschämt über meine auffällige Armut senkte

ich meine Augen. Doch Scatha legte mir ihre Hand unters Kinn und hob meinen Kopf. »Klammere dich zu sehr an dein Leben, und du wirst es verlieren, mein widerwilliger Krieger. Du mußt zum Meister deines Lebens werden, nicht zu seinem Sklaven.«

Ich starrte ihr in die Augen und glaubte ihr. Ich wußte, daß sie die Wahrheit sagte und mich genau so sah, wie ich war. Auf einmal wollte ich nichts mehr, als mich in dieser klaren, blauen Augen würdig zu erweisen. Wenn Großzügigkeit einen zu einem guten Krieger machte, dann würde ich zu einem Verschwender werden!

»Danke, Pen-y-Cat«, murmelte ich dankbar. »Deine Worte sind weise und wahr. Ich werde mich an sie erinnern.«

»Sieh zu, daß du das tust.« Scatha nahm mein Kompliment mit einer Neigung ihres Kopfes entgegen. »Es bringt keine Ehre, Kriegern das Sterben beizubringen.«

Damit übergab sie mir die Zügel ihres Pferdes und ging davon. Sie überließ es mir, mich um das Tier zu kümmern – das war meine Strafe dafür, daß ich bei Cynan die Beherrschung verloren hatte.

Ich war nun seit über sechs Monaten in Scathas Schule auf der Insel, wenn meine Rechnung stimmte. Die Leute von Albion rechneten nicht nach Monaten, sondern eher nach Jahreszeiten, was eine genaue Zeitrechnung etwas schwierig machte. Doch es waren zwei Jahreszeiten vergangen, seit ich auf Ynys Sci war, und zwei weitere würden ein Jahr ergeben. Am Ende der dritten Jahreszeit, *Rhylla* – der anderweltlichen Entsprechung für den Herbst – würden die meisten der Jungen nach Hause zurückkehren, um bei ihren Clans und Stämmen zu überwintern. Aber nicht ich. Ein paar der Älteren wie Boru blieben während der dunklen, tristen Monate auf der von eisig kalten Winden umwehten Insel im Norden.

Auf der Insel befanden sich fast hundert junge Krieger

in Ausbildung. Die Jüngeren wurden getrennt von den Älteren unterrichtet, obwohl es keine strenge Unterteilung gab. Hauptsächlich ging es nach der Größe und Geschicklichkeit. Ich wurde manchmal den älteren Jungen und jungen Männern zugeordnet, obwohl ich ihnen selten das Wasser reichen konnte – oder mich auch nur geschickt genug zeigte, um eine interessante Herausforderung darzustellen. Infolgedessen bot ich ein naheliegendes Ziel für ihren Humor und ihren Spott.

Ich konnte es ihnen nicht verdenken. Ich war als Krieger ein hoffnungsloser Fall. Das wußte ich. Aber bis heute hatte ich auch im Grunde nicht wirklich Erfolg haben wollen. Jetzt wollte ich es. Und nicht nur Erfolg wollte ich erringen, sondern Anerkennung und Ehre. Ich wollte mich in Scathas Augen mit Ruhm bedecken ... oder zumindest weitere Schande vermeiden.

Als ich an jenem Abend fertig damit war, das Pferd zu tränken und zu füttern, und es für die Nacht fertig gemacht hatte, gesellte ich mich zu meinen Kameraden in der von Fackeln erleuchteten Halle, in der wir unsere Mahlzeiten einnahmen. An diesem Abend wurde ich jedoch nicht mit Pfiffen und fröhlichem Spott begrüßt; an diesem Abend wurde ich mit einem Schweigen empfangen, das fast schon an Respekt grenzte. Mein Kampf mit Cynan hatte sich überall herumgesprochen, und die meisten, wenn nicht sogar alle, standen auf Cynans Seite. Sie waren wütend auf mich, weil ich ihn aufs Kreuz gelegt hatte, und kehrten mir die kalte Schulter zu. Doch ich fand ihr Schweigen immer noch erträglicher als ihren Spott.

Boru setzte sich als einziger zu mir an den Tisch. Wir aßen zusammen, doch wir sprachen wenig. »Ich sehe Cynan nicht«, sagte ich, während ich meinen Blick suchend über die langen Tische in der Halle wandern ließ.

»Er hat heute abend keinen Hunger«, antwortete Boru umgänglich. »Ich glaube, sein Kopf tut ihm weh.«

»Pen-y-Cat glaubt, daß ich im Zorn zugeschlagen habe«, sagte ich und erzählte ihm von meinem Gespräch mit Scatha.

Boru hörte sich an, was ich zu sagen hatte, und zuckte dann die Achseln. »Unsere Kriegsherrin ist weise«, sagte er feierlich. »Höre gut auf sie.« Dann lächelte er breit. »Trotzdem glaube ich, daß du dir einen neuen Namen verdient hast. Du heißt nicht mehr Collri – von jetzt an wirst du Llyd heißen.«

Die unerwartete Freude erwärmte mich. »Meinst du wirklich, Boru?«

Er nickte und hob seine schmale Hand. »Du wirst sehen.«

Im nächsten Augenblick stand er auf dem Tisch. Er hob sein silbernes Signalhorn an die Lippen und gab einen lauten Stoß von sich, der im Saal widerhallte. Alles hörte auf zu essen und zu reden, und alle Augen wandten sich zu ihm.

»Brüder!« rief er. »Glücklich bin ich unter den Männern. Ich habe heute ein Wunder gesehen!« Manchmal leiten die Barden eine Ankündigung auf diese Weise ein.

»Was hast du gesehen?« kam erwartungsgemäß die Antwort von den Tischen ringsum. Jeder beugte sich vor.

»Ich habe gesehen, wie einem Baumstumpf Beine wuchsen und er zu gehen begann; ich habe gesehen, wie ein Klumpen Erde seinen Kopf hob!« antwortete Boru. Alles lachte, und ich wußte, daß sie über mich lachten. Sie dachten, er mache sich über mich lustig. Und um die Wahrheit zu sagen, dasselbe dachte ich auch.

Doch bevor ich mein Gesicht verbergen konnte, deutete Boru mit seiner offenen Hand auf mich und sagte: »Heute habe ich gesehen, wie in der Hitze des Zorns der Geist eines Kriegers aufloderte. Sei gegrüßt, Llyd ap Dicter! Ich heiße dich willkommen!«

Borus Worte hingen in der Stille der Halle. Ich war

dankbar für seine noble Geste, aber sie schien vergeblich zu sein. Die finsteren Gesichter entlang den langen Tischen wollten mich nicht so leicht aus ihrer Verachtung und ihrem Spott entlassen.

Ich schaute mich um und entdeckte den Grund für ihre stumme Mißbilligung: Cynan stand im Eingang der Halle. Er hatte Borus Rede gehört und blickte finster drein. Niemand wollte Cynan beschämen, indem er mich in seiner Gegenwart lobte. So wurde Borus großzügige Geste tot geboren. Cynan hatte mich wieder besiegt.

Cynan starrte Boru hochmütig an, dann mich. Er trat in die Halle und ging auf mich zu, die Wangen ebenso leuchtend rot wie sein Haar, die kleinen Augen verengt, das Gesicht hart. Mein Magen krampfte sich zusammen. Er kam, um mich herauszufordern – vor der ganzen Versammlung. Ich würde die Schande nie abschütteln können.

Er ging direkt auf meinen Platz zu und stellte sich vor mir auf. Ich versuchte einen ruhigen und unbesorgten Eindruck zu machen, als ich mich ihm zuwandte und in sein finsteres Gesicht sah. Einen Moment lang starrten wir einander an. Boru, der sehr gut wußte, was bevorstand, griff ein, indem er sagte: »Sei gegrüßt, Cynan Machae, wir haben deine höchst angenehme Gesellschaft heute abend vermißt.«

»Ich war nicht hungrig«, sagte der Junge schroff. Dann wandte er sich zu mir: »Stell dich auf deine Füße.«

Langsam erhob ich mich von der Bank und drehte mich zu Cynan, verzweifelt auf der Suche nach einem Ausweg aus dieser Klemme. Boru stieg vom Tisch auf die Bank herab und hielt sich bereit, sich zwischen uns zu werfen.

Cynan ballte seine rechte Hand und hob langsam seine Faust vor mein Gesicht. Als sie beinahe meine Nase berührte, hob er die linke Hand und hielt die beiden Fäuste in wütendem Trotz zusammen. Dann legte er eine Hand an jede Seite seines Halses, bog langsam die verdickten Enden seines silbernen Torcs auseinander und nahm ihn ab – damit er nicht im Kampf beschädigt würde, wie ich dachte.

Dann streckte er die Hände aus und legte mir das silberne Schmuckstück um den Hals. Ich fühlte den kühlen Druck des Metallrings. Cynan drückte die beiden Enden des Torcs zusammen. Dann riß er meinen Arm nach oben und hielt ihn hoch über meinen Kopf.

Er hatte mir seinen kostbarsten Besitz gegeben, das Symbol seiner königlichen Abstammung. Er war nicht im mindesten glücklich darüber, aber er machte das Geschenk unter den Augen aller. »Sei gegrüßt, Llyd«, knurrte er drohend. Dann ließ er meine Hand los und wandte sich ab.

»Setz dich zu mir, Bruder«, rief ich ihm nach. Warum ich von allen Dingen, die ich hätte sagen können, ausgerechnet dieses wählte, weiß ich nicht. Cynan sah so jämmerlich aus, daß ich ihn wohl beschwichtigen wollte. In Wahrheit wußte ich, daß es pures Glück gewesen war, daß ich gegen ihn gewonnen hatte. An einem anderen Tag wäre es mir vielleicht nicht so gut ergangen. Außerdem trug ich nun seinen größten Schatz und konnte es mir leisten, großmütig zu sein.

Wutentbrannt wirbelte er zu mir herum, beide Fäuste geballt. Borus Hand schoß vor und packte ihn an der Schulter. »Frieden, Bruder. Du hast wohl getan«, sagte er beruhigend. »Raube dir nicht die Ehre deines noblen Tributes durch einen unziemlichen Streit.«

Cynans mörderischer Blick zeigte, was er von Borus Worten hielt. »Ein Krieger zollt nicht frohen Herzens Tribut!« stieß er mit erstickter Stimme hervor.

Boru antwortete leichthin: »Und ich sage dir, wenn du nicht frohen Herzens gibst, dann liegt im Geben keine Ehre.«

Cynan zögerte, gab aber nicht nach.

»Komm«, sagte Boru sanft, »bring keine Schande über dich, indem du über eine einmal gegebene Gabe zeterst.«

Ich schaute in Cynans gerötetes, zorniges Gesicht und empfand echtes Mitleid mit ihm. Warum hatte er mir den Torc gegeben? Es war offensichtlich, daß er es nicht freiwillig getan hatte. Was hatte ihn dazu gezwungen?

»Ist dieses silberne Schmuckstück dir mehr wert als deine Ehre?« fragte Boru scharf. Cynans Gesicht verfinsterte sich noch mehr. Einige der Zuschauer begannen zu murmeln, und Cynan spürte, wie sein Rückhalt bröckelte. Er stand kurz davor, um sich zu schlagen, weil er nicht wußte, was er sonst tun sollte.

»Du ehrst mich mit deiner Gabe, Cynan«, sagte ich laut genug, daß es auch die hören konnten, die am anderen Ende der Halle saßen. »Ich nehme sie in aller Demut an, denn ich weiß, daß ich am wenigsten würdig bin, sie zu empfangen.«

Ein Ausdruck überraschter Zustimmung mischte sich in Cynans finstere Miene. »Das sind deine Worte«, erwiderte er, ohne zu bestätigen oder zu verneinen, was ich gesagt hatte.

»Erlaube mir darum, daß ich dir in Würdigung deines Geschenks ein Gegengeschenk mache.«

Das war unerwartet. Cynan wußte nicht, was er davon halten sollte. Aber er war neugierig genug, um zuzustimmen. »Wenn du dazu entschlossen bist, werde ich dich nicht abhalten.«

»Du bist sehr großmütig, Bruder«, sagte ich, nahm vorsichtig den silbernen Torc von meinem Hals und legte ihn um seinen.

Cynan starrte mich an. »Warum hast du das getan?« fragte er mit einem staunenden Unterton in der Stimme. »Machst du dich über mich lustig?«

»Ich mache mich nicht über dich lustig, Cynan«, sagte ich. »Ich versuche nur, deine Gabe mit einer ebenso wertvollen zu erwidern. Und da ich nur einen Torc besitze, gebe ich dir diesen.«

Diese Antwort gefiel ihm, denn sie erlaubte es ihm, seine Selbstachtung zu wahren und gleichzeitig seinen kostbaren Schatz zurückzugewinnen. Die finstere Miene wich von seinem Gesicht, und an ihre Stelle trat ein Ausdruck der wachsamen Erleichterung und des Erstaunens.

»Was sagst du, Cynan?« fragte Boru.

»Ich nehme deine achtbare Gabe an«, antwortete Cynan schnell, bevor ich meine Meinung ändern konnte.

»Gut«, sagte ich. »Dann bitte ich dich noch einmal: Willst du dich nicht zu mir setzen?«

Cynan versteifte sich. Sein Stolz ließ es nicht zu, daß er so weit nachgab. Boru trat zur Seite und wies auf die Bank.

»Komm, Bruder«, lockte er. »Nimm meinen Platz.«

Cynan befühlte das silberne Schmuckstück um seinen Hals und gab dann nach. Seine breiten Wangen wölbten sich zu einem frohen Grinsen. »Vielleicht könnte ich doch etwas essen«, sagte er. »Einen Platz unter Kriegern sollte man nicht verschmähen.«

Wir setzten uns zusammen nieder, Cynan und ich, und aßen aus derselben Schüssel. Und wir redeten miteinander, zum ersten Mal als etwas anderes denn als Gegner. »Llyd ap Dicter«, sinnierte Cynan, während er das Brot brach. »Zorn, Sohn der Wut; das ist gut, Boru. Du solltest Barde werden.«

»Ein Kriegerbarde?« fragte Boru mit übertriebenem Interesse. »Dergleichen hat es in Albion noch nie gegeben. Schön, dann werde ich der erste sein.«

Er und Cynan lachten darüber, aber ich verstand den Witz nicht. Die Verbindung erschien mir nicht so ungewöhnlich.

Das Gespräch kam auf andere Dinge. Ich sah, wie Cynan hin und wieder nach seinem Schatz fühlte – als ob er überprüfen wollte, ob er noch fest an seinem Platz saß.

»Das ist ein schöner Torc«, sagte ich zu ihm. »Ich hoffe, eines Tages auch so einen zu besitzen.«

»So einen gibt es nicht noch einmal«, sagte Cynan stolz. »Er ist ein Geschenk meines Vaters, des Königs Cynfarch von Galanae.«

»Warum hast du ihn mir gegeben?« fragte ich, da ich immer noch nach einer Erklärung für das Rätsel suchte. Es lag auf der Hand, daß das Stück Cynan viel bedeutete.

»Mein Vater hat mir den Schwur abgenommen, ihn dem ersten Mann zu geben, der mich im Kampf besiegt. Wenn ich ohne ihn an meinen Herd zurückkehre, darf ich nicht in die Kriegsschar meines Clans eintreten.« Cynan strich liebevoll über das Schmuckstück. »Er ist das einzige Geschenk, das mir mein Vater, der König, je aus seiner Hand gegeben hat. Ich habe ihn immer sorgfältig gehütet.«

Er sagte die schlichte Wahrheit, ohne Groll und Selbstmitleid. Doch mir kamen um seinetwillen beinahe die Tränen, als ich hörte, daß er gezwungen war, sich unter dem schrecklichen Anspruch der Vollkommenheit zu mühen. Was mußte das für ein Vater sein – der seinem Sohn ein schönes Geschenk gab und ihn dann zu einer Geisel dieses Geschenks machte? Es ergab keinen Sinn, aber zumindest ließ es mich Cynan besser verstehen.

Und ich verstand auch, daß das Opfer, sein Geheimnis jemandem anzuvertrauen, für Cynan fast ebenso groß war wie das, seinen Torc herzugeben. Dennoch war er bereit, es zu tun – ebenso wie er bereit war, sich an einen Schwur zu halten, von dem nur er selbst wußte und der ihn seine zwei kostbarsten Besitztümer hätte kosten können. Hätte er seinen Schwur einfach gebrochen, so hätte niemand je davon erfahren.

Ich konnte über Cynans außerordentliche Treue nur staunen. Obwohl seine Wange noch von keiner Rasierklinge berührt worden war, war er bereits ein Mann, dem man in allen Dingen bis zum Tod vertrauen konnte. Seine Loyalität beschämte mich.

»Cynan«, sagte ich, »ich bitte dich um einen Gefallen.«

»Bitte, was du willst, Llyd, du sollst es haben«, antwortete er mit sorgloser Herzlichkeit.

»Bring mir die Speerfinte bei«, sagte ich mit einer schwingenden Bewegung meiner Hände, als wollte ich den Schädel eines Feindes zerschmettern.

Cynan strahlte zufrieden. »Das werde ich tun – aber du mußt dieses Wissen sorgsam hüten. Was nützt uns dieses Geheimnis, wenn jeder Feind es erführe?«

Wir redeten bis spät in die Nacht. Als wir uns schließlich von der Tafel erhoben, um uns in unsere Unterkunft zu begeben, gingen wir als Freunde auseinander.

19

Sollen

Der Winter auf der Insel Sci ist windig, kalt und naß. Die Tage sind dunkel und kurz, die Nächte dunkel und unendlich. Wütende Nordwinde fegen über das Land hinweg, die bei Tag eisigen Regen und Schnee vor sich her treiben und bei Nacht durch die Fugen in den Dächern pfeifen. Die Sonne geht flach auf – falls überhaupt –, schwebt dicht über dem Horizont dahin und schafft es kaum, sich über die Berggipfel zu erheben, bevor sie den Mut verliert und wieder in dem eisigen Abgrund der Nacht versinkt. Die Jahreszeit wird *Sollen* genannt, eine trostlose Zeit, in der Menschen und Tiere im Schutz ihrer Hütten und Ställe bleiben müssen.

Doch bei all der tristen Öde dieser rauhen und trostlosen Jahreszeit gibt es auch Zwischenspiele voller Wärme und Licht: die endlosen, hell lodernden Feuer auf den Feuerstellen; die rotglühenden Scheite in den eisernen Schalen, die dicken Wollmäntel und die weißen Felle, die auf den Schlafstellen hoch aufgeschichtet werden; die kleinen Silberlampen, die mit duftenden Ölen brennen, um die bittere Düsternis durch Süße und Licht zu vertreiben.

Die Tage vergehen mit Spielen, in denen es auf Schlauheit, Geschicklichkeit und Glück ankommt – *Fidchell* und *Brandub* und *Gwyddbwyll*, die auf bunt bemalten Holzbrettern mit geschnitzten Figuren gespielt werden. Und immer und an allen Orten wird geredet: ein kunstvoll gewebtes Gewand aus nahtlosem Gespräch, eine unerschöpfliche Quelle berauschender Rede, ein fröhlich brodelnder Kessel der Unterhaltung über alle Themen unter dem Himmel. Wie Eisen von Eisen geschärft wird, steigerten sich meine Fähigkeiten zur Konversation mächtig durch den gutmütigen Hieb und Stich freundschaftlicher Debatten. Immer wieder dankte ich im stillen Tegid dafür, daß er mich so gut unterrichtet hatte.

Während der trüben Sollenzeit wurde auch unsere einfache Kost aus Brot, Fleisch und Ale durch einen blaßgelben Käse, mit Honig gesüßte Gerstenplätzchen, dampfende Kompotte aus getrockneten Früchten und Met ergänzt, jenen reichen goldenen Nektar, der das Getränk der Krieger ist. Zu diesen Köstlichkeiten kamen gebratene Enten und Gänse, die für unsere winterliche Tafel gemästet worden waren.

Die Gemeinschaft am Feuer und in den Hallen war verschwenderisch und erhebend – teilweise deswegen, weil nur wenige von Scathas Schülern den Winter auf der Insel verbrachten. Die meisten waren zu ihren Stämmen zurückgekehrt, um bei ihren Leuten zu überwintern; die Verbleibenden – nur eine Handvoll der älteren Jungen, darunter auch Boru – nutzten die Zeit, um Bande zu schmieden, die fester waren als alles andere, außer den Banden des Blutes.

Verschönt wurden unsere Tage noch durch die Gegenwart der lieblichen Töchter Scathas, drei der schönsten jungen Frauen, die je unter dem Himmel erblühten: Gwenllian, Govan und Goewyn. Sie kamen auf demselben Schiff nach Ynys Sci, das die heimkehrenden Schüler mitnahm. Sie kehrten zurück, um die lange, düstere Sollenzeit bei ihrer Mutter zu verbringen, nachdem jede von ihnen am Hofe eines Königs als *Banfáith* oder Prophetin gedient hatte.

Glücklich der König, der über eine Banfáith verfügte; König unter Königen der, an dessen Hof eine der Töchter

Scathas weilte. Keine von ihnen war verheiratet – nicht daß es ihnen verboten gewesen wäre, aber sie zogen die Loyalität zu ihren schweren Gaben vor. Denn an dem Tag, an dem eine von ihnen heiratete, würde sie aufhören, eine Prophetin zu sein. Eine Banfáith war erhaben unter ihresgleichen. Wie die Barden konnten sie singen und Harfe spielen, und wie die Barden waren sie fähige Ratgeber. Doch darüber hinaus besaßen sie eine ältere, geheimnisvollere Macht: die Fähigkeit, in die verschlungenen Pfade der Zukunft zu blicken, um zu sehen, was sein wird, und in der Stimme des *Dagda* zu den Menschen zu sprechen.

Sie schmückten die feuchten, kalten Tage mit einem hellen und warmen Zauber und milderten den im allgemeinen recht rauhen Ton unseres militärischen Daseins durch ihre weibliche Anmut. Auch das gehörte zu Scathas Ausbildung. Denn ein Krieger muß auch die Feinheiten der höfischen Etikette und des Betragens in zivilisierter Gesellschaft meistern. Das ist der Grund, warum die älteren Schüler bleiben. Während der letzten ein oder zwei Sollen, bevor ein Krieger Scathas Unterweisung abschließt, wird er von ihren Töchtern in den sanfteren Künsten unterrichtet.

Scathas Töchter, so weise, wie sie schön waren, überschütteten uns alle mit Zuneigung. Es war das süßeste Vergnügen, nur in den Lichtkreis ihrer Gesellschaft eingeschlossen zu sein. Die langen Tage in der Halle waren mit angenehmen Beschäftigungen angefüllt. Von Gwenllian lernte ich die Grundbegriffe des Harfespielens; und mit Govan verbrachte ich viele glückliche Tage mit Zeichnungen auf Wachstafeln; aber am liebsten spielte ich Gwyddbwyll mit Goewyn.

Was kann ich über Scathas Töchter sagen? Daß sie mir schöner erschienen als der strahlendste Sommertag, anmutiger als die behenden Rehe, die über die Wiesen der hohen Berge springen, bezaubernder als die grün-schattigen Täler von Sci; daß jede von ihnen anziehend, faszinierend, gewinnend, hinreißend war.

Goewyn zum Beispiel: ihr langes, flachsblondes Haar, wie das ihrer Mutter zu Dutzenden winziger Zöpfe geflochten, an deren Ende sich je eine exquisit geschmiedete goldene Glocke befand. Wann immer sie sich bewegte, ging eine feine Musik von ihr aus. Ihre glatte, königliche Stirn und ihre feine, gerade Nase verrieten ihre edle Abkunft; ihr voller Mund, dessen Lippen stets zu einem geheimen Lächeln geschwungen waren, offenbarte eine verschleierte Sinnlichkeit; in ihren braunen Augen schien stets ein Lachen zu funkeln, als existierte alles, was sich vor ihnen abspielte, allein zu ihrer heimlichen Erheiterung. Ich lernte sehr bald, unsere gemeinsamen Zeiten, die wir Kopf an Kopf über das quadratische, hölzerne Spielbrett gebeugt verbrachten, das wir auf unseren Knien balancierten, als Geschenke eines überschwenglich wohlwollenden Schöpfers zu betrachten.

Und Govan: mit ihrem bereitwilligen Lachen und ihrem scharfen Verstand und blauen Augen wie die ihrer Mutter, lebhaft unter dunklen Wimpern. Ihr Haar war braun und ihre Haut dunkel wie eine von der Sonne gebräunte Beere; ihr Körper gut gebaut, stark und ausdrucksvoll, der Körper einer Tänzerin. An den wenigen Tagen, an denen die Sonne den Himmel mit ihrer kurzlebigen Pracht erleuchtete – die durch ihre Kurzlebigkeit nur noch prächtiger wurde –, ritten Govan und ich unterhalb des Caers am Strand entlang. Der frische Wind stach in unsere Wangen und besprühte unsere Umhänge mit dem Schaum der See; die Pferde spritzten durch die Brandung, die weiß über den schwarzen Kies rollte. Und wir ritten um die Wette: Sie auf einer grauen Stute, die so schnell war wie eine herabschießende Möwe, ich auf einem flinken, rotgescheckten Hengst, flogen wir über die Felsen und Brecher hinweg, bis uns die Luft wegblieb.

Wir ritten bis ans andere Ende der Bucht, wo die großen Felsen von der Steilküste ins Meer hinabgestürzt waren. Dort kehrten wir um und donnerten zu dem gegenüberliegenden Kap, wo wir abstiegen und unsere Pferde ausruhen ließen. Ihre schaumigen Flanken dampften in der kühlen Luft, und wir gingen über die feuchten Steine, während die rauhe Salzluft in unseren Lungen brannte. Ich spürte das heiße Blut in meinen Adern, den kalten Wind auf meiner Haut, Govans Hand in meiner, und ich wußte mich lebendig unter der lebenspendenden Berührung des Dagda.

Den Dagda, den Guten Gott, nannten sie auch die Schnelle Sichere Hand, wegen der unendlichen Vielfalt seiner Schöpferkraft und seiner leidenschaftlichen Macht, mit der er alles stärkte, was er berührte. Von dieser rätselhaften keltischen Gottheit – und so mancher anderen im Pantheon – erfuhr ich von Gwenllian, die Macrimhe, dem König der Mertani, nicht nur als Banfáith diente, sondern auch eine *Banfilidh* war – eine weibliche Filidh oder Harfnerin.

Gwenllian: verführerisch mit ihrem dunkelroten Haar und ihren funkelnden Smaragdaugen; bezaubernd ihre Haut wie Milch, ihre Wangen und Lippen blühend rot, als wären sie mit Fingerhut gefärbt; anmutig in jeder Linie vom Bogen ihres Halses bis zur Krümmung ihres Fußes. Jeden Abend webte Gwenllian den glänzenden Zauber ihrer Harfe mit ihren geschickten Fingern und sang die unsterblichen Lieder von Albion: von Llyr und seinen erbarmungswürdigen Kindern, von der unbeständigen Blodeudd und ihrem gemeinen Verrat, von Pwyll und seiner geliebten Rhiannon, von der schönen Arianrhod und dem geheimnisvollen Mathonwy und von Bran, dem Gesegneten, und von Manawyddan und Gwydion und Pryderi und Dylan, Epona, Don … und all den anderen.

Sie sang von ihrer Liebe und ihrem Haß, von ihren Kriegen und ihren Friedensschlüssen, ihren großen Leistungen und ihrem erbärmlichen Versagen, ihrer Weisheit und ihrer Torheit, ihren wunderbaren Leben und ihren unseligen Toten, ihrer überragenden Güte und ihrer entsetzlichen Bosheit, ihrer Gnade und Grausamkeit, ihren Triumphen und Niederlagen und von der ewigen Wahrheit des endlosen Kreises ihres Lebens. Sie sang, und die Länge, Breite, Höhe und Tiefe des menschlichen Lebens zog an mir vorbei. Wenn Gwenllian sang, wußte ich, was es heißt, ein Mensch zu sein.

Jeden Abend nach unserer Mahlzeit füllten wir unsere Becher mit Met und versammelten uns um das hell flackernde Feuer, um Gwenllians Lied zu hören. Sie sang, und die Zeit bekam Flügel. Manchmal schüttelte ich mich aus meiner Träumerei heraus und sah, wie im Osten die rosenfingrige Dämmerung den Saum der schwarzen Decke der Nacht anhob, während in meinem Geist die Bilder brannten und der Met unberührt im Becher vor mir stand.

Gwenllian singen zu hören war wie ein Tagtraum von solcher Macht, daß die Zeit und die Elemente verblaßten. Wer hörte, wie diese vollkommene Stimme sich zu einem Lied aufschwang, der spürte den Zauber wie eine physische Kraft. Wenn Gwenllian sang, dann wurde Gwenllian das Lied. Wenn Gwenllian sang, schmeckten die, die es hörten, ein höheres Leben.

Ich hätte den Rest meiner Tage damit zubringen können, ihr zuzuhören, ohne je müde zu werden, ohne je aus Hunger oder Durst rastlos zu werden; ihr Lied war alle Nahrung, die ich brauchte.

So war also der Lauf meines Lebens in Scathas Inselreich. Als Llyd erlernte ich das Kriegshandwerk, mühte mich mit störrischer Beharrlichkeit, die Kunst des Schwerthiebes und des Speerwurfes, des Dolchstoßes und der Schildführung zu meistern. Der Schwertgriff formte meine Hand, bis Schwert und Arm eins geworden waren; der Schaft meines Speers wurde mein treuer, zuverlässiger Diener; mein Dolch und mein Schild wurden mir so vertraut wie Zähne und Nägel. Allmählich, mühsam schliff sich mein Körper in das strenge Regiment der Schlacht ein. Ich wurde hager wie Leder und so hart wie der Schaft meines Speers.

Es kostete mich harte Arbeit. Durch Niederlagen lernte ich List; durch Versagen lernte ich Findigkeit. Ich gewann Entschlossenheit, und meine Furcht wich von mir. Ich wurde unerbittlich gegen mich selbst, und Mut wuchs in mir. Ich führte das Leben eines Kriegers, und so wurde ich zu einem Krieger. Ich mühte mich ab, bis jeder Nerv und jeder Muskel, jeder Knochen, jedes Organ, jedes Glied und jede Sehne mit fürchterlicher Präzision die Kunst eines Kriegers vollbrachte. Und mit der Zeit erlangte ich auch die eisige Distanz eines Kriegers, der frei ist von Zorn und Furcht, der in seinen Bewegungen reine Freude findet und für den jeder Kampf bis aufs Blut ein Fest der Geschicklichkeit ist.

Sechs Jahre mühte ich mich. Sechs Jahre voller Schweiß, Anstrengung und Arbeit. Sechs Jahre voll freundschaftlichen Wetteiferns. Sechs Jahre voll von der hellen Sonne des *Gyd* und der Kälte des Sollen. Sechs Jahre, von Beltain bis Samhain, und am Ende war ich nicht der Geringste unter meinen Kameraden.

Das siebente Jahr lief in fast jeder Hinsicht ab wie die anderen. Doch es gab nur wenige Momente, in denen mir nicht schmerzlich bewußt war, daß meine Zeit auf Ynys Sci sich ihrem Ende näherte: Bald würde ich nach Prydain zurückkehren, um dem Großen König Meldryn Mawr zu dienen. Ich zählte die Tage, und mir graute vor jedem Abend – denn er brachte mich der Zeit meiner Abreise viel näher.

Ich wollte die Insel nicht verlassen: Nie wieder Goewyns freundliche Gegenwart zu genießen, nie wieder mit Govan zu reiten, Gwenllians Lied nicht mehr zu hören – ich konnte den Gedanken nicht ertragen. Die Schwestern waren mir lieber geworden als mein eigenes Herz: Lieber hätte ich es warm und schlagend aus meiner Brust gerissen, als sie zu verlassen.

Doch was konnte ich tun? Meine Abreise war von Anfang an bestimmt gewesen. Wenn im Frühjahr das Schiff kam, würde es mich mitnehmen.

Doch es gab noch einen anderen Grund für mein Grauen. Wenn ich an Meldryns Hof zurückkehrte, würde ich auch zu Simon zurückkehren – und damit zu meiner lange vernachlässigten Pflicht: Wir mußten in die Welt zurückkehren, aus der wir gekommen waren. Schon der Gedanke erfüllte mich mit Verzweiflung. Ich wollte genausowenig in die manifeste Welt zurückkehren wie Simon. Ich verstand ihn jetzt. Auf Ynys Sci waren die Bande, die mich an meine eigene Welt fesselten, dünn geworden und abgefallen. Ich spürte nicht, wie sie mich verließen; es war mehr wie ein harmloses Vergessen. Mit jedem Tag, der verging, war die manifeste Welt ein Stück weniger wirklich geworden, ein Stück weniger lebendig, bis sie mir nur noch wie eine Geisterwelt voller grauer Dämpfe und schattenhafter Gestalten erschien. Auch ich wollte in der Anderwelt bleiben – was es auch kosten mochte.

Am Ende des siebenten Jahres kam Tegid, um mich zu holen.

An einem kühlen Morgen stand ich auf der Felsenklippe, die die Bucht überragte, und beobachtete, wie das Schiff langsam heranglitt. Ich spürte einen Stich bitteren Bedauerns darüber, daß dasselbe Schiff, das Scathas Töchter zurück auf die Insel brachte, mich im Frühling wegbringen würde – im Gyd, wenn die eisigen Stürme des Sollen sich gelegt hatten.

Drei unendliche Jahreszeiten lang hatte ich das rauhe Exil ihrer Abwesenheit ertragen. Jetzt kehrten sie zurück, und ich war begierig, sie zu begrüßen.

Ich stieg in den Sattel und trieb mein Pferd den Serpentinenpfad von der Klippe zum Strand hinunter, um das Schiff zu erwarten. Etliche der jüngeren Schüler waren bereits am Ufer versammelt und warteten begierig auf das Anlegen des Schiffes – darauf, daß es sie wieder nach Hause tragen würde. Sie vermißten ihre Clans und ihre Leute; ich sah das Heimweh in ihren Augen. Und ich fragte mich, ob sie das hoffnungslose Verlangen in meinen sehen konnten.

Langsam lief das Schiff ein; jede Welle, die gegen das Ufer schlug, schien das Gefährt mit seinem viereckigen Segel ein Stück näher zu bringen. Bald konnte ich die anmutigen Gestalten der Töchter Scathas am Bug erkennen. Ich sah Goewyn, die lächelnd ihre Hand zum Gruß hob, die lachende Govan und Gwenllians Haar, das im Seewind flatterte. Und dann … dann stand ich bis zu den Knien in der Brandung und half, das Schiff an den Strand zu ziehen, und reckte die Arme empor, um der ersten von ihnen herabzuhelfen. Goewyn nahm meine Hände und kam in meine Arme, und ich spürte ihren süßen, warmen Atem an meinem Hals, als sie mich küßte.

Auch Govan begrüßte mich mit einem Kuß. »Ich habe dich vermißt, Llyd«, sagte sie leichthin. Dann hielt sie mich eine Armeslänge weit vor sich. »Laß mich dich anschauen.«

Ich ergriff fest ihre Hände, als sie um mich herumschwang. »Ich habe mich nicht verändert«, sagte ich. »Außer daß mein Hunger nach dir mit jedem Tag, den wir getrennt waren, größer geworden ist.«

»Wüstling!« lachte sie fröhlich und küßte mich noch einmal.

Govan wirbelte davon, und während sie sich den

Strand hinauf entfernte, sah ich Tegid durch die schäumende Brandung waten, seinen Eichenholzstab hoch erhoben. »Jetzt weiß ich, daß sie einen Krieger aus dir gemacht haben«, rief er.

»Tegid!« rief ich. »Tegid, bist du das wirklich?«

»Derselbe«, sagte er. Er kam auf mich zu und umfaßte meine Arme zum Gruß zwischen Verwandten. »Und ich finde einen ganz anderen Mann vor als den, den ich hier zurückließ. Meldryn Mawr wird zufrieden sein, wenn ich dich vor ihn stelle.«

Er meinte es als Kompliment, doch machten mir seine Worte deutlich, warum er gekommen war. Die Freude über das Wiedersehen mit meinem Freund verblaßte schnell. Ich schluckte hart. »Wann?« fragte ich, gegen alle Hoffnung hoffend, wir würden vielleicht noch auf der Insel überwintern.

»Heute abend«, antwortete Tegid. »Wir laufen mit der Flut aus. Es tut mir leid.«

Obwohl es ein strahlender Tag war, spürte ich Sollens Trostlosigkeit in meiner Seele. Die Wärme der Sonne erstarb in der Melancholie meines Abschieds. Ich fühlte mich, als wäre mir mein kostbarster Besitz gestohlen worden. Auf Scathas Insel hatte ich gelebt, wie ich nie zuvor gelebt hatte. Unter der harten Disziplin eines Kriegers hatte ich erfahren, was es heißt, lebendig zu sein. Jetzt war es vorbei, und ich hatte das Gefühl, als sei mein Leben – das einzige Leben, das mir je etwas wert gewesen war – auch vorbei.

»Ich täte selbst nichts lieber, als hier zu überwintern«, sagte Tegid. »Aber komm, nimm Abschied, ich kümmere mich um deine Sachen.«

Diejenigen, die Scathas Ausbildung vollendet hatten, mußten formell um ihre Entlassung bitten. Wenn der Krieger nach Scathas Meinung alles gelernt hatte, wozu sie ihn für fähig hielt, würde ihm die Pen-y-Cat seine Waffen überreichen. Normalerweise war das eine fröhliche Zeremonie, aber ich war nicht mit dem Herzen dabei. Ich wollte nicht fortgehen.

Doch wir gingen hinauf zum Caer und zur Halle, wo einige meiner Mitkrieger sich bereits versammelten, um ihren Abschied einzureichen. Cynan war der erste unter ihnen. Er grüßte mich, als wir uns näherten.

»Llyd! Wir reisen gemeinsam ab, was?« Sein rötliches Gesicht strahlte vor Freude. Er hatte lange und hart auf diesen Tag hingearbeitet und konnte kaum glauben, daß er endlich gekommen war. »Das Schiff kommt früh dieses Jahr. Es heißt, es gibt Probleme in Albion, und wir werden vielleicht gebraucht.« Er bemerkte den trübsinnigen Ausdruck auf meinem Gesicht. »Was ist los mit dir?«

»Ich hatte gehofft, noch etwas länger zu bleiben«, antwortete ich mit bitterer, leiser Stimme.

Obwohl wir Freunde waren, konnte Cynan den Grund für meine Betrübnis nicht begreifen. »Wir werden Feldherren sein! Wir haben Ehre zu gewinnen, Bruder. Vielleicht werden wir noch vor dem Winter in die Schlacht reiten! Meldryn Mawr ist ein großer König; du wirst in seinem Dienst viel Gold gewinnen. Du wirst sehen.«

In diesem Augenblick wurde die Ochsenhaut vor dem Eingang zur Seite gezogen, und Cynan wurde hereingebeten. Er zog den Kopf ein und trat durch die Tür. In den sechs Jahren unseres Exils war er selbstbewußt und sorglos geworden. Aus dem Jüngling, der sich vor sich selbst und der ganzen Welt beweisen mußte, war ein Mann geworden, der sich seiner Fähigkeiten gewiß war und in sich ruhte. Er hatte einen gewissen Frieden mit der schrecklichen, unmöglichen Forderung nach Vollkommenheit gefunden, die sein Vater an ihn stellte. Ich dachte gern daran, daß ich ihm dabei geholfen hatte. Doch vor allem waren Cynan und ich zu Schwertbrüdern geworden – ein Bund, der stärker ist als der Tod und verläßlicher als alles andere. Da ich nicht mit den anderen warten wollte, ging ich eine Weile im Caer herum und suchte ein letztes Mal die Orte auf, die mir so vertraut geworden waren. Auf dem leeren Übungsfeld, das so viel von meinem Schweiß und Blut aufgenommen hatte, verharrte ich.

Dort fand mich Goewyn und wünschte mir Glück. »Ich werde die Gwyddbwyll-Spiele mit dir vermissen. Du bist zu einem würdigen Gegner geworden.«

»Und du bist es, die ich vermissen werde, Goewyn«, erwiderte ich und hoffte auf ein Wort des Trostes.

Sie lächelte, doch sie schüttelte ihren blonden Kopf und ließ die winzigen Glocken leise erklingen. »Weniger, als du dir vorstellst, da bin ich sicher. Du hast noch nie bei dem Großen König überwintert. Ein Blick von den Jungfrauen in Sycharth, und du wirst vergessen, daß du mich je gekannt hast.«

»Dennoch möchte ich etwas haben, das mich an dich erinnert.«

»Was denn?« fragte sie und verzog ihre Lippen zu einem listigen Lächeln.

Ich nannte das erste, das mir in den Sinn kam. »Einen Zopf von deinem goldenen Haar.«

Goewyn lachte. »Dann nimm ihn, wenn du willst.«

Lächelnd stand sie vor mir, die Hände auf die Hüften gestützt, während ich mit meinem Dolch ein Zopfende abschnitt. Dann nahm sie es aus meiner Hand und knotete ein Stück lavendelblauen Faden, den sie aus dem Saum ihres Umhangs zog, um das abgeschnittene Ende, so daß der Zopf sich nicht auflösen konnte. »Komm«, sagte sie, während sie das Pfand in meinen Gürtel steckte, »es ist Zeit für dich, deinen Abschied zu nehmen.«

Goewyn hakte sich bei mir unter und führte mich den steingepflasterten Pfad zurück hinauf zu der runden Hütte, in der Scatha diejenigen empfing, die zu ihr geschickt wurden, und sie nach dem Abschluß ihrer Ausbildung wieder in ihr Schicksal entließ. Sie zog die Ochsenhaut zur Seite und bedeutete mir, allein hineinzugehen. Ich bückte mich tief und trat ein. Der Raum war dunkel, nur vom düsteren Licht zweier eiserner Leuchter erhellt – einer an jeder Seite des dreifüßigen Feldstuhls, auf dem die Kriegsherrin saß.

Scatha war in einen scharlachroten, golden und grün umsäumten Umhang gehüllt, der auf ihrer rechten Schulter mit einer riesigen Brosche aus feinem Rotgold, übersät mit dem glitzernden grünen Feuer von Smaragden, zusammengehalten wurde. Auf dem Kopf trug sie einen kostbaren Helm aus polierter Bronze mit goldenen und silbernen Einlagen; darunter strömten ihre Locken ungebunden auf ihre Schultern herab. Goldene Armbänder und Armringe schimmerten an beiden Handgelenken und Oberarmen – Geschenke dankbarer Könige und Fürsten, denen sie gedient hatte. Hinter ihr standen, in den Boden gerammt, zwei Speere mit silbernen Klingen, deren gekreuzte Schäfte mit einer goldenen Schnur zusammengebunden waren. Ihre Füße waren nackt und ruhten auf einem großen runden Schild aus Ochsenhaut mit Emblem und Rand aus Bronze, in die die Meereswellenspirale eingraviert war.

Gwenllian stand an einer Seite im Schatten. Sie grüßte mich mit einer hochgezogenen Augenbraue, als ich in ihre Richtung schaute, sagte aber nichts. Ich nahte mich unserer schönen Pen-y-Cat und legte als Zeichen meiner Ehrerbietung und Achtung meinen Handrücken an die Stirn.

»Warum bist du gekommen?« fragte Scatha schlicht und begann damit das Ritual, das mir so vertraut geworden war.

Ich erwiderte: »Ich komme, um eine Gunst zu erbitten, Kriegsherrin.«

Sie nickte. »Was für eine Gunst erbittest du, mein Sohn?«

»Ich erbitte die Gunst deines Segens, von deiner Feuerstelle zu gehen.« Die Worte kamen gepreßt heraus und blieben mir beinahe im Hals stecken.

»Wohin willst du gehen, mein Sohn?« fragte sie sanft, wie es eine wirkliche Mutter tun mochte, die zum letzten Mal ihren Sohn vor sich sieht.

»Ich will zur Feuerstelle meines Königs zurückkehren, Kriegsherrin. Denn es ist meine Bestimmung, dem zu dienen und den Treueeid zu leisten, der seine Hand über mir hält.«

»Wenn du als Krieger in der Halle eines Königs leben und dein Leben an einen König binden willst, mußt du zuerst dein Herz an die binden, die dir dienen werden.«

»Sag mir, wer sie sind«, erwiderte ich, »und ich werde tun, was getan werden kann, um mein Herz und mein Leben an die zu binden, die mir dienen.«

Daraufhin hob Scatha eine Hand zu Gwenllian hin, die rasch an ihre Seite trat. Ich sah, daß sie ein Schwert in ihrer linken und einen Speer in ihrer rechten Hand hielt. Sie legte das Schwert auf Scathas ausgestreckte Handflächen. Scatha wandte sich zu mir und hielt mir das Schwert entgegen. »Hier ist ein Sohn der Erde, dessen Geist in der Hitze des Feuers entflammt ist. Nimm ihn, mein Sohn, und bewahre ihn stets an deiner Seite.«

Ich streckte die rechte Hand aus, ergriff die bloße Klinge und preßte sie an meine Brust, den Griff über dem Herzen. »Ich nehme diesen, daß er mir diene, Pen-y-Cat.«

Die Kriegsherrin neigte den Kopf, wandte sich zu Gwenllian, um den Speer aus ihrer Hand zu empfangen, und sagte: »Hier ist ein Sohn der Luft, dessen Geist in der Düsternis des Hains erwachte. Nimm ihn, mein Sohn, und bewahre ihn stets an deiner Seite.«

Ich streckte die Linke aus, ergriff den Schaft aus Eschenholz und drückte ihn an mich. »Ich nehme diesen, daß er mir diene, Pen-y-Cat.«

Scatha hob ihre Arme, die Handflächen zu mir gewandt wie zum Segen. »Geh deinen Weg, mein Sohn. Du hast den Segen, den du erbittest.«

Mit diesen Worten war die Zeremonie abgeschlossen, aber mir schien, daß noch etwas fehlte – ich brauchte noch mehr. »Doch ich möchte noch etwas erbitten, Kriegsherrin.«

Scatha hob überrascht eine Augenbraue. »Bitte, was dir auf dem Herzen liegt, mein Sohn.«

»Die Welt ist groß, Pen-y-Cat, und diejenigen, die diesen Ort verlassen, kehren nicht zurück. Doch ich erbitte die Gunst deines Segens, zu deiner Feuerstelle zurückzukehren wie zu der eines Verwandten. Denn wenn ich nach diesem Tag ein Leben habe, dann deshalb, weil du es mir gegeben hast.«

Unsere weise Kriegsherrin lächelte bei diesen Worten. »Die Welt ist wahrhaftig groß, mein Sohn. Und es stimmt, daß diejenigen, die diesen Ort verlassen, nicht wieder hierherkommen. Doch meine Feuerstelle ist warm, und es ist Raum in meiner Halle.« Sie hob ihre Arme und streckte sie mir entgegen. »Komm zu mir, mein Sohn.«

Ich beugte mich vor und legte meinen Kopf gegen ihre Brust. Sie wiegte mich in ihren Armen, streichelte meine Wange und fuhr mir mit den Fingern durchs Haar. »Du bist mein Sohn«, sagte sie leise. »Gebrauche das Leben, das ich dir gegeben habe, weise, und sieh zu, daß du dich in allen Dingen mit Ehre hältst. Wenn nichts dich hindert, kehre hierher zurück, wann du willst. Du bist willkommen unter meinem Dach, mein Sohn.« Scatha legte mir die Hände auf die Schultern, küßte mich und entließ mich dann.

Ich ergriff meine Waffen und ging hinaus. Ich war nun Scathas Sohn – einer ihrer unzähligen Nachkommen – und hatte die Erlaubnis, zu kommen und zu gehen, wie ich wollte. Das tröstete mich, obwohl ich wünschte, überhaupt nicht fortgehen zu müssen.

Bevor ich hinunter zum Schiff ging, sah ich Goewyn noch einmal. Der Tag war kühl geworden, und niedrige, graue Wolken zogen von Osten her über die Bucht. Die Flut kam bereits herein, und einige der jüngeren Schüler warteten bereits am Ufer, begierig, an Bord zu gehen. Über ihnen kreiste ein Schwarm empört schreiender Möwen, die sie mit Muscheln beworfen hatten. Goewyn ging mit mir zum Strand hinab und hielt meine Hand fest. Ich sagte ihr, ich würde zurückkehren, aber ich schwor es ihr nicht – wir beide wußten, daß es sinnlos war, Schwüre zu leisten, die wir nicht einhalten konnten.

Als die Zeit gekommen war, watete ich hinaus zum Schiff, kletterte an Bord und nahm meinen Platz am Bug ein, um ein letztes Mal auf Ynys Sci zu blicken. Goewyn stand im Wasser, ihren gelben Mantel in den Fäusten zusammengerafft, während die rastlose Brandung den Saum ihres heidefarbenen Umhangs umspülte. Die sinkende Sonne flackerte noch einmal kurz über dem Bergrücken auf und überflutete den Strand mit ihrem rotgoldenen Licht. Die Wellen wurden ganz grün und golden und brodelnd wie geschmolzene Bronze, und ihr verstreuter Widerschein spiegelte sich in den Schatten in Goewyns Gesicht.

Während die letzten Passagiere über die niedrige Reling kletterten und das Schiff langsam in tieferes Wasser glitt, hob Goewyn zum Abschied ihre Hand. Ich winkte zurück, worauf sie sich umdrehte und über den Strand zu dem Pfad hin eilte, der hinauf zum Caer führte. Ich sah ihr nach, als sie den Hügel erklomm; und als sie den Gipfel erreichte, glaubte ich zu sehen, wie sie innehielt und einen letzten Blick über die Schulter zurückwarf.

20

Das Gorsedd der Barden

Nebel und Dunkelheit entzogen Scathas Insel meinem Blick. Erst dann offenbarte mir Tegid den Grund dafür, warum er eine Jahreszeit früher gekommen war, um mich abzuholen. Er kam zu mir an den Bug, wo ich alleine stand. Unsere Pferde waren an den Mittelmast hinter uns angebunden. Auf dem offenen Rost des Schiffes war ein Feuer entzündet worden, wo man Fische briet und sich laut unterhielt; niemand achtete auf uns. Wir konnten offen sprechen, ohne fürchten zu müssen, daß man uns belauschte.

Er begann mit einer Entschuldigung. »Es tut mir leid, mein Freund. Wäre es nach meinem Willen gegangen, so hätte ich dir ein Jahr und einen Tag gewährt, um Abschied von deiner geliebten Insel zu nehmen.«

Ich wußte nicht, ob er sich über mich lustig machte oder nicht. »Ich mache dir keinen Vorwurf, Tegid«, sagte ich. »Es sollte nicht sein. Reden wir nicht mehr davon.«

»Doch ich wäre nicht gekommen ohne einen guten Grund.« Er wandte sich ab und starrte hinaus auf die sich verdunkelnde See wie in ein Loch der Verzweiflung.

Ich wartete darauf, daß er weitersprechen würde, aber ein trübsinniges Schweigen breitete sich zwischen uns aus. Schließlich sagte ich: »Nun, darf ich diesen Grund erfahren? Oder hast du vor, dich bis nach Sycharth in verschleierten Andeutungen zu ergehen?«

Ohne seinen Blick von der See abzuwenden, sagte er: »Wir gehen nicht nach Sycharth.«

»Nein? Wohin dann?« Mir war es gleichgültig; ich würde unglücklich sein, wo immer ich hinging.

»Der Tag des Ringens ist nahe«, gab er mir zur Antwort. »Wir gehen, um zu sehen, was wir tun können.«

Das klang weitaus trostloser und geheimnisvoller, als ich akzeptieren wollte. Ich versuchte es scherzhaft zu nehmen. »Was? Erzähl mir nicht, daß König Meldryn Mawrs Metfässer leer sind!« rief ich in gespieltem Entsetzen.

»Nun«, gab er zu, während sich sein Gesicht etwas aufhellte, »ganz so schlimm ist es vielleicht nicht.«

»Was ist es dann, Bruder? Sprich offen, sonst male ich mir das Schlimmste aus.«

»In drei Tagen wird dieses Schiff Ynys Oer passieren, und dort gehen wir von Bord«, sagte er mit leiser, ernster Stimme. »Wir werden hinüber auf die Westseite der Insel reiten und dort ein Boot über die Meerenge nach Ynys Bànail nehmen, wo wir uns dem *Gorsedd* der Barden anschließen werden. Ollathir hat die *Derwyddi* von Albion zu einer Versammlung auf der Insel des Weißen Felsens gerufen.«

»Darf ich den Anlaß für diese Versammlung der Barden erfahren?«

»Ich habe dir alles gesagt, was mir mitgeteilt wurde. Mehr weiß ich nicht.«

»Ich verstehe nicht, Tegid. Ich bin doch kein Barde. Was soll ich dort?«

»Du sollst dabeisein, weil Meldryn Mawr und Ollathir es so wünschen. Mehr kann ich dir nicht sagen«, erwiderte Tegid. Doch er sagte es auf eine Weise, die mir zu verstehen gab, daß er durchaus mehr wußte – aber wenn ich mehr erfahren wollte, mußte ich es ihm aus der Nase ziehen. Gelegentlich war mir das gleiche Widerstreben schon bei anderen begegnet. Es schien, daß um so weniger offen geredet wurde, je heikler die Situation war. Soweit ich ausmachen konnte, diente dieses Verhalten dem Zweck, den

Sprecher vor der Schande zu schützen, im falschen Augenblick das Falsche zu sagen. Außerdem stand Tegid als Barde zweifellos unter irgendeinem Verbot oder Tabu gegen die Weitergabe vertraulicher Informationen über Angelegenheiten des Hofes. Aber er wollte offensichtlich, daß ich es versuchte.

»Was macht Meldryn Mawr?« fragte ich. »Geht es ihm gut?«

»Dem König geht es gut«, antwortete Tegid. »Er ist begierig zu sehen, was für ein Krieger aus dir geworden ist.«

»Wenn ich mich recht erinnere, hat Meldryn Mawr keinen Mangel an Kriegern. Wie kann er da an mich gedacht haben?«

»Oh, aber du irrst dich. Ein König kann nie zu viele Krieger haben – ebenso wie ein Mann niemals zu viele Freunde haben kann.«

Ich wußte, wie dieses Katz-und-Maus-Spiel gespielt wurde, und es konnte sich tagelang fortsetzen. Aber es störte mich nicht; wir hatten eine lange Seereise vor uns, und ich hatte nichts Besseres zu tun, als Tegids Rätsel zu lösen.

»Ein Mann ohne Freunde ist schlimmer dran als ein heimatloser Hund«, bemerkte ich, ein Sprichwort anführend. »Doch Meldryn Mawr ist ein sehr großer König, wie ich höre. Wenn es doppelt so viele Sterne am Himmel gäbe, so würde die Zahl der Freunde Meldryn Mawrs sie immer noch übertreffen.«

»Einst konnte man das sagen«, seufzte Tegid mit übertriebener Betrübnis. »Jetzt nicht mehr.«

Also, der gute König Meldryn war unglücklich, weil er sich mit einigen seiner Freunde überworfen hatte. Aus diesem Grund hatte er Tegid eine oder zwei Jahreszeiten früher geschickt, um mich abzuholen. Na schön. Ich beschloß, diese Spur für den Augenblick zu verlassen und es mit einer anderen zu versuchen. »Das höre ich mit großer Bestürzung«, sagte ich. »Doch es wird gut sein, den König wiederzusehen – und Ollathir. Ich habe oft an ihn gedacht.« Das war eine leichte Übertreibung, zumal ich noch nie ein Wort mit dem Mann gewechselt hatte.

»O ja«, erwiderte Tegid. »Der Oberste Barde erinnert sich mit besonderer Zuneigung an dich.« Selbst in der Dämmerung konnte ich seine Mundwinkel zucken sehen. Er genoß die Art, wie ich das Spiel spielte. »Freilich darfst du kein allzu ausschweifendes Willkommen erwarten. Wie der König hat auch er in letzter Zeit vieles, was ihm zu schaffen macht.«

Was konnte dem König und seinem Obersten Barden zu schaffen machen? Ich machte einen Vorstoß ins Blaue. »Wenigstens«, wagte ich mich vor, »ist Prinz Meldron ein fähiger Führer. Die Söhne eines Mannes können ihm in schwierigen Zeiten ein Trost sein.«

Tegid nickte langsam, als wolle er mir etwas begreiflich machen. »Das ist wahr. Hätte Meldryn Mawr doch nur mehr Söhne.«

»Hat er denn nicht mehr?« Meine Überraschung war echt.

»Leider nein. Königin Merian war eine Frau von edelster Art – Meldryn Mawr in jeder Hinsicht ebenbürtig. Es war eine reine Freude, sie morgens gemeinsam ausreiten zu sehen. Die Königin liebte das Reiten, und deshalb hielt der König die besten Pferde. Eines erwarb er für sie aus Tir Aflan jenseits der See – ein großartiges Tier, das er seiner Frau zum Geschenk machte. Der Tag, an dem sie zum ersten Mal auf jenem Pferd ritt, war der Tag ihres Todes. Das lebhafte Tier warf sie auf felsigem Boden ab. Königin Merian schlug mit dem Kopf auf und starb.« Er schloß seinen traurigen Bericht: »Der König schwor, sich nie eine andere Königin zu nehmen.«

Das machte das Rätsel nur noch undurchsichtiger, dachte ich. So traurig das Ganze war, was hatte es mit mir zu tun? Die Antwort schien um die Person Prinz Meldrons herumzutanzen, obwohl ich mir nicht vorstellen konnte, wie.

»Das ist wahrhaftig eine schwere Tragödie«, bemerkte ich. »Aber zumindest ist der König nicht ohne einen Sohn geblieben.«

»Das ist so.« Tegids knappe Zustimmung enthielt eine stärkere Verurteilung, als wenn er meine Aussage offen verneint hätte.

Es gab also Ärger am Hofe Meldryn Mawrs, und Prinz Meldron war irgendwie darin verwickelt. Was jetzt? Ich dachte einen Moment nach, aber mir fiel nichts ein. »Wir sind glücklich«, tastete ich weiter. »Die Angelegenheiten des Hofes sind nicht unsere Sorge. Ich möchte kein König sein.«

»Vielleicht sind wir nicht so glücklich, wie du glaubst«, sagte Tegid rätselhaft. »Bald werden die Sorgen der Könige die Sorgen aller sein.« Mit diesen Worten versank der trübsinnige Brehon wieder in seiner grauen Verzagtheit. Er zog sich in die Schatten zurück, und ich zerbrach mir den Kopf über seine letzten Worte. Aber ich hatte das Interesse an seinen Rätseln verloren. Die böse Vorahnung, die in seinen Worten mitschwang, hatte die Faszination in mir erstickt. Ich war das Spiel leid. Wenn er mir etwas geradeheraus sagen wollte, schön und gut. Wenn nicht, wollte ich nicht mehr daran denken.

Zwei Tage Nebel und Regen machten die Reise zu einer Plage, doch am Morgen des dritten Tages, als das Schiff durch die schmale Straße zwischen dem Festland und Ynys Oer mit seinen kahlen, aufragenden Bergen lief, teilten sich die Wolken, und die Sonne blendete unsere Augen. Tegid und ich gingen an einem felsigen Ufer von Bord. Wir führten unsere Pferde zu dem Weg, der ins Innere der Insel führte, bevor wir aufstiegen. Als ich zurückblickte, glitt das Schiff bereits wieder auf die See hinaus.

Die Insel Oer ist von hohen, schwarzen Klippen und tief eingeschnittenen Tälern mit schnell fließenden Bächen beherrscht. Es gibt dort wilde Schafe und Adler, Rotwild, Heide, Stechginster und sonst nicht viel. Die wenigen abgehärteten Leute, die dort leben, hausen in den zerklüfteten Tälern oder auf den Ebenen oberhalb einer der zahllosen Buchten an der Ostseite der Insel.

Das Wetter blieb schön, so daß wir zügig vorankamen und das äußerste westliche Ufer erreichten, als die Sonne im Meer versank. In einer geschützten Bucht aus Felsen und Sand fanden wir zahlreiche Pferde, die vor einer weißen Steinhütte angebunden waren, und etliche Mabinogi, die sich um die Reittiere ihrer Meister kümmerten. Das Boot, das Tegid zu finden erwartet hatte, war weg. Sicher hätten wir auch leicht zu der kleinen Insel hinüberschwimmen können, die unser Ziel war: Bànail – der Name bedeutet Weißer Felsen, und er paßte. Außer dem wenigen grünen Seegras am Ufer schien die Insel nur aus einem Haufen weißen Kalksteins zu bestehen, der vom Meeresboden aufgeworfen worden war. Warum die Barden sich ausgerechnet diesen Ort für ihre Versammlung ausgesucht hatten, war mir ein Rätsel. Ich sah nichts, wodurch er besonders geeignet gewesen wäre, und vieles, was gegen ihn sprach. Aber schließlich war ich kein Barde.

Ich fragte Tegid danach, als wir dort standen und über die schmale Meerenge zu der Insel hinüberblickten, und er antwortete ebenso schlicht wie undurchsichtig: »Ynys Bànail ist der heilige Mittelpunkt Albions.«

Daß dieser kleine Felsen von einer Insel keineswegs in der Mitte Albions lag – ja nicht einmal richtig zu Albion dazugehörte –, machte keinen Unterschied.

»Soll ich versuchen, ein Boot zu finden?« fragte ich und blickte mich in der felsigen Bucht um.

»Wir sind zu spät gekommen. Die Überquerung muß bei Tageslicht vollzogen werden«, erklärte Tegid.

Ich deutete auf den Himmel, der im vollen Feuer des Sonnenuntergangs orange und rosa leuchtete, und wandte ein: »Aber der Himmel ist noch nicht dunkel. Wir können leicht noch hinüberkommen.«

Ich hätte mir den Atem sparen können. »Das Boot wird morgen früh wiederkommen. Wir werden diese Nacht hier am Ufer verbringen.«

Wahrscheinlich war es besser so. Ich war müde von dem langen Tagesritt, und jetzt, als die Nacht herannahte, wurde es merklich kühl. Ich wünschte mir nichts mehr, als mich mit einer Schüssel Brühe im Bauch vor dem Feuer in meinen Umhang zu hüllen. Und wir trafen es sogar noch besser. Die Mabinogi waren wohlausgestattet mit Hammelfleisch, Brot, Ale und Äpfeln. Und sie waren angewiesen worden, sich um jene zu kümmern, die wie Tegid und ich auf dem Weg zu der Versammlung waren.

Sie schürten das Feuer, bis es hoch aufloderte. Wir schliefen lange und genußvoll, und im Morgengrauen kam das Boot, wie Tegid gesagt hatte.

Der Nebel lag über dem ruhigen Wasser und verbarg die Insel, die ich am Abend zuvor gesehen hatte. Das Boot glitt lautlos und mühelos aus dem Nebel, und darin saß ein einzelner Ruderer – ein Gwyddon, den Tegid kannte. Sie tauschten Grüße aus, während ich mich in die Mitte des Gefährts setzte und den Speer über meine Knie legte. Der Gwyddon sah mich und sagte: »Auf der heiligen Insel ist keine Waffe erlaubt. Du mußt sie hierlassen.«

Ich erinnerte mich an mein Kriegerversprechen vor Scatha und zögerte. Tegid mißverstand mein Widerstreben und versuchte mich zu beruhigen. »Bitte hab keine Angst«, sagte er. »Hier wird uns nichts Böses zustoßen, und deine Gegenwart ist notwendig.« Er gab einem der jungen Männer, die zurückblieben, ein Zeichen, und ich vertraute widerwillig dem Mabinog mein Schwert und meinen Speer an. Tegid, den Eichenholzstab in der Hand, stieg vor mir in den Bug, und der Ruderer nahm am Heck die Ruder in die Hand. Der Mabinog schob uns vom Strand ins Wasser, blickte uns nach und eilte dann zurück ans Feuer.

Sobald wir in tieferem Wasser waren, drehte der Gwyddon das Boot und ruderte uns durch die Wellen. Der Nebel schloß sich um uns wie eine Wolke, dicht wie Wolle. Mir schien es, als hörte die Welt zu existieren auf, als sie unserem Blick entschwand. Ich hatte das unheimliche Gefühl, nicht durch eine Entfernung, sondern durch die Zeit zu reisen – in ein anderes Zeitalter. Mit dem langsamen Eintauchen und Durchziehen der Ruder trieb das Boot in eine trübe, dunstverhangene Vergangenheit oder eine verschleierte Zukunft. Mir wurde schwindelig von der Empfindung, und ich klammerte mich mit beiden Händen an die hölzernen Seiten des Bootes.

Auf halbem Wege über die schmale Meerenge glitt das Boot aus dem Seenebel hervor. Vor mir sah ich die Insel des Weißen Felsens, doch als ich mich umdrehte und hinter mich schaute, sah ich nur die Nebelbank, die wie eine massive Wand aus der graugrünen See aufstieg. Von der vorherigen Welt war nichts mehr zu sehen.

Das Boot schien seine Fahrt zu beschleunigen, als es die letzten Nebelschwaden hinter sich ließ. Kurz darauf berührte der Bug den feinen, weißen Sand von Ynys Bànail. Tegid sprang aus dem Boot, zog es auf den Strand und ließ es neben den wenigen anderen Booten dort liegen. Ich kletterte aus dem Boot und stand bis zu den Knien im Wasser. Zu meiner Überraschung war das Wasser warm, hellblau und kristallklar.

Ich watete spritzend zu Tegid ans Ufer. Als ich das Land betreten wollte, hielt er mich auf. »Dies ist ein heiliger Ort, und du bist kein Barde. Hätte Ollathir es nicht befohlen, wäre es dir nicht einmal erlaubt, bis hierher zu kommen. Verstehst du?«

Ich nickte. Feierlicher und ernster, als ich ihn je erlebt hatte, nahm Tegid mich am Arm und ermahnte mich knapp: »Tu nur, was du mich tun siehst. Sprich kein lautes Wort, während du auf dieser Insel bist.«

Ich nickte wieder, und Tegid beendete meine Unterweisung mit einem Rucken seines Kopfes. Dann drehte er sich um und folgte unserem Ruderer, der schon das Ufer hinauf unterwegs war. Ich trat auf den Strand, ging ein paar Schritte und fiel beinahe flach auf den Bauch – überwältigt von der unheimlichen und phantastischen Empfindung, daß ich den Boden nicht berühren konnte. Entweder das, oder der Boden unter meinen Füßen war nicht fest, sondern fließend, wie Wasser oder eine Wolke. Daneben hatte ich das bizarre Gefühl, sehr rasch zu wachsen, mich auszudehnen, mich über der Landschaft aufzutürmen; es fühlte sich an, als ob mein Kopf am Himmel kratzte. Das Haar auf meiner Kopfhaut und an meinen Armen kitzelte, und ich bekam eine Gänsehaut. Aus Angst zu fallen konnte ich mich nicht bewegen; ich war sicher, daß ich auf dem unsicheren Boden nicht würde stehen können, daß er mich nicht mehr tragen würde.

Als er sah, daß ich gestrandet war, drehte sich Tegid um und eilte zu mir zurück. Er legte drei Finger auf meine Stirn und sprach ein Wort, das ich nicht verstand. Sofort verließ mich die lähmende Empfindung, und ich überquerte den Strand ohne Schwierigkeiten. Bald erreichten wir einen Schafspfad oberhalb des Strandes und folgten ihm ins Innere der kleinen Insel, dem riesigen Felshaufen von einem Hügel entgegen, der die Mitte der Insel dominierte und von dem sie ihren Namen hatte.

Eine Weile wanderten wir schweigend, ohne einen Laut zu hören: An diesem Ort drangen weder Vogelstimmen noch die Geräusche der See an das Ohr. Alles war gedämpft und still unter einer schweren Decke aus dichtem Nebel – als läge die Hand eines Gottes über der Insel.

Woran das lag, kann ich nicht sagen. Aber ich glaube nicht, daß es eine natürliche Erscheinung war.

Immer noch etwas unsicher auf den Beinen folgte ich Tegid, den Blick auf den unebenen Pfad gerichtet, um nicht über einen Stein zu stolpern und zu fallen. Als der Pfad jedoch anzusteigen begann, blickte ich auf und sah den riesigen weißen Felsklumpen vor mir aufragen wie eine gewaltige, sich aufblähende Wolke. Der weiße Felsen bildete einen hohen Vorsprung mit drei zur See hin offenen Seiten. Um den äußeren Rand des Vorsprungs wand sich ein schmaler Pfad. Ohne sich auch nur nach uns umzuschauen, führte uns der Gwyddon auf diesen Pfad, der hart an der Felswand entlang führte und zur anderen Seite hin steil abfiel; ein Fehltritt hätte ausgereicht, um kopfüber auf den geröllbedeckten Strand tief unter uns hinabzustürzen.

Ich ging weiter und setzte einen Fuß vor den anderen auf den Pfad, der sich empor und um den riesigen weißen Felsen herumwand. Als wir die äußerste Westseite erreichten, endete der Pfad vor einer kahlen Felswand.

Ich preßte mich an die glatte Felsoberfläche zu meiner Linken, tastete mich langsam näher heran und sah, wie der Gwyddon uns voraus in diese Felswand hineinging und verschwand. Beinahe hätte ich darüber eine Bemerkung gemacht, aber ich erinnerte mich an Tegids Ermahnung und sagte nichts.

Tegid näherte sich der Felswand, drehte sich schnell zur Seite und verschwand ebenfalls. Ich folgte seinem Beispiel, trat an die Wand heran und entdeckte dann die schmale Spalte – gerade breit genug, daß ein Mann sich seitlich hindurchschieben konnte. Ich machte es so, wie ich es bei Tegid beobachtet hatte, und trat durch die Öffnung in einen kurzen Tunnel. Der Tunnelboden war steil aufwärts geneigt. Ich kletterte die letzten paar Schritte ins Tageslicht empor und gelangte hinaus auf eine riesige, grasbedeckte Ebene. Einige verstreute Schafe grasten auf der grünen Fläche und zogen wie Wolken über einen weiten, grünen Himmel.

In der Mitte der Ebene erhob sich ein gewaltiger, kegelförmiger Hügel mit abgeflachter Spitze. Ob es sich dabei um eine natürliche Formation oder ein Werk menschlicher Hände aus uralten Zeiten handelte, war unmöglich zu erkennen. Vielleicht war es ein wenig von beidem. Auf der Spitze zeigte eine schlanke Säule wie ein sich verjüngender Finger zum Himmel. Am Fuß des Hügels waren die Barden in einer Anzahl versammelt, die nahe hundert liegen mußte – wie ich später erfuhr, waren es dreimal dreißig und drei. Einige waren in Braun gekleidet, andere in Grau.

Die Barden schlenderten ziellos herum. Einige hielten ihre hölzernen Stäbe in der Hand, andere Zweige von Haselnußsträuchern, Ebereschen, Eichen und anderen Bäumen. Sie gingen umher, und ihre Wege kreuzten sich nach zufälligem Muster. Hin und wieder blieb einer der Barden stehen und schlug dreimal mit seinem Stab auf den Boden oder erhob seinen Zweig und ließ ihn einmal langsam über seinem Kopf kreisen. Als wir näher kamen, hörte ich, wie sie mit leiser Stimme unverständliche Worte vor sich hin murmelten.

Als wir den steil ansteigenden Hügel erreichten, sah einer der Barden Tegid und kam ihm entgegen. Ich kam näher und erkannte Ollathir, König Meldryn Mawrs Barden. Er warf mir einen Blick zu, als Tegid und ich vor ihm stehenblieben, und schien erfreut zu sein, mich zu sehen. Doch er sprach nur zu Tegid. Sie steckten die Köpfe zusammen und konferierten eine Weile miteinander, worauf sich ihnen ein dritter Barde näherte, der sich aus dem Gewühl gelöst hatte. Ich erkannte ihn, obwohl ich einen Moment brauchte, bis ich wußte, wo ich ihn hinstecken mußte – dann erinnerte ich mich an Prinz Meldrons Barden Ruadh. Das Gespräch erstarb abrupt, als sich Ruadh lächelnd zu den anderen beiden gesellte.

Im selben Moment wirbelte Ollathir zu mir herum. »Beobachte alles«, sagte der Oberste Barde und umklammerte meine Schultern, als wolle er mich zwingen zu verstehen. »Beobachte gut.«

Dann zogen sich die drei zu den anderen Barden zurück. Ich schickte mich an, ihnen zu folgen, doch Tegid legte seine Hand gegen meine Brust und hielt mich mit einem kurzen Kopfschütteln davon ab. Ich blieb allein stehen.

Da ich Ollathirs rätselhaften Anweisungen entnahm, daß ich zurückbleiben und als eine Art Beobachter dienen sollte, beschloß ich, mir eine gute Position zu suchen, von der ich das weitere Geschehen überblicken konnte. Doch ich fand keinen solchen Ort, nicht einmal einen Stein, der groß genug gewesen wäre, um mir als Sitzplatz zu dienen. Ich sah mich immer noch um, als sich die Barden auf irgendein unsichtbares Signal hin in geordnete Reihen formierten und den Hügel langsam im Sonnensinn zu umkreisen begannen.

Einmal, zweimal, dreimal gingen sie um den Hügel herum, während ihre Stimmen in jener fremdartigen, summenden Sprache vor sich hin murmelten. Nachdem sie die dritte Umkreisung vollendet hatten, erstiegen sie die steilen Hänge des Hügels und versammelten sich hoch oben um die Säule in der Mitte.

Ich glaubte nicht, von meiner entfernten Position unten etwas von Interesse sehen zu können. Gewiß würde ich kein Wort von dem hören können, was oben auf dem Hügel vor sich ging. Was sollte ich denn dann beobachten? Ich konnte, wie mir schien, nur die Versammlung selbst überblicken. Ich konnte die Tatsache bezeugen, daß sie stattgefunden hatte, aber wenig darüber hinaus.

Dennoch spähte ich angestrengt zu der Versammlung

auf dem Hügel empor. Ein sonorer, summender Laut drang von oben herab, den ich für eine Art Singsang der Barden hielt. Nach einer Weile verstummte er, und alles wurde still – nur daß hin und wieder abgerissene Geräuschfetzen zu mir herabdrangen: ein paar Worte einer Debatte, gemurmelte Zustimmung, gemurrte Mißbilligung, scharfe Chöre des Einverständnisses oder Protestes. Was diese Ausbrüche zu bedeuten hatten, vermochte ich nicht zu sagen.

So verging der Morgen: Ich beobachtete unablässig, verdrehte meinen Hals nach der hohen Kuppe des Hügels; die in ihre Umhänge gehüllten Barden redeten und murmelten. Allmählich wurde ich meiner Aufgabe überdrüssig. Da ich nicht wußte, was ich beobachten sollte, und ohnehin nichts zu passieren schien, fing ich an, mich zu langweilen. Meine Gedanken schweiften ab.

Nach einer Weile drang die Morgensonne durch den weißen Nebel und offenbarte den blauen Himmel, der jenseits lag. Trotz der Kälte, mit der der Tag begonnen hatte, erwärmte sich die Ebene schnell in der Sonne. Ich legte mich auf meine Ellbogen ins Gras und wurde bald schläfrig. Als mir allmählich die Augen zufielen, kam mir der Gedanke, daß Ollathir bestimmt nicht erfreut darüber sein würde, daß ich auf meinem Posten einschlief; also erhob ich mich mühsam auf die Füße und begann einen langsamen Rundgang um die Basis des Hügels.

So verbrachte ich den Tag und saß in gelangweiltem Stumpfsinn herum, unterbrochen nur von gelegentlichen Spaziergängen um den Hügel. Die ganze Zeit über hielten die Barden ihre Versammlung oder ihr Gorsedd ab, wie Tegid es nannte. Nichts tat sich, soweit ich sehen konnte – nichts, außer daß die Sonne langsam ihren Lauf über die leere Fläche des Himmels vollzog.

Am späten Nachmittag kam ich auf die Füße, um einen weiteren meiner rastlosen Kreise um den weiten Umfang des Hügels zu drehen. Ich vollzog eine Umkreisung, dann noch eine. Während meiner dritten oder vierten Umkreisung wurde die Versammlung beendet, und Barden begannen die Hänge des Hügels herabzuströmen. Die meisten kamen langsam in Gruppen herab; wieder andere setzten sich mit verschränkten Armen abseits auf die Hänge des Hügels und spähten über die Grasebene aufs Meer hinaus. Eine kleine Gruppe von etwa einem Dutzend Barden jedoch blieb auf der Kuppe zurück und steckte die Köpfe zusammen wie in einem tiefen, verzweifelt ernsten Gespräch.

Ich stand abseits von den Gruppen, doch es nahm niemand Notiz von mir. Die Derwyddi machten lange, trübsinnige Gesichter und schienen den Kopf voller gewichtiger Probleme zu haben; einmal jedoch sah ich, wie sich einer der Derwyddi von der Gruppe davonstahl und über die Ebene zu dem Bergpfad hineilte, der hinab zum Strand führte. Ich merkte es mir, weil es die einzige ungewöhnliche Beobachtung war, die ich den ganzen Tag über gemacht hatte.

Da ich weder Tegid noch Ollathir unter den Barden sah, die sich an den Hängen oder auf der Ebene aufhielten, vermutete ich, daß sie unter denen waren, die noch um die Steinsäule auf dem Hügel versammelt standen – und die allem Anschein nach leidenschaftlich über irgend etwas debattierten. Dieses Palaver setzte sich einige Zeit fort und hörte dann abrupt auf. Die Barden, die unten auf der Ebene warteten, wandten sich zu ihren Brüdern um, die den Hang herabkamen, und blickten ihnen, wie mir schien, erwartungsvoll entgegen.

Doch es wurde nichts gesagt und kein Zeichen gegeben. Diejenigen, die gewartet hatten, nahmen ihre Plätze hinter ihren Oberen ein, und alle zogen in einer Prozession zu dem Bergpfad hinüber und begannen den langen Abstieg zum Strand hinunter.

Tegid kam und stellte sich neben mich, als die anderen aufbrachen, und er ermahnte mich noch einmal zu schweigen. Ollathir, der als letzter vom Hügel herabstieg, kam auf uns zu. Ohne uns anzusehen oder etwas zu sagen, ging er an uns vorüber und setzte seinen Weg zu dem Bergpfad fort. Tegid nahm seinen Platz hinter Ollathir ein, und ich folgte.

Als wir das Ufer erreichten, waren die Boote auf dem schmalen Kanal zwischen den Inseln unterwegs. Wir warteten, während sie hin und her über die Meerenge pendelten und die Derwyddi an das Ufer der größeren Insel hinüberbrachten, wo ihre Pferde warteten. Wir setzten als letzte über. Ollathir wollte es so, glaube ich, obwohl es eine lange, hungrige Wartezeit bedeutete.

Die Sonne stand schon sehr tief, als wir auf Ynys Oer wieder an Land gingen. Die Mabinogi und all die anderen Barden waren fort; nur unsere Pferde standen noch im Schutz der Hütte. Es war, als hätte das Gorsedd niemals stattgefunden. Ich fand meine Waffen in der Steinhütte aufbewahrt, und man hatte uns ein kleines Bündel mit Lebensmitteln zurückgelassen. Ich ergriff mein Schwert und meinen Speer, nahm das Essen an mich und brachte es zu Tegid und Ollathir, die in ein leises Gespräch vertieft beisammen standen.

»Wir werden die Nacht hier verbringen«, informierte mich Tegid. »Es gibt noch viel zu tun, und das Tageslicht ist bald vorbei.«

Ollathir grunzte zustimmend, wandte sich ab und entfernte sich über den Strand. Tegid blickte ihm einen Augenblick lang nach und erklärte dann auf meinen fragenden Blick hin: »Ja, er macht sich Sorgen. Das Gorsedd hat nicht …« er hielt inne und zögerte, »es endete nicht gut.«

Ich nickte. Tegid lachte mich an. »Du darfst jetzt wieder sprechen, mein Freund. Nichts hindert dich.«

Eigenartigerweise hatte ich, bis Tegid mich von meinem Bann befreite, nicht das Gefühl gehabt, als *könnte* ich sprechen – ohne dabei eine Behinderung zu verspüren. Jetzt jedoch fand ich meine Zunge wieder und sagte: »Darf ich erfahren, was jetzt geschieht? Und warum bin ich hierher gebracht worden?«

Tegid legte mir eine Hand auf die Schulter. »Es liegt an Ollathir, dir zu sagen, was er für richtig hält. Wenn er zurückkehrt, wird er dir vielleicht alles auseinandersetzen.« Er ließ seine Hand sinken, und als er sich abwandte, glaubte ich ihn murmeln zu hören: »Wissen ist eine Bürde – hat man es sich einmal aufgeladen, kann man es nie wieder abwerfen.«

Ich sah ihm nach, innerlich verärgert über seine Heimlichtuerei. O ja, Wissen ist eine Bürde, dachte ich, aber Unwissenheit ist ebenfalls eine Bürde – und zwar eine, die mir immer lästiger wurde. Wenn sie mich nicht bald einweihten, schwor ich, würden sie sich ein anderes Lasttier suchen müssen.

21

Cythrawl

Ollathir kehrte erst zurück, als die Sonne hinter Ynys Bànail über das Wasser hinweg zu sinken begonnen hatte. Ich hatte mich damit beschäftigt, Wasser zu holen und Feuerholz für die Nacht zu sammeln. Denn der Sollen war nicht mehr fern, und so warm der Tag auch gewesen war, sobald die Sonne verschwunden war, würden wir die Kälte zu spüren bekommen. Ich kniete bereits über einem Haufen dürrer Zweige und schickte mich an, die Flamme zu entzünden, als der Oberste Barde zu mir trat.

»Zünde kein Feuer an«, sagte er. »Mach ein Boot fertig.« Er sprach ruhig, doch ich sah, daß er außer sich war. Er hielt die Augen gesenkt und die Arme verschränkt und versteckte die Hände in den Ärmeln seines Siarc. Sein Gesicht war grau; es trug die Blässe der Krankheit, obwohl seine Stimme kräftig und seine Augen klar waren.

Ich legte das Metall und den Feuerstein zur Seite und ging sofort ans Ufer, wo die Boote festgemacht waren. Tegid gesellte sich zu mir, und wir zerrten eines der Boote über den Sand und schoben es ins Wasser. Ich ergriff ein Ruder und reichte es Tegid, blieb neben dem Bug stehen, bis Ollathir Platz genommen und seinen Ebereschenstab quer über die Knie gelegt hatte. Dann schob ich das Boot tiefer ins Wasser und kletterte hinein.

Tegid ruderte mit großer Eile, und ich erkannte, was ihn so antrieb: Die Zeit zwischen den Zeiten. Die Sonne versank bereits hinter dem Weißen Felsen; wir mußten uns beeilen, wenn wir den Hügel noch vor dem Zwielicht erreichen wollten.

Wir setzten rasch nach Ynys Bànail über und erreichten ebenso rasch den gewundenen Bergpfad, der zu der grasbewachsenen Ebene hinaufführte. Ollathir ging voran, Tegid folgte. Ich kam als letzter und spürte von neuem jenes merkwürdige Gefühl, mich auszudehnen – mich zu strecken, zu wachsen, mit jedem Schritt größer zu werden. Es war schwindelerregend und beängstigend. Doch ich blieb nicht stehen. Ich senkte den Kopf, holte tief Atem und stampfte hinter den anderen her. Ohne auf mein ungeschicktes Stolpern zu achten, hastete ich so schnell weiter, wie es die Vernunft erlaubte, wobei mir vor dem Rückweg graute – es würde ein gefährliches Unternehmen sein, im Dunkeln über diesen schmalen Pfad zurückzuwandern.

Wir erreichten die grasbewachsene Ebene in dem Augenblick, als die Sonne im Westen hinter dem Rand des Meeres versank, die Wellenspitzen in Flammen setzte und den Himmel rot-violett und orange färbte. Im Osten strahlten die ersten Sterne auf, als der Himmel sich in der nahenden Nacht verdunkelte. Ollathir und Tegid hasteten zu dem Hügel hinüber und machten sich an den steilen Aufstieg. Da mich diesmal niemand daran hinderte, ging ich mit ihnen hinauf.

Die Kuppe des kegelförmigen Hügels war abgeflacht, wie ich es schon von unten gesehen hatte. Wenige Schritte vom äußeren Rand entfernt war mit mehreren hundert runden, weißen Steinen ein Kreis abgesteckt – jeder der Steine war in der Erde eingegraben, so daß nur die Spitze hervorschaute. Kleinere Steine markierten die Radien wie die Speichen eines Rades, je eine Speiche für jeden Viertelkreis. An der Nabe stand die hohe Steinsäule, die von ihrer im Boden eingegrabenen Basis bis hinauf zu ihrer verjüngten Spitze mit Gravierungen aus verschlungenen Schleifen und Spiralen und dem eigentümlichen, schwindelerregenden, typisch keltischen Kreislabyrinth bedeckt war – die ganze Oberfläche war eine reiche Harmonie von Mustern, die, alle ineinander verschlungen, in deutlichem Relief in die Oberfläche des weißen Steins geschnitten waren.

Einige der Barden hatten beim Verlassen der Stätte ihre Haselzweige an der Basis der Säule niedergelegt. Tegid ergriff einen davon und reichte ihn mir. »Halt dich daran fest. Was auch immer geschieht, laß ihn auf keinen Fall los.«

Ich wollte ihn fragen, was für ein Ereignis er erwartete, doch er hob seine Hand und fuhr mir mit den Fingerspitzen über den Mund. »Auch dies ist zu deinem Schutz. Laß keinen Laut hören.«

Sofort verließen mich die Worte auf meiner Zungenspitze; jeder Wunsch zu sprechen war verschwunden. Ich nickte nur stumm und umklammerte den blattlosen Haselzweig fester. »Bleib außerhalb des Ringes stehen«, sagte Tegid und deutete auf den äußeren Kreis aus weißen Steinen. Er blickte kurz zum Himmel auf, drehte sich dann um, ergriff seinen Eichenholzstab und eilte zu Ollathir, der seinen Umhang über den Kopf gezogen und begonnen hatte, langsam um den Säulenstein herumzugehen, wobei er seinen Ebereschenstab mit den Händen umklammerte und vor sich hielt.

Die beiden Barden umkreisten zusammen die Säule, während sich der glühende Abendhimmel zum Zwielicht vertiefte. Ich schaute nach Osten und sah den Rand des aufsteigenden Vollmondes über dem Meereshorizont aufleuchten. Es war die Zeit zwischen den Zeiten.

In diesem Augenblick blieb Ollathir, Oberster Barde Meldryn Mawrs, stehen und hob mit beiden Händen seinen Ebereschenstab zum Himmel. Er rief etwas in der geheimen Sprache der Barden, und seine Stimme schwoll an von der Kraft des *Taran Tafod*.

Aus dem Lederbeutel an seinem Gürtel holte er eine Handvoll des kostbaren Staubes hervor, den die Barden

Nawglan nennen, die Heiligen Neun. Das ist eine spezielle Mischung von Aschen, die man durch die Verbrennung der neun heiligen Hölzer gewinnt: Weide von den Bächen, Hasel von den Felsen, Erle aus den Sümpfen, Birke von den Wasserfällen, Esche aus den Schatten, Eibe von der Ebene, Ulme aus den Tälern, Eberesche von den Bergen, Eiche von der Sonne. Diesen Staub zerstreute er in die vier Viertelkreise, während er ein weiteres Mal im Sonnensinn um die Steinsäule herumging, die der heilige Mittelpunkt Albions ist, der Insel der Mächtigen.

Auch Tegid umkreiste die Säule. Eine Falte seines Umhangs über den Kopf gelegt, ging er drei Schritte hinter dem Obersten Barden und klammerte sich an seinen Stab aus Eichenholz. Ollathir sprach ein Wort, und Tegid wiederholte es. Immer und immer wieder marschierten sie um die Steinsäule und rezitierten ihre merkwürdige, geheime Liturgie.

Wie lange das dauerte, kann ich nicht sagen. Ich stand da wie einer, der seines Verstandes beraubt ist, starrte stumm auf alles, was vor mir lag, ohne doch etwas zu sehen oder zu begreifen. Die Zeit verging. Die Spanne mochte lang oder kurz sein, ich achtete nicht darauf. Ich war gefangen in dem unerbittlichen Fluß der volltönenden Stimme Ollathirs und der fremdartigen Worte, die er sprach.

Und dann verstummten die Worte.

Alles wurde ruhig und still. Es war die Ruhe vor dem Sturm. Denn noch als der Nachhall des Taran Tafod in der Stille verklang, hörte ich einen Laut wie das Rauschen von Wasser durch einen gebrochenen Damm oder das plötzliche Strömen einer Flut durch ein leeres Flußbett voll trockenen Gestrüpps: einen kochenden, brodelnden Tumult von Geräuschen, der wirr und stürmisch, prasselnd, stampfend, stoßend, anschwellend, brechend und sich formend, gurgelnd und mahlend heranwogte.

Ich drehte mich um und sah, daß die Ebene unter dem

Hügel von einem schmutzig-gelben Nebel bedeckt war, der das Land überspülte und alles unter sich begrub, was ihm im Weg stand. Schäumend und wabernd, die ausgefransten Tentakel züngelnd und sich schlängelnd, begann der widerwärtige Nebel um den Fuß des Hügels zu branden. Meine Haut wurde kalt und glitschig wie Ton, als ich hinsah und der Nebel an den Hängen des heiligen Hügels emporstieg.

Ich hob den Kopf und blickte zum Himmel. Die Sterne schienen über das Firmament zu schießen und zusammenzulaufen wie geschmolzenes Silber. Der gerade aufgegangene Mond brannte rot wie Blut. Die Dunkelheit wogte und pulsierte wie die keuchenden Flanken eines Tieres in Schmerzen.

Aus dem bleiernen Himmel ertönte ein dünner, klagender Schrei, blutleer und kalt – wie der eines Sollenwindes, der von den Höhen des Nordens herabheult. Er wurde lauter, schlug auf die Kuppe des Hügels herab, übertönte das Geräusch des brodelnden Wassers und erfüllte dieses Weltenreich mit dem Klang von Verzweiflung und Bösartigkeit.

Dann sah ich, wie eine grauenhafte Form sich bildete, die ebenso monströs wie riesenhaft war, und sie war wahrhaftig riesenhaft. Das Ding schien aus der Nachtluft, aus dem Gewebe des Himmels selbst, aus den Räumen zwischen den verströmenden Sternen hervorzuschwimmen. Aus dem Herzen der Finsternis bildete es sich; Finsternis war sein Fleisch, und Nachtluft und Äther sein Blut und seine Knochen – schreiend kam es herab, schreiend in der Agonie seiner eigenen ruchlosen Erschaffung.

Das Ding war kein auf der Erde geborenes Geschöpf – es lebte, doch es war nicht lebendig; es bewegte sich, doch es war nicht mit Leben erfüllt; es schrie und besaß doch keine Zunge. Es war ein Geschöpf aus dem Abgrund der Hölle, entsetzlich anzuschauen; es besaß nicht einen Leib, sondern eine Vielzahl von Leibern, die sich unablässig formten und wuchsen, auseinanderliefen und sich trennten, verdorrten und verfielen und miteinander verschmolzen, sich ständig veränderten und doch stets dieselbe abscheuliche Gestalt ergaben. Eine Gestalt, deren Anblick das Blut gefrieren und das warme Herz in der Brust zu schlagen aufhören ließ.

Ich sah Augen – zehntausend glühende Katzenaugen: heimtückisch, mit geschlitzten Pupillen, vorstehend und gelb. Ich sah Mäuler: klaffend, saugend, greinend und von Gift triefend. Ich sah Glieder: feist, mißgebildet, sich windend und wälzend – vielhändig an den Enden krampfgeschüttelter Arme; klumpfüßig an den kurzen Stummeln verkümmerter Beine. Ich sah Rümpfe: aufgedunsen und obszön, geschrumpft, skeletthaft, verwesend und mit verkrustetem Eiter überzogen. Ich sah schreckliche Köpfe: von Krankheit entstellte Gesichter, brennende, leere Augenhöhlen, von bösen Geschwüren weggefressene Nasen, weiße Schädeldecken unter Fetzen von behaarter Kopfhaut, klappernde Kinnbacken, sich reckende, dünne Hälse, geschwärzte Zähne in eiternden Kiefern.

Immer tiefer sank diese Ausgeburt der Hölle aus der Höhe herab. Grausam und haßerfüllt strebte sie nach unserer Vernichtung. Doch etwas hielt es noch zwischen der Erde und dem Abgrund, in dem es hauste, schwebend fest; hielt es still, doch nicht mehr lange. Das Ding zog Kraft an sich, und seine entsetzliche Macht nahm zu, je näher es kam, kreisend und schwebend mit seinen Myriaden von Leibern in qualvoller, unablässiger Bewegung.

Ich konnte weder hinsehen noch den Blick abwenden, als die Dämonenbrut eine riesige Klauenhand nach der Kuppe des Hügels ausstreckte. Die Hand, leprös und schuppig, überbrückte rasch die leere Entfernung, die als unser einziger Schutz erschienen war.

Als die riesige Hand auf uns zuschoß, erhob Ollathir seine Stimme zu einem gequälten Schrei und schwang seinen Ebereschenstab in einem weiten Bogen um seinen Kopf. Ich hörte das Surren, als der Stab die Luft zerteilte. Einmal, zweimal, und dann ... KRACH! schlug er auf den Säulenfelsen, so daß der starke Holzstab in zwei Teile zerbrach.

Im gleichen Augenblick schoß ein grelles Licht aus der Steinsäule hervor. Das Gesicht vor Angst und Schmerz verzerrt, die abgebrochene Hälfte seines Stabes mit den Händen umklammernd, fiel der Derwydd auf die Knie. Instinktiv wollte ich vorstürmen, doch Tegid wirbelte herum und hob eine warnende Hand, um mich aufzuhalten.

Aus der Tiefe des Hügels ertönte ein Donnern wie von Felsen und Geröll, die von einem Erdbeben durcheinandergewirbelt werden. Doch ich spürte kein Beben, nicht einmal das leiseste Zittern. Ich spürte das Geräusch tief in meinen Eingeweiden und in meinen Knien. Es schien aus dem Boden aufzusteigen bis in meine Knochen, meine Wirbelsäule heraufzukriechen und meine Schädeldecke zu erschüttern. Vor plötzlicher Schwäche begann ich zu wanken, und meine Muskeln schienen alle Kraft zu verlieren.

Ollathir benutzte den gebrochenen Stab als Krücke und hievte sich auf die Beine, schwankte und sank rückwärts gegen die Steinsäule, die jetzt in einem weichen, perlmuttfarbenen Licht erglänzte. Doch darauf achtete ich nicht, denn meine ganze Aufmerksamkeit galt der Gestalt Ollathirs, dessen Züge eine schreckliche Veränderung durchgemacht hatten.

Er stand mit dem Rücken hart an den seltsam gemusterten Stein gepreßt, hielt die Arme steif nach oben, immer noch die Hälfte seines zerbrochenen Stabes in den Händen, und brüllte mit mächtiger Stimme. Mit klaffendem Mund, lodernden Nüstern und grauenhaft aus dem Kopf hervortretenden Augen schien er weniger ein Mensch als ein Tier zu sein: ein schwarzgesichtiger, brüllender Stier.

Das Stiergebrüll kam nicht aus der Kehle des Barden,

sondern stieg aus der Erde unter uns auf, durch den Säulenstein und von dort durch Ollathir, der ihm eine Stimme gab. Und was für eine Stimme! Sie war tief und entsetzlich, laut und voll zäher Kraft, fest wie tief verwurzelter Fels und hohl wie ein Hügelgrab.

Der Klang verwandelte sich allmählich in einen wilden, anschwellenden Gesang. Zuerst konnte ich die Worte nicht verstehen, aber dann erkannte ich einen Namen – Ollathir rief einen Namen aus. Und dieser Name war *Dagda Samildanac*.

Die Worte dieses Namens bedeuteten Gütig-Weiser Gaben-Reicher. Es war der geheime Name des höchsten Gottes, den die Stämme Albions kannten.

»Dagda! Dagda Samildanac!« brüllte die dröhnende Stierstimme. »Dagda! Samildanac Dagda!«

Wieder und wieder erklang die unheimliche Beschwörung und nahm Form und Substanz an. Hinauf stieg sie, breitete sich wie ein Schild über uns aus, umhüllte uns wie ein schützender Mantel – wie eine gesegnete Mauer, die uns vor dem erbitterten Feind aller lebendigen Dinge verbarg.

»Samildanac! Dagda! Dagda Samildanac!« bellte die mächtige Stimme der Erde, lauter und immer lauter, bis der ganze Hügel erzitterte und wankte.

Ich konnte mich vor einem solchen Klang nicht auf den Beinen halten. Meinen Haselzweig umklammernd, wankte ich schwindelig auf meinen Füßen. Ich kniff die Lider zusammen, aber davon wurde mir nur noch schwindeliger. Ich taumelte rückwärts und fiel auf Hände und Knie nieder, immer noch den Haselzweig in der rechten Hand.

Ich konnte nicht atmen; ich rang verzweifelt nach Luft. Ich spürte den salzig-süßen Geschmack von Blut auf meiner Zunge und merkte, daß ich meine Unterlippe zwischen den Zähnen zerbiß.

Angstvoll wandte ich meinen Blick der Dämonenhand

zu, die sich uns entgegenreckte. Ollathir hatte durch seine Beschwörung dem Vorstoß des widerlichen Dings Einhalt geboten, aber er verfügte nicht über die Macht, es zurückzuwerfen. Nicht mehr lange konnte der Oberste Barde die Belastung tragen; ich sah bereits, wie er ermüdete. Er konnte seinen Kopf nicht mehr aufrecht halten, und seine Arme hatten begonnen herabzusinken.

Bald würde seine Kraft erschöpft sein; die Stierstimme der Dunklen Zunge würde verstummen. Und dann würde auch der Panzer zusammenbrechen, und wir würden unweigerlich zermalmt werden.

Ich zwang meine Füße unter mich und stand auf. Tegid lag vor mir auf der Seite und blutete aus Nase und Mund; einen Arm hatte er über seinen Kopf geworfen, den anderen hielt er ausgestreckt, als ob er Ollathir zu erreichen versuchte. Ich sah Tegids ausgestreckte Hand und erkannte, was zu tun war: Ich würde die Hände des Obersten Barden hochhalten; ich würde seine Arme stützen und aufrecht halten. Solange die Hände des Barden den Ebereschenstab emporhielten, konnte uns nichts geschehen.

Ich taumelte in den Kreis und auf die Steinsäule zu und stolperte über Tegids Körper. Sofort traf mich etwas mit blendender Macht wie die heiße Druckwelle einer Explosion, die mich umbrandete wie vom Wind getriebene Flammen. Mein Blick trübte sich. Ich konnte nichts mehr sehen. Blind kämpfte ich mich vorwärts, einen wankenden Schritt nach dem anderen, während mir das Herz hart gegen die Rippen trommelte. Ich spürte, wie mir das Fleisch auf den Knochen verwelkte.

Mühsam schleppte ich mich zu der Steinsäule, wo Ollathir stand. Sein Kopf war auf die Brust gesunken. Seine Arme sackten allmählich herab.

Genau in dem Augenblick, als sein Widerstand erlahmte und seine Hände, die immer noch den zerbrochenen Stab hielten, herabfielen, war ich bei ihm. Ich ergriff den Stab und hob ihn empor. Ollathir hob seinen Kopf, sah mich über sich stehen, und Wiedererkennen trat in seine hervorquellenden Augen. Er öffnete den Mund und sog die Luft tief in seine Lungen.

»Dagda! Samildanac Dagda!« bellte der Oberste Barde. »Bodd cwi Samildanac!«

Wieder spürte ich das merkwürdige Gefühl des Wachsens in meinen Händen, wo ich den Stab berührte: Meine Hände schienen sich auszudehnen, unermeßlich groß und mächtig zu werden. Ich fühlte, wie eine gewaltige Kraft in meine Finger, Handflächen und Handgelenke strömte. Ich wußte, wenn ich jetzt einen Stein aufgehoben hätte, hätte ich ihn mit bloßer Hand zermalmen können. Die unheimliche Empfindung floß durch meine Hände und in meine Arme, in meine Schultern, Hals und Kopf, in meinen Rücken und meine Brust und in meine Beine und Füße. Ich fühlte mich, als wäre ich gewaltig geworden, ein Riese auf der Erde mit der Kraft eines Riesen.

Ich hob den Ebereschenstab hoch empor. Mit einem lauten, schrecklichen Schrei fiel Ollathir gegen die Steinsäule und sackte zu Boden. Nun stand ich allein und hielt den Stab der Macht über uns. Ollathir lag keuchend zu meinen Füßen und bemühte sich schwach, wieder aufzustehen.

Ich blickte hinauf und sah die gewaltige Klauenhand, die sich über uns reckte und nach unten preßte. So groß meine Kraft auch sein mochte, sie konnte nicht verhindern, daß wir zermalmt würden. Ich war kein Barde; ich kannte nicht die Worte der Macht. Ich schrie nach dem Obersten Barden: »Ollathir!« rief ich, und der kreischende Sturm riß mir die Stimme aus dem Hals. »Ollathir, verlaß uns nicht! Penderwydd, hilf uns!«

Er hörte mich, und meine Worte rüttelten ihn auf. Er umklammerte meine Beine und zog sich auf die Knie. Ich dachte, er wolle aufstehen, aber statt dessen bedeutete er mir, mich zu ihm herabzubeugen. Ich stieß den Eberеschenstab hoch empor, ließ mit einer Hand los, griff hinab und zerrte ihn auf die Füße. Er taumelte, klammerte sich an mich, stützte sich auf mich; die Anstrengung zu stehen ließ seine Glieder zittern.

Sein Kiefer arbeitete, sein Mund formte Worte, aber ich konnte sie nicht hören. Ich dachte, er wolle, daß ich die Worte wiederholte, die er mir vorsagte. Ich neigte meinen Kopf und legte mein Ohr an seinen Mund. Ollathir hängte seinen Arm um mein Genick und drehte mein Gesicht zu sich. »Domhain Dorcha …« flüsterte er in der geheimen Sprache der Barden. »Das Herz … an dem jenseitigen Ort … schläft der Phantarch …«

Ich verstand kein Wort von dem, was er sagte. »Was sagst du da? Sprich deutlich!«

Aber er konnte mich nicht mehr hören. »Llew!« sagte er mit erstickter Stimme. »Llew … dein Diener grüßt dich!«

Ich sah den Todesschweiß auf seiner Stirn, und seine Augen leuchteten wild und hell. Dann drückte er seinen Mund auf meinen.

Der Oberste Barde hielt mich in einer verzweifelten Umarmung fest. Bevor ich mich befreien konnte, blies er mir seinen sterbenden Atem ein. Ich schmeckte seinen Atem heiß auf meiner Zunge. Meine Lungen schwollen bis zum Bersten. Mit meiner freien Hand versuchte ich mich seinem Würgegriff zu entwinden; ich packte sein Handgelenk und schickte mich an, seinen Arm von meinem Hals wegzuzerren. Doch er glitt schon von selbst von mir ab. Die Bewegung, die ich begonnen hatte, um mich aus seinem Griff zu befreien, endete mit einem vergeblichen Versuch, zu verhindern, daß er fiel und mit seinem Kopf gegen die Steinsäule schlug.

»Ollathir!« schrie ich, und meine Stimme ließ den Boden unter meinen Füßen erzittern. »Ollathir, stirb nicht!«

Der Oberste Barde war bereits tot.

Daß er starb, während ich darum kämpfte, ihn zu retten, machte mich wütend. Daß er starb und mich allein zurückließ, um mit der Höllenbrut zu kämpfen, brachte mich zur Weißglut. Sofort überkam mich ein wilder Zorn. »Ollathir!« schrie ich. »Steh auf! Ich brauche dich!«

Der Körper lag in einem erbärmlichen Haufen zu meinen Füßen. »Hoch mit dir, Ollathir!« rief ich. Ich trat nach ihm, doch er reagierte nicht. Das machte mich noch wütender. Glühend vor Raserei schlug ich ihn mit dem Ebereschenstab. Ich schlug ihn und schlug ihn und schrie ihn an, er solle aufstehen. Aber er stand nicht auf.

Zorn und Frustration lagen im Streit in mir. Ich fiel über ihn her und prügelte mit dem zerbrochenen Stab auf ihn ein. »Dagda!« heulte ich die Worte heraus, die ich von ihm gehört hatte, »Samildanac Dagda, mach ihn wieder lebendig!«

Es kam mir in den Sinn, daß ich auf einen toten Mann einschlug – und daß die Höllenbrut über mir Vergnügen und Kraft aus diesem Greuel zog. Mit einer Willensanstrengung stieß ich mich von Ollathirs zerschundenem Leichnam fort. Ich stand auf und rammte mit einem mächtigen Schlag den Ebereschenstab gegen die Seite der Steinsäule: einmal … und noch einmal … und noch einmal.

Dann schleuderte ich den blutverschmierten Stab in den gaffenden, geifernden Schlund über mir. Der Ebereschenstab wirbelte hinauf in den Nachthimmel und traf das Geschöpf aus dem Abgrund. Ein Geräusch wie ein fürchterlicher Windstoß ertönte, als das herabsinkende Bild zersplitterte und in eine Wolke von Bruchstücken zersprang, die dann verschwand wie der Nachtnebel unter dem hellen Licht der Sonne. Der ganze Himmel schien sich sogleich wieder aufzuklaren und erglühte in einem Lodern von Rot und Gold. Ich schaute und sah den flammenden Sonnenrand die Lippe des Horizontes berühren. Die Zeit zwischen den Zeiten!

Wenige Augenblicke später erstrahlte die Ebene unterhalb des Hügels in goldenem Licht. Der Säulenstein leuchtete wie ein irdischer Stern, blendend im Licht des Morgens. Ich hob die Augen und beschirmte sie mit meinen Händen vor dem Licht des neuen Tages. Ich sah nur die Morgensterne am heller werdenden Firmament schimmern. Die Kreatur der Nacht war verschwunden.

Eine große Müdigkeit fiel auf mich herab, und ich sank neben dem Leichnam des Obersten Barden auf die Knie. Tränen schossen mir in die Augen, als ich sah, wie ich dieses einst so edle Haupt zugerichtet hatte. Scham und Trauer mischten sich in den heißen Tränen, die über mein Gesicht strömten. »Vergib mir, Ollathir«, weinte ich. »Bitte vergib mir.«

Tegid fand mich etwas später, als ich immer noch über dem Leichnam weinte und Ollathirs zerschmetterten Kopf auf meinen Knien hielt und mit meinen Tränen badete. Ich spürte eine Berührung an meiner Schulter. »Was ist hier geschehen?« fragte Tegid.

Ich hob den Kopf, um zu antworten, doch der Ausdruck auf Tegids Gesicht hielt mich zurück. Er starrte in betäubtem und verwirrtem Schweigen auf den Leichnam, und seine Hände zitterten in äußerster Erregung. Sein Mund formte Worte, doch er konnte nicht sprechen. Als er endlich seine Stimme wiederfand, brachte er ein einziges Wort voller Ratlosigkeit heraus: »Wie?«

Ich konnte zur Antwort nur den Kopf schütteln. War es die Kreatur aus dem Abgrund, die ihn getötet hatte? War es der Dagda? Ich wußte es nicht.

Tegid sank neben mir auf die Knie herab und nahm Ollathirs Kopf zwischen seine beiden Handflächen. Er beugte sich über das Gesicht des Penderwydds und preßte seine Lippen auf die erkaltete Stirn. »Möge es dir wohl ergehen auf deiner Reise«, murmelte er.

Der Brehon hob Ollathirs Schultern von meinen Knien

und machte sich daran, die verdrehten Glieder gerade zu legen und das zerknitterte Gewand zu glätten. Als er fertig war, stand er auf. »Wo ist sein Stab?« fragte er.

»Ich habe ihn geworfen«, antwortete ich und schaute mich auf der abgeflachten Kuppe des Hügels um. Einen Teil des zerbrochenen Ebereschenstabes sah ich am Rande des Kreises aus weißen Steinen auf dem Boden liegen. Ich ging hin und bückte mich, um ihn aufzuheben.

Als sich meine Hand um das gerundete Holzstück schloß, spürte ich von neuem die eigenartige Macht des Stabes. Ich hielt das Stück mit ausgestrecktem Arm vor mich, als wäre es eine Schlange. Die Empfindung der Stärke überwältigte mich. Es schien, als wüchsen meine Glieder zur Größe von Bäumen heran, als berührte mein Kopf die Wolken, als könnte ich mit meinen Händen die Berge verschieben. Ich hörte das Blut in meinen Ohren pulsieren wie das Rauschen der Brandung im Wind.

Es schien, als ob in mir die Macht wäre, alle Dinge zu vollbringen. Ich brauchte nur meine Hand zu erheben, und was immer ich wollte, würde geschehen. Nichts war mir verweigert; nichts würde mir vorenthalten werden, wenn ich es wünschte. Beim Klang meiner Stimme würden Erde und Himmel gehorchen. Ich trug in mir die Vollmacht, zu tun, was immer ich erstrebte. Meine bloße Gegenwart konnte heilen oder töten. Ich mußte nicht länger den Staub treten wie normale Menschen. Wo andere gingen, würde ich rennen; wo sie rannten, würde ich fliegen.

Ich würde fliegen.

Als ich mit dem Ebereschenstab in meiner Hand von der Hügelkuppe aus über die Ebene blickte, wußte ich, daß ich fliegen konnte. Ich brauchte nur meinen Fuß zu heben, dann würde ich auf dem Wind dahinsegeln, getragen von unsichtbaren Flügeln. Ich ging zum Rand des Hügels und setzte gelassen meinen Fuß hinaus ins Leere.

22

Llew

Ich erinnere mich nicht, daß ich schlief. Ich erinnere mich nicht, daß ich erwachte. Ich erinnere mich nur an eines: an Goewyns sanften Gesang und ihre Stimme, die mich wie ein seidener Faden behutsam wieder ins Bewußtsein zog. Meine Sehkraft kehrte zurück, und ich sah Goewyns schönes Gesicht über mir und spürte, daß sie meinen Kopf in ihrem Schoß wiegte. Ich lag auf einem mit Schaffellen bedeckten Strohlager in einem kleinen, mit brennenden Holzscheiten erleuchteten Raum unter einer Decke aus weichem Otterfell.

Ich holte Luft, um zu sprechen, doch bevor ich einen Laut herausbrachte, legte sie mir ihre Fingerspitze auf die Lippen. »Still, mein Leben«, flüsterte sie, »sag noch nichts.« Sie hob meinen Kopf an und hielt mir einen Becher an die Lippen. »Trink das, dann wirst du deine Stimme wiederfinden.«

Ich nippte an der warmen Flüssigkeit, die nach Honig und Kräutern schmeckte, und sie besänftigte meinen ausgetrockneten Hals. Ich leerte den Becher, und Goewyn ließ meinen Kopf wieder in ihren Schoß sinken. »Was ist geschehen?« fragte ich. »Warum bin ich hier?«

»Weißt du das denn nicht?« Sie neigte ihren Kopf zur Seite, und ihre langen Locken glitten von ihrer Schulter herab und flossen in einer wilden Kaskade auf mich herab. Ich roch den Duft von Heidekraut in ihrem Haar, und Sehnsucht durchfuhr mich wie ein Stich.

»Ich weiß nur, daß ich da bin, wo ich immer sein möchte«, antwortete ich. Ohne Zurückhaltung sprach ich aus, was in meinem Herzen war. Und dann berührte ich sanft ihr Haar und zog ihr Gesicht zu mir herab. Ihre Lippen waren warm, ihr Kuß so süß wie der honigsüße Met. Ich wünschte mir, daß der Kuß nie enden würde.

»Du bist wahrhaftig zurückgekehrt«, murmelte Goewyn. »Ich fürchtete schon, du hättest uns verlassen.«

»Wo bin ich?«

»Erinnerst du dich nicht?«

»Ich erinnere mich an nichts, ich –« Noch als ich sprach, stürzte ein Strom wirrer Bilder und Empfindungen auf mich ein – doch sie waren gedämpft, wie verblaßt, weit entfernt und noch weiter zurück in der Vergangenheit. Dunkel kam mir die Erinnerung an den Aufbruch von Ynys Sci, die Seereise nach Ynys Oer, das Gorsedd der Barden und den furchtbaren Kampf mit dem bösen Grauen, der Ollathir das Leben kostete. Ich erinnerte mich, wie ich zusammengerollt auf dem Boden eines Bootes lag, von gefährlichen Wellen geschüttelt wurde und schrie – ich erinnerte mich, wie ich aus Leibeskräften unbekannte Worte hinausschrie und verstümmelte Beschimpfungen in die vier Winde schleuderte. Ich erinnerte mich, aber alles erschien dunkel und kaum von Bedeutung im Vergleich mit dem liebevollen Blick in Goewyns dunklen Augen.

»Doch«, sagte ich zu ihr, »ich erinnere mich jetzt – an einiges. Aber ich weiß nicht mehr, wie ich den heiligen Hügel verlassen habe oder wie ich nach Ynys Sci zurückgekehrt bin – *falls* ich zurückgekehrt bin.«

Goewyn strich mir über die Stirn. »Du bist bei mir im Haus meiner Mutter. Meine Schwestern und ich haben viele Tage lang für dich gesorgt.«

»Wie viele Tage?«

»Es sind dreimal drei Tage, seit du hergekommen bist.«

»Und wie bin ich hierhergekommen?«

»Tegid hat dich gebracht.«

»Wo ist er?« fragte ich.

»Es geht ihm gut. Ich werde ihn zu dir schicken, wenn du willst.« Sie lächelte, und ich sah die Müdigkeit in ihren Augen. Sie hatte Tag und Nacht bei mir gewacht.

Ich versuchte aufzustehen, doch es kostete mich mehr Mühe, als ich mir vorgestellt hatte. Meine Muskeln waren steif; mein Bauch, mein Rücken und meine Beine verkrampften sich in dem Augenblick, als ich mich rührte. »Aghh!« Ich schrie vor Schmerz auf.

Goewyn ließ meinen Kopf vorsichtig auf das Lager sinken. »Lieg still«, befahl sie und erhob sich rasch. »Ich hole Hilfe.«

Ich biß mir von innen auf die Wange, um nicht laut zu schreien, als die Krämpfe meinen Körper durchfuhren. Im Nu kehrte Goewyn mit einer ihrer Schwestern zurück. Govan eilte zu meinem Lager herüber, auf dem ich zusammengekrümmt lag, und sagte zu Goewyn: »Laß uns allein. Ich kümmere mich jetzt um ihn.«

Goewyn zögerte. »Geh jetzt«, beharrte Govan. »Ich lasse dich holen, wenn ich fertig bin.«

Sobald Goewyn gegangen war, brachte Govan einen grünen Krug zum Vorschein und stellte ihn in die Glut auf dem eisernen Kohlenbecken. Dann band sie ihren Gürtel ab, zog ihre Arme durch den Halsausschnitt ihres Mantels und legte ihn ab. Dann griff sie wieder nach dem grünen Krug, entfernte den Moosklumpen von seiner Öffnung und goß etwas von seinem Inhalt in ihre Handfläche. Der Raum füllte sich mit dem Duft aromatisierten Öls. Sie stellte den Krug wieder auf das Kohlenbecken und rieb ihre Handflächen gegeneinander. »Wehre dich nicht. Dies wird deinen Schmerz lindern und dich heilen.«

Sie zog meine Decke aus Otterfell zur Seite, ergriff meine Schultern und rollte mich behutsam auf den Bauch.

Meine Haut erwärmte sich, wo sie mich berührte, und im Nu spürte ich, wie sich die Wärme durch die knochenhart verspannten Muskeln meines Rückens ausbreitete. Govan sang leise, während sie über mir arbeitete. Ihre starken Finger strichen den Schmerz fort, trugen den heilenden Balsam auf und kneteten das Leben zurück in mein verknotetes, hölzernes Fleisch.

Sie massierte meine Schultern und meinen Rücken, meine Schenkel, Beine und Füße; dann rollte sie mich herum und rieb mir die Brust und den Bauch, die Arme und Hände ein. Als sie fertig war, fühlte sich jeder einzelne Teil meines Körpers gelockert und leicht an. Ich lächelte durch einen trägen, genußvollen Nebel hindurch, warm und entspannt von Kopf bis Fuß. Ich hatte nicht den geringsten Wunsch aufzustehen, und es war mir egal, ob ich mich jemals wieder bewegen würde.

Govan zog das Otterfell über mich. »Du wirst jetzt schlafen. Und wenn du aufwachst, wirst du Hunger haben. Es wird etwas zu essen für dich da sein.« Sie zog sich an und ging. Ich war eingeschlafen, bevor sie den Raum verlassen hatte.

Fast im gleichen Augenblick erwachte ich wieder – oder so schien es mir zumindest. Doch ich hatte geschlafen, denn inzwischen war jemand hereingekommen und hatte mir Brot und Ale und etwas Käse hingestellt. Ich trank etwas von dem Ale; dann überkam mich geradezu ein Heißhunger, und ich riß den Brotlaib in zwei Hälften und stopfte so viel davon in den Mund, wie nur hineinpaßte. Ebenso aß ich den Käse und die andere Hälfte des Laibes und leerte den Becher.

Außer dem Essen hatte auch jemand Kleidung gebracht und sie säuberlich zusammengelegt am Fuß meines Lagers zurückgelassen. Ich erhob mich langsam und kam unsicher auf die Füße. Ich hob den Siarc auf und fuhr mit den Armen durch die Ärmel, während ich seine Farbe und

Qualität bewunderte: Er hatte den scharlachroten Ton winterreifer Tollkirschen; die fein gewebten Hosen waren in rostroten und braunen Tönen kariert. Das sandfarbene Leder des weiten Gürtels und der Stiefel war dick und weich und ohne den kleinsten Fehler oder Fleck; der Umhang hellgrau wie Taubengefieder und mit einem verschlungenen Knotenmuster silbern umsäumt. Auch die Brosche war aus Silber, groß und rund, und ihre Oberfläche war mit leuchtend blauen Steinen besetzt.

Noch nie hatte ich so kostbare Kleider besessen. Es war das Gewand eines reichen Häuptlings. Warum mir diese Bevorzugung zuteil wurde, darüber dachte ich nicht nach. Ich zog mich voll Freude an und pries die Großzügigkeit meiner unbekannten Gönnerin – zweifellos Scatha selbst. Als ich mir den Umhang um die Schultern gelegt hatte, befestigte ich ihn mit der Brosche und ging hinaus.

Ich war noch schwächer, als ich dachte, denn schon die kleine Anstrengung, über die Schwelle zu treten, ließ mich schwindelig werden. Ich wankte gegen den Türpfosten und hielt dort inne, bis das Haus aufgehört hatte, sich zu drehen. Die Sonne war unter einen grauen, in Blei gegossenen Himmel gesunken, um für einen kurzen Augenblick den sterbenden Tag mit einem blaßgelben Licht zu erleuchten. Es war kalt, ein rauher Wind wehte von der See her, und in der Luft lag ein scharfer Salzgeschmack.

Einige der älteren Jungen, die den Sollen auf der Insel verbrachten, hatten sich in der Nähe zusammengefunden und spielten ein Ballspiel. Die tiefstehende Sonne warf ihre Schatten lang auf das Feld. Sie hielten in ihrem Spiel inne, als sie mich sahen, und starrten alle zu mir herüber. Keiner rief einen Gruß, obwohl ich sie alle kannte und sie mich kannten.

Goewyn erschien auf dem Weg vor der Tür. Sie sah, wie ich mich an den Türpfosten klammerte, und eilte an meine Seite. Der böige Seewind erfaßte ihr offenes Haar und blies ihr die langen goldenen Locken übers Gesicht, als sie meine Hand in ihre Armbeuge legte. »Ich wollte mich gerade zu dir setzen, während du schläfst. Ich wußte nicht, daß du so bald aufstehen würdest.«

»Ich habe genug geschlafen. Ich will ein paar Schritte gehen«, sagte ich. Sie stützte mich und führte mich an den gaffenden Jungen vorbei auf den Hof und hinaus auf die Klippen zu.

»Wie fühlst du dich?« fragte sie.

»Ich fühle mich wie neu geschaffen«, sagte ich. Bei diesen Worten zögerte Goewyn etwas – nur ein kleines Verhalten ihres Schrittes und ein Seitenblick, die sie sofort überspielte. Doch sie waren mir nicht entgangen.

»Warum hast du mich so angesehen?« fragte ich. »Stimmt etwas nicht?«

Sie lächelte, doch ich merkte ihr einen Anflug von Unschlüssigkeit an, bevor sie antwortete.

»Du sahst einen Augenblick lang wie jemand anderes aus«, antwortete sie. »Es muß am Licht gelegen haben.«

Tatsächlich warf das schwindende Nachmittagslicht einen goldenen Glanz über das Meer und die Felsen zu unseren Füßen und verwandelte Goewyns honigfarbenes Haar in gesponnenes Gold und ihre helle Haut in feinsten Bernstein. Der Wind blies frisch von der See her, ließ die Wellen gegen die Felsen schlagen und wühlte einen Nebel auf, der in der Luft schimmerte. Allzu schnell begann das goldene Licht zu verblassen. Ein plötzlicher Drang, sie zu berühren, überkam mich, und ich blieb stehen, hob eine Hand und legte die Handfläche an ihre Wange. Sie widersetzte sich nicht.

»Tegid wartet«, sagte Goewyn nach einem Augenblick, doch sie zog sich nicht zurück. Wir blieben noch eine Weile stehen, machten dann kehrt und gingen zurück zu der kleinen Ansammlung von Behausungen.

Wir fanden Tegid in der Halle und gingen zu ihm an die

Feuerstelle, wo er mit einem Horn voll Ale stand und sich wärmte. Als er mich sah, versuchte er einen gleichgültigen Ausdruck aufzusetzen; doch die Erleichterung in seiner Stimme war nicht zu verhehlen. »Dann willst du also doch noch ein wenig länger im Land der Lebenden weilen. Ich fürchtete schon, wir hätten dich verloren, Bruder.«

Goewyn widersprach glücklich. »Er hat uns von Anfang an gesagt, daß du zurückkehren würdest«, sagte sie. »Tegid hat nie gezweifelt.«

Verlegen zuckte Tegid die Achseln und drückte mir das Horn mit Ale in die Hand. »Trink! Ich hole mehr.«

Er eilte davon, und ich wandte mich zu Goewyn, ergriff ihre Hand und drückte sie. »Danke, daß du … bei mir gewacht und mich versorgt – und mich gerettet hast.«

»Tegid war es, der dich gerettet hat«, erwiderte sie. »Er hat viel erduldet, um dich hierherzubringen. Verglichen damit haben wir nichts getan.«

»Für mich war es nicht nichts«, beharrte ich. »Ich stehe in seiner Schuld und in deiner. Doch es ist eine Schuld, bei der ich mich darauf freue, sie zu begleichen. Bis dahin nimm meinen Dank.«

»In Wahrheit«, erwiderte sie, »gibt es keine Schuld.« Sie drückte ernst meine Hand und wandte sich zum Gehen. »Du und Tegid, ihr habt über vieles zu reden. Ich lasse euch jetzt allein.«

Sie ging durch die leere Halle, und ich sah ihr nach, überrascht von dem plötzlichen Aufwallen meiner Gefühle für sie. In der Halle schien es merklich dunkler zu werden, als sie sich entfernte, und ich spürte eine Kälte, die sich in die Luft schlich. Beinahe hätte ich sie zurückgerufen, doch dann erschien Tegid mit Bechern und einem Krug voll braunen Ales.

Als wir uns an die Feuerstelle gesetzt hatten, bat ich ihn, mir zu erklären, was er von jener wahnwitzigen Nacht auf dem Weißen Felsen in Erinnerung hatte. Meinem eigenen

Gedächtnis konnte ich nicht trauen, so voll von unheimlichen und beängstigenden Eindrücken und unglaublich grotesken Bildern, wie es war. »Ich weiß nur noch wenig von dem, was geschehen ist«, sagte ich. »Und das, was ich noch weiß, ist unsicher.«

Tegid trank aus seinem Becher und stellte ihn zur Seite, bevor er antwortete. »Das Gorsedd der Barden scheiterte«, sagte er endlich und griff damit weit vor die fraglichen Ereignisse zurück.

»Die Versammlung – ja, ich erinnere mich.« Und ich erinnerte mich noch an etwas anderes. »Ja, aber was ich wissen möchte, ist, *warum*? Warum war ich überhaupt dort? Was sollte das Ganze?«

»Wie ich dir schon an Bord des Schiffes erklärt habe –«

»Erklärt!« höhnte ich. »Du hast mir gar nichts erklärt. Du sagtest, ich solle dabei sein, weil Ollathir und Meldryn Mawr es so wünschten. Aber du hast mir nicht gesagt, *warum* sie mich dort haben wollten.«

»Ollathir wollte es dir nach dem Gorsedd sagen, aber …« Er schreckte davor zurück, die Worte auszusprechen.

»Aber er starb. Also mußt *du* es mir sagen, Tegid. Jetzt.«

Wie ein Mann, der sich anschickt, sein Gewicht auf ein verletztes Glied zu verlagern, zögerte Tegid und überdachte den Schaden, den seine Worte anrichten konnten. »Es gibt Unruhe in Albion«, sagte er schlicht. »Die drei Reiche sind gespalten: Prydain, Llogres und Caledon – jedes hat nur den eigenen Vorteil im Auge und rüstet zum Krieg mit den anderen. Der Tag des Ringens ist nahe.«

»Ach ja, dieser geheimnisvolle Tag des Ringens, ich erinnere mich. Weiter.«

»Selbst die edelsten der Clans sind uneinig, und Königshäuser sind von innen her zerrissen.«

»Selbst das Königshaus Meldryn Mawrs?«

Tegid antwortete nicht, aber ich wußte, daß ich richtig

geraten hatte. »Du hast die letzten sieben Jahre auf Sci verbracht«, fuhr er fort. »Du warst fern von Sycharth und konntest deshalb nicht in die verräterischen Verschwörungen gegen den König verwickelt sein. Aus diesem Grund wurdest du ausgewählt, der Versammlung beizuwohnen. Ollathir und Meldryn Mawr kamen zu dem Schluß, daß du dabeisein solltest, um Zeuge all dessen zu werden, was bei der Versammlung geschah.«

»Aber ich habe der Versammlung nicht beigewohnt«, erinnerte ich ihn. Ich fühlte mich hintergangen, weil ich nicht besser informiert worden war, und war leicht beleidigt, daß man mir nicht völlig vertraut hatte. »Niemand hat mir etwas von all dem gesagt.«

»Hättest du vorher davon gewußt«, erklärte Tegid geduldig, »so hätte das deine Urteilskraft vergiftet.«

»Wie du meinst«, knurrte ich und erinnerte mich an das Katz-und-Maus-Spiel, das wir auf dem Weg zu der Insel an Bord des Schiffes gespielt hatten. Vielleicht hatte der Barde so viel angedeutet, wie er glaubte, wagen zu dürfen.

Tegid versuchte nicht, sein Urteil zu verteidigen. Er fuhr einfach fort und sagte: »Die Furcht hatte bereits vielen guten Männern die Seele geraubt, darunter auch Barden. Ollathir hegte den Verdacht, daß es Verrat innerhalb der Bruderschaft gab, und hatte vor, die Verräter zu entlarven und auszumerzen. Doch sein Plan scheiterte. Ihm blieb keine Wahl, als das Gorsedd zu beenden, damit die Verräter keinen Wind davon bekamen, daß er von ihren Umtrieben wußte.«

»Dann hat also das Ereignis, das ich beobachten sollte, nicht stattgefunden – was immer es war.«

Tegid legte den Kopf ein wenig schief und musterte mich. »Das weiß ich nicht – aber du weißt es.«

»Ich weiß es?«

»Hast du während des Gorsedds etwas gesehen?«

»Ich habe nichts gesehen. Alle gingen auf den Hügel

hinauf, und ich blieb unten. Ich wartete und drehte von Zeit zu Zeit eine Runde um den Hügel, und dann kamen alle wieder herunter. Nichts passierte. Alle verließen die Insel, und ich … halt, da war doch etwas.«

Tegid beugte sich vor. »Woran erinnerst du dich?«

Vor meinem geistigen Auge sah ich wieder die Gestalt, die über die Ebene davoneilte, wenige Augenblicke, bevor die Versammlung beendet wurde. »Es hat sicherlich nicht viel zu bedeuten«, sagte ich langsam. »Aber kurz bevor die Barden vom Hügel herabkamen, sah ich jemanden die Versammlung verlassen.«

»War es Ruadh?«

»Der Barde des Prinzen?« Ich dachte einen Moment nach, aber ich war mir nicht ganz sicher. »Es könnte Ruadh gewesen sein. Ich weiß es nicht.«

»Ollathir hätte es gewußt«, sagte Tegid mit Überzeugung.

»Warum hat er mich dann nicht gefragt?« erwiderte ich. Das Ganze ergab keinen Sinn. Ich haßte diese kleinlichen Intrigen; mir fehlte die Geduld dafür. Tegids Gesicht war verschlossen wie eine zugeschlagene Tür, und er wandte den Blick ab. Dies war hart für ihn. Mir wurde bewußt, daß er Ollathir, seinen Meister und Lehrer, geliebt hatte. Ich gab nach. »Warum wollte Ollathir an jenem Abend noch einmal zum Hügel zurückkehren? Hatte es mit diesem Verräter zu tun?«

»Ja, und mit allen Verrätern«, antwortete Tegid feierlich. »Der Oberste Barde wollte in Erfahrung bringen, wie weit sich der Verrat schon ausgebreitet hatte.« Er hielt inne, schaute zu mir herüber und wandte dann wieder den Blick ab. Stirnrunzelnd blickte er in die von tiefen Schatten erfüllte Halle. »Ollathir glaubte, daß der König in Gefahr schwebte«, sagte er schließlich. Seine Stimme klang hohl in der leeren Halle. »Darum kehrte er an jenem Abend zu dem heiligen Hügel zurück. Er hoffte, mit Hilfe der Gabe des Gesichts zu erfahren, wessen Hand sich gegen den König erhob. Aber er rechnete nicht mit dem … dem …«

Tegids Stimme erstarb, und ich wußte warum: Er meinte das Höllengeschöpf auf dem Hügel.

»Sag es mir, Tegid«, sagte ich sanft, aber fest. »Was war das, was wir dort oben gesehen haben?«

Tegids Mund zuckte vor Abscheu. »Der Bewohner des Abgrundes von Uffern, das uralte Böse, der Geist der Vernichtung. Du hast die Macht des Todes, des Verfalls und des Chaos gesehen. Cythrawl ist sein Name, aber es ist kein Name, den man laut ausspricht, es sei denn mit Zittern.«

Ich wußte genau, was er meinte. Mein Herz gefror mir in der Brust, als ich mich erinnerte, wie ich das Monster nichtsahnend in die Flucht geschlagen hatte. »Warum hat dieses Ding – dieser Cythrawl – uns angegriffen?«

»Ollathir hat ihn heraufbeschworen –« fing Tegid an.

»Was!« Mir fiel beinahe der Alekrug aus den Fingern. »Willst du damit sagen, daß er ihn absichtlich gerufen hat?«

»Nein«, antwortete der Barde. »Er wußte nicht, daß der Cythrawl los war, sonst wäre er nie auf den Hügel gegangen. Er wollte nur Erkenntnis über die Übeltäter erlangen.«

»Und statt dessen antwortete dieses Monster?«

»Ja, und nachdem der Cythrawl einmal erschienen war, blieb Ollathir keine Wahl, als die Konfrontation zu erzwingen. Er hoffte, ihn binden zu können, bevor seine Macht über das Land zu groß würde, um sie noch überwinden zu können. Doch er ahnte nicht, wie mächtig er bereits geworden war.«

Ich konnte nur ungläubig den Kopf schütteln. »War er wahnsinnig? Wie konnte er so etwas tun?«

»Wir standen an der heiligsten Stätte von ganz Albion.

Wäre es dem Cythrawl gelungen, uns dort zu besiegen, so hätte keine Macht dieses Weltenreiches die folgende Vernichtung verhindern können. Albion würde zurück in die Leere stürzen«, fügte Tegid hinzu. »Es wäre so, als hätte es unsere Welt niemals gegeben.«

Tegid wurde plötzlich sehr ernst. »Aber du hast den Cythrawl vertrieben, bevor er den heiligen Mittelpunkt Albions zerstören konnte. Was auch kommen mag, ein kleiner Teil von Albion wird bestehen bleiben.«

»Ich wünschte, ich hätte Ollathir retten können«, dachte ich laut. »Es tut mir leid, Tegid.«

»Zweifellos hast du alles getan, was möglich war«, erwiderte er betrübt. Wir hoben unsere Krüge zum Gedenken an den Obersten Barden und tranken schweigend; dann stellte Tegid seinen Krug zur Seite. »Jetzt mußt du mir erzählen, was da oben auf dem Hügel passiert ist.«

»Du weißt so gut wie ich, was da passiert ist«, sagte ich.

»Ich weiß einiges – nicht alles. Ich war nicht bei Ollathir, als er starb, aber du warst dort. Du mußt mir sagen, wie es war. Ich muß alles hören.«

Ich schickte mich an zu antworten, aber ich konnte nicht. Was war dort oben auf dem Hügel geschehen? Ich wußte es kaum. Ich sah Bilder – wirre und groteske Bilder –, eine bizarre Flut von unheimlichen Eindrücken und alptraumhaften Empfindungen. Ich schloß meine Augen und versuchte, die verhaßte Vision aus meinem Geist zu verbannen. Als ich sie wieder öffnete, schaute Tegid mich erwartungsvoll an. Aber wie konnte ich ihm sagen, was geschehen war, wenn ich es selbst nicht einmal wußte? »Ich kann es nicht sagen«, sagte ich schließlich kopfschüttelnd. »Ich weiß es nicht.«

»Du mußt es mir sagen«, drängte Tegid.

»Ich kann mich nicht erinnern.«

»Erzähl es mir«, beharrte er. »Es ist wichtig!«

»Ich sage dir doch, ich weiß es nicht! Laß es ruhen!«

Tegid starrte mich an, als wollte er durch schiere Willenskraft eine Antwort aus mir herauslocken. Er öffnete seinen Mund, um zu sprechen, und schloß ihn dann wieder und verbiß sich die Worte, bevor sie heraus waren. Einige Augenblicke lang saßen wir schweigend da, während Tegid mich finster anstarrte. Dann stand er ganz plötzlich auf. »Komm«, sagte er rasch und winkte mir aufzustehen. »Folge mir.«

»Warum? Wohin gehen wir?« Doch Tegid antwortete nicht; er war bereits auf dem Weg zur Tür.

Er führte uns aus der Halle heraus. Die Sonne war untergegangen, und der Wind hatte sich gelegt. Dennoch würde es eine kalte Nacht sein. Ich bedauerte es, die Wärme der Halle zu verlassen, und zog meinen Umhang fester um mich, als wir über den dunkler werdenden Platz eilten.

An der Tür eines der kleinen, runden Häuser innerhalb des Caers blieben wir stehen. »Warte hier«, sagte er und trat ein. Ich stand draußen und wartete, bis er nach einer Weile wieder heraus kam. »Du kannst jetzt zu ihr hineingehen.«

»Zu wem?« fragte ich und ergriff seinen Arm.

»Zu Gwenllian.«

»Warum? Was ist los?«

»Ich glaube, du solltest mit der Banfáith sprechen.«

»Ich will nicht mit ihr sprechen, Tegid«, flüsterte ich heiser. »Warum machst du das mit mir?«

»Du *mußt* mit ihr sprechen«, erwiderte er unnachgiebig. »Sie erwartet dich.«

»Komm mit mir.«

»Nein.« Er schüttelte meine Hand von seinem Arm ab und zog das schwarze Kalbfell vor dem Eingang zur Seite. »Ich warte in der Halle auf dich«, sagte er, während er mich geradezu über die Schwelle schob. »Komm zu mir, wenn du fertig bist.«

Er drehte sich um und ging über den Platz davon. Als er fort war, bückte ich mich und betrat das Steinhaus. Wie alle anderen war es kahl, doch Gwenllian hatte ein flaches, eisernes Becken voll glühender Kohlen in der Mitte des Raumes, und der Boden war dick mit Reet gepolstert und mit Häuten und Fellen von zottigen Ziegen und braunen Schafen bedeckt.

Gwenllian selbst saß in der Mitte des einzigen Raumes der Behausung, den Umhang am Hals verschlossen und über sich gebreitet, so daß nur ihr Kopf daraus hervorschaute. Ihr langes, kupferrotes Haar, in dem sich der Widerschein der Glut spiegelte, fiel offen und weich um ihre Schultern. Ihre großen Augen waren geschlossen, ihre Lippen geöffnet. Sie schien eine Schläferin an der Schwelle des Erwachens zu sein. Ich stahl mich leise in ihre Gegenwart, um ihre Meditationen nicht zu stören, und setzte mich im Schneidersitz auf eine hellbraune Kalbshaut.

Nach einem Augenblick hörte ich sie seufzen – sie ließ lange die Luft ausströmen und sog sie dann ebenso lange wieder ein. Sie öffnete ihre Augen und musterte mich, ohne etwas zu sagen. Ich hielt ihrem Blick gleichmütig stand, zufrieden damit, in ihrer Gegenwart zu schweigen, bis sie mir die Erlaubnis zu sprechen gab.

Unter ihrem Umhang rührte sich etwas, und Gwenllian streckte einen bloßen, weißen Arm nach dem Kohlenbecken aus. Sie hielt ein Büschel trockener Eichenblätter in der Hand, das sie auf die glühenden Kohlen legte. Die trockenen Blätter schwelten und gingen in Flammen auf, und der kleine Raum füllte sich mit einem scharfen Duft, der mich an eine andere Zeit, einen anderen Ort erinnerte, jetzt weit, weit fort.

Rauch kräuselte sich in der Luft; sie inhalierte den Duft und sog die Luft tief in ihre Lungen. Als sie schließlich sprach, erkannte ich ihre Stimme nicht. Wenn Gwenllian sang, war ihre Stimme geschmeidig wie eine Weidenrute, süß wie der goldene Met des Sommers, leidenschaftlich, beredt und bezaubernd. Doch die Stimme, in der sie mich nun ansprach, war zwar unbeschwert, aber dunkel und fern; doch die Autorität hinter jedem einzelnen Wort war absolut und unfehlbar. Es war Gwenllian, die Banfáith, die weise Prophetin, die jetzt vor mir saß und mich mit unergründlichen, grünen Augen betrachtete.

Sie sprach: »Der Fuß des Fremden steht fest auf dem Felsen Albions. Gekleidet in Schönheit, reich geschmückt ist er, der für Dagdas edles Volk eintritt. Sei gegrüßt, Silberhand, deine Dienerin grüßt dich!«

Ich neigte meinen Kopf, um ihre merkwürdige Begrüßung entgegenzunehmen, gab jedoch kein weiteres Zeichen, denn ich hatte noch nicht die Erlaubnis zu sprechen bekommen. Außerdem war ich mir ganz und gar nicht im klaren darüber, wovon sie redete. Silberhand? Der Name bedeutete mir nichts.

Die Banfáith zog unter ihrem Umhang einen Torc aus Dutzenden von dicken, silbernen Strängen hervor, die alle gedreht und miteinander verflochten waren. Sie legte den kostbaren Halsring zwischen uns auf den Boden und intonierte steif: »Frage, was du willst, die Wahrheit wird dir offenbart werden. Am Tag des Ringens wird nichts vor dem Auserwählten Samildanacs verborgen bleiben.« Dann fügte sie mit weicherer Stimme hinzu: »Sprich aus deinem Herzen, Silberhand; du wirst nicht abgewiesen werden.«

Wieder neigte ich meinen Kopf. Es gab so viele Dinge, die ich wissen wollte, so vieles, das ich fragen mußte, daß es einiger Überlegung bedurfte, zu entscheiden, welche der Fragen, die sich auf meiner Zungenspitze drängten, ich zuerst stellen sollte.

»Banfáith«, platzte ich schließlich heraus, »du hast mich Silberhand genannt. Ich möchte wissen, warum ich mit diesem Namen angesprochen worden bin.«

Obwohl sie mir verheißen hatte, daß mir nichts verborgen bleiben sollte, trug ihre Erwiderung wenig zu meiner Erleuchtung bei. »Wer den Torc eines Meisterkämpfers tragen will, muß ein Meisterkämpfer sein. Wenn der Cythrawl los ist in Albion, kehrt Lleu Llaw Gyffes, der Löwe der Sicheren Hand, zurück, um für Dagdas Kinder zu kämpfen.«

»Banfáith«, sagte ich, »ich versuche zu verstehen. Wenn dich nichts daran hindert, sag mir bitte, wie das zugeht.«

»Nichts hindert mich daran, und ich werde es dir gerne sagen: Seit undenklicher Zeit gehört der Name Lleu zum Dagda. Da der Meisterkämpfer durch seinen Ruf erscheint, wird also der Meisterkämpfer Llew Llaw Eraint genannt.«

Sie beantwortete meine Fragen bereitwillig, doch ihre Antworten vertieften nur das Rätsel und die Verwirrung. Ich versuchte es noch einmal.

»Dieser Meisterkämpfer«, sagte ich, »dieser Llew Silberhand – wie wird er erscheinen?«

»Gütig und weise ist der Gaben-Reiche«, antwortete Gwenllian rätselhaft. »Er sieht alles, weiß alles, richtet alles aus mit seiner Sicheren Hand. Die Schnelle Sichere Hand erwählt, wen sie will.«

»Weise Banfáith, glaubst du, daß ich dieser Meisterkämpfer bin?« fragte ich noch einmal.

»Der Dagda Samildanac hat gewählt. Jetzt ist es an dir, zu wählen, was du willst.«

Das ergab für mich auch keinen Sinn. Doch um nicht widerspenstig zu erscheinen, dankte ich der Banfáith, daß sie mir zu verstehen half, und versuchte es aus einer anderen Richtung. »Der Tag des Ringens«, sagte ich, »ist mir nicht bekannt – ich möchte gern alles hören, was du mir darüber sagen kannst.«

Darauf schloß die Banfáith langsam ihre Augen und zog sich in sich selbst zurück. Ich hörte das leise Knistern und Knacken der Holzkohle in dem Kohlenbecken, während sie die unergründlichen Pfade der Zukunft nach einem Wort oder Zeichen durchforschte, das sie mir mitteilen könnte. Als sie wieder sprach, hörte ich in ihrer Stimme einen gequälten Unterton, der mir das Herz durchbohrte.

»Höre, o Silberhand; achte auf das Haupt der Weisheit«, sagte sie und erhob ihre Hände mit den Handflächen nach außen wie zu einer Deklamation. »Der Zerstörer aus dem Norden wird seinen Zorn über Drei Edle Reiche ausgießen; mit Zahn und Klaue wird er Fleisch von Gebein reißen. Seine weißen Häscher werden die edlen Heerscharen des Gyd besiegen. Eine weiße Blässe liegt über dem Land, Hunger verschlingt die Jungen wie die Alten. Der Graue Hund ist seiner Kette entkommen; die Knochen von Kindern wird er zermalmen. Der Rotäugige Wanderer wird die Kehlen aller durchbohren, die ihn verfolgen.

Klage und sei bekümmert, tiefe Trauer wird Albion dreifach zuteil. Der Goldene König in seinem Reich wird mit seinem Fuß an den Stein des Anstoßes stoßen. Der Wurm mit dem feurigen Atem wird den Thron von Prydain beanspruchen; Llogres wird ohne Herrscher sein. Doch glücklich wird Caledon sein; der Flug der Raben wird sich in seinen vielschattigen Tälern sammeln, und Rabengesang wird sein Lied sein.

Wenn das Licht der Derwyddi erlischt und das Blut der Barden nach Gerechtigkeit schreit, dann sollen die Raben ihre Flügel über dem geweihten Wald und dem heiligen Hügel ausbreiten. Unter den Flügeln der Raben wird ein Thron errichtet werden. Auf dem Thron sitzt ein König mit einer silbernen Hand.

Am Tag des Ringens tauschen Wurzel und Ast ihre Plätze, und die Neuheit wird als ein Wunder gelten. Die Sonne sei trübe wie Bernstein, der Mond berge sein Angesicht: Ein Greuel durchwandert das Land. Mögen die vier

Winde in entsetzlicher Gewalt miteinander ringen; möge ihr Klang zwischen den Sternen zu hören sein. Der Staub der Alten wird auf den Wolken aufsteigen; das Wesen Albions wird zerstreut und zerrissen von widerstreitenden Winden.

Die Meere erheben sich mit mächtigen Stimmen. Nirgendwo ist ein sicherer Hafen. Arianrhod schläft in ihrem seeumgürteten Festland. Obwohl viele sie suchen, wird sie doch nicht zu finden sein. Nur der keusche Kuß wird ihr wieder den Platz verschaffen, der ihr zukommt.

Dann wird der Riese der Bosheit wüten und alle mit der scharfen Schneide seines Schwertes in Angst versetzen. Seine Augen werden Blitze schleudern; von seinen Lippen wird Blut tropfen. Mit seiner großen Streitmacht verwüstet er die Insel. Alle, die sich ihm entgegenstellen, werden von der Flut der Übeltaten hinweggespült, die aus seiner Hand hervorfließt. Die Insel der Mächtigen wird zu einem Grab werden.

All dies ist durch den ehernen Mann geschehen, der ebenso auf seinem Reittier aus Messing große und entsetzliche Not bewirkt. Erhebt euch, Männer von Gwir! Nehmt Waffen in die Hände und widersteht den falschen Männern in eurer Mitte! Der Klang des Schlachtengetümmels wird zwischen den Sternen des Himmels zu hören sein, und das Große Jahr wird seiner endgültigen Erfüllung entgegengehen.

Höre, o Sohn Albions: Blut ist aus Blut geboren. Fleisch ist aus Fleisch geboren. Doch der Geist ist aus Geist geboren und bleibt immerdar beim Geist. Über Albion steht Einer, die Heldentat muß getan werden, und die Silberhand muß herrschen.«

Die Stimme der Prophetin brach, von einer furchtbaren Trauer ergriffen. »Der Phantarch ist tot!« schluchzte sie. »Tot! ... Der Phantarch ist von uns genommen, und das Lied ist verstummt ... Der Cythrawl vernichtet das Land!«

Lange saß Gwenllian mit geschlossenen Augen da und weinte innerlich. Ich hätte mich am liebsten davongestohlen und wäre aus ihrer Gegenwart geflohen, um nicht noch mehr ihrer Ankündigungen hören zu müssen. Doch sie öffnete ihre Augen und fesselte mich mit ihrem traurigen Blick.

»Banfáith«, sagte ich, und spürte in meinem eigenen Herzen die Qual ihrer schrecklichen Vision, »ich weiß nichts von dieser Heldentat oder davon, wie sie vollbracht werden kann. Es scheint mir eine Aufgabe zu sein, die eher einem Barden ansteht. Doch was getan werden kann, das will ich tun. Sag mir nur noch eines: Wie kann der Cythrawl besiegt werden?«

»Bevor der Cythrawl überwunden werden kann, muß das Lied wiederhergestellt werden.«

»Dieses Lied, von dem du sprichst – darf ich es kennen?«

Traurig und ernst blickte mich die Weise Banfáith an. »Niemand kennt das Lied, nur der Phantarch allein. Denn es ist der kostbarste Schatz dieses Weltenreichs und darf nicht von kleingeistigen Geschöpfen oder unwürdigen Dienern besudelt werden. Bevor die Sonne und der Mond und die Sterne auf ihren unveränderlichen Lauf gebracht wurden, bevor die lebenden Geschöpfe ihren ersten Atemzug taten, noch vor dem Beginn aller Dinge, die sind oder sein werden, wurde das Lied gesungen. Du hast mich nach dem Namen des Liedes gefragt. Nun also, wisse: Es ist das Lied von Albion.«

23

Der Tag des Ringens

Ich schlief nicht in dieser Nacht. Und ich kehrte nicht in die Halle zurück. Ich wanderte im Dunkeln über die Klippen über dem rastlosen Wasser und scherte mich kaum darum, ob ich stolpern und kopfüber hinab auf die Felsen in meinen Tod stürzen würde. Dann konnte sich der Dagda einen anderen suchen. Ich wollte nichts damit zu tun haben.

Lange Zeit stapfte ich die Steilküste entlang – beunruhigt, verängstigt, gequält von der Prophezeiung, die die Banfáith mir gegeben hatte, und wütend über die Art, wie Tegid mich angestachelt hatte. So hastete ich den Uferpfad entlang, schleuderte Flüche in den Wind und schrie meinen Trotz der anbrandenden See entgegen. Am Ende hockte ich mich auf einen Felsen, der den wellenüberspülten Kiesstrand überragte, und ließ mich nieder, um die Sonne aufgehen zu sehen. Dort fand mich Goewyn, wie ich das perlmuttfarbene Sonnenlicht in den Himmel dringen und das Meer sich blutig färben sah. Sie trat so leise hinter mich, daß ich sie nicht kommen hörte. Ich wußte einfach, daß sie da war, und dann spürte ich ihre warmen Finger an meinem Hals.

Eine Weile stand sie da, ohne zu sprechen, lehnte sich an meinen Rücken und strich mir über die Haare und den Hals. Endlich sagte sie: »Tegid sagt mir, daß ihr gehen müßt.«

»Er ist fest entschlossen«, murmelte ich mürrisch. »Fest entschlossen, uns erfrieren und ertrinken zu lassen.«

»Der Sollen hat noch nicht seine volle Kraft erreicht. Ihr könnt immer noch mit einiger Zuversicht in See stechen.« Sie kam nach vorn und setzte sich neben mich auf meinen kalten Felsen.

»Es gibt keine Zuversicht«, murmelte ich. »Nichts bleibt je, wie es war.«

Sie lehnte sich an mich und legte ihren Kopf leicht auf meine Schulter. »So schwermütig«, seufzte sie. »Dabei bist du stark, und das Leben steht dir offen. Warum denkst du an das Schlimmste?«

Weil das Schlimmste und das Unvermeidliche oft ein und dasselbe sind, dachte ich. Doch da ich Goewyn, die mich nur aufheitern wollte, nicht provozieren wollte, sagte ich nichts, und wir lauschten den Wellen, die über die Kieselsteine am Strand mahlten. Vier weiße Möwen segelten niedrig über das Wasser, und ihre Flügelspitzen berührten die Wellen.

»Wenn ein Barde wie Ollathir stirbt«, sagte sie nach einiger Zeit, so als hätten wir über das Thema schon ausführlich gesprochen, »muß er seinen *Awen* einem anderen einblasen, damit er nicht verlorengeht. Ist er einmal verloren, kann der Awen nie wiederhergestellt werden, und sein Licht verschwindet für immer aus der Welt.«

»Ach, und was hat Tegid dir sonst noch erzählt?« schnappte ich und bereute die Bemerkung sofort.

»Tegid hätte sein Leben gegeben, um Ollathir zu retten«, sagte Goewyn, ohne auf meine Grobheit zu achten. »Aber es sollte nicht sein. Doch als die Zeit gekommen war, warst du dort, um den Awen des Obersten Barden zu empfangen.«

Der Awen … das beschäftigte Tegid also auch. Der Awen galt, wie ich wußte, als die Quelle der Erkenntnis eines Barden, die alles inspirierende Seele seiner Kunst. Er ist es, der den Menschen seines Stammes Nahrung, Kleidung und Obdach gibt. Der Awen ist der Atem des Dagda, der einen Barden führt und unterweist und ihn aus anderen Menschen heraushebt.

»Aber warum hat er ihn mir gegeben?« fragte ich, und mein Zorn flammte wieder auf. »Ich bin kein Barde! Ich will ihn nicht. Ich kann nichts damit anfangen.«

»Du hast ihn empfangen, weil du zur Stelle warst«, beschwichtigte mich Goewyn.

»Und ich würde ihn Tegid geben, wenn ich könnte«, erklärte ich scharf. »Ich will damit nichts zu tun haben!«

Ich spürte ihre Hand auf meiner Wange, als sie mein Gesicht zu sich hindrehte. »Du bist zu großen Dingen auserwählt«, sagte sie, und obwohl sie leichthin sprach, lag in ihrem Tonfall eine eherne Überzeugung.

»Mit Gwenllian hast du also auch gesprochen.« Ich wandte mein Gesicht ab.

»Ich weiß nicht, was Gwenllian dir gesagt hat. Aber man braucht nicht die Vision einer Banfáith, um das zu sehen. Als Tegid mit dir in dem Boot zurückkehrte, dachte ich, du wärst tot. Doch mit einem Blick sah ich das Heldenlicht auf dir – und ich wußte, daß der Dagda dich mit seiner Hand bedeckt hatte.«

»Ich habe nie darum gebeten«, murmelte ich bitter. »Ich war nie auf irgend etwas von alledem aus!« Ich blickte zur aufgehenden Sonne hinüber. Schon begann das neue Tageslicht hinter schwarzen Wolken zu verschwinden, und der Wind peitschte die Wellen auf, daß sie schäumten. Bald würden Tegid und ich über das kalte Meer segeln und nach Sycharth zurückkehren, und ich würde Ynys Sci nie wiedersehen.

Als hätte sie meine Gedanken gelesen, erwiderte Goewyn: »In die Zukunft führen viele Pfade. Wer kann sagen, wo sich unsere Wege kreuzen mögen?«

Wir blieben noch eine Weile sitzen, dann zog sie sich leise zurück und überließ mich meinem selbstsüchtigen Elend.

Das Boot, das uns zu Scathas Insel gebracht hatte, war klein. Ohne Lotsen und Mannschaft wären wir nicht in der Lage gewesen, ein größeres Boot zu steuern. So leistete uns das kleine, robuste Gefährt gute Dienste, wo ein anderes in der Sollendünung gekentert wäre. Statt dessen ritt unser kleines schwarzes Boot auf den windgepeitschten Wellen wie eine Feder.

Dennoch fordert man eine Katastrophe heraus, wenn man sich in dem launenhaften, unbeständigen Sollenwetter zuviel zutraut. In einem Augenblick kann die Sonne warm scheinen, und schon im nächsten schneidet einem ein eisiger Nordwind durch die Winterwolle und läßt einem das Fleisch gefrieren. Wir wußten, daß wir nicht mit dem Boot bis nach Sycharth gelangen konnten, obwohl das bei weitem der schnellste Weg gewesen wäre. Tegid hatte es nicht auf Selbstmord angelegt; er wollte nur den Hafen von Ffim Ffaller erreichen, wo wir uns mit Pferden und Vorräten ausstatten konnten, um unsere Reise über Land fortzusetzen. Oder, falls das nicht gelang, Ynys Oer anzulaufen und von dort aus einen Weg aufs Festland zu finden – was bei weitem das langsamste gewesen wäre.

Das Wetter war uns nicht freundlich gesinnt. Am zweiten Tag auf See fuhr ein Sturm von Norden her auf uns herab, und wir waren gezwungen, in einer geschützten Bucht an der felsigen Küste des Festlandes Zuflucht zu suchen. Wir fanden eine Höhle in der Klippenwand und schafften es, genügend Treibholz für ein Feuer zu sammeln. In dieser Höhle hausten wir fünf endlose Tage lang, während wir darauf warteten, daß sich der wilde Wind endlich erschöpfte.

Am Abend des fünften Tages sank der Wind, und als der Mond aufging, stachen wir wieder in See. Die Luft war kalt, doch der Himmel war klar und hell. Tegid hatte keine Schwierigkeiten, sich an den Sternen und der sanft versilberten Küstenlinie zu orientieren. Wir schliefen abwechselnd und segelten die Nacht und den ganzen nächsten Tag hindurch und den nächsten.

Meine Hand war ungeübt an der Ruderpinne, doch ich konnte Tegid lange genug ablösen, daß er sich etwas ausruhen und schlafen konnte. Fast zu Eis erstarrt durch das ständige Peitschen des Windes und der schaumigen Wellen und mit nahezu erschöpften Vorräten steuerten wir die Westküste von Ynys Oer an. Es tat mir nicht leid, das Boot zu verlassen und wieder festen Boden unter den Füßen zu spüren.

Unsere Pferde standen in einer Senke, wo Tegid sie sich selbst überlassen hatte. Sie hätten die Jahreszeit dort verbringen können, ohne Schaden zu nehmen, denn die steilen Wände der Senke hielten den schlimmsten Wind und Regen ab, und das Gras wuchs dicht auf dem Talboden. Wir verbrachten die Nacht in der Steinhütte am Westufer – in Sichtweite von Ynys Bànail und seiner heiligen Steinsäule, die nun die Stelle markierte, an der Ollathir begraben lag.

»Ich konnte nicht euch beide von dem Weißen Felsen heruntertragen«, erklärte Tegid. »Und da du noch einen Hauch mehr Leben in dir hattest als Ollathir, häufte ich die Steine über seinen Körper und brachte dich nach Ynys Sci.«

»Dafür bin ich dir dankbar, Tegid. Du hast ein großes Risiko auf dich genommen. Es wird keine leichte Reise gewesen sein.«

»Du bist ein weit größeres Risiko eingegangen, als du dich dem Cythrawl entgegenstelltest«, erwiderte er freimütig. »Ich konnte dich unmöglich dort zurücklassen, Bruder.«

Als der nächste Morgen dämmerte, holten wir die Pferde aus ihrem verborgenen Tal. Ich sage »Dämmerung«, obwohl wir die Sonne an jenem Tag und während vieler dunkler Tage, die darauf folgten, nicht zu Gesicht bekamen. Regen und Wind peitschten gegen die Küste, und eisiger Nebel verhüllte die Hügel und sammelte sich in den Tälern. In einem erbärmlichen Nieselregen ritten wir quer über die Insel; niedergeschlagen, durchgefroren, durchnäßt. Wir erreichten die Ostküste und hielten, um die graue, rastlose Wasserfläche zu betrachten, die Ynys Oer vom Festland trennte.

»Was jetzt?« fragte ich, während ich die kurze Entfernung zwischen den beiden Ufern abzuschätzen versuchte.

»Die Bauern des Festlandes lassen ihr Vieh zu den Sommerweiden auf die Insel hinüberschwimmen. Und die auf der Insel schwimmen mit ihnen auf die andere Seite, um sie zum Markt zu bringen.«

»Klingt nach einem nassen Unternehmen.«

»Nasser, als wir sind, können wir nicht mehr werden«, meinte Tegid. Bei jeder Bewegung triefte das Wasser von uns; unsere Kleidung hing uns schwer und durchnäßt auf dem Rücken; unsere Glieder waren steif davon, daß wir sie so eng an den Körper preßten.

»Dann bringen wir es hinter uns«, sagte ich, während eine scharfe Böe die Wellenkämme aufpeitschte. »Je eher wir auf der anderen Seite sind, desto eher haben wir ein Feuer.«

Ich hatte gewußt, daß das Wasser kalt sein würde, aber ich hatte mir nicht vorgestellt, daß es *so* kalt sein könnte. Es war nicht weit bis zum anderen Ufer, und unsere Pferde schwammen gut – aber wir wären trotzdem beinahe erfroren.

Wir schleppten uns aus der Brandung und über den Strand, während der Wind erbittert durch unsere triefenden Kleider schnitt. Hinter den Dünen waren wir vor dem schlimmsten Wind geschützt. Tegid wußte, wo zwischen den sandigen Senken Reisig und Stroh zu finden waren; das meiste davon war naß, aber unter Tegids geübter Hand ging es schnell in Flammen auf. Die Derwyddi kennen viele Geheimnisse der Erde und der Luft und des Feuers und des Wassers. Ich glaube fast, daß er durch schieren Zauber und Willenskraft das Feuer zum Aufflammen brachte. Jedenfalls wäre es mir sicherlich nicht gelungen, diese paar armseligen, durchnäßten Zweige zum Brennen zu bringen.

»Zieh deine Kleider aus«, sagte Tegid, als das Feuer endlich hell zu lodern begann. Wir hatten eine tiefe Senke zwischen zwei Dünen gefunden. Es schien reiner Wahnsinn zu sein, in dieser Kälte unsere Kleider abzulegen, aber es war die einzige Möglichkeit, uns aufzuwärmen.

Wir breiteten unsere Kleider auf nahe gelegenen Schilfbüscheln und Dünensträuchern aus und setzten uns so nahe ans Feuer, wie es möglich war, ohne uns zu verbrennen. Selbst die Pferde kamen, angezogen von der Wärme, so nahe, wie ihre Furcht es zuließ.

Tegid nährte das Feuer mit zusammengedrehten Büscheln aus trockenem Gras und Schwarzdorngestrüpp und hielt die Flammen am Leben. »Sobald unsere Umhänge getrocknet sind«, sagte er, während ich ein Paar dicker wollener Leggings vor die Flammen hielt und drehte, damit sie schneller trockneten, »reiten wir landeinwärts.«

Ich erwiderte nichts darauf; es würde noch mehr kommen, und ich konnte warten. Nach einer kleinen Weile fuhr er fort: »Im Wald werden wir Wild finden. Wir können unterwegs jagen. In ein paar Tagen erreichen wir den Fluß Tyn und folgen ihm bis nach Aber Llydan. Von dort sind es nur noch drei oder vier Tage, bis wir das Gebiet der Llwyddi erreichen, und nur noch ein paar mehr bis an den Modornn. Dann folgen wir dem Fluß bis nach Sycharth.«

Wie er es sagte, klang es, als ob wir im Nu zu Hause und trocken sein würden. In Wirklichkeit sollten wir viele, viele eiskalte Sollennächte unterwegs verbringen, und unzählige Sollentage auf den kalten, kahlen Pfaden Caledons. Der Schnee lag schwer und tief auf den hohen Bergkuppen, bevor wir auch nur in Sichtweite des Modornntales kamen.

Neben der Kälte litten wir unter dem Hunger. Das Jagdglück war uns nicht hold, und wir konnten nicht viel Zeit darauf verwenden. Dennoch sorgten wir dafür, selbst wenn wir für uns selbst nichts fanden, daß wenigstens unsere Reittiere ein paar Bissen bekamen, um auf den Beinen zu bleiben. Die Kälte machte uns mager und hart wie windzerzauste Birken. Ich lernte, im Sattel zu schlafen und an ganz und gar nicht einladenden Orten Zuflucht zu finden. Ich lernte, einen Pfad unter einer Schneedecke zu verfolgen. Und ich lernte, am Geruch des Windes meine Richtung zu erkennen.

Eines Tages passierten wir Caer Modornn. Der Anblick der Holzpalisaden auf der Bergkuppe oberhalb des Flusses rief eine rasche Flutwelle von Erinnerungen wach. Doch merkwürdigerweise erinnerte ich mich zwar an jene ersten, leuchtenden Tage meiner Ankunft, aber nur sehr undeutlich an mein Leben davor – es sei denn mit äußerster Anstrengung. Verglichen mit dem intensiv leuchtenden Leben, das ich in Albion kennengelernt hatte, erschien mir mein Leben vor meiner Ankunft in der Anderwelt beinahe unaussprechlich fern und bedeutungslos, kaum mehr als eine undeutliche Pantomime in trübem, farblosem Halblicht. Doch daß ich mich nicht mehr daran erinnerte, bereitete mir nicht den geringsten Kummer. Ich fand es eigenartig, doch ich spürte kein Bedauern über den Verlust. Ich war bei dem Tausch eindeutig gut weggekommen. Ich war zufrieden.

Wegen der dort gelagerten Lebensmittel ritten wir hinauf ins Caer Modornn: Korn und Trockenfutter für die Pferde, getrocknetes Fleisch und Ale in versiegelten Krügen für Tegid und mich. Auch Feuerholz war im Caer gelagert, und so verbrachten wir eine Nacht in der Festung, mehr wegen der Wärme als wegen des Essens – obwohl uns beides gleichermaßen willkommen war.

Am nächsten Tag setzten wir unseren Weg fort. Wenn auch immer noch erschöpft, steif vor Kälte und von jedem Windstoß gepeitscht, der durch das feuchte Tal fuhr, reisten wir doch in besserer Stimmung weiter, denn nun befanden wir uns auf vertrautem Boden, und das Ende – wenn auch noch weit entfernt – war abzusehen.

Wir folgten dem breiten Tal des Modornn, hielten uns nahe an dem steinumsäumten Fluß, bis wir das Sumpfland erreichten. Dort verließen wir den Fluß und zogen den festeren Boden des Waldpfades vor. Zwei feuchte, regnerische Tage später erreichten wir kurz vor Sonnenuntergang Sycharth.

»Ich sehe keinen Rauch«, bemerkte Tegid. Erschöpft von dem langen Tagesritt hatten wir eine letzte Pause eingelegt, bevor wir unseren Weg zum Caer fortsetzten.

Ich spähte in den Himmel über dem Caer. Die Wolken hatten sich zum Abend verzogen und einen blaßblauen Himmel hinterlassen – vor dem man die weißen Rauchfahnen der großen Feuerstelle des Königs und der kleineren Feuerstellen leicht hätte erkennen müssen. Aber es war kein Rauch zu sehen, und das bedeutete, daß dort kein wärmendes Feuer brannte.

»Was kann das bedeuten?« wunderte ich mich. Ich konnte mir keinen guten Grund vorstellen, warum wir den ganzen weiten Weg gemacht haben sollten, um nun ohne Freude an einer kalten Feuerstelle empfangen zu werden.

»Irgend etwas stimmt da nicht.« Tegid trieb sein Pferd an und eilte den Hang hinab in das Tal, das uns von dem Hügel trennte, auf dem das Caer stand.

Ich gebe zu, daß es auch in meiner Brust vor Spannung prickelte, als die Hufe unserer Pferde über den Talboden dem stillen Caer entgegendonnerten und auf die gefrorene Erde trommelten. Doch noch bevor wir den schmalen, von Palisaden umsäumten Torweg und die weit offenen Tore durchritten hatten, wußte ich, daß Sycharth verlassen war. Ein Blick auf die verkohlten Überreste der Halle des Großen Königs bestätigte unsere schlimmsten Befürchtungen: Meldryn Mawrs stolze Festung war eine ausgebrannte Ruine.

Der Tag des Ringens war angebrochen.

24

Twrch

Verlassen von den Lebenden, bewohnt nur noch von den Toten, die unbetrauert und unbegraben inmitten der Zerstörung lagen, stand das einst so stolze Sycharth wie ein geplündertes Grab – kalt, wüst, gebrochen. Die mächtige Festung schien selbst ein Leichnam zu sein, verlassen und abweisend.

Wohin das Auge blickte, traf es auf Greueltaten: niedergeknüppelte Frauen, die immer noch ihre gefrorenen Säuglinge an die Brust preßten; verblutete Kinder mit abgeschnittenen Händen und Füßen; enthauptete Hunde und Krieger, denen man die Köpfe vertauscht hatte; in den Ställen lebendig geröstetes Vieh; Schafe, die man geschlachtet und denen man die Eingeweide herausgerissen hatte, um ihre Hirten damit zu strangulieren … überall die Zeichen von Feuer, Schmutz, Blut und Grausamkeit.

Der Gestank des Todes durchzog die neblige Luft, wie das geronnene Blut die regennasse Erde tränkte. Tegid und ich taumelten in ungläubiger Benommenheit von einer Abscheulichkeit zur nächsten. Den Mund voll bitterer Galle, würgend und betäubt, murmelten wir immer und immer wieder dieselben Fragen: Wie konnte so etwas geschehen? Wer konnte so etwas getan haben?

Was uns noch rätselhafter erschien, war das Fehlen jedes Anzeichens für eine Schlacht. Denn wir fanden nicht den König oder seine Kriegsschar, obwohl wir die Überreste der Halle und der königlichen Quartiere gründlich durchsuchten. Abgesehen von den wenigen Kriegern, die vor der Halle gefallen waren, fanden wir keine Spur der Streitmacht. Daraus schlossen wir, daß der König mit praktisch unversehrter Kriegsschar vor dem Kampf geflohen war oder aber gar nicht anwesend war, als die Vernichtung über seine Festung kam, ja vielleicht noch nicht einmal davon wußte.

Den Gedanken, daß der König vor dem Kampf geflohen sei, betrachtete Tegid als abscheulich. »Eher würde er sich sein eigenes Herz herausschneiden«, murmelte Tegid düster. »Eher würde er sich von den Raben fressen lassen, als zuzusehen, wie sein Volk wie Schweine hingeschlachtet und seine Festung dem Erdboden gleich gemacht würde. Und ebensowenig würde er sich gefangennehmen lassen, solange noch ein Atemzug in ihm ist.«

Wir starrten erschüttert auf die Verwüstung. Wann es geschehen war, ließ sich nicht sagen. Die Kälte und der Schnee konservierten die Leichen, wie sie gefallen waren. Wären der König und seine Kriegsschar hiergewesen, so hätten wir sie finden müssen.

»Er muß fortgezogen sein, bevor die Vernichtung stattfand«, sagte ich. Das erschien ebenso unwahrscheinlich. Aber es schien keine andere Möglichkeit zu geben. »Meldryn Mawr ist nicht hier.«

Gewiß war der Große König abwesend gewesen, als die Katastrophe über Sycharth hereinbrach. Doch was mochte ihn veranlaßt haben, in der eisigen Jahreszeit fortzuziehen, wenn alle Welt sich nach innen zurückzieht? »Wohin mag er gegangen sein?« fragte ich mich laut.

»Ich weiß es nicht, Bruder«, antwortete Tegid seufzend. »Wir werden die Antwort hier nicht finden, glaube ich.«

»Wo dann?«

»Laß uns die Siedlungen und Liegenschaften in der Umgebung aufsuchen. Wir werden das ganze Land absuchen und sehen, was wir finden.«

Wir verließen das Caer. Benommen vor Trauer und krank vor Furcht, mit starren Augen und zitternden Händen, stiegen wir auf unsere Pferde und ritten direkt zum Hafen des Königs an der nahen Flußmündung des Muir Glain. Wir ritten schnell, um dem schwindenden Tageslicht zuvorzukommen, und erreichten die Werft im trüben Zwielicht, während sich dunkle Wolken über uns schlossen.

Wir machten uns nicht einmal die Mühe abzusteigen, sondern blieben in unseren Sätteln und betrachteten die Verwüstung: die Schiffe bis zur Wasserlinie niedergebrannt, jedes Segel und jeder Mast zerstört, jeder Rumpf zerschmettert.

Die Baracken und Häuser waren abgefackelt worden, und mit ihnen das gelagerte Holz. Selbst die Erde an den Ufern der Mündung war verbrannt und geschwärzt. Nichts war entkommen. Alles, alles war der Zerstörung anheimgefallen. Alles war Holzkohle und Asche. »Es muß tagelang gebrannt haben«, murmelte Tegid. »Die Flammen müssen bis halb nach Ynys Sci zu sehen gewesen sein.«

Unsere Pferde zitterten nervös, schnaubten und stampften mit den Hufen, während wir hier und da nach irgendeinem Zeichen suchten, daß jemand überlebt hatte. Ich berührte meine Waffen, die ich sorgfältig gegen das Wetter verhüllt, aber jederzeit erreichbar bei mir trug, und verspürte einen grimmigen Dank für ihren kalten Trost.

»Hier ist nichts«, sagte Tegid schließlich. »Wir reiten weiter.«

Die Nacht kam über uns, als wir über die bewaldeten Hügel weiterzogen – der Weg war weiter, aber wir konnten nicht im Dunkeln die Sümpfe überqueren. Also nahmen wir den Weg über die Höhen, ritten auf den Kämmen und Jagdpfaden entlang, die Sycharth mit den benachbarten Siedlungen verbanden. Als wir die erste Festung erreichten, wurde die Wolkendecke etwas dünner, und der Mond schien kurz hindurch; nicht lange, aber lange genug, um die Siedlung zu erkennen: schwarz vor dem schwärzeren Hintergrund der Hügel jenseits des Flusses.

Caer Dyffryn lag auf einer flachen Anhöhe am Fluß und beherbergte ungefähr zweihundert Clansleute der Llwyddi. Alle zweihundert waren geflohen oder ermordet. Wir blieben nicht, um sie zu zählen. Es war nicht nötig – nichts Lebendes konnte sich noch innerhalb des Kreises verkohlter Stümpfe befinden, die einmal der ringförmige Palisadenzaun gewesen waren. Das konnten wir sehen, bevor wir auch nur abstiegen. Doch aus Achtung vor unseren Clansleuten stiegen wir ab und gingen zwischen den niedergebrannten Ruinen ihrer Häuser umher.

»Wir können nicht hierbleiben«, sagte ich, als wir unsere sinnlose Bestandsaufnahme beendet hatten. Ich sprach leise, doch meine Stimme schallte laut in der unnatürlichen Stille. Tegid rührte sich nicht und gab keinen Laut von sich. Ich berührte ihn am Arm – sein Fleisch war starr und kalt unter meinen Fingern. »Komm, Bruder, laß uns von hier fortgehen. Wir können am Fluß kampieren und morgen früh wieder herkommen, wenn du willst.«

Tegid antwortete nicht, sondern drehte sich um und stieg wieder auf sein Pferd. Wir verließen Caer Dyffryn, doch wir hielten nicht an. In dieser Nacht ruhten wir überhaupt nicht aus und machten nur eine kurze Pause, um die Pferde trinken zu lassen. Die graue Dämmerung fand uns, als wir rotäugig und erschöpft inmitten der Ruinen von Cnoc Hydd standen. Einst eine hübsche Siedlung in einer lieblichen Nische des Tals, war es nun wie Sycharth und Dyffryn nur noch eine verschmorte Spelze. Hier waren die meisten Einwohner verbrannt, doch ob sie schon vorher tot gewesen waren oder nicht, war nicht mehr auszumachen.

Während Tegid in der durchnäßten Asche der Halle

umherstöberte, inspizierte ich die geschwärzten, eingestürzten Balken des Hauses der Krieger. Mit dem Ende eines zerbrochenen Speers stocherte ich hier und da in dem Schutt herum, ohne zu wissen, wonach ich suchte. Der scharfe Gestank von Rauch und verkohlten Leichen ließ meine Augen tränen, doch ich blieb hartnäckig. Und in einer Ecke der eingefallenen Feuerstelle trug meine Mühe Frucht.

Ich hatte ziellos in dem Geröll herumgesucht und schickte mich an weiterzugehen. Eine flüchtige Bewegung fiel mir ins Auge, als ich mich abwandte. Ich glaubte, ein trockenes Rascheln zu hören. Ich wirbelte auf dem Absatz herum und starrte in die Schatten der Feuergrube. Zuerst sah ich nichts ... doch dann, verborgen in einer Spalte unter den durcheinandergefallenen Steinen, sah ich eine kleine, sich duckende Gestalt.

Ich nahm das Ende meines Speers und stieß das zusammengekauerte Wesen sanft an. Es gab keinen Laut von sich, sondern duckte sich tiefer in sein Loch hinein. Ich schob ein paar Steine und Holzstücke beiseite und ließ behutsam das Tageslicht in die Spalte. Als ich hineinspähte, sah ich den verschmorten Kadaver einer Hündin und, zitternd daneben, ihren Welpen.

Sein schiefergraues Fell war verfilzt und an einem Dutzend Stellen angesengt; eine böse, rote, rohe Wunde legte eine der kleinen Schultern offen. Das Geschöpf lag, zitternd vor Angst und Kälte, zusammengerollt neben dem erstarrten Körper seiner toten Mutter. Es gab noch drei andere Welpen, alle tot; die Hündin war gestorben, während sie ihren Wurf verteidigte, und ihre Zähne waren immer noch gebleckt unter den eingefrorenen Lefzen. Der Welpe schien alt genug zu sein, um entwöhnt zu werden – obwohl er vor Babyspeck immer noch rund wie eine Butterkugel war, zeigte er mehrere feine, weiße Zähne, als ich hinunterlangte, um ihn aufzuheben.

Das barmherzigste wäre gewesen, ihn an Ort und Stelle zu töten und sein Leiden zu beenden. Doch nach all der Verwüstung und Vernichtung, die Tegid und ich gesehen hatten, brachte ich es, als ich diesen einzigen Überlebenden fand – wenn es auch nur ein halb verhungerter Welpe war – nicht über mich, auch dieses kleine, glimmende Leben dem Tod um mich her hinzuzufügen. Ich beschloß, ihn leben zu lassen, ihn am Leben zu erhalten.

Er wimmerte oder schrie nicht, als ich ihn am Nacken packte und aus seiner Höhle heraushob. Doch das Tierchen schnappte nach mir, als ich es zu streicheln versuchte. Und als ich mich anschickte, es in meiner Armbeuge zu wiegen, packte es meine Handkante mit seinen scharfen, jungen Zähnen und klammerte sich fest.

»Still, *Twrch!*« schimpfte ich mit einem Klaps auf seine Nase. Es war das erste Wort, das mir in den Sinn kam.

Tegid hörte mich sprechen und drehte sich sofort erwartungsvoll nach mir um. Er sah den Welpen in meiner Hand und lächelte traurig. Ich brachte den Hund zu ihm, und er nahm ihn und hielt ihn vor sich hoch. »So! Einer bleibt also noch im Land der Lebenden.« Er warf mir einen Blick zu. »Wie hast du ihn genannt?«

»Twrch«, sagte ich.

»Keiler?« wunderte sich Tegid. »Warum denn das?«

»Er versuchte mich zu beißen, als ich ihn im Arm hatte«, erklärte ich. »Es erinnerte mich an die Art, wie ein alter Keiler immer weiterkämpft, wenn er geschlagen ist, und sich nicht dem Tod ergibt.« Ich zuckte die Achseln und fügte hinzu: »Es war nur ein Gedanke. Gib du ihm einen Namen, Tegid. Er hat einen guten Namen verdient.«

Aber Tegid wollte nichts davon hören. »Du hast ihm bereits einen guten Namen gegeben. Nennen wir ihn so.« Er hielt den Hund hoch. »Kleiner Trotzkopf, Twrch, mögest du für uns wahrhaftig ein kämpfender Keiler sein.«

Er gab mir den Welpen und sagte: »Diese Ruine ist wie alle anderen. Wir werden hier nichts finden. Laß uns weiterreiten.«

»Wir brauchen Ruhe, Tegid. Ruhe und Essen. Unsere Pferde sind fast tot vor Erschöpfung. Wir sollten mindestens einen Tag haltmachen. Es gibt eine gute Stelle in der Nähe des Flusses – wir sind auf dem Weg hierher daran vorbeigekommen. Laß uns heute dort bleiben und alles weitere überlegen, wenn wir geschlafen haben.«

Tegid war nicht dafür, doch als wir von dem Caer fortritten, brach sein Pferd auf dem schlammigen Pfad in die Knie, und er war gezwungen, mir recht zu geben. Wenn wir nicht haltmachten, würden wir wahrscheinlich den Rest des Weges zu Fuß gehen müssen. Und da wir nicht wußten, wie weit wir umherziehen mußten, bis wir unseren vermißten König und unsere Clansleute fanden, ergab es keinen Sinn, unsere Pferde zugrunde zu richten.

Also kehrten wir an die geschützte Stelle am Fluß zurück – es war nicht mehr als eine Gruppe junger Erlen und Weiden, zwischen denen auf einer gerodeten Fläche eine Fischerhütte stand, von der aus man ein Wehr überblicken konnte. Die Bäume boten Schutz vor dem Wind, und die Hütte hielt uns den Regen vom Leib. Das Gras wuchs lang am Flußufer, und es war noch genug Grün für die Pferde zum Grasen übrig. Wir ließen sie aus dem Fluß trinken und banden sie dann zwischen den kahlen Bäumen an.

In der niedrigen Reisighütte fanden wir einen kleinen Vorrat an Feuerholz, etwas Holzkohle, Ziegenfelle und mehrere versiegelte Krüge. Die Felle waren verschmiert, aber das Feuerholz war trocken, und die Krüge waren das Beste: Sie enthielten guten, süßen Met. Der Hüter des Wehrs wußte gut, wie er sich seine kalte Wache erleichtern konnte.

Aus einem der Felle bereitete ich in einer Ecke der Hütte

ein Nest für Twrch. Er schnupperte argwöhnisch daran und ließ sich dann nieder. Wahrscheinlich hatte der Hund des Wehrhüters das Ziegenfell als Bett benutzt, und der Welpe fand etwas Trost in dem vertrauten Geruch, denn nachdem er seine verletzte Schulter geleckt hatte, steckte er die Schnauze zwischen die Pfoten und schlief ein.

Während ich dieser kleinen Aufgabe nachging, hatte Tegid das Wehr inspiziert. Er kehrte mit vier seidigen, braunen Forellen zur Hütte zurück. Im Nu hatte er die Fische ausgenommen, und ich hatte in der Feuerstelle vor der Hütte ein Feuer entfacht. Wir spießten die Forellen auf gespitzte Weidenstöcke und hielten sie über das Feuer.

Der süße, ölige Duft der röstenden Fische mischte sich mit dem trockenen Eichengeruch des silbrigen Rauches und ließ mir das Wasser im Mund zusammenlaufen und den Magen vor Hunger schmerzen. Wir hatten uns seit Tagen nicht mehr satt gegessen. Tegid öffnete einen der Krüge, und wir reichten uns den Met hin und her, während wir darauf warteten, daß die Fische gar wurden.

Wir saßen uns schweigend am Feuer gegenüber und drehten von Zeit zu Zeit die Weidenstöcke. Es gab keine Worte für das, was wir dachten und fühlten. Wir waren zu müde und hungrig, um uns auf all das einen Reim zu machen – es war klüger, zu essen und zu schlafen, bevor wir zu verstehen versuchten, was wir gesehen hatten, und beschlossen, was wir nun tun wollten.

Obwohl der Tag grau und kalt blieb, wärmten uns die Forellen innerlich. Ich genoß jeden saftigen Bissen und leckte mir die Finger, bevor ich den nächsten abriß. Obwohl ich mein Körpergewicht in Forellen hätte essen können, hob ich eine Portion für Twrch auf. Ich wußte nicht, ob er sie fressen würde, aber ich dachte, ein Versuch könne nicht schaden.

In der Hütte war es eng, doch das Obdach war uns willkommen. Wir schliefen.

Einige Zeit später erwachte ich und spürte etwas Kaltes, Feuchtes an meinem Hals. Twrch war herangekrochen, während ich schlief, und hatte sich in meiner Halsbeuge zusammengerollt und seine Nase gegen mein Kinn gepreßt. Ich stand leise auf, um Tegid nicht zu wecken, nahm den Welpen und trug ihn nach draußen. Das Wetter hatte sich nicht gebessert. Eher war der böige Wind aus Nordosten noch kälter geworden, und die Wolken hingen niedriger und dunkler.

»Ich habe etwas für dich, Twrch«, flüsterte ich. »Probiere und sag mir, ob du es magst.«

Ich bot dem Welpen das Stück gebratenen Fisch an, das ich für ihn aufgehoben hatte. Er schnupperte daran, wollte es aber nicht fressen – obwohl ich damit sein geschlossenes Maul berührte. Doch die Finger leckte er mir ab. Also rieb ich den Fisch an meinen Fingerspitzen und ließ den Welpen daran lecken. Nachdem er das ein paarmal getan hatte, versuchte ich es noch einmal mit dem Fisch. Er schlang ihn hinunter, wie es nur ein verhungernder Welpe kann, und putzte dann meine Finger bis zum letzten Krümel ab.

»Später gibt es noch mehr«, sagte ich zu ihm. »Wir finden schon noch etwas, das dir besser schmeckt – ein Reh vielleicht oder ein fettes Rebhuhn.« Als ich das sagte, wurde mir bewußt, daß wir keine Spur von Wild entdeckt hatten. Mit Ausnahme der Fische, die wir gegessen hatten, war uns nicht ein einziges wildes Geschöpf vor Augen gekommen, seit wir in das Tal des Modornn gekommen waren.

»Ist es möglich«, wunderte ich mich laut, als Tegid kurze Zeit später zu uns stieß, »alle wilden Tiere aus einem Tal zu vertreiben? Kann so etwas bewerkstelligt werden?«

Er schüttelte nur den Kopf und sagte: »Es ist nicht möglich – aber genausowenig ist es möglich, drei Festungen zu zerstören, ohne daß eine davon die anderen warnt. Wir haben hier ein Rätsel vor uns, das ich nicht ergründen kann.«

Damit war die Frage für den Augenblick erledigt, da keiner von uns sich weiter damit beschäftigen wollte. Tegid machte sich daran, die Pferde zu tränken und zu bewegen, während ich die Netze im Wehr inspizierte. Es waren keine Fische in den Netzen, und als ich gerade die Netze wieder an den Stangen befestigte, begann Twrch am Ufer wild zu kläffen. Ich watete aus dem Wasser und fand ihn dabei, wie er in einen Erdhaufen von der Form eines großen Bienenstocks ein Loch wühlte.

Der Haufen war zwischen den Bäumen halb verborgen, befand sich aber nur ein paar Schritte vom Flußufer entfernt. Ich hätte ihn überhaupt nicht bemerkt, wenn Twrch nicht meine Aufmerksamkeit darauf gelenkt hätte. Als ich sah, wie aufgeregt der Welpe über seine Entdeckung war, beschloß ich, selbst einmal nachzuschauen. Vielleicht hatte er eine Otternhöhle oder einen Dachsbau entdeckt, dachte ich. Doch bald sah ich, daß der Haufen aus frisch ausgestochener, säuberlich aufgeschichteter Grasnarbe bestand. Ich hob die obersten Grasnarben ab und erkannte sofort, warum der Hund so begierig wühlte, denn in dem Moment, als ich in das runde Loch hineinschaute, das ich an der Kuppe des Haufens aufgedeckt hatte, drang der beißende Rauch schwelenden Eichenholzes in meine Nase.

Der Gaben-Reiche hatte uns seine Gunst geschenkt! In dem Haufen befanden sich hölzerne Stecken mit Querstücken – von denen sich jedes unter einer üppigen Last geräucherten Lachses bog.

»Gutes Hundchen, Twrch!« sagte ich, griff sofort hinein und hob den ersten Fisch, den ich sah, heraus. Ich riß einen Streifen rauchgebräunten Fleisches von der silbrigen Flanke und gab ihn Twrch als Belohnung für seine guten

Dienste. Ich streichelte und lobte ihn überschwenglich, während er ihn fraß.

Dann schichtete ich die Grasnarben wieder auf und brachte den Rest des Fisches zu Tegid. »Was immer uns widerfahren wird, wir werden nicht verhungern«, sagte ich und reichte ihm den geräucherten Lachs. »Wir werden es leid sein, davon zu essen, lange bevor wir den letzten verzehrt haben. Twrch hat den Räucherofen gefunden und mich hingeführt.«

»Noch etwas, das wir dem Wehrhüter zu verdanken haben.«

»Und Twrchs Nase«, fügte ich hinzu.

Tegid kostete den Fisch. »Er verstand etwas von seinem Handwerk, dieser Wehrmeister.« Er bot mir den letzten Bissen an. »Das war für die Tafel des Königs bestimmt.«

Als er den König erwähnte, zuckte ich zusammen – als ob eine eisige Hand mich an der Schulter gepackt hätte. »Was sollen wir tun, Tegid?«

»Ich weiß es nicht«, antwortete er leise. »Aber ich glaube, es ist an der Zeit, darüber nachzudenken, was geschehen ist.«

»Was geschehen ist?« Ich konnte mir beim besten Willen keine gute Erklärung dafür vorstellen. »Ganze Siedlungen dem Erdboden gleichgemacht, die Menschen ermordet, ohne daß sie eine Hand zu ihrer eigenen Verteidigung erhoben hätten, selbst das Vieh an Ort und Stelle niedergemetzelt – und alles andere zu Asche verbrannt. Doch nichts wurde mitgenommen oder geplündert. Eine so sinnlose Zerstörung ist Wahnsinn.«

Nachdem ich einmal angefangen hatte, kam ich in Fahrt. »Und wie konnte das passieren?« fragte ich. »Ein Caer hätte angegriffen werden können – oder höchstens zwei –, aber spätestens dann hätten die anderen Bescheid wissen müssen. Wenn nichts anderes, hätten sie doch zumindest den Rauch von den Feuern gesehen und Alarm geschlagen. Der König hätte eine Kriegsschar gegen die Eindringlinge aufbieten müssen. Es hätte eine Schlacht gegeben, und wir hätten davon erfahren; wir hätten zumindest die Spuren finden müssen.«

Tegid blickte nachdenklich drein. »Nicht, wenn der Angriff bei Nacht kam«, erwiderte er. »Dann hätte niemand den Rauch sehen können.«

»Aber den Widerschein des Feuers. Irgend jemand müßte doch *irgend etwas* gesehen haben!« Ich schrie jetzt beinahe. »Und wer kann schon bei Nacht angreifen? Welcher Feind kann drei Festungen – und wer weiß, wie viele andere noch – auf einmal niederwerfen, ohne daß eine von ihnen gewarnt ist und ohne auch nur einen einzigen Krieger zu verlieren? Wer kann alles vernichten, ohne eine Spur zu hinterlassen?« Meine Stimme zitterte vor Empörung und Wut. »Ich frage dich, Tegid: Welcher Feind ist zu so etwas in der Lage?«

Ein merkwürdiger Ausdruck war in die Augen des Brehons getreten, während ich sprach. Ich starrte ihn an. »Was ist los? Was habe ich gesagt?«

»Deine Fragen sind besser, als du ahnst«, antwortete er mit dünner, gepreßter Stimme. »Es gibt einen, der die Dinge tun kann, die du da beschreibst.«

»Und wer oder was ist diese Person – dieses Monster?«

Tegid brachte mich mit einer scharfen Geste zum Schweigen, als ob er fürchtete, ich könnte mit der Antwort herausplatzen, bevor er sie aussprach. Oder als ob das Aussprechen die Bestie auf uns herabbringen würde. »Du hast recht, wenn du es ein Monster nennst«, sagte er leise, »denn das ist es. Doch es geht auf zwei Beinen und hat die Gestalt eines Menschen.«

»Willst du mir den Namen dieses Geschöpfes nennen?« Ich fürchtete mich vor der Antwort, aber ich mußte es wissen.

»Das werde ich. Es ist Nudd, der Herrscher von Uffern.«

25

Krieg im Paradies

»Der Herr der Unterwelt? *Der* Fürst Nudd?« fragte ich in dem Glauben, ich müsse mich verhört haben. Ich erinnerte mich, daß Gwenllian eine Gestalt dieses Namens in einigen ihrer Geschichten erwähnt hatte. Demzufolge war Fürst Nudd eine schattenhafte, geheimnisvolle Gestalt, die als Herrscher der Verdammten über das Reich der Tiefe regierte. Aber *diesen* Fürsten Nudd konnte Tegid doch nicht meinen? Ernst und wachsam streckte der Brehon die Finger seiner linken Hand zum Zeichen gegen das Böse aus. »Es mag sein, daß du dir in den kommenden Tagen wünschen wirst, du hättest diesen Namen nie über deine Lippen kommen lassen. Ich werde dir das Wenige sagen, das bekannt ist – doch schon dieses Wenige wird dir das warme Herz in der Brust erkalten lassen.«

»So sei es. Mein Herz ist bereits betäubt von all den Greueln, die ich von diesem entsetzlichen Herrscher und seinem Handwerk gesehen habe. Nichts, was du sagen kannst, wird mich mehr quälen als das.«

»Gut gesagt, Bruder«, stimmte Tegid zu. »Setz dich her und hör mich an, wenn du willst.«

Das Wetter hatte sich verschlechtert. Das trübe Licht, das wir hatten, ließ bereits nach, und bald würde es dunkel werden. Also holte ich, während Tegid Feuer für die kalte Nacht machte, Felle aus der Hütte und legte sie an den Feuerring. Ich setzte mich im Schneidersitz auf das Ziegenfell, und Twrch kam heran und kroch auf meinen Schoß.

Tegid machte sich mit dem Feuer zu schaffen, aber ich spürte, daß er im Geist damit beschäftigt war, seine Erzählung zu ordnen. Ich zog mir den Umhang um die Schultern und streichelte Twrch, während ich darauf wartete, daß Tegid begann.

»Es gibt nur wenige, die dieses Lied gehört haben«, sagte Tegid schließlich und setzte sich mir gegenüber auf sein Fell. »Und noch weniger sind bereit, es zu singen. Es gibt Erzählungen, die einem die Worte auf der Zunge gerinnen und die Saiten der Harfe verstummen lassen. Dies ist solch ein Lied.«

»Doch ich werde es mir gerne anhören«, sagte ich, »wenn es etwas nützen kann.«

»Dann höre die Kunde von Nudd, dem Fürsten von Uffern.« Mit diesen Worten begann Tegid. »In alter Zeit, als der Tau der Schöpfung noch frisch auf der Erde lag, wurden Beli, dem Hochberühmten, Zwillingssöhne geboren. Der erste war Nudd, und sein Bruder war Lludd. Und so geschah es:

Beli herrschte lange und weise und erwarb sich viel Ehre durch seine gerechte und ehrenhafte Art. In all der Zeit, als Beli über der Insel der Mächtigen stand, gab es weder Kriege noch Seuchen, noch andere Not. Der Friede Belis machte Albion zum schönsten Reich auf dem Antlitz der Erde. Männer und Frauen verbrachten ihre Tage damit, nach jeglicher Art von Wissen und Gelehrsamkeit zu streben und die Wahrheit aller Dinge zu erkennen. Sie nahmen zu an Erkenntnis und Wahrheit und in allen schönen Künsten, und sie vergaßen das Handwerk des Krieges. In jenen glücklichen Tagen war es leichter, ein anmutiges Lied zu hören als das Aufeinanderprallen von Schwertern, viel leichter, Meisterdichter ihre Lieder verfassen als Feldherren ihre Streitwagen besteigen zu sehen. So wunderbar wuchs die Weisheit der Söhne und Töchter der Menschen, so reichlich sammelten sie aus der Fülle des

Landes und aus allen guten Dingen unter dem Himmel, daß man sie *Tylwyth Teg* nannte, die Schöne Familie, und ihr Zuhause war das Paradies.

Nun geschah es, daß eines Tages ein mächtiger *Taithchwant* Beli ergriff, eine unbändige Wanderlust. So groß war seine Sehnsucht, durch sein Reich zu reisen und mit eigenen Augen die wunderbaren Dinge zu sehen, die unter seiner Herrschaft geschahen, daß er nicht mehr aus seinen goldenen Schüsseln essen mochte und nicht mehr in seinem feinen Federbett schlafen wollte. Dieser Taithchwant kam mit einer großen Heftigkeit über ihn, jeden Tag drängender als am Tag zuvor. ›Ach und weh!‹ sagte der Große König. ›Ich bin der unglücklichste unter den Menschen, wenn ich auch nur einen Tag lang so weiterlebe.‹

Mit diesen Worten setzte er sich auf seinen silbernen Thron und bedachte bei sich, was er tun könne. ›Ich werde das Königtum einem meiner Söhne übertragen, der an meiner Stelle herrschen soll, während ich fort bin. Dann werde ich durch mein Land wandern und mit eigenen Augen das Glück meines Volkes sehen und ihre Freude teilen.‹ Nun blieb nur noch, zu entscheiden, welcher seiner beiden Söhne am würdigsten sei, an seiner Stelle zu herrschen.

Der Große Beli, der Weise Herrscher, die Säule der Urteilskraft, die Seele der Weisheit, saß auf seinem Thron und dachte lange und tief nach. Er dachte und dachte, doch am Ende all seiner Gedanken war er einer Entscheidung nicht näher als in dem Augenblick, als er sich gesetzt hatte. Und der Grund für sein Dilemma war dieser: Zwischen Lludd und Nudd bestand nicht der geringste Unterschied, aufgrund dessen er eine Wahl hätte treffen können. So edel und geschickt der eine Sohn war, so war auch der andere; so großmütig und freundlich der zweite war, so war auch der erste. Jeder gab so großzügig wie der andere. Keiner war besser, keiner war schlechter. So ähnlich in jeder Weise waren diese beiden, daß man sie nur an der

Farbe der Haare auf ihrem Kopf unterscheiden konnte: Denn Lludd hatte Haare wie die helle Dämmerung der Sonne, während Nudd Haare wie die prächtige Dunkelheit der Nacht hatte. Sonnenhell gelb der erste, schwarz wie kostbares Pech der zweite.

Beli, der hochberühmte König, rief seine beiden Söhne zu sich, und er sprach: ›Seit vielen Tagen verlangt es mich, durch mein Reich zu wandern und mit eigenen Augen zu sehen, wie das Volk sich an dem großen Wohlergehen freut, das es durch meine Herrschaft erlangt hat. Wisset, daß der Taithchwant über mich gekommen ist, so daß ich nicht einen Tag länger hierbleiben kann. Ja, bliebe ich auch nur eine Nacht länger in diesem Haus, würde mir das Herz vor Sehnsucht zerspringen. Ich muß noch heute ziehen.‹

Die beiden Söhne sahen sich an und stimmten überein, daß der Plan ihres Vaters gut war. ›Ein vorzüglicher Wunsch, Großer König‹, sagten sie. ›Doch erlaube uns, dich zu begleiten und deine Freude zu teilen, wenn du das große Wohlergehen betrachtest, das du durch deine weise und edle Herrschaft herbeigeführt hast.‹

Beli Mawr sah seine beiden Söhne an und antwortete ihnen: ›Euer Teil ist es nicht, mich zu begleiten, sondern an meiner Stelle über mein Reich zu herrschen, während ich fort bin.‹

Die beiden Söhne antworteten: ›So wohl hast du geherrscht, Vater, daß der Niedrigste unter uns das Reich an deiner Stelle halten könnte; das unschuldigste Kind könnte sich als geschickt zum Handwerk eines Königs erweisen. Wen du auch erwählst, er kann die Ehre deines Namens nur steigern.‹

Diese Worte gefielen Beli. Sein großes Herz schwoll an vor Stolz und Freude. Dennoch ließ er sich nicht von seinem Vorhaben abbringen. Denn wenn Beli einmal seinen Geist auf eine Sache gerichtet hatte, dann mußte er diese Sache haben und keine andere. Und er hatte seinen Geist darauf gerichtet, sein Reich allein zu durchwandern: Allein wollte er gehen, allein wollte er wandern, allein wollte er die Süße seines Ruhms schmecken. Allein und von allen unerkannt, damit sein Volk seine Anwesenheit nicht entdeckte und großes Aufhebens um ihn machte. Denn er suchte stets die Wahrheit in allen Dingen, und er wußte, daß die Menschen manchmal ihr Verhalten ändern, wenn sich ein König nähert. Also erwiderte er: ›Wie stets macht euer Wunsch euch Ehre, meine Söhne. Doch ich habe beschlossen, meinen Weg allein zu gehen, und allein werde ich gehen.‹

Die beiden Söhne erkannten, wie die Sache stand. ›So geh deinen Weg, Vater‹, sagten sie. ›Und möge aller Segen mit dir sein, während du von uns fort bist.‹

Nudd näherte sich seinem Vater, legte seinen Kopf gegen die Brust des Königs und sprach: ›Und möge dein Königtum blühen, so daß du bei deiner Rückkehr ein besseres Reich vorfindest als jenes, das du zurückgelassen hast.‹

Beli hieß seine Söhne aufzustehen und sprach offen zu ihnen. Vieles sagte er ihnen über die rechte Herrschaft über ein Reich und darüber, wie ein König seinem Volk dient. Und dann sprach er: ›Nun muß ich ziehen. Doch einer von euch muß an meiner Stelle herrschen, während ich fort bin.‹

›Muß es so sein?‹ fragten die Söhne. Denn keiner von beiden wollte über den anderen herrschen.

›Es muß‹, erwiderte Beli. ›Denn ich sehe den Pfad vor meinen Augen; ja, ich sehe schon meine Füße darauf.‹ Dann fragte er sie, wer von ihnen bereit sei, an seiner Stelle zu herrschen.

Nudd antwortete: ›Mein Bruder ist würdiger als ich. Erwähle ihn.‹ Worauf Lludd erwiderte: ›Von uns beiden ist Nudd der Würdigere. Ich bestehe darauf, daß du ihn erwählst.‹

Beli hörte ihre Worte, und da er ein König von großer

Urteilskraft war, konnte er in die leeren Lücken zwischen den Worten spähen und sah endlich einen Weg, wie er entdecken könne, welcher seiner Söhne der Würdigere sei. Er sprach: ›Ihr habt mich gebeten zu wählen. Darum wähle ich Lludd.‹ Er erhob sich von seinem silbernen Thron und legte die Herrschaft über Albion in die Hände Lludds. ›Lebt wohl, meine Söhne. Möget ihr in allen Dingen an Gnade und Anmut wachsen.‹

So verließ der Große König sein Reich, und für eine Weile sah ihn sein Volk nicht mehr. Doch sie sahen seine Söhne, und was sie sahen, gefiel ihnen nicht. Nein, ganz und gar nicht.

Zuerst waren sie zufrieden, denn Lludd war ebenso weise und gut wie sein Vater. Doch Lludd hatte noch nicht von einem Mond zum nächsten regiert, als sich zwischen dem König und seinem Bruder ein Streit erhob. Und der Grund für die Auseinandersetzung war dieser: Nudd wurde eifersüchtig auf die Güte des Geschicks, die sein Bruder genoß.

Es war in Wahrheit nichts Größeres als das. Doch es war genug, mehr als genug, um das Paradies Albions in das schrecklichste Leiden zu stürzen. Ein Leiden so groß, daß von jener fernen Zeit bis heute Albion nie wieder das geworden ist, was es einmal war. Denn obwohl es nie auch nur ein hartes Wort zwischen den Brüdern gegeben hatte, begann Nudd von dem Augenblick an, als er den goldenen Torc des Königtums um den Hals seines Bruders statt seines eigenen sah und den Stab der Herrschaft in der Hand seines Bruders statt seiner eigenen, Ränke zu schmieden, wie er das Königtum an sich reißen könne.

Tag und Nacht wanderte er ruhelos auf den hohen Befestigungswällen umher und grübelte, wie er am besten den Thron stehlen könne. Tag und Nacht erfüllte er seinen Geist mit Gedanken des Verrats und des Betruges. Und in einer schönen Nacht kam ihm der Gedanke, wie er seinen

Bruder dazu verleiten könnte, ihm das Königtum zu übergeben. Und so machte er es:

In einer klaren Nacht, nicht lange nach dem Aufbruch des Königs, machten Nudd und Lludd einen Rundgang durch das Caer. Nudd blickte auf zu dem weiten, sternenübersäten Himmel. Als sie am Torweg stehenblieben, sprach Nudd: ›Schau und sieh, was für ein feines, weites Feld ich habe.‹

›Wo ist es, Bruder?‹ fragte Lludd, an nichts Arges denkend.

›Sieh doch, es ist über deinem Kopf und erstreckt sich so weit dein Auge blicken kann‹, antwortete Nudd, und breitete seine Arme zum sternenerfüllten Himmel hin aus.

Lludd blickte auf zum Himmel. ›Aber sieh nur, wie viele schöne, fette Rinder ich habe, die auf deinem Feld weiden!‹ erwiderte er.

›Wo sind diese Rinder, von denen du sprichst?‹

›Sieh doch, dort sind sie – all die glänzenden silbernen Sterne des Himmels, und der Mond ist ihr leuchtender Hirte‹, lachte Lludd.

Diese Antwort verärgerte Nudd, der darin den Klang der Überlegenheit seines Bruders hörte. ›Du tätest wohl daran, deine Rinder von meinem Feld zu führen‹, murmelte Nudd. ›Denn ich sage, daß sie nicht auf dem Feld weiden sollen, das ich für mich selbst erwählt habe.‹

›Warum so ärgerlich, Bruder?‹ fragte Lludd. ›Es gilt mir nichts, wo meine Rinder weiden.‹

›Doch mir gilt es etwas‹, beharrte Nudd. ›Du übervorteilst mich.‹

›Wie das?‹ fragte Lludd, verwirrt über das merkwürdige Verhalten seines Bruders.

›Ich erwarte nicht, daß du es verstehst‹, erwiderte der grollende Nudd. ›Denn du mußtest nie die Schande ertragen, im Schatten eines anderen zu leben.‹

Da verstand Lludd, warum sein Bruder unglücklich

war. ›Sage mir nur, was ich tun kann, um es wiedergutzumachen‹, sagte er zu Nudd. ›Und du kannst sicher sein, daß die Sonne nicht untergehen wird, bevor es getan ist.‹

Nudd blickte ihn finster an. ›Ich habe es dir bereits gesagt! Führe deine Rinder von meinem Feld!‹ Dann stampfte er davon, wobei er innerlich sang, denn die Aufgabe, die er Lludd gestellt hatte, war unmöglich zu erfüllen.

Doch Lludd begab sich in seine Halle und versammelte seine Barden um sich, damit sie für ihn sängen. Er aß und trank die ganze Nacht und ging zu Bett und schlief fest. Nudd sah das und jubelte in seinem Herzen, denn er wußte, daß es seinem Bruder nicht gelingen konnte. ›Kein Mensch kann die Sterne vom Himmel verjagen, und Lludd hat es nicht einmal versucht. Er ist bereits gescheitert; das Königtum ist so gut wie mein.‹ Auch er ging zu Bett und schlief fest.

Am Morgen erhob sich Lludd und stieg sogleich auf den Wall vor der Halle. ›Wach auf, Nudd!‹ rief er mit lauter Stimme. ›Komm heraus zu mir!‹

Nudd erwachte und ging hinaus. ›Was für ein Lärm ist das am frühen Morgen?‹ fragte er. ›Ich sehe keinen Grund dafür, falls es nicht deshalb ist, weil du mir den Torc des Königtums von deinem Hals geben willst.‹

Lludd lächelte und legte seine Hand auf die Schulter seines Bruders. ›Das ist nicht nötig, Bruder. Denn ich habe alles getan, was du verlangt hast. Ich habe meine Rinder fortgeführt, und dein Feld ist wiederhergestellt, wie du erbeten hast.‹

Nudd konnte seinen Ohren nicht glauben. ›Wie geht das zu?‹ wunderte er sich.

›Schau nur zum Himmel auf, und du wirst sehen, daß ich die Wahrheit sage‹, erwiderte Lludd.

Nudd wandte seine Augen zum Himmel und sah den schönen blauen Himmel, der sich hell und klar erstreckte, so weit sein Auge sehen konnte. Und nicht der kleinste glimmende Stern war darauf zu sehen. Die Sonne hatte sie alle verjagt.

Lludd sprach zu seinem Bruder: ›Ich habe getan, was du erbeten hast. Laß uns nicht mehr streiten, sondern weiterleben wie bisher.‹

Doch Nudd wollte nicht. Er sah, wie leicht sein Bruder ihn geschlagen hatte, und kam sich klein und töricht in seinen eigenen Augen vor. Nudd glaubte, daß Lludd ihn verspottete, und machte ein finsteres Gesicht. ›Du hast mich einmal genarrt, doch es soll dir nicht noch einmal gelingen. Von diesem Tag an bist du nicht mehr mein Bruder.‹

Als Lludd das hörte, brach ihm das Herz. ›Groß ist dein Name im Land, und größer noch kann er werden. Sag mir, was ich tun kann, um Frieden zwischen uns zu stiften, und ich werde es tun.‹

Nudd verschränkte die Arme vor seiner Brust und sagte: ›Übergib mir das Königtum des Reiches, und entferne dich aus meinen Augen.‹

›Hättest du doch irgend etwas anderes erbeten‹, erwiderte Lludd traurig. ›Denn dies kann ich nicht tun.‹

›Warum nicht?‹ fragte Nudd.

Lludd antwortete: ›Weil das Königtum des Reiches dem gehört, der es mir gab. Es ist nicht mein, daß ich es geben könnte, wem ich will.‹

›Doch, das ist es‹, erwiderte Nudd.

›Nein, das ist es nicht‹, beharrte Lludd. ›Und das ist unabänderlich.‹

›Nun gut‹, rief Nudd, ›da du mir nicht geben willst, was mir versprochen war, bleibt mir keine Wahl, als es mir selbst zu nehmen.‹

Doch Lludd erwiderte: ›Und wenn du mir den Torc vom Halse reißt und deine Schenkel auf den silbernen Thron setzt, so macht dich das nicht zum König. Ich sage dir die Wahrheit, kein Mann kann sich selbst zum König machen; nur der Segen dessen, der das Königtum in der Hand hält, kann einen Mann in diesen hohen Rang erheben. Denn die Herrschaft ist eine heilige Haushalterschaft, die man nicht eintauschen oder verkaufen kann; noch weniger kann man sie stehlen oder durch Gewalt an sich reißen.‹

Lludd sprach die Wahrheit. Nudd hörte sie, und es gefiel ihm ganz und gar nicht, was er hörte. Er floh aus der Halle; er floh aus dem Caer. In fernen Ländern versammelte er um sich solche, die waren wie er: unersättliche, gierige Männer, entflammt in hochmütigem Verlangen und Begehren nach Reichtum und Rang über ihren rechtmäßigen Anteil hinaus; Männer aus Tir Aflan jenseits der See, die durch wohlklingende Versprechungen leichter Plünderungen angelockt wurden.

Lludd herrschte wohl. Die Leute aus dem Volk verehrten ihn und sangen sein Lob, wo immer sie in der Welt wanderten. Jedes Wort des Lobes wurde zu einer Dolchklinge im Herzen Nudds. Und wie Lludds Licht im Land immer heller leuchtete, so verhärtete sich Nudds Eifersucht zu wildem, hartnäckigem, stolzem Haß.

Er rief seine Kriegsschar zu sich und sagte: ›Ihr seht, wie es steht. Meines Bruders Anteil wird immer größer, während meiner abnimmt. Es ist nicht recht, daß ich wie ein Hund lebe, der von der Feuerstelle vertrieben ist. Das Königtum über Albion hätte mir gebührt, doch denkt Lludd daran? Nicht im mindesten. Er geht frech seinen Weg. Ich lüge nicht, wenn ich sage, daß ich seinen abscheulichen Hochmut lange genug ertragen habe. Es ist an der Zeit, Recht zu schaffen.‹

So ergriff Nudd den Speer gegen seinen Bruder. Nudd und die Männer seiner Kriegsschar zogen gegen Lludd in den Krieg. Krieger wurden bewaffnet. Heere wurden gesammelt. Und die Insel der Mächtigen – auf der noch kein wütender Schrei erklungen war – widerhallte von dem lauten Schall der Schlachthörner und dem Klirren von Schwert auf Schild, Speer auf Helm.

Groß waren die Schlachten zwischen ihnen, größer noch das Gemetzel. Das Blut, das über das Land floß, wurde zu einem Fluß, der bis zu den Fesseln der Pferde und den Naben der Wagenräder reichte. Von Morgenrot bis Abendrot war der klare Himmel über Albion zerrissen vom Aufeinanderprallen der Waffen und den erbärmlichen Schreien der Verwundeten und Sterbenden. Das Land wurde dem Erdboden gleichgemacht; kein Mensch war seines Lebens sicher. Das Kriegshandwerk wurde das wichtigste Handwerk in Albion. Ein schwarzer Tag; Krieg war in das Paradies eingedrungen.

Kriegsscharen kämpften, und Krieger starben. Mehr Kriegsscharen wurden aufgeboten, und mehr wurden getötet. Doch trotz allen Kämpfens und Tötens konnte keiner der Brüder den Sieg über den anderen erringen. Ja, die Krieger von Nudd und Lludd würden noch heute gegeneinander kämpfen, wäre nicht eines Tages plötzlich ihr Vater auf dem Schlachtfeld erschienen. Der Große König nahte sich dem Ort, wo die Heere in Stellung gegangen waren und das Zeichen des Schlachthorns zum Angriff erwarteten; er ritt auf einem erschöpften Pferd zwischen die beiden Kampflinien.

Inmitten des Schlachtfeldes hielt er und rief seine beiden Söhne zu sich. ›Was höre ich da?‹ fragte er sie. ›Kreuz und quer bin ich von einem Ende dieses Weltenreiches zum anderen gezogen, und nirgends habe ich den Klang gehört, der meinen Ohren verhaßter ist als jeder andere. Alles, was ich gesehen, und alles, was ich gehört habe, hat mich erfreut, bis heute. Und was sehe ich? Was höre ich? Von Morgen bis Abend ertönt kein Klang als nur der, den ich nicht ertragen kann; es ist kein Anblick zu sehen als der, der mir ein Greuel ist: der Klang des Schlachtengetümmels und der Anblick roten Blutes, das auf die Erde vergossen wird, und des ausgehauchten Lebens. Erklärt mir das, wenn ihr könnt. Denn ich sage euch wahrhaftig, wenn ich nicht den Grund erfahre, warum das geschehen ist, werdet ihr, obwohl ihr meine geliebten Söhne seid und mir teurer als mein Leben, den Tag eurer Geburt verfluchen.‹

Mit diesen und anderen strengen Worten sprach der Große Beli zu seinen Söhnen. Beide wurden zu Scham und Trauer bewegt, doch nur Lludd klagte über seinen Anteil an dem Bösen, das auch er über das herrlichste Reich gebracht hatte, das es je auf der Erde gegeben hatte. ›Die Schuld ist mein, Vater‹, rief er und warf sich vor dem König zu Boden. ›Ich bin der Gabe nicht würdig, die du mir gegeben hast. Nimm den Torc des Königtums von mir und verbanne mich aus deinem Königreich. Besser noch, töte mich, weil ich ein solcher Narr bin. Denn ich habe Recht über Gnade gestellt und Ehre über Demut.‹

König Beli hörte diese Worte und erkannte ihre Wahrheit; sein großes Herz brach. Er wandte sich an Nudd und fragte: ›Was hast du dazu zu sagen?‹

Nudd sah einen Weg aus seiner Klemme und antwortete: ›Du hast gehört, wie Lludd sagte, daß die Schuld sein ist. Wer bin ich, ihm zu widersprechen? Schließlich ist er der König. Laß sein Blut vergießen für das Böse, das er dir, deinem Land und deinem Volk angetan hat.‹

Beli, der Weise und Wahrhaftige, hörte diese Worte, und sie durchbohrten seine große, gute Seele. Mit Tränen in den Augen zog Beli sein Schwert und schlug Lludd den Kopf ab. Lludd erzitterte einmal und starb.

Nudd sah das, und obwohl es ihn erschreckte, bekannte er sich immer noch nicht zu seiner Schuld, den Streit begonnen zu haben, der zu dem Krieg führte. ›Hast du immer noch nichts zu sagen?‹ fragte Beli seinen Sohn. Doch Nudd antwortete nicht. Und sein Schweigen schmerzte seinen Vater mehr, als seine falschen Worte zuvor es getan hatten.

Da der Große König nicht zwei Söhne an einem Tag verlieren wollte, fragte er Nudd noch einmal: ›Es gehören zwei dazu, einen Krieg zu führen, mein Sohn. Soll ich denken, daß dies allein Lludds Unrecht war?‹

Nudd, dessen Herz kalt wie Stein geworden war, glaubte immer noch, nun, da Lludd tot war, das Königtum erringen zu können. So erwiderte er: ›Denke, was du willst, mein Vater. Lludd hielt das Königtum in seiner Hand, wie du wohl weißt. Er hat den Blutpreis bezahlt für das Unrecht, das dem Land angetan wurde. Laß uns die Sache damit beenden.‹

Beli Mawr hörte das und stieß ein langes, entsetzliches Stöhnen aus – die erste der Drei Bitteren Klagen von Albion. Er nahm den Saum seines Umhangs in die Hände, und verhüllte in seiner Trauer und seinem Zorn sein Haupt. ›Du hast recht, wenn du sagst, daß Lludd den Blutpreis bezahlt hat, den er schuldig war. Mit eigener Hand habe ich den getötet, der an meiner Stelle stand, meinen Diener und Sohn. Lludd war es, der nach mir über Albion geherrscht hätte, der an meiner Stelle regiert hätte, dessen Fleisch und Blut mein eigenes ist – ihn habe ich geopfert für die Gerechtigkeit, die ich geschaffen habe. Ich habe mich selbst mir selbst geopfert. Das habe ich getan, damit die Gerechtigkeit wieder blühe in Albion.

Lludd ist tot. Doch sein Tod ist nichts, verglichen mit der Strafe, die du für deinen Anteil erleiden wirst.‹

›Strafe?‹ schnaubte Nudd. ›Der Gerechtigkeit ist Genüge getan. Welches Unrecht habe ich dir getan?‹

›Du ließest deinen Bruder die Strafe auf sich nehmen, die du erworben und die du allein verdient hattest‹, sprach Beli. ›Du hast recht, wenn du sagst, daß die Schuld beglichen ist, denn Lludd hat sie mit seinem unschuldigen Blut vollständig bezahlt.‹

›Wenn die Blutschuld beglichen ist‹, beschwor ihn Nudd erbärmlich, ›dann laß die Sache damit beendet sein. Es ist nicht nötig, mich zu töten.‹

›Höre gut zu, Nudd‹, erwiderte Beli, der Hochweise. ›Hättest du wahrhaftig geantwortet, so wärest du verschont geblieben. Doch durch deine eigenen Worte weiß ich, daß die Wahrheit nicht in dir ist. Lludd ist tot, doch in seinem Tod wird er größer werden als irgendeiner, der je lebte. Er wird erhoben werden, und du wirst erniedrigt werden.‹

›Aber du sagtest, du würdest mich nicht töten!‹ schrie Nudd.

›Du wirst nicht sterben, Nudd. Du wirst leben, um das Lob des Namens deines Bruders zu hören, wo immer Menschen Gerechtigkeit und Ehre achten. Du wirst es ertragen, deinen eigenen Namen als einen Fluch auf den Lippen aller Menschen überall zu hören. Du wirst leben und niemals sterben, und dein elendes Leben wird bei weitem schlimmer sein als Lludds edler Tod.‹

›Das kannst du mir nicht antun!‹ schrie Nudd. ›Ich bin dein einziger Sohn!‹

Doch Beli wollte nichts mehr von Nudds verdrehten Worten hören. ›Weiche von mir, Böser‹, sprach er. ›Geh mir aus den Augen. Wo immer dich jemand aufnimmt, mag deine Heimat sein.‹

Nudd floh von dem Schlachtfeld und wanderte kreuz und quer durch Albion. Nirgends fand er einen Freund, der ihn begrüßt hätte; nirgends eine Feuerstelle, an der er sich wärmen konnte, oder einen Willkommenstrunk, um seinen Durst zu stillen. Sein kaltes Herz verhärtete sich und wurde noch kälter in seiner Brust. Endlich besann er sich und sprach: ›Alle Menschen hassen mich. Jede Hand ist gegen mich erhoben. Ich bin ein Ausgestoßener in dem Land, über das ich hätte herrschen sollen. So sei es. Wenn ich hier nicht herrschen kann, werde ich dorthin gehen, wo ich es kann: Ich werde hinabsteigen in den Abgrund von Uffern, wohin kein Mensch zu gehen wagt, und dort werde ich als König herrschen.‹

So wandte Nudd sein kaltes Herz gegen jedes lebendige Ding, das sich am Tageslicht erfreut, und begab sich hinab in den tiefen, schwarzen Abgrund von Uffern, wo nichts ist als erstickende Finsternis und Feuer.

Inzwischen nahm Beli, der Allweise König, den Leichnam seines geliebten Sohnes und trug ihn auf den höchsten Berg von ganz Albion. Er erhob das Gorsedd eines Helden über Lludd und setzte Barden ein, damit sie zu allen Zeiten, an allen Tagen Lludds Tugenden priesen. Aus dem Herzen des Heldengrabes wuchs eine silberweiße Birke. Beli fällte die Birke, machte ein Feuer und verbrannte den schlanken Baum. Funken dieses Feuers sprangen hoch an den Himmel. Sie wurden zu den Leitsternen, nach denen die Menschen im Dunkeln ihren Weg finden. Dann sammelte Beli all die Scheite und die Asche aus dem Feuer und warf auch sie an den Himmel. Diese wurden zu dem strahlenden Gürtel aus silbernem Licht, den wir den Himmelspfad nennen. Lludd selbst, der helle Geist, wandert jede Nacht auf diesem Sternenpfad dahin und betrachtet von oben die herrlichste Insel, die es auf der Welt gibt. Wer immer dieses Wunder schaut, wird von Staunen und Ehrfurcht vor seiner beispiellosen Schönheit bewegt.

Doch Nudd, der kaltherzige Feind aller Dinge, sammelte Böses aller Art um sich. Die elenden Geister der Tiefe strömten ihm zu und nannten ihn ihren Fürsten. Diese wurden die *Coranyid,* die Streitmacht des Chaos, die nichtmenschlichen Häscher des Cythrawl, die sich am Elend erfreuen und den Tod bejubeln: vergiftet vom Haß, wild in ihrer Böswilligkeit, brutal in ihrer Bosheit und unendlich wütend gegen Ordnung, Recht und Güte.

Mit unerschöpflicher Findigkeit in allem, was verderbt, obszön und böse ist, hausen die Coranyid in ihren finsteren Hallen und nagen an ihren vergifteten Seelen, bis sie durch Flucht oder Befreiung auf die Welt losgelassen werden. Dann fliegen sie auf den Flügeln des Sturms hinter ihrem grausigen Herrscher her: Nudd, dem Fürsten von Uffern, und Annwn, dem König der Coranyid, dem Herrscher der Ewigen Nacht, der als Torc die Schwarze Schlange von Anoeth und als Waffe den Zahn des Wyrm trägt. Auf Fürst Nudds Geheiß schwärmen sie aus, um alles Gute, Rechte und Schöne zu vernichten.«

Tegid erhob seine Augen von den Flammen und sah mich an. Ich sah die Furcht in seinem Blick und wußte, daß die Worte, die er gesprochen hatte, eine Wahrheit enthielten, die zu mächtig war, um anders mitgeteilt zu werden als in der verschleierten Form eines Liedes. Leise intonierte er: »So endet die Kunde vom Fürsten Nudd; glaube sie, wer will.«

Ich glaubte seiner Erzählung. Es gibt Leute, die ihr nicht glauben würden, nehme ich an, aber sie haben nicht gesehen, was ich gesehen hatte. Ungläubige genießen die Sicherheit ihres Unglaubens; es liegt eine große Geborgenheit in der Unwissenheit. Aber ich hatte den Cythrawl gesehen.

Ich zweifelte nicht, daß Fürst Nudd und sein Dämonenheer losgelassen waren und nun in einem wilden Gelage des Todes und der Vernichtung durch Albion streiften. Nudd war frei und führte seinen grausigen Krieg des Bösen gegen Albion. Der Tag des Ringens hatte begonnen, ja. Der Krieg im Paradies war von neuem ausgebrochen.

26

Das Leuchtfeuer

Wir blieben sieben Tage lang bei der Fischerhütte am Fluß. Die ganze Zeit über wurde das Wetter beständig schlechter. Jeder Tag brachte kalte, böige Winde aus dem eiskalten Norden, Regen und Schneeregen. Wir schichteten das Feuer hoch auf und kauerten uns den größten Teil des Tages über dicht daran. Wenn wir hungrig waren, aßen wir von dem Lachs.

Ich sprach wenig, Tegid noch weniger. Mit jedem Tag, der verging, schien er sich mehr in sich selbst zurückzuziehen. Er saß mit hängenden Schultern da und starrte mit verengten, traurigen Augen ins Feuer. Zudem schlief er nicht gut – keiner von uns schlief richtig fest, auch ich wachte oft nachts auf und sah, wie er in seine Felle gehüllt dasaß und in die Scheite unseres Nachtfeuers starrte.

Ich fing an, mir Sorgen um ihn zu machen. Ich versuchte mit ihm zu reden, aber all meine Versuche, ihn aus sich herauszulocken, trafen nur auf Schweigen und stumme Resignation. Jeden Tag begleitete uns die graue, windige Kälte, und jeden Tag wurde Tegid teilnahmsloser und verzagter. Es war wie ein Dolch in meinem Herzen, ihn vor meinen Augen verfallen zu sehen, und so beschloß ich, etwas dagegen zu tun.

Am Morgen des achten Tages stand ich auf und ging zum Fluß hinüber, um einen Lederschlauch mit frischem Trinkwasser zu füllen. Als ich zurückkehrte, fand ich Tegid vor den verglühten Scheiten des Feuers der vergangenen Nacht, den Kopf geneigt, das Kinn auf die Brust gesunken.

»Tegid, steh auf!« rief ich laut.

Er rührte sich nicht, als ich seinen Namen nannte. »Tegid«, rief ich noch einmal, »steh auf, wir müssen miteinander reden. Wir können hier nicht länger so herumsitzen.«

Wieder kam von ihm keine Reaktion auf meine Worte. Ich trat näher heran und baute mich über ihm auf. »Tegid, sieh mich an. Ich rede mit dir.«

Da er seinen Kopf nicht hob, nahm ich den Lederschlauch und goß das kalte Wasser über ihn. Das brachte ihn auf die Beine. Prustend und speiend sprang er auf und starrte mich wütend an. Sein Gesicht war blaß und blutleer, doch in seinen Augen waren rote Zornesflecken zu sehen.

»Warum hast du das getan?« fragte er, während er das Wasser aus seinem durchnäßten Umhang schüttelte. »Laß mich in Ruhe!«

»Gerade das werde ich sicherlich nicht tun«, erwiderte ich. »Wir müssen reden.«

»Nein!« murmelte er finster und wollte sich abwenden. »Es gibt nichts zu sagen.«

»Rede mit mir, Tegid«, antwortete ich. »Wir müssen überlegen, was wir tun wollen.«

»Warum? Dieser Platz hier ist zum Sterben so gut wie jeder andere.«

»Es ist nicht richtig, hier so herumzusitzen. Wir müssen etwas tun.«

»Was sollen wir denn deiner Meinung nach tun?« höhnte er. »Sprich, o Seele der Weisheit, ich höre.«

»Ich weiß nicht, was zu tun ist, Tegid. Ich weiß nur, daß wir etwas tun müssen.«

»Wir sind tote Männer!« sagte er wild. »Unser Volk ist getötet. Unser König ist weg. Es gibt für uns kein Leben mehr.«

Er ließ sich unter dem Gewicht seiner Verzweiflung wieder zu Boden sinken. Ich setzte mich ihm gegenüber, entschlossener denn je, ihn aus der Reserve zu locken. »Sieh mich an, Tegid«, sagte ich, einer plötzlichen Eingebung folgend. »Ich möchte dich etwas fragen.« Ich wartete nicht auf seine abweisende Antwort, sondern sprach gleich weiter. »Wer ist der Phantarch?«

Tegid seufzte, doch er antwortete ausdruckslos. »Er ist der Oberste Barde von ganz Albion.«

Das wußte ich noch aus meinen ersten Lektionen. »Ja«, antwortete ich, »das hast du mir schon gesagt. Aber was ist er? Was tut er?«

Er regte sich gerade genug, um seine Augenbrauen zu heben und mich anzusehen. »Warum fragst du?«

»Bitte – ich möchte es wissen.«

Er seufzte wieder und ließ die Schultern hängen, und ich glaubte schon, er würde nicht antworten. Doch er dachte nach, und nach einer Weile sagte er: »Der Phantarch dient dem Lied. Durch ihn empfängt das Lied Leben; durch ihn wird alles in seiner Ordnung bewahrt.«

»Das Lied«, wiederholte ich und erinnerte mich an das, was Gwenllian mir gesagt hatte. »Das Lied von Albion?«

Er hob wieder seinen Blick zu mir. »Das Lied von Albion – was weißt du über das Lied von Albion?«

»Ich weiß, daß es der kostbarste Schatz dieses Weltenreiches ist; es erhält und stützt alles, was ist«, antwortete ich mit den Worten, die die Banfáith in ihrer Prophezeiung gebraucht hatte. »Ist es so?«

»Ja«, antwortete Tegid mit flacher Stimme. »Was hat dir die Banfáith sonst noch erzählt?«

Ich zögerte, da ich wieder die Unruhe spürte, die mit dem Strom der Prophezeiung Gwenllians gekommen war – eine Unruhe, die sich zur Furcht vertiefte. Ja, was hatte die Banfáith sonst noch gesagt? Sag es ihm – Tegid sollte es wissen.

Etwas in mir widersetzte sich. Ich wollte nicht alles offenbaren, was die Banfáith gesagt hatte. Die Prophezeiung brachte eine Verpflichtung mit sich – eine große, schreckliche Verpflichtung, die ich nicht akzeptieren wollte. Doch Tegid hatte ein Recht darauf, zumindest einen Teil zu erfahren.

»Sie sagte –«, begann ich, zögerte und platzte dann heraus: »Sie sagte, der Phantarch sei tot, und das Lied sei verstummt.«

Tegid ließ seine Augen zu der kalten Asche des erloschenen Feuers herabsinken. »Dann ist es, wie ich gesagt habe.« Seine Stimme war voller Trostlosigkeit. »Es gibt keine Hoffnung.«

»Warum? Warum gibt es keine Hoffnung? Was hat das zu bedeuten?« fragte ich, doch er gab keine Antwort. »Antworte mir, Tegid!« Ich ergriff einen verkohlten Zweig, warf damit nach ihm und traf ihn an der Schulter. »Was hat das zu bedeuten?«

»Es ist der Phantarch, der verhindert, daß der Cythrawl dem Abgrund der Unterwelt entkommen kann«, sagte er leise und legte eine Hand vor die Augen, als täte das Licht seinen Augen weh. »Der Phantarch ist tot«, stöhnte er. »Albion ist verloren, und wir sind tot.«

»Warum?« Er antwortete nicht. »Sag es mir, Tegid! Warum ist Albion verloren? Was bedeutet das?«

Er starrte mich an. »Muß ich dir erst noch erklären, was du mit deinen eigenen Augen sehen kannst?«

»Ja!«

»Der Phantarch ist tot«, murmelte er erschöpft, »sonst hätte die Bestie des Abgrundes nicht entkommen können, und Fürst Nudd wäre nicht befreit.«

Endlich verstand ich, was die Banfáith mir gesagt hatte. Da der Phantarch allein die Macht hatte, den Cythrawl zu binden, war der Cythrawl durch den Tod des Phantarchen entkommen, und nun war Fürst Nudd frei und konnte umherstreifen, wie er wollte, und alles vernichten, was auf seinem Weg lag. Ich begann allmählich zu verstehen, doch selbst jetzt konnte ich Tegids Verzweiflung noch nicht teilen.

»Dann laß uns kämpfend untergehen«, sagte ich und stand auf. »Laß uns Fürst Nudd herbeirufen und ihn und seine widerwärtigen Coranyid herausfordern, ihr Schlimmstes zu tun.«

Tegid blickte finster und murmelte: »Du redest Irrsinn. Wir würden auf der Stelle getötet werden.«

»Dann sei es!« spie ich. »Alles andere wäre besser, als hier herumzusitzen und dir zuzusehen, wie du an deinen Eingeweiden nagst.«

Sein Gesicht verfinsterte sich noch mehr, und er ballte seine Fäuste, als wollte er mich schlagen. Doch er brachte nicht den Willen auf, und sein halbherziger Zorn wich wieder der Verzweiflung.

»Was ist los? Hast du Angst zu sterben?«

Er lachte freudlos auf. »Was heißt hier Angst? Wir sind bereits tot.«

»Dann laß uns wie Männer ins Grab gehen.«

Er sah mich einen Moment lang an, als wolle er abschätzen, ob ich es ernst meinte.

»Nun?«

»Was schlägst du vor?«

»Laß uns ein Leuchtfeuer aufschichten.« Ich sprach den ersten Gedanken aus, der mir in den Sinn kam.

Tegid lachte mich nicht aus. Aber er ging auch nicht auf den Vorschlag ein. Statt dessen grunzte er nur und wandte sich wieder seiner trostlosen Betrachtung der durchnäßten Asche zu.

Ich ließ nicht locker, und meine Entschlossenheit nahm zu. »Ein Leuchtfeuer. Denk darüber nach, Tegid. Wenn es noch Überlebende im Land gibt, werden sie es sehen und zu uns kommen. Wenn nicht, werden wir den abscheulichen Nudd herbeirufen und ihm in sein böses Gesicht trotzen. Laß ihn kommen. Er kann uns nur töten. So oder so sind wir nicht schlechter dran als jetzt. Was sagst du?«

»Ich sage, du bist ein Narr«, grunzte er. Dennoch reckte er sich langsam und stand auf. »Aber es ist wahr, wir können so nicht leben.«

»Dann wirst du mir helfen?«

»Ich werde dir helfen«, nickte er. »Und wir werden das größte Leuchtfeuer aufschichten, das Albion je gesehen hat. Komme, was mag.«

Und damit wurde Tegid Tathal plötzlich so aktiv, wie er vorher lethargisch gewesen war. Er zäumte und sattelte die Pferde und zog die Pflöcke heraus, an die sie angebunden waren, während ich einen Vorrat an Fisch in ein Stück Stoff wickelte und mit dem Fuß Erde über das Feuer trat. Ich rief Twrch zu mir und stieg auf mein Pferd, und mit dem Welpen vor mir in einer Falte meines Umhanges brachen wir auf.

»Wo sollen wir das Feuer errichten?« fragte ich, als wir unsere Pferde auf den Pfad lenkten.

»In Sycharth«, rief Tegid über die Schulter zurück. »Es ist eine hochgelegene Festung. Wir werden dem Feind am Schauplatz seiner wildesten Zerstörung trotzen. Das Leuchtfeuer wird von Llogres bis nach Caledon zu sehen sein! Wer immer es sieht, wird wissen, daß wir nicht ohne Kampf ins Grab gegangen sind.«

Die Veränderung in meinem eben noch so trübsinnigen Gefährten war rasch und vollständig. Er hatte sich mit dem Tod abgefunden, und nun eilte er, den Tod zu umarmen, damit nicht auch der ihm noch entfliehe.

Was mich betraf, so war ich nicht so sehr aufs Sterben erpicht. Doch ich folgte Tegid bereitwillig, denn ich fürchtete den Tod weniger als ein leeres, verschwendetes Leben.

Als wir die Ruinen der Festung Meldryn Mawrs erreichten – einen verlasseneren, trostloseren Ort möchte ich niemals sehen –, machten wir uns an unsere Arbeit. Gegen den Gestank verwesender Leichen stählten wir uns für unsere Arbeit, sammelten alles, was wir finden konnten, und schichteten es auf einen Haufen. Unsere Herzen waren wie Stein, und unsere Hände arbeiteten entschlossen.

»Wir werden diese einst so prächtige Festung zu einem Scheiterhaufen ohnegleichen machen«, sagte Tegid durch zusammengebissene Zähne. »Unsere Asche wird sich mit der unseres Volkes mischen.«

Doch am Ende hatten wir nicht genug trockenen Brennstoff, um einen anständigen Scheiterhaufen in Brand zu setzen, geschweige denn einen zu bauen. Fast alles, was brannte, war bereits von den Flammen verzehrt worden, die das Caer vernichtet hatten, und der Rest war durchnäßt von Regen und Schnee. Tegid musterte den erbärmlichen Haufen hölzerner Gegenstände, die wir an der Stelle aufgehäuft hatten, wo einst die Halle des Großen Königs gestanden hatte. »Es reicht nicht«, sagte er flach. »Wir müssen zur Werft hinunter.«

Wir arbeiteten bis lange nach Einbruch der Dunkelheit und schleppten die unverbrannten Enden der Planken von der Werft zum Caer empor. »Es reicht immer noch nicht«, erklärte Tegid, als er den Haufen im schwindenden Licht betrachtete.

»Dann werden wir noch mehr suchen müssen«, nickte ich. »Aber das wird bis morgen warten müssen.«

Wir schliefen nicht in der Festung. Nachdem wir ihr Grab geplündert und ihre Ruhe gestört hatten, lag uns nichts daran, uns den unbegrabenen Toten noch weiter aufzudrängen. Also kampierten wir am Fluß in der Nähe der Werft.

Am nächsten Tag schnitten wir lange Birkenstämme für unsere Pferde und ritten zu den bewaldeten Hügeln jenseits der Sümpfe, um totes Holz für unser Leuchtfeuer zu sammeln. Wir arbeiteten schnell, trotz der tückischen Pfade durch die Sümpfe, eines trostlosen Regens und des Windes, der unaufhörlich in eisigen Böen auf uns einpeitschte. Am Ende des Tages war unser Scheiterhaufen für das Leuchtfeuer beträchtlich gewachsen, doch Tegid, meinte, es sei immer noch nicht genug. Erschöpft hüllten wir uns in unsere feuchten Umhänge, schliefen und erhoben uns, um die Arbeit des Vortages zu wiederholen.

Unter einem dräuenden, bleiernen Himmel häuften wir Unterholz, Zweige und Äste auf die schlanken Birkenstämme und schleppten sie aus den Wäldern über den Sumpf und den Pfad hinauf zum Caer. Den ganzen Tag lang, ohne zu essen oder auszuruhen. Als ich vorschlug, eine Pause einzulegen, um die Pferde trinken und ausruhen zu lassen, lachte Tegid nur und erwiderte, wir würden bald soviel Ruhe bekommen, wie wir uns nur wünschen könnten. Er war sicher, daß das Leuchtfeuer tatsächlich seinen Dienst tun würde und daß Fürst Nudd uns in unser Grab befördern würde, noch bevor die Nacht vorüber war.

Doch in mir wuchs die Entschlossenheit, einen Plan zu fassen, um uns zu retten. Meine Gedanken überschlugen sich und schweiften in alle Richtungen. Als ich das letzte unförmige Bündel Unterholz auf den Birkenmasten befestigte, suchte ich verzweifelt nach einer Möglichkeit, der Entzündung des Leuchtfeuers zuvorzukommen. Die letzten Tage, die ich in der Gesellschaft von Leichen verbracht hatte, hatten eine Veränderung in mir hervorgerufen. Während ich die verwesenden Toten roch, umherschleppte und über sie hinwegstelzte, wurde mir etwas sehr Fundamentales bewußt: Ich war lebendig, und ich wollte weiterleben. Ich wollte nicht von Fürst Nudd getötet werden. Ich wollte nicht einer von diesen unheimlichen, grinsenden, aufgeblähten Klumpen fauligen Fleisches werden. Ich war nicht bereit zu sterben; ich wollte leben.

Als wir über den Sumpf zurückwateten und uns den schlammigen Pfad zu dem niedergebrannten Caer hinaufschleppten, jagten meine Gedanken von einem Vorwand zum anderen, mit dem ich Tegids entschlossene Hand aufhalten könnte. Selbst als das trübe Licht des Tages verblaßte und Tegid den Ballen mit Pech getränkten Stoffes an die glühende Asche hielt, die er sorgfältig aufbewahrt hatte, um das Feuer in Gang zu setzen, glaubte ich immer noch, mir würde etwas einfallen, wie ich ihn davon abhalten könnte, es zu entzünden.

Mir fiel nichts ein. Statt dessen stand ich stumm dabei und sah zu, wie er vorsichtig auf den geschwärzten Fetzen blies und mit einer Ecke die hell glühenden Kohlen berührte. Als die ersten weißen Rauchwölkchen sich zu dem schäbigen, verhangenen Himmel emporkräuselten, schluckte ich hart und glaubte, mein Leben in dieser dünnen Rauchfahne aufsteigen zu sehen. Ein Windstoß, und von dem Rauch war nichts mehr zu sehen. So würde auch mein Leben enden, wenn Fürst Nudd mit seiner entsetzlichen Streitmacht der dämonischen Coranyid erschien.

Tegid blies die Wangen auf und mühte sich, die winzige Flamme zum Aufflammen zu bringen. Einen Augenblick später fing der Fetzen Feuer und loderte orange auf. Tegid hob das pechgetränkte Tuch am Ende eines Stockes empor und hielt es mir entgegen. »Hier, Bruder«, sagte er. »Willst du unseren Scheiterhaufen entzünden, oder soll ich es tun?«

»Zünde du ihn an, Tegid«, sagte ich, immer noch auf der Suche nach einer Möglichkeit, zu verhindern, daß der Scheiterhaufen Feuer fing und dem Feind unsere Anwesenheit verkündete.

Und selbst als die ersten hellen Flammen an den unteren Rändern des riesigen Haufens aus Ästen, Balken und Unterholz emporleckten, bildete ich mir immer noch ein, mir würde etwas einfallen, um uns zu retten … selbst noch, als die Flammen sich von Zweig zu Zweig ausbreiteten und durch das verschlungene Holzgewirr aufstiegen, dachte ich, ich würde es verhindern können ... selbst noch, als die größeren Balken zu zischen begannen und der Regen, der sie durchnäßt hatte, aus ihnen hervordampfte, glaubte ich, ich würde einen Weg zu unserer Rettung entdecken ...

Und auch dann noch, als die Nacht völlig über uns hereingebrochen war und die Flammen hoch in die schwarze Himmelskuppel emporloderten, dachte ich, mir würde doch noch einfallen, wonach ich den ganzen Tag über gesucht hatte.

Und als ich auf der Ruine des Walls stand und hinaus auf die nachtschwarze Ebene unterhalb von Sycharth starrte und die brennenden Fackeln der berittenen Krieger sah, die auf das Caer zujagten, und wußte, daß ich unseren Tod heranfliegen sah, und das dumpfe Donnern der Hufe ihrer Pferde auf den Boden trommeln hörte, selbst da glaubte ich noch, daß wir nicht sterben würden.

»Schau, wie schnell unser Leuchtfeuer sie herbeiruft!« jubelte Tegid. »Komm her, Fürst Nudd! Wir trotzen dir!«

Tegids Stimme war rauh, und sein Gesicht starr vor eigentümlicher Erregung. Er hob die Fackel in seiner Hand, schwenkte sie in weitem Bogen über seinem Kopf und johlte dem heranrasenden Feind entgegen. Ich nahm Twrch auf den Arm und verließ den Wall, um meine Waffen zu holen. Den Hund band ich an das lose Ende meines Pferdehalfters. Ich wickelte das ölgetränkte Fell auf und zog mein Schwert hervor, und dann entfernte ich die Hülle von der geschliffenen Spitze meines Speers. Ich ergriff meinen Schild und rannte zurück zu Tegid.

»Nimm«, sagte ich und drückte ihm den Speer in die Hand. »Komm, wir erwarten sie am Tor.«

Die Tore waren zersplittert und verbrannt, doch die schmale Passage zwischen den Palisaden bot etwas

Schutz. Ich wußte nicht, ob diese Dämonen so kämpften wie andere Krieger – oder ob sie durch steinerne Mauern gehen und einen Sterblichen durch einen Blick töten konnten –, doch ich war entschlossen, wenn starkes Metall gegen einen solchen Feind etwas ausrichten konnte, dann würde jeder, der seine Hand gegen uns erhob, den Biß meiner Klinge zu spüren bekommen. Seite an Seite nahmen wir unsere Plätze ein, Tegid und ich, und beobachteten, wie die leuchtenden Fackeln näher kamen.

Mit den heißen Flammen im Rücken und unseren eigenen langen Schatten vor uns auf dem Torweg, das Brüllen des riesigen Feuers laut in unseren Ohren, beobachteten und warteten wir. Der Schwertgriff lag locker in meiner Hand, und ich spürte das vertraute Gewicht der Waffe. Tegid steckte seine brennende Fackel in die Böschung und hielt sich den Speer quer vor den Körper. Sein Gesicht schimmerte bleiern im flackernden Licht des Feuers.

Meine Gedanken waren nicht bei dem Tod, der uns erwartete, nicht einmal bei den verbrannten und verstümmelten Leichen unserer Clansleute, die im Caer verstreut lagen. Meine Gedanken waren völlig bei dem langen Stück scharfen Metalls am Ende meines Arms und den eingeübten Bewegungen des Kampfes. Dies war meine erste richtige Schlacht, seit ich ein Krieger geworden war, und obwohl es wahrscheinlich auch meine letzte sein würde, begrüßte ich sie voller Begierde, meine hart erworbenen Fähigkeiten auf die Probe zu stellen.

»Was immer geschieht«, schrie Tegid über das Brüllen des Leuchtfeuers hinweg, »ich rechne es mir zur Ehre, an deiner Seite zu sterben.«

»Im Tod liegt keine Ehre«, wiederholte ich das, was Scatha ihren Schülern gesagt hatte. »Laß es uns lieber als Ehre betrachten, ein paar von den Coranyid zurück in die Finsternis der Hölle zu schicken, die sie so reichlich verdient haben.«

»Wohl gesprochen, Bruder!« erwiderte Tegid. »So sei es!«

Die ersten Reiter erreichten den Pfad am Fuße des Caers. Ich wußte, daß die Feinde unsere Silhouetten vor dem Leuchtfeuer in unserem Rücken sehen konnten. Sie zögerten. Kreisten.

Ich hörten einen scharfen Schrei. Dann betrat der erste der Krieger den schmalen Pfad und flog über den langen Hang auf uns zu. Ich erhob meine Klinge und kauerte mich hinter meinen Schild. Ich konnte meinen Angreifer nicht sehen, doch ich verfolgte die wogende Spur der Fackel in seiner Hand. In dem Moment, als der erste Dämonenkrieger den Pfad betrat, folgte ihm der nächste und noch einer. Die drei kamen einer nach dem anderen zu uns herauf, und der Rest blieb zurück – so als zögerten sie, sich den eingestürzten Wänden auszuliefern, die den Weg hinauf zu den Toren begrenzten.

Der erste Reiter erreichte den Kamm des Hügels. Ich sprang vor zu der Stelle, an der sein Pferd seinen Schritt verlangsamen würde, um die Kuppe zu erklimmen. Dort würde er für einen Augenblick nicht ganz sicher im Sattel sitzen, wenn er sein Gewicht nach vorn verlagerte, um nicht nach hinten vom Rücken seines Pferdes abzurutschen. Und dort würde ich ihn mit meiner Klinge erwarten.

Tegid sah, was ich vorhatte, und ging in Stellung, um den zweiten Krieger in Empfang zu nehmen, bevor er dem ersten zu Hilfe kommen konnte.

Das Blut rauschte mir in den Adern, und mein Herz trommelte, doch meine Gedanken waren so kalt und präzise wie meine Bewegungen.

Ich war auf das Gesicht meines Feindes vorbereitet, auf die groteske Manifestation meiner widerwärtigsten Alptraumvorstellungen. Ich war vorbereitet auf das Gesicht des Todes in jeder nur erdenklichen unheimlichen

Erscheinungsform. Doch ich war nicht vorbereitet auf den Anblick, der meine Augen traf, als der Feind in den grellen Lichtschein des Leuchtfeuers eindrang. In einem Moment war der Dämon nur ein bewegter Schatten; im nächsten wurde er im Lichtschein zu Fleisch und Blut.

Als ich die Gestalt meines Angreifers erblickte, sackte mein Arm herab.

Denn ich war auf jeden Anblick vorbereitet, nur nicht auf den, der meine Augen traf: Meldryn Mawrs Meisterkämpfer, Paladyr, der Feldherr, dem ich am Hof des Großen Königs begegnet war.

Mein Zaudern kostete mich beinahe das Leben. Denn als meine Schwertspitze schwankte, stieß der Krieger mit seinem Speer nach mir. Mit einem Schrei sprang ich zurück. Paladyrs Speerspitze blitzte auf. Im flackernden Feuerschein sah ich seine Lippen zu einem wütenden Knurren zurückgezogen. Sein Pferd, gelenkt durch den Druck der Knie seines Herrn, drehte und kam auf mich zu, die Augen wild leuchtend, die Nüstern gebläht, die scharfen Hufe in die Erde beißend.

Ich hob meinen Schild, um den Stoß abzufangen. Meine Klinge fuhr unter dem Schild hoch, um hinauszuschnellen, sobald der Schild wieder frei war. Noch während ich mich zum Kampf bereit machte, überschlugen sich meine Gedanken, um die Bedeutung dieser merkwürdigen Wendung zu erfassen: Paladyr. Hier. Und er griff mich an!

War es wirklich Paladyr? Oder hatte ein tückischer Dämon die Gestalt des großen Kriegers angenommen, um mich zu verwirren und zu schlagen?

Wenn auch der Feind vor mir nicht menschlich sein mochte, so war doch die Wut in seinen Augen unverkennbar. Mensch oder nicht, er wollte mich töten. Sein Speerschaft krachte gegen den eisernen Rand meines Schildes. Der Aufprall ließ die Knochen in meinem Arm erzittern, und meine Knie sackten ein. Doch ich hob mein Schwert und lenkte den folgenden Stoß sauber ab. Der Speer schwang weit zur Seite, und ich sah die Brust des großen Mannes ungeschützt vor mir.

In seiner Wut hatte er seine Deckung vernachlässigt. Ich hätte leicht sein Herz mit meiner Schwertspitze durchbohren können. Doch ich hielt inne. Dies war kein Dämon.

»Paladyr!« schrie ich. »Halt ein!«

Seine zu einem wilden Knurren verzerrten Lippen entspannten sich. Im Feuerschein sah ich, wie Verwirrung seine steinernen Züge aufweichte. Er blickte sich um und sah, daß Tegid und ich alleine kämpften. Seine Augen bemerkten die Verwüstung um uns her, die im Licht des Leuchtfeuers sichtbar wurde. Seine Verwirrung nahm zu.

Ich rief Tegid zu: »Halt ein, Tegid! Das sind unsere Clansleute!«

Tegid brach seinen Angriff auf den zweiten Reiter ab und eilte an meine Seite. »Paladyr!« schrie er. »Erkennst du uns denn nicht, Mann?«

Wiedererkennen dämmerte in den Augen des riesigen Kriegers. Er hob eine Hand zum Gruß, doch die Speerspitze blieb auf uns gerichtet. »Tegid?« sagte er. »Wie kommst du hierher, Bruder?«

Tegid stieß seinen Speer in den Boden zu seinen Füßen. Darauf warf auch der Meisterkämpfer des Königs seinen Speer nieder und rief den anderen Kriegern zu, ihre Waffen zu strecken. Er stieg von seinem Pferd und trat vor uns hin.

Er blickte auf das Leuchtfeuer und dann auf die verwüstete Festung. Lange schaute er sich um, und der Anblick erschütterte ihn. Als er endlich seine Stimme wiederfand, fragte er: »Was ist hier geschehen?«

Die schlichte Frage enthielt eine ganze Welt voller Qual. Die bei ihm waren, saßen auf ihren Pferden und betrachteten stumm, wie betäubt, die Verheerung.

Tegid trat auf Paladyr zu. »Sycharth ist zerstört«, antwortete er. »Unsere Clansleute sind tot. Suche, wo du willst, alle sind in die dunkle Halle des Todes eingetreten und werden nicht mehr im Land der Lebenden gefunden werden.«

Paladyr wischte sich mit seiner riesigen Hand über die Augen. Er schwankte auf seinen Füßen, und seine Kiefermuskeln arbeiteten, doch er stürzte nicht zu Boden und schrie nicht auf. Daran sah ich, wie müde er war. Sie mußten seit Tagen geritten sein.

»Wir sahen das Leuchtfeuer«, sagte der Meisterkämpfer. »Wir dachten … wir dachten, das Caer sei …« Er straffte sich, drehte sich um und stieg auf sein Pferd. »Der König muß es erfahren.«

Er ritt den Pfad hinab zurück und verschwand in der Dunkelheit.

»Der König ist also am Leben«, bemerkte Tegid. Und in der Tat war es Meldryn Mawr selbst, der wenige Augenblicke später vor uns erschien – ausgemergelt und rotäugig vom Schlafmangel, doch er war es. Mit einer kleinen Eskorte von Kriegern erschien er an dem eingestürzten Tor, stieg ab und schickte sich an, seine zerstörte Festung in Augenschein zu nehmen.

Im rötlich-gelben Schein des Leuchtfeuers sah ich ihn langsam allein durch die Ruinen gehen. Zuerst ertrug er die Abscheulichkeiten tapfer, aber die Verwüstung war zu groß. Als er die versengten und zerbrochenen Balken seiner Halle erreichte, taumelte er zu der zerstörten Feuerstelle und fiel auf die Knie, füllte seine Hände mit der durchnäßten Asche und warf sie sich über den Kopf. Ein rauher Aufschrei drang aus seiner Kehle – ein einziges, herzzerreißendes Aufbäumen unaussprechlicher Trauer, Qual und Pein. Die Krieger, die inzwischen begonnen hatten, laut nach Vergeltung zu rufen, verstummten beschämt angesichts des Schmerzes ihres Herrschers.

Nach einiger Zeit gingen wir zu ihm. Sein Gesicht war

mit Asche besudelt, außer an den Stellen, wo Tränen dünne Spuren auf seinen Wangen hinterlassen hatten. Als wir näher kamen, stand er auf. Die Trauer in seinen Augen und in seiner Stimme brach mir das Herz. »Wo ist Ollathir?« fragte er leise. Ich glaube, er ahnte die Antwort bereits.

»Er liegt unter einem Grabhügel auf Ynys Bànail«, antwortete Tegid.

Der König nickte langsam und wandte seinen Blick zu mir. »Wer ist dieser Mann?«

Er erkannte mich nach unserer einen kurzen Begegnung nicht wieder. Ich hätte ihm geantwortet, aber die Frage war nicht an mich gerichtet. »Es ist der Wanderer, den du fortgeschickt hast, damit ein Krieger aus ihm werde«, antwortete Tegid. »Er war bei Ollathir, als er starb.«

Trotz seines Schocks und seiner Trauer hieß mich der König willkommen und sagte: »Da Ollathir nicht mehr ist, wird von nun an Tegid Tathal mein Liedmeister sein. Deshalb wirst du sein Schwert und sein Schild sein. Weiche nie von seiner Seite. Wir werden in den kommenden Tagen einen Barden brauchen. Beschütze ihn gut, Krieger.«

»Mit meinem Leben, Großer König«, schwor ich.

Der König erhob seine Hand zu Tegid hin. »Du, Brehon, bist der letzte von deiner Art, der mir geblieben ist. Von dieser Nacht an wirst du mein Barde und meine Stimme sein. Da die Stimmen meines Volkes verstummt sind, werde auch ich stumm sein. Denn ich sage dir die Wahrheit: Bis an diesem Ort wieder die Stimmen meines Volkes erklingen, habe ich keine Stimme.«

Der König hob den Kopf und ließ seinen Blick über die schwarzen Ruinen seiner einst so starken Festung schweifen. Einen Moment blieb er stehen und ließ den Schrecken des Todes und der Verwüstung auf sich wirken, als wolle er ihn sich tief einprägen. Dann wandte er sich abrupt ab, schwang sich in den Sattel und ritt den Pfad hinunter.

Während die verbliebenen Krieger sich ihm nach und nach anschlossen, kehrten Tegid und ich zu unseren Pferden zurück. »Mut, Tegid«, sagte ich zu ihm. »Wir haben uns den Tod noch einmal vom Leib gehalten.«

»Wir haben nur ein Grab gegen ein anderes eingetauscht«, knurrte er. »Das ist alles.«

»So schwermütig«, sagte ich zu ihm, und dabei hörte ich Goewyns leise Worte in meinem Ohr. »Noch sind wir am Leben. Warum das Schlimmste denken?«

Der Barde grunzte verächtlich, doch er setzte sich in Bewegung. Wir zogen die Pflöcke heraus und stiegen auf unsere Pferde. Twrch, der vor Aufregung über den Kampf und das Feuer zitterte, bellte kräftig, als ich ihn zu mir zog und aus dem Caer ritt.

27

Flucht nach Findargad

Zusammen mit seiner Kriegsschar durchstreifte der Große König seine Ländereien: Caer Dyffryn, Cnoc Hydd, Yscaw, Dinas Galan, Caer Carnedd. In jeder Siedlung und Liegenschaft betrachtete er die Überreste der Vernichtung mit dem steinernen Schweigen eines Berges, fern und unerreichbar in seiner Trauer. Niemand wußte, was in dem König vorging, denn er sprach zu niemandem, sondern nahm nur mit unerschütterlichem Auge das Gemetzel und die Verwüstung auf.

Die Krieger heulten nach Gerechtigkeit; sie schrien nach Vergeltung. Sie kochten vor Wut. An jedem Schauplatz der Zerstörung, bei jedem Greuel der Verwüstung erneuerten sie ihre Schreie nach Rache. Wie wütende Hunde, die nach Blut bellen, erfüllten sie die Luft mit ihren gellenden Herausforderungen und Flüchen und drängten den König, die Feinde zu verfolgen. Sie stellten sich vor, sie könnten mit Schwertern und Speeren gegen diesen Feind kämpfen.

Doch der König wußte es besser. Als er genug gesehen hatte, wandte sich König Meldryn von den Ruinen seines Landes ab und schlug zur Bestürzung seiner Krieger den Weg nach Findargad ein, seiner eisumsäumten Festung mitten in den hohen Gipfeln des Cethness-Gebirges im Norden. Dort wollte der Große König die armseligen Reste seines Volkes sammeln. Denn wie durch ein Wunder gab es Überlebende. Einige wenige Siedlungen waren der

Vernichtung entgangen: kleinere, verborgen gelegene Liegenschaften, zu denen die Dämonenstreitmacht nicht gelangt war. Vielleicht waren sie in der Zerstörungswut übersehen worden, oder man hatte sie für bedeutungslos erachtet. Wie auch immer, als Meldryn Mawr dem Tiefland den Rücken zukehrte und den Weg nach Findargad einschlug, folgten seinem Zug sechshundert Seelen.

Von diesen sechshundert waren fast einhundertfünfzig berittene Krieger. Der Rest waren Bauern und Handwerker aus den Liegenschaften. In jeder Siedlung, wo Menschen durchgehalten hatten, sammelten wir nur soviel Vorräte ein, wie wir ohne Schwierigkeiten tragen konnten, und ritten weiter. Wir brauchten Nahrung und warme Kleidung, um die Reise nach Norden zu überleben. Doch wir waren gezwungen, rasch und unauffällig vorwärtszukommen, um nicht die Aufmerksamkeit des Fürsten Nudd zu erregen. Deshalb konnten wir uns nicht mit schwerem Gepäck belasten oder unser Tempo durch von Ochsen gezogene Wagen verlangsamen. Selbst wenn wir hungern mußten, so kamen wir doch zumindest schnell vorwärts.

In Yscaw am Ufer des Nantcoll, des Flusses, dessen Quellbäche im verschneiten Herzen der Cethness-Berge entspringen, errichtete Tegid einen Ogham-Baum: einen Eichenpfosten, der an einer Seite flach abgeschnitten war und eine Inschrift in Ogham-Runen trug, die jedem, der nach uns hier entlangkam, verkündete, daß wir überlebt hatten.

Dann zogen wir weiter entlang der Ufer des schnell fließenden Gewässers nach Norden ins Hochland der Cethness-Berge. Sollen, die grausamste der Jahreszeiten, zeigte keine Gnade – außer in einer Hinsicht: Die Kälte ließ die Flußböschungen gefrieren und erlaubte uns so, schnell vorwärtszukommen, ohne allzu deutliche Spuren zu hinterlassen.

Wir alle waren von morgens bis abends schwer beschäftigt. So viele Menschen rasch und leise vorwärtszubringen ist eine mühselige Arbeit. »Es ist unmöglich«, knurrte Tegid. »Eher könnte man einen Lachsschwarm mit einer Weidenrute antreiben!« Er hatte Grund zur Klage. Die Hauptlast der Aufgabe fiel dem Barden zu, denn der König sprach zu niemandem ein Wort, außer zu Tegid, der stets an der Seite Meldryns blieb. Und da es meine Aufgabe war, Tegid nicht aus den Augen zu lassen, hatte auch ich alle Hände voll zu tun.

Infolge meiner Pflichten und meines Eides, über Tegid zu wachen, erfuhr ich erst am Abend des dritten Tages, nachdem wir uns nach Norden gewandt hatten, daß Simon noch am Leben war. Um die Wahrheit zu sagen, hatte ich nicht mehr an ihn gedacht, seit wir von Ynys Sci aufgebrochen waren. So vieles war seit jener Zeit geschehen, daß ich kaum einen Gedanken für mich selbst übrig gehabt hatte, geschweige denn für Simon.

Doch dann entdeckte ich ihn im Gefolge des Prinzen Meldron. Und der Schock des Wiedersehens mit ihm rief mir abrupt in Erinnerung, wo ich war und warum ich hierhergekommen war. In jenem Augenblick begriff ich, wie Simon sich an jenem Tag gefühlt haben mußte, als er mich auf dem Schlachtfeld entdeckt hatte. Ich hatte nicht den geringsten Sinn für diese Erinnerung daran, daß ich ein Fremder war, ein Außenseiter, daß ich in einer Welt lebte, die nicht meine eigene war.

Simon sah mich nicht, so daß ich ihn einige Augenblicke beobachten konnte, bevor ich zu ihm ging. Er hielt sich in der Nähe Prinz Meldrons auf, der, wie ich rasch erfuhr, unter den Kriegern eine Elitetruppe unterhielt – sein Wolfsrudel, wie er es nannte. Diese Truppe hatte die Aufgabe, unsere Flucht abzusichern und am Ende unserer Prozession zu reiten, um sich jeglichen Verfolgern entgegenzustellen. Darum hatte ich ihn auch noch nicht früher entdeckt. Und Simon hatte sich in dem Wolfsrudel des Prinzen einige Lorbeeren erworben. Man brauchte sich nur anzuschauen, wie ehrerbietig die anderen sich ihm gegenüber verhielten, um das zu erkennen.

Sein athletischer Körperbau hatte einiges an Gewicht zugelegt – ausschließlich Muskeln, besonders an den Oberarmen und Schultern. Er hatte einen breiten Rücken und kräftige Beine. Ich beobachtete, wie er sich unter seinen Schwertbrüdern bewegte, und erkannte die alte sorglose Selbstsicherheit an ihm wieder – jetzt noch verstärkt durch die vielen Siege, die er im Dienst Meldryn Mawrs errungen hatte. Er war ein Schlachtenführer geworden, und man sah es ihm an – sein Haar war lang gewachsen, und er trug es im Nacken zu einem Zopf gebunden. Seine Hosen waren aus feinem blauem Leinen, sein Siarc hellgelb; der Umhang grün-blau kariert. Er trug keinen Torc, dafür aber vier breite Armringe aus Gold und goldene Ringe an den Fingern jeder Hand.

So unangenehm mich der Schock traf, ihn zu sehen, so froh war ich, daß er am Leben und gesund war – trotz der Veränderungen, die in ihm vorgegangen waren, während wir uns nicht gesehen hatten. Denn er war nicht mehr der fröhliche junge Mann, den ich gekannt hatte, sondern durch und durch ein keltischer Krieger. Vielleicht hätte er dasselbe über mich gesagt, denn ich hatte eine ähnliche Verwandlung erlebt.

Als ich meine Musterung beendet hatte, ging ich hinüber zu ihm. Er saß auf einem roten Kalbfell an einem kleinen Reisigfeuer, das er mit drei anderen teilte. »Simon?« Beim Klang seines Namens fuhr sein Kopf zu mir herum. Seine Augen wanderten einen Augenblick lang über mich dahin, dann dämmerte das Wiedererkennen in seinen Zügen. »Lewis!«

»Dann erinnerst du dich also doch noch an mich.«

Er stand vor mir auf, doch er ergriff nicht meine Arme

zur Begrüßung unter Clansleuten. »Es ist gut, dich zu sehen, Freund. Ich hatte gehört, daß du zurückgekehrt seist.« Obwohl sein Ton leicht und herzlich war, spürte ich die unterdrückte Kühle seiner Begrüßung und wußte, daß er keineswegs froh war, mich zu sehen. »Ich wollte mich gerade auf die Suche nach dir machen.«

Er log, aber ich ließ es durchgehen. »Du siehst gut aus, Simon.«

Er legte seinen Kopf schief und schien zu überlegen, was er mit mir anfangen sollte; dann lachte er leise. »Es scheint mir eine Ewigkeit her, daß ich dich zuletzt gesehen habe«, sagte er. »Wie war es auf der Insel? Ich habe gehört, daß Scatha sehr liebliche Töchter hat.« Simon lachte wieder. Seine Freunde lächelten und stießen sich an.

»Das ist wahr«, erwiderte ich. »Wie ist es dir ergangen, Simon? Wie ich sehe, bist du vorwärtsgekommen in der Welt.«

Sein Gesicht verfinsterte sich plötzlich, und er funkelte mich einen Augenblick lang an. »Ich bin jetzt Siawn Hy«, antwortete er leise mit einem Blick, in dem sich Stolz und Hohn mischten. Sein Kiefer schob sich drohend vor. Ich blickte in das Gesicht des Mannes, den ich einst gut gekannt hatte und jetzt überhaupt nicht mehr kannte. Er hatte sich verändert – nicht nur dem Namen nach. »Du scheinst gut zurechtgekommen zu sein.«

»Ich lebe noch.«

Simon akzeptierte diese Erklärung bereitwillig. »Du hast mich schon früher immer wieder überrascht.«

»Wir haben alle in den letzten Tagen allerhand Überraschungen erlebt«, sagte ich. »Ich wollte dir nicht in die Quere kommen.«

Die Spannung verließ ihn, und er nahm die Pose des großzügig Verzeihenden ein. »Denk dir nichts dabei«, sagte er laut. »Das macht gar nichts. Weniger als nichts!« Er sagte es mehr für die Ohren seiner Freunde als für meine. »Komm, setz dich zu uns; wärme dich an unserem Feuer. Einen Schwertbruder heißen wir immer gern willkommen.«

Die anderen Krieger stimmten herzlich zu und erweiterten ihren Kreis, um Platz für mich zu machen. Ich ließ mich unter ihnen nieder und fühlte mich sofort in ihre Gemeinschaft aufgenommen. Ihr schnelles Willkommen verwunderte mich; doch dann wurde mir klar, daß sie mich zusammen mit Tegid und dem König gesehen haben mußten und nun wohl über meine erhobene Stellung spekulierten. »Man sagt, du warst bei Ollathir, als er starb«, sagte der Krieger, der mir am Feuer gegenübersaß. Das war die allgemein akzeptierte Form des Angelns nach Informationen: durch indirekte Feststellung einer Tatsache, wobei als Quelle in den meisten Fällen jemand anderes angegeben wurde.

»Ich war dort«, erwiderte ich knapp. Ich verspürte keinen Wunsch, über dieses Thema offen zu sprechen.

»Er war ein großer Barde«, warf der Krieger neben Simon ein. »Ein König unter seinesgleichen. Wir werden seinen Rat schwer entbehren.«

»Das ist wahr«, sagte ein anderer. »Wäre er zugegen gewesen, so wäre Sycharth nicht gefallen.«

Ich spürte die Trauer der Krieger; sie war nicht größer als meine eigene, doch das Grauen der Verwüstung lag noch frisch auf ihnen, und sie kämpften noch, sich das enorme Ausmaß des Verlustes auszumalen.

Einer von ihnen wandte sich an mich. »Es heißt, das Leuchtfeuer ist von dir und Tegid entzündet worden. Wart ihr dort, als der Vernichter kam? Habt ihr es gesehen?«

Die Frage trug die leise Andeutung in sich, daß Tegid und ich etwas hätten tun sollen, um die Festung zu retten. »Nein«, sagte ich zu ihnen. »Tegid und ich kamen erst danach hierher, genau wie ihr. Aber warum wart ihr eigentlich nicht dort, um eure Clansleute zu beschützen?«

Ich hatte eine offene Wunde berührt. Sie alle zuckten zusammen und starrten trübsinnig ins Feuer. Einer von ihnen, ein Krieger namens Aedd, sprach für alle. »Ich würde mit Freuden tausend Tode sterben, um einen meiner Clansleute zu retten.«

»Zehntausend«, fügte der Krieger neben ihm hinzu. »Wenn wir nur dortgewesen wären …«

Ich konnte ihre Trauer nicht fortnehmen, aber vielleicht konnte ich ihren Schmerz etwas lindern. »Es hätte keine Rolle gespielt«, sagte ich. »Ich habe den Feind gesehen, und ich sage euch die Wahrheit – ihr wäret mit allen anderen zusammen dahingemetzelt worden.«

»Wer ist es?« fragten sie mit aufflammendem Zorn in der Stimme. Sie sprangen auf, als wollten sie ihre Waffen ergreifen und auf der Stelle in den Kampf reiten. »Wer hat das getan?«

Bevor ich antworten konnte, ergriff Simon das Wort. »Setzt euch wieder hin!« befahl er. »Ihr habt Caer Dyffryn und Yscaw und Dinas Galan gesehen. Wir hätten nichts tun können.«

»Vielleicht ist es, wie du sagst«, erwiderte Aedd, während er zögernd wieder Platz nahm. »Doch ein Krieger, der es versäumt, die Seinen zu beschützen, ist schlimmer als ein Feigling. Es wäre besser, wenn wir mit den Unseren gestorben wären.«

»Eure Anwesenheit hätte keinen Unterschied ausgemacht«, wiederholte ich mit aller Überzeugung, die ich aufbringen konnte. »In einem nutzlosen Tod liegt keine Tugend.«

»Wohl gesprochen«, pflichtete mir Simon schnell bei. »Tot können wir nichts mehr tun. Doch lebendig haben wir die Chance, unsere Clansleute zu rächen.«

Die Krieger gaben ihre Zustimmung kund, indem sie feierliche Schwüre leisteten, so viele Feinde wie möglich zu töten, wenn der Tag der Vergeltung käme. Sie konnten die Hoffnungslosigkeit unserer Lage nicht begreifen. Ich brachte es nicht über mich, sie zu enttäuschen; sie würden die Wahrheit früh genug erkennen.

Die Krieger nahmen den geringen Trost an, den ich ihnen bot. »Die Blutschuld, die zu begleichen ist, ist wahrhaftig groß«, bemerkte Aedd. »Dennoch beschämt es mich, daß ich in der Stunde ihrer Not nicht bei meinen Clansleuten war.«

»Gerade diese Not wollten wir ja abwenden«, erinnerte ihn Simon.

»Als Tegid und ich das Caer erreichten«, kehrte ich zu meiner Frage zurück, »dachten wir, ihr wäret tot. Wir konnten uns nicht vorstellen, was euch aus der Festung weggeführt haben könnte.«

»Wir sind dem Ruf gefolgt«, erwiderte Aedd und fuhr fort, zu schildern, wie die Nachricht über eine bevorstehende Invasion sie von der südwestlichen Küste her erreicht hatte. Um dem Angriff zuvorzukommen, hatte der König die Krieger seiner Feuerstelle mobilisiert und das Caer verlassen. Sie waren weit geritten, um das Reich zu schützen, hatten jedoch keine Eindringlinge zu Gesicht bekommen und waren nach vielen Tagen, als das Wetter immer schlechter wurde, umgekehrt.

»Als wir das Leuchtfeuer sahen, dachten wir –« Unfähig weiterzusprechen, hielt Aedd abrupt inne.

Das leise Knistern des Reisigfeuers und das Seufzen des anschwellenden Windes klangen melancholisch in unseren Ohren. Nach einem Augenblick des Schweigens sagte Simon: »Hört mich an, Brüder. Die Blutschuld wird beglichen werden. Wir werden unsere Toten rächen. Der Feind wird unter unseren Füßen zu Staub zertreten werden.«

Trotz der tapferen Worte Simons war die Trauer der Krieger zu groß, um sie leicht abzuschütteln. Mit der Zeit würden kühne Worte den Funken ihrer Tapferkeit wieder entzünden können; sie würden sich erheben und neuen

Mut fassen. Doch nicht jetzt, nicht heute nacht. Heute nacht und noch in vielen kommenden Nächten würde die Klage um die Verlorenen ihre Seelen erfüllen, und ihre Herzen würden vor Kummer schwer bleiben.

Ich überließ sie ihrer Trauer und kehrte an meinen Platz bei Tegid und dem König zurück. Auch Prinz Meldron war dort und bemühte sich vergeblich, seinem Vater ein Wort der Erklärung zu entlocken. Schließlich ergab er sich in das hartnäckige Schweigen des Königs und stürmte davon, nachdem er gesagt hatte: »Rede du mit ihm, Tegid. Vielleicht hört er auf dich. Sag meinem Vater, daß wir auf diese Weise nie nach Findargad kommen. Es ist zu weit und zu kalt. Die hohen Pässe werden verschneit sein. Wir werden die Hälfte unserer Leute verlieren, bevor wir auch nur in Sichtweite der Türme kommen. Sag ihm das, Tegid!«

»Ich habe es ihm bereits gesagt«, murmelte Tegid, als Meldron gegangen war. »Er hört nicht auf mich.«

»Ist es wirklich so gefährlich?« fragte ich.

Tegid nickte langsam. »Die Berge von Cethness sind hoch, und die Sollenwinde sind kalt. Der Prinz hat recht, wenn er sagt, daß viele sterben werden, bevor wir die Festung erreichen.«

»Warum gehen wir dann dorthin?«

»Wir können nichts anderes tun«, erwiderte Tegid düster. »So hat es der König befohlen.«

Da ich sah, wie die Sache stand, machte ich mir nicht die Mühe, die offensichtlichsten und beunruhigendsten Fragen zu stellen. Wenn das mächtige Sycharth kein Schutz für seine Bevölkerung gewesen war, warum sollten wir dann glauben, daß es den Wällen von Findargad besser ergehen würde? Was nützten Schwerter und Speere gegen einen Feind, der weder Schmerz noch Tod kannte?

Wie Tegid in seiner Hoffnungslosigkeit angedeutet hatte, hätten wir genausogut in Sycharth bleiben und uns die Strapazen und die Not einer Bergwanderung ersparen können, denn ein Grab ist so gut wie das andere, und wenn Fürst Nudd kommen würde, dann würde ihn nichts aufhalten, wo immer wir uns auch verschanzten.

Und dennoch … und dennoch tanzte am Rande meines Bewußtseins ein ungreifbarer Hoffnungsschimmer wie ein Glühwürmchen, das gerade außer Reichweite schwebt. Er war da, und dann war er weg. Ich jagte ihm nach, und er verschwand; ich stand still, und er kam näher. Doch wie sehr ich mich auch bemühte, ich konnte ihn nicht ergreifen.

Doch ich würde keine Ruhe finden, bis ich diese Hoffnung erfaßt hatte, so klein sie auch sein mochte. In jener Nacht zog ich mich von der Wärme des Feuers des Königs zurück und stand allein in einem nahe gelegenen Hain, um zu wachen, bis es mir gelänge, den flüchtigen Gedanken zu erhaschen. Die ganze Nacht hindurch stand ich in meinen Umhang gehüllt, lehnte mich hin und wieder an eine der Erlen des Hains und lauschte auf das Ächzen der Äste in den dem dünnen, kalten Wind, während die stechend hellen Sterne langsam über den schwarzen Sollenhimmel wanderten.

Die ganze Nacht wartete ich. Und als der Mond hinter den Hügeln meinem Blick entschwand, war ich meinem Ziel noch nicht näher gekommen.

Dann, als eine trübe, graugrüne Dämmerung im Osten den Vorhang der Nacht anhob, kam die Beute näher, die mir so lange entwichen war. Sie kam dünn und zerbrechlich in der Gestalt einer Frage: Wenn Fürst Nudd so mächtig war, warum hatte er dann den König aus seiner Festung fortgelockt, bevor er sie verwüstete?

Die Coranyid hatten Sycharth und die anderen Siedlungen des Reiches nicht angegriffen, solange der König in seiner Festung war. Die Vernichtung kam erst, nachdem Meldryn durch eine Täuschung fortgelockt worden war.

Mir schien, daß irgendeine Macht Fürst Nudds furchtbaren Angriff verhindert haben mußte, solange der König bei seinem Volk blieb. Trotz allem, was die schrecklichen Coranyid angerichtet hatten, war die Vernichtung nicht vollständig. Und vielleicht konnte sie auch jetzt noch irgendwie verhindert werden. Aber wie?

Als der erste schwache Schimmer des Tageslichtes sich wie ein trübes Leuchten über den Himmel ausbreitete, hörte ich von neuem die Stimme der Banfáith, klar und stark, als ob sie direkt vor mir säße:

Bevor der Cythrawl überwunden werden kann, muß das Lied wiederhergestellt werden.

War dies die Hoffnung, der ich nachjagte? Es erschien unwahrscheinlich, denn sie hatte auch gesagt: Niemand kennt das Lied als nur der Phantarch allein. Wie konnte das Lied von Albion wiederhergestellt werden, wenn niemand das Lied kannte als nur der Phantarch allein und der Phantarch tot war?

Es war ein Rätsel, das keinen Sinn ergab.

Den ganzen nebelverhangenen Tag und die langen Stunden der eiskalten Nacht hindurch, als wir in unsere Umhänge gehüllt vor unseren Reisigfeuern kauerten, grübelte ich darüber nach. Doch das Rätsel drehte sich vor mir im Kreis, und ich konnte es nicht ergründen.

»Tegid«, sagte ich leise, »ich habe nachgedacht.« Twrch schlief zu meinen Füßen, der König lag rastlos auf seinem weißen Ochsenfell in der Nähe, und Tegid saß neben mir und starrte in grübelndem Schweigen in die lodernden Flammen.

Der Barde grunzte, doch er wandte den Blick nicht vom Feuer ab.

»Wo ist der Phantarch?«

»Warum fängst du wieder davon an?« murmelte er. »Der Phantarch ist tot.«

»Hör mich an«, beharrte ich. »Ich habe gründlich darüber nachgedacht und rede nicht nur, um mich selbst mit dem Klang meiner Stimme zu amüsieren.«

»Also schön, sag, was du denkst«, lenkte er ein.

»Die Banfáith hat mir viele Dinge gesagt«, begann ich und wurde sofort unterbrochen.

»O ja, die Banfáith hat dir viele Dinge gesagt. Und du hast mir wenig gesagt.« Die Bemerkung kam in einem beleidigten Ton. »Hast du etwa jetzt beschlossen, dich von einem Teil deines Schatzes zu trennen?«

Die Worte der Banfáith waren mir immer noch ein Mysterium, und ich fürchtete mich vor ihnen und allem, was sie bedeuten konnten. Doch als die Tage vergingen und die Hoffnungslosigkeit unserer Lage immer offensichtlicher wurde, machte ich mir weniger Gedanken um mich selbst. Jetzt war nicht die Zeit für selbstsüchtige Geheimnisse. Tegid war jetzt der Oberste Barde; er mußte erfahren, was ich wußte. Vielleicht konnte er sich einen Reim darauf machen. »Du hast recht, mich zu tadeln, Tegid«, sagte ich. »Ich werde dir alles sagen.« Und so begann ich alles zu wiederholen, was sie mir über den Phantarchen und das Lied von Albion gesagt hatte – zuerst widerstrebend, doch dann immer bereitwilliger, als die Worte nach draußen drängten und hervorsprudelten. Ich gab ihm die Prophezeiung so genau wieder, wie ich mich an sie erinnerte. Ich erzählte ihm von der Vernichtung und dem Aufruhr der kommenden Zeit und von dem erwarteten Meisterkämpfer. Ich erzählte ihm von Llew Silberhand, von dem Flug der Raben, von der Heldentat am Ende des Großen Jahres und alles andere, woran ich mich erinnerte, genauso, wie ich es von der Banfáith empfangen hatte. Als ich mit meiner Erzählung fertig war, hob Tegid nicht seinen Kopf, sondern starrte mürrisch ins Feuer.

»Mir scheint, trotz allem, was diese Prophezeiung ankündigt, gibt es vielleicht doch noch eine Zukunft für uns.«

Doch Tegid fand keinen Trost in dem, was ich ihm gesagt hatte. Statt dessen schüttelte er langsam den Kopf und sagte: »Du irrst dich. Es mag eine Zukunft gegeben haben, aber jetzt nicht mehr. Der Cythrawl ist zu stark geworden im Land; Fürst Nudd ist zu mächtig geworden.«

»Was sollte dann die Prophezeiung überhaupt?«

Tegid schüttelte nur den Kopf.

»Ich verstehe dich nicht, Tegid. Erst beschwerst du dich, daß ich dir nichts von der Prophezeiung der Banfáith erzählt habe, und jetzt, wo ich dir alles gesagt habe, kannst du nur jammern, es sei alles zu spät. Bevor der Cythrawl überwunden werden kann, muß das Lied wiederhergestellt werden – das hat sie gesagt. Mir scheint, daß wir den Phantarchen finden müssen.«

»Der Phantarch ist tot, wie du sehr wohl weißt.«

»Und das Lied mit ihm?«

»Natürlich das Lied mit ihm. Wie könnte es anders sein? Der Phantarch ist das Instrument des Liedes – es gibt kein Lied ohne den Phantarchen.«

»Aber wo ist er?«

»*Du* hast Ollathirs Awen«, schnappte er, »nicht ich.«

»Was soll das heißen?« Er murmelte etwas Unverständliches und wollte sich abwenden, doch ich hielt ihn fest. »Bitte, Tegid, ich versuche zu begreifen. Wo ist der Phantarch?«

»Ich weiß es nicht«, antwortete er und erklärte mir, daß die Kammer des Phantarchen zum Schutz des Liedes verborgen sei und ihr Ort geheimgehalten werde. »Nur der Penderwydd weiß, wo sich der Phantarch verbirgt. Ollathir wußte es, und Ollathir ist tot.«

»Und er starb, bevor er dir das Geheimnis verraten konnte?«

»Ja! Ja!« Tegid sprang auf und reckte die geballten Fäuste empor. »Ja, Llyd! Du hast es endlich begriffen: Der

Phantarch ist tot; Ollathir ist tot; das Lied ist tot; und bald werden wir auch tot sein.« Der König rührte sich. Tegid ließ seine Fäuste sinken, als er sah, daß sein Ausbruch den Schlaf des Königs gestört hatte.

Was für eine grausame Täuschung, was für eine gnadenlose List diese Prophezeiung war. Ich spürte, wie die zerbrechliche Hoffnung, die ich so mühsam erhascht hatte, sich in nichts auflöste. Ohne das Lied war der Cythrawl nicht zu besiegen, und ohne den Phantarchen gab es kein Lied. Doch der Phantarch war tot, und wenn das noch nicht reichte, war auch die einzige Person tot, die wußte, wo der Phantarch zu finden war.

»Jetzt sag mir noch einmal, daß es noch eine Hoffnung für uns gibt«, sagte Tegid mit erstickt flüsternder Stimme. Seine aufbegehrende Haltung fiel von ihm ab, und er ließ sich wieder zu Boden sinken.

»Der König lebt«, erwiderte ich. »Wie könnten wir ohne Hoffnung sein, solange der König lebt? Auch du lebst, und ich lebe. Schau dich um – Hunderte von uns sind hier zusammen, und wir sind bereit, noch einmal zu kämpfen. Warum war Fürst Nudd nicht in der Lage, unseren König zu töten? Warum hat er nur die ungeschützten Dörfer angegriffen?«

Noch während ich sprach, begannen meine eigenen Worte mich davon zu überzeugen, daß es immer noch etwas oder jemanden geben mußte, das oder der Nudd von seinem endgültigen Sieg abhielt. »Hör zu, Tegid, wenn ich so mächtig wäre, wie Nudd nach deinen Worten ist, würde ich zuerst den König töten, und das Königreich wäre mein. Warum hat er das nicht getan?«

»Ich weiß es nicht! Frag ihn – frag Nudd, wenn du ihm demnächst begegnest!«

»Die Coranyid griffen erst an, nachdem der König fortgelockt worden war – warum?«

»Woher soll ich das wissen? Vielleicht möchte Nudd

sein Vergnügen durch das köstliche Schauspiel unserer vergeblichen Fluchtversuche steigern.«

»Dann leben wir nur nach Fürst Nudds Belieben? Das glaube ich nicht.«

»Glaube es lieber! Wir leben nach Fürst Nudds Belieben. Und wenn es ihm beliebt, uns zu töten, wird er uns töten – genauso, wie er alle anderen getötet hat.«

»Und unserem König beliebt es, in Findargad zu sterben?« wandte ich ein.

»Genauso ist es! Es beliebt dem König, in Findargad zu sterben, und ich diene dem König.«

Danach sagte Tegid kein Wort mehr. Doch während ich in jener Nacht schlaflos am Feuer lag, klammerte ich mich an die Worte der Banfáith: *Doch glücklich wird Caledon sein; der Flug der Raben wird sich in seinen vielschattigen Tälern sammeln, und Rabengesang wird sein Lied sein.*

Und als ich in die leuchtenden Flammen starrte, sah ich in dem verschmelzenden Rot und Gold der Glut eine Vision: Ich sah einen grünen Eichenhain, und unter den ausgebreiteten Ästen voller Blätter eine Wiese. Auf dieser Wiese stand ein Thron aus Hirschgeweih, bespannt mit dem Fell eines weißen Ochsen. Und auf der Rückenlehne des Throns hockte ein riesiger Rabe, schwarz wie eine Neumondnacht, mit ausgebreiteten Flügeln und offenem Schnabel, und erfüllte den stillen Hain mit einem Lied voller Bitterkeit, Strenge und doch eigentümlicher Schönheit.

28

Die Jagd

Als wäre sie erzürnt über unser Entkommen, verfolgte uns die Jahreszeit des Eises hinab in die Täler und Flußbetten und erfüllte die Welt mit ihrem wütenden Brüllen. Sollen wurde zu einem Feind, gegen den man kämpfen mußte, einem Gegner, der immer stärker wurde, während unsere Kräfte allmählich erlahmten. Doch wir zogen weiter. Als wir den Fuß der hohen Berge erreichten, waren sich alle einig, daß der Sollen dieses Jahres mit seinem Wind und Regen, seinem Schnee und seiner wütenden, beißenden Kälte bei weitem der schlimmste war, den ein jeder je erlebt hatte. Kein Tag verging, an dem nicht Schnee vom Himmel fiel; die Winde heulten und wüteten von morgens bis abends; die Bäche und Flüsse froren zu. Der Schnee wurde immer tiefer, bis wir nur noch kriechend vorwärtskamen.

Genügend Brennholz für die nächtlichen Feuer zu finden wurde zu einer Besessenheit. Oft mußten wir lange vor Einbruch der Nacht haltmachen – bisweilen sogar schon vor dem Mittag –, um genügend Holz zu finden und zu sammeln, damit wir die Nacht durchhalten konnten. Was immer übrig blieb, nahmen wir mit uns. Die Nahrungsvorräte reichten, aber nur, weil wir anfingen, weniger zu essen. Um unsere leeren Mägen zu füllen, aßen wir Schnee, während wir uns dahinschleppten. Die Krieger gingen jetzt zu Fuß und überließen ihre Pferde den Kindern und Müttern mit Säuglingen, für die der Schnee zu tief war. Wir gingen dazu über, die Beine der Pferde – wie auch unsere eigenen – mit Stofflappen und Fellen zu umwickeln, damit ihnen die Füße nicht erfroren, und gingen jeweils zu zweit zu beiden Seiten neben den Pferden her, damit niemand unbemerkt zurückfiel.

Ich trug Twrch beim Gehen unter meinem Umhang – der Schnee war zu tief für ihn – und segnete mehr als einmal die Wärme seines kleinen, felligen Körpers. Zu fressen gab ich ihm von meiner eigenen Ration, oder ich holte mir Fleischstücke für ihn von denen, die den anderen Hunden gegeben wurden. Nachts schlief er neben mir, und wir hielten einander warm.

»Mir ist noch nie so kalt gewesen«, bemerkte ich eines Tages zu Tegid, als wir hielten, um Löcher in die Eisdecke des Flusses zu schlagen, damit die Tiere trinken konnten.

»Spar dir den Atem«, sagte er bitter. »Das Schlimmste kommt erst noch.«

In der Hoffnung, ihn aufzuheitern, erwiderte ich: »Dann ist das Schlimmste eine Verschwendung, was mich betrifft, Bruder. Ich bin von Kopf bis Fuß taub – ich werde den Unterschied nicht spüren.«

Er zuckte die Achseln und hieb weiter auf das Eis ein. Als wir ein ausreichend großes Loch in das dicke Eis geschlagen hatten, schöpfte ich mit meiner Hand die Eissplitter heraus. Einen Augenblick lang schien das Wasser meine Finger zu wärmen, dann wurden sie wieder taub. Wir brachten unsere Pferde an das Loch, und während sie tranken, fragte ich: »Wie weit ist es noch, Tegid? Wie viele Tage werden wir noch unterwegs sein, bis wir die Festung erreichen?«

»Das kann ich nicht sagen.«

»Du mußt doch eine ungefähre Vorstellung haben.«

Er schüttelte ernst den Kopf. »Die habe ich nicht. Ich habe nie versucht, diese Reise im Schnee zu machen. Unser Tempo hat sich seit unserem Aufbruch sehr verlangsamt, und selbst da waren wir nicht schnell. Wenn unsere Kräfte auf den hohen Pässen allmählich nachlassen, werden wir noch langsamer vorankommen.«

»Vielleicht wird es bald aufklaren«, meinte ich. »Wenn wir auch nur ein paar schöne Tage bekämen, würde uns das schon helfen.«

Er warf einen Blick zum Himmel – dunkel, wie seit endlosen Tagen, hingen die Wolken dick und grau voller Schnee über uns. »Nein«, sagte er, »dazu wird es, glaube ich, nicht kommen. Ich fange sogar langsam an zu glauben, daß die Jahreszeit des Schnees nicht enden wird, bis Fürst Nudd besiegt ist.«

»Ist das denn möglich?« Der Gedanke eines niemals endenden Winters hätte lächerlich scheinen müssen – hätten wir nicht jeden Tag zunehmend die Anzeichen vor Augen gehabt.

Die Stimme des Barden klang ernst, als er antwortete: »Ein großes Übel ist in Albion freigesetzt. Alles ist möglich.«

Obwohl es mir zuwider war, es zuzugeben, wußte ich in meinem Herzen, daß er die Wahrheit sagte. Fürst Nudd und seine Dämonenhorde hatten Albion erobert, und der Haß aus Nudds kaltem Herzen überflutete nun das Land – er heulte in dem grausamen, schneidenden Wind und wütete in der beißenden Kälte und dem blendenden Schnee.

»Hast du das irgend jemandem erzählt?«

Tegid machte sich mit den Pferden zu schaffen, ohne zu antworten.

»Du solltest es zumindest dem König sagen.«

»Meinst du etwa, das wüßte er nicht schon längst?«

Nachdem wir die Pferde getränkt hatten, zogen wir weiter, doch die trostlosen Aussichten machten mir das Herz noch schwerer als zuvor. Ein Tag folgte dem anderen. Das Gelände stieg immer steiler an, und der Weg wurde schmaler und schwerer zu erkennen. Unser Tempo verlangsamte sich entsprechend – wir brachen zwar morgens früher auf, waren aber gezwungen, häufiger haltzumachen, so daß wir dadurch keinen Vorteil errangen. Doch nicht alles stand gegen uns. Denn als die Berge allmählich zerklüfteter und felsiger wurden, gingen die spärlichen Büsche und Sträucher der kahlen Hügel allmählich in Waldland über. Wir fanden soviel Brennholz, wie wir brauchten, und konnten uns zum ersten Mal, seit wir das verwüstete Sycharth verlassen hatten, zumindest nachts wärmen.

Außerdem schien das Wild, das aus dem Tiefland geflohen war, in den Wäldern Zuflucht gesucht zu haben. Wir sahen immer mehr Spuren von Tieren auf den Waldschneisen; manchmal auch den grauen Schimmer eines Wolfes, der lautlos zwischen den Bäumen hindurchhuschte.

Prinz Meldron bildete eine Jagdgruppe, die er selbst anführte. Zuerst hatten die Jäger kein Glück. Doch als der Wald dichter und das Wild häufiger wurde, zeigten die Bemühungen des Prinzen einigen Erfolg. Immer häufiger konnten wir uns den Magen mit dem gebratenen Fleisch von Wildschweinen und Rehen füllen.

Eines Tages, als wir gerade unser Lager aufschlagen wollten, ritt eine kleine Jagdgruppe auf die Suche nach Wild aus. Die Jäger hatten das Lager noch nicht lange verlassen, als einer von ihnen zurückkehrte. »Schnell!« rief er. »Wir brauchen noch sechs weitere Krieger, die mit mir kommen.«

»Was ist los? Was ist passiert?« fragt Tegid.

»Wir haben einen Ur gefunden«, erklärte der Jäger. »Der Prinz hat mich geschickt, noch sechs weitere Männer zu holen, um bei der Jagd zu helfen.«

»Ich komme mit«, erbot ich mich und spürte ein merkwürdiges Prickeln der Erregung, als eine lange verschüttete Erinnerung in mir erwachte. Ein Ur …

»Such dir noch fünf Leute aus«, sagte Tegid dem Reiter. »Ich bleibe beim König.«

Es fehlte nicht an Freiwilligen, und binnen kurzem saßen wir auf unseren Pferden und flogen hinter unserem Führer dahin. Wir ritten auf einer Jagdschneise, die sich tief in den Wald hineinschnitt. Wegen der Bäume lag der Schnee hier nicht sehr tief, so daß wir mit einiger Geschwindigkeit reiten konnten. Fast im Nu hatten wir den Prinzen und seine Gruppe erreicht: vier Begleiter – darunter Simon und Paladyr – und drei Hunde.

»Hier haben wir die Spur aufgenommen«, sagte Prinz Meldron und deutete mit dem Ende seines Speers in den Schnee.

Ich sah an den riesigen Spuren im Schnee, daß ein riesiges, schweres Geschöpf in die Jagdschneise gelaufen war. Und neben der ersten Spur war eine zweite, etwas kleinere zu sehen. Zwei Tiere. Ich blickte in die Richtung, in die die Spuren liefen, doch die Spur machte eine Biegung, und der Wald wurde dichter, so daß ich nicht weit sehen konnte.

»Die Spuren sind frisch«, bemerkte der Prinz. »Die Tiere können nicht weit sein. Wir werden die Hunde loslassen. Macht eure Speere bereit.« Er wendete sein Pferd und rief: »Die Hunde los!«

Kaum von der Leine befreit, schossen die drei Hunde – der ganze Rest des Jagdrudels des Königs – hinter der Beute her. Wir trieben unsere Pferde an, ihnen zu folgen. Der kalte Wind biß in unsere Hände und Gesichter, als die galoppierenden Hufe der Pferde eine Gischt aus Schnee emporschleuderten. Mit angelegten Speeren, die durch die kalte Luft schnitten, flogen wir auf der Spur dahin.

Der schmale Korridor der Jagdschneise machte eine Biegung, und wir sahen, daß die Schneise in geringer Entfernung vor einem Felsvorsprung endete. Und vor dieser graugrünen Wand standen zwei Ure, riesige Tiere, eines ausgewachsen, das andere noch nicht – eine Kuh und ihr Kalb, vermutete ich –, allem Anschein nach am Ende ihrer Kraft.

Das kleinere Tier war ein riesiger, glattschwarzer junger Bulle, dessen enormer Schulterhöcker sich wie ein dunkler Hügel über der weiten Ebene seines Rückens erhob. Seine Mutter war noch größer – ein massiver Berg aus Fleisch und Fell, Huf und Horn. Die Tiere hatten offenbar den Anschluß an ihre Herde verloren und waren durch Hunger und Durst geschwächt. Sie waren in die Schneise geraten und hatten die Gefahr nicht erkannt. Diese gewaltigen Geschöpfe kennen nur wenige natürliche Feinde; als Herren des Waldes treffen sie nur selten auf Herausforderungen – nicht einmal von Wölfen, die nur alte und geschwächte Tiere angreifen.

Beim ersten Anblick der Tiere gaben die Hunde Laut. Ihr langer, zitternder Ruf durchschnitt die Luft und hallte die Schneise entlang. Beim ersten Laut setzten die Ure zur Flucht an, doch sie waren auf beiden Seiten von dicht wachsenden Kiefern und Schwarzdornsträuchern eingeschlossen. Als die Hunde auf sie zuflogen, trabte der größere der Ure ein paar Schritte vor und blieb steifbeinig stehen, um die Angreifer zu erwarten. Der junge Bulle blieb hinter seiner Mutter in vorläufiger Sicherheit.

Auf Ynys Sci hatte ich oft an der Jagd teilgenommen, doch ich hatte noch nie einen Ur gejagt. Ja, bisher hatte ich noch nicht einmal eines dieser scheuen Tiere zu Gesicht bekommen. Als ich sie jetzt sah, staunte ich selbst aus dieser Entfernung über ihre Größe. Als wir näher kamen, machten sich unsere Pferde dagegen wie kleine, lächerlich zierliche Geschöpfe aus – eher wie Rehe als wie die Reittiere von Kriegern.

Ich dachte, das Tier würde uns angreifen. Doch es blieb mit versteiften Beinen und gesenktem Kopf unbeweglich stehen. Die weit ausladenden Hörner, spitz wie Speerklingen und stark wie Eisen, waren auf uns gerichtet. Ein Fehltritt, und sowohl Pferd als auch Reiter würden durchbohrt werden; diese anmutig geschwungenen Waffen konnten den Bauch eines Pferdes weit aufschlitzen oder wie ein Pfeil durch den Leib eines Mannes schießen. Ein Fehler, und der unglückliche Jäger würde nie wieder einen weiteren machen.

Ungeachtet der Gefahr stürmten die Jäger vor, stießen den Jagdschrei aus und flogen unter lautem Gebrüll die Schneise entlang. Wie Adler stürzten wir auf unsere Beute herab. Der Ur stand wie ein massiver schwarzer Felsbrocken in unserem Weg und erwartete uns mit steinerner Geduld. Kein Muskel zuckte, keine Nüster zitterte. Wahrscheinlich war das Tier noch niemals angegriffen worden und spürte auch jetzt noch nicht die Gefahr, die auf es zuraste.

Unsere Pferde kamen rasch näher. Die Hunde liefen bellend mit flach gestreckten Hälsen und gebleckten Zähnen. Die ersten Reiter waren schon fast in Stoßweite. Doch die Kuh rührte sich nicht. Es ist viel besser, wenn das Tier in Angst gerät, eine Kehrtwendung macht und flieht – dann kann man es leicht von hinten niederreiten. Ein schneller Speerstoß hinter die Schulter und ins Herz, und die Jagd ist vorbei. Ein schneller und sauberer Tod.

Doch der Ur wollte sich weder ergeben noch zurückziehen. Er stand fest und zwang seine Angreifer, um ihn herumzumanövrieren. In so geringer Entfernung vervielfachte sich die Gefahr eines Fehltritts.

Die Hunde erreichten die Kuh zuerst. Die meisten Geschöpfe fallen beim Klang des Jagdschreis eines Hundes dem heillosen Entsetzen zum Opfer, und der Anblick eines Rudels, das sich zum vernichtenden Angriff zusammenzieht, versetzt die meisten Beutetiere in eine tödliche Panik. Nicht so der Ur. Das kühne schwarze Tier senkte nur seinen Kopf noch weiter, um seinen Hals zu schützen.

Die Hunde umkreisten es bellend und knurrend in wütender und frustrierter Raserei, doch sie hielten sich reichlich außer Reichweite jener langen, tödlichen Hörner.

Wir hielten in kurzer Entfernung, um die Situation abzuschätzen. »Wir werden die Tiere trennen«, sagte der Prinz. »Ihr vier lenkt die Kuh ab«, wies er Simon und drei andere an, »der Rest kommt mit mir. Wir nehmen den jungen Bullen zuerst.«

Der kleine Ur war sicherlich eine willkommene Beute, doch das größere Tier war um so begehrenswerter, denn es würde erheblich mehr Menschen satt machen. Der Prinz rechnete darauf, daß die Kuh leichter zu erlegen sein würde, wenn sie ihren Nachwuchs nicht mehr zu schützen hatte. Zuerst sah der Plan vielversprechend aus.

Wie sich jedoch zeigte, hatten die sieben, die das Kalb angreifen wollten, die schwierigere Aufgabe. Und was das Trennen der Tiere anging – sie schienen Wurzeln geschlagen zu haben, wo sie standen, oder an Ort und Stelle festgefroren zu sein, denn keines von ihnen hob auch nur einen Huf. Dennoch machten sich Simon und seine Gruppe mit Johlen und Schreien, Scheinattacken und Finten an die Arbeit, die Kuh abzulenken. Inzwischen bildeten die restlichen Jäger mit Prinz Meldron einen großen Ring, ritten endlos um den jungen Bullen herum und warteten auf ihre Chance zum Stoß. Ein Blick auf diese riesige, muskelbepackte Schulter und diesen massiven Hals genügte, um zu erkennen, daß nur ein direkter, tiefer Stoß das Tier töten würde, und selbst so zweifelte ich daran, daß ein einziger Speer ausreichen würde.

Der junge Bulle betrachtete uns gleichmütig aus ruhigen, schwarzen Augen und schwenkte seinen immensen Schädel hin und her. Bei jedem Schwung beschrieben seine Hörner einen tödlichen Bogen, den nur ein Narr ignorieren konnte. Und unter uns waren an diesem Tag keine Narren.

Doch der Prinz und seine Männer jagten nicht zum ersten Mal einen Ur. Nachdem sie das Tier lange genug umkreist hatten, um in einen voraussagbaren Rhythmus zu fallen, senkte der Prinz, der bis dahin seinen Speer senkrecht gehalten hatte, seine Speerspitze und wendete im gleichen Bewegungsablauf sein Pferd und stürmte schräg von hinten auf den Ur zu.

Wir anderen schrien von der anderen Seite her auf das Tier ein. Die Speerspitze näherte sich blitzend ihrem Ziel. Der Prinz beugte sich vor, um den Speer tief zu versenken und das volle Gewicht von Pferd und Reiter hinter die schimmernde Klinge zu stemmen.

Doch gerade, als der Prinz sich spannte, um den Stoß zu vollführen, drehte sich der junge Bulle im letzten Augenblick um und hob den Kopf. Hätte ich es nicht gesehen, so hätte ich niemals geglaubt, daß ein so großes Geschöpf sich so schnell bewegen kann.

Mit einer blitzartigen Bewegung fuhr der große schwarze Kopf vor, und die weit ausladenden Hörner trafen das Pferd des Prinzen kurz hinter dem linken Vorderbein. Ein kurzer, müheloser Stoß des Kopfes, und das Pferd hing fest.

Im selben Augenblick stieß der Prinz rasch und zielsicher mit seiner Waffe zu und trieb die Speerspitze tief in die Schulter hinein. Um das Tier zu mir herumzudrehen, schleuderte ich meinen Speer, so hart ich konnte. Mein Wurf prallte harmlos von dem Höcker des Urs ab und verursachte keine ernsthafte Wunde. Doch der Ur wirbelte zu mir herum, so daß der Prinz freikam. Meldron sprang ab, als sein schreiendes, stampfendes Pferd rückwärts taumelte und stürzte.

Mein Wurf ersparte dem Prinzen eine böse Verwundung oder Schlimmeres. Doch jetzt hatte ich keine Waffe und der Prinz kein Pferd mehr. Ich ritt weiter um den Ur herum und rief nach Meldron. Als ich ihn erreichte, streckte ich die Hand nach unten aus; er packte sie und sprang hinter mir in den Sattel.

Inzwischen sprangen die Hunde zum Angriff vor, als sie sahen, daß das Tier seinen Kopf hob. Einem der Hunde gelang es, nahe genug heranzukommen, um seine Zähne in die weiche Haut am Hals des Urs zu schlagen. Der Ur senkte seinen gewaltigen Kopf, so daß der Kopf des Hundes zwischen Kiefer und Brust eingeklemmt wurde. Dann kniete er einfach nieder und zerquetschte den Hund.

Die beiden verbliebenen Hunde rochen das Blut und stürzten sich auf den Ur. Der junge Bulle drehte sich um und wehrte den Angriff mit einem Schwingen seiner Hörner ab, mit dem er einen der Hunde erwischte, seinen Hals durchbohrte und ihn hoch emporhob. Der unglückliche Hund jaulte grauenhaft und wand sich, um sich zu befreien, doch dabei drang das glatte Horn nur noch tiefer ein. Der Ur schüttelte den Kopf, um den Hund davonzuschleudern.

Die Jäger sahen ihre Chance und ergriffen sie. Drei Reiter wendeten gleichzeitig, und drei Speere schnitten durch die Luft. Zwei Speere fanden ihr Ziel im Nacken des Urs, der dritte bohrte sich tief in die gewölbte Flanke zwischen zwei riesige Rippen. Die letzten beiden Reiter kamen näher, und zwei weitere Speere drangen in den ungeschützten Hals ein; einer davon verletzte eine Arterie. Blut sprudelte plötzlich wie aus einem Springbrunnen hervor, schoß aus dem Maul und den Nüstern des großen Tieres und dampfte in der kalten Luft.

Der Ur fiel in den Schnee auf die Knie, und einer der Jäger stürzte sich auf ihn. In einem Augenblick warf er sich aus dem Sattel, riß einen Speer aus der Seite des gefallenen Tieres und rammte die Spitze in die Schädelbasis hinter den Hörnern. Der junge Bulle versteifte sich und rollte dann auf die Seite. Er war tot, bevor sein Leib zu zittern aufhörte.

Wir hielten nur einen Moment lang inne – gerade lange genug, damit wir unsere Speere wiederbeschaffen und der Prinz das Pferd eines anderen besteigen konnte –, dann drehten wir ab, um uns dem Angriff auf den größeren Ur anzuschließen. Doch die Kuh mußte gesehen haben, was mit ihrem Kalb geschehen war, denn sie brach aus dem Ring der Reiter, die sie umkreisten, aus und stürzte auf uns zu.

Keiner von uns war in Stellung, um den Angriff abzuwehren, und wir alle schossen auseinander, um auszuweichen. Das verschaffte dem listigen Geschöpf einen weit offenen Fluchtweg.

Die Kuh galoppierte auf den Felshügel hinter uns zu, und diejenigen von uns, die ihr am nächsten waren, jagten hinter ihr her. Ich war unter den Jägern, die nahe daran waren, Simon ebenfalls. Vier von uns flogen hinter unserer fliehenden Beute her, während der Prinz den anderen Befehle zurief, Stellungen diesseits des Hügels zu beziehen, um dem Tier den Fluchtweg abzuschneiden. Wir würden den Ur hinter dem Hügel herum und in die wartenden Speere der anderen Jäger treiben.

Ich sah, wie das riesige Tier den geschwungenen Hang erreichte und sich anschickte, den Fuß des Hügels zu umkreisen. Als der Ur herumschwenkte, sah Simon, der etwas vor mir ritt, seine Chance für einen sauberen Wurf. Der Speer schoß auf sein Ziel zu und grub sich hinter dem Vorderbein tief in die Brust, sehr nahe am Herzen.

Dann verschwand das Tier hinter den Felsen, die auf dem Hang des Hügels verstreut lagen. Simon und ich, dicht gefolgt von zwei anderen, folgten dem Tier auf die Rückseite des Hügels. Wir konnten nicht mehr als fünfzig Schritte hinter ihm gewesen sein. Doch als wir um die Felsen herumritten, war von dem Ur nichts mehr zu sehen.

In der Meinung, er hätte den Hügel erklommen, trieb Simon sein Pferd zwischen den Felsen den Hang hinauf.

Ich zügelte und wendete mein Pferd, um die kurze Entfernung zwischen dem Hügel und dem dicht bewaldeten Bergkamm jenseits abzusuchen. Doch das Tier war nirgends zu sehen.

»Wo steckt er?« schrie Simon, während er sein Pferd zurück den Hang hinab trieb. »Hat jemand ihn gesehen?«

»Er muß uns abgehängt haben«, sagte einer der anderen Jäger. An dem eigenartigen Ausdruck auf seinem Gesicht erkannte ich, daß er etwas ganz anderes dachte. Andererseits, wohin konnte ein so großes Geschöpf einfach verschwunden sein?

Wir alle starrten eine Weile hilflos in alle Richtungen, doch wir entdeckten keine Spur des riesigen Tieres – keine Hufabdrücke, keine Blutspuren im Schnee. Simon wendete sein Pferd und trieb es an. Wir drei anderen folgten und ritten den Rest des Weges um den Hügel herum zu dem Prinzen und den anderen, die auf der anderen Seite warteten.

Auch sie hatten den Ur nicht gesehen.

»Er muß in den Wald entkommen sein«, bemerkte Paladyr.

»Dann kann er nicht weit gekommen sein«, sagte Simon, zum Prinzen gewandt. »Ich hatte einen sauberen Wurf. Ich weiß, daß ich ihn verwundet habe.«

»Aye«, bestätigte einer von denen, die mit uns geritten waren. »Ich habe es gesehen. Ein sauberer Wurf in die Schulter.«

Einige der Jäger drangen darauf, das Tier zu verfolgen, und wollten schon losreiten. Doch der Prinz warf einen Blick zum dunkler werdenden Himmel empor und sagte: »Nein, es wird spät. Ein verwundeter Ur ist zu gefährlich, und im Wald können wir ihn nicht angreifen. Wir werden genug damit zu schaffen haben, das Kalb vor der Dunkelheit ins Lager zu bringen.«

Den Jägern gefiel es nicht, ihre Beute entkommen zu

lassen, doch sie konnten dem Prinzen nicht widersprechen. Also kehrten wir zurück zu dem Kalb, wo der Mann, dessen Pferd der Prinz genommen hatte, bereits an der Arbeit war. Der verwundete Hund war von dem Horn, das ihn durchbohrt hatte, abgenommen und seine Qualen rasch und gnädig beendet worden. Dasselbe war mit dem Pferd des Prinzen geschehen.

Als wir näher kamen, ergriff der Jäger seinen Dolch und schnitt dem Ur die Kehle auf, um das Fleisch ausbluten zu lassen. Er fing etwas von dem Blut in einem kleinen Holzbecher auf, der dann von einem Jäger zum nächsten weitergereicht wurde. Ich schmeckte das dicke, heiße, salzige Blut und reichte den Becher schnell in die nächste Hand weiter.

Nachdem dieses Ritual vollzogen war, stürzten sich die Krieger mit einem wilden Jubelschrei mit ihren Dolchen auf den Ur. Einer öffnete den Bauch, um das Tier zu entweiden. Ein anderer führte einen Schnitt um den Hals, während zwei andere ähnliche Schnitte um die Unterschenkel zogen, so daß sich das schöne, schwarze, Sollendichte Fell in einem Stück vom Fleisch abziehen ließ.

Zwei weitere Jäger eilten in den nahen Wald, um Birkenstämme zu schlagen, auf denen wir den geviertelten Tierkörper zurück ins Lager schleppen würden. Sie arbeiteten geschickt und effizient, und keine Hand blieb müßig. Ich machte eine Bemerkung über die Geschwindigkeit, mit der die Männer sich an ihre Aufgabe heranmachten. Der Prinz nickte. »Sie haben guten Grund dazu«, erwiderte er vielsagend.

»Die Dunkelheit?« fragte ich, denn der Himmel hatte inzwischen die Farbe von Eisen, und das Licht nahm rasch ab.

»Wölfe.«

Ich betrachtete das Blut, das sich hellrot auf den Schnee ergossen hatte. Der Geruch verbreitete sich schon jetzt mit dem Wind, und bald – falls es nicht schon soweit war – würde jeder Wolf innerhalb der Reichweite des böigen Windes dem Schauplatz des Gemetzels entgegenjagen.

»Ich habe heute schon ein Pferd verloren; ich möchte lieber nicht noch eines an die Wölfe verlieren«, bemerkte Meldron. Er wandte sich zu mir. »Du hast mich vor einer Verwundung oder Schlimmerem bewahrt. Ich werde es dir nicht vergessen. Wenn wir nach Findargad kommen, wirst du deinen Lohn erhalten.«

»Eine Portion von dieser Keule wäre mir Lohn genug«, antwortete ich, während ich zusah, wie der Hund gierig ein Stück Leber verschlang, während die Jäger sich daranmachten, den Ur zu zerlegen.

»Wohl gesprochen!« lachte Prinz Meldron und schlug mir auf den Rücken. »Heute abend wirst du die Heldenportion von meiner Hand erhalten.«

Die Fleischseite der Haut wurde mit Schnee abgerieben und das Fell zusammengerollt, verschnürt und auf den Rücken eines Pferdes gelegt. Der Körper wurde in vier Teile zerlegt und die Viertel mit Schnee gewaschen, um soviel Blut wie möglich zu entfernen. Dann wurde jedes Viertel auf Birkenstämmen festgebunden, die wiederum an Seilen befestigt und hinter den Pferden hergeschleift wurden.

Als wir unsere Pferde dem Lager entgegenlenkten, blieb von unserer Tat nichts zurück als nur ein Haufen Innereien inmitten eines verblassenden roten Flecks im festgestampften Schnee. Normalerweise wären die beiden toten Hunde und das Pferd des Prinzen von der Jagdschneise entfernt worden, doch wir ließen sie da liegen, wo sie waren.

»Für die Wölfe«, erklärte mir der Jäger, der neben mir ritt. »Vielleicht werden sie sich damit zufriedengeben.«

Der Weg zurück zum Lager erwies sich als viel länger, als ich ihn in Erinnerung hatte. Als wir den Fluß erreichten, war es bereits völlig dunkel, und während der letzten

Strecke über den Schnee orientierten wir uns am Schein der zahllosen Lagerfeuer. Die Nachricht über unseren Erfolg eilte uns voraus, und innerhalb von Augenblicken nach unserer Ankunft versammelten sich Scharen von Leuten um uns, um die Beute zu begutachten – und sich eine Portion von dem Fleisch zu sichern.

Durch Tegids Mund gab der König Anweisung, daß das Fleisch gleichmäßig auf die verschiedenen Familienclans verteilt werden sollte. Und obwohl es eine gewaltige Menge Fleisch war, war es im Nu verschwunden. Seinem Wort getreu belohnte mich Prinz Meldron mit der Heldenportion, obwohl das bedeutete, daß er selbst weniger erhielt als alle anderen. Ich hätte sie gerne mit ihm geteilt, doch damit hätte ich ihn nur beschämt.

Kaum war das Fleisch auf die Clans verteilt, als das geisterhafte Geheul der Wölfe im Wind erklang. Twrch, der verspielt ums Feuer getänzelt hatte, kniff den Schwanz ein und brachte sich zwischen meinen Füßen in Sicherheit. Erschrocken über das fremdartige Geräusch spähte der Welpe wachsam von einer Seite zur anderen und zitterte nervös. Ich hatte das Geheul der Wölfe schon verschiedentlich gehört, doch mir war er immer traurig erschienen, nicht beängstigend – ein Klang voller Sehnsucht und Klage; ein trauriger, einsamer Klang. Ich machte eine Bemerkung darüber zu Tegid.

»Das ist nur, weil du noch nie von Wölfen gejagt worden bist«, erwiderte Tegid. Wir saßen vor dem Feuer und sahen zu, wie das Fleisch auf gegabelten Erlenspießen röstete. »Jetzt versammeln sie sich nur. Warte, bis sie die Spur aufnehmen und ihren Jagdschrei erklingen lassen, und dann sag mir noch einmal, ob du findest, daß das nach Einsamkeit klingt.«

»Werden sie hierherkommen?«

Tegid zupfte ein Stück Fleisch ab, kostete es und drehte den Spieß. »Ja.«

»Bald?«

»Wenn sie mit dem Pferd fertig sind, das ihr ihnen zurückgelassen habt.«

»Können wir irgend etwas tun?«

»Bringt die Pferde näher an die Feuerstellen, und haltet die Speere griffbereit.«

Wie zur Bestätigung der Worte Tegids ertönte ein langes, wildes, vollblütiges Heulen. Es verschaffte mir eine Gänsehaut und ließ Twrchs Nackenhaare senkrecht hochstehen. Sofort wußte ich, daß in dieser Nacht niemand schlafen würde.

29

Nächtliches Töten

König Meldryn erschien aus der Dunkelheit und näherte sich dem Feuer; er war allein zwischen den vielen Feuerstellen seines Volkes umhergegangen. Ein wenig abseits blieb er stehen und winkte Tegid, zu ihm zu kommen, und sie sprachen einen Moment lang miteinander. Ich hörte nicht, worüber sie redeten; doch ich beobachtete den König. Diese Wanderung veränderte ihn sichtlich.

Der Mann, den ich jetzt vor mir sah, war nicht der Mann, den ich in Sycharth gesehen hatte. Meldryn wirkte ausgemergelt, hager und ausgelaugt. Er war müde, gewiß; wir waren alle müde. Doch bei ihm war es mehr als Müdigkeit. Es war, als ließe die Reise selbst oder der bittere Sollenwind seinen Mut und seine Kraft aus ihm herausbluten. In seinen Augen war kein Funke mehr; er hielt den Kopf nicht mehr aufrecht und die Schultern nicht mehr gestrafft. Der Große König Meldryn war wie ein mächtiger Turm, der von innen her in sich zusammenzubröckeln begann, und das war ein jammervoller Anblick.

Als sie ihr Gespräch beendet hatten, kehrte Tegid zurück. Ich stand auf, um dem König meinen Platz am Feuer anzubieten, doch Meldryn winkte mir sitzen zu bleiben. Er wandte sich wieder ab und setzte seinen rastlosen Rundgang zwischen den Lagerfeuern fort.

Soweit ich wußte, hatte Meldryn Mawr seit unserem Aufbruch aus Sycharth zu niemandem außer Tegid ein Wort gesprochen. Alles, was er kundtun wollte, sagte er seinem Barden. Daraufhin handelte Tegid oder gab den Befehl des Königs an andere weiter.

»Warum spricht der König nicht?« fragte ich, während ich Tegid ein Stück gebratenen Fleisches reichte.

»Er hat ein *Geas* auf sich genommen«, erklärte er schlicht. »Die Stimmen seiner toten Clansleute sind verstummt. Deshalb wird auch der König stumm bleiben, bis er sich entweder zu ihnen gesellt oder die Stimmen seines Volkes wieder in Sycharth zu hören sind.«

Ich erinnerte mich zwar, daß Meldryn Mawr das in der Nacht gesagt hatte, als wir Sycharth verließen, doch seinerzeit hatte ich nicht erkannt, daß er das buchstäblich meinte. »Der König spricht aber doch zu dir«, wandte ich ein.

»Das Königtum kommt zum Herrscher durch den Obersten Barden, der die Macht hat, die Herrschaft zu geben oder vorzuenthalten. Nur der Barde allein nähert sich dem König, ohne das Knie zu beugen. Deshalb kann Meldryn mit dem Barden sprechen, ohne das Geas zu verletzen.«

Ich hatte von solchen merkwürdigen Tabus gehört. Doch ich hatte nie erlebt, wie sie ausgeübt wurden, und ich wollte mehr darüber erfahren. »Das verstehe ich nicht«, sagte ich, zog Fleisch von dem Erlenspieß und saugte die heißen, wohlschmeckenden Säfte auf. Ich riß einen Streifen Fleisch ab und gab ihn Twrch – der immer noch zwischen meinen Knien hockte, obwohl das Geheul der Wölfe im Augenblick verstummt war. »Das klingt, als stünde der Barde über dem König.«

Tegid steckte ein Stück Fleisch in den Mund und kaute nachdenklich. Schließlich schluckte er und sagte. »Die Frage ist nicht, wer über wem steht. Der Barde ist die Stimme des ganzen Volkes – der Lebenden, der Toten und derer, die noch kommen. Durch den Barden empfängt der König seine Weisheit; und durch den Barden werden die Urteile des Königs verkündet. Das Wort des Königs ist

Gesetz für sein Volk, das sich ihm unterordnen muß, doch ebenso muß sich der König einer höheren Autorität unterordnen – der Autorität der Herrschaft selbst. Die Pflicht des Barden ist es, das Gesetz des Königtums für das Volk zu bewahren, damit der König nicht hochmütig wird und seine Stellung vergißt.«

»Mit einem Barden zu reden ist also nicht dasselbe, wie mit einem gewöhnlichen Clansmann zu reden«, sagte ich. »Es ist eher so, als ob man mit sich selbst redet – meinst du das?«

Tegid lächelte, und es tat gut, ihn lächeln zu sehen. »Du sagst manchmal Sachen, Bruder.«

»Nun, ist es so?«

»Wenn ein König mit seinem Barden spricht, spricht er mit der Quelle seines Königtums. Es ist, als ob er mit seiner Seele und der Seele seines Volkes zu Rate geht. Die Bindung zwischen einem König und seinem Barden ist einzigartig.«

»Ich verstehe«, sagte ich beiläufig. »Nun, wenn ich ein König wäre, würde ich mir einen Barden wie dich wünschen, Tegid.«

Ich meinte es als Kompliment, doch Tegid ließ den Bissen Fleisch sinken, den er gerade an den Mund geführt hatte, und starrte mich an.

»Habe ich etwas Falsches gesagt?«

Er antwortete nicht, aber sein Blick bekam etwas Beunruhigendes – als ob er durch mich hindurchblickte oder mich irgendwie anders wahrnahm als zuvor. Unter seiner Musterung wurde mir unbehaglich. »Hör zu, Tegid, ich habe nichts Böses gemeint. Wenn ich etwas Falsches gesagt habe, vergib mir.«

»Du wirst vielleicht noch Anlaß haben, diese Worte zu bereuen«, erwiderte er langsam.

»Es tut mir leid«, sagte ich. »Ich sage dir, ich habe gar nichts damit gemeint.«

Tegid entspannte sich und aß weiter. Es juckte mich, zu erfahren, was ihn an meinen Worten so erregt hatte, doch ich wollte nicht so bald wieder in der Wunde herumstochern. Wir beendeten unser Mahl in einem etwas gespannten Schweigen, und ich dachte an einen anderen Herrn, der ohne einen Laut in den Tod gegangen war: den Ur, den wir heute getötet hatten. Selbst als sein Leben über dem Schnee ausströmte, hatte der junge Bulle nicht gebrüllt oder aufgeschrien. Das Tier ging schweigend in seinen Tod. Jetzt nährte uns sein Fleisch und hielt uns am Leben.

Diese Gedanken erinnerten mich an den anderen Ur – den, der verschwunden war, beinahe vor unseren Augen. Wohin war er gegangen?

Ich fragte mich danach, während ich das letzte Fleisch abnagte. Und je mehr ich darüber nachdachte, desto sicherer wurde ich, daß ich wußte, wohin er gegangen war. Diese Überzeugung verursachte ein merkwürdiges Gefühl in meiner Magengrube und ein erregtes Schaudern, wie ich es schon bei der ersten Erwähnung des Urs empfunden hatte. Es war absurd, sagte ich mir, ich konnte es nicht wissen, es mußte eine andere Erklärung geben.

Doch das merkwürdige Gefühl und die verwirrende Gewißheit blieben. Ich hörte eine Stimme – vielleicht meine eigene, aber sie schien aus weiter Entfernung zu kommen –, die mir wie durch einen langen Korridor zuflüsterte: *Es ist wahr, Lewis. Du weißt, daß es wahr ist. Du weißt, wohin der Ur gegangen ist. Sag es! Sprich es aus!*

Ich schob den lästigen Gedanken beiseite und legte mich auf mein Kalbfell vor das Feuer. Tegid hatte für uns Armladungen voller Kiefernnadeln über den Schnee gestreut, damit wir darauf schlafen konnten. Ich streckte mich vor dem Feuer aus und deckte meinen Umhang über mich. Wie Tegid mir geraten hatte, hatte ich meinen Speer griffbereit, und mein Schwert lag an meiner Seite. Twrch rollte sich neben mir zusammen und legte seine Schnauze auf meinen Arm. Es war ein kühles Bett, aber mehr oder weniger trocken.

Ich schloß die Augen, doch an Schlaf war nicht zu denken. Ich wußte, ich würde keine Ruhe finden, solange ich mir nicht eingestand, daß die Vorstellung, die mich überkommen hatte, tatsächlich zutreffen konnte.

Aber wie konnte ich mir so etwas eingestehen? Es war lächerlich. Absurd. Und doch … was wäre, wenn? Ich rollte mich herum und hüllte mich enger in den Umhang.

Sag es!

Ich setzte mich auf und warf meinen Umhang ab. Der Hügel, der Speer – es war sogar Simons Speer – und der verwundete Ur selbst … es paßte alles zusammen, und doch paßte nichts zusammen. Doch was wäre, wenn? Was wäre, wenn?

Ich kam auf die Füße, verließ das Lagerfeuer, ergriff meinen Umhang und ging davon. Tegid rief mir nach, aber ich antwortete nicht. Ich wanderte um das Lager herum, und in meinem Kopf pochte die Frage: Wie konnte das sein? Der Gedanke, der sich mir aufdrängte, war unmöglich. Wie konnte das sein?

Als ich vor mich hin stapfte, drang eine andere Stimme in meine Gedanken: *Zwischen den Welten hat sich eine Bresche geöffnet, und alles mögliche könnte sich hindurchverirren.*

Ich blieb wie angewurzelt stehen und gestand mir meinen Verdacht ein: Der verwundete Ur hatte sich in seinem Schrecken und Schmerz durch ein offenes Portal in die andere Welt verirrt – die Welt, die ich hinter mir gelassen und beinahe vergessen hatte.

Aber wie konnte das sein? Wie konnte der Ur, den wir an diesem Tag gejagt hatten, derselbe sein, der Simon und mich überhaupt erst in die Anderwelt gebracht hatte? Wie konnte der Speer, den ich an Farmer Grants Frühstückstisch in Händen gehalten hatte, derselbe sein, den Simon heute geschleudert hatte?

Ich wußte es nicht. Doch einer Sache war ich mir sicher: Es war mir zuwider, daran erinnert zu werden, daß ich – sosehr ich mich auch bemühte, es zu vergessen und so zu tun, als wäre es anders – ein Fremder hier war, ein Eindringling. Was auch immer ich anstellte, ich gehörte nicht in die Anderwelt. Und sosehr ich es mir auch wünschte – und ich wünschte es mir verzweifelt –, ich konnte nicht bleiben. Der Gedanke erfüllte mich mit Verzweiflung. Denn ich konnte mir inzwischen kein anderes Leben mehr vorstellen als das, das ich hier kennengelernt hatte. *Der Tag, an dem ich in meine eigene Welt zurückkehre,* sagte ich mir, *wird der Tag meines Todes sein.* Als mir kalt wurde, kehrte ich ans Lagerfeuer zurück. Tegid wartete auf mich. Er legte Holz nach, während ich mich in meinen Umhang hüllte und mich setzte. »Meldryn Mawr ist ein sehr großer König und sehr reich«, sagte er abrupt.

»Das ist wahr«, erwiderte ich. Ich wußte im Grunde nichts darüber, doch ich glaubte es, denn ich hatte viele Hinweise auf seinen Reichtum gesehen.

»Hast du je seine Schatzkammer gesehen?« fragte mich der Barde.

»Nein«, antwortete ich.

»Er hat keine.«

»Nein? Warum nicht?«

»Das wäre ein Verstoß gegen das Gesetz der Herrschaft«, sagte Tegid knapp, und endlich verstand ich, daß wir zu unserem früheren Gespräch über das Wesen des Königtums zurückgekehrt waren.

»Dennoch sammelt er Reichtum an«, sagte ich unter dem empfundenen Druck, meine Vermutung verteidigen zu müssen, obwohl ich keine Ahnung hatte, warum. »Er *hat* Gold und Silber, er hat Edelsteine und dergleichen. Ich habe sie gesehen.«

»Der Reichtum ist für den König da«, intonierte Tegid. »Und der König ist für das Volk da. Ein König benutzt seinen Reichtum zum Wohl von uns allen, zum Gedeihen seines Clans. Er hat nur das Wohl seines Clans im Auge, nie sein eigenes.«

»Das Volk sorgt für den König«, sinnierte ich, »und der König sorgt für das Volk.« Das schien ein sauberes Arrangement zu sein. Was könnte besser sein?

»Geh nicht so leicht darüber hinweg«, warnte mich Tegid, während er einen Zweig zerbrach und die Teile ins Feuer warf. »Der König gehört nicht sich selbst. Sein Leben ist das Leben des Stammes. Ein wahrer König lebt außerhalb von sich selbst, denn ihm gehört kein Leben als nur das, welches er seinem Volk gibt.«

Ich dachte einen Augenblick darüber nach. »Und Meldryn Mawr ist ein wahrer König.« Ich hatte nie daran gezweifelt.

»Ja.« Tegids Bestätigung war fest und sicher. »Das ist er.«

Ich hatte keine Ahnung, warum Tegid es für nötig hielt, mir das klarzumachen. Und er ließ das Thema so brüsk fallen, wie er es angeschnitten hatte. Wir legten uns schlafen, doch nicht für lange. Mir schien, daß ich kaum die Augen geschlossen hatte, als das Heulen begann.

Ich war wach und auf den Beinen, den Speer in meiner Hand, bevor ich wußte, was mich geweckt hatte. Rasch blickte ich mich um. Tegid saß nickend vor dem Feuer. Er hob den Kopf. »Sie sind fertig mit dem Pferd«, sagte er. »Und ihre Kundschafter haben uns beobachtet. Nun sind sie zurückgekehrt, um mitzuteilen, was sie gesehen haben.«

Wölfe sind umsichtige Geschöpfe, scharfsinnig und aggressiv. Das Geheul, das rund um uns durch den Wald hallte, war von äußerst beunruhigender Art – ganz anders als die, die wir zuvor gehört hatten. Dieses Geheul klang scharf und gierig und durchschnitt die kalte Nachtluft wie mit Messern.

»In den Bergen«, sagte Tegid, »werden die Wölfe größer.«

»Warum haben wir sie vor dieser Nacht nie gehört?«

»Sie sind uns seit mehreren Tagen gefolgt und haben auf ihre Gelegenheit gewartet.«

»Werden sie angreifen?«

»Es ist ein harter Sollen. Es ist kalt, Beute ist knapp, und sie sind hungrig. Wenn ihr Hunger stärker wird als ihre Furcht, werden sie angreifen.«

Das Geheul steigerte sich und wurde lauter, je mehr Wolfsstimmen in den unheimlichen Nachtgesang einfielen. Gierig, unersättlich, wild und bestialisch – ein Klang, der erschreckte, entnervte, lähmte. Ich spürte den Klang in meinen Eingeweiden und kämpfte gegen den Drang zu fliehen an.

König Meldryn hastete mit dem Speer in der Hand auf uns zu. Tegid stand auf und ging zu ihm; sie sprachen miteinander, und dann wandte sich Tegid an mich. »Geh mit dem König«, sagte er. »Was auch geschieht, bleib an seiner rechten Seite.«

Der König trat ans Feuer, bückte sich und zog einen brennenden Ast heraus. Er reichte mir die Fackel und nahm eine zweite für sich selbst. Dann eilten wir zu den Pferden. Der König hatte befohlen, die Pferde am Rand unseres Lagers zwischen dem Wald und dem Fluß in kleinen Gruppen von acht bis zehn anzupflocken; die Linie erstreckte sich von einem Ende des Lagers zum anderen. Wir bezogen Stellung an der Spitze der ersten Gruppe. Bald stießen weitere Krieger zu uns, immer im Abstand von einigen Schritten, bis sich entlang dem Lager eine lange Reihe leuchtender Fackeln erstreckte.

Unterholz war in Eile gesammelt und in gleichmäßigen Abständen entlang der Reihe aufgehäuft worden. Als das Geheul der Wölfe näher kam, wurden die Haufen in Brand gesetzt. Wir warteten mit unseren Waffen in der

Hand, während der Wald von den wilden Klagelauten widerhallte. Das ging eine Zeitlang so und hörte dann abrupt auf. In der plötzlichen Stille schallte das Knistern der Fackeln laut in meinen Ohren.

Ich versuchte, die Dunkelheit mit meinem Blick zu durchdringen. Kalt, mondlos, pechschwarz klebte die Nacht dicht um uns herum, und über den kleinen Lichtkreis der Fackel in meiner Hand konnte ich wenig erkennen. Die Wölfe würden uns sehen, lange bevor wir sie sahen. Ich hörte ein fernes Rascheln hinter mir, fuhr herum, um dem Geräusch mit meinem Speer zu begegnen, und sah Prinz Meldron und Paladyr, den Meisterkämpfer des Königs, auf uns zurennen. Beide trugen Speere und Fackeln und rannten in aller Hast durch den Schnee.

Sie kamen direkt auf den König zu. »Vater und Herr«, sagte der Prinz, »erlaube mir, den Wölfen mit meinen Kriegern entgegenzugehen. Wir könnten sie vom Lager fernhalten – so würden sie den Pferden nicht erst nahekommen.«

Der König hörte seinem Sohn zu und musterte ihn in dem flackernden Licht der Fackel, doch er gab keine Antwort. Der Prinz warf Paladyr einen Blick zu, holte tief Atem und sprach drängend weiter. »Vater, eine einzige Linie ist sinnlos – sie muß an irgendeiner Stelle brechen. Und was ist, wenn die Fackeln erlöschen? Wir können die Feuer nicht die ganze Nacht über unterhalten. Sobald die Feuer zu erlöschen beginnen, werden die Wölfe angreifen.«

Der König antwortete nicht. »Hast du mich gehört, Vater?« fragte Meldron mit erhobener Stimme. »Gib mir die Erlaubnis, die Wölfe niederzureiten. Das ist unser bester Schutz!«

Prinz Meldron wandte sich an mich, der ich stumm dabeistand. »Du wirst mit mir reiten«, befahl er. Zum

König fügte er hinzu: »Aber wir müssen jetzt reiten, Vater, solange es noch geht.« Da ich mich nicht gerührt hatte, wandte er sich wieder an mich. »Also?«

»Es wäre mir eine Ehre, zu deinen Kriegern gehören zu dürfen«, antwortete ich. »Aber mein Platz ist an der Seite des Königs.«

»Ich habe Befehlsgewalt über die Krieger meines Vaters«, sagte er wütend. »Ich sage, du wirst mit mir reiten.«

»Ich erbitte deine Verzeihung, Prinz Meldron. Tegid hat mir befohlen, beim König zu bleiben.«

»Und ich befehle dir, mit mir zu reiten!« rief der Prinz. »Ich führe die Kriegsschar, nicht Tegid.« Er herrschte mich mit äußerster Selbstsicherheit an. Paladyr, der grimmig und hoch aufragend neben ihm stand, schien sich jedoch nicht so sicher zu sein. Er stocherte nervös mit dem Ende seines Speers im Schnee herum.

»Wieder muß ich deine Verzeihung erbitten, Herr«, erwiderte ich. »Ich habe geschworen, dem Barden zu dienen, und Tegid hat mir befohlen, beim König zu bleiben.«

»Tegid!« schrie der Prinz frustriert. »Tegid hat keine Autorität über mich! Es kommt ihm nicht zu, Befehle zu erteilen! Du wirst tun, was ich dir sage!« Er trat einen Schritt auf mich zu, doch der König hob den Schaft seines Speers und hielt seinen Sohn auf.

Vielleicht hatte Tegid seinen Namen gehört, denn wir hörten einen Ruf und sahen ihn auf uns zueilen. »Was stimmt hier nicht?« fragte er.

»Du!« knurrte der Prinz. »Ich kommandiere die Kriegsschar, nicht du. Es ist töricht, hier zu stehen und zu warten, bis die Wölfe uns angreifen. Ich sage, wir müssen ihnen entgegenreiten und sie vertreiben.«

»Der König hat anders befohlen«, erwiderte Tegid leise.

»Vater!« spie Meldron. »Sag diesem unverschämten Hund von einem Barden, daß ich die Krieger befehlige!«

Tegid trat nahe an den König heran, und Meldryn Mawr flüsterte etwas ins Ohr des Barden. Darauf wandte sich Tegid an den Prinzen. »Der König hat dich gehört«, sagte er kühl. »Er wünscht dich daran zu erinnern, daß er Autorität hat über alles, was in seinem Reich vorgeht. Er befiehlt dir, zu deiner Stellung zurückzukehren und das Volk zu verteidigen, wie es dir befohlen wurde.«

Einen Moment lang stand Prinz Meldron mit zornfunkelndem Blick da, dann schleuderte er mit einem Aufschrei ohnmächtiger Wut seine Fackel in den Schnee. Der brennende Ast zischte und erlosch, worauf der Prinz auf dem Absatz kehrtmachte und davoneilte.

Paladyr blickte erst auf den König – der ihn ausdruckslos ansah – und dann hinter dem Prinzen her. Einen Moment lang stand er unschlüssig da. Dann wandte sich der Meisterkämpfer ab und hastete dem Prinzen nach.

»So sei es«, murmelte Tegid. »Paladyr hat gewählt.«

Ich begriff nicht völlig die Bedeutung der Begebenheit, deren Zeuge ich gerade geworden war. Mir blieb auch keine Zeit, weiter darüber nachzudenken, denn von irgend jemandem entlang der Reihe ertönte ein Warnruf. Ich blickte in die Richtung, aus der der Ruf kam, und sah ein geisterhaftes Flackern zwischen den Bäumen.

Ich wandte meinen Blick zu dem Wald vor uns, konnte aber zuerst nichts in der Dunkelheit ausmachen. Doch dann erhaschte ich den schwachen Schimmer eines goldenen Auges, das wie ein Funke durch die Bäume schoß, und hörte das Flüstern schneller, fast lautloser Füße.

Ich sah den Wolf erst, als er beinahe über mir war, und er war viel größer, als ich erwartet hatte. Ich hatte mit einem Tier von der Größe eines unserer Hunde gerechnet, die alles andere als klein waren. Tegid hatte mich vorgewarnt, daß die Wölfe groß sein würden; doch dieses Tier war fast so groß wie eines unserer Ponys!

Langbeinig, hager, grau und schnell wie Rauch im

Wind kam der Wolf auf mich zu. Ein erschreckenderer Anblick wäre schwer zu beschreiben: schmale Augen, die wie glühende Kohlen im Kopf brannten; eine langgestreckte Schnauze über einem klaffenden Kiefer voller gezackter weißer Zähne; ein aufgestelltes Fell, dunkel gestreift auf den hohen Schultern und gesträubt vor Raserei. Entsetzen und Panik mußten jedes Wesen ergreifen, das diese Bestie sich zur Beute ausersehen hatte.

Ich jedenfalls spürte den Schrecken seiner Erscheinung und erzitterte innerlich, als er auf mich zusprang. Ich sah die grausamen Zähne, die glühenden gelben Augen, die langgestreckten Knochen unter dem gesträubten Fell. Ich umklammerte den Speer fester in meiner Hand und klemmte den Eschenschaft zwischen meine Rippen und meinen Arm. Weniger als ein Dutzend Schritte trennten uns voneinander.

Hätte das Tier angegriffen, so weiß ich nicht, ob ich dagegen hätte bestehen können. Doch gerade als die grausige Bestie an den letzten Bäumen vorbeigeflogen war, wandte sie sich zur Seite. Bei dem raumgreifenden Schritt des Tieres hätte es ohne weiteres über mich hinweg mitten zwischen die Pferde springen können. Statt dessen aber rannte es knurrend und grollend an der Feuerlinie des Königs entlang.

Im Nu hatten sich nicht weniger als sechs weitere Wölfe zu diesem ersten gesellt – darunter eine riesige schwarze Bestie, die ihr Anführer war. Ich blickte einen Augenblick lang zum Wald hinüber, und als mein Blick zurückkehrte, waren es noch zehn mehr. Einen Moment später waren es nicht weniger als zwanzig. Sie rannten hin und her an der Fackellinie entlang, knurrten und schnappten wild mit den Kiefern.

Der Tumult war entnervend, und das war auch die Absicht dahinter. Dieses wilde Gebaren sollte uns in heillose Panik und Verwirrung stürzen. Sobald eine Lücke in unserer Reihe entstand, würden die Wölfe durchbrechen und uns von hinten niederreißen. Das ist ihre Methode. Wölfen mangelt es nicht an Mut, aber sie kämpfen nicht, wenn sie sich ihren Vorteil leichter durch List oder Täuschung sichern können. Als wir nicht zurückwichen, heulten die Bestien in rasender Wut auf. Hin und wieder sprang einer der Wölfe mit gebleckten Zähnen auf die Linie zu; die Männer schrien, stießen mit ihrem Speeren nach ihm, und der Wolf brach seinen Angriff wieder ab und brachte sich außer Reichweite der Speere.

»Sie stellen unsere Entschlossenheit auf die Probe«, bemerkte Tegid. »Wenn wir ihnen keine Schwäche zeigen, lassen sie uns vielleicht in Ruhe.«

Angesichts der wilden Entschlossenheit der Wölfe hielt ich das für unangemessen optimistisch. Die bittere Kälte hatte sie hungrig und kühn gemacht. Außerdem hatten sie die Pferde gesehen – und die Pferde hatten die Wölfe gesehen! Die verängstigten Tiere wieherten und schnaubten und schüttelten mit schreckgeweiteten Augen hysterisch die Köpfe. Immer noch griffen die Wölfe nicht an. Die Fackeln gefielen ihnen nicht, und die schimmernden Speere in unseren Händen gefielen ihnen nicht. Sie konnten heulen und wüten, doch sie konnten nicht an die Pferde heran, solange die Reihe geschlossen blieb.

Der schlichte Plan des Königs hatte funktioniert. Wir mußten nur standhaft an unseren Plätzen bleiben, und die Wölfe würden nicht angreifen. Trotz ihrer beängstigenden Größe waren die Tiere weder hungrig noch kühn genug, sich mit dem Feuer und den Waffen in unseren Händen anzulegen. So grauenerregend es war, ihnen gegenüberzustehen, waren wir doch sicher.

Ich bemerkte sogar, daß die Wölfe rasch müde wurden; die Raserei ihres Gebarens erschöpfte sie schnell. Bald waren sie nicht mehr so flink auf den Füßen und so laut in ihrer Herausforderung. Die Angriffsfinten kamen in immer größeren Abständen. Ihre Zungen hingen heraus, und ihre hageren Flanken bebten.

Plötzlich blieb der schwarze Führer des Rudels wie angewurzelt stehen, stand einen Moment lang hechelnd da und wandte sich dann ab, um mit einem Satz wieder im Wald zu verschwinden. Er überließ uns den Sieg. Wir waren in Sicherheit. Niemand war verletzt, und wir hatten kein einziges Pferd verloren. Wir hatten gewonnen. Die Wölfe zogen sich zurück.

Ich wandte mich zum König, um eine Bemerkung darüber zu machen. Meldryn Mawr lächelte; ich holte Luft, um zu sprechen. Doch bevor ich auch nur ein Wort sagen konnte, hörte ich einen lauten Schlachtruf. Das Lächeln verschwand vom Gesicht des Königs, als er an mir vorbei an der Reihe der Fackeln entlangspähte. Ich wirbelte zu dem Geräusch herum und sah weit unten in der Linie, wo Prinz Meldron und seine Krieger standen, jemanden hinter den abziehenden Wölfen herjagen. Er winkte mit einer Fackel und rief die anderen, ihm zu folgen.

Es war der Prinz. Die Verteidigungslinie brach, als der Prinz und die Krieger seines ›Wolfsrudels‹ Jagd auf die Wölfe des Waldes machten. »Sie sind wahnsinnig!« schrie Tegid. »Sie werden uns alle in den Tod schicken!«

Der Barde versuchte sie aufzuhalten. »Bleibt hier!« schrie er. »Haltet die Reihe geschlossen!«

Falls sie ihn hörten, achteten sie nicht auf ihn. Der Prinz und seine Männer waren zu sehr darauf erpicht, die Wölfe zu stellen. Jemand warf einen Speer, und ich sah, wie einer der Wölfe ins Hinterteil getroffen wurde. Er bellte vor Schmerz auf und fiel. Winselnd begann das verwundete Tier seine Hinterflanke über den Boden zu schleifen, um den Speer loszuwerden.

Der Mann rannte auf den Wolf zu. Ein langer Dolch blitzte auf, und einen Augenblick später lag der Wolf tot im Schnee. Der Krieger – es war Simon – zog seinen Speer wieder heraus und stieß einen Triumphschrei aus. Er drehte sich um, hob seinen Speer und drängte die anderen, ihm zu folgen. Ermutigt durch diese Tat, verließen weitere Krieger die Reihe und eilten den Wölfen nach.

Die Krieger verschwanden im Wald. Ihre Fackeln blinkten durch die Bäume; ihre Schreie und das Geheul der Wölfe hallten in der Dunkelheit wider. Und dann, so plötzlich, daß es nicht vorauszusehen war, tauchten wieder Wölfe auf.

Ob sie sich in der Nähe verborgen oder wieder zum Angriff gewendet hatten, nachdem die Männer fortgelockt worden waren, kann ich nicht sagen. Wie auch immer, die Wölfe tauchten einfach auf und schossen ohne das leiseste Zögern durch das klaffende Loch in der Reihe, wo noch Augenblicke zuvor Prinz Meldron und seine Männer gestanden hatten.

Innerhalb von zwei Herzschlägen verwandelte sich alles in Chaos und Verwirrung: Männer rannten durcheinander, Pferde erhoben sich auf die Hinterbeine, Speere blitzten und Fackeln wurden hin und her geschwungen. Die Rufe der Männer und die Schreie der Pferde übertönten alles andere.

»Was sollen wir tun?« rief ich Tegid zu.

»Bleib, wo du bist!« antwortete er, während er sich anschickte, an der Linie entlangzulaufen und die Männer zurückzurufen. »Bleib beim König!« rief er zu mir zurück.

Wir hielten unsere Stellung, und die Wölfe versuchten nicht, uns anzugreifen. Sie konzentrierten ihren Angriff auf die schwächste Stelle und ignorierten den Rest der Linie. Tegid flog zu der Stelle, doch bevor er die Lücke in der Reihe schließen konnte, rissen sich einige der Pferde von ihren Pflöcken los und ergriffen die Flucht. Männer sprangen nach den hinterherschleifenden Leinen und warfen sich den Pferden in den Weg, um sie zurückzuhalten. Doch es war vergeblich.

Verschreckt durch die Wölfe, den Lärm und das Feuer, waren die Pferde nicht aufzuhalten. Sie flohen in den Wald. Die Wölfe ergriffen die Gelegenheit und setzten ihnen nach, und so plötzlich es begonnen hatte, war alles schon wieder vorbei. Die Wölfe waren fort, und eine beträchtliche Zahl von Pferden mit ihnen.

Einige Zeit warteten wir, lauschten auf das Gebell der Wölfe und die wiehernden Schreie der Pferde, die blind durch das Unterholz des Waldes stürmten; doch die Wölfe kehrten nicht zurück. Der Lärm der Verfolgungsjagd wurde leiser und schwächer, als die Tiere allmählich in der Ferne verschwanden. Dann hörten wir nichts mehr.

Als offensichtlich war, daß der Angriff vorbei war, warf der König seine Fackel zu Boden und ging an der Linie entlang zu der Stelle, wo der Prinz und seine Krieger ihre Posten verlassen hatten. Ich zögerte einen Moment und folgte ihm dann. Schließlich hatte Tegid mir gesagt, ich solle beim König bleiben. Zusammen eilten wir zum Ort des Angriffs. Die Blutmenge, die sich über den Schnee ergossen hatte, bereitete mich auf das Schlimmste vor. Fünf Männer waren verwundet – die Wölfe waren über sie hergefallen und hatten sie übel zugerichtet, aber sie waren nicht tot. Vier Pferde lagen am Boden, und zwei davon waren tot, ihre Kehlen zerrissen; acht weitere waren in den Wald geflohen. Die Wölfe würden ihnen folgen, bis sie zusammenbrachen. Wir würden sie nicht wieder zu Gesicht bekommen.

Mit ausdruckslosem Gesicht nahm der König den Schaden in Augenschein. Tegid eilte uns entgegen. »Wir haben zwölf Pferde verloren«, berichtete er. Noch während er sprach, wurden die beiden verwundeten Pferde von ihren Qualen erlöst; ein schneller Speerstoß hinter das Ohr, und das krampfartige Schlagen ihrer Hufe hörte auf.

Als Prinz Meldron und seine Krieger zurückkehrten, waren gerade einige der Frauen damit beschäftigt, den fünf verletzten Männern mit Schnee die Wunden auszuwaschen und sie mit Stoffstreifen zu verbinden. Der Prinz warf einen kurzen Blick auf die Verwundeten und kam zu uns herüber.

»Wir haben sie vertrieben«, verkündete er stolz, während er sich den Schweiß von der Stirn wischte. Seine Krieger folgten ihm und stellten sich hinter ihm auf. Im flackernden Licht der Fackeln schimmerte der Nebel ihres Atems wie Silber über ihren Köpfen. »Sie werden uns nicht mehr belästigen!« urteilte der Prinz überschwenglich. »Wir haben ihre feigen Herzen mit Angst erfüllt.«

»Wie viele habt ihr getötet?« fragte Tegid scharf. Der kalte, schnelle Zorn in seiner Stimme war nicht zu überhören.

Die dicht hinter dem Prinzen Versammelten hörten ihn ebenfalls und murmelten unwillig. Meldron jedoch lächelte und beschwichtigte sie mit einer Handbewegung. »Siawn hat einen getötet, wie du wohl weißt«, erwiderte er in liebenswürdigem Ton.

»Ja«, antwortete Tegid. »Und wie viele noch? Wie viele Wölfe habt ihr noch getötet?«

»Keinen«, sagte der Prinz mit gepreßter Stimme. »Wir haben keine weiteren Wölfe getötet. Doch wir sind auch nicht besiegt worden.«

»Nicht besiegt?« schnappte Tegid. »Zwölf Pferde verloren und fünf Männer verwundet – hältst du das für einen Sieg?«

Der Prinz blickte zu seinem Vater hin, der seinen Sohn wütend anfunkelte. »Aber wir haben sie vertrieben«, beharrte Meldron. »Sie werden es nicht wagen, uns nochmals anzugreifen.«

»Das haben sie bereits getan! In dem Augenblick, als ihr aus der geschlossenen Linie ausbracht, machten sie kehrt und griffen die Stelle an, an der ihr hättet stehen sollen.«

»Niemand ist getötet worden. Wir haben ihnen gezeigt,

daß wir bereit sind zu kämpfen.« Er hob seinen Speer, und die Krieger murmelten zustimmend.

»Ihr habt ihnen gezeigt, Prinz Meldron, daß es sich sehr lohnen wird, zurückzukommen: zwölf Pferde, und nur einer von ihnen blieb auf der Strecke. Sie werden den Verlust nicht einmal bemerken«, sagte Tegid mit vor Wut erstickter Stimme. »Sei versichert, sie werden zurückkehren. Von dieser Nacht an werden sie an unseren Fersen hängen, bis wir Findargad erreichen, denn du hast ihnen auf das trefflichste gezeigt, daß die Beute groß und das Risiko klein ist. Jetzt schon lachen sie über die Leichtigkeit, mit der sie uns übertölpelt haben. Die Wölfe *werden* zurückkommen, Prinz Meldron. Darauf kannst du dein Leben wetten.«

Der Prinz funkelte Tegid an, und seine Augen verengten sich zu haßerfüllten Schlitzen. »Du hast keine Autorität über mich«, knurrte Meldron. »Du bist ein Nichts für mich.«

»Ich bin der Barde deines Volkes«, sagte Tegid. »Du hast dich dem Befehl des Königs widersetzt. Deinem Ungehorsam verdanken wir es, daß fünf Männer verwundet sind und wir zwölf Pferde verloren haben.«

Meldron erwiderte hochmütig seinen Blick. »Ich habe den König noch nicht sagen hören, daß er mir zürnt. Wenn mein Vater mit mir unzufrieden ist, so möge er es mir selbst sagen.«

Der Prinz blickte zu seinen Vater hin. König Meldryn funkelte seinen Sohn an, doch sein Mund blieb verschlossen.

»Siehst du?« höhnte der Prinz. »Es ist, wie ich dachte. Der König ist sehr zufrieden. Geh weg, Tegid Tathal, und belästige mich nicht mit Kleinigkeiten. Wäre ich nicht gewesen, würden wir jetzt immer noch gegen die Wölfe kämpfen. Ich habe sie vertrieben. Du wirst mir noch danken.«

Tegids Gesicht schimmerte bleiern im Widerschein der Fackeln. »Dank dir, o halsstarriger Prinz, werden wir wieder gegen die Wölfe kämpfen. Dank dir werden zwölf, die hätten reiten können, durch den Schnee wandern müssen. Dank dir müssen fünf, deren Leiber unversehrt waren, jetzt Schmerzen und vielleicht den Tod erleiden.«

Ich glaubte, Prinz Meldron würde platzen. Sein Hals schwoll an, und seine Augen verengten sich noch weiter. »Niemand spricht so mit mir«, zischte er. »Ich bin ein Prinz und ein Führer von Männern. Wenn dir dein Leben lieb ist, sag kein Wort mehr.«

»Und ich bin der Barde deines Volkes«, erinnerte Tegid den Prinzen nochmals an seine Autorität. »Ich werde sprechen, wie ich es für richtig halte. Kein Mensch – am wenigsten ein Prinz oder König – wagt es, meine Zunge zu binden. Du tätest gut daran, das zu bedenken.«

Der Prinz krümmte sich geradezu vor Wut und Frustration. Er appellierte schweigend an seinen Vater, indem er ihm einen zornigen, beschwörenden Blick zuwarf. Doch der König starrte nur in steinkaltem Schweigen zurück. Der Prinz, gedemütigt durch die mangelnde Unterstützung seines Vaters, drehte sich abrupt um und stapfte davon. Die Männer, die sich als Gefolge des Prinzen betrachteten, folgten ihm. Und Paladyr, der Meisterkämpfer des Königs, war unter ihnen.

30

Die Schlacht von Dun na Porth

Tegid hatte eine grausame Wahrheit ausgesprochen, als er sagte, daß wir die Wölfe noch nicht zum letzten Mal gesehen hatten. Durch ihren Sieg ermutigt, folgten sie uns – tagsüber glitten sie lautlos durch den schneebeladenen Wald; nachts lauerten sie unmittelbar jenseits des Feuerscheins. Sie griffen uns nicht an wie in der ersten Nacht, doch sie wichen auch nicht von unserer Spur.

»Sie haben gut gefressen«, sagte Tegid. »Für den Augenblick sind sie zufrieden, aber wir müssen wachsam bleiben.« Er deutete auf die schroffen Gipfel, die in kurzer Entfernung steil vor uns aufragten. »Bald werden wir den Wald hinter uns lassen. Wenn sie sehen, daß wir auf die Bergpfade zusteuern, werden sie wieder zuschlagen.«

»Aber sie werden uns nicht in die Berge folgen«, sagte ich optimistisch. Es erschien mir nicht wahrscheinlich, daß Wölfe uns noch weiter verfolgen würden, sobald wir aus der Deckung der Bäume heraus waren.

»Willst du darauf wetten?« fragte der Barde verschlagen. Dann wurde er plötzlich ernst. »Ich lüge nicht, wenn ich sage, daß ich noch niemals solche Wölfe gesehen habe.«

»So entschlossen?«

»So schlau.«

Ich wußte, was er meinte. In den Tagen seit dem Angriff hatte ich ständig die Augen unsichtbarer Beobachter auf uns gespürt. Immer wieder ertappte ich mich dabei, wie ich mich über die Schulter umschaute oder zu beiden Seiten Blicke in den Wald warf, während wir auf dem Waldpfad unterwegs waren. Nur gelegentlich sah ich die dahingleitende, geisterhafte Gestalt eines Wolfs flüchtig in den tiefen Schatten des dunklen Waldes auftauchen.

Um der Sicherheit willen hielten wir uns dicht neben dem Fluß. Und obwohl das Gewässer sich verengte, als der Pfad steiler anzusteigen begann, bot das hohe Felsenufer einen gewissen Schutz, und das schnell fließende Wasser gefror nicht. Nachts schürten wir die Feuer hoch, und Krieger hielten von abends bis morgens Wache. Auch ich mußte in jenen endlosen Nächten Wache stehen: Ich hüllte mich in meinen Umhang, stampfte mit den Füßen, um mich warm zu halten, ohrfeigte mich selbst, um wach und aufmerksam zu bleiben, spähte in die dunkle Leere nach dem kaum sichtbaren Schimmer eines drohenden Auges aus und schlurfte dann zurück ins Lager, um in einen dumpfen, erschöpften Schlaf zu sinken, bis die Sonne sich wieder erhob.

Nicht, daß wir die Sonne je zu Gesicht bekommen hätten. Die Welt war so wolkenverhangen und schneeumhüllt geworden, daß wir in einer Welt ohne Licht und Wärme lebten. Es war, als ob der Sollen nun die Macht über Albion ergriffen und die anderen Jahreszeiten in ein ewiges Exil verbannt hätte. An jedem der dunklen Tage dachte ich beim Erwachen an Tegids Worte: *Die Jahreszeit des Schnees wird nicht enden, bis Fürst Nudd besiegt ist.*

Der Weg verengte sich zu einem mit Steinen übersäten Pfad. Allmählich wurde der Wald lichter, die Bäume kleiner, verkümmert und deformiert durch den ständigen Ansturm des Windes; und die Abstände zwischen ihnen nahmen zu, als ob sie sich in ihrem Elend voreinander scheuten. Der eisig-harte Himmel schien näher zu kommen, als wir auf ihn zu stiegen. Zerrissene Wolkenfetzen und Schneeböen verschleierten den undeutlichen Pfad vor uns. Und wenn wir uns umschauten, blickten wir in eine schneeverhangene, weiße Öde, nur unterbrochen von grauen Felsplatten und haushohen Felsbrocken. Wir ließen die Baumgrenze hinter uns und näherten uns langsam dem Bergpaß, der in das felsige Herz von Cethness führte.

Mit jedem Tag stieg der Weg steiler an; mit jedem Tag blies der Wind kälter; mit jedem Tag stach uns der Schnee heftiger ins Gesicht. Jeden Tag kamen wir weniger voran als am Tag zuvor. Und jede Nacht schmerzten meine Schienbeine und Knöchel von dem steilen Aufstieg, brannten mein Gesicht und meine Hände vom Ansturm des Windes und dauerte es länger, bis ich wieder etwas Wärme in meine steifen, halb erfrorenen Glieder massiert hatte.

Wir brachten so viel Brennholz aus dem Wald mit, wie wir tragen konnten; die Pferde waren hoch damit beladen. Doch die Nächte waren bitterkalt dort oben zwischen den kahlen Gipfeln, wo der Wind ohne Unterlaß jammert und stöhnt; und jede Nacht verbrannten wir große Mengen des kostbaren Brennstoffes in dem vergeblichen Versuch, uns warm zu halten.

Wenn ich geglaubt hatte, daß wir mit dem Wald auch die Wölfe hinter uns lassen würden, wurde ich schwer enttäuscht. Als wir in der zweiten Nacht oberhalb der Baumgrenze unser Lager aufzuschlagen begannen, hörten wir sie wieder – hoch oben in den Felsen um uns her erhoben sie ihr unheimliches Geheul. Am nächsten Tag sahen wir sie auf dem Weg hinter uns. Sie gaben sich keine Mühe mehr, sich zu verbergen. Dennoch griffen die Wölfe nicht an. Doch sie wichen auch nicht von unseren Fersen, wenn sie auch sorgfältig Abstand hielten.

Ich fing an zu glauben, daß sie nicht nochmals angreifen würden. Warum sollten sie? Sie brauchten nur zu warten, bis wir einer nach dem anderen am Wegesrand zu Boden sinken würden. Sie würden die Nachzügler nehmen, jeden töten und verschlingen, der zurückfiel, und die niedermetzeln, die zu schwach waren, um weiterzugehen. Um das zu verhindern, befahl der König den Kriegern, am Ende unseres Zuges zu gehen, um denen helfen zu können, die zu weit zurückfielen, und auch um die Wölfe daran zu hindern, uns zu nahe zu kommen.

Wir kämpften uns durch den Schnee, höher und höher, und stiegen stetig in die rauhe, kalte Luft auf. Kälte, Hunger und Erschöpfung verbündeten sich gegen uns. Trotz der Vorkehrungen des Königs fingen Leute an zurückzufallen. Wir fanden die steifen, grauen, gefrorenen Körper jeden Morgen, wenn wir unser Lager räumten. Manchmal sahen wir, wie sich jemand vor uns auf dem Weg vorwärtskämpfte und plötzlich fiel, um nie wieder aufzustehen. Oder manchmal sanken sie auch einfach am Wegrand in den Schnee und wurden nie wieder gesehen. Die Leichname, die wir sahen, begruben wir unter Steinhaufen neben dem Pfad. Die wir nicht fanden, blieben für die Wölfe.

Wir verloren fünfzig Menschen, bevor wir den Paß erreichten, der das Tor von Rhon genannt wird, einen schmalen Einschnitt zwischen zwei Bergen, in dem der Pfad gefährlich an der steilen Bergwand klebt, hoch über dem donnernden, schäumenden Wasserfall eines Flusses namens Afon Abwy. Der angeschwollene Fluß sprudelte in die Täler hinab und sandte einen feinen, weißen Nebel empor, der die Felsen überzog und auf ihnen gefror. Die ganze Schlucht war in Eis gehüllt.

An dem Tag, als wir das Tor von Rhon durchquerten, verloren wir fünf Menschen an die gähnende Schlucht. Der Wind zerrte an uns, und die unglücklichen Kletterer verloren den Halt auf dem Eis und stürzten auf den Felsen des Afon Abwy zu Tode. Ich sah es nur einmal geschehen, und es ist ein Anblick, den ich nie wieder zu sehen hoffe: der zerschmetterte, fallende Körper, der wie ein Fetzen immer wieder an die Schluchtwand schlug, sich überschlug und drehte, von den eisbedeckten Felsen abprallte und schließlich im Nebel und im schäumenden Wasser verschwand.

Ich sah es nur einmal. Doch jedesmal, wenn es geschah, hörte ich die kurzen, abgehackten Schreie durch die dünne Luft dringen. Die Berge widerhallten von den Schreien, noch lange nachdem das Opfer tot war. Man konnte nichts tun. Wir zogen weiter.

Der Bergpfad war trügerisch. Glatt, schmal, gefährlich, mit unerwarteten Wendungen. Im Eis erstickt und mit Schnee gefüllt, quälend, wand er sich mit der List einer Schlange zwischen den nackten Gipfeln hindurch. Mal gingen wir unter massiven Felsplatten hindurch, mal klammerten wir uns an eine senkrechte, glatte Felswand; mal schleppten wir uns Schritt für Schritt eine endlose Steigung hinauf, mal hasteten wir kopfüber ein abgrundartiges Gefälle hinab.

Unser einziger Trost lag in der Tatsache, daß die Reise, wenn sie für uns beschwerlich war – und sie war eine Quälerei – für unsere Verfolger nicht weniger hart sein konnte. Jeden Tag konnten wir sie sehen: manchmal weit, weit hinter uns; manchmal nahe genug, um sie mit einem gut gezielten Steinwurf zu treffen. Unter ihrem schwarzen Anführer folgten sie jeder unserer Bewegungen, unermüdlich, nie von ihrer unerbittlichen Verfolgung ablassend.

Ich gewöhnte mich an ihren Anblick und fürchtete sie nicht mehr so sehr wie zuvor. Doch während ich gegen die Anwesenheit der Räuber abstumpfte, wurde Tegid immer wachsamer und ängstlicher. Hin und wieder blieb er plötzlich auf dem Weg stehen und drehte sich schnell um, als wollte er etwas Ungreifbares und Unsichtbares erspähen.

»Was machst du da?« fragte ich ihn, nachdem er das

mehrmals ohne eine Erklärung getan hatte. Ich ließ ebenfalls meinen Blick über den Weg unter uns und die ausgefranste Reihe der Wanderer darauf wandern.

Er kniff die Augen zusammen und schirmte sie mit den Händen gegen den blendenden Schnee ab. »Da hinten ist etwas.«

»Wölfe – wie du wohl weißt«, erwiderte ich. »Oder hattest du das vergessen?«

Er schüttelte heftig den Kopf. »Keine Wölfe. Etwas anderes.«

»Was denn?«

Er antwortete nicht, sondern spähte eine Weile angestrengt auf den Weg hinab. Dann drehte er sich um und setzte sich wieder in Bewegung. Ich folgte ihm, doch jetzt spürte auch ich eine unheimliche, nagende Furcht. Mit einem zu allem entschlossenen Wolfsrudel auf unseren Fersen brauchte ich nicht weiter nach der Ursache meiner bösen Vorahnung zu suchen, sagte ich mir – sie war so naheliegend wie der nächste Wolf. Das sagte ich auch zu Tegid, doch der Barde ließ sich nicht so leicht überzeugen. Er suchte weiter in regelmäßigen Abständen den Weg hinter uns ab, und auch ich hielt Ausschau; doch wir sahen nichts außer den huschenden Gestalten der Wölfe.

Unsere Nahrungsvorräte gingen zu Ende. Das Brennholz wurde gefährlich knapp. Allmählich konnte man nur noch darüber spekulieren, was uns als erstes umbringen würde: Hunger, die eisige Kälte oder die Wölfe. Drei Tage lang schleppten wir uns erschöpft und halb erfroren dahin, bevor uns der Hunger zwang, das erste Pferd zu töten und zu essen. Wir rissen das noch warme Fleisch von den Knochen und aßen es roh. Die Haut kratzten wir sauber und machten Decken für die Kinder daraus. Der kleine Twrch schlang gierig undefinierbare Stücke von Innereien hinunter; ich hob einen Knochen für ihn auf, und vertraute ihn einem kleinen Mädchen an, das mit seiner Mutter auf meinem Pferd ritt. Die Frau hatte ihren Mann an die trügerische Schlucht verloren und war in ihrer Trauer froh um jede kleine Ablenkung für ihr Kind. Twrch hätte keine bessere Gefährtin finden können.

Stets ging der König zu Fuß voran; er wollte nicht reiten. Manchmal ging er mit Tegid, doch häufiger wanderte er allein an der Spitze. Jeder Todesfall durchbohrte ihn wie ein Dolch; er trug den Schmerz jedes Verlustes wie seinen eigenen. Doch er konnte die Lebenden nicht für die Toten opfern. Also führte er den Zug weiter, schritt steif aus und lehnte sich mit gebeugten Schultern in die Steigung, als trüge er auf seinem breiten Rücken das Gesicht des Leidens, das seine Entscheidung, nach Findargad zu fliehen, mit sich gebracht hatte. Was diese Entscheidung betraf, blieb König Meldryn fest, trotz allen Murrens gegen ihn. Und daran war kein Mangel. Unser Getreide zum Essen mochte uns ausgegangen sein, doch vom Brot der Zwietracht hatten wir unerschöpfliche Vorräte. Als das letzte Korn dahin war, griffen die Leute nach jenen leicht verfügbaren Brotlaiben.

Am lautesten war dabei Prinz Meldron. Er, der der eifrigste Unterstützer hätte sein sollen, füllte sich und seine Umgebung mit Klagen und Aufbegehren. Ich hatte bald reichlich genug von seinem schneidenden Hohn. »Wohin jetzt, Großer König?« rief er aus, wann immer wir einen kurzen Halt einlegten. »Sprich, Großer König! Sag uns noch einmal, warum wir nach Findargad eilen müssen.« Seine Herausforderungen waren feige; Meldron wußte, daß sein Vater nicht antworten würde. Sein Geas band ihn: Der König würde nicht sprechen – nicht einmal, um sich gegen die ungerechten Vorwürfe seines Sohnes zu verteidigen.

Es beschämt mich, es einzugestehen, doch sosehr ich dem König vertraute, begann auch ich an der Weisheit seiner Entscheidung zu zweifeln. Gab es denn keine Gräber in Sycharth? Es ist nicht leicht, im kalten, leeren Herzen des Sollen die Flamme der Hoffnung am Brennen zu halten. Die Jahreszeit des Schnees ist keine Zeit, in der man hoffnungsvolle Pläne für die Zukunft macht. Einen Fuß langsam vor den anderen gesetzt – das war alle Zukunft, die ich vor mir sah. Nur noch einen Schritt, und dann noch einen … alles andere war mir gleichgültig.

An dem Tag, als wir endlich Findargad sichteten – eine riesige Festung mit zahllosen Türmen, eine grandiose steinerne Krone auf einem gewaltigen Granitkopf hoch auf den Schultern von Cethness –, bekamen wir endlich auch unsere wahren Verfolger zu Gesicht. Ich sage Tag, doch der Himmel war so dunkel wie die Dämmerung, und der Schnee wirbelte um unsere gefrorenen Gesichter. Ich sah Tegid abrupt stehenbleiben und herumfahren, als wolle er einen Dieb fangen, der sich von hinten an ihn heranschlich. Das hatte ich ihn tausendmal tun sehen. Doch diesmal sah ich, wie sein Mund sich verzerrte und seine dunklen Augen sich vor Entsetzen weiteten.

Ich eilte an seine Seite. »Was ist, Bruder?«

Er antwortete nicht, sondern hob langsam den Eichenstab in seiner Hand und deutete hinter uns auf den Pfad. Ich drehte mich um und blickte in die Richtung, die er mir wies. Ich sah, was er sah. Mein Herz verkrampfte sich in der Brust; eine riesige Hand schien durch meine Kehle hinabzufahren und meinen Magen und meine Eingeweide in einem stählernen Griff zu umklammern.

»Was …?« keuchte ich.

Tegid blieb erstarrt und schweigend neben mir.

Was ich sah, läßt sich nicht beschreiben. Es gab keine Worte für das, was uns erwartete. Denn in Sicht schleppte sich ein enormes, gelbes, spreizfüßiges Monster, das einen ungeheuren, schwabbelnden Bauch zwischen seinen obszön gekrümmten Beinen dahinschleifte; aus seiner beschmierten, mißhandelten Haut sprossen dünne Büschel schwarzer Borsten, und seine schmalen Augen brannten voll stupider Bösartigkeit. Das Maul des Monsters klaffte wie das eines Frosches, zahnlos und glatt, und seine lange Zunge rollte, Speichel und grünen Eiter sabbernd; seine langen, ausgemergelten Arme hingen schlaff herab; seine Klauenhände krallten umher, rissen an den Felsen und schleuderten sie, während es hektisch über das rauhe Gelände krabbelte.

Hinter dieser fetten Monstrosität strömte eine wimmelnde Legion grotesker Wesen hervor. Dutzende von Ausgeburten des Wahnsinns! Hunderte! Eine ekelhafter als die andere. Ich sah stoßende, skeletthafte Gliedmaßen; sich wälzende, aufgeblähte Leiber; geifernde, grelle Gesichter und hektisch trippelnde Füße, die mit beängstigender Geschwindigkeit auf uns zurasten. Ich staunte über ihr Tempo, denn der tiefe Schnee schien sie nicht im geringsten zu bremsen. Ob sie nun langgliedrig waren oder kurz, fett oder abgemagert und dünn, riesig und unheimlich oder klein und ekelhaft, sie jagten wie eine üble Masse über den Schnee auf uns zu.

Wie von einem Orkan des Hasses getrieben, stürmten sie auf uns ein. Ihr erschreckendes Aussehen war nur ein Teil ihrer lähmenden Macht – ich spürte die Bosheit, die von ihnen aufstieg wie Dampf, ein wirkungsvolles Gift, das alles besudelte, womit es in Berührung kam. Sie trieben die Wölfe vor sich her und peitschten sie zur Raserei an. Über den Schnee kamen sie schnell und unausweichlich – Wölfe und Dämonen. Wer konnte einem so gewaltigen Ansturm widerstehen?

»Es ist das Heer des Abgrundes«, sagte Tegid. Seine Worte waren eine gemurmelte Untertreibung. »Die Coranyid.«

Es war die Dämonenhorde von Uffern, deren Kommen Tegid im stillen seit vielen Tagen vorausgesehen hatte. Dämonen waren es, und grausiger als jeder Alptraum.

Doch wenn ich sage, daß ich die widerwärtigen Coranyid sah, sage ich damit nichts. Sie zu sehen hieß, der Bosheit und dem übermächtigen Bösen selbst ins Gesicht zu sehen. Ich sah die verkörperte Abscheulichkeit, die fleischgewordene Bösartigkeit, Eiterschwären in fauligem Fleisch. Ich sah den Tod jenseits des Todes.

Meine Hände sanken schlaff herab; die Kraft wich aus meinen Beinen. Der Wille zu fliehen verließ mich. Ich wollte nur zu Boden sinken und mich mit meinem Umhang bedecken. Genau darauf waren die Dämonen natürlich aus. Sie hofften uns aufzuhalten, bevor wir die Festung des Königs erreichten – doch warum sie so lange gewartet hatten, wenn sie uns doch jederzeit hätten überwältigen können, seit wir Sycharth verlassen hatten, kann ich nicht sagen.

Ich warf einen schnellen Blick über die Schulter auf Findargad, das über uns aufragte, und schätzte die Entfernung ab. »Es ist zu weit bis zur Festung. Wir werden es niemals schaffen.«

»Wir müssen«, spie Tegid. »Wenn wir Dun na Porth erreichen können, haben wir eine Chance.«

Wir eilten zum König. Meldryn schien über die Nachricht nicht verzweifelt oder auch nur sonderlich überrascht zu sein. Er wandte seine müden Augen dem Bergpaß zu und hob dann das Signalhorn an seine Lippen. Einen Augenblick später schnitt ein schrilles, scharfes Alarmsignal durch den kalten Wind. Noch während die erste Warnung in den kalten Felsspalten widerhallte, reagierten die Leute instinktiv. Weitere Warnsignale erschollen durch die lange Reihe, und innerhalb von drei Herzschlägen rannte, taumelte, schlitterte, stolperten alle, so schnell sie konnten, dem Schutz der Festung über uns entgegen.

Der Paß, den Tegid erwähnt hatte, befand sich direkt vor uns: Dun na Porth, das Tor der Festung – eine Kerbe zwischen steil aufragenden Wänden, durch die der Pfad verlief, bevor er zu dem Gipfel aufstieg, auf dem Meldryn Mawrs Bergfestung wie ein Adlerhorst aufragte. Ich hatte kaum Hoffnung, daß wir die schützenden Mauern erreichen könnten. Und als das Volk mit letzter Kraft an uns vorbeihastete, rief Tegid – auf Befehl des Königs – die Krieger zu den Waffen.

Ich entfernte die schützende Stoffumhüllung von meinem Schwert und schnallte mir das kühle Metall an die Seite. Die steifen Finger um den kalten Schaft meines Speers geklammert, rannte ich den Pfad hinab, um zu den anderen Kriegern am Ende des Zuges zu gelangen. Unterwegs hielt ich nur inne, um Leute, die gestürzt waren, wieder auf ihre Füße zu hieven und auf ihren Weg zu bringen.

Prinz Meldron empfing mich mit einem finsteren Blick, als ich zu den anderen Kriegern stieß, doch er war bald zu beschäftigt, um mir meinen Platz unter den Seinen streitig zu machen. Als die letzten Nachzügler an uns vorbei waren, bildeten wir einen dichten Keil und blockierten den Pfad auf der gesamten Breite. Um zu unseren Clansleuten und zum König zu gelangen, würde Fürst Nudds höllische Kriegsschar zuerst uns töten müssen. Ich wußte nicht, ob man Dämonen töten oder überhaupt mit Schwert und Speer gegen sie kämpfen konnte. Doch wenn ein Dämon überhaupt etwas spüren konnte, dann würde er den Biß meiner Klinge zu spüren bekommen.

Als sich die Kampflinie formierte, fand ich mich etwa in der Mitte der zweiten Reihe von Kriegern wieder. Wir hielten unsere Speere bereit, über die Schultern der Reihe vor uns hinweg. Während Tegid und der König unsere Clansleute hinauf in den Paß führten, rückten wir langsam in entgegengesetzter Richtung den Pfad hinab gegen den heranstürmenden Feind vor.

Beim Anblick unserer dicht geschlossenen Reihen erhoben die Dämonen ein unheimliches, unirdisches Geschrei:

klagend und wütend gleichzeitig, ein Schrei wahnwitziger Wut und Qual, der auch der größten Entschlossenheit die Verzweiflung einblasen konnte. Das betäubende Heulen traf uns auf den Flügeln des Windes, doch wir behaupteten unsere Stellung; und als die Coranyid näher kamen, begrüßten wir sie mit Spott und Hohn und feuerten unseren Mut mit lauten Schlachtrufen an.

Nur wenige der Dämonenkrieger führten richtige Waffen mit; nur gelegentlich sah ich ein Schwert oder einen Speer in Klauenfingern, und einige trugen brandgeschwärzte Keulen. Doch die meisten kamen mit leeren Händen – doch nicht für lange. Denn als sie heranschwärmten, rissen sie Steine aus dem Pfad und aus der Felswand und schleuderten sie nach uns. Wir waren dankbar für den Schutz unserer Schilde.

Der Schlachtenführer der Dämonen sandte die Wölfe voraus. Ob die Wölfe die ganze Zeit über nur Werkzeuge der Coranyid gewesen waren oder die Coranyid sich nur die natürliche Angriffslust der Tiere zunutze gemacht hatten, weiß ich nicht. Doch die ausgehungerten, vor Angst wahnsinnigen Tiere, von ihren nichtmenschlichen Herren zur Raserei angestachelt, stürzten sich blindlings auf uns. Sie zu töten war keine Leistung. Wir empfingen sie im Sprung mit unseren Speerspitzen, und sie starben, während sie mit ihren grausamen Kiefern nach den Klingen schnappten, die sie durchbohrten.

Hinter den Wölfen kamen die Coranyid. Schlachterprobte Krieger, die weder Schmerz noch Tod fürchteten, zitterten, als sie Fürst Nudds grausige Kriegsschar erblickten. Es war wahrhaftig ein schrecklicher Aufmarsch von Untoten mit Totenschädelköpfen, geschwollenen Bäuchen und spindeldürren Gliedmaßen; jeder einzelne ein mißgestaltetes Monster. Nackte, entstellte, halbmenschliche Teufel waren sie, bösartige Schergen eines noch widerwärtigeren Meisters. Mehr als ein Mann fuhr bei ihrem Anblick entsetzt zurück, und man rechnete es ihnen nicht zur Schande an. Obwohl ich ihren wimmelnden Haufen absuchte, konnte ich ihren grausigen Herrn nirgends entdecken. Ich zweifelte jedoch nicht daran, daß er in der Nähe war und den Angriff von einem unsichtbaren Beobachtungspunkt aus leitete. Denn ich spürte Wellen einer niederdrückenden Furcht über mir zusammenschlagen, als die entsetzliche Höllenbrut vorrückte. Mein Instinkt sagte mir, daß dieses Gefühl mehr war als der Ekel vor der grauenvollen Erscheinung der Feinde. Fürst Nudd war nicht weit. Ich spürte ihn, spürte die Verzweiflung und Hoffnungslosigkeit, die seine Gegenwart erzeugte.

Gleichzeitig erinnerte ich mich an die Hoffnung, die Tegid und ich in der Asche Sycharths entdeckt hatten: Der Feind war nicht allmächtig. Weit gefehlt! Nudds einzige Waffen waren Furcht und Täuschung. Ergab man sich ihnen, würde Nudd gewinnen. Trotzte man ihnen, so würde sein Angriff scheitern. Er konnte nicht gegen Männer kämpfen, die sich nicht fürchteten. Das war seine Schwäche – wenn auch vielleicht seine einzige.

Die ersten Reihen der Dämonenhorde erreichten uns und ließen die Luft mit ihrem entsetzlichen Gekreische erzittern. Die Vorhut unserer Krieger stolperte zurück, als die schreiende Streitmacht sich blindlings in unsere Waffen stürzte. Schwarze Galle und geronnenes Blut schossen aus ihren Wunden, und sofort waren wir von einem übelkeiterregenden Gestank umgeben. Der Gestank raubte einem beinahe die Sinne; er drehte einem den Magen um und ließ den Kehlkopf im Hals aufsteigen. Starke Männer würgten und erbrachen sich mit tränennassem Gesicht. So ekelerregend der Anblick und die Geräusche der verhaßten Kreaturen waren, der Gestank war schlimmer – er ging über die Kräfte der Krieger. Die erste Reihe zögerte, wich zurück und brach, als tapfere Männer kehrtmachten und vor dem Kampf flohen.

Innerhalb weniger Augenblicke war Meldryns furchtlose Kriegsschar in die Flucht geschlagen und strömte den Weg zurück hinauf zum Paß, unter Geheul verfolgt von den Dämonen und Wölfen. Prinz Meldron kämpfte wild darum, seine Männer zur Umkehr zu bewegen, und schrie: »Halt! Halt, Männer! Bleibt stehen und kämpft!« Doch sie hörten ihn nicht durch den Trommelschlag der Panik in ihren eigenen Herzen.

Auch ich rannte. Von allen Seiten eingeschlossen, blieb mir nichts anderes übrig, wenn ich nicht von der Menge niedergetrampelt werden wollte. Wir erreichten den Paß von Dun na Porth. Ich blickte auf zu der glatten Felswand des steinernen Tors und hielt inne, denn mir kam der Gedanke, daß sich von hier aus mit wenigen Männern der Pfad gegen die Feinde verteidigen ließe. Ich blieb stehen und drehte mich zu der heranbrandenden Flut um.

Ein schwarzer Wolf trug einen kreischenden Dämon auf seinem Rücken, als er knurrend einem der fliehenden Krieger nachsetzte. Als ich mich durch die aufwärts strömende Menge schob, sah mich das Tier und fuhr mit klaffendem, schäumendem Maul und gebleckten Zähnen zu mir herum, um mich anzugreifen. Ich ließ die Bestie auf mich zukommen; dann senkte ich meinen Speer und stieß ihn in den offenen Schlund hinab. Der Wolf erhob sich auf die Hinterbeine und fuhr mit seinen Krallen durch die Luft, während er an seinem eigenen Blut würgte. Der Dämon wollte sich auf mich stürzen, doch Prinz Meldron sprang vor und spaltete den Schädel des Monsters mit einem einzigen, schnellen Abwärtshieb seines Schwertes. Dämon und Wolf hauchten in einem Haufen zu unseren Füßen ihr Leben aus.

Ein weiterer Dämon stürmte auf uns zu und schwang einen knorrigen Wurzelstock über seinem flachen Reptilienkopf. Der Prinz schlug die Keule zur Seite und trennte mit demselben Hieb den Arm des Dämons ab. Sein nächster Stoß durchbohrte die widerliche Kreatur; unter dem Gurgeln ausströmenden Gases und Eiters taumelte sie rückwärts. Ein weiteres der abscheulichen Wesen streckte Meldron mit einem einzigen Hieb nieder, als es ihn anspringen wollte. Und ich schickte mit zwei Hieben ebenso viele von ihnen zurück in den Abgrund, aus dem sie gekommen waren.

»Sie lassen sich leichter schlachten als Schafe!« jubelte der Prinz. »Es ist gar nichts dabei. Wir werden doppelt so hart arbeiten müssen, um unsere Ehre zu verdienen.«

Es stimmte. Die Dämonen schienen nicht das geringste vom Kämpfen oder vom Umgang mit Waffen zu verstehen. Sie konnten ausschwärmen und überwältigen, aber sie konnten nicht einem Krieger Fuß an Fuß gegenüberstehen; sie konnten Steine werfen und Keulen schwingen, sie konnten mit ihren hauerartigen Zähnen und ihren Krallen reißen, aber sie konnten keinen geordneten Angriff durchführen. Doch es waren Hunderte von der Dämonenbrut, und nur der Prinz und ich standen ihnen entgegen. Ihre Überzahl mußte uns bald in die Knie zwingen. Inzwischen standen wir im Paß und schlugen auf sie ein, Hieb für Hieb, und mähten sie nieder wie die Sensen das Gras.

Die Wölfe waren gefährlicher. Ihre Kraft und Geschwindigkeit, ihre Wildheit im Kampf machten sie zu mehr als ebenbürtigen Gegnern für einen Mann. Doch die Dämonen hatten sie zu solcher Raserei angestachelt, daß sie ihre natürlichen Instinkte vergaßen und sich einfach blindlings auf uns stürzten. Ich mußte nur einen nahe herankommen lassen und mit meinem Speer zustoßen, und schon war der Wolf entweder tot, oder er floh – in hilfloser Wut an seinen Wunden reißend.

Ich hörte etwas hinter mir und fuhr mit erhobenem Speer herum. »Halt ein, Bruder!« erscholl eine laute Stimme. Es war Paladyr, der Prinz Meldrons Wolfsrudel zurück ins Getümmel führte. Simon – Siawn Hy – stand neben ihm. Sie hatten gesehen, wie wir uns dem Feind entgegengestellt hatten, und waren umgekehrt, um mit uns zu kämpfen.

»Jetzt, wo die Schlacht gewonnen ist, kommt ihr, um den Sieg zu beanspruchen«, spottete der Prinz. »Laßt uns allein! Wir sind fast fertig hier.«

»Nein, mein Prinz. Hast du geglaubt, wir würden dich alle Ehre allein einheimsen lassen?« erwiderte der Meisterkämpfer. »Kommt, es sind mehr als genug da für alle.«

»Dann beweist es«, antwortete der Prinz. »Aber mit eurem Schwert – nicht mit der Zunge!«

»Sieh mir zu!« rief Paladyr. Und mit einem gewaltigen Schrei hob er sein Schwert und stürzte sich mitten in ein Dutzend Dämonen, die in einem Haufen anrückten. Der Meisterkämpfer war ein grandioser Anblick! Jede Bewegung kam präzise wie geläutertes Gold und tödlich wie die Klinge in seiner starken Hand. Er tötete mit jedem Hieb. Er war der Mühlstein, und die Feinde waren das Korn, das er mahlte, und ihre verdrehten Leiber häuften sich um ihn her wie formlose Spelzen.

Siawn stieß einen durchdringenden, ohrenerschütternden Schrei aus, setzte dem Meisterkämpfer des Königs nach und tat es ihm Streich für Streich und Hieb für Hieb gleich. Wo immer Paladyr kämpfte, stand Siawn an seiner Seite. Ihre rasch fliegenden Klingen hoben und senkten sich im Gleichklang. Um uns nicht von ihnen ausstechen zu lassen, verdoppelten Prinz Meldron und ich unsere Anstrengungen. Gemeinsam schlugen wir eine breite Schneise in die anbrandende Flut der Dämonen und warfen uns mit unerschrockener Kühnheit in die Schlacht.

Als sie sahen, wie bereitwillig die Coranyid ins Verderben gingen, eilten weitere Krieger herbei, um dem Feind entgegenzutreten, und bald war Dun na Porth nicht mit Schnee gefüllt, sondern mit den verhaßten Leibern der Dämonenstreitmacht. Wir arbeiteten mit aller Kraft, und es war eine mächtige Arbeit. Trotz der Kälte strömte uns der Schweiß der Schlacht über die Haut; unser Atem zog wie Wolken durch die Luft, und Dampf stieg von unseren schweißnassen Köpfen auf.

Der Gestank ließ Tränen aus unseren Augen hervorquellen und in Bächen an unseren Wangen hinabrinnen. Doch die Krieger stählten sich dagegen und ermutigten einander mit kühnen Worten und Zurufen. Schulter an Schulter standen wir gegen den sich windenden und krümmenden, lärmenden Ansturm. Hieb für Hieb bestraften wir sie. Wir hätten sie völlig überwinden können, doch es waren zu viele, und die Dunkelheit setzte ein.

Als das Licht nachzulassen begann, wurde es schwieriger, die Monster zu sehen. Sie dagegen schienen keine Schwierigkeiten zu haben, uns zu sehen. Ja, ihre Hiebe wurden sogar zielsicherer, während unsere darin nachließen. Ihr Angriff wurde stärker, während unsere Abwehr zu erlahmen begann.

Der Grund war offensichtlich: Finsternis war ihr Element. Sie konnten im Dunkeln sehen. Sycharth und die anderen Festungen hatten sie mitten in der Nacht angegriffen. In der Dunkelheit konnten sie uns treffen, bevor wir wußten, daß der Hieb kam. Trotzdem kämpften wir noch lange weiter, nachdem es schon längst Tollkühnheit bedeutete. Und wir bekamen es zu spüren.

Als die tiefe Sollennacht schließlich über den Bergpaß hereinbrach und das Heulen des Windes die Schreie der Coranyid übertönte, wandte sich Paladyr an den Prinzen. »Ich bin kein Feigling, aber ich kann nicht gegen etwas kämpfen, das ich nicht sehe.«

»Ich auch nicht«, erwiderte Prinz Meldron. »Lassen wir lieber noch ein paar für morgen übrig.«

Der Rückzug auf dem sich windenden Bergpfad im Dunkeln war schwierig. Wir kämpften uns aufwärts und ertasteten unseren Weg zu den starken Toren und den hohen Steinmauern von Findargad. Nie war ich dankbarer für ein schweres Tor in meinem Rücken als in jener Nacht, als ich in den Hof der Festung taumelte und von Clansleuten empfangen wurde, die uns mit trockenen Umhängen und Bechern voll dampfenden Ales erwarteten. Sie lösten die Waffen aus unseren steifen Fingern, drückten uns die warmen Becher in die Hände und halfen uns bei den ersten Schlucken des besänftigenden Getränks. Wer nicht mehr stehen konnte, den trugen sie in die Halle. Wer noch gehen konnte, den führten sie.

Findargad war mit Vorräten reichlich ausgestattet. Diejenigen, die vor uns die Festung erreicht hatten, hatten alles vorbereitet und das Nötige aus den Lagern der Festung genommen. Die Halle war von Dutzenden von Fackeln erleuchtet und von drei riesigen Feuerstellen erwärmt. Die Tische vor uns waren mit Speisen beladen – obwohl viele von uns zu erschöpft zum Essen waren. Wir setzten uns auf Bänke vor den Feuerstellen, wie alte Männer über unser Ale gebeugt, preßten die Becher gegen die Brust und nippten an der belebenden Flüssigkeit.

Der König ging zwischen seinen Kriegern umher, Tegid an seiner Seite, und lobte durch Tegids Mund ihre Tapferkeit, pries ihre Geschicklichkeit und bot jedem das Wort, das nötig war, um die Stärke des Arms und den Mut des Herzens zu erneuern. Meldryn Mawr hatte nicht neben seinen Männern gekämpft, doch er hatte die Schlacht von den Festungsmauern aus beobachtet, bis die Dunkelheit ihm die Sicht raubte.

Als sie zu mir kamen, sagte Tegid: »Der König wünscht, daß ich dir sage, daß er deinen Mut bemerkt hat. Er hat vielen das Leben gerettet.«

»Großer König, es tut mir leid, daß ich nicht mehr tun konnte«, antwortete ich, denn ich hatte mich wahrhaftig nie weniger wie ein Held gefühlt als in diesem Moment. »Wenn ich nicht mit den anderen geflohen wäre, hätten wir sie vielleicht überwinden können. Doch ich habe nichts getan, das nicht dein eigener Sohn auch getan hätte.«

König Meldryn flüsterte Tegid etwas ins Ohr, und der Barde sprach es laut aus. »Du weißt es vielleicht nicht, doch du hast etwas getan, das der Prinz nicht getan hat. Du hast in aller Loyalität zu deinem König gestanden, als andere das nicht taten. Nicht einmal der Prinz kann sich dessen rühmen. Das gereicht dir zum Ruhm: Du hast deinen König nie durch Ungehorsam entehrt.«

Sie gingen weiter. Ich war zu müde, um die volle Bedeutung der Worte des Königs zu erfassen, doch ich sollte bald Gelegenheit erhalten, lange über sie nachzubrüten. Und ich sollte lernen, jede Silbe zu bereuen.

31

Der Königsrat

Tag und Nacht strich die Dämonenstreitmacht vor den Mauern umher, und wir beobachteten sie von den Festungswällen aus. Hin und wieder wagte sich einer näher heran, ergriff einen Halt zwischen den Steinen und kletterte an der Mauer empor. Die Coranyid konnten klettern wie Spinnen. Und wenn wir nicht wachsam waren, konnte es geschehen, daß ein Dämon die Befestigung selbst erreichte. Dann durchbohrten die am nächsten stehenden Krieger das Ding mit ihren Speeren und hievten den obszönen Kadaver über die Mauer. Normalerweise jedoch warf ein aufmerksamer Krieger der Kreatur einen Stein auf den Schädel, der ihr das wäßrige Gehirn zermalmte, bevor das widerwärtige Ding die Mauer halb erklommen hatte.

Jede dieser Niederlagen hielt den Rest der Dämonen für eine gewisse Zeit auf Abstand. Warum, weiß ich nicht. Sie schienen keine Furcht zu kennen, doch den Verlust eines der Ihren konnten sie nicht ertragen. Es versetzte sie in Raserei, und dort, wo sich ein solcher Vorfall ereignete, erhoben die Dämonen in der Nähe ein gräßliches Gekreische und Geschrei.

Ständig, bei Tag und Nacht, standen wir in der Kälte und im Wind und hielten Wache, um nicht überrumpelt zu werden. Im Laufe der Tage stießen weitere Dämonen zu dem Schlachthaufen. Wir sahen, wie sie sich über die Bergpfade emporschleppten, von ihrem gefürchteten

Herrn zum Ort des Gemetzels gerufen. Von Fürst Nudd selbst sahen wir kein Zeichen. Doch oft empfanden wir seine lauernde Gegenwart – ein plötzliches Herzklopfen, einen Stich der Übelkeit im Magen, eine überwältigende Niedergeschlagenheit, eine unterschwellige Verzweiflung.

Noch waren wir sicher hinter den hohen Mauern der Festung. Sosehr die Dämonen auch wüten mochten, sie konnten nicht wie Geister durch die Steinmauern gehen oder wie Gespenster über die Befestigungen fliegen. Solange wir die Tore verschlossen hielten, konnten sie nicht herein. Wenn wir sie nicht hereinließen, würden ihre Raserei und Wut ohnmächtig bleiben.

In den ersten Tagen nach unserer Ankunft in Findargad ruhten wir uns aus; wir versorgten unsere Wunden und trauerten um unsere Toten. Die Flucht hatte einen schrecklichen Preis gefordert. Von den sechshundert, die die Reise angetreten hatten, waren weniger als vierhundert übriggeblieben; darunter waren nur achtzig Krieger, von denen sechzig noch ein Pferd zur Verfügung hatten. Natürlich hätte es schlimmer kommen können, doch das war kein Trost. Jeder Verlust ist beklagenswert. Die Tatsache, daß wir es nach Findargad geschafft hatten, gegen alle Hindernisse, erschien uns im Vergleich zu den Verlusten von geringer Bedeutung.

Am sechsten Tag der Dämonenbelagerung rief der König diejenigen seiner Häuptlinge, die noch am Leben waren – es waren fünf –, zusammen mit dem Prinzen, Paladyr und Tegid in seine Ratskammer. Da es meine Pflicht war, stets bei Tegid zu bleiben, ging auch ich hin; und obwohl ich kein Recht dazu hatte, war ich bei der Beratung dabei.

Tegid war es, der den Rat einberief, und Tegid eröffnete die Beratung. Der König saß auf einem Stuhl aus Hirschgeweih, der mit üppigen Fellen gepolstert war. Die anderen saßen auf dem steinernen Fußboden auf braun-weißen Rinderhäuten. Ein knisterndes Feuer loderte in der Feuerstelle, um die sich alle versammelten. Tegid stand zur Rechten Meldryn Mawrs, und seine linke Hand ruhte auf der rechten Schulter des Königs, um jedem Zweifel, in wessen Autorität der Barde sprach, zuvorzukommen. Ich suchte mir einen Sitzplatz in der Nähe der Tür, damit meine Anwesenheit niemanden störte.

Als alle sich versammelt und ihre Plätze eingenommen hatten, begann Tegid. »Weise Häuptlinge, Keiler der Schlacht«, sagte er, »hört die Worte eures Königs und gebt ihm den Vorzug eures weisen Rates.«

Tegid neigte sein Ohr zum Mund des Königs, und Meldryn trug ihm die Worte auf, die er sagen sollte. »So spricht der König«, sagte Tegid und richtete sich langsam auf, um seine Zuhörer anzusprechen. »Stark sind die Llwyddi und stolz in der Stärke ihrer Waffen. In der Schlacht weichen wir vor keinem Feind zurück, und wir erlahmen nicht in der Verteidigung unseres Reiches. Die Schande der Niederlage war unter uns nicht bekannt, von der Zeit unserer Väter bis heute.«

Meldryn Mawr nickte, als Tegid endete, beugte sich zu ihm hinüber und flüsterte ihm weitere Worte zu; dann hob er seine rechte Hand und berührte den Mund des Barden. Tegid richtete sich auf und wandte sich an die um die Feuerstelle Versammelten.

»So spricht der König«, intonierte er. »Unsere Häuser sind zerstört, und unser Land ist verwüstet. Wölfe nagen an den Knochen der Tapferen, und Raben weiden sich am Fleisch unserer Kinder. Asche verweht wie schwarzer Schnee, wo einst prächtige Hallen standen; Schafe und Hirten sind dahingemetzelt; Holzwände sind zersplittert; feste Häuser sind zu Gräbern geworden; Herdsteine sind umgestürzt, und süßer Met ist auf den durstigen Boden verschüttet worden, um sich mit dem Blut guter Männer zu mischen. Wo einst Gelächter erscholl, sind jetzt nur noch die Schreie der Eule und des Fuchses zu hören. Der Milan und der Falke bauen sich Nester in den Schädeln von Dichtern.

Bitterer als eine Niederlage ist für mich der Tod meines Volkes; bitterer als die Zerstörung meiner Festungen ist das Wissen, daß das Böse im Land umgeht. Wir sind Menschen. Doch wir sind nicht wie andere Menschen. Wir sind Llwyddi: Herrscher in diesem Weltenreich von Anfang an. Es ist nicht an uns, unser Land der Unterdrückung durch Eindringlinge zu überlassen. Es ist nicht an uns, Mördern Raum zu geben. Es ist nicht an uns, die Blutschuld zu vergessen.

Häuptlinge, hört euren König! Die Stimmen der Getöteten schreien aus den Gräbern nach Vergeltung; die unschuldigen Toten fordern Genugtuung für das Leben, das ihnen brutal geraubt wurde. Es ist die Pflicht der Lebenden, den Toten Ehre zu erweisen. Es ist die Pflicht des Kriegers, den Feind zu töten. Es ist die Pflicht eines Königs, sein Volk zu schützen und zu verteidigen und für es zu sorgen.

Ich bin Meldryn Mawr. Ich sorge für mein Volk in Leben und Tod. Auch wenn der Feind mich tötet, wird die Herrschaft, die ich in Händen gehalten habe, fortdauern; das Königtum, das ich getragen habe, wird nicht ausgelöscht werden.

So spricht der König: In diesem Augenblick wütet vor unseren Mauern ein Feind, der nach unserer Vernichtung trachtet – ein Feigling, der es nicht wagt, uns auf dem Feld der Ehre herauszufordern, sondern nur durch List, Trug und Täuschung. Und nun, da unsere Waffenkraft geschwächt ist, belagert uns dieser Feind. Wir sind gezwungen, die Schande seiner Verhöhnungen und die Beleidigung seiner widerwärtigen Gegenwart vor unseren Toren zu erdulden.

Ich frage euch, Weise Führer: Was ist das für ein Schnee,

der da unaufhörlich aus dem verwundeten Himmel fällt? Was ist das für ein brausender Wind, der uns durch sein Geheul die ganze Nacht nicht zur Ruhe kommen läßt? Was ist das für eine wütende Kälte, die mit jedem Tag ihre Zähne tiefer in das Land versenkt?

Und was ist das für eine Trauer, die uns das Wasser verdirbt, das wir trinken, und uns das Brot im Munde bitter werden läßt? Was ist das für ein Zorn, der über uns ausgegossen wird wie kochendes Öl? Was ist das für ein Entsetzen, das unsere Herzen umklammert und unser Blut gefrieren läßt?

Hört mich an, ihr, die ihr scharf urteilt, und antwortet mir, wenn ihr könnt: Was hat die Männer des Liedes zum Schweigen gebracht? Was läßt den Modornn erzittern? Was ist dieses Greuel zwischen den Gipfeln von Cethness? Was vertreibt den Keiler aus den Tälern und läßt die Hirsche aus den Wälder fliehen? Was ist es, das den Himmel plagt und der Luft die Vögel raubt?

Während ihr überlegt, bedenkt auch dies: Wer streckt seine Hand zur Eroberung über unser Land aus? Wer verwüstet unser Land? Wer läßt die Tränen unseres Volkes reichlicher fließen als das Wasser der reißenden Ströme? Wer entfesselt diesen schändlichen Krieg gegen uns?«

Tegid hielt inne, um seinen Zuhörern Zeit zu geben, alles zu bedenken, was er gesagt hatte. Als er fortfuhr, fragte er: »Rätselt ihr noch? Wagt es niemand, den Namen laut zu nennen? Nun gut, dann werde ich die verhaßten Worte aussprechen. Es ist Nudd, Herrscher von Uffern und Annwn, Fürst des Abgrundes, der für all diese Leiden verantwortlich ist. Es ist Fürst Nudd, der unsere Clansleute hingeschlachtet hat und aus unserem strahlenden Reich eine erbärmliche Wüste macht. Es ist Nudd, der Verfluchte, der unsere Frauen in Witwen und unsere Krieger in Fraß für die Würmer verwandelt. Es ist Nudd, der König der Ewigen Nacht, der die Dämonenbrut gegen uns anführt.

Ich sage euch die Wahrheit, Gefährten meiner Feuerstelle. Wenn wir es nicht wagen, Fürst Nudds Herrschaft zu beenden, dann werden die Greuel, die Prydain angetan werden, bald auch in Llogres und Caledon zu sehen sein. Dann werden die Drei Gesegneten Reiche vereinigt sein – im Elend, nicht in Harmonie; in der Not, nicht im Frieden. Und Albion, die schönste Insel in dieser Welt, wird sich unter der verhaßten Folter von Nudds Coranyid winden.«

Als diese Worte ausgesprochen waren, runzelten sich die Stirnen, und die Blicke wurden finster in den Gesichtern seiner Zuhörer. Meldryns Häuptlinge warfen einander verzweifelte Blicke zu. Schließlich brach Tegid das spröde Schweigen. »Ihr habt es gehört. Ihr habt es bedacht. Ihr habt es erwogen. Nun ist die Zeit, den Schatz eures weisen Rates zu teilen. Euer König wartet.«

Prinz Meldron kam es aufgrund seines Ranges zu, als erster zu sprechen. »Vater und König, es war immer unsere Art, Wunde für Wunde und Leid für Leid zu vergelten. Oder hast du das zusammen mit deiner Fähigkeit zu sprechen vergessen?« Der Prinz konnte der Versuchung, den Dolch im Herzen seines Vaters herumzudrehen, nicht widerstehen. »Doch es ist wert, sich daran zu erinnern. Ich sage, laßt uns die Blutschuld eintreiben, die man uns schuldig ist. Laßt uns unsere Krieger sammeln – und jeden, der mit uns reiten will – und Krieg führen gegen Nudd. Laßt uns zu den Waffen greifen und ihn aus unserem Land verbannen.«

Mehrere der Häuptlinge, unter ihnen Paladyr, der Meisterkämpfer, klatschten mit ihren Händen auf die Schenkel und erhoben beifällig ihre Stimmen. Der König hörte ohne Begeisterung zu und winkte Tegid zu sich heran.

Nach einer kurzen Beratung wandte sich Tegid um und sagte: »Der König hat dich gehört, Meldron. Es ist sein Gedanke, daß dieses Übel nicht durch Waffengewalt allein aus unserem Reich zu vertreiben ist. Denn im Herzen dieser Drangsal liegt eine Krankheit, die geheilt werden muß, bevor das Land geheilt werden kann.«

»Es gibt keine von Feinden herbeigeführte Drangsal, die nicht mit dem Schwert geheilt werden könnte«, prahlte der Prinz.

Tegid lauschte geduldig der Antwort des Königs und sprach sie dann aus: »So spricht der König: Glaubst du, die Drangsal, die uns befallen hat, würde der Klinge eines Schwertes weichen? Ich sage dir, Fürst Nudd hat keine Angst vor euren Speeren oder Schwertern. Er fürchtet nur eines: den Wahren König in seiner Festung. Der böse Herrscher ist nur durch eines zu binden: durch das Lied von Albion.«

»Was das betrifft«, erwiderte der Prinz hochmütig, »so weiß ich nichts davon. Mir scheint, daß diese Drangsal nur durch die Machenschaften von Barden über uns gekommen ist.« Er richtete seine Anklage gegen Tegid. »Nichts von alledem wäre geschehen, wenn du und deinesgleichen euch auf eure eigenen Angelegenheiten beschränkt hättet.«

Tegid fuhr zornig auf. »Willst du damit sagen, daß die Barden von Albion diesem Grauen Vorschub geleistet hätten?«

Der Prinz ließ sich nicht zu einer Antwort herbei, doch er machte auch keinen Rückzieher.

»Auf daß ihr alle es wißt«, schnappte der Barde. »Auf daß jeder die Wahrheit erkenne, werde ich offen sprechen. Wisset: Der Cythrawl ist auf die Welt losgelassen.« Alle, die vor Meldryns Feuerstelle versammelt waren, erzitterten innerlich, als das Uralte Böse genannt wurde. »Ollathir, der Oberste der Barden, stellte sich der Bestie des Abgrundes und wurde getötet, doch nicht, bevor er es mit einem starken Bann belegt hatte. Darum hat der Cythrawl seinen Knecht Nudd herbeigerufen, um zu verheeren und zu vernichten, was er nicht besitzen konnte. So ist diese Drangsal über uns gekommen.«

Prinz Meldron blickte finster und schob sein Kinn vor. »Das ist nur Bardengeschwätz in meinen Ohren.« Er schnippte sich mit den Fingern ans Ohr. »Was schert es mich, wie es geschehen ist? Mich interessiert nur, wie ich zurückfordere, was mir gehört.«

»Wohl gesprochen, Herr«, erwiderte Paladyr laut. »Wir haben gezeigt, daß wir die Coranyid töten können. Laßt uns den Oghamspeer zu allen Clans der Drei Reiche senden und alle Könige und ihre Kriegsscharen zu einem großen Aufmarsch gegen Nudd und seine Dämonenhorde rufen.«

Dieser Plan wurde von Meldryns Häuptlingen von Herzen begrüßt, die trotz aller Bemühungen Tegids nicht an das enorme Ausmaß des Übels glauben mochten, dem sie gegenüberstanden, ebensowenig wie an seine Ursache. Denn trotz all der Härten, die wir erduldet hatten, und allem, was wir von dem Feind gesehen hatten, vertrauten sie immer noch nur auf die Waffen in ihren Händen.

Mit dem Einverständnis des Königs löste Tegid die Versammlung auf, und alle zogen sich zurück, wobei sie sich laut über den großen Heeresaufmarsch und den bevorstehenden glorreichen Krieg unterhielten. Sie glaubten immer noch, daß das Unheil durch Schwertstreich und Speerstoß abgewendet werden könnte; sie glaubten immer noch, der Sollen würde bald von allein enden und der Gyd anbrechen.

Nachdem sie gegangen waren, erhob sich der König langsam von seinem Ratsstuhl, stellte sich vor die Feuerstelle und starrte in die hellroten Tiefen der Flammen, als suche er dort das Gesicht seines Feindes. Nach einem langen Augenblick machte er kehrt und zog sich in seine inneren Gemächer zurück. Ich sah sein Gesicht im Widerschein des Feuers, als er sich umdrehte, und es erschien mir wie das Gesicht eines Sterbenden: die Augen hell und hart, das Fleisch des Gesichts straff über den Schädel gespannt, die Haut papieren und bleich. Es war das Gesicht eines Mannes, der sein Leben rasch entrinnen sieht, ohne etwas dagegen tun zu können.

Ich näherte mich der Feuerstelle und setzte mich auf eine gescheckte Rinderhaut nahe beim Feuer. Tegid bemerkte meinen besorgten Gesichtsausdruck. »Der König ist müde. Er braucht Ruhe.«

»Du hast ihnen nichts von dem Phantarchen erzählt. Warum nicht?«

Tegid stocherte mit einer Eisenstange in den Kohlen herum. »Du hast ihr Verhalten gesehen. Sie hätten mir nicht zugehört.«

»Vielleicht nicht. Trotzdem hatten sie ein Recht, es zu erfahren.«

»Dann sag *du* es ihnen doch!« schrie er mit einer Stimme, die so rauh war wie eine offene Wunde. »*Du* hast den Awen des Obersten Barden; sag du es ihnen. Vielleicht werden sie dir zuhören.« Er schleuderte die Eisenstange zu Boden.

Zorn loderte rasch und heiß in mir auf. »Hör auf damit, Tegid! Dauernd sagst du, ich hätte Ollathirs Awen empfangen, und vielleicht ist das so. Aber ich habe nicht darum gebeten. Ich erinnere mich nicht einmal daran!«

»Dann ist er verloren! Er ist starker Met, der auf trockenen Sand geschüttet wurde. Er ist verschwendet, und mehr gibt es dazu nicht zu sagen.« Damit erhob sich Tegid und stürmte aus der Ratskammer, und in dieser Nacht und den ganzen nächsten Tag über bekam ich ihn nicht mehr zu Gesicht.

Zwei Tage nach dem Königsrat stand ich auf der Mauer Wache. Zu meinem Entsetzen sah ich, daß sich vor unseren Toren noch mehr Dämonen zusammengerottet hatten. Ich spähte hinaus in die schneeverwehte Dunkelheit und sah viele Hunderte, vielleicht Tausende von Coranyid um die Fundamente der Festung branden wie eine rastlose, wütende See. Sie schnitten obszöne Grimassen, koteten und ließen ihre Darmwinde entweichen, als wollten sie damit unseren geschleuderten Steinen trotzen. Das Getöse, das sie mit ihren unheimlichen Schreien erzeugten, war entsetzlich. Der Gestank, der von ihrem Schmutz und Dreck aufstieg, war noch schlimmer. Ich mußte würgen und trug unfreiwillig zu dem Gestank bei.

»Es werden jeden Tag mehr«, bestätigte ein Krieger namens Hwy. »Wie viele wir auch töten, es werden immer noch mehr.«

Das stimmte, und ich erfuhr bald den Grund dafür.

»Was ist das?« fragte ich und deutete auf einen roten Lichtschein zwischen einer Ansammlung von Felsen, wo es von Coranyid wimmelte.

»Das ist ihr Feuer«, antwortete der Krieger. »Sie wärmen sich daran.«

Das gab mir zu denken. Wo fanden die Dämonen Brennstoff für ihr Feuer? Warum sollten Kreaturen des Abgrundes Wärme brauchen? Sie schienen immun gegen die Kälte zu sein. Sie brauchten weder Essen noch Trinken, noch Schlaf – noch sonst irgendeine menschliche Annehmlichkeit. Wozu brauchten sie ein Feuer?

Da mich die Frage nicht losließ, ging ich auf der Mauer entlang zum anderen Ende der Befestigung, um einen besseren Blick zwischen den aufragenden Felsen hindurch zu bekommen. Von dort sah ich, daß die Feinde tatsächlich ein riesiges Feuer entfacht hatten. Mehr noch, sie hatten einen gewaltigen Kessel zum Erhitzen auf die Flammen gesetzt. Der Dampf aus diesem Kessel wehte in abgerissenen Schwaden auf dem tobenden Wind davon. Dutzende von Dämonen machten sich an dem Feuer zu schaffen, schürten es und schütteten es auf. Doch wozu diente das Ganze?

Meine Fragen wurden sofort beantwortet. Während ich Ausschau hielt, stürmte ein Haufen von Coranyid, die vor dem Tor herumgelungert hatten, plötzlich vor und versuchte die Balken des Tores zu erklimmen. Die aufmerksamen Wächter schleuderten Felsbrocken auf sie herab, mit denen sie drei auf der Stelle zermalmten und töteten und zwei weitere verletzten. Die Verletzten wurden auch noch getötet, als sie versuchten, ihre zerschmetterten Leiber davonzuschleppen. Das Ganze war in einem Augenblick vorbei. Die anderen zogen sich unter gräßlichem Geheul zurück und ließen fünf Tote zurück.

Kaum hatten sich die gescheiterten Angreifer außer Reichweite gebracht, als ein weiteres Dutzend vorstürmte. Doch statt sich auf das Tor zu werfen, wie es die ersten getan hatten, eilten diese zu ihren Toten, hoben sie auf und schleppten sie davon. Ein merkwürdiges Verhalten, dachte ich. Und dann sah ich, wohin sie die Leichen brachten und was sie mit ihnen anstellten. Ich beobachtete alles, und das Mark gefror mir in den Knochen.

Ich drehte mich auf der Stelle um und rannte los, um Tegid zu suchen.

32

Der Kessel

»Komm mit, Tegid. Da ist etwas, das du dir ansehen mußt.«

Ich hatte den Barden allein vor dem Feuer in der Ratskammer des Königs angetroffen, wo er die Ogham-Runen in den Schaft eines Speeres schnitzte, den Prinz Meldron und die Schlachtenführer benutzen wollten, um die Könige von Albion zum Heeresaufmarsch aufzurufen. Wir beide wußten, daß es eine vergebliche Geste war. Es würde keinen Aufruf, keinen Heeresaufmarsch und keine glorreiche Schlacht geben. Meldryn Mawrs Häuptlinge konnten sich nicht einmal darüber einigen, wer den Speer nehmen sollte; und wie sie durch die vor unserem Tor wimmelnden Coranyid zu gelangen und die Reise durch den bitteren Sollen zu überleben gedachten, davon hatten sie überhaupt keine Vorstellung.

»Für mich gibt es nichts zu sehen«, knurrte Tegid.

»Doch, das solltest du dir anschauen«, widersprach ich.

»Kann es nicht warten?«

»Nein.«

»Also schön«, sagte er gereizt und warf den Speer zur Seite. Er klapperte über die Steinfliesen des leeren Raumes. Tegid stand auf und fegte sich die Holzspäne von den Breecs. »Dann zeig mir diese Sache, die nicht warten kann.«

Trotz seiner Klagen war er nicht gerade empört darüber, seiner sinnlosen Arbeit den Rücken zu kehren, und folgte mir bereitwillig. Wir traten aus der Kammer hinaus in die Halle, stiegen vorsichtig über Dutzende schlafender Menschen hinweg und blieben am Eingang stehen, um unsere Umhänge dicht um uns zu wickeln. Ich öffnete die Tür einen Spaltbreit, schob die Rinderhaut zur Seite und trat hinaus in den Sturm. Der Wind zerrte an unseren Kleidern, als wir den schneebedeckten Hof überquerten und die Stufen zur Befestigungsmauer emporstiegen. Oben angekommen, deutete ich auf den roten Feuerschein, der sich in den Felsen spiegelte. Fetzen schwefligen Rauches, vom Wind zerrissen, zogen über den Schnee dahin und färbten ihn schmutzig-gelb. »Siehst du das?« fragte ich.

»Sie haben ein Feuer gemacht«, antwortete er.

»Ja. Warum, o Hochweiser, haben sie ein Feuer gemacht?«

Tegid wollte antworten, dann legte er den Kopf schief. »Tatsächlich, warum?«

»Genau.« Ich bedeutete ihm, mir weiter zu folgen, und führte ihn auf dem Mauergang entlang zu der Stelle, von der aus man das Gefäß sehen konnte.

»Und das da?« fragte ich, indem ich in die schneeverwehte Düsternis deutete.

»Ein Kessel«, erwiderte Tegid mit steigendem Interesse.

»Ja, es ist ein Kessel. Und jetzt paß auf«, sagte ich und lenkte seine Aufmerksamkeit auf das Tor.

Für kurze Zeit standen wir dort und beobachteten, während der kalte Wind auf uns einpeitschte. Wir brauchten nicht lange zu warten, denn bald kam der nächste Angriff auf das Tor. Diese Angriffe fanden seit mehreren Tagen regelmäßig statt und wurden immer häufiger. Diesmal wurden vier Dämonen getötet; sie verreckten schreiend und um sich schlagend im Schnee. Diesmal jedoch wurden die zerschmetterten Körper von anderen Dämonen hochgehoben und fortgetragen. Tegid gab zu, daß das merkwürdig war, doch er erkannte nicht die Bedeutung.

»Warte einen Moment«, riet ich ihm, »und beobachte weiter.«

Die zerschmetterten Leiber der vier getöteten Coranyid wurden zu dem riesigen Feuer getragen, wo man sie über den Rand des großen eisernen Kessels hievte; einer nach dem anderen wurden die Kadaver hineingeworfen, und das Feuer loderte höher auf. »Sie fressen sie!« bemerkte Tegid mit einem angeekelten Schaudern.

»Nein, sie fressen ihre Toten nicht. Sieh hin.«

Ein fettbäuchiges, höckriges Monster mit dem Gesicht einer Ratte sprang auf den Rand des dampfenden Gefäßes und stieß ein langes schwarzes Paddel in die brodelnde Tiefe. Die aufgeblähte Kreatur vollführte ein paar Rührbewegungen, hielt dann inne und zog das Paddel wieder heraus.

»Was –« fing Tegid an.

»Sieh hin«, sagte ich, ohne meine Augen von dem feuerumkränzten Kessel abzuwenden.

Kaum hatte ich die Worte ausgesprochen, als eine der Leichen aus dem Kessel aufzusteigen begann: erst eine Hand und ein Arm, dann Kopf, Schultern und Rumpf. Die Arme bewegten sich, ebenso der Kopf. Das untote Ding klammerte sich an den Rand des Gefäßes, ignorierte die Flammen, die um seine schimmernden Schenkel leckten, und sprang dann hinab auf den Boden, um sich wieder in die wimmelnde Masse seiner monströsen Gefährten zu mischen.

Inzwischen war der zweite Dämon aus dem Schaum des massiven Eisentopfes aufgestiegen und kletterte nun über den Rand. Der Kopf der dritten Leiche tauchte mit offenem Maul und weit starrenden Augen aus der brodelnden Oberfläche auf. Das Monster ergriff den Rand mit zwei schwieligen Händen, zog sich aus dem Kessel heraus und fiel mit gespreizten Gliedern außerhalb des Flammenringes auf die Felsen. Dann entstieg die letzte Leiche der kochenden Flüssigkeit und tauchte in der ekelhaften Horde unter.

»*Crochan-y-Aileni*«, murmelte Tegid finster, »der Kessel der Wiedergeburt. So also stellen sie es an, daß ihre Zahl nicht sinkt. Wir können sie nicht töten. Wir können sie nicht aufhalten.« Seine Stimme hatte den hohlen Klang der Resignation und der Niederlage.

»Du sagtest, das Lied könne sie aufhalten.«

»Das Lied ist verlorengegangen.«

»Dann müssen wir es wiederfinden.«

»Ein närrisches Unterfangen«, spottete Tegid. »Das ist unmöglich.«

Ich streckte meine Hand zu dem aufragenden Gefäß aus. »Nur ein Narr würde hierbleiben und warten, bis wir von diesen Teufeln mit ihrem verfluchten Topf ausgehungert und überwältigt werden. Mir scheint, Bruder, daß wir so oder so Narren sind.«

Der Barde funkelte mich so wütend an, daß ich dachte, er würde mich über die Brüstung stoßen. Doch dann warf er noch einen Blick auf den Kessel und die Tausende von wimmelnden Coranyid, die obszön um seine schimmernde, von Flammen umloderte Hülle herumtanzten. »Was schlägst du vor?«

»Ich schlage vor, daß wir den Phantarchen suchen. Vielleicht ist er nicht tot. Wir wissen nicht, ob er tot ist. Wir werden es nicht mit Sicherheit wissen, bis wir ihn gefunden haben.«

»Unmöglich«, grunzte Tegid. »Und sinnlos.«

»Was haben wir zu verlieren?«

»Muß ich dir alles noch einmal erklären? Niemand außer dem Penderwydd weiß, wo sich der Phantarch aufhält«, protestierte Tegid schwach. »Ollathir wußte es, und –«

»Und Ollathir ist tot«, schnappte ich. Ich hatte keine Geduld mehr mit Tegids Pessimismus. »Das hast du mir schon oft genug gesagt. Und ich sage, *irgend jemand* muß wohl wissen, wo sich der Phantarch aufhält, denn wer immer ihn getötet hat, muß wohl durchaus gewußt haben, wo er ihn finden konnte.«

Tegid, der im Begriff gewesen war, etwas einzuwenden, fuhr plötzlich hoch, und seine Augen verengten sich, als er über die Wahrheit meiner Worte nachdachte.

»Mir scheint«, fuhr ich fort, »wir müssen entweder herausfinden, wer den Phantarchen getötet hat, oder herausfinden, wie man ihn entdeckt hat.«

»Das wird schwierig sein.«

»Schwierig ist nicht dasselbe wie unmöglich.«

»Jetzt redest du schon wie ein Barde.« Tegid rang sich zu einem flüchtigen Lächeln durch.

Es sollte ein Scherz sein, doch noch während er diese Worte sprach, erinnerte ich mich an meinen feierlichen Schwur vor der Banfáith: *Es scheint mir eine Aufgabe zu sein, die eher einem Barden ansteht. Doch was getan werden kann, das will ich tun.*

»Es ist eine Aufgabe für einen Barden«, sagte ich. »Ich bin kein Barde, Tegid, das wissen wir beide. Und doch ist mir der Awen des Obersten Barden gegeben worden.«

Das Lächeln verschwand, und sein Gesicht umwölkte sich mit der Verzweiflung, die seit Sycharth auf ihm lastete. Er sagte nichts.

»Ja, mir, Tegid. Er ist mir gegeben worden! Du hättest es sein müssen – ich wünschte, du *wärest* es gewesen. Ich weiß, daß ich kein geeignetes Gefäß bin. Aber es bleibt eine unumstößliche Tatsache, daß ich dort war, als Ollathir starb, und daß ich derjenige war, der den Awen empfing. So liegen die Dinge nun einmal.«

Tegids Mund zuckte unglücklich, doch er antwortete nicht.

»Ich bin bereit, alles zu tun, aber ich weiß nicht, was. Du weißt es. Du bist ein Barde. Sag es mir, Tegid; sag mir, was ich wissen muß. Ich erinnere mich an nichts von dem, was Ollathir mir gesagt hat. Aber ich möchte mich erinnern. Und vielleicht wäre es zu unser aller Wohl, wenn ich mich erinnern würde.«

Tegid schwieg immer noch, doch ich wußte, daß er sorgfältig über das nachdachte, was ich ihm gesagt hatte. Und ich spürte, daß er in diesem Moment dabei war, seine Verletzung und Enttäuschung hinter sich zu lassen. Er musterte mich gründlich – als wäre ich ein ungerittenes Pferd und er ein Käufer, der sich darüber klarzuwerden versuchte, ob er mir trauen könnte. Schließlich sagte er: »Wirst du tun, was immer ich dir sage?«

»Was getan werden kann, das werde ich tun.«

Tegid drehte sich abrupt um und sagte: »Folge mir.«

33

Herz des Herzens

Wir glitten hinaus in die windgepeitschte Nacht. Das Licht aus der Halle ergoß sich wie geschmolzene Bronze auf den schneebedeckten Hof. Die Fackeln, die wir trugen, flackerten im böigen Wind und rauschten wie Flügel. Ich zog eine Falte meines Umhangs vors Gesicht und folgte Tegid über die dunkle Schneefläche.

Auf den Mauern über uns konnte ich die Fackeln der Wächter sehen. Ich hörte das Gekreische der Coranyid, die außerhalb der Mauern herumschwärmten, und die Rufe der Krieger, die Steine hinab auf die Brut schleuderten.

Tegid führte uns zu einem kleinen Steinhaus im Schatten der großen Halle. Die Hütte war ein Lagerraum für Leder, Wolle und andere Vorräte. Drinnen war es trocken und roch nach Schafen. Ballen von Fellen und gegerbten Rinderhäuten lagen zusammengerollt und aufgestapelt an den Wänden. Es gab auch Platten aus Bienenwachs und Knäuel gesponnener Wolle zum Weben. Das Dach war mit Heidekraut und Moos gedeckt; der Fußboden bestand aus Holzdielen, und es gab keine Fenster.

In der Mitte des Raumes stand ein Pfosten, und daneben befand sich eine quadratische Öffnung im Boden. Tegid ging zu der Öffnung, gab mir seine Fackel und stieg hinab auf eine Holzleiter. Er verschwand in dem schwarzen Viereck und sagte einen Moment später: »Gib mir das Licht.«

Ich ging zum Rand der Öffnung und reichte ihm erst die

eine, dann die andere Fackel hinunter. Dann hielt ich mich an dem Pfosten fest und stieg in die Dunkelheit hinab, indem ich mit meinen Zehen nach den Sprossen tastete. Unter dem Fußboden erweiterte sich die enge Öffnung zu einem schmalen Gang, der fast – aber nicht ganz – hoch genug war, daß ein Mann darin aufrecht stehen konnte. »Hier entlang«, sagte Tegid und reichte mir eine Fackel.

Zwei weitere Gänge zweigten zu beiden Seiten ab, doch Tegid setzte sich mit gesenktem Kopf und eingezogenen Schultern den mittleren Gang entlang in Bewegung. Es war trocken, aber kalt. Unser Atem zog in gekräuselten Dampfschwaden zu der steinernen Decke über uns empor. Nach dreißig Schritten endete der Gang in einer größeren Kammer, in der wir wieder aufrecht stehen konnten. An einer Seite der Kammer war ein steinerner Trog in die Wand geschlagen. In einem dünnen Rinnsal rann Wasser durch eine Rille in der Wand hinab und füllte das Becken, und das, was über den Rand floß, tropfte in eine Zisterne hinab. Ich hörte den hohlen Widerhall der Tropfen, die irgendwo unter uns in die Zisterne fielen. An der dem Becken gegenüberliegenden Wand hing ein geknotetes Seil in ein rundes Loch im Boden hinab.

Tegid ging zu dem Loch hinüber und gab mir seine Fackel. Dann ergriff er das Seil, trat an den Rand des Loches und ließ sich hinab. »Es sind Stufen in der Wand«, sagte er, als er den Boden erreichte. »Nimm das Seil und wirf die Fackeln herab.«

Ich folgte seinen Anweisungen und seinem Beispiel, ergriff das Seil und ließ die Fackeln in das Loch hinabfallen. Tegid hob sie auf und hielt sie hoch, so daß ich die Kerben sehen konnte, die in die Felsoberfläche geschlagen worden waren. Halb baumelnd und halb hinabkletternd ließ ich mich an den senkrechten Stufen hinab und fand mich in einem großen, runden Gewölbe wieder, das das Innere der Zisterne selbst darstellte. Ein Felsensims umlief die tiefe, dunkle Wasserfläche. Ohne ein Wort reichte mir Tegid meine Fackel und ging auf dem Sims voraus. Wir hielten auf halbem Wege um die Zisterne herum an einer Öffnung in der Felswand, etwa auf halber Mannshöhe über dem Sims.

Wir steckten unsere Fackeln in zwei kleine Löcher im Gestein zu beiden Seiten dieser größeren Öffnung und krochen durch den Eingang in einen weiteren Gang. Nachdem wir unsere Fackeln wieder an uns genommen hatten, ging es weiter – zuerst auf Händen und Knien, dann zusammengekauert in der Hocke und schließlich aufrecht, als die Decke sich über uns in die Dunkelheit hob. Obwohl der Gang außerhalb unseres kleinen, flackernden Lichtkreises im Dunkel lag, bemerkte ich, daß er leicht bergab führte und sich langsam einwärts wendete. Die Wände dieses Ganges waren feucht. Ständig sickerte, rann und tropfte Wasser von der unsichtbaren Decke herab. Vielleicht lag es an der Bewegung, doch in diesem Gang kam es mir wärmer vor, und ich spürte klammen Schweiß auf meinem Gesicht und im Nacken.

Wie lange wir in dem Gang blieben, kann ich nicht sagen. Ich hörte auf, die Schritte zu zählen, und mir schien, als könnten wir die ganze Nacht so weitergehen. Bisweilen verengte sich der Felskorridor, so daß wir gezwungen waren, ein Stückweit seitwärts zu gehen. Dann wieder liefen die Wände auseinander, bis das Licht unserer Fackeln sie nicht mehr erreichte. Allmählich wurde das Gefälle steiler und der Boden unter unseren Füßen glatter und glitschiger – als wäre der Gang durch den Verlauf eines unterirdischen Flusses in den Berg gegraben worden. Außerdem begann ich schwach und weit entfernt das Geräusch fließenden Wassers zu hören, wie von einem Bergbach, der durch sein steiniges Bett zu Tal plätschert und sprudelt.

Nach einiger Zeit erreichten wir eine riesige, bienenstockförmige Kammer – natürlichen Ursprungs, nicht von

Menschen gemacht. Durch die Mitte der Kammer floß ein Bach, breit, aber nicht allzu tief, und Tegid folgte ihm und ging auf eine Spalte in der Wand zu, in der der Wasserlauf verschwand. Diese Spalte reichte vom Boden bis zur Decke des Raums und war in Bodennähe breit genug, daß ein Mann sich hineinzwängen konnte. »Dies ist der Schoß des Berges«, sagte Tegid, und seine Stimme hallte in der hohlen Kammer wider. »Hier ist der Ort, an dem ein Barde geboren wird. Jenseits dieses Portals erwacht der Awen.«

Er beleuchtete mit der Fackel die Felsoberfläche am Rand der Spalte. Ich sah, daß an der Wand eine viereckige Fläche geglättet worden war, in deren Mitte man ein Muster eingraviert hatte. Es war ein Muster, das ich gut kannte, ein in ganz Albion verbreitetes Zeichen: das Kreislabyrinth, dessen verwickelte, hypnotische Schleifen und Spiralen auf Armringen, Tätowierungen, Broschen, Schilden, Holzwerkzeugen und allen möglichen anderen Dingen zu finden waren. Das Kreislabyrinth schmückte auch Steinsäulen und wurde auf Berggipfeln in die Erde gegraben.

»Das habe ich auf der Steinsäule auf Ynys Bànail gesehen«, sagte ich und deutete auf die Gravierung. »Was bedeutet es?«

»Das ist *Môr Cylch*, das Labyrinth des Lebens«, antwortete Tegid. »Wir durchwandern es in der Dunkelheit mit gerade genügend Licht, um einen oder zwei Schritte vorauszusehen, aber nicht mehr. An jeder Biegung muß die Seele entscheiden, ob sie weiterwandern oder auf demselben Weg zurückgehen will.«

»Was geschieht, wenn eine Seele nicht weiterwandert? Was ist, wenn sie beschließt, den Weg zurückzugehen, den sie gekommen ist?«

»Erstarrung und Tod«, erwiderte Tegid mit milder Vehemenz. Es schien ihn zu irritieren, daß jemand an Rückzug auch nur denken konnte.

»Und wenn die Seele weiterwandert?«

»Dann nähert sie sich weiter ihrem Ziel«, antwortete der Barde. »Das letzte Ziel aller Seelen ist das Herz des Herzens.«

Tegid trat zu einer in die Wand gehauenen Nische, griff hinein und brachte zwei frische Fackeln zum Vorschein, die er an der, die er in der Hand hielt, entzündete. Eine davon gab er mir; dann legte er seine verbrauchte Fackel in einen Spalt neben dem Kreislabyrinth und bedeutete mir, dasselbe zu tun.

Er drehte sich um, bückte sich und trat in die Spalte. Ich hörte das Platschen seiner Schritte im Wasser und sah den flackernden Widerschein seiner Fackel auf den glänzenden Wänden. Dann rief er mir zu: »Komm mit mir, Bruder. Hier ist der Ort, an dem die Erinnerung beginnt.«

Ich beugte mich und betrat jenen schmalen Weg, zwängte mich durch eine enge Öffnung und gelangte auf einen hohen Gang, der breit genug war, um mit seitlich ausgestreckten Armen darin zu stehen. Die geschwungenen Wände des Ganges waren glatt und glänzten, als wären sie poliert. Auf dem Boden floß das Wasser des Baches entlang. Das turbulente Rauschen von Wasser war hier lauter zu hören, wenn auch immer noch fern und gedämpft, wie durch unzählige Wände oder Hindernisse abgelenkt und reflektiert.

Das war auch tatsächlich der Fall, denn wir hatten ein riesiges Labyrinth betreten – dessen Abbild draußen auf die Wand graviert war –, und das Geräusch des Wasserfalls erreichte uns durch die vielen verzweigten und geschwungenen Pfade des serpentinenartigen Gebildes. Wir versanken bis zu den Knöcheln im Wasser, und bald waren unsere Füße taub von der eiskalten Feuchtigkeit.

Nachdem wir kurze Zeit schweigend dahingewatet waren, begann Tegid mir von diesem Ort und dem Grund unseres Hierseins zu erzählen. »Dies ist ein sehr alter Ort«, sagte er, streckte die Hand aus und schlug auf das glatte

Gestein. »Beinahe bevor in Prydain irgend etwas anderes existierte, wurde dies hier geschaffen. Dies ist der *Omphalos* unseres Reiches, der Nabel von Prydain. Seit der Erschaffung dieses Weltenreiches ist er von unseren Königen bewahrt und geschützt worden.«

Ich hatte schon darüber gerätselt, wozu Meldryn Mawr so weit von seinen Ländereien entfernt eine Festung benötigte. »Aber ich dachte, der Weiße Felsen sei der heilige Mittelpunkt Albions?«

»Auch dies hier ist die Mitte«, erwiderte Tegid, dem der Gedanke zweier heiliger Mittelpunkte keine Schwierigkeiten zu bereiten schien. »Und jeder, der ein Barde werden will, muß diesen Pfad zum Herzen des Herzens durchwandern.«

Wir gingen den sanft geschwungenen Gang entlang und gelangten schließlich an eine Stelle, die ich zunächst für eine schiere Wand hielt, an der der Gang zu enden schien. Beim Näherkommen sah ich jedoch, daß es in Wirklichkeit eine scharfe Kurve war, an der der Gang eine komplette Wendung vollzog. Wir gingen diesen neuen Korridor entlang und hielten unsere Fackeln hoch, um soviel Licht wie möglich vor uns zu werfen.

Obwohl Tegid vorausging, verlor ich bald jede Orientierung in dem Labyrinth. Als wir an den geschwungenen Wänden entlanggingen, von allen Seiten umgeben von dem Klang fließenden Wassers, fühlte ich mich wie eine verirrte Seele, die im unbeständigen Licht der Fackel vorwärts stolperte und ein unbekanntes Ziel zu erreichen hoffte. Und das schnell fließende Wasser war wie die Zeit oder die Kraft des Lebens, die uns auf unserer Reise vorantrieb.

Wieder vollzog der Gang eine abrupte Biegung, der wir folgten und so auf einen weiteren geschwungenen Korridor gelangten, dessen Kurve ein wenig schärfer war als die des vorigen. Vielleicht spielte mir meine Einbildungskraft einen Streich, aber mir schien, als würde die Biegung zu einem sowohl buchstäblichen als auch symbolischen Wendepunkt, einem Punkt des Zweifels, der eine Entscheidung erforderte. Der Weg voraus war dunkel und ungewiß, der Weg zurück war nicht mehr zu sehen. Vorwärts zu gehen bedeutete, dem Schöpfer des Labyrinths zu vertrauen, daß der Lohn, den wir im Herzen des Herzens suchten, ein Segen und kein Fluch für uns sein würde.

Die Kurven des Labyrinths wurden schärfer, die Biegungen häufiger. Daran erkannte ich, daß wir uns dem Zentrum des Labyrinths näherten. Auch das Rauschen des Wassers wurde lauter. Bald würden wir die zentrale Kammer erreichen. Was würden wir dort finden?

Das Geräusch des Wassers ringsum, die Dunkelheit, die Kälte, die Härte der Felsen – all das gab mir das Gefühl, eine Initiation durchzumachen. Hier ist der Ort, an dem die Erinnerung beginnt, hatte Tegid gesagt. Die Erinnerung beginnt mit der Geburt. Wurde ich in irgend etwas hineingeboren? Oder wurde in mir etwas geboren? Ich wußte es nicht, doch ich spürte, wie meine Erwartung mit jedem Schritt anwuchs. Enger wurden die Biegungen, schneller die Schritte. Ich spürte, wie mein Puls raste und ein Schwall der Spannung mich durchrauschte. Wasser, Feuer, Dunkelheit, Gestein – diese Welt von elementarer Schlichtheit übte eine elementare Kraft auf mich aus. Ich fühlte die Anziehung in den Knochen und im Blut. Mein Geist lauschte auf einen Ruf, der älter war als jeder andere, uralt, urzeitlich; auf den Ruf zum Leben, durch den der Mensch aus den Elementen herausgerufen worden war.

Wir folgten der letzten Biegung des Labyrinths und betraten eine kreisrunde Kammer. Sie war leer – bis auf ein großes Loch im Boden, in dem der eisige Bach, der durch die gewundenen Pfade des Labyrinths geflossen war, nun verschwand. Die Stimme des Wassers drang wie die eines Gottes durch die dunkle Öffnung empor, als der hinabstürzende Bach sich irgendwo unten auf den Felsen brach.

»Wir haben das Herz des Herzens erreicht«, verkündete Tegid. »Hier wird die Erinnerung ausgelöscht.«

»Die Erinnerung wird im Tode ausgelöscht«, sinnierte ich.

»So ist es. Doch in einer Welt zu sterben heißt, in eine andere hineingeboren zu werden. Deshalb setzt das Leben, wie alle Dinge, seine Reise an dem jenseitigen Ort fort, auch wenn es in dieser Welt zu fließen aufhört.«

Ich spürte ein Prickeln – es waren meine Nackenhaare, die sich aufstellten. *An dem jenseitigen Ort ... schläft der Phantarch ...*

Als ich dort im eisigen Wasser stand und dem Dröhnen des Wasserfalls lauschte, fühlte ich von neuem das Grauen jener Nacht auf dem heiligen Hügel. In der Dunkelheit sah ich wieder das über uns drohende Gliedergewirr des Cythrawl, und ich spürte Ollathirs Arm, der sich fest um meinen Hals schlang, und seinen Atem heiß an meinem Ohr. Und ich hörte von neuem die eigenartigen Worte, die der Oberste Barde mir mit seinem letzten Atemzug anvertraut hatte.

»Domhain Dorcha«, sagte ich zu Tegid gewandt. »Der jenseitige Ort.«

Tegid warf mir einen scharfen, schnellen Blick zu. In der Stimme des Barden schwang Interesse. »Wo hast du diese Worte gehört?«

»Ollathir hat sie mir genannt«, antwortete ich und erzählte ihm, woran ich mich erinnert hatte. »Damals wußte ich nicht, wovon er redete, doch jetzt weiß ich es. Ich erinnere mich jetzt. An dem jenseitigen Ort schläft der Phantarch. Das waren Ollathirs Worte.« Ich deutete auf das Loch, in dem das Wasser unseren Blicken entschwand. »Und dort werden wir den Phantarchen finden.«

»Bist du bereit?« fragte Tegid leise.

»Ja«, antwortete ich.

Zitternd vor Ehrfurcht und Erregung traten wir an das

Loch und hielten unsere Fackeln dicht darüber, um die Dunkelheit unter unseren Füßen zu durchdringen. Doch wir konnten nicht weiter sehen als bis zum Rand des Loches. Das Wasser, das über den Rand floß, stürzte in unsichtbare Tiefen hinab. Einen Augenblick standen wir da und fragten uns, wie tief das Wasser fiel.

Dann ließ Tegid seine Fackel in das Loch fallen. Das brennende Scheit überschlug sich im Fallen, und für einen winzigen Moment blitzten die glasigen Wände und der Boden einer unter uns gelegenen Kammer auf, bevor die Fackel ins Wasser fiel und erlosch. Er hob seinen Kopf, und unsere Blicke trafen sich. »Nun? Was sagst du, Bruder?«

»Es gibt keinen anderen Weg nach unten«, sagte ich.

»Und vielleicht auch keinen anderen Weg zurück hinauf«, erwiderte er.

Er hatte recht. Wir hatten kein Seil, keine Werkzeuge irgendwelcher Art. Wir mußten entscheiden, was wir tun sollten, ohne die Folgen unseres Handelns zu kennen. Wenn wir scheiterten, würde es keine zweite Chance, keine Befreiung, keine Rettung, keine Erlösung geben. Wir mußten alles riskieren, im Vertrauen auf das gequälte, vielleicht verwirrte Wort eines sterbenden Barden.

»Wenn Ollathir hier wäre und dir sagen würde, daß du in dieses Loch hinabsteigen sollst«, fragte ich, »würdest du es tun?«

»Natürlich«, antwortete Tegid, ohne zu zögern. Sein Vertrauen in seinen Meister war schlicht und unerschütterlich. Tegids Gewißheit war gut genug für mich.

Ich starrte in eine Finsternis so dicht wie Erde und schwärzer als die Vergessenheit hinab. Durchaus möglich, daß uns dort unten unser Tod erwartete. »Willst du zuerst gehen, oder soll ich?«

»Ich werde zuerst gehen«, sagte er und blickte auf die runde, schwarze Leere vor uns. »Und wenn ich rufe, hältst du die Fackel über das Loch und läßt sie fallen. Ich werde versuchen, sie aufzufangen.«

Dann sprang er einfach in das Loch und verschwand in der undurchdringlichen Schwärze. Ich hörte das Platschen, als er aufs Wasser aufschlug, dann, einen atemlosen Augenblick lang, nichts mehr … und dann ein hustendes, prustendes Keuchen.

»Tegid! Bist du verletzt?« Ich warf mich auf den Bauch und senkte die Fackel in das Loch hinab.

»Es ist kalt!« dröhnte seine Stimme herauf und widerhallte in der Tiefe. Ich hörte, wie er im Wasser um sich schlug, dann: »Wirf die Fackel herunter. Ich bin direkt unter dir.«

Ich hielt die Fackel mit dem brennenden Ende nach oben, so weit ich konnte, ohne mich zu verbrennen. »Sie kommt«, sagte ich und ließ sie fallen.

Ich sah sie einen Moment lang flackern und lodern und war sicher, daß sie ausgehen würde. Doch unmittelbar bevor sie das Wasser berührte, sah ich eine Hand in den Lichtkreis greifen, und dann schwenkte Tegid die Fackel und rief: »Ich habe sie! Ich habe sie!«

Ich sah sein emporgewandtes Gesicht im Fackelschein, das zu mir emporgrinste wie aus einem Brunnen. »Jetzt du«, rief er.

Er schwamm zur Seite, und ich setzte mich an den Rand des Loches und ließ meine Beine in die Leere unter mir hinabbaumeln. Die Dunkelheit umklammerte mich wie eine physische Kraft; ich spürte sie wie einen Druck auf meinen Augäpfeln und Lungen – wie eine riesige, weiche, unsichtbare Hand, die mich zusammenpreßte, erstickte. Blind, atemlos, ringsum von kaltem Wasser umspült, legte ich meine Hände auf die Kante des Abgrundes und stieß mich ab. Die Empfindung, in absoluter Dunkelheit durch den leeren Raum zu fallen, war entnervender, als ich erwartet hatte. Es schien, als ob ich fiel und fiel und mein

Fall nie enden würde; ich fing schon an, mich zu fragen, ob ich jemals unten ankommen würde, als ich klatschend auf die Wasseroberfläche aufschlug.

Sofort schloß sich das Wasser über meinem Kopf, und ich sank tief in die nasse, dunkle Kälte hinab. Als ich schließlich harten Fels unter meinen Füßen spürte, stieß ich mich ab und schoß nach oben, strampelte und prustete, während eiskaltes Wasser von oben auf mich herabfloß. Ich wischte mir das Wasser aus den Augen und hielt Ausschau nach dem Licht. Tegid stand am Rande des Beckens und hielt die Fackel hoch, so daß ich ihn sehen konnte. Ich schwamm auf ihn zu; er kniete nieder, packte meinen Arm und zog mich aus dem Wasser.

Als ich aufstand, wurde mir eine kaum merkliche Veränderung in unserer Umgebung bewußt – als wären wir tatsächlich von einer Welt in eine andere übergegangen. Tegid wollte sich gerade abwenden, und als er die Fackel bewegte, bemerkte ich einen flüchtigen Lichtschimmer an der Wand, wie das Aufblitzen eines Funkens. »Was jetzt?« fragte ich. Meine Stimme rief keinen Widerhall hervor, sondern sank erstickt hinab.

»Schauen wir uns an, was wir gefunden haben«, erwiderte Tegid, und wir machten uns an die Erkundung. Die Kammer war rund, wie wir entdeckten, und in das gewachsene Gestein des Berges hineingetrieben. Gegenüber dem Teich befand sich ein niedriger Tunnel, dessen Wände, ebenso wie die der Kammer, mit Adern silbriger Kristalle durchsetzt waren, die glitzerten, als wir daran vorbeigingen. Wir betraten den Tunnel und machten uns an einen langen Abstieg zu einem tiefer gelegenen Raum. Zweimal blieben wir unterwegs stehen. »Warte!« sagte ich zu Tegid. »Horch!«

Wir blieben stehen und lauschten, doch wir hörten nichts. Dennoch glaubte ich immer wieder, etwas zu hören – ein leises, rhythmisches Summen wie das Schnurren einer großen Katze oder das Schnarchen eines Tieres. Was immer dieses Ding war, das wir nicht ganz hören konnte, es klang lebendig. In meiner Vorstellung sah ich mich schon aus dem Tunnel in die Höhle eines schlafenden Bären taumeln.

Der Tunnel wand sich immer tiefer hinab. Immer wieder wurde unser dunkler, langsamer Weg durch das momentane Aufblitzen des Fackelscheins in den kristalldurchsetzten Wänden erleuchtet. Einmal fuhr ich mit den Fingerspitzen über die Tunnelwand und bemerkte, daß sie sich warm anfühlte. Wahrscheinlich stiegen wir bis tief in das Herz des Berges hinab, stellte ich mir vor, so tief, daß wir uns dem geschmolzenen Kern der Erde selbst näherten. Und immer noch gingen wir weiter.

Dann gelangten wir plötzlich unerwartet ans Ende des Tunnels und traten in eine kuppelförmige Kammer, die aus einem einzigen, gewaltigen Kristall ausgehöhlt zu sein schien. Das Licht unserer einen Fackel wurde in Myriaden von Facetten reflektiert und vervielfacht, die wie ein Himmel voller flammender Sonnen aufloderten. Nach der Dunkelheit des Tunnels tat die Helligkeit meinen Augen weh. Und darum sah ich nicht den Steinhaufen in der Mitte der Kammer – bis Tegid meine Aufmerksamkeit darauf lenkte.

Wir traten näher und sahen etwas, das wie ein Fetzen weißen Stoffes aussah. Tegid hielt die Fackel näher, und wir sahen eine menschliche Hand zwischen den Steinen herausragen. Das Fleisch an der Hand war verdorrt, und die Knochen stachen scharf durch die bleiche, ledrige Haut.

»Wir haben den Phantarchen gefunden«, sagte Tegid in einem erstickten Flüstern. Ich lenkte meinen Blick auf die primitive Grabstätte, auf die er mit der Fackel deutete. »Kalt wie die Steine, die ihn bedecken. Die Banfáith hatte recht: Der Phantarch ist tot. Und mit ihm alle Hoffnung. Es gibt hier nichts für uns zu tun.«

34

Domhain Dorcha

»Sie haben ihn ermordet«, sagte Tegid mit hohler Stimme. »Das Lied ist verstummt und wird nie wieder ertönen.« Er klang verloren, müde und geschlagen. »Es gibt hier nichts für uns zu tun.«

Er wandte sich zum Gehen, doch ich blieb trotzig stehen und starrte auf die leblose Hand, die aus dem Steinhaufen herausragte.

Tegid ging wieder auf den Tunnel zu, um den langen Marsch zurück zu der oberen Kammer anzutreten. Ich wollte ihm folgen, doch meine Füße schienen angewurzelt zu sein, wo ich stand. Wir hatten den Phantarchen gefunden. Ja, aber andere hatten ihn zuerst gefunden. Sie hatten ihn getötet und in Domhain Dorcha aufgebahrt, dem Ort jenseits des Herzens des Herzens. Doch wir waren so weit gekommen … und die Not war so groß. Ich mußte den zerschlagenen Leichnam mit meinen eigenen Augen sehen, bevor ich glauben wollte, was Tegid als wahr erkannt hatte.

»Kommst du?« fragte der Barde.

»Nein – nicht, bevor ich ihn gesehen habe. Ich will ihn mit meinen eigenen Augen sehen, bevor ich glaube, daß er tot ist.«

»Es ist vorbei!« schrie er. »Das ist das Ende. Es gibt hier nichts für uns zu tun.«

»Ich werde nicht gehen, bevor ich ihn gesehen habe«, beharrte ich störrisch. »Geh, wenn du willst, aber ich bleibe.«

»Du Narr!« bellte er wütend. »Das ist deine Schuld! Wir sind vergeblich gekommen!«

Ich machte Tegid keinen Vorwurf wegen seines Ausbruchs. Auf meine Überredung hin hatte er sich zur Hoffnung verleiten lassen, und jetzt endlich war ihm diese kostbare Hoffnung entrissen worden. Am Ende hatten wir nur bewiesen, was wir die ganze Zeit über gewußt hatten: Der Phantarch war tot, und es gab kein Entrinnen vor dem Schicksal, das uns und ganz Albion erwartete.

»Tegid, bitte«, flehte ich. »Wir sind so weit gekommen.«

Er preßte seinen Mund zu einem festen, geraden Strich zusammen, aber er schlug es mir nicht ab. Ich trat zu dem Haufen, bückte mich und begann, einen Stein nach dem anderen zur Seite zu legen. Tegid sah mir eine Weile zu, und als er merkte, daß ich vorhatte, das ganze Grab aufzudecken, gab er nach und kam, um mir zu helfen. Er steckte die Fackel zwischen zwei Steine am Kopfende des Haufens, und wir schafften vorsichtig die Steine beiseite.

Wir sprachen nicht, während wir arbeiteten, und binnen kurzem sah ich etwas schmutzigen, weißen Stoff durch die Steine schimmern. Ich deckte noch einige Steine ab und erblickte eine graue, vertrocknete Hand. Wir arbeiteten weiter und entfernten die Steine, bis der Leichnam vollständig freigelegt war – dann traten wir zurück, um die traurige Frucht unserer Mühe zu betrachten.

Der Phantarch schien ein alter Mann zu sein, ein uralter Mann von unzähligen Lebensjahren, gekleidet in eine weiße Robe, die von einem geflochtenen Gürtel aus gewebtem Gold zusammengehalten wurde. Er trug einen breiten, flachen Halsring, der den oberen Teil seiner Brust bedeckte. In seiner rechten Hand hielt er einen rituellen Dolch aus glasigem, schwarzem Stein; ein goldener Stab ruhte in der rechten Armbeuge. Seine linke Hand war leer, und seine Füße waren nackt.

Im flackernden Licht der Fackel schien sein Gesicht

noch Leben zu haben, doch die eingesunkenen Augen und Wangen erzählten eine andere Geschichte. Obwohl es von den Steinen fürchterlich zerschlagen und gebrochen war, strahlte dieses Haupt immer noch die edle Größe des Mannes aus; weiße Haare, eine breite Stirn und eine Falkennase, ein ausgeprägtes Kinn und ein fester Kiefer, der von einem langen fließenden weißen Bart bedeckt war – es war das Antlitz eines Propheten. Selbst im Tode behielt der Phantarch seine Würde und etwas von der Verehrung, die seine Gegenwart hervorgerufen haben mußte.

Er war schon einige Zeit tot, doch der Leichnam zeigte wenig Anzeichen von Verfall oder Verwesung. Er schien zu schlafen – als ob ich nur seine Wange berühren müßte, und er würde wieder erwachen. Doch das Fleisch war hölzern und kalt, als ich mich bückte, um es zu berühren. Meine Hand zuckte zurück, als hätte ich heißes Eisen angefaßt. Bis zu diesem Augenblick, bis ich mit den Fingern über jene kalte, wächserne Haut fuhr, hatte ich mir, glaube ich, noch eingebildet, der Phantarch würde irgendwie wieder ins Leben zurückkehren. Doch jetzt wußte ich, daß Tegid recht hatte.

Was Tegid anging, so gab er keinen Laut von sich – weder des Tadels noch des Spottes. Er starrte nur mit traurigen Augen auf den zerschundenen Körper, der vor ihm lag. Als er sich das Bild tief eingeprägt hatte, wandte er sich ab, ergriff die Fackel und ging auf den Tunnel zu.

Als der Fackelschein verschwand, überkam mich eine so schwarze, hoffnungslose Verzweiflung, daß ich vor dem Grabhügel auf die Knie sank. Ich kam mir dumm, betrogen und mißhandelt vor. Wäre ich nur schneller gewesen, dachte ich, und scharfsinniger. Meine Wangen brannten vor Scham und Wut über meine Trägheit und Dummheit. Aber nein. Der Phantarch war ermordet worden, lange bevor ich auf den Gedanken gekommen war, nach ihm zu suchen, noch bevor Nudd Sycharth zerstört hatte. Die Nacht des Cythrawl war die Nacht, in der der Phantarch starb.

Wir waren also von Anfang an verdammt gewesen; bevor wir auch nur unseren Fuß auf den Weg nach Findargad gesetzt hatten, war unsere Vernichtung besiegelt gewesen. Tegid hatte recht – es gab hier nichts für uns zu tun, und ich war ein Narr. Ich hätte schreien können darüber, wie unfair das alles war. Wir hatten nie eine Chance gehabt.

Ich wollte Fürst Nudd und seine dämonischen Coranyid töten, sie mit meiner Wut zermalmen. Ich wollte sie vernichten, das Land von ihrer verhaßten Gegenwart befreien. Ich wollte sie in den Schmutz und Eiter stampfen, aus dem sie sich erhoben hatten. Ich streckte beide Hände aus, ergriff einen kristallenen Stein und hob ihn hoch über meinen Kopf. Mit einem mächtigen Aufstöhnen holte ich aus und schleuderte den Stein mit aller Macht nieder, wie ich es getan hätte, wenn ich in diesem Augenblick das Gesicht des entsetzlichen Fürsten vor mir gehabt hätte.

Ich schleuderte ihn so hart, daß der scharfkantige Felsbrocken zerschellte. Funken flogen von den Bruchstücken auf, und ganz plötzlich war die ganze Kammer in ein blendendes Licht getaucht. In jedem Splitter eines Augenblicks hörte ich einen unglaublichen Laut.

Er hatte etwas Musikalisches an sich – wie der Ton einer gestimmten Harfe, die von der geübten Hand eines Barden angeschlagen wird. Als hätte eine unsichtbare Hand einen triumphalen Akkord gezupft, den letzten Ton eines jubelnden Liedes, bei dessen Klang einem das Herz anschwoll. Der wundersame Klang erfüllte die Kammer, erhob sich und drang in jeden Riß, jede Spalte, jede Nische und Ecke der unterirdischen Gewölbe und hallte in den Felsen selbst wieder. Die Kristalle in den Wänden der Kammer begannen in einem kräftigen, gleichmäßigen

Licht zu erstrahlen, als ob sie sich an den Funken jenes zerschellten Steines entzündet hätten.

Und ganz plötzlich, während der Klang jenes angeschlagenen Akkords meine Ohren füllte und das Licht meine Augen blendete, ergoß sich eine Springflut von strahlenden Bildern über meinen Geist. Wie einer, der trunken ist vom goldenen Met – durch einen schwindelerregenden, alles verschleiernden Nebel –, sah ich ein prachtvolles Aufgebot an Bildern, eine funkelnde Vision einer phantastisch üppigen und wunderbaren Welt: einer Welt, die unendlich lebendig und voller Schönheit und Anmut war; einer gesegneten Welt, gekleidet in Grün und Blau – in das unvergleichliche Grün der Wiesen und Bäume, der Hänge und Wälder, in das strahlende Blau der klaren Himmel und der fließenden Gewässer; einer Welt, die für die Menschheit erschaffen und mit allen guten Dingen zur Nahrung und zur Annehmlichkeit geschmückt war; einer Welt, die vor Frieden leuchtete, die allein durch den Stoff, aus dem sie erschaffen ist, alle Tugend proklamiert und gerühmt wird – vom kleinsten Blatt bis zum größten Berg verkündeten alle Dinge einen großen und mächtigen Segen der Herrlichkeit, der Güte und des Rechts.

Meine Vision wurde schärfer und phantastischer. Ich sah leuchtende Regenbögen um jede Einzelheit, auf die mein Blick fiel; sei es ein Baum oder ein Berg, ein Vogel oder ein anderes Tier. Ich sah alle Dinge sauber, klar und scharf wie neue Speerspitzen im strahlenden Glanz der Sonne brennen, angeordnet in jenem tanzenden Regenbogenlicht. Auch mein Hörsinn wurde schärfer: Ich hörte den Schrei des jagenden Adlers, der in der luftigen Höhe über Ynys Sci kreiste; ich hörte eine Wildsau, die durch die Waldpfade auf Ynys Oer strich, im trockenen Laub rascheln; ich hörte das tiefe Gebrumm des Blauwals, der durch die wellenüberschattete Tiefe zog.

Über alledem hörte ich Musik – was für eine Musik! Ich

hörte den wilden Gesang von Pfeifen und den sanften Zauber des Harfenklangs: zehntausend Pfeifen, tausendmal tausend Harfen! Ich hörte die Stimmen von Jungfrauen, die sich zu süßen, geschmeidigen Harmonien mischten, die zu lieblich und schön waren, als daß ich sie ohne einen Stich im Herzen hätte ertragen können. Ich hörte den Ruf der Fanfare und den scharfen Stoß des Jagdhorns. Ich hörte das rhythmische Schlagen der Trommel, des dröhnenden Bodhrans, drängend, zwingend. Ich hörte alles, was in diesem Weltenreich vor sich ging – jedoch hoch erhoben, verstärkt zu einem erhabenen Klang unendlicher Stränge und verschlungener Strähnen, immer im Fluß, immer neu, immer frisch wie ganz zu Beginn, für immer in Unschuld bewahrt.

Als der Reichtum dieses außergewöhnlichen Schauspiels mich überschwemmte, erkannte ich, daß ich Albion selbst sah, doch erhabener, edler und reiner als das Albion, das ich kannte. Es war ein vollkommenes Albion von unaussprechlicher Reinheit, unbefleckt, ohne Fehler oder Makel. Es war die kostbarste Essenz Albions, wie ein unbezahlbares Elixier zu einem einzigen, leuchtenden Atom der Pracht destilliert.

Diese wunderbare Offenbarung war so stark und reichhaltig, daß sie mich berauschte. Sie machte mich schwindlig vor Freude. Ich öffnete meinen Mund, um zu lachen, und sofort füllte sich mein Mund mit einer unbeschreiblichen Süße – nicht klebrig wie Honig, sondern fein und klar wie nur irgendein Geschmack, den ich je gekannt hatte. Ich fuhr mir mit der Zunge über die Lippen und schmeckte die Süße auf ihnen. Sie lag in der Luft selbst; sie war überall.

Der Anblick, der Klang und der Geschmack zusammen waren zuviel für mich, und ich brach in lautes Lachen aus. Ich lachte, bis sich mein Gelächter in Tränen auflöste, und ich weiß nicht, was von beiden befreiender war. Ich fühlte mich emporgehoben in eine Ekstase voller Licht und Musik. Ich war eins mit dem Klang, der mich endlos umwirbelte. Ich war ein einzelner Tropfen, der sich in den riesigen Ozean des wundersamen Klanges mischte. Wie ein Schaumfetzen, der vom Gezeitenstrom davongetragen wird, ließ ich mich auf dem mächtigen, alles tragenden Strom der Musik treiben. Sie floß rings um mich und durch mich hindurch; ich vermischte mich mit ihr, verschmolz mit ihr, wurde eins mit ihr – wie der Klang der Flöte eins wird mit dem Atem, der sie erfüllt. Ich wurde der Klang. Ich war der Klang.

Dann, so plötzlich, wie er begonnen hatte, brach der herrliche Klang ab.

Einen Augenblick lang schwebte ich wie im freien Fall, dann rastete ich mit einem Ruck wieder in mir selber ein. Ich hörte den Widerhall des Harfenklangs verklingen, während das strahlende Licht in der Kammer verblaßte. Und ich begriff, daß alles, was ich gesehen, gehört und gefühlt hatte, sich in einem winzigen Augenblick ereignet hatte, im Bruchteil eines Herzschlags – in dem kleinen Zeitraum, den das Knacken eines zerbrechenden Steines einnahm. Und doch war der Klang innerhalb jenes flüchtigen Momentes zeitlos und ganz und ewig gewesen. Da verstand ich die Bedeutung der strahlenden Vision, die in der unbeschreiblichen Musik enthalten gewesen war, die ich gehört hatte.

Ich hatte das Lied von Albion gehört. Nicht das ganze Lied, nicht einmal das kleinste Bruchstück des Liedes; nur einen Splitter einer einzigen Note, das war es, was ich gehört hatte. Und dieser winzige Splitter hatte mich für einen Moment mit Kraft und Weisheit und Macht jenseits meiner Vorstellungskraft erfüllt. Ich war von dem Lied berührt worden, und obwohl es nur die leiseste Berührung gewesen war, wußte ich, daß sie mich verändert hatte; tief und gründlich verändert.

Wie tief und gründlich ich verändert worden war oder auf welche Weise die Veränderung zustande gekommen war, ahnte ich nicht – bis Tegid mit der Fackel zurückkehrte. »Was war das?« fragte er, als er in die Kammer stolperte. »Was ist passiert?«

»Hast du es gehört?« Ich wandte ihm mein Gesicht zu.

Er ließ vor Überraschung beinahe die Fackel fallen, taumelte zurück und hielt voller Angst abwehrend eine Hand vor sich.

»Was ist, Bruder?« fragte ich und stand auf.

Doch Tegid antwortete nicht. Er starrte mich an, als hätte er mich noch nie zuvor gesehen.

»Was siehst du, Tegid?« fragte ich, und als er nicht antwortete, setzte ich ärgerlich hinzu: »Hör auf, mich anzustarren, und antworte mir!«

Daraufhin kam er näher, doch voller Wachsamkeit, das Gesicht halb zur Seite gewendet, als ob er fürchtete, ich könnte ihn niederschlagen. Die Fackel zitterte in seiner Hand; damit er sie nicht fallen ließ, nahm ich sie ihm ab. Tegid duckte sich und ließ die Fackel los. »Bitte, Herr!« rief er. »Ich kann es nicht ertragen!«

»Ertragen? Was redest du da? Tegid, was stimmt nicht mit dir?« Ich machte einen Schritt auf ihn zu.

Er zuckte zurück und barg seinen Kopf unter seinen Armen. Ich blieb stehen. »Warum benimmst du dich so? Tegid! Antworte mir!« forderte ich ihn mit erhobener Stimme auf. Mein Ausruf erfüllte die kristallene Kammer und rollte wie ein Donnergrollen durch die unterirdischen Hallen.

Tegid stürzte wie vom Blitz getroffen zu Boden. Ich trat auf ihn zu, und mir schien, als betrachtete ich seinen zusammengekauerten Körper aus großer Höhe. Ich begann zu beben; meine Glieder zitterten, und ein gewaltsamer Schauder ergriff mich – jeder Muskel und jedes innere Organ schien unbeherrschbar zu zucken. »Tegid!« schrie ich. »Was passiert mit mir?«

Ich fiel hin und wälzte mich zähneknirschend auf dem Boden; Speichel rann aus meinen Mundwinkeln. Eigenartige Worte – Worte, die ich nicht kannte – sprudelten aus meiner Kehle und berührten meine Zunge mit Feuer. Bei jedem Wort spürte ich meinen Körper dahinschmelzen. Ich war ein Geist, der seine beschränkenden Bande abschüttelte, seine groben Fesseln abwarf, sich ausdehnte; ich stieg innerhalb meines Körpers auf wie durch dichtere Schichten der Atmosphäre hinauf in höhere Regionen der Klarheit und des Lichts, bis ich nur noch ein Geist war, frei, dem eigentümlichen Gefängnis des unbeholfenen und lästigen irdenen Gefäßes zu entfliehen, in dem ich gefangen gewesen war. Ich war ein Geist, und ich flog – hoch, hoch, so hoch wie die höchsten Klippen über der brandenden See, so hoch wie die Gipfel von Cethness, so hoch wie der goldene Adler über Ynys Sci …

Und dann stürzte ich in das weiche, dunkle Herz einer alles umgreifenden Stille hinab. Und das war mir ein wunderbarerer Segen als die herrliche Musik und das Licht meiner vorherigen Offenbarung. Denn innerhalb der Stille hörte ich die dauerhafte Festigkeit des starken Fundamentes der Schöpfung: Ewig und unveränderlich, unnachgiebig und unangreifbar, unerschöpflich in seinem Reichtum und Überfluß, vollständig und absolut trug es alles, was je war oder sein würde.

Ich versank in der köstlichen Stille und ließ mich von ihrer geduldigen, beständigen Sanftheit bedecken. Ich gab mich ihr hin, und sie empfing mich, wie der große, weite Ozean das Sandkorn empfängt, das durch seine unermeßlichen Tiefen sinkt. Und ich erhielt einen Platz in dem bewegungslosen Zentrum, um das sich der Tanz des Lebens dreht; ich wurde eins mit dem vollkommenen Frieden, der die Quelle allen Seins ist. Ich trank tief von dem alles erduldenden Trost der Stille, in die ich eingedrungen war und die nun mich durchdrang. Ich trank und fühlte mich in eine ewige, unendliche Umarmung eingeschlossen, ergriffen und gehalten von liebevollen Armen – wie ein verirrtes Kind in der besänftigenden, heilenden Umarmung seiner Mutter.

Ich erwachte, falls es ein Erwachen war, in pechschwarzer Finsternis. Ich hatte die Fackel fallenlassen, und sie war ausgegangen. Ich lag auf der Seite auf dem Fußboden, die Knie angezogen, den Kopf auf die Brust geneigt. Langsam richtete ich mich auf. Als ich mich bewegte, rief Tegid aus. »Wo bist du, Herr?«

»Ich bin hier, Tegid«, antwortete ich. Mein Gesicht schmerzte, und mein Kopf, und meine Glieder. Offenbar hatte ich so sehr um mich geschlagen, daß ich mir hundert blaue Flecken eingehandelt hatte; mir tat alles weh.

Ich hörte ein Rascheln von Kleidung in der Dunkelheit; dann spürte ich, wie mich Tegids suchende Hand an der Schulter streifte. »Bist du verletzt?«

»Ich glaube nicht«, sagte ich, während ich meinen wunden Kiefer hin und her schob. »Nichts gebrochen. Ich glaube, ich kann aufstehen.«

»Ich habe die Fackel gefunden, aber sie ist ausgebrannt. Ich kann sie nicht wieder anzünden«, erwiderte der Barde und fügte in stiller Verzweiflung hinzu: »Ich weiß nicht, woher wir eine neue nehmen sollen.«

Ich kam sachte auf die Beine und stand einen Augenblick lang unsicher da. Allmählich kehrte die Kraft zu mir zurück … und das Augenlicht. Ich weiß nicht wie, aber ich konnte sehen. Was vorher totale, absolute Dunkelheit gewesen war, war jetzt nur noch düster – wie das Innere eines der Lagerhäuser Meldryn Mawrs. Ich konnte im Dunkeln sehen. Ich konnte sehen!

Im Augenblick jedoch empfand ich das zwar als bemerkenswert, aber nicht mehr. Vielleicht war es eine Nachwirkung des Lichtes, das mich geblendet hatte. Ich war dankbar dafür, sehen zu können, aber nicht überwältigt vor Erstaunen. Es kam mir irgendwie angebracht vor, daß ich sehen konnte, daß meine Augen die Dunkelheit so leicht durchdringen konnten.

»Alles ist gut, Bruder«, sagte ich, »es gibt nichts zu fürchten.« Dann erklärte ich ihm, daß ich gut genug sehen konnte, um den Weg zurück zu finden.

Ich wandte mich zu dem Steinhaufen, auf dem der Leichnam des Phantarchen lag. Er war tot, doch das Lied – das Lied von Albion – war nicht mit ihm gestorben. Der weise Phantarch hatte dafür gesorgt. Vermutlich hatten die Mörder es kaum gewagt, einen so Mächtigen zu wecken, und einfach Steine auf den reglosen Körper gehäuft und so allmählich das Leben aus dem schlafenden Phantarchen herausgepreßt. Doch nicht, ehe der einfallsreiche Barde einen Weg gefunden hatte, seinen Schatz zu retten.

Mit mächtigem Zauber mußte der hilflose Phantarch das Lied an die Steine gebunden haben, die ihn bedeckten und töteten. Das Lied war nicht verloren. Es vibrierte in den Steinen zu meinen Füßen.

Ich ging schnell zur anderen Seite der Kammer hinüber und begann die Wand abzusuchen. Ungefähr auf halbem Wege herum entdeckte ich das, was ich beim Licht der Fackeln nicht hatte sehen können: einen niedrigen Tunnel, dessen Eingang mit Steinsplittern und Felsbruchstücken übersät war. Vielleicht waren die Mörder des Phantarchen nicht auf dem gleichen Weg in die Kristallkammer gelangt, auf dem Tegid und ich gekommen waren. Es sah aus, als seien sie von außen in die Kammer eingebrochen und hätten die losen Steine ihres Tunnelbaus auf den Phantarchen gehäuft, um ihn auf seinem Lager zu töten.

»Tegid«, sagte ich, als ich zurück zu dem Grabhügel eilte und im Laufen meinen Umhang abstreifte. »Schnell, zieh deinen Umhang aus und breite ihn auf dem Boden aus.«

»Warum?« fragte er, verständnislos in die Richtung meiner Stimme starrend.

»Ich erkläre es dir, während wir arbeiten, aber tu jetzt, was ich dir sage, und zwar schnell. Wir müssen uns beeilen, und beten wir zu dem Gütig-Weisen, daß es noch nicht zu spät ist.«

35

Die singenden Steine

Ich weiß nicht, wie lange wir in Domhain Dorcha waren, dem Ort jenseits des Herzens des Herzens, tief im Innern des Berges. Wir kehrten, so schnell wir konnten, zu der Festung über uns zurück, doch es ging quälend mühselig und langsam voran. Unsere Last war schwer, und unser Weg verwinkelt und steil. Wir folgten dem Pfad, den die Mörder benutzt hatten, und jeder von uns trug auf dem Rücken ein Bündel Steine vom Grabhügel des Phantarchen.

Ein Dutzend Schritte außerhalb der Kammer des Phantarchen führte der Tunnel hinaus in eine natürliche Höhle, die von einem schnell fließenden unterirdischen Fluß in den weicheren Felsen gegraben worden war. Der Fluß stürzte sich blindlings an uns vorbei, hinab und hinab in die Tiefen der Erde, und sein Rauschen dröhnte in unseren Ohren. Während der Fluß abwärts seinem unbekannten Ziel zuströmte, kämpften wir uns nach oben, einen mühseligen Schritt nach dem anderen, unsere Umhänge, an denen das Gewicht der Steine zerrte, über den Rücken geworfen.

Für Tegid war es noch schwerer als für mich. Ich konnte wenigstens im Dunkeln gut genug sehen, um unseren Weg zu finden, doch er mußte sich auf meine Anweisungen verlassen. Er folgte mir blind, hielt sich an einem Zipfel meines Siarcs fest und setzte seine Füße in meine Fußstapfen. Dennoch stolperten und fielen wir und quetschten uns unsere ohnehin schon wunden Glieder, und jedesmal kamen wir langsamer wieder hoch als das Mal zuvor. Wir mühten uns ab, wir krallten uns an jeden Handgriff, den der Fels bot, und schleppten uns und unsere schweren Bündel immer weiter aufwärts – hinauf aus dem Herzen des Berges, als wäre es aus dem Schmerz und der Finsternis des Abgrundes von Uffern.

Unsere Hände, die die verknoteten Zipfel unserer Umhänge umklammerten, waren abgeschürft und blutig von der unaufhörlichen Reibung. Die Felsen verbläuten unsere Schienbeine, Ellbogen und Rippen; die scharfkantigen Steine in unseren primitiven Rucksäcken schlugen auf unsere Rücken ein und kerbten sich in unsere Schultern. Unsere Füße glitten auf dem nassen Gestein ständig aus; unsere Zehen waren übel zugerichtet, unsere Knie abgeschürft.

»Bitte«, stöhnte ich bei jedem mühsamen, schmerzhaften Schritt, »bitte, laß uns ans Ende kommen.«

Doch das Ende kam nicht – nur noch mehr dunkle Gänge und düstere Tunnel voll von dem ohrenbetäubenden Rauschen des Wassers und unzähligen Hindernissen, denen wir ausweichen, über die wir hinwegklettern oder unter denen wir uns hindurchzwängen mußten. Jede Kurve, jede Biegung in dem Höhlengang brachte eine neue Enttäuschung; jeder Felsbrocken und jede Steinplatte brachte neue Schmerzen.

Tegid hielt sich bewundernswert; er schrie nicht einmal in seiner Qual auf oder stellte meine Führung in Frage. Er ertrug seine Schmerzen ohne einen Laut; er litt schweigend. Er vertraute mir völlig, und ich liebte ihn dafür. Ich hatte das Lied gehört – oder einen Teil davon – und wußte, was wir da mit uns schleppten, doch Tegid wußte es nicht.

Als wir einmal hielten, um Atem zu schöpfen, fragte ich ihn, ob auch er den Klang in der Kammer des Phantarchen gehört habe. Er sagte, er habe mich seinen Namen rufen hören. Ich erinnerte mich nicht daran, ihn gerufen zu haben, doch es war möglich. »Aber glaubst du mir, daß ich etwas gehört habe?« fragte ich ihn.

»Ich weiß, daß du etwas gehört hast, Herr«, antwortete er. Seine Überzeugung war so fest wie der Fels unter unseren Füßen. Ich fragte ihn, woher er das wüßte, doch er wollte nicht antworten. Außerdem kostete das Reden zuviel Kraft, und es war schwer, das Getöse des herabdonnernden Wassers zu übertönen. Also lagen wir schwach und erschöpft in der Dunkelheit und fragten uns, wie weit wir wohl noch gehen müßten.

Als es Zeit war weiterzustapfen, stieß ich Tegid leicht an, und wir kamen mühsam hoch, fußwund und mit weichen Knien, und hievten die schweren Bündel auf unsere zerschundenen Rücken. Dann setzten wir unseren Weg langsam Schritt für Schritt fort.

Es schien Äonen, Ewigkeiten her zu sein, daß wir die Kammer des Phantarchen verlassen hatten. Mir war, als wären wir schon immer in dieser düsteren Unterwelt unterwegs – als müßten wir wie verirrte Geister, wie wandernde Schatten, weder ganz tot noch ganz lebendig, bis ans Ende der Zeit zwischen den Welten umherstreifen und das Gewicht unserer Übertretungen auf unseren geschundenen Rücken tragen.

Nach zwei weiteren kurzen Pausen bemerkte ich, daß unser Gang unter meinen Füßen anstieg und allmählich steiler wurde. Kurz darauf – oder vielleicht Tage später, ich weiß es nicht – kamen wir zu einer Gabelung. Auf der rechten Seite, der Seite des Flusses, schäumte das Wasser aus einem beinahe senkrechten Schacht herab; zur Linken war der Gang trocken, und das erschien mir erstrebenswert. Wir verließen den Fluß und sein donnerndes Wasser und betraten den linken Gang.

Wir waren noch nicht weit gekommen, als ich bemerkte, daß die Wände enger zusammenrückten und die Höhlendecke über unseren Köpfen sich senkte. Bald konnte ich mit ausgestreckten Armen beide Wände berühren und mußte meinen Kopf einziehen, um nicht an die Felsdecke über mir zu stoßen.

Der Gang wurde immer enger. Je weiter wir gingen, desto mehr liefen die Wände aufeinander zu und desto schwieriger wurde es, sich zwischen ihnen hindurchzuzwängen. War es ein Fehler gewesen, uns hierher zu führen? Vielleicht hatte ich den falschen Gang gewählt oder schon viel früher den richtigen Weg verfehlt. Vielleicht wanderten wir nur noch verirrt durch endlose unterirdische Höhlen und navigierten ziellos durch Gänge ohne Anfang und ohne Ende.

Zweifel umschwärmten meinen Geist wie Hornissen, die man aus einem faulen Ast geschüttelt hat. Du Narr! verfluchte ich mich innerlich. Was tust du da? Wo willst du hin? Wie kommst du auf den Gedanken, daß du irgend etwas bewirken könntest? Du bist verloren! Du bist verirrt. Du bist ein Narr, daß du denkst, du könntest es mit Fürst Nudd und den Coranyid aufnehmen! Gib auf, kleiner Mensch!

Ich blieb sinnierend stehen: Sollten wir umkehren oder weitergehen? Umkehr schien das klügste zu sein. Wir konnten immer noch hierher zurückkommen, falls sich der andere Gang als falsch erweisen sollte. Hier entlang konnten sie nicht gekommen sein. Und doch … und doch …

Ich konnte mich nicht entscheiden. Und ich brachte es nicht fertig, auch nur einen weiteren Schritt zu tun, in welche Richtung auch immer, bevor ich sicher war. Die schiere Sturheit hinderte mich umzukehren; Unentschlossenheit ließ mich nicht weitergehen. So stand ich wie angewurzelt vor Unsicherheit, und dieses Zögern schmerzte mich mehr als all die Wunden, die ich bisher ertragen hatte. Ich brachte es einfach nicht fertig, einen weiteren Schritt zu tun, bevor ich über allen Zweifel wußte, daß wir auf dem richtigen Weg waren. Doch dieses Wissen war nicht erreichbar.

Vielleicht stünden wir jetzt noch dort, hätte Tegid sich nicht aufgerafft und gesagt: »Ich sehe Licht von vorn.«

Ich schaute hin und sah, daß er recht hatte. Während ich im Zweifel eingefroren dagestanden hatte, war es im Tunnel vor uns etwas heller geworden. Tegids an völlige Dunkelheit gewöhnte Augen hatten es zuerst bemerkt. Doch noch als ich hinschaute, erhellte sich der Gang noch weiter. Das dünne, spinnenhafte Licht nahm eindeutig zu.

Es dämmerte in der Außenwelt. Wir waren unterirdisch durch die Nacht gewandert, und jetzt wurde der Gang vor uns heller, weil der Himmel draußen hell wurde. Wären wir umgekehrt, so hätten wir es nicht bemerkt und vielleicht nie wieder nach draußen gefunden.

Mir kam der Gedanke, daß mein Anfall von Zweifel ein Trick Fürst Nudds gewesen sein mochte, ein heimtückischer Versuch, uns vom Weg abzubringen. Doch wir waren nicht auf seine List hereingefallen. Wir wußten jetzt, daß der Weg vor uns der richtige war, und mehr noch, daß wir uns dem Ende näherten. Jedenfalls waren wir nahe am Ende unserer Kräfte.

»Mut«, sagte ich, mehr zu mir selbst als zu Tegid, »es ist nur noch ein kurzes Stück.«

Dieses kurze Stück erwies sich jedoch als das bei weitem schwierigste. Die ohnehin schon enge Passage wurde noch enger durch Felsvorsprünge und Zacken, die aus den Wänden hervorragten. Wir mußten auf dem Bauch kriechen und uns unter den vorspringenden Hindernissen hindurchzwängen oder mit auf den kalten Fels gepreßten Gesichtern darüber hinwegklettern und unsere Last hinter uns herzerren.

Langsam kämpften wir uns vorwärts, den Blick fest auf das trübe Licht gerichtet, das uns durch den Gang entgegenleuchtete. Der graue Schimmer wurde weder heller noch dunkler, sondern leuchtete gleichmäßig, wenn auch schwach, von irgendwo vor uns. Auf zerschundenen

Knien und blutenden Ellbogen krochen wir mühsam vorwärts. Hartnäckig, entschlossen, doch ohne unserem Ziel sichtbar näher zu kommen. Die Stiefel an unseren Füßen waren längst nur noch durchnäßte Lederstreifen; unsere Kleider hingen in Fetzen; unsere Gesichter waren von einer schmutzigen Schicht aus Schweiß und Blut überzogen. Und dann, als meine Muskeln mir nicht mehr gehorchen wollten, als meine blasigen Füße sich weigerten, noch einen Schritt zu tun, als selbst die Knochen unter meinem Fleisch brechen wollten, erreichten wir das Ende.

Der Gang endete vor einer glatten Wand. Das Licht, das wir gesehen hatten, drang durch einen senkrechten Schacht herunter. Schneeflocken schwebten von oben herab, und wir hörten das zitternde Heulen des Windes, der sich an den Felsen des Einganges irgendwo hoch über uns brach. Ein Blick auf den Aufstieg, den wir vor uns hatten, ließ uns verzweifeln. Und wir waren nicht die einzigen, die an diesem verzweifelten Ort die Verzweiflung eingeholt hatte. Denn als wir unsere Bündel mit den Steinen niederlegten und einen Moment lang ins Licht blinzelten, deutete Tegid auf einen Haufen Stoff, der teilweise von verwehtem Schnee bedeckt war.

»Der Mord hat einen der Seinen eingeholt«, sagte er und stieß mit seinem Zeh gegen den Haufen. »Der hier ist schon lange tot.«

Ich trat neben ihn, als er sich bückte und den in einen Umhang gehüllten Körper ins Licht rollte. Tegid zog den steifgefrorenen Stoff zur Seite, und wir sahen, daß die grauen, gefrorenen Züge mit den weiten, starrenden Augen und dem ungläubig geöffneten Mund Ruadh gehörten, dem Barden des Prinzen. Ich hatte ihn nur einoder zweimal gesehen, doch ich erkannte ihn wieder.

»Ist er herabgestürzt?« fragte ich und blickte in den Schacht empor.

»Ich glaube nicht«, sagte Tegid und hob den Umhang.

Ein verhärteter, bräunlich-schwarzer Fleck breitete sich über die Brust des toten Barden. »Wer immer bei ihm war, ließ sich von ihm bis zum Ausgang führen und tötete ihn dann hier, um das Geheimnis zu besiegeln.«

Jetzt wußten wir, wer den Phantarchen getötet hatte, und wir wußten auch, daß Ruadh nicht allein gehandelt hatte. »Woher kannten sie diesen Gang?« fragte ich.

»Das werden wir erfahren, wenn wir herausfinden, wer bei Ruadh war.« Tegid richtete sich auf und wandte seinen Blick zu der Öffnung über uns. »Komm, wir können hier nichts mehr tun, und wir werden woanders gebraucht.«

Ich trat unter die Öffnung, verschränkte die Hände und half Tegid, in den Schacht hinaufzusteigen. Er stemmte sich mit Füßen und Rücken zwischen die Felswände und schob sich langsam höher, bis er in dem weißen Lichtnebel oben verschwand.

Und dann ... nach einer Ewigkeit hörte ich ihn von irgendwo da oben nach mir rufen. Ich stand auf. Das Ende eines Seils fiel vor meinem Gesicht herab, und Tegid rief mit schwach widerhallender Stimme: »Mach eins von den Bündeln an dem Seil fest. Ich ziehe es herauf.«

Ich sah zu, während das erste Bündel langsam emporschwang. Nach einer endlosen Zeit rief Tegid wieder und ließ das Seil für das zweite Bündel herab. Als das oben war, machte ich mich daran, hinaufzuklettern. Ich zog mich an dem Seil in die Spalte empor. Dann folgte ich Tegids Beispiel und schob mich in dem senkrechten Schacht aufwärts. Tegid stand bereit, um mich aus dem Loch zu ziehen. Als ich oben war, brachen wir beide zusammen und lagen keuchend in dem tiefen Schnee an dem geschützten Eingang der Höhle. Es war kalt, und der Wind stach in unsere Haut. Doch nach der verderblichen Dunkelheit und der stinkenden unterirdischen Luft erschien uns die prickelnde Kälte wie ein Segen. Sie belebte uns und gab uns neue Entschlossenheit.

Wir waren aus einem trockenen Brunnen gekommen, der früher einmal den Küchen hinter der Halle gedient hatte. Das Tor und die östliche Befestigungsmauer konnten wir von unserer Position aus nicht sehen, doch wir lagen einen Moment da und lauschten – über dem Heulen des rastlosen Windes hörten wir die unheimlichen Schreie der Coranyid und wußten, daß sie immer noch vor den Mauern umherwimmelten. Wir waren rechtzeitig zurückgekehrt.

Ich betrachtete die abgerissenen Bündel, die wir unter solch enormen Mühen aus dem Grab des Phantarchen heraufgebracht hatten. Im kalten, trüben Licht des Sollentages wirkten diese beiden lumpigen Bündel mit Steinen erbärmlich klein, eine ohnmächtige Waffe gegen einen so furchterregenden, unerbittlichen Feind.

Tegid sah mich einen Augenblick lang zitternd an. Dann legte er mir eine schwere Hand auf die Schulter, stemmte sich hoch auf die Knie und kam auf die Beine. »Komm, es ist kalt hier draußen, und ich fange an, meinen Umhang zu vermissen.«

Ich stellte mich auf meine steifen Beine und zwang meine gefühllosen Hände, das verknotete Ende meines Bündels zu packen. »Also schön«, sagte ich, als ich mir die Last noch einmal auf den Rücken schwang, »laß uns tun, wozu wir gekommen sind.«

Ich schaffte es mit Mühe, aufrecht zu bleiben, und hätte es beinahe nicht geschafft, meine hölzernen Beinstümpfe zum Vorwärtstaumeln zu zwingen. Ich dachte nicht an die Kälte oder daran, wie fertig und erschöpft ich war; auch nicht daran, was ich tun würde, wenn mein lächerlicher Plan scheiterte. In der Halle loderten helle Flammen auf der Feuerstelle. Dieses Bild hielt ich mir vor Augen und trieb mich darauf zu. Je eher ich mich meiner Last entledigte, desto eher konnte ich vor Meldryn Mawrs Feuer sitzen und mich ausruhen … nur noch ausruhen. Letzten

Endes war das das einzige, was mich noch interessierte; der Gedanke an einen warmen Becher in meiner Hand und trockene Kleider auf meinen müden Gliedern und an Ruhe, das war es, was meinen zerschlagenen Leib in Bewegung hielt.

Mühsam überquerten wir Schritt für Schritt den Hof und erreichten die Mauer. Die Krieger auf dem Mauergang starrten uns merkwürdig an. Sie beobachteten uns von oben mit Ehrfurcht und Verwirrung in den Gesichtern. Keiner sprach ein Wort.

Ich fand das seltsam und rief ihnen zu, sie sollten uns helfen, unsere Bündel auf den Mauergang zu heben, doch keiner rührte sich. »Was ist los mit denen?« fragte ich Tegid wütend. »Warum stehen sie so herum und starren uns an? Können die nicht hören?«

»Sie haben dich gehört«, erwiderte Tegid in einem eigenartigen Ton.

»Aber? Sind sie etwa da oben eingefroren?«

»Nein«, sagte er mit einem leichten Kopfschütteln, »sie sind auch nicht eingefroren.«

»Was dann? Warum helfen sie uns nicht?«

Er antwortete nicht. Statt dessen verschob er das Bündel auf seinem Rücken und deutete auf die vereiste Treppe. »Gehst du vor, oder soll ich?« fragte er.

Und wir schleppten uns die Treppe hinauf. Ein Verurteilter auf dem Weg zum Galgen kennt keinen steileren oder mühseligeren Aufstieg. Müdigkeit und Lethargie schienen sich um meine erschöpften Glieder zu schlingen wie eine eiserne Kette. Meine Beine zitterten unter mir. Mein Herz schlug wild in meiner Brust; der Atem brannte mir im Hals. Nichts wünschte ich mir mehr, als das Bündel auf meinem Rücken fallen zu lassen – was für ein Irrsinn, Felsbrocken mit sich herumzuschleppen! Ein Moment Ruhe konnte gewiß nicht schaden.

Ruhe … Ruhe und Schlaf …

Nein. Es gab keine Ruhe, keinen Schlaf, bis die Aufgabe erfüllt war, zu der ich hergekommen war. Immer nur einen Schritt auf einmal, und jeder Schritt schien ein ganzes Leben zu dauern. Zitternd vor Kälte und Erschöpfung setzte ich meinen Fuß auf die nächste Stufe und stemmte mich empor. Oh, war ich müde. So müde …

Ich blickte zum Mauergang empor und sah die Krieger immer noch starr vor Staunen dastehen. Warum halfen sie mir nicht? Warum starrten sie mich so an? Wollte denn keiner eine Hand heben, um mir zu helfen?

Schwarzer Nebel sammelte sich vor meinen Augen und verbarg die Gesichter vor mir. Ich schloß die Augen, hob den Fuß zur nächsten Stufe und verpaßte die Kante. Ich taumelte vorwärts und schlug mit dem Knie auf die Stufe auf. Das Bündel auf meinem Rücken glitt zur Seite und kugelte mir beinahe den Arm aus. Jeder Nerv, jede Sehne in mir schrie danach, den Knoten loszulassen, den ich so eng umklammert hielt, loszulassen, fallen zu lassen. Die Sache war es schließlich nicht wert, daß ich mein Leben dafür ließ. Doch meine steifen Hände gehorchten nicht; taub vor Kälte blieben sie um den Knoten geschlossen.

Der Schmerz trieb mir Tränen aus den Augen, die der Wind mir auf dem Gesicht stechend gefrieren ließ.

Und obwohl es in meinen Knien pochte, vertrieb der Schmerz zumindest den schwarzen Dunst, der mir die Sinne vernebelte. Ich konnte wieder klar sehen. Ich hievte mir das Bündel Steine noch einmal auf den Rücken, richtete mich auf und tat den nächsten Schritt und den nächsten.

Und dann stand ich auf dem Mauergang, mein kostbares Bündel umklammert, umringt von staunenden Kriegern – offenbar staunten sie über meine monumentale Torheit –, und schwankte in dem scharfen Wind, der meine zerfetzten Kleider durchfuhr und mir ins Fleisch biß.

Ich schlurfte an die Mauerbrüstung und ließ meine Last

sinken. Tegid schleppte sich neben mich, und wir blickten über die Mauer auf die wimmelnde Masse der Coranyid hinab. Sie waren widerwärtiger und ruchloser, als ich sie in Erinnerung hatte: Große, krötenähnliche rote Monstrositäten überragten kleinere, spindelbeinige, skeletthafte Unterkreaturen, ganze Reihen schuppiger, reptilienhafter Bestien und Scharen von nackten, kauernden, halbmenschlichen Zwergen mit übergroßen Genitalien und geschrumpften Köpfen.

Ich sah die wimmelnden, aufgeblähten, mißgestalteten Leiber und die spottenden, höhnenden Gesichter, und ich brannte vor Zorn über ihr lästerliches Johlen. Ich stürzte mich auf das Bündel zu meinen Füßen und begann an dem Knoten herumzureißen, plötzlich voller Angst, ich könnte zu spät gekommen sein und keine Kraft der Welt könnte das Böse noch aufhalten, das auf uns losgelassen war.

Meine Hände krallten an dem Knoten herum. Er war eng verdreht und gefroren von dem Schweiß meiner Hände und gab kein Stück nach. Verzweifelt wirbelte ich herum und riß dem nächsten sprachlosen Krieger seinen Speer aus der Hand. Mit dem Speer stach ich auf den Umhang ein und riß an dem Stoff. Die Steine rollten über den Schnee, trüb und farblos in dem schmutzigen Licht. Ihr schäbiges Aussehen schien mich zu verhöhnen. Ich mußte mich geirrt haben. Plötzlich schien mir mein Plan absurd und erbärmlich zu sein. Er konnte nur scheitern.

Ich hob die Augen und sah, daß Tegid mich beobachtete. Er mißverstand mein Zögern als Bedächtigkeit und sagte: »Hier, Bruder, erlaube mir.« Er streckte die Hand aus und wählte einen der größeren Felsbrocken aus dem Haufen. »Fang mit diesem hier an.« Sein Vertrauen war nicht geschmälert durch die Prüfung, die wir erduldet hatten. Eher war es noch stärker geworden.

Ich nahm den Stein aus seinen Händen, richtete mich auf und wandte mich zur Mauerbrüstung. Ein scharfer

Windstoß schien mir den Stein aus den Händen reißen zu wollen. Die Coranyid brandeten wie eine windgepeitschte See gegen den Fuß der Festung, kreischend, heulend, mit ihren Klauenhänden grapschend. Ekel und Abscheu durchfuhren mich. Mit einer schnellen Bewegung hob ich den Stein und schleuderte ihn von der Mauer auf die verhaßten Köpfe der Dämonenstreitmacht hinab.

Ich sah, wie er sich im Fallen drehte. Die Dämonen spritzten auseinander, und der Stein schlug auf den Felshang auf und zerschellte.

Sofort begann der Klang in der Luft anzuschwellen – jener unvergleichliche Klang einer handgeschlagenen Harfe, jener kraftvolle Akkord, den ich in der Kammer des Phantarchen gehört hatte. Der unerhörte Klang brach aus dem Stein hervor, in dem er eingeschlossen gewesen war, und erschütterte die Luft mit einer Explosion schwingender Musik.

Die dämonischen Coranyid liefen wild durcheinander. Bevor sie sich wieder gruppieren konnten, reichte mir Tegid einen weiteren Stein, den ich dem ersten nachsandte. Auch der zweite Stein schlug unten auf die spitzen Felsen auf und gab einen glockenähnlichen, jubelnden Klang von sich, der in glitzernden Wellen aufstieg und sich von der Aufschlagstelle ausbreitete, als wolle er die ganze Welt einhüllen.

Während die Luft noch vibrierte, hatte Tegid den dritten Stein bereit. Ich schleuderte ihn über die Brüstung, und er traf auf dem Boden auf und zersplitterte in tausend Stücke. Jedes Bruchstück gab einen hellen, silbrigen Ton von überwältigender Schönheit von sich, der von den Berggipfeln ringsum widerhallte.

Die Krieger, die mit uns auf der Mauer waren, hörten den Klang und standen wie erstarrt. Aus der Halle des Königs strömten unsere Clansleute hinaus auf den Hof. Sie standen im Schnee und blickten empor zu den Bergen, die nun von einer eigentümlichen, köstlichen Musik widerhallten.

Ich bückte mich, sammelte eine Armladung Steine auf und drückte sie den nächsten der wie betäubt dastehenden Krieger in die Hände. Tegid tat dasselbe, und auf mein Signal hin schleuderten wir alle unsere verzauberten Steine hinab auf die Coranyid. Der entfesselte Klang brach in einem donnernden Geläut hymnischen Jubels hervor.

Die Dämonen fuhren vor dem Klang zurück und verwelkten davor wie Fleisch vor rotglühendem Eisen. Sie wimmelten durcheinander und wälzten sich heulend, kreischend, tanzend in ihrer Qual und fielen übereinander in panischer Flucht vor den singenden Steinen.

Die Leute im Hof hörten den wunderbaren Klang, eilten zur Mauer und stiegen auf den Mauergang, um zu beobachten, wie die schrecklichen Coranyid flohen und voller Agonie zurückwichen, wie ihre verhaßte Gegenwart sich auflöste wie ein Schmutzfleck unter dem reinigenden Wasser.

Gerade als die Dämonenmasse zu heilloser Flucht anzusetzen schien, erhob sich ein Tumult unter ihnen, und aus ihrer wimmelnden Mitte erschien eine riesige Gestalt in schwarzer Rüstung, die auf einem gewaltigen, rabenschwarzen Ur ritt. Dieser Häuptling trug einen schwarzen Umhang und einen schwarzen Schild; in seiner rechten Hand hielt er ein langes, gebogenes, stoßzahnähnliches Schwert, so schwarz wie polierte Pechkohle – der Reißzahn des Wyrm. Um den Hals trug er eine eingerollte Schlange, einen lebendigen Torc mit glänzend schwarzer Haut und gelben Augen, die glühten wie lebende Kohlen. Sein Gesicht konnte ich nicht sehen, da es unter einem schwarzen Schlachtenhelm verborgen war. Doch ich brauchte auch nicht sein Gesicht zu sehen, um zu wissen, daß dies Nudd war, der Fürst von Uffern und Annwn, der gefürchtete Herrscher der Tiefe, der auf seinem merkwürdigen

Reittier gegen uns in die Schlacht ritt. Er war gekommen, um die Flucht seiner Dämonenstreitmacht einzudämmen.

Langsam rückte die schwärzliche Gestalt Nudds gegen die Mauer vor. Die Coranyid, denen das plötzliche Erscheinen ihres Herrn Einhalt gebot, schlossen sich ihm an, und ihr gequältes Geheul verwandelte sich in ein gräßliches Johlen wahnsinnigen Entzückens. Wie eine abscheuliche, strudelnde Masse kamen sie näher.

Eilig reichten Tegid und ich die mit dem Lied geladenen Steine auf dem Mauergang von Hand zu Hand – zu Männern, Frauen und selbst zu den Kindern – bis alle, die zu uns auf die Mauer gekommen waren, einen Stein besaßen.

Nudd erhob den Zahn des Wyrm. Die schwarze Klinge kreiste in der Luft. Auf seinen Befehl sammelten sich Gewitterwolken. Der Wind heulte auf und wurde zum Orkan, riß an den Steinen in unseren Händen und durchschüttelte alle, die auf der Mauer standen. Das Heulen des Windes übertönte alles andere. Schnee und Eis stachen in unsere Augen. Einige brachen unter dem frostigen Angriff des Eises und des Windes zusammen; andere nahmen ihre Plätze ein. Die Reihe blieb ungebrochen.

Nudd rückte vor. Mit jedem Schritt schien seine furchterregende Gestalt höher aufzuragen. Das Gesicht unter dem Helm konnte ich immer noch nicht sehen, doch der böse Wille des dunklen Herrschers stach mich wie ein Messerstich. Mein Herz pochte wild gegen die Rippen.

Der Feind war gewaltiger, als wir geahnt hatten; seine Macht überstieg all unsere Vorstellungen. Wir konnten seinem Zorn nicht entrinnen. Er würde uns unter seinen Füßen zu Staub zermalmen. Schon jetzt zerrte er uns das Leben aus den Händen. Meine Finger wurden taub und schlaff. Ich konnte den Stein in meinen Händen nicht länger spüren.

Fürst Nudd senkte die schwarze Klinge, bis sie waagerecht nach vorn deutete, und seine eifrigen Schergen sprangen zum Angriff, krallten sich in die Mauer und erklommen die senkrechten Befestigungen. Ich wußte, daß meine Clansleute nur auf meinen Befehl warteten, die Steine zu schleudern. Sie beobachteten mich und warteten darauf, daß ich sie anführte. Doch ich konnte es nicht. Wer war ich, daß ich mir einbildete, einen so mächtigen Feind überlisten zu können?

Ich wandte mich von ihren erwartungsvollen Gesichtern ab. Ich wandte mich ab und schloß meine Augen.

Und dann spürte ich die Berührung einer starken Hand auf meiner. Ich öffnete meine Augen und sah Meldryn Mawr vor mir, der mich klar und zuversichtlich anblickte. Ich weiß nicht, wann er aufgetaucht war oder von woher. Schwach vor Hunger und Durst, ausgemergelt und unsicher auf den Beinen schwankend – und dennoch war er da, stand neben mir und stützte meine zitternde Hand. Der König sprach nicht, er würde es nicht tun, doch sein Mut stärkte mich und meine erlahmende Tapferkeit, wie seine Hand die meine stärkte.

Ich drehte mich um und sah Fürst Nudds Kopf und Schultern über der Mauer aufragen. Er war gewaltig in seinem unermeßlichen, anschwellenden Haß. Im nächsten Augenblick würde er uns überwältigen. Ich schaute den König an; mit einem Nicken erlaubte er mir, den Befehl zu geben.

»Jetzt!« schrie ich. Und ich hob den verzauberten Stein hoch über meinen Kopf und warf ihn dem dunklen Herrscher ins Gesicht. Mit aller Macht schleuderte ich ihn.

36

Das Lied

Überall entlang der Mauer segelten die Steine hinaus in den Orkan. Sie rotierten, taumelten, stürzten und zerschellten in tausend Stücke; sie schossen durch den Sturm hinab auf die brodelnde Masse der Feinde. Und aus jedem Splitter und Bruchstück stieg eine Tonfolge jener unvergleichlichen Melodie auf.

Die einzelnen Folgen verschlangen sich ineinander und verschmolzen, schwollen zu voller, herrlicher Lautstärke an und drangen tief in die Reihen des Feindes ein. Fürst Nudd raste, als er es hörte; er hob den schwarzen Zahn des Wyrm, und das Heulen des Windes wurde zu einem ohrenbetäubenden Brüllen. Der Wind übertönte die wunderbare Melodie, erstickte sie unter seinem grauenhaften Schrei. Gewiß waren wir verloren; nichts, nicht einmal das Lied von Albion konnte dem Ansturm des Hasses standhalten, den der Herrscher über Dunkelheit, Tod und Vernichtung uns entgegenschleuderte.

Der Wind wirbelte, erfaßte den Klang und hob ihn hoch empor, wie um ihn fortzuwehen. Doch der Klang wurde durch den Sturm nicht ausgelöscht. Er schwoll an und verstärkte sich, breitete sich aus auf den Flügeln des Sturms, erfüllte die Höhe mit seiner leuchtenden Melodie, als ob der Orkan ihm zusätzliche Kraft verlieh. Und plötzlich begann sich der Klang zu Worten zu formieren. Die lebenstiftenden Worte des Liedes von Albion:

Sonnenherrlichkeit! Sternenglanz im Juwelenhimmel!
Licht vom Licht, ein Hohes, Heiliges Land,
Das hell erstrahlt, gesegnet von dem Gaben-Reichen;
Ewige Gabe für das Volk Albions!

Ein Reichtum vieler Wasser! Blausprudelnde Tiefe,
Weißumbrandeter Strand, geweiht das Firmament,
Groß in der Macht des Einen,
Sanft im Frieden eines großen Segens;
Ein Reichtum an Wundern für die Clansleute Albions!

Blendend das Grün in seiner Reinheit!
Wie das köstliche Feuer der Smaragde
Glüht es in den tiefen Tälern,
Glänzt es auf den sanften Feldern;
Ein kostbarer Edelstein für die Söhne Albions!

Die Coranyid konnten gegen die gewaltige Macht des Liedes nicht bestehen. Der Klang traf sie, und sie fielen keuchend, würgend, nach Atem ringend nieder. Als das Lied sich um sie wand, begann das dämonische Heer dahinzuschmelzen, im Erdboden zu versickern, sich aufzulösen wie Schlamm unter einem Wolkenbruch.

Die verhaßte Höllenbrut versank mit Füßen, Knien und Schenkeln, verflüssigte sich, schrumpfte und verschwand in den Spalten, die sich in der Erde öffneten, um sie aufzunehmen. Das diamantene Strahlen des Liedes trieb sie hinab und ließ seinen jubelnden Refrain auf sie herabregnen wie einen Hagel von Pfeilen mit leuchtenden Spitzen. Sie flohen zurück in die trostlosen Höhlen ihres unterirdischen Domizils.

Die weißgekrönten Gipfel, die unermeßlichen Türme,
Die Festung der kühnen Berge!
Erhabene Höhen – voll dunkler Wälder und

Roter Rehe im vollem Lauf –
Verkünden weithin den hochgerühmten Glanz Albions!

Flinke Pferde auf weiten Wiesen! Anmutige Herden
auf den goldblumigen Auen,
Starke Hufe trommeln
Ein donnerndes Lob an den Gütig-Weisen,
Einen Segen der Freude im Herzen Albions!

Höher und höher erhob sich das Lied in weitschwingenden Bögen in die Wolken und durchbohrte den harten Sollenhimmel. Helles, blendendes Sonnenlicht flammte auf und drang in die verborgenen Stellen, wo die Schatten dicht geworden waren, und verbannte die Dunkelheit.

Goldenes Licht fiel auf das Heer des Abgrundes, und die fliehenden Dämonen schrien vor Schmerz – dahinhuschend wie Eidechsen, krabbelnd wie Käfer, gleitend wie Schlangen flohen sie in die Sicherheit ihrer klammen, widerwärtigen Löcher.

Inzwischen hallte das schwebende Lied in der Luft wider. Ganz Albion erzitterte von dem Klang, und das Lied sprang von Bergspitze zu Bergspitze und erfüllte die Täler und Senken. Wie das Wasser einer mächtigen Flut durch den Deich bricht und das Land überschwemmt, wie Ströme süßen, goldenen Mets aus einem bodenlosen Faß hervorschießen, wie ein glänzender Fluß, der aus unendlichen Quellen hervorströmt, anschwillt, sich ausbreitet und seine Ufer übersteigt, sich über das Land ergießt und alles überschwemmt und unter Strömen funkelnden Wassers begräbt. Und wir formten unsere Hände zu Bechern und tranken, soviel wir konnten, doch das Wasser – das Lied – rauschte unvermindert weiter.

Wir konnten nur den kleinsten Bruchteil des Ganzen erhaschen, doch dieses Wenige war Leben für uns. Die lebenspendenden Worte brannten sich in unsere Herzen und Seelen. Wir weinten vor Freude, als wir sie hörten.

Golden die Kornkammern des Großen Gebers,
Überfließend der Reichtum der strahlenden Felder:
Das rote Gold der leuchtenden Äpfel,
Die Süße der goldenen Honigwabe,
Ein Wunder der Fülle für die Stämme Albions!

Silbern der Fang im Netz, wimmelnd der Schatz
Aus dem glücklichen Wasser, braun gesprenkelt die Hänge,
Seidige Herden dienen
Dem Herrn des Festmahls;
Überfluß häuft sich auf den Tischen Albions!

Nudd, der allein im Strom seiner zurückweichenden Streitmacht stand, erhob seinen Speer und stieß einen mächtigen Schrei des Trotzes hervor. Doch das Lied, das rings um ihn erklang, übertönte seinen Schrei. Statt der verhaßten Stimme Nudds hörten wir nur das Lied.

Weise Männer, Barden der Wahrheit, sprechen kühn
Aus Herzen, flammend mit dem Lebendigen Wort;
Reich an Wissen,
Klar an Einsicht,
Ein Glanz der Wahrhaftigkeit für die Wahren Menschen Albions!

An himmlischen Flammen entzündet, dem
Alles verzehrenden Feuer der Liebe,
Brennend aus reiner Leidenschaft,
Lodernd im Herzen des Schöpfer-Königs,
Eine Pracht des Segens erleuchtet Albion!

Der Böse Herrscher konnte gegen die erhabene Majestät des Liedes nicht länger bestehen. Von seiner Legion der Verdammten verlassen, geschwächt durch den großartigen und gnadenlosen Ansturm des Liedes, sank Nudd, der Fürst des Abgrundes, der Herr des Verderbens, in sich selbst zurück. Er schrie seine ohnmächtige Wut den Berggipfeln entgegen, doch das Lied überdeckte alles, durchdrang alles, sättigte alles.

Edle Fürsten knien in rechter Verehrung,
Leisten auf ewig unsterbliche Schwüre,
Umarmen die Brust der Gnade;
Ein ewiger Tribut dem Herrscher aller Herrscher;
Leben über den Tod hinaus für die Kinder Albions!

Ein Königtum, geschmiedet aus unerschöpflicher Tugend,
Geschliffen von der Schnellen, Sicheren Hand;
Voll kühner Rechtschaffenheit,
Voll tapferer Gerechtigkeit,
Ein Schwert der Ehre verteidigt die Clans Albions!

Gebildet aus den Neun Heiligen Elementen,
Geschaffen von dem Herrn der Liebe und des Lichts;
Gnade aus Gnade, Wahrheit aus Wahrheit,
Berufen am Tag des Ringens,
Ein Aird Righ, der für immer herrsche in Albion!

Geschlagen folgte Fürst Nudd seinen dämonischen Coranyid hinab in die Tiefe der Unterwelt. Wir sahen zu, wie seine schwarze Gestalt bleich und durchsichtig wurde und sich wie ein schmutziger Nebel unter den blendenden Sonnenstrahlen auflöste. Der verruchte Feind verschwand einfach vor unseren Augen, sank zurück in den Abgrund, aus dem er befreit worden war.

Nudd selbst war der letzte, der ging, und er nahm den

Kessel der Wiedergeburt mit sich. Denn als er fort war, war auch der Kessel nicht mehr zu sehen.

Ich blickte hinaus auf die felsige Ebene unter uns: Nicht ein einziger Feind war mehr zu sehen. Alle waren verschwunden. Goldenes Sonnenlicht umstrahlte uns; ein blauer Himmel, blendend und hell, leuchtete durch die klaffenden Risse in der Wolkendecke. Die Belagerung war zu Ende, die Schlacht vorbei. Wir waren gerettet.

Wir standen da und starrten einander an, und einen Augenblick lang noch zitterte die Welt im Nachhall des Liedes von Albion, das immer weiter und weiter hinausdrang. Und dann erschütterte ein gewaltiger Schrei die Stille. Ich wirbelte zu dem Geräusch herum und sah Tegid auf die Mauer springen und mit erhobenen Armen zu tanzen beginnen. Einen Augenblick später weinte und rief alles durcheinander – Tränen der Erleichterung, Rufe der Freude. Andere sprangen auf die Befestigungen und tanzten mit. Solche Freude ließ sich nicht zurückhalten, und das ganze Caer hallte von dem fröhlichen Lärm wider.

Über dem ekstatischen Tumult hörte ich Tegids Stimme, die sich stark und klar zum Gesang erhob. Und das Lied, das er sang, war das Lied von Albion. Die Worte strömten aus seinem Herzen hervor, entzündeten die Herzen aller ringsum wie Funken einer Fackel. Und bald hallte das Lied von den Berggipfeln ringsum wider.

»Hör doch!« rief ich und wandte mich zum König, der neben mir stand. »Das Lied von Albion ist wiederhergestellt!«

Doch der König antwortete nicht. Sein Haupt war gebeugt und seine Augen geschlossen; Tränen rannen an seinen Wangen herab, und seine Schultern bebten, als das Schluchzen lautlos aus seiner Kehle hervorbrach. Inmitten des gewaltigen Siegesjubels stand König Meldryn Mawr und weinte.

37

Des Königs Meisterkämpfer

Die Tore von Findargad wurden weit aufgerissen, und alle – Männer und Krieger, Frauen und Kinder – strömten tanzend vor Freude und Begeisterung hinaus, um über jeden Zweifel hinaus zu beweisen, daß Fürst Nudd und die Dämonenstreitmacht der Coranyid verschwunden waren. Der Feind war tatsächlich in die Tiefe der Unterwelt zurückgetrieben worden und hatte nur den besudelten Schnee zurückgelassen – und der schmolz unter der neu entflammten Sonne rasch dahin. Verschwunden war auch der bedrückende Gestank, vertrieben von den frischen Winden des Gyd. Überall an der Mauer liefen die Llwyddi entlang, und Hunderte von eifrigen, fröhlichen Händen sammelten die verstreuten Bruchstücke der singenden Steine auf.

Tegid tanzte immer noch über die Mauer auf die Stelle zu, wo ich mit dem König stand. »Der Feind ist geschlagen! Dein Königreich ist frei von seinem Abschaum. Willst du nicht jetzt dein Geas ablegen und zu deinem Volk sprechen, Großer König?« fragte er.

Doch der König hob sein tränenüberströmtes Gesicht und winkte seinen Barden zu sich heran. Tegid neigte sein Ohr an den Mund des Königs, hob dann seine Hände und rief allen auf der Mauer und darunter zu: »Volk von Prydain! Hört die Worte eures Königs: Heute ist unser Feind besiegt. Heute nacht werden wir unseren Sieg in der Halle des Königs feiern. Drei Tage werden wir feiern und ruhen;

doch am vierten Tag werden wir diesen Ort verlassen und in unsere Heimat im Tiefland zurückkehren.«

Damit verließ der König die Mauer und kehrte in seine Kammer zurück. Ich sah ihm nach, als er den Hof überquerte. Prinz Meldron und Paladyr traten auf ihn zu, als er sich dem Eingang zur Halle näherte. Der König blieb stehen und wandte sich ihnen steif zu. Einen Augenblick lang standen die drei zusammen. Ich konnte nicht hören, was gesagt wurde, doch ich sah, wie Prinz Meldron eine rasche, heftige Geste zum geöffneten Tor hin machte. Der König starrte seinen Sohn einen Moment lang an, dann wandte er sich ohne zu antworten ab und trat in die Halle. Daraufhin eilten der Prinz und Paladyr davon; sie entschwanden unterhalb der Mauer meinem Blick, und ich konnte sie nicht mehr sehen.

Die Vorbereitungen für das Fest nahmen den ganzen Tag in Anspruch. Die Sonne schien weiterhin hell, und die Wolken verschwanden, und wir fingen an zu glauben, daß Gyd, die schönste der Jahreszeiten, tatsächlich endlich nach Prydain zurückgekehrt war. Nach dem endlosen Regiment des trüben Sollen hatten wir schon gefürchtet, die Welt würde nie wieder die Fülle der Sonne genießen. Dementsprechend labten wir uns an der Wärme, während wir unseren Aufgaben nachgingen.

Ich suchte innerhalb und außerhalb der Mauern nach Simon – Siawn Hy –, doch ich konnte ihn in dem allgemeinen Durcheinander der Festvorbereitungen nirgends finden. Allzu bald wich das Sonnenlicht der Dämmerung, und die Kühle der Nacht kehrte zurück. Nur sehr widerwillig entzündeten wir bei Einbruch der Dämmerung die Fackeln in der Halle von Findargad, obwohl das bedeutete, daß das Fest nun beginnen konnte. Als ich in der Menge vor der Halle stand und darauf wartete, eintreten zu können, glaubte ich, Siawn unter den Kriegern des Wolfsrudels des Prinzen stehen zu sehen. Doch bis ich mich zu der Stelle hinübergeschoben hatte, waren sie bereits drinnen, und ich verlor ihn wieder aus den Augen.

Süßer Met leuchtete kräftig und golden in den unzähligen Bechern, die in der Halle des Königs kreisten. Die Flammen auf der Feuerstelle loderten hoch, und die Fackeln und Scheite brannten hell, und wir tranken im glänzenden Feuerschein auf den Sieg und den Untergang unserer Feinde. Alle – Krieger und Männer, Mädchen und Frauen, Kinder und Säuglinge –, alle nahmen an der Feier teil. Wir aßen und tranken und sangen. Wie wir sangen! Die Nacht verwandelte sich in ein schönes Loblied, einen schimmernden Edelstein der Freude und des Dankes an die Schnelle, Sichere Hand für unsere Errettung.

Und als wir genug gegessen und getrunken hatten, um fröhlich zu sein, und die Lieder der Befreiung gesungen hatten, befahl Tegid, den Thron des Königs in die Halle zu bringen. Einige Krieger eilten in die Kammer des Königs, hoben den Thron auf ihre Schultern und trugen ihn in die Halle. Worauf der König, der mehr nach dem Meldryn Mawr aussah, dem ich zuerst begegnet war – ganz funkelnd und golden in seinem prächtigen Staat – und dem man seine kürzliche Krankheit kaum noch anmerkte, seinen Platz am Kopf seiner Halle einnahm und mit weitem Schwung seiner Arme allen winkte, sich zu versammeln und näher zu kommen.

Aufgrund seines Schwurs sprach der König nicht direkt, sondern leitete die Versammlung durch die Stimme seines Barden. Tegid gab die Worte des Königs weiter und sagte: »Heute nacht, da das Licht des Lebens in uns brennt, ist es recht, vor Freude über den Sieg, der uns geschenkt wurde, zu singen und zu tanzen. Doch laßt uns innehalten und unserer Clansleute gedenken, die ihr Leben an Nudd verloren haben.«

Daraufhin stimmte Tegid ein Klagelied für die Toten an. Es war ein wohlbekanntes Klagelied, und schon nach wenigen Worten stimmten alle in der Halle ein. Ich kannte das Lied nicht, doch es war schön und schwermütig und herzzerreißend traurig. Ich hätte nicht singen können; schon dadurch, daß ich es nur hörte, füllten sich meine Augen mit Tränen, und meine Kehle schwoll an, so daß ich kaum atmen konnte.

Auch andere weinten beim Singen, und ihre Augen glänzten feucht im Fackelschein. Als das Lied zu Ende war, erfüllte Stille die Halle. Die letzten Töne klangen lange in dem weiten Raum nach. Nach einiger Zeit beugte sich der König wieder zu seinem Liedmeister, und Tegid sagte: »Wir haben uns der ehrenvollen Toten erinnert, wie es recht ist. Nun laßt uns die Lebenden ehren, die sich durch ihre mutigen und tapferen Taten das Heldenteil verdient haben.«

Zu meinem Erstaunen wurde als erstes mein Namen gerufen. »Llyd, komm vor den Thron.«

Vor mir öffnete sich eine Schneise durch die Menge, und ich trat zögernd vor. Wieder wurden mir die verwunderten Blicke bewußt, die meine Erscheinung auf sich zog, und die gedämpften Ausrufe des Erstaunens. Aber warum? Hatte ich mich so sehr verändert? Der König winkte mir, mich vor ihn hinzustellen; dann zog er sich einen goldenen Ring vom Finger und hielt ihn mir hin. Ich streckte die Hand aus, um ihn zu nehmen, und er packte mich am Handgelenk und drehte mich herum, so daß ich der großen Menge gegenüberstand.

»Vor allen anderen Männern gebührt dir heute abend die Ehre«, sagte Tegid laut, so daß alle ihn hören konnten. »Unter großer Gefahr und großen Opfern brachtest du die verzauberten Steine aus ihrem Versteck und erdachtest den Plan, wie sie zu benutzen seien, um unseren Feind zu besiegen. Ohne die Steine hätten wir niemals gegen Nudd und seine Dämonenbrut der Coranyid bestehen können. Dafür nimm den Dank deines Königs.«

Der Große König stand auf und hob meine Hand am Gelenk hoch vor der dicht gedrängten Menge. Er nahm den Ring und steckte ihn mir auf den Finger. Ich sah den Fackelschein in den tausend Augen vor mir und hörte das erstaunte Murmeln, das durch die Halle lief. Wieder verspürte ich das unheimliche und unerklärliche Gefühl, daß mein Anblick den Leuten Ehrfurcht einflößte.

Mir blieb keine Zeit, mich darüber zu wundern. Tegid hob seine Hände, die Handflächen nach außen gerichtet, und verkündete laut: »Jeder wisse, daß dem König deine Fähigkeit und dein Mut sehr teuer geworden sind. Von heute nacht an bist du der Meisterkämpfer des Königs. In Anerkennung dieser Ehre sollst du von nun an Llew heißen. Von diesem Augenblick an sollen dich alle Menschen grüßen: Sei gegrüßt, Llew, Meisterkämpfer des Königs!«

»Llew! Llew!« rief das Volk begeistert zur Antwort. Sie schienen geradezu begierig darauf zu sein. »Sei gegrüßt, Llew, Meisterkämpfer des Königs!« Ihre Stimmen erfüllten die Halle von der Feuerstelle bis zum Dachfirst, und mein Inneres erzitterte: Llew, der Name des Erretters von Albion, war nun mein Name. Was die Banfáith vorausgesagt hatte, erfüllte sich.

Hätte ich gewußt, was Tegid plante, so hätte ich ihn daran gehindert – und ich war nicht der einzige. Denn als ich meinen Platz zur Rechten des Königs einnahm, sah ich Paladyr abseits stehen, sichtlich wutschäumend über die Beleidigung, die ihm widerfahren war. Ich konnte es ihm nicht verübeln. Denn Paladyr war als Meisterkämpfer abgesetzt worden, ohne die Chance zu erhalten, seine erhobene Stellung zu verteidigen; er war vor seinen Clansleuten und Schwertbrüdern entehrt. Eine schwerere Demütigung hätte ihm nicht widerfahren können.

Weitere Geschenke wurden verteilt – Broschen und Edelsteine und Armringe aus Silber und Gold. Weitere Namen wurden belobigt, weitere Taten gerühmt. Ich sah wenig davon und hörte noch weniger. Meine Gedanken überschlugen sich auf der verzweifelten Suche nach einem Weg, Paladyr davon abzubringen, daß er mich zum Zweikampf herausforderte, um seine Stellung zurückzuerobern. Er würde Himmel und Erde in Bewegung setzen, um seine Ehre wiederherzustellen – das war ihm sein Leben und mehr wert. Ein Krieger, der seiner Ehre beraubt war, erlitt eine Schande, die schlimmer war als der Tod. Ich hatte wahrhaftig nicht die geringste Hoffnung, daß er über die Brüskierung hinwegsehen würde: Sein Stolz war größer als der des Königs, und Meldryn Mawrs Stolz überragte ganz Albion.

So stand ich – an Paladyrs Stelle – neben dem König und suchte fieberhaft nach einer Möglichkeit, mich aus dieser ernsten und möglicherweise tödlichen Klemme zu befreien. Ich blickte mich unter den Menschen in der Halle um und suchte wieder nach dem ehemaligen Meisterkämpfer des Königs; doch ich konnte ihn nicht entdecken. Dennoch bildete ich mir ein, seinen brodelnden Zorn zu spüren – wie ein durch den Wind außer Kontrolle geratenes, wild brennendes Feuer.

Als der letzte Krieger aufgerufen und das letzte Geschenk verteilt war, befahl König Meldryn den Fortgang des Festes. Sobald ich meine Chance sah, packte ich Tegid am Arm. »Warum hast du das mit mir gemacht?«

»Ich habe gar nichts gemacht«, erwiderte er trocken. »Es ist das Recht des Königs, sich einen neuen Meisterkämpfer zu wählen und ihm einen Namen zu geben. Das hat er getan. Und ich habe nichts an seiner Wahl auszusetzen.«

»Paladyr wird mich umbringen! Er wird nicht ruhen, bis mein Kopf auf seinem Speer steckt. Du mußt mit dem König reden.«

»Dir ist eine hohe Ehre zuteil geworden. Du hast ein Recht darauf; du hast sie dir verdient.«

»Ich will sie nicht! Nimm sie wieder zurück!«

Tegid machte ein saures Gesicht.

»Ich verstehe dich nicht, Llew.«

»Ich bin *nicht* Llew!« knurrte ich. »Ich will damit nichts zu tun haben! Verstehst du mich?«

»Es ist zu spät«, sagte er und schaute in eine andere Richtung.

»Warum?«

»Paladyr – er kommt.«

Durch die sich langsam zerstreuende Menge kam Paladyr auf uns zugeschritten. Sein Gesicht war ausdruckslos, doch seine Augen glühten vor Zorn. Ich straffte mich und wandte mich ihm zu. Er blieb vor mir stehen und funkelte mich an. Bevor ich den Mund auftun konnte, um ein versöhnliches Wort zu sagen, legte er eine Hand auf meine Brust und schob mich zur Seite. Die Leute sahen das und blieben stehen; keiner rührte sich, keiner atmete. In der Halle wurde es augenblicklich still.

Paladyr ging weiter bis vor den Thron des Königs und warf sich davor nieder. Meldryn Mawr blickte regungslos auf den flach auf dem Boden liegenden Mann hinab. Tegid eilte an die Seite des Königs und sagte nach einem kurzen, geflüsterten Wortwechsel: »Was erstrebst du, indem du auf diese Weise vor deinen König trittst?«

Der ehemalige Meisterkämpfer blieb mit dem Gesicht nach unten vor dem Thron liegen; kein Muskel zuckte. Der König flüsterte Tegid etwas zu, der daraufhin nickte und sich an den liegenden Krieger wandte. »Steh auf, Paladyr«, sagte der Barde. »Wenn du etwas zu sagen hast, stell dich auf deine Beine und sprich es aus.«

Daraufhin erhob sich Paladyr und stand vor dem König. Seine Haltung war demütig, doch nicht völlig gedemütigt, als er seine leeren Hände zum König ausstreckte. »Welche Schuld legst du auf mein Haupt, daß du mich auf diese Weise von dir stößt?«

»Willst du sagen, daß dein König dich ungerecht behandelt hat?« fragte Tegid.

»Ich verlange zu wissen, warum ich verstoßen wurde«, erwiderte er verdrossen.

»Es kommt dir nicht zu, etwas zu verlangen, Paladyr«, bemerkte der Barde. »Dir kommt es zu, zu gehorchen. Doch der König gedenkt deines treuen Dienstes, und deshalb wird er dir antworten.«

»So antworte er«, sagte Paladyr, der sich kaum noch im Zaum halten konnte. »Doch ich will es aus dem Mund des Königs hören – nicht aus deinem, Barde.«

Meldryn Mawr neigte seinen Kopf zu Tegid, der sich herabbeugte, um ihn anzuhören, und sich dann wieder aufrichtete und sagte: »Aufgrund des Geas des Königs ist das nicht möglich. Doch höre das Wort des Königs und empfange es, wenn du willst. So spricht dein König: Wer mir dient, muß mir treu bleiben, mir allein. Du, Paladyr, warst loyal wie kein anderer. Solange du mir in deiner Gefolgschaft treu warst, warst du der Meisterkämpfer des Königs. Doch du hast deine Loyalität von dir gewiesen, als du beschlossen hast, Prinz Meldron zu folgen. Deshalb habe ich auch dich von mir gewiesen.« Tegid machte eine Pause. »Dein König hat gesprochen.«

Diese Worte schienen eine große Wirkung auf den Mann zu haben. Sofort erschien er demütig und bußfertig. »Das ist ein harter Tadel, o König«, sagte er. »Doch ich nehme dein Urteil an; erlaube mir nur, dir erneut den Treueeid zu leisten und mich von neuem zur Loyalität zu verpflichten.«

König Meldryn nickte langsam, und Paladyr trat vor, den Kopf gesenkt, die Arme schlaff herabhängend. Er sank vor dem Thron auf die Knie und fiel unter großen Reuebekundungen über den König. Er legte seinen Kopf gegen die Brust des Königs und rief mit lauter Stimme: »Vergib mir, o König!«

Meldryn Mawr hob seine Hand und schien sprechen zu wollen. Doch die Hand erschlaffte und fiel herab; der König schloß seinen Mund und beugte seinen Kopf über seinen einstigen hochgeehrten Meisterkämpfer. Es war ein ergreifender Anblick, der alle anrührte, die zusahen.

Nach einem Augenblick sagte Tegid: »Paladyr, leiste nochmals den Eid der Treue.« Und er begann die Worte vorzusprechen, die der ehemalige Meisterkämpfer wiederholen sollte.

Doch Paladyr antwortete nicht. Er wartete nicht einmal, bis Tegid geendet hatte. Statt dessen erhob er sich, stand einen Augenblick lang über dem König und kehrte dann dem Thron den Rücken zu. Aller Augen folgten ihm, als er aus der Halle eilte.

Der Chor des erstaunten Gemurmels, der auf Paladyrs unverständliches Verhalten folgte, verwandelte sich in Schreie des Entsetzens und der Ungläubigkeit, als jemand schrie: »Mord! Er hat den König getötet!«

Die Worte waren scharf wie Dolche. Wie alle anderen hatte ich Paladyr beobachtet. Als das Wort ›Mord‹ fiel, fuhr ich zu Meldryn Mawr herum, der immer noch auf seinem Thron saß, den Kopf nach vorn gesenkt, die Hände im Schoß. Die Haltung war dieselbe wie vor einigen Augenblicken. Er hatte sich nicht bewegt.

Und dann sah ich es: Paladyrs Dolch ragte aus der Mitte der Brust Meldryns hervor, direkt unter dem Brustbein. Wie eine leuchtend rote Blüte sickerte Blut langsam aus der Wunde. Der König war tot.

Drei Herzschläge lang herrschte eine entsetzte Stille in der Halle, in der niemand atmete. Dann geschah alles gleichzeitig.

»Haltet ihn auf! Ergreift ihn!« schrie Tegid.

Die Menge strömte auf den Thron zu. Jemand schrie.

In dem allgemeinen Gemenge kämpfte ich mich zu Tegid durch. Weitere Schreie. Empörte Ausrufe. Panik. Die

Tür der Halle schlug zu. Das Geräusch hallte wider wie Donner. Krieger schrien wirre Befehle durcheinander. Das Klirren gezogener Waffen erscholl durch die Luft.

Aus dem Nichts erschien Prinz Meldron, hielt seine Hände empor und verkündete laut: »Ruhe! Ruhe! Habt keine Angst! Ich bin hier! Euer König ist hier!«

Und da stand Siawn Hy – direkt neben dem Prinzen stand er mit erhobenem Schwert, als wolle er seinen Herrn vor einem Angriff schützen. Einem Angriff von wem? fragte ich mich. Glücklicherweise hatte der Anblick Meldrons eine beruhigende Wirkung. Die Panik und Verwirrung wich sofort.

»Wolfsrudel!« rief Meldron, und die Krieger seiner Elitetruppe drängten sich durch die Menge vor dem Thron. »Reitet Paladyr nach. Jagt ihn und bringt ihn zurück. Aber bringt ihn mir lebend. Hört ihr? Ihm darf kein Haar gekrümmt werden!«

Alle Krieger außer Siawn, der an der Seite des Prinzen blieb, verpflichteten sich zu der Aufgabe und eilten davon. Der Prinz wandte sich an Tegid, der sich über den Körper des Königs beugte. »Er ist tot?« sagte der Prinz, weniger als Frage denn als Feststellung einer offensichtlichen Tatsache.

Der Barde richtete sich auf; aus seinem Gesicht war alle Farbe gewichen; es war aschgrau und grimmig, und seine Stimme zitterte – doch ob vor Trauer oder Zorn oder einem anderen Gefühl, konnte ich nicht sagen. »Der Dolch hat sein Herz durchbohrt«, intonierte Tegid. »Der König ist tot.« Zu mir gewandt, fuhr er fort: »Nimm dir ein paar Männer. Wir werden den König in seine Kammer bringen.«

Drei Krieger schlossen sich uns an, und wir hoben den Leichnam behutsam an und trugen ihn zwischen uns hinaus. Wir brachten den König in seine Kammer und legten ihn auf seine Schlafstatt. Tegid zog seinen Umhang aus und breitete ihn über den König, dann entließ er die Krieger und befahl ihnen, die Tür zu bewachen.

Ich blickte Tegid an, der über dem Leichnam stand, das Kinn in die Hand gestützt, tief in Gedanken versunken. Ich wußte kaum, was ich sagen oder denken sollte. Alles erschien so unwirklich so alptraumhaft. Doch dort lag Meldryn Mawr … tot. Und als sein Meisterkämpfer wäre es meine Pflicht gewesen, ihn zu schützen.

»Tegid – es … es tut mir leid«, stammelte ich und trat hilflos neben ihn.

»Wußtest du, was Paladyr vorhatte?« fragte er mich unbewegt.

»Nun … nein, ich –«

»Hättest du es verhindern können?«

»Nein. Aber ich –«

»Dann hast du keinen Anlaß, dir Vorwürfe zu machen.« Seine Stimme klang sanft, doch sein Ton war stahlhart. »Und auch ich mache dir keinen Vorwurf.«

»Aber ich war sein Meisterkämpfer!« beharrte ich. »Ich stand daneben, während Paladyr ihn tötete. Und ich habe nichts getan. Ich – ich hätte … etwas tun müssen. Ich hätte ihn schützen müssen.«

Der Barde bückte sich, um den Umhang über dem Leichnam zu glätten. Dann richtete er sich abrupt auf und ergriff meinen Arm. »Hör mir jetzt gut zu, Llew«, sagte er leise, aber fest. »Das Leben des Königs gehört seinem Volk. Wenn einer der Seinen beschließt, ihm dieses Leben durch Verrat zu nehmen, kann keine Macht der Welt das verhindern.«

Tegid sprach eine harte, harte Wahrheit aus. Ich verstand ihn, aber ich würde lange brauchen, bis ich es akzeptieren konnte.

»Was sollen wir jetzt tun?«

Der Barde wandte sich wieder dem König zu. »Der Leichnam muß für das Begräbnis vorbereitet werden.

Sobald wir die Todesriten vollzogen haben, wird ein neuer König gewählt werden.«

»Prinz Meldron hat gesagt –«

»Prinz Meldron hat sich übernommen«, unterbrach Tegid kalt. »Meldron muß sich dem Willen der Barden unterordnen.«

In Albion wählten die Derwyddi den König, und das Königtum ging nicht automatisch vom Vater auf den Sohn über. Sondern jeder würdige Angehörige eines Clans konnte König werden, wenn der Barde ihn erwählte. Das Königtum war ihnen viel zu kostbar, als daß sie es weiterreichen wollten wie ein gebrauchtes Kleidungsstück. Stattdessen wurde der König aus den besten Männern eines Clans erwählt.

»Ich verstehe«, sagte ich. »Aber du bist der einzige Barde, der den Llwyddi noch geblieben ist – vielleicht der letzte Barde in ganz Albion, nach allem, was wir wissen.«

»Dann werde ich allein wählen.« Er lächelte finster und fügte hinzu: »Ich halte jetzt das Königtum in Händen, Bruder. Ich gebe es, wem ich will.«

38

Der Weg nach Hause

Der Leichnam des Großen Königs lag drei Tage lang in Findargad, und die Festtage wurden statt dessen zu Tagen der Trauer. Während dieser Zeit bereitete Tegid den Leichnam auf sein Begräbnis vor und leitete die Vorbereitungen für die Heimreise nach Sycharth. Der König würde nicht in der Bergfestung zur Ruhe gelegt werden, sondern im Modornntal, im Grabhügel der Llwyddi-Könige. Er wurde gewaschen und in seine feinsten Kleider gehüllt. Sein Schwert und sein Speer wurden blank geschliffen; sein Schild frisch bemalt und die Reliefaufsätze poliert, so daß sie leuchteten wie Sonnen.

Am vierten Tag wurde der Leichnam aus der Kammer des Königs herausgetragen und auf einen Wagen gelegt, auf dem Felle hoch aufgeschichtet waren. Dann, als alle, die Fürst Nudds Ansturm überlebt hatten, im Hof versammelt waren, steuerte Tegid den Wagen zum Tor hinaus, und wir begannen den langen Weg nach Hause. Sechs Krieger mit Speeren gingen zu beiden Seiten des Begräbniswagens. Prinz Meldron, starr und trauervoll, ritt hinter dem Wagen, und alle anderen Llwyddi folgten.

So verließen wir Findargad. Auf Tegids Anweisung ging ich vorne mit ihm neben dem Kopf des Pferdes. Am ersten Tag wechselten wir kein Wort. Tegid stapfte gedankenverloren dahin, die Augen fest auf den Weg vor uns gerichtet, die Stirn nachdenklich gerunzelt. Ich wußte nicht, was ihn beschäftigte, und er sprach nicht darüber.

An den folgenden Tagen jedoch begann er mit mir über die Dinge zu sprechen, über die er nachdachte. Feierlich und düster schilderte er mir die Zukunft, die er vor uns ausgebreitet sah: die Zukunft, die die Banfáith in ihrer schrecklichen Prophezeiung beschrieben hatte.

»Der Goldene König in seinem Reich wird mit seinem Fuß an den Stein des Anstoßes stoßen. Der Wurm mit dem feurigen Atem wird den Thron von Prydain beanspruchen«, sagte er finster. Wir standen neben einem Bergbach und warteten darauf, daß das Gefolge ihn überquert hatte, so daß wir unseren Weg fortsetzen konnten. »Schau sie dir an«, sagte er und deutete auf die lange Reihe der Menschen, die durch das Wasser wateten, »sie sind verloren und wissen es nicht. Niemand ist da, der sie führen könnte. Ein Volk ohne König ist schlimmer dran als Schafe ohne einen Hirten.«

»Sie haben Prinz Meldron«, entgegnete ich. Der Prinz stand mit seinem Pferd mitten im Bach, während das Volk vor ihm vorüberzog. Es sah aus, als wachte er tatsächlich wie ein Hirte über seine Herde. Siawn stand nahebei, wie ich entdeckte, und lehnte sich auf seinen Speer. In den letzten Tagen war er niemals außer Sichtweite des Prinzen gewesen, so daß ich keine Gelegenheit gefunden hatte, allein mit ihm zu sprechen.

Tegid warf mir einen Seitenblick zu, und sein Mund verzog sich zu einer bitteren Grimasse. »Prinz Meldron wird niemals auf dem Thron seines Vaters sitzen.«

Ich fragte ihn, wie er das meinte, doch er gab mir zu verstehen, daß er darüber im Augenblick nicht laut sprechen wollte. »Rede zu niemandem darüber.«

Ich dachte, damit wäre die Angelegenheit erledigt, bis wenig später, als wir wieder auf dem Weg waren. »Der König wird begraben werden, wie es der Sitte entspricht.« Der Barde sprach so leise, daß ich dachte, er rede mit sich selbst. »Vielleicht kann ich nicht verhindern, was dann kommt, aber zumindest werde ich dafür sorgen, daß mein König so in sein Grab gelegt wird, wie es recht ist. So tief sind wir noch nicht gesunken, daß wir die alten Riten abgeschafft hätten.«

»Sprich, Tegid. Was, glaubst du, wird geschehen?«

Er hob den Kopf und starrte in die wolkenverhangene Ferne. »Das weißt du bereits«, erwiderte er.

»Wenn ich es wüßte, würde ich nicht fragen.« Ich wurde seiner ausweichenden Art allmählich müde.

»Du weißt es«, wiederholte er und fügte, fast wie eine Herausforderung, hinzu: »*Llew* würde es wissen.«

Bevor ich ihm noch mehr entlocken konnte, wurden wir durch die Rückkehr des Wolfsrudels unterbrochen. Die Krieger unter Prinz Meldrons Befehl waren allem Anschein nach hart und weit geritten. Ihre Kleidung war schmutzig, und ihre Pferde waren schaumig und mit Schlamm bespritzt. Der Prinz sah sie herankommen, verließ seinen Platz hinter dem Begräbniswagen und ritt voraus, ihnen entgegen.

»Ich frage mich, was sie gefunden haben«, bemerkte ich, während ich beobachtete, wie der Prinz und seine Krieger sich ein kurzes Stück vor uns auf dem Pfad besprachen.

»Warum fragst du dich das?« erwiderte Tegid trocken. »Bist du blind?«

»Scheint so«, schnappte ich.

»Mach die Augen auf! Muß ich dir beschreiben, was du direkt vor der Nase hast?«

»Das Wolfsrudel ist zurück«, sagte ich. »Der Prinz spricht mit ihnen.«

»Ist Paladyr bei ihnen?« fragte Tegid spöttisch.

»Nein – nein, das ist er nicht.«

»Nun?«

»Nun, sie haben ihn nicht gefunden. Paladyr muß entkommen sein.«

»Paladyr entkommen.« Tegid verdrehte die Augen. »Diese Männer können einen Keiler durch die Tiefen des dunkelsten Waldes verfolgen. Sie können einen Hirsch jagen, bis er vor schierer Erschöpfung umfällt. Sie können einem Adler im Flug folgen bis zu seinem Horst. Wie kommt es dann, daß Paladyr entkommen ist?«

»Haben sie ihn laufenlassen? Aber warum sollten sie das tun?«

»Ja, warum wohl?«

Mehr bekam ich nicht aus ihm heraus, bevor der Prinz sein Pferd wendete und zurück an seinen Platz hinter dem Begräbniswagen trabte und der Trauerzug seinen langen, schwierigen Weg fortsetzte. Ich dachte gründlich über Tegids Andeutungen nach, während wir marschierten, und wägte jedes Wort ab, bevor ich es den anderen hinzufügte.

Es war offensichtlich, daß die Prophezeiung der Banfáith ihn beschäftigte, und er war entschlossen, dafür zu sorgen, daß sie sich in mir erfüllte. Das war beunruhigend genug, doch noch erschreckender war seine Unterstellung, daß Prinz Meldron für den Tod seines Vaters verantwortlich sei. Denn wenn Meldron damit zu tun hatte, dann gewiß auch Simon. Die beiden waren kaum jemals getrennt! Es war unwahrscheinlich, daß der Prinz einen so verheerenden Verrat planen konnte, ohne daß Simon davon wußte. Vielleicht hatte Simon Anteil daran gehabt … vielleicht sogar mehr als das …

Der Gedanke ließ mir das Mark gefrieren. Was hatte Simon getan?

Ich dachte lange darüber nach und betrachtete es von allen Seiten. Doch der Tag war strahlend und schön, und die Sonne wärmte, wo sie auf die Haut schien. Trotz meiner Spannung wurde ich allmählich durch die klare Aussicht vor mir abgelenkt. Der Schnee lag immer noch tief auf den Berghängen, und unser Weg war größtenteils schneebedeckt. Doch er hatte zu tauen begonnen; brauner und grauer Fels schimmerte durch das Weiß, und gelegentlich war sogar etwas Grün zu sehen.

Als wolle er das vom Sollen verwüstete Land besänftigen, nahm der Gyd schnell und behutsam wieder sein Recht in Anspruch. Die Bäche und Rinnsale sprudelten vor geschmolzenem Schnee, und Wasser tropfte von jedem Felsen. Der Himmel blieb größtenteils klar, und die Sonne schien warm. In den Nächten war es noch kühl, und der Boden war naß, doch wir schichteten die Feuer hoch auf und schliefen auf Rinderhäuten. Eine Abteilung von Kriegern wachte nachts abwechselnd über dem Leichnam des Königs.

In einer Nacht, als ich bei der ersten Wache war, ergab es sich, daß Simon ebenfalls zu der Gruppe gehörte. Ich wartete, bis unsere Ablösung erschienen war, und ging dann zu ihm hin. Es war seit langem die erste Gelegenheit, unter vier Augen mit ihm zu sprechen.

»Siawn«, sprach ich ihn mit dem Namen an, den er bevorzugte. Ich berührte ihn am Arm.

Er wirbelte herum, die Fäuste geballt, das Gesicht hart im Licht des aufgehenden Mondes. Seine Augen wanderten über mein Gesicht, doch er gab kein Zeichen des Erkennens. Ebensowenig versetzte ihn meine Gegenwart in Ehrfurcht, wie sie es bei so vielen anderen zu tun schien. »Llew«, sagte er, und seine Lippen verzogen sich zu einem höhnischen Grinsen. »Was will der mächtige Llew von mir?«

Sein Hohn ärgerte mich. »Ich will mit dir reden«, erwiderte ich. Er wandte sich ab, doch ich folgte ihm und ging neben ihm her.

»Simon, was ist los? In was für einer Sache steckst du?«

Er fuhr zornig zu mir herum. »Ich bin Siawn Hy!«

»Siawn«, sagte ich schnell, »was weißt du über Paladyr?«

Als er den Namen des Flüchtigen hörte, verengten sich seine Augen. »Nichts«, sagte er mit heiser drohender Stimme. Er wollte sich wieder abwenden, doch ich ergriff seinen Arm und hielt ihn fest.

»Ich bin noch nicht fertig«, sagte ich.

»Ich habe dir nichts zu sagen«, spie er. »Geh deinen Weg, Llew.« Er griff nach meinem Handgelenk und zog meine Hand von seinem Arm. Scharfer, bösartiger Haß flammte in seinen Augen auf. Wellen des Zorns schlugen mir entgegen. Dann ging er langsam davon.

»Warte!« sagte ich in einem verzweifelten Versuch, ihn zu halten. »Siawn, warte, ich will mich euch anschließen.«

Er erstarrte. »Dich uns anschließen? Was meinst du damit?«

»Du weißt, was ich meine«, sagte ich, und obwohl mein Herz raste, hörte ich meine Stimme kühl und vielsagend. »Hältst du mich für dumm? Ich sehe doch, was los ist. Ich will mich euch anschließen.«

Er starrte mich argwöhnisch an und versuchte die Absicht hinter meinen Worten zu erraten. »Der Prinz hört auf dich«, beharrte ich. »Ich habe gesehen, wie er sich auf dich stützt, Siawn. Er wäre nichts ohne dich.«

Er versteifte sich, und ich dachte schon, er würde sich abwenden. Doch sein Interesse war erwacht. »Sprich offen«, sagte er. »Ich höre.«

»Meldron will König werden«, sagte ich. »Ich kann dabei helfen.«

»Wie?«

»Tegid wird es nicht zulassen. Er wird es verhindern.«

»Tegid ist unwichtig. Wenn er sich uns in den Weg stellt, werden wir ihn töten.«

»Nein«, sagte ich, »ihr braucht ihn lebend.«

»Barden!« Das Wort kam von seinen Lippen wie ein Fluch. »Meldron wäre schon längst König ohne die Einmischung der Barden. Das wird sich alles ändern, wenn Meldron den Thron besteigt.«

»Das Volk würde rebellieren«, entgegnete ich. »Es würde niemals einen König unterstützen, der seinen Barden getötet hat. Aber es gibt einen einfacheren Weg. Wenn das Volk sähe, wie Tegid das Königtum ausdrücklich an Meldron übergibt, würden die Leute es nicht in Frage stellen.«

»Könntest du das denn bewerkstelligen?«

»Ich könnte dabei helfen. Ich habe Tegids Vertrauen; er erzählt mir so manches. Ich könnte euch eine große Hilfe sein«, sagte ich. »Aber ich will eine Gegenleistung.«

Das verstand Simon. »Was willst du?«

»Ich will einen Platz bei Meldron, wenn er König ist«, sagte ich schlicht. »Ich will zum Wolfsrudel gehören.«

»Es stimmt, daß der Prinz auf mich hört«, sagte er, denn er konnte sich das Prahlen nicht verkneifen. »Ich werde für dich mit ihm reden und ihm von deinem Interesse berichten.« Er senkte seine Stimme. »Es könnte sein, daß Meldron eine Gewähr für deine Loyalität verlangen wird.«

»Was könnte das sein?«

Er dachte einen Augenblick lang nach. Seine Augen schimmerten verschlagen im Mondlicht.

»Finde heraus, was Tegid vorhat, wenn wir nach Sycharth kommen.«

»Das wird einige Zeit dauern«, log ich. »Ich muß es aus ihm herauslocken, ohne Verdacht zu erregen.«

»Dem mächtigen Llew sollte das nicht schwerfallen.« Die höhnische Verachtung kehrte in seine Stimme zurück.

»Also gut, ich werde es tun.«

Simon streckte die Hand aus und ergriff meine Schulter. Meine Haut zog sich unter seiner Berührung zusammen. »Gut«, sagte er. »Der Prinz wird erfreut sein.«

Er hob hochmütig das Kinn und wandte sich zum Gehen. Ich starrte seiner in der Dunkelheit davonstolzierenden Gestalt nach.

Am nächsten Morgen, als wir uns für den Tagesmarsch bereitmachten, ging ich zu Tegid und fragte ihn: »Wann ist Beltain?«

Der Barde dachte einen Moment lang nach – was mich nicht überraschte, denn der unnatürlich lange Sollen hatte die normalen Festtage des Sonnenlaufs und der Jahreszeiten durcheinandergebracht. »Es ist ...« er hielt wieder inne und überprüfte seine Berechnung, »– der dritte Morgen von heute an.«

»Bis dahin sind wir nicht in Sycharth«, überlegte ich.

»Nein«, bestätigte Tegid, »wir werden das Caer nicht rechtzeitig zum Beltain erreichen.«

»Wo werden wir die Feier abhalten?«

»An einer der heiligen Stätten am Wege«, erwiderte er, »und davon gibt es mehrere. Hier in der Nähe gibt es einen Hügel mit einer Steinsäule. Wir müßten ihn übermorgen erreichen. Das ist früh genug.«

Ja, dachte ich, das ist früh genug. Während der nächsten zwei Tage beobachtete ich den Prinzen und sein Gefolge scharf – und ich wußte, daß auch ich beobachtet wurde. Am frühen Abend des zweiten Tages, als wir unser Lager für die Nacht aufschlugen, kam Simon auf mich zu, während ich die Pferde tränkte.

»Hast du etwas für mich?« Er war zu begierig. Der Ehrgeiz loderte hell in dem Prinzen und seinem Meisterkämpfer. Ich wußte, daß sie angebissen hatten.

»Nicht hier! Tegid ist argwöhnisch. Er darf uns nicht zusammen sehen«, sagte ich rauh und blickte mich nervös über die Schulter um. »Ein Stück voraus auf dem Weg ist ein Hügel mit einer Steinsäule. Wir kommen morgen daran vorbei. Treffen wir uns dort im Morgengrauen.«

Er war solche Verschwiegenheit gewohnt und akzeptierte sie ohne Einwände. »Im Morgengrauen also«, stimmte er zu. »An der Steinsäule.«

»Und komm allein«, warnte ich ihn. »Je weniger Leute

davon wissen, desto besser.«

»Gib du mir keine Befehle!« knurrte er.

Wir trennten uns, und ich kehrte an meinen Platz an Tegids Lagerfeuer zurück. Schweigend verzehrten wir unsere karge Mahlzeit und rollten dann auf dem feuchten Boden unsere Rinderhäute aus. Ich war innerlich unruhig, doch Tegid schien es nicht zu bemerken; zweifellos hatte er selbst mehr als genug Sorgen.

In jener Nacht erhob ich mich reichlich vor dem Morgengrauen von meinem unruhigen Schlaf, ergriff meinen Speer, hüllte mich in meinen Umhang und schlich mich davon. Ich hielt mich von den anderen Lagerfeuern fern und umging die Schlafplätze des Prinzen und seiner Krieger, bis ich wieder auf den Weg stieß. Im Licht des untergehenden Mondes hastete ich den Pfad entlang. Ich wagte nicht an das zu denken, was vor mir lag und was ich tun mußte.

Ich folgte dem gewundenen Pfad und bemühte mich, niedrig hängenden Ästen und dunklen Wurzelstöcken auszuweichen. Auf meinem einsamen Weg durch den Wald begann ich zu fürchten, daß Simon nicht allein kommen, sondern den Prinzen mitbringen würde. Wenn er das tat, war mein Plan gescheitert. Schließlich kam ich in Sichtweite des Treffpunktes. Als die Sonne langsam den Osten erhellte, ging ich ungeduldig um den großen, grasbewachsenen Hügel mit seiner schlank aufragenden Steinsäule herum. Allmählich machte ich mir Sorgen, daß Simon überhaupt nicht kommen würde.

Doch er enttäuschte mich nicht. Simons Ehrgeiz war stark genug, um dafür zu sorgen, daß er sich genau so verhielt, wie ich es ihm gesagt hatte. Ich sah ihn durch das trübe Licht der Dämmerung näher kommen und zwang mich zu drei tiefen, festigenden Atemzügen. Dann hob ich meinen Speer zum Gruß.

Er lächelte sein verschlagenes, überlegenes Lächeln, als

er mich sah. »Also gut, da bin ich. Was hast du für mich?«

»Hast du mit dem Prinzen gesprochen?«

»Das habe ich«, erwiderte er und schritt selbstsicher auf mich zu. »Er wird dir seine Dankbarkeit zeigen, wenn die Zeit gekommen ist. Du wirst sehen.«

»Gut.« Ich warf einen Blick zum Himmel. Es war die Zeit zwischen den Zeiten. »Geh ein Stück mit mir«, sagte ich.

Ich spürte, daß Simon diese Bitte merkwürdig fand, doch er gehorchte. »Es war nicht leicht«, begann ich langsam, während ich um den Hügel herumging. »Tegid kann sehr schwierig sein, wie du weißt. Er neigt nicht gerade dazu, offen zu sagen, was er denkt. Er ist eben ein Barde – du weißt, wie Barden sind.«

Aus seiner Kehle kam ein verächtlicher Laut. »Weiter«, sagte er.

»Ich wollte dir nur zu verstehen geben, daß es nicht leicht war, ihm Informationen zu entlocken. Es gab gewisse Schwierigkeiten.«

»Ich habe dir bereits gesagt, daß Meldron bereit ist, dir den verdienten Lohn zu geben«, sagte Simon, plötzlich mißtrauisch geworden. »Was willst du noch?«

»Darauf kommen wir noch. Also hör zu, ich habe folgendes herausgefunden: Sobald wir Sycharth erreichen, wird Tegid eine Versammlung einberufen, um zu entscheiden, was zu tun ist.«

»Warum? Weiß er etwa nicht, was zu tun ist?« Er blieb stehen und senkte skeptisch die Brauen.

»Du verstehst nicht«, sagte ich schroff. Ich ging weiter; Simon folgte mir, und wir vollendeten die erste Umrundung des Hügels. »Meldryn Mawr muß zuerst begraben werden. Es dauert einige Zeit, einen neuen König zu wählen.«

»Wie lange?«

»Das ist unwichtig.« Ich ging weiter.

»Wie lange?« beharrte Simon.

»Mindestens zwanzig Tage«, sagte ich. Die Zahl griff ich aus der Luft. »Sobald die Barden sich versammelt haben – und wir wissen nicht einmal, wie viele noch übrig sind –, sind Vorbereitungen zu treffen und Rituale und Zeremonien zu vollziehen.«

»Das wissen wir alles«, erwiderte Simon in einem ungeschickten Versuch, mich gefügig zu machen. »Was noch?«

Ich blieb stehen und drehte mich zu ihm um, den Speer fest umklammernd. »Wenn ihr soviel wißt«, knurrte ich, »warum nehmt ihr meine Hilfe dann überhaupt an? Willst du wissen, was ich herausbekommen habe oder nicht?«

»Ich bin hier«, antwortete er knapp. »Ich höre.«

Ich setzte mich wieder in Bewegung und spielte ein beleidigtes Schweigen. Der Köder wirkte. Er folgte mir. »Was hast du sonst noch erfahren?« fragte er in besänftigendem Ton.

»Nun«, antwortete ich langsam, »ich glaube, daß Tegid warten wird, bis alle Barden versammelt sind, und dann die Wahl verschieben wird.«

»Verschieben? Warum sollte er die Wahl verschieben?«

»Es gibt ein altes Gesetz«, antwortete ich, meine Worte ausdehnend, »das es dem Barden erlaubt, alle Männer des Clans zu einem Wettkampf um das Königtum zusammenzurufen.«

»Was für ein Wettkampf?« Das erregte Simons Interesse, wie ich vorausgesehen hatte.

»Das zu entscheiden ist Sache der Barden«, bluffte ich, während wir den zweiten Kreis im Sonnensinn um den Hügel vollendeten und den dritten begannen. »Normalerweise finden zahlreiche Kampfwettbewerbe statt – Kräftemessen, Geschicklichkeit mit den Waffen, Reitkunst – und auch Mutproben und Prüfungen der geistigen Kraft.« Ich machte eine Pause, um das wirken zu lassen, und fuhr dann fort: »Der König wird aus denen ausgewählt werden, die bei den Wettkämpfen am besten abschneiden«, sagte ich, »und nicht nur aus den Prinzen und Häuptlingen.«

Simon sträubte sich. »Warum sollte ein neuer Herrscher auf diese Weise gewählt werden, solange ein Erbe von königlichem Blut da ist, einer, der bereit ist, die Krone zu übernehmen, die ihm rechtmäßig zukommt?« Er reckte im Trotz gegen meine Worte den Kiefer vor, und ich wußte, daß ich ihn richtig eingeschätzt hatte. Ich wußte jetzt, was er getan hatte, und wie er es getan hatte, konnte ich erraten.

Simon hatte mit Gerede von der Thronfolge als Geburtsrecht den Ehrgeiz Prinz Meldrons angestachelt: von einem Königtum, das vom Vater auf den Sohn überging, aufgrund der Blutlinie statt aufgrund der Leistung des einzelnen. Simon, dessen ganzes Leben ein Vermächtnis unverdienter Privilegien war, konnte nur diesen Gedanken vertreten. Und es konnte ihm nicht schwergefallen sein, den schwachen und gierigen Prinzen davon zu überzeugen, daß er ein Recht hatte auf den Thron seines Vaters.

Doch so ist es nicht Brauch in Albion: Könige werden aus den besten Männern eines Clans erwählt; und diese Wahl treffen die Barden, denen die Macht zukommt, die Herrschaft zu verleihen.

Hatte er Prinz Meldron auf seine Seite gezogen mit seinem einschmeichelnden Gerede von einem Königtum, das ohne Verdienst und ohne den Segen eines Barden zu erlangen sei? Von einem Königtum, das durch das Blut der Geburt verliehen wurde statt durch das Blut des Opfers?

Ich wußte nicht, wer den Phantarchen getötet hatte; ich konnte nicht einmal erraten, wie er überhaupt gefunden worden war. Doch einer Tatsache war ich mir absolut sicher: Simon, der sich seinen Weg in diese Welt erzwungen hatte, hatte fremde und tödliche Gedanken mit hineingebracht. Seine Irrlehren hatten das Leben Ollathirs, des Phantarchen, des Königs und Tausender anderer gekostet, die von Nudd und seinen Horden umgebracht worden waren. Er hatte leichtfertig und selbstsüchtig zu nehmen versucht, was nicht sein werden konnte, eine Ordnung aufzurichten, die seinem eigensüchtigen Interesse diente.

Er wußte nichts vom wahren Königtum und scherte sich nicht darum. Er wußte nichts von dem Lied oder von dem Cythrawl. Oder von dem Heer der Mächte und Kräfte, die durch seine verräterischen Worte freigesetzt wurden – selbst jetzt! Er interessierte sich nur für sich selbst. Seine Gier hätte Albion beinahe vernichtet, und sie mußte gestoppt werden. Es war Zeit für Simon, zu gehen.

Wir gingen ein Stück weiter und vollendeten unseren dritten Kreis im Sonnensinn um den Hügel. Der Himmel erhellte sich zum Sonnenaufgang und glühte in einem sanften Rosa. Simon schwieg einige Augenblicke lang und dachte über das nach, was ich ihm gesagt hatte. »Dieser Wettkampf«, sagte er schließlich, »wann wird er beginnen?«

»Er muß in der Zeit zwischen einem Neumond und dem nächsten stattfinden, also irgendwann nach Beltain und vor Samhain«, sagte ich.

»Beltain ist bald«, bemerkte Simon.

»Das stimmt«, bestätigte ich. »Sehr bald.«

Ich machte einen raschen Schritt zur Seite und richtete im gleichen Bewegungsablauf meinen Speer auf Simon. Er warf einen Blick auf die Klinge und wollte sie zur Seite schieben. »Keine Bewegung«, sagte ich. »Es ist vorbei, Simon. Du gehst jetzt zurück.«

»Zurück?« Er schaute mich verwirrt an.

»Nach Hause, Simon. Du gehörst nicht hierher. Dies ist nicht deine Welt. Du hast hier großen Schaden angerichtet, und das muß jetzt aufhören.« Er holte Luft, um zu protestieren, aber ich ließ ihn nicht zu Wort kommen. »Dreh dich um«, befahl ich und deutete mit der Speerspitze auf den Hügel.

»Du würdest es nicht wagen, mich zu verletzen«, höhnte er, warf seinen Umhang zurück und griff nach seinem Schwert. Mit einer kurzen Bewegung des Speers kratzte ich seinen Oberarm an. Er betrachtete das Blut, das aus der Schramme quoll, und wurde wütend. »Dafür wirst du sterben!«

»Dreh dich um, Simon«, befahl ich.

Simon funkelte mich an und zögerte. »Du bist selbst hinter dem Thron her! Du hältst dich für einen König.«

»Bewegung!« Ich stieß mit dem Speer nach ihm und trat einen Schritt vor. »Ich bin direkt hinter dir.«

»Das wirst du bereuen«, knirschte er kalt drohend. »Ich verspreche dir, du wirst das bereuen, während du stirbst.«

»Das Risiko gehe ich ein«, sagte ich, trat näher und preßte die scharfe Klinge meines Speers gegen seine Rippen. »Aber du gehst jetzt dahin zurück, wo du hingehörst. Jetzt los!«

Er drehte sich um und trat steifbeinig auf die dunkle, höhlenartige Öffnung zu, die am Fuß des Hügels gähnte. Mit einem letzten mordlustigen Blick zu mir bückte er sich und ging hinein.

Ich gönnte mir keinen Augenblick, um meinen Erfolg zu feiern. Die Tür der Anderwelt würde nicht lange offen bleiben. Simon hatte recht; ich bereute schon jetzt, was ich getan hatte – aber nicht aus dem Grund, den er angedeutet hatte. Ich ließ ein letztes Mal meinen Blick durch das schöne Albion schweifen und erkannte, wie sehr ich es lieben gelernt hatte, wie sehr ich alles vermissen würde. Traurig und mit äußerstem Widerwillen lehnte ich meinen Speer gegen den Hügel. Dann, ein stilles Lebewohl hauchend, bückte ich mich und trat in den dunklen Eingang.

39

Die Rückkehr

Im Innern des Hügels war es finster wie im Mutterschoß und erstickend eng. Ich konnte Simon weder sehen noch hören oder seine Anwesenheit spüren. Er war bereits über die Schwelle. Da ich fürchtete, das Tor könnte sich jeden Moment schließen, so daß ich meine Gelegenheit zur Rückkehr versäumen würde – und daß ich es nicht noch einmal über mich bringen würde –, holte ich tief Luft und trat hinaus in die heulende Leere, die die beiden Welten voneinander trennt.

Ein wilder Orkan stürmte auf mich ein, und ich schwankte auf jenem schmalen Steg – der Schwertbrücke. Ich streckte meine Arme zur Seite aus, um das Gleichgewicht zu halten, und tastete mich mit dem Fuß über die Schneide der Klinge vor, ohne auf das herzzerreißende Schreien des Windes zu achten und auf die schwindelerregende Empfindung, über einer unendlichen und unsichtbaren Leere zu balancieren.

Die Schwertklingen-Brücke unter mir schnitt in meine Fußsohlen, als ich vorsichtig darüber entlangglitt. Der unerbittliche Wind riß aus allen Richtungen an mir. Ich rang nach Atem und kämpfte gegen die lähmende Furcht, die aus der Dunkelheit auf mich einstürmte. Mit dem letzten Rest meines rasch sinkenden Mutes machte ich zwei weitere Gleitschritte auf der Schwertbrücke.

Es war ein Gefühl, als ob meine Kleider mir in Fetzen vom Leib gerissen würden, als ob mein Fleisch von dem schneidenden Wind bis auf die Knochen abgeschält würde. Mut, sagte ich mir, bald ist es vorbei.

Ich tat einen weiteren Schritt.

Mein Fuß trat in den leeren Raum, und ich fiel … gewichtslos, mit rebellierendem Magen, stürzte ich in die unendliche Nacht und biß mir auf die Unterlippe, um nicht zu schreien … fiel durch Zeit und Raum, wirbelte durch vielschichtige Reiche der Möglichkeit, durch Erdzeitalter, die niemals waren, und mögliche Zukünfte, die niemals sein würden, stürzte durch jenes unaussprechlich reiche, elementare Reservoir des transzendenten Universums. Ich fiel und landete hart auf meiner linken Seite. Einen Moment lang lag ich auf dem festgestampften Erdboden – bis es sich in meinem Kopf zu drehen aufgehört hatte –, dann öffnete ich die Augen und erblickte das trübe, graue Innere eines Raumes aus Kalksteinwänden.

Ich winkelte zur Probe meine Arme und Beine an, doch ich schien mir nichts gebrochen zu haben. Langsam richtete ich mich auf und kam auf die Beine. Ein dünnes, kaltes Licht drang in das bienenstockförmige Innere des Cairns. Simon war nirgends zu sehen. Ich trat zu dem niedrigen Eingang, hielt mich an den kalten Steinen am Rand des Loches fest und zog mich hinaus, zurück in die manifeste Welt.

Draußen dämmerte ein eiskalter Wintermorgen. Die Sonne war im Osten gerade aufgegangen. Ein körniger Überzug aus Schnee bedeckte den Boden. Der Himmel schimmerte aschfarben und bleich durch die Bäume oberhalb der Senke. Ich kam aus dem Cairn in eine unermeßlich trostlose, sinnlose Welt hinaus. Mein erster Gedanke war, daß ich am falschen Ort war, daß ich in ein Schattenland gelangt war, eine schwache, kränkliche Widerspiegelung der Welt, die ich hinter mir gelassen hatte. Doch dann sah ich es … das Zelt der *Gesellschaft für metaphysische Archäologie*.

Und dort, auf einem Klappstuhl an einem kleinen Feuer vor dem Zelt, saß mit einem Becher dampfenden Kaffees in der Hand ein Mann, den ich wiedererkannte – wie man jemanden aus einem Traum wiedererkennt – er hieß ... er hieß ... Weston. Es war Weston, der Ausgrabungsleiter, und ihm gegenüber: Professor Nettleton. Ich sah sie und wußte, daß ich heimgekehrt war.

Die Erkenntnis legte sich auf meine Schultern wie ein schweres Gewicht.

Denn die Welt war nicht mehr dieselbe. Gebrechlich, farblos, erschöpft wirkte die Welt, die ich vor mir sah, wie ein Provisorium, etwas Vorläufiges. Alles – die Bäume, die Steine, die Erde, der Himmel und die trübe Wintersonne – schien nicht so sehr in sich selbst zu existieren als vielmehr nachzuhallen – wie eine rasch verblassende Erinnerung. Die Welt, die ich sah, hatte nichts Festes, nichts Substantielles an sich. Flüchtig, ohne Dauer, wirkte sie wie eine vorübergehende Erscheinung – ein Trugbild, das sich jeden Augenblick auflösen könnte.

Und ich konnte sehen, daß auch Weston und Professor Nettleton sich verändert hatten, subtil, aber wahrnehmbar: Ihre Züge waren gröber, ihre Körper kleiner und unbeholfener. Sie wirkten leichter, irgendwie physisch weniger gegenwärtig. Sie hatten etwas eigenartig Geisterhaftes an sich, als ob nur ein hauchdünner Faden sie festhielte an ihrer körperlichen Existenz, als ob die Atome, aus denen ihre Körper bestanden, beim geringsten Anstoß ihre gegenseitige Anziehung aufgeben und sich in alle Richtungen zerstreuen könnten.

Während ich hinsah, stand der Mann namens Weston abrupt auf und verschwand im Zelt. Sobald er außer Sicht war, trat ich vor, und Nettleton nahm die Bewegung wahr. Sein Blick fuhr zu mir herum. Ein Ausdruck unverhüllten Erstaunens erschien auf seinem eulenähnlichen Gesicht.

»Oh, mein Gott!« flüsterte er scharf.

Offensichtlich erkannte er mich nicht. Wie konnte er auch? Ich war gekleidet wie eine Gestalt aus den *Mabinogion* – vom silbernen Torc um meinen Hals bis zu den Lederstiefeln an meinen Füßen, mit Breecs, Siarc und leuchtend kariertem Umhang. Er wartete, ja; aber er erwartete offensichtlich nicht, daß ein keltischer Krieger aus dem Cairn heraustreten würde.

Ich trat vorsichtig vor, eingedenk der beängstigenden Wirkung, die mein Aussehen auf ihn hatte.

»Keine Angst«, sagte ich.

Nettles starrte mich verständnislos schockiert an. In der Annahme, er hätte mich nicht gehört, wiederholte ich meine Worte, und erst dann merkte ich, daß ich Altkeltisch sprach. Es kostete mich einen Augenblick und nicht geringe Mühe, die englischen Worte zu finden.

»Bitte«, sagte ich, »haben Sie keine Angst.« Meine Stimme klang rauh und unbeholfen in meinen Ohren.

Hatte meine keltische Sprache ihn verwirrt, so war er regelrecht erschrocken, als ich ihn in meiner Muttersprache anredete. Zitternd wie ein Terrier streckte mir Professor Nettleton die Hände entgegen, als wolle er mich von sich fernhalten.

»Es – es ist alles in Ordnung«, sagte ich. »Ich bin zurückgekehrt.«

Der Professor starrte mich in dem trüben, unsicheren Licht durch seine runden Brillengläser an. »Wer sind Sie?«

Ich kann die niederschmetternde Wirkung nicht beschreiben, die diese drei harmlosen Worte auf mich hatten. Sie durchbohrten mich schärfer als Speere. Mir stockte der Atem. Ich keuchte und preßte mir die Handballen gegen die Augen.

»*Wer ... sind ... Sie?*« wiederholte der Professor langsam in der übertrieben deutlichen Sprechweise, die man gegenüber einem Ausländer anwenden würde, oder einem Verrückten. Dann sagte er dasselbe noch einmal auf

Walisisch, was mir noch mehr das Gefühl gab, ein Fremder in einer fremden Welt zu sein.

Es dauerte einen Augenblick, bevor ich einen Laut herausbrachte. »Ich – ich bin … ich bin …« stammelte ich. Die Worte gerannen mir auf der Zunge. Ich konnte mich nicht dazu bringen, meinen Namen auszusprechen.

Dem Professor dämmerte die Erkenntnis, und er trat einen Schritt vor. »Lewis?« fragte er leise. »Sind Sie das?«

Die Frage des Professors war besser, als er ahnte. Wer war ich? War ich Lewis, der Doktorand aus Oxford, der in ein unmögliches, anderweltliches Abenteuer geraten war? Oder war ich Llew, der Wanderer, der mit je einem Fuß in beiden Welten stand?

Nettles kam näher und warf einen raschen Blick auf das Zelt hinter sich. »Lewis?«

»J-ja … ich bin Lew – Lewis«, sagte ich, schwerfällig über meinen eigenen Namen stolpernd. Es kostete mich Mühe, meine Zunge zu der anderen Sprache zu zwingen.

»Ich habe das Cairn beobachtet«, sagte Nettles. Er trat näher, und sein Blick wanderte über meine Erscheinung – er starrte mich an wie ein Wunder. »Ich habe gewartet.«

»Ich bin zurückgekehrt«, sagte ich. »Ich bin wieder da.«

»Schauen Sie sich an«, hauchte er mit ehrfürchtiger Stimme. Seine Augen leuchteten wie die eines Kindes am Weihnachtstag. »Schauen Sie sich an!« Er hob eine zitternde Hand, um meinen Umhang zu berühren. »Das … das – ist ein Wunder!«

Dieses Erstaunen war mir schon zuvor begegnet, und derselbe Ausdruck ungläubiger Ehrfurcht – auf den Gesichtern der Krieger auf der Mauer und in den Augen der Versammelten in Meldryn Mawrs Halle. Ich wußte, daß mich meine Erlebnisse in der Anderwelt verändert hatten; und nach den Reaktionen vieler zu schließen hatte mich meine Begegnung mit den Singenden Steinen in der Kammer des Phantarchen noch mehr verändert. Doch als ich nun im kalten, trüben Licht dieser schäbigen, erbärmlichen Welt stand, begriff ich endlich: Ich war nicht einfach verändert, ich war verwandelt.

Ich breitete meine Arme aus und blickte an mir herab. Meine Hände waren hart, meine Arme muskulös und stark; meine Beine waren gerade und kräftig, mein Rumpf schmal und fest, meine Brust breiter, meine Schultern schwerer. Ich berührte mein Gesicht mit der Hand und fühlte eine geradere Nase, ein kräftigeres Kinn und einen stärkeren Kiefer. Doch die Veränderung war nicht nur physisch. Da war auch die Aura, der Abglanz meiner Begegnung mit dem Lied.

Lewis war nicht mehr. Llew stand an seiner Stelle.

»Was ist geschehen?« fragte Nettles, und sein Gesicht leuchtete vor Wißbegier auf. »Haben Sie Simon gefunden? Haben Sie ihn aufgehalten? Wie war es?«

Wie hätte ich ihm sagen können, was ich wußte? Wie hätte ich auch nur beginnen können, ihm die Anderwelt zu schildern, geschweige denn alles in Worte zu fassen, was geschehen war?

Ich stand da und starrte meinen Freund an, und ein Strudel von Gefühlen wirbelte in mir. Er sah so schwach aus, so zerbrechlich, so unbedeutend. Peinlich berührt durch die sichtbare Armut seiner schäbigen, elenden Existenz wollte ich ihn erheben, ihn sehen lassen, was ich gesehen hatte, ihn wissen lassen, was ich wußte. Ich wollte, daß er unter Albions ungetrübten Sternen schlief und den frischen Wind der jungfräulichen, grünen Täler auf seinem Gesicht spürte; ich wollte, daß er die aufwühlende Melodie von der Harfe eines Wahren Barden hörte und die salzige Seeluft von Ynys Sci roch und die köstliche Honigsüße des Mets schmeckte; ich wollte, daß er den festen Fels der unvergleichlichen Berge Prydains unter seinen Füßen spürte und den hellen, feurigen Schimmer auf dem goldenen Torc eines Königs sah und jubelnd die

Herrlichkeit eines guten Kampfes verspürte. All diese Dinge wollte ich ihm zeigen und noch mehr. Ich wollte, daß er das höhere, reichere Leben der Anderwelt tief in sich aufsog, daß er aus dem Becher trank, den ich geschmeckt hatte … daß er das unvergleichliche Lied hörte.

Ich sehnte mich danach, ihm das Paradies zu zeigen, das ich in Albion entdeckt hatte, doch ich wußte, daß ich es nicht konnte. Sosehr ich mich auch bemühte, ich würde es ihm nie begreiflich machen können.

Die Kluft zwischen uns war zu groß. Worte allein konnten niemals die Entfernung überbrücken oder die grausame Zerstörung beschreiben, die immer noch jene herrliche Welt bedrohte.

Doch die Notwendigkeit einer Antwort wurde mir erspart, denn Professor Nettleton legte mir seine Hand auf den Arm und beugte sich nahe zu mir heran. »Leider haben wir nicht viel Zeit. Die anderen« – er deutete mit dem Kopf in Richtung des Zeltes, und ich wußte, wen er meinte – »werden jeden Augenblick zurückkommen. Sie stehen dicht vor einem Durchbruch – sie wissen über das Tor hier Bescheid. Es ist mir gelungen, mich ihrer Ausgrabung anzuschließen, so daß ich immer zur Stelle sein kann. Aber wir dürfen nicht zulassen, daß man Sie so hier findet.«

»Wo ist Simon?« fragte ich mit schwerfälliger Zunge.

»Simon?« rätselte der Professor. »Aber ich habe Simon nicht gesehen. Nur Sie sind zurückgekehrt.«

Als ich dastand und zu verstehen versuchte, bemerkte ich, daß das schwache Licht noch trüber geworden war; es war jetzt dunkler als noch vor einigen Momenten … merkwürdig.

Ich schaute mich über die Schulter nach dem Cairn um … das Tal versank in der Dunkelheit; die Schatten wurden tiefer. Über uns kreiste langsam eine Krähe und beobachtete uns schweigend. Dann wurde mir klar, daß dies gar keine Morgendämmerung war – es war die Abenddämmerung. In dieser Welt neigte sich der Tag rasch dem Zwielicht und der Zeit zwischen den Zeiten entgegen. Bald würde sich das Tor im Carnwood-Cairn öffnen.

Und wenn Simon nicht zurückgekehrt war …

Ich sah die Zeichen und spürte den elementaren Gezeitenstrom in meinem Blut und in meinen Knochen. Und ich hörte das Lied – es strömte über die blendende Weite zwischen den Welten hinweg. Ich hörte das Lied und wußte, daß der Krieg ums Paradies sich in diese Welt und in diesen Augenblick hinein erstreckte. Und ich mußte eine Wahl treffen, jetzt.

Nettles beobachtete mich. Ich schwang zu ihm herum und hob meine Hand zu einem schlichten Abschiedsgruß. Dann drehte ich mich um und ging zu dem uralten Cairn hinüber. Hinter mir hörte ich Professor Nettleton rufen: »Leben Sie wohl, Lewis! Gott mit Ihnen!«

Und dann eine andere Stimme – Westons Stimme, erregt, alarmiert, schreiend: »Warten Sie! Halt! Halten Sie ihn auf, schnell!« Ich hörte hektische Schritte hinter mir auf dem gefrorenen Boden. »Nein! Bitte! Kommen Sie zurück!«

Doch ich blieb nicht stehen. Ich kehrte nicht um. Denn ich hatte das Lied von Albion gehört, und mein Leben gehörte nicht mehr mir selbst.

ENDE DES
ERSTEN BANDES